小说卷

中国当代著名女作家大系

天高地远

孙惠芬 作品

陕西新华出版传媒集团

太白文艺出版社·西安

图书在版编目（CIP）数据

天高地远 / 孙惠芬著. -- 西安：太白文艺出版社，
2018.1（2023.1重印）
（中国当代著名女作家大系 / 何向阳，张莉主编.
小说卷）
ISBN 978-7-5513-1282-0

Ⅰ. ①天… Ⅱ. ①孙… Ⅲ. ①小说集－中国－当代
Ⅳ. ①I247

中国版本图书馆CIP数据核字(2017)第276349号

天高地远
TIAN GAO DI YUAN

作　　者	孙慧芬
责任编辑	刘　琪
装帧设计	焚香图文
内文设计	前程设计
出版发行	陕西新华出版传媒集团 太 白 文 艺 出 版 社
经　　销	新华书店
印　　刷	三河市嵩川印刷有限公司
开　　本	787mm×1092mm　1/16
字　　数	370千字
印　　张	23.5
版　　次	2018年1月第1版
印　　次	2023年1月第4次印刷
书　　号	ISBN 978-7-5513-1282-0
定　　价	48.80元

社会变革中的女性声音

何向阳

　　进入 21 世纪以来，中国社会发生了巨大变化，作为目睹社会进步的中国作家，未曾缺席于社会变革的记录，而在中国社会前进历程的忠实的录记者中，当代中国女作家已成为一种不容忽视的力量。于新时期蹒跚起步、于新世纪日臻成熟的当代女作家，无论其社会观察的视野，人性探索的深度，还是对人类文化的传承与借鉴，对艺术风格与艺术手法的积淀和历练，就整体风貌而言，都较 20 世纪初、中期女作家写作有极大的进步。文学史将会对这一代，甚或几代女作家的写作成就做出高分值的评估。作为中国改革开放受益者的当代女作家，正以她们敏锐的洞察和细腻的书写，投入中国突飞猛进的现代化进程中，并为后人提供着观照和研究这一时代变化的精神档案。

　　20 世纪末，我曾以《夏娃备案：1999》为题，对 1999 年的由女作家写作、以女性作为主人公的十二部小说加以梳理。20 世纪、21 世纪的世纪更替之年，中国女作家经由写作提出的一些与自身、与人类相关的问题，给出了寻勘身心发展的道路，其对于性别心理与社会发展的深入思考，不仅丰富了文学的承载量，更提供了人类认知自我的新经验，比如铁凝《永远有多远》传递给我们母性教育的传统乃至本能；王安忆《剃度》展示了特立独行的时代女性的决绝个性；而方方《在我的开始是我的结束》让我们看到的是女性在亲密关系中寻求自我的渴望或是在他者身上印证自我的失败。分歧的，共生的，冲突的，裂变的，未成型的，已板结的，需解冻的，身体的，心灵的，灵魂的，我们从她们的文学中得到的东西根植于一个国度一个时代却终将超

— 1 —

越对一个国度一个时代的了解。

哲人曾言，"女性的进步是社会进步的一面镜子"，足见女性在社会中的重要地位。文化亦然。女性的文化进步是社会文化进步的投影，其实两者更是深层互动的，女性对于文化、身份、性别、社会的思考，已成为推动整体社会向前运动的力量。

这种力量的成因源于中国女性在20世纪经历的三次解放。1919年，新文化运动，使中国妇女从封建性的三从四德中解放出来。这次的解放，思想解放意义大于经济独立意义，男女平等平权的思想深入人心，于此，如丁玲、冰心、林徽因、萧红等女作家写出了她们年轻时期的代表作。其中，《莎菲女士的日记》《生死场》影响深远。1949年，新中国成立，宪法规定男女平等，中国妇女的地位与作用发生了巨大变化，经济上的独立使其摆脱了对男性的依附，而在各领域取得进步与成就。女作家得益于这一社会风气之先，丁玲、杨沫、茹志鹃等均有佳作推出，中国女作家的写作开始受到国外研究者的重视。1978年，中国实行改革开放，思想上的解放使作家焕发出极大的创造力，女作家作为思想活跃、敏感的一个群体，在思考社会问题的同时，更注重对性别文化的勘探。张洁《爱，是不能忘记的》、宗璞《三生石》等作品代表了这一时期的探索。三次思想文化上的洗礼和社会发展的互动，使得中国文学在1978年之后迎来了迅速发展的黄金时代。

中国自20世纪70年代末改革开放以来，这一时期的文学被称为新时期文学，新时期文学近四十年来，女作家写作发展迅速，可以说，就是从这个新时期开始，中国女作家集体发声，并以其强劲的写作，呈现出时代女性对于社会发展的文化"干预"。巾帼不让须眉，这种独有的文化现象引人瞩目，以致在新世纪成熟壮大，被一些文化研究者们称为她世纪。20世纪80年代，女作家的性别觉醒与文化自觉开始较早，她们在关注外部世界变革的同时，开始关注内心，关注精神。张洁《爱，是不能忘记的》、张抗抗《隐形伴侣》写社会问题，但却是女性立场上对于情感的深度审视与叩问。张辛欣《在同一地平线上》，关注精神上的两性平等与女性自我价值的实现，以及知识分子女性在爱情与自我之间试图寻找到一个两全存在空间的努力。刘索拉《你别无选择》，反思男性文化传统，也对传统女性化写作提出了颠覆性的质疑。刘西鸿《你不可改变我》《花儿为什么这样红，为什么这样红》的女性书写，将"我"与"你"即女性与男性的一系列性别问题提出来，并均做出了来自女性个人的答案——你别无选择！你不可改变我！其勇敢的姿态更是对历史框定的女性顺从与懦弱的文化性格的诘问与反叛。

20 世纪八九十年代，叶文玲、池莉、赵玫、范小青、裴山山等佳作频仍，其在多个文体间的跨越更打磨了小说的锋芒；90 年代始，林白、陈染、海男等期望通过身体而将视点拉回到性别关注上来。这种写作在历史、个人、身体、社会、情感间跳跃，呈现出女性写作的犹豫和艰难的自我调整。而从 20 世纪 80 年代《对一个精神病患者的调查》、90 年代《羽蛇》，到 21 世纪《炼狱之花》《天鹅》，三十年跨度始终坚守女性精神自我深度写作的徐小斌引人瞩目。新一代女作家，注重隐藏在身体性后面的社会文化，不那么尖锐，更倾向温暖、幽默、智性的表达，但她们心底仍然保留着一个完整的女性空间，如徐坤《厨房》、迟子建《世界上所有的夜晚》、潘向黎《白水青菜》、魏微《大老郑的女人》、盛可以《手术》、叶弥《小男人》等，都体现了以女性文化视角介入历史现实的丰富性追求。

新世纪伊始，女作家写作成果斐然，杨绛等老一代作家也有新作推出。张抗抗《把灯光调亮》在坚守其新时期开端之作《北极光》的浪漫主义理想底色的同时，强化了传统知性写作的典雅；叶广芩《梦也何曾到谢桥》《黄金台》为代表的我称之为"后视镜"式的写作，在对传统文化与现代化的可持续性发展的探索方面可谓独树一帜；方方的《水随天去》等探讨经济不平衡发展对于纯真爱情的挤压；蒋韵《心爱的树》《完美的旅行》《行走的年代》试图在对"已逝"岁月的追踪中确立传统价值的独立性；林白《长江为何如此远》和《妇女闲聊录》提供给了我们回溯历史与观察现实的与众不同的角度；孙惠芬《歇马山庄的两个女人》等系列作品将观察点定位于出走与还乡两大母题，使其作品在现实性的叙事之上平添了哲学的意蕴；葛水平《喊山》《地气》承续了中华山川地气中深藏的诗意之美，其利落的行文中苍凉的味道耐人寻味；邵丽《明惠的圣诞》聚焦纷繁复杂的社会环境中日常生活的个人体验与情感微澜；金仁顺《云雀》《桃花》等根植饮食男女，其心思缜密又声色不动的叙事兼具温润与冷凛两种魅力；乔叶《走到开封去》等承续了她个人创作中对"慢"的探求，审视的目光于小事间不经意扫过，却如探照灯一般揭示出最深处的幽怨和最原始的黑暗；鲁敏的写作确如"取景器"，隐秘的、细微的、节制的，带有缠绕感甚或是残缺的生活，成就了她小说的"气象与光泽"，《思无邪》《饥饿的怀抱》均写日常生活的不如意处，却在极简主义式的写作中透出干净与温暖；付秀莹《爱情到处流传》《六月半》篇篇出手不凡，以感伤与坚忍并存的从容气度体认着中华美学的精髓，并使诗化小说通过个人的写作向前推进了一步；滕肖澜《美丽的日子》等笔触在沪上弄堂里小人物的日常生活间腾挪有致，有柴米油盐的实在，也有细碎世俗中的温情；阿袁《长门赋》《鱼肠剑》等让我们看到了人性的丰富驳杂，其小说的精神分析与反讽意味承接了现代写作的传统。

以上列举的只是活跃于文坛的当代女作家群体的一小部分。无论是社会发展还是写作环境，当代女作家们都身处一个创造力得以充分发挥的时代。1977 年以来，作为中国文学长篇小说最高奖的茅盾文学奖，评出九届，有四十余部长篇小说正式获奖，女作家占八部，所占比例五分之一。1995 年以来，作为除长篇小说以外的其他门类文学作品的最高奖鲁迅文学奖，已评六届，共有二百多人获奖，女作家超过四十人次，所占比例五分之一。1980 年以来，全国优秀儿童文学奖，评出十届，获奖者中，女作家在小说、童话、幼儿文学（绘本）等均有收获。20 世纪 70 年代始评的全国少数民族文学创作骏马奖，获奖者中多次见到女作家的身影。而由中国当代文学研究会下属的中国女性文学研究会设立的中国女性文学奖，有效推动了女性文学的创作与理论探索。获奖只是专业荣誉，更广泛的社会承认，还包括作家文学作品的读者拥有度、文学作品的文化艺术衍生品以及国外研究与译介，在此不一一列举。总之，女作家无论创作还是思想，都表现出不让须眉的强劲实力，她们通过文学所表达的对于社会人生诸多问题的思考，在整体上已然超越了文学史上她们前辈的书写。

这就是我们今天编选《中国当代著名女作家大系》的原因。当今世界正发生着日新月异的变化，置身于这样一个时代是作家们的幸运，作为中国社会变革的见证者，同时也是人类社会发展的一个重要组成部分的女作家，她们的录记、思考与贡献，我们不能忘记。

2017 年 10 月 12 日　北京

（何向阳，女，中国作家协会创作研究部主任，研究员。出版诗文集《思远道》《自巴颜喀拉》、理论集《夏娃备案》、专著《人格论》等，获鲁迅文学奖，作品译成英、俄、西班牙文）

目录

平常人家

卧龙谷的日子是漫长的。那漫长的情形就仿佛卧龙谷谷底淌出的溪水，虽一程一程冲冲撞撞，却是永无尽头。三两只公鸡率先抻脖叫起来，引出满街公鸡叫，把黑乎乎的夜从满世界叫到草垛底、墙旮旯、屋檐下。于是，黄灿灿的油炸饼一样的东西从东山顶晃出来，一盏灯笼似的细细软软的光线，仿佛无数双十八二十三女孩子的手，带着灼热，轻轻抚弄着卧龙谷的猪鸡鸭圈、牲口棚。猪和鸡们有时耐不住奇痒，吭吭或咯咯地叫上两声。卧龙谷的夜黑乎乎的，一声不响，似乎比白日更累更乏，喘息的声音都难以听见，任你昏昏的睁不开眼睛，由着性子去熬去过。猛不丁又有三两只公鸡抻脖叫起来，又有黑乎乎的夜退到草垛底屋檐下，又有一盏灯笼在东山晃动，又有了细软的手指，灼热地轻轻地抚弄，又有了又累又乏的喘息。卧龙谷的日子就这么漫长而没有变化。那油炸饼一样黄澄澄的东西并不像人，有什么目的，去赶集或去串亲戚，逢一逢五出来，或奔着侄女外甥的喜日子。她漫无目的，却是按着永恒的规律将时光分成块块，划成每天每时，把每天每时分给卧龙谷的庄稼、树、田畴、鸡鸭猪狗及人，供这些喘着气息的生灵们打发。卧龙谷的日子中充满了过程与过程的接续，无所谓失望，亦无所谓希望。

卧龙谷的日子是漫长的，卧龙谷的街却并不很长，短短的能够通往屯中各家的土道仿佛一条握皱的布带被人甩了出去，弯曲处布满褶子。每一道褶子都是一条水道沟横穿而过。街本不很长，再有水沟不时横切过去，切成一块一块，与其说是街，还不如说是被急流冲蚀了的干沙滩，斑驳陆离，不成形状。这街常年水汪汪的，各家院边排出的废水都要经过街道直贯而下。若是谁家的水沟堵了，水涨到邻家的水沟里去，短街上便飞扬起响亮的骂声：要懒就不过得了，死了得了。这通常是春天雨水不多时突然来场急雨的时候，连阴雨的夏季就不同了。连阴雨时满街沸沸扬扬，水亲着水水簇着水。谁也说不清那是谁家的水流到了谁家。于是短街上看水的人固然很多，却没有什么声音，仿佛水把他们的心涨满了，说不出话。秋天一到，雨水渐少，水流便细瘦得如得了膀胱结石病人的尿，断断续续的。这时没有谁去注意谁家水道沟因人懒而浅又淤阻。即使突来一场急雨，明显将懒人的水沟现出来给别人看，也不会有人出来骂要懒死了得了。这时节要收秋，要赶马车推三轮车往家收粮食，要在短街上走过来走过去，浅又淤阻的水沟会给赶车推车人带来安全感，不像过深水沟时那么紧张，满身出汗。所以即便一些勤快人家春天夏天不停地将水沟掘得很深，到这季节也将水沟填平。好在这样的人家勤快，不惜下雨时再掘。然而短街上有一处是填不平的，这是一段极特别的道路，人们叫它翻浆道。每年开春，冰雪化尽，地冻解开，这块地场就仿佛鼓了疥疮，地底下暄暄软软的，浮上的地皮像弹簧一样富有弹力。全街的小孩都聚在上面弹跳，有挤不进去的，就抓把黄泥扬起，打散了伙，便径自跑上去。这疥疮的地方能挤十个二十个小孩，却聚不了两匹马。一辆车上的两匹马若一齐走在上面，那马车和马便注定上圈套，注定要被陷进去。于是每年春季，只要发现有小孩去那块地皮上弹跳，就有曾被这地方害苦过的人家拿锹去把疥疮挑了。那底下的脓血是黄色的，人们叫它蟹子黄，好黏好稠，通常要掘出两马车才见底，通常要三四个人掘一上午，要掘着掘着脱了胶鞋跳进去。疥疮掘了，偌大一个深洞现出来，血淋淋的，绝不用敷什么药，你尽管撇下它不管，春天的艳阳一晒，三五个日头就会干起来。敷了药往往会有相反效果，比如你以为要使里面不再化脓，塞些石头之类。那石头缝间没多久又汪出一汪水，来年春天照常鼓，这一回将鼓得更厉害，画上那层富有弹性的地皮是不会有的，谁走上去就陷了谁，小孩也不放过。于是春天挑了疥疮，那疮疤便一直到秋没人理它，一个洞在那儿提醒着。人们躲躲闪闪地走，车把式到了火候上把嗓门险些喊破，喊上一回两回，那赶车的功夫愈练得纯熟，到第三回便可不必狠狠地使用嗓子，只轻一扬鞭，只呃呃、吁吁、嘚嘚一轻呼，就走了过去。然而那坑是早晚要被填上的。风刮尘埃，过路人带的土灰；还有马车经过时一晃悠，抖一些草和粪土；还有每下了雨盈满了，鸭子去洗澡，猪去打滚，将旁边的泥淤进去；还有一些五六岁小孩玩穷了技法，相互鼓励着新节目，搬泥块往里扔，看谁扔得有劲……这么一来二去，那坑不等再到春天，就又是满满当当了。掘疮一年比一年难，那横竖的草梗和秫秸在里面像沤了的烂麻，又臭又缠锹，使不上力气。掘的人往往累得骂天骂地，骂这块鬼地方是阎王爷的门，说不定什么时候将捣鼓出地动（地震），将全村人吞进去。

卧龙谷的短街皱褶多，弯曲多，每一弯曲处都有谁家的猪圈和院墙往外伸出来。街因猪圈和院墙而弯曲，猪圈院墙因街而错落有致。那猪圈大半是块石垒成的，经得住碰撞。出头的橡子先烂，出道的石墙难免要多遭碰撞，有些规矩人家，猪圈和院墙都缩得很小，缩在一方很小的院内，见了那扩边展檐的户主肚子里很是有气。有气，又有机会在马车上领略那猪圈伸出处的狭窄，气更盛，便故意把马车往院墙边赶，然而马却有数，无论主人怎么吆喝，它总坚持走得堂堂正正，使主人当即痛下决心：赶明也把自家的猪圈挪出来。然而，规矩人家终是有气量的，临了他们又消了气，说一句不和那些贪婪人家一样了事。

这么一条褶子多弯曲多的短街上却是异常热闹的：狗们你舔它头它追你尾地乱窜，遇有生人又一齐叫起来；半大猪吭哧吭哧地这里拱拱那里蹭蹭，和成帮成伙的鸭们鸡们一道，把粪便到处乱撒乱拉。而一些独生子女，很小就从年轻母亲那里受到现代的卫生教育，把粪便视作极端的不可接近和丑恶，便愣是手拿长棉槐条，你呼我喊着，撵得猪鸭满街撞满街跑。更有有心劲的孩子，脚步也比鸭子快些，抓着一只鸭，按自己幼小的想象认定哪堆屎是这鸭子拉的，就摁着鸭子的脑袋，你吃你吃，你这拉屎不擦腚的埋汰鬼。这孩子通常是达不到目的的，倒让"埋汰鬼"用嘴将屎扑腾自个满身，最后讨得年轻母亲把"埋汰鬼"骂给自己。

卧龙谷短短的街脖子上住的都是些平常人家。他们每年春上打垄种地，人和马像一些豆似的点缀在辽阔的蓝天下，日出而作，日落而息。夏季拔草喂庄稼，汗水将简单的衣衫泡成浑黄色，傍晚又将汗渍渍的身子和衣衫一道抛进卧龙谷谷底的河沟子里。望着长久不变的天、地，两岸的蒿草，灰卷着同一天的闷热在手与皮肤间滑落，幽静的流水同金黄的晚霞构成的不符合庄户人家的幻想便在心中升起，久久地也不破灭。秋天庄稼成熟，遍野北风劲吹，每家的院子里、短街上、田垄里，到处都是哈哈傻笑和隐含着欢欣的秽骂，瞅你那两条腿之间的玩意，快蹦出来了。入冬以后，就仿佛活生生的虾苗突然浸进盐缸，满街满野的平静。倒是人不像虾样蔫头耷脑，人把一腔日子间的小小欢乐包裹起来，包裹在厚厚的砖墙屋子里、火炕上和灶坑间，夏季那流水间升腾起的玄妙幻想又在厚玻璃窗上光线射成的亮点中燃烧，要燃一个冬天。

卧龙谷的短街上住的都是些平常人家。这些平常人家在一成不变的日出日落中，有着一些极其平常的故事，这些故事同卧龙谷的日子一样，沟回多，弯曲多，展不开也抻不平。那些平常事仿佛一堆乱麻，缠绕在每家每户间，缠绕在卧龙谷的现代史上，要寻其来龙去脉，是注定办不到的。

就说山地里冰雪化开，遍野一片蒸蒸白雾的时节，一些不被母亲的火烧和团圆饼哄住的孩子，就应了有过某种人生经验的大孩子的撮合，带着全新的体验到翻浆道上弹跳。孩子们藏不住热情，一边跳一边配有呜呜嗷嗷的叫声。于是，大人们就好像听到房后杨树上喜鹊报信，知道疥疮又起来了，于是那个先前被这一处疥疮陷断马腿，让大人孩子出了一年苦力的人家就差男人赶紧去掘了它。

掘它的目的并非害怕再度上当，而是为了排泄情绪。事有凑巧，偏偏掘了的第二天，就有小孩掉进一米半深的窟窿里去，折断了小腿骨。这小孩无疑是独生子女，是深得爷爷奶奶父母娇惯的，伤了腿骨，全家老少心疼得三天三夜吃睡不好，到疥疮处烧了香纸，上医院进行一番拍片和治疗，那小孩的年轻母亲和奶奶心安了，就来找那掘窟窿的人干仗。因为他们在往医院走的路上，想起另外一件事情使他们陡生气愤：那掘窟窿的人一年前赶车轧了他家地角，被他家找到说了一些刻薄的话，就想，一定是那小子怀恨在心，故意使坏。

其实这是不着边际的，那人怎么会知道谁家孩子一准来？然而惊魂未定的恐惧使他们没有足够的智慧来分析事情原委，俩妇人找到那家男人时，竟气得嘴唇发乌。她们不假思索就骂，王八犊子你坏心肠，拿小孩下脚，叫你老了不得好死。那男人一时懵懵懂懂，以为是前一时赶车上集，在十字路口碰了的那个小孩的母亲找上门来，定睛一看，竟是卧儿谷的乡亲，便奇奇怪怪怪地望着两个唾沫翻飞的女人，任两个女人把爹娘祖宗都翻出来。

卧龙谷毕竟街子太短，有点什么声音全街都听得见，那打架骂人的声音又不似音乐或风刮庄稼叶子那样悦耳；卧龙谷又毕竟是远离城市集镇的一个僻静而孤独的乡屯，这样的时候通常是人越聚越多。见人聚得多，那男人再也无法忍受这稀里糊涂的侮辱，便急火直上，操你祖宗你凭什么骂？我操你祖宗！这一骂，其阵势就有些让人害怕，围观的人都下意识地往后闪了闪，仿佛在为他们倒地方让他们撕打。撕打是不可能的，只不过将那爹娘和祖宗的某个部位骂得更深刻具体一些罢了。骂到后来，那男人见骂不过就转了身。俩女人也累了，她们在骂累了的时候发现该出的气已经出了，便瞅那男人转身的工夫，说一句"好小子你等着"这样的话作为台阶，供自个体面而不失尊严地撤出去。然而任何人都不必为他们最后扔下的那句话认真，用不上三天五天，小孩出院，就有人看见干仗的两家大道上见面，招呼打得及时且亲切。其实干完仗，那男的才搞明白是他挖的窟窿陷了人家孩子，就理解了那个做奶奶和做母亲的心情。再过三五日，小孩复又在大街上活蹦乱跳，那主动找人干仗的一方竟将鸡炖土豆趁热送给被骂的一方，作为赔礼道歉的引子。那年轻母亲长有一张巧嘴，骂人骂得花，好听话也说得巧，说，大哥你白（别）往心里去，都怪俺让孩子吓的，你想想现时就这么一个宝，哪经得住有三灾两难！再说，掘那块蟹里黄也不能怪你，早先有集体，每年春上都横几块板子，什么事也没出过，现如今那组长顶个屁，整天就盯着每家每户的电费和税，哪里还顾大伙的日子？年轻母亲这么说，对方全家老少都觉在理。可不是，白（别）说那坑没人管，就说大街那条道，还有那么惨的吗？尽剩了水道沟豁牙裂口的，像切开的排骨，难看死了。于是，两家人无意中找到共同的话题，热热火火把年轻组长好一顿诅咒，对眼下的形势好一顿感叹，全不记得双方曾在某一时间里对各自爹娘祖宗的损害。

另外一时，春天过了已到夏天，淡黄的日光和翠绿的稻苗在玻璃似的池水上跳荡，作成一幅美丽的水墨画。那跳动的画面上就有两个人在为谁的牲口吃了谁的稻苗吵嘴。吵嘴的是两个男人，一个牵着牲口放，一个拿着铁锹在田畴上溜达，检阅兵阵似的检阅卧龙谷各家的稻苗长势，以期从中看出自己的稻苗比别人的优势来愉悦自己的心情。卧龙谷庄户人日间所有的喜怒哀乐，莫不与庄稼的长势有着紧密联系。然而检阅的男人在田畴上溜达着，没有溜出愉悦，却见一头牲口大口大口吞噬稻苗，蓦地啃噬了心尖子似的滋味将一股怒火顶起，冲锋一般迅速地冲到牲口跟前，啪啪就是两锹三锹。那个刚刚撒完一泡尿的放牲口的男人不待系好裤带，听见自己牲口遭了迫害，心尖子同样被咬了一下，冲出苞米地就连喊带骂，操你妈你打我牲口。打的就是牲口，你骂谁？我骂你打牲口。你牲口凭什么吃我稻苗？牲口是人吗？牲口不是人你是不是人？我撒泡尿。撒尿不把牲口拴好。俩人你来我去，一家一句，吓得牲口乖乖贴住主人，把先前覆在那幅美丽、素雅的山水画上的静谧而纯和的氛围搅得七零八散，画面也自然遭到了破坏。因为吵到后来，放牲口的男人看见牲口腹下渗有血丝，陡然又将骂声提高，内容也愈发丰富，什么骡子操的你心眼好狠，和一个不识数的牲口置气，你个鳖羔操的狗娘养的。而对方见其理亏还不认错，就将铁锹扬了起来，一个要打，一个怕打，撕撕扭扭一直扭到稻田里，最后空手的一方倒进水池，压下一排稻苗，人也像一个刚从池里捞出的稻苗似的，满身黏糊糊的烂泥水，嘴角还挂了块泥。这男人起身，本想反守为攻，但见那拿锹的一方怒目圆瞪，不可一世，如若动手，战败是注定了的。于是吐了嘴中烂泥，将先前那清脆干练的骂声搞得咕哝咕哝听不清楚，将目光故意躲了对方去关心自家牲口，然后带着满身泥水上岸，再将那咕哝咕哝的骂声搞到更加含糊不清便牵牲口走了，一场不为卧龙谷其他人得知的战争就算完事。

这种战争若摊给卧龙谷另外两个男人，是打不起来的，无非吃了几口稻苗，那稻苗少打三两二两粮算不了什么；再说牲口吃了别人的庄稼，只有赔礼的份，不应该还有别的什么。然而，这恰恰是卧龙谷家境特殊的两个男人。一个身上流着祖父的骨血，十二分地爱惜着土地，又十二分地不舍得花钱，纵有百种千种可供庄稼生长的肥料也不肯买回下地。每年冬雪一化，就赶着马车往地里拉粪拉碱泥，一根长鞭驱着一匹瘦马黑里白里在卧龙谷乡道上转，转得人和牲口汗流浃背，人心里为一份追求津津有味。牲口却不会用情感来解除身心的劳累，夜里盗汗喝了冷水，得病致死。没了干活的家什，全家人大哭大叫。男人最终硬撑着挺起腰杆把留下的小马驹牵到手里，供奉祖宗一样供了起来，每天到野外饲养，长有一身力气，也不用它干活。这么一个特别爱着牲口的人，见有人对牲口施以明目张胆的暴打，是注定按捺不住的。再说那打牲口的男人，他精瘦的女人为他不断生养，共养了七个儿子，二间草房一天天住不下，三间草房将儿子的婚事一个个耽误下来。像猪一样喂养的七个儿子，生就了猪一样虎彪彪的体格、猪一样傻乎乎的脑子，除了出大力，木匠瓦匠骟匠杀猪之类能赚钱的巧活一样不会，愣是将这原本就没多少精神的男人压得没精打采，使他将一份情感完全寄托给庄稼土地，使他无法不在一些小小事物上计较得失。秋上怕小燕啄了香菜，在香菜地设一个有鼻有眼的假人，随风摇头摆尾；冬天仓里咯吱咯吱响动，猜想必定是专钻人空的耗子，便发动全家老幼连宿带夜围仓捉鼠。耗子不曾抓着一个，然而这样的歼灭战却是接二连三的。这样两个为日子所累、心理负担沉重的男人，有机会遇到冲突，一定是不可解释的。然而，日子过着过着，过到每年一次杀猪的时节，那夏日的事情已被时间隔远，早已遗忘，杀猪请客，两家仍相互请着，酒桌上热热闹闹，一杯一杯又调进了新的感情。

还有一些时候，卧龙谷田间道旁统统冻成厚厚的一层冰。料峭的北风拼命嘶叫着在卧龙谷短街上，在各家各户的房前屋后施行着暴虐和淫威，将卧龙谷一年到头不得空闲的男女老少锁进家里，无可奈何地享受因寒冷所困而生出的安闲日子。这时必定有年轻组长挨家查收电费、水利费和土地税款。电费、水利费及土地税款本是必交不可的款项，可是因为年轻组长一年除了挨家走一遭，既不组织开会，又不管街道上的水沟和日渐伸出来的猪圈院墙，还一年净从大家腰包掏出四百块工钱；因为年轻组长原本不是组长，是个无人敢碰无人敢惹的刺儿头。组长竞选时，他以威逼手段强迫大伙选他。每年挨家收税时，必定要看人们的冷脸。然而年轻组长不受各种态度拘束脸面，税款照样收得干净利落。但当有人除了冷脸之外，还甩些"比国民党的税还狠"或"出力的不挣钱，挣钱的不出力"之类带刺的话给他听时，年轻组长拳头往柜顶一夯顿时瞪起眼珠翻了脸，什么意思？妈的，谁敢不拿？看我怎么治你。年轻组长一翻脸，指鸡说鸭的人便马上喜笑颜开，马上去揭平时极少揭开的躺箱柜盖将手伸进一角，在那里摸索出一只木匣数点起来。漫长的日子带给卧龙谷老辈人消化这个世界各种事事物物的能力，是相当惊人的。他们对这个世界的要求那么少，且当这点滴要求也遭到碰撞时，便是什么要求也不再有了。年轻人则不同，年轻人自有自己对人事的理解，自有自己的火爆热情，见组长甩硬纲，便不管三七二十一，夺下爹妈手中的钱匣，也瞪起眼睛高声大叫，爷就敢不拿，看你敢怎样？说这话的小子自然是腹中积怨太深。组长的角色原本是属他爹的，爹在屯中有着三十多年会计经历，算一个识得一把文字很有一些文化的人。上边念记他爹管理账的经验，集体散伙时让他任小组组长，却在公布那天，愣是让那刺儿头用什么竞选的招法给拨弄下来。自那一天，还是初中生的儿子心中就压着一股火，这火时而被他从课堂上和书本上学来的道德知识浇熄，时而又被从另一种书本上学来的英雄气节点燃，情感的波动一直在两者之间幼稚地寻找着平衡，这平衡却终于在一次机会到来的时候失控了。他死死地逼视对方，仿佛面对的不是组长，而是战场上的敌人。年轻组长祖辈都是老实巴交的农民，一起喝粥的年月，受尽几任组长会计的欺凌，总是挣不上工分，又总是被分派干最脏最出力的活路。这堂现实的人生课吸引了仅十几岁的秃脑袋少年，他放弃到另外一个课堂上读书的机会，用一双审时度势的眼睛去在劳动中读这部人和土地、土地和人的书本，去读属于他的家族的耻辱史，在漫长的日子中打发着春夏秋冬、早午晚夜。便是从前说过的那种，幽静的流水同金黄的晚霞构成的不符合庄户人家的幻想，每逢夏季和冬季在他心中屡屡地升腾。伴着须草的清香和流动的水响的刺激，使一个老实人后代的骨子里涌流着一股叛逆的血，做出了在卧龙谷人眼里不算老实的举动。他实在是不曾怵过卧龙谷哪位的勇敢，呼哧就是一拳打上去，将对方冷不防打倒。对方父母吓得全身哆嗦，全然不知如何是好。此时年轻组长不待对方从地上爬起，就揪住柜顶的钱匣，抽出他所要收的数目，乘虚而逃。那个具有报仇雪恨英雄气概的年轻人实在是胆子大，力气小，不是组长的对手，让组长一步三回头，龇牙咧嘴笑着逃走，到其他人家照例收他的税去。

吃亏一方的父母见是因为自个嘴贱讨下灾祸，再有一时见来收税收电费，便笑着迎进迎出，木匣中的票子虽是十分少，却抽得十分麻利，先前那一回的纠纷便仿佛大风吹扫云烟，不了了之。

这类故事在卧龙谷是屡见不鲜的。随着日子的流动，通常不会给人留下什么难忘的印象。然而它实实在在地发生过，好似流动的河谷上时而蹿出水面的小鱼，以一种独特的方式展示着它生命的存在和流动。

而另一类故事不似前一类故事那样惹眼容易看到，却能够激起人们心底的情感，或美丽或恓惶，或令人激奋或令人哀怜，总是带有一种浓重的粪土杆秸气味，溢满在卧龙谷漫长的日子中、不成形的短街上，溢漫在卧龙谷广阔的土地里，经久不散。

在卧龙谷，老年人的生命是寂寞的。你创了一辈子家业，你一辈子风风火火，为儿女，为子孙，到你老了再风火不起来，需要借儿女的力气活命，你便重新回到生命之初，什么都不复存在。王家三老头一辈子为家操劳，老了老了，将一个家分给两个儿子，自己却失去了生活五十多年的家，每十天轮到大儿子家住，住上十天再到二儿子家住。

三老头的儿子一个住卧龙谷东头，一个住卧龙谷西头。月中逢初一、十一、二十一，老人用一双板硬的胳膊搂孩子一样搂着铺盖，从坑洼不平的短街上走过来走过去再走过来，像当年下乡搞蹲点的公家人，又像这条街上时而从外乡来的讨饭的。所不同的，当年公家人蹲点，从哪家出来都有男女相送；外乡来讨饭的，常常引来街上小孩尾随和呜呜汪汪狗叫。而老人则是一个人静静走出大门，悄悄躲闪道上的水沟和疥疮，满街的狗见他都摇头摆尾，有的还跟上送上一程。

那老人是异常寂寞的。如果不是对着天上的燕子或地上的什么虫子说句痴话，一天下来是没有什么话可说的。在大儿子家，面对一盘土炕、一面报纸糊着的墙壁，土炕和墙壁构成的世界是空寂且黯淡的，终日除了看墙上的灰网，就是转到院子里去看园子菜地哪棵辣椒开了花，哪棵茄子坐了纽。然而到院里转悠不如看墙上的灰网舒心，那菜地里各种蔬菜的面积分布同他年轻时完全不同，且长势也同旧时相去甚远。儿子儿媳把一份精力全摊给野外大田，外面挣回一块板，家里丢下一扇门。看着想着，老人心里就有几分不平。心里不平，又不愿再度爬回黑洞洞闷乎乎的炕上去，就去瞅爬满墙头的爬墙虎，就想人活着还不如这不会开花的爬墙虎，人开了花结了果，最终要落得一个空空落落。爬墙虎不开花不结果，却是永不衰老，永不枯槁，相反枝蔓一年比一年茂盛、繁荣。

在院墙边看着想着，一个人寂寞地打发着日影斜过来斜过去的时光。若儿媳从田里回来，院子里不像从前那样寂静，有了咯咯啷啷门撞墙或铁锨撞锄头的声响，以为比从前要热闹一些，活泛一些，然而老人比从前更加寂寞了。儿媳一进门，必眼观六路耳闻八方，见一群鸡在韭菜地里懒洋洋打扑腾，把韭菜扑得前俯后仰，便叫骂开来，死鬼你反了，进了园。你个死鬼是怎么进园的？一顿泥块沙石打过去，把鸡们吓得满院寻找逃路，有的竟从老人头顶飞过去。死鬼，这园子是给你进的吗？你个败家的不死的。儿媳是异常气愤的，脸子像墙头吊下来的紫倭瓜，眼睛比斗架公鸡还竖得直。老人被一阵人喊鸡叫吵清了脑子，想起那鸡是自己放进去的，不敢去看儿媳的脸子和眼，不敢品味儿媳那骂鸡的话，什么"败家的不死的"，都是指着自个。如此这般，院里是比先前吵闹了，老人的心却更加寂寞了。悄没声响地关了自个的屋门，闷闷地去看墙上的灰网和墙皮报纸上能够认得的大字、上字、平字之类，直看到菜端过来，才动了动身子，一手搓炕，一手笨拙地活动筷子吃将起来。

惹了一场祸害，挨了一顿不明不白的骂，这剩下的日子便一天天难过起来，到院里转也不是，在炕上坐也不是，最后不得已走出院子，来到街上。街上是要热闹一些的，孩子大人在日光里不停地过来过去，像忙一件要紧事似的。邻家的老爷子也在大街草垛边晒太阳，想奔过去说个话，说一说如今的儿媳和旧时的儿媳真是天地相差，天理和良心一概没有，然而没敢。从前就是和那老爷子说这些话，在草垛边兴致勃勃地说（他们一说到天理和良心总是兴致勃勃），让儿媳听了去，回家好一顿拍腿摔碗发牢骚，什么天理良心？俺没给你吃还是没给你穿？哪个节不给你煮两个鸡蛋，哪个节不为你专炒小菜，不叫你俺能那么浪费？再说又不是在早，女人围着锅台转，不上山干活，专在家伺候老，现在行吗？不看恁儿外出做活，俺天天下田有多累！多累呀！嗯……肯定是无论如何不敢再去和那老爷子讲话了。老人在街上站了一会，又转回院里，心里陡添另一份希望。屈指算算，轮过来的十个日子只剩两天了，很快就要轮到另一个儿媳处。

然而二儿媳虽不似大儿媳嘴尖舌辣，却一天到晚哭丧着脸，不知因为老人又轮了回来，还是因为小小年纪就承担了孩子、家务、老人一应繁杂的事务，没有一份近在眼前的实在能让自个感到实现了先前因书本启发所生发的理想，那张脸简直就像冻伤了的地瓜。老人原本也是知道二儿媳没好脸子的，可每当有另一种痛苦出现在他眼前，他就想这哭丧着的脸一定比嘴尖舌辣让人好受。但当真同那张阴云密布的脸朝夕相处，老人又觉得还不如轮到大儿媳妇处。大儿媳妇虽嘴皮子厉害，十天里总还有高兴的时候。高兴了不但不骂什么，还亲自过来送饭，还说，爹，你吃。就这么的，希望和失望总是在十天里徘徊，一个轮回又一个轮回，没有终了。

老人在街上行走，战战兢兢抱着铺盖，一个善良的中年人遇上，就过来帮他送到儿子家，不想那媳妇的脸子难看，以为是伤了人家自尊心，便再也不敢去送，只有眼巴巴地可怜着老人，将充满同情和可怜的目光投到老人的身上。不见了老人，又将目光落到自个身上，似从老人那里看到自个未来的影子，甚而说不定还不如老人。那小崽子还没下学就抱定一个决心，将来一定离开卧龙谷。

有一回，老人结婚在外的闺女回来看他，街道上碰面，见爹一个人夹着铺盖往东走，上前叫了声爹，就抽抽泣泣哭起来，哭得很凶，仿佛一点不知道爹在家的处境，仿佛再这么下去，爹是活不下多少日子的。父女哭，邻里的女人也止不住眼泪，心里想，孝顺闺女快把你可怜的爹接了走吧。可是见那闺女哭完擦了眼泪，照旧把爹领到弟媳妇家，住上一天半日，又一个人走了。就猜想那闺女家的日子也如何不容易，要带孩子，要侍候公婆，再接了爹去，是要闹起矛盾的。

卧龙谷短街上，老年人的生命是寂寞的。不像那若干年前，即便躺在炕上半死不活，只要你胡须一抖，儿孙嫡媳就忽地围拢来。若干年前是老的享福，小的吃苦，小的总以为还有漫长的日子等待着。如今却不行了，如今年轻人最知道该怎样及时享受，老了便是回到生命之初，一无所有。因而卧龙谷的老年人无法不唱"折子戏"，就说那邻家的刘老头，就一个儿子，不能轮班养活，每日盯住一口锅一个院，其日子更是永远地死寂、孤单……

卧龙谷的中年人不唱"折子戏"，却有着生活摊派给他们的属于自己的戏。一个男人、一个女人、一个或几个孩子，组成一个完整的家庭。一个家庭有房子，有地，有牲口车马，有猪鸡鸭狗，有装粮的仓子厦子，院墙水道沟，这些物件和工程是必需的，缺了哪样都过不了完整日子。比如没有猪，你一年的油水没地场出，庄稼底肥没有着落，杀猪时自己请不了客，尽让别人请，你的脸是没场放的；没有鸡，一年的零花钱要受到限制；没鸭子，年中逢上端午中秋，别人家热气腾腾，冒出吱吱啦啦的鸭肉香味，你冷冷清清，大孩子推门哭丧着脸，小孩子是要吵吵叫叫的。尤其过冬，谁家若没有鸭肉烧土豆端上桌子，那简直是背叛了卧龙谷的风俗，传扬出去，会受到全街人咒骂，土鳖家不过算了！再比如你没有粮仓，秋收时节把粮食堆到院里，那是不成体统的，庄户人家没有粮仓，就像战士上战场不带枪。你没有水沟，自家的废水和夏季的雨水漫上别人家墙根，将人家土墙浸坍，两家必打得不可开交。然而，这样一些大小物件、工程有与没有，在一个家庭，责任是有明确分工的。猪鸡鹅鸭是女人的事情，车马墙沟是男人的事。有了这样明确的责任分工，缺了哪样都要追究责任的。女人不把猪养好，养着养着，吃了许多粮食就是长不大，男人回家就摔盘子摔碗，妈的，废物，连猪都养不好，废物！屯中大凤的男人一天就愿喝酒，喝完就睡，一睡大半天，别人家青石墙砖墙，他用高粱秸夹着，风一吹东倒西歪，鸡猪随便就进了院。女人气不过，饭桌上夺了男人酒杯，穷喝穷喝，找你算倒了血霉。一边高声说着一边呜呜咽咽哭起来，说当初真是瞎了眼，上了当，光看外表真是瞎了眼，没遇上脾气好的男人。见女人哭，说上两句小话，说得了得了，吃罢饭就去找车拉石头垒墙，也就了事。尽管女人知道男的是在哄她，不是找了车就能拉着石头，想一想，日子毕竟得过下去，硬闹是闹不出结果的，一切都是命。男人的话能使女人想到自己的命，命大约是无法改变的。一想到无法改变，女人就无可奈何，不再激动。

然而，大凤的男人不但没有好脾气，且极好面子。见女人当孩子面夺了饭碗，又号号嘹嘹地让邻居都听见，便火冒三丈，妈的，俺当初才瞎了眼，找你这么个丧门星，哭刘备。男人从炕上一下蹦到地上，借才下肚那点酒精拉住女人胳膊，妈的，你后悔给我滚出这个家，滚出去，有你能过没你也照样过。女人见猪拱了地里白菜，也是一时火气，没想到遭到这种结果，不免有些后悔。这家怎么好随意就滚了呢？有大眼瞪小眼的孩子，有亲手喂养的猪鸡鸭狗，有一园菜一仓粮食，好赖能对付过下去，离了这个门，还不喝西北风？女人这么想却不能说出来，因为此时男人正在火头上，两眼瞪得有蛋黄大，额头青筋像田地里的蝼蛄洞，鼓鼓棱棱，要把皮肉鼓破似的，十分可怕，就由着他骂，不还口也不哭。最终男人骂累，女人的懦弱满足了男人的虚荣心，就脱了上衣换一只盅，又在桌子上喝起来，也不用什么下酒菜，喝得酩酊大醉，好像为的就是酩酊大醉。醉后推了桌子，打起呼噜，呼出满屋酒臭气息。女人收拾了桌子，赶紧到院里扒高粱秸，以补救院寨上的窟窿。毒毒的日头下，汗淌了满脸满衣衫，手勒出道道口子，又不敢歇下来去看邻居家结结实实的院墙。看了怕受不住刺激，怕望见邻家的女人和街上的女人。那些女人见她大热天的正午还在院里干活，注定扔来同情的话，哎呀真是，这天他叔也不帮帮？这种话若被男人听见，晚上进门又遭了罪，你特意寒碜俺，王八犊子不会下了日头再干？要挨一顿臭骂。

毒毒的日头下，只有一边扒着高粱秸，一边数点着一个个日子，想下一个日子里该干些什么，再下一个日子该干些什么。喂牲口的槽子有一条腿眼见就要断下来，需找块木板绑上；稻田的草都快齐了稻苗，再不下肥，要耽误扩权；铁锨的头也不知掉到哪里去了，广播里说要来洪水，得赶紧挖挖水沟……种种一应男人的活都得妇人想到干到，且干的时候还要选择隐秘的时机，还要佯装高兴、欢喜……

那高兴和欢喜实是难为人的。原本又累又疲乏，又动辄就因累和疲乏想到婚前相亲时只注意相貌的失误，又由这失误想到一辈子都不会有翻身之日，真是哭的心都有。然而卧龙谷的女人都有极强的韧性和耐力，绝不会因为当初选择的失误生出再次选择的念头，绝不会想到离婚或者去死，总是一家比着一家。常年打架的就拿村中的老闺女做比较，说女人不管好赖，还是有个男人有个家好，那老闺女在家整天看着弟媳妇脸子，什么脏活都干，还让人说吃闲饭，多可怜；那不打架却是儿女多受着经济上围困的，就拿打架的对比，觉得汤呀水呀不管吃什么，只要过得舒坦，总比吵吵闹闹要好。人心不顺，吃大米白面也不香。这么上上下下一比较，日子也就没法不过下来，那个既负着做女人责任、又负着做男人责任的女人就常想，男人也就是喝点酒睡点觉，没赌没嫖没搞女人，没像前组的张大泡，把自己女人晾在家里，在外见女人就迈不动腿，丢死人了。

于是，终是滚不出这个家的。那男人也只能说说，抖抖男人的威风，当真老婆滚了，他是再难找到这样的女人。他虽喝了酒，内心却很清楚，女人是不能滚的，女人虽嫌他不会过日子，却还贪图他那份忠诚的心。到他把她连拖带拉拥到身子底下，女人就变得比什么时候都温温顺顺，服服帖帖了。

再说，那漫长的日子间总不会是充满忙乱。有什么节日闲起来或粮食进仓，场院地里干干净净，到外面抓只鸭子来家杀杀，堂屋和饭桌上冒着热腾腾的香气，大人孩子围上一圈吃肉啃骨头，男人捏着酒盅吱吱啦啦喝，女人不再因为外面活计没做夺了男人酒盅，男人平平安安地喝着吃着，竟然生出些许兴奋来，竟然给孩子讲起了傻女婿的故事。一边讲着，还细眯着眼瞅着女人，蛋黄大的眼泡泡掉进水里似的，浸着透透的幸福感，不由得你不感动。

有了这一点欢乐，对于女人就已足够。早先在娘家，娘死得早，跟哥哥嫂子在一起，逢年过节，盼嫂子抓鸡杀，嫂子就是不抓，嘴里馋的时候，就想将来也结婚当了嫂子，由自个安排日子，想做什么就做什么，那该多好！如今不但这点理想达到了，还调动了男人孩子的积极性，将一个小屋扑腾得热热火火，女人真是无比满足，全不记得另外一时，一个人田里收稻子累得腰都直不起来，委屈得眼泪顺腮直淌；全不记得下起大雨，猪圈墙倒坍，不敢支使男人，自个跳到臭水坑里冒雨垒墙，一块石头滑下来砸了脚的情景。

一个女人由于相亲的失误误下一生。男人呢，也是一样的。屯中的由仕安，相亲时女的还好好的，脸皮白净净的，但不想结婚不到二十天，就得了肾坏死病。其实那病是婚前就有的，女方瞒得深。讨了这等女人，只有天天陪着上医院，买药熬药讨偏方，一应家里地里日子里的事情全都马马虎虎。那女人生下孩子，来到世上三载不会走路，不但误下一生，且影响两代人的生命。

中年人的日子，年轻人是看在眼里记在心上的。伴着夏日幽幽谷水的流淌，年轻人便有诸多爱情上的理想和愿望，心下以为，命运是牵在自个手中的绳子，要它怎样便会怎样。然而，年轻人无法一下子证实自己，到一大堆时光推过去，忽地发现命运的绳索并不在自己手里，便是一切都晚了，悔与怨到最终的认命，便自觉不自觉代替了从前的想象。

一个相貌不错、性情又极温和的女子，一旦被媒人缠上，即便有着几番自由恋爱的梦想，即便主观上多么不情愿把物质看重，也无法逃脱媒人的嘴舌。且当从书本上、电影里，从夏日幽幽静静河水中生出的梦想在只有几十户人家的小小天地间无法实现时，就更是自觉地走上了媒人牵引的路子。街西王家的小清脸皮白净，眉毛细弯，腰身苗条，又念过初中，性情开朗，是卧龙谷街所有小青年的爱慕对象。可是这份广泛的热情却将年轻女子的心劲抬得极高，将她的梦想染得更加斑斓，使她在梦想和现实间久久寻不到相连处，最后不得不抿嘴咬唇，佯装极不情愿，把一份羞涩的希望寄托到媒人的红线上。至于媒人说的对方是镇边怎样一个富户，爹妈怎样年轻，兄弟怎样少，她全不放在心上，只要有机会让她把梦想和现实联系一下，使一份炽热的青春热情不致长久搁浅在死气沉沉的荒滩上，也就知足。小清的父母自然不会领悟闺女的心愿，他们大闺女结婚还没吃过回门饺子就只身出来盖房的先例，使他们在八间房屋上动起热情，以为千重要万重要，房子是顶顶重要。母女心愿虽不同出一辙，却在结果上达到巧妙的吻合，相互很快应了媒人的撮合，择定一个日子到对方家看看。

大多卧龙谷的年轻女子都如小清一样，当一份热情在狭小天地里找不到寄托时，便寄托在媒人身上。到时双方见面，见对方并不似想象的那般英俊，心里别扭一会，到另一会细细瞅，见对方虽不英俊，却也并不顶眼，就将一种积压已久的火爆的感情渐渐释放出来。最初，这感情迟疑徘徊着，一时并不流畅，并不马上包围在对方身上，到时间一长，两人眼神有了不安的接触，那感情便如刚揭开蒸锅里的蒸汽，丝丝缕缕缭绕在对方周围，顺嘴鼻耳目浸入对方心底，便自认为产生了爱情。到最后过起日子，积压的热情大部分释放出来，又在繁复的生活中变得淡然，剩余的所有实实在在或痛苦或欢乐都认定是命运的安排。

然而小清却不同，在相亲那日，在小镇边气气派派的八间瓦房里，所见的对方不但不英俊，且见人不敢抬头。脖子红红，眼神呆呆，拙嘴笨舌，像头怕见人的公猪。迎来送往，都由那做小学校长的叔叔在身旁不失时机地代理着，令小清大失所望。小清正没精打采地，欲将几天里做定的心旷神怡的想象和由此带来的羞涩收复回来时，突然瞥见另一个人，一个长相过人、说话谦和，通晓待人接物一些方式，这地方风俗中盛行的专为主人家装点门面的小伙。几乎就在一瞬，一种鲜明的对比使小清将先前很长一段时间由书本和夏日晚霞构成的想象，泊定在那个帮人跑前跑后的小伙子身上。这意外的事情使小清的秀眼和脸蛋突放异彩，使她心的某个部位发出咔嚓一声巨响。

然而，这一切做母亲的全然不知。他们在一项一项核实了媒人的话之后，在无比的欢喜和兴奋中，把目光实实落在房前三丈大的院落里，仿佛卧龙谷住房一样阔绰的猪圈、嫩绿嫩绿的各种蔬菜，把他们的心涌涨得一起一伏。院墙边上开满乡下人只听说却没见过的千秋红花，水红色花朵朵招来满院蜻蜓蝴蝶，简直让人心情飘逸。

那个做着小学校长的叔叔说话斯斯文文不像庄稼汉那般粗野毛糙，手势和语言都拖得极长，把个侄子抚来弄去，让他们既看出这家庭的日子，又掂出这未来女婿的分量。

同一目的相出两种结果，双方老人通过媒人定下定亲礼、彩礼数目，说定家具以及大件的规格价格，小清却在内心运筹着一个不可逆转的意志。

相亲归来，日子仿佛驶出大洋的船只，又不可阻挡地向前驶出一段。做母亲心中的那份欢乐和因欢乐生出的全新的打算，还有小清心中突如其来的不为人知的相思，都如日子一样，向前不停地行驶着。父母在炕头上为小清掐算着日期，将春天和秋天哪个季节更适于办婚事进行反复比较；小清在田垄里，在河边草丛里，一遍又一遍凝望着远方，凝望着大田尽头的小镇，苦苦的思念将一个红扑扑的脸蛋弄成蜡黄。当日子又驶出一程，做母亲的忽闪着偏襟褂子，幽灵一样跟出去，在门口向小清预告了婚期。

这出人意料的话由小清在门口院墙边向母亲正式说出时，将做母亲的吓得面无血色，差一点跌倒在水沟边。做母亲的没有跌倒，却顺手拽过一根条枝，朝小清身上抽去。

小清惊愣一刻，待她晓过劲来，待她看到街上围过来的一群小孩，一股冥冥之中奔涌而来的力量将她推动，她一撒腿，沿着卧龙谷短街直奔卧龙谷谷底小溪，向先前熟悉的去往小镇的路上跑了。

一个二十出头的女子在相亲仪式上相中了不属于规定中的另一个男子，放弃了百里挑一的富裕人家不说，那另一个男子的家庭、身世、一切一切都一无所知。卧龙谷从未发生过这样丢人现眼的事。气愤和恼怒在瞬间铸成了做母亲的暴力举动。然而做母亲的万万想不到，这一举动会把身边厮守二十多年的闺女气走。不待拿有枝条的手指停止哆嗦，小清母亲就声泪俱下满街找人，要大伙帮忙把小清撵回来，彻底忘却了祖宗的脸面。

小清跑出卧龙谷，在不远的稻田边突然停住。一个孤身女子往哪儿去呢？镇边的小伙姓甚名谁一概不知，即便知道，去了又该做何解释？卧龙谷有村俗家规，镇边上也一定有村俗家规，绝不会接受一个不明身份的女子做儿媳妇……望着绚丽的晚霞，望着一池碧波荡漾的大田，正感到绝望，泪如泉涌时，承担追撵小清义务的村里人跟上来，将小清带回家中。

小清母亲还是开明妇人，她虽一向看重祖宗脸面，但当让她在脸面和闺女之间做出选择时，她还是毅然决然地选择了闺女。她问小清真是铁心嫁那帮忙小伙？小清点头。那你可要一辈子白（别）后悔，有什么三屈两难，我不要听，一辈子也白·（别）来家说。小清点头。

媒人介绍对象固然选择条件，但当发现一桩明摆能成的婚事等她承办时，她完全忽视了对先前那个大户人家的承诺。事是一办就成的，不用相亲，不用定亲，单等择个吉日嫁人娶亲。小清母亲当众许愿，不登亲家门，不问亲家事，一切由闺女心愿，以此表示对祖宗脸面的顾忌。

一个只一面之识的小伙，由相亲仪式上的比较给小清的印象，在母女的一次冲突促使下，没容有任何想象中的过程，就成为终身伴侣。嫁后，过起实实在在的日子，小清才感到卧龙谷老人的话是不可不信的。没有物质做基础，单凭一时涌起的那点感情是难以打发日月的。小清所嫁家境极坏，婆婆偏瘫多年，公公一级残疾军人，落有一堆饥荒一堆活路。男人又是只会讲排场耍嘴皮、满街逛游的货色，天天寻着别人家的红白喜事，寻开心蹭饭吃，日子和活路丝毫不顾。那个小学校长的大户人家有着一份同情心，也相中他的口才，将他招去为烤大棚的买卖跑交易，一月付给一百块钱，却不想他娶了他们已订了婚的儿媳，便由那校长做主将他开除。如此种种，虚构给一个人的火爆热情很快飞走流散，随之而来的是一日三餐给婆母喂饭，端屎接尿，怀孕呕吐，上山下地，还有那小学校长叔侄一家人的白眼和红火日子的刺激。

男人不同于先前想象，就用想象来塑造他，要他守在家里安心干活，侍候老人。男人自由随便了二十六年，兀地有人限制他，又是这个人打了他干来得心应手的饭碗，于是将先前那副英俊的面孔撕扯得面目全非。

转了一圈，到终还是归结到命运。

卧龙谷年轻女子婚前都是大雾里看一派璀璨景色，看不清楚；却正因了那份迷蒙，使她们的向往和梦幻更加富有魅力，使她们甘愿为那富有魅力的向往和梦幻不顾一切。而婚后大雾消散，天地一片纯然，眼前是赤裸的现实，一茬一茬女子莫不被现实改变。

卧龙谷的短街上住的都是平常人家，这些平常人家在一成不变的日出日落中，有着一些极其平常的故事。这些故事或凸在表面，或凹在内里，都同卧龙谷的日子一样是漫长的，没有结尾，也同卧龙谷的短街一样沟回多，弯曲多，展不开抻不平。这些故事仿佛一堆乱麻缠绕在每家每户间，缠绕在卧龙谷每家兴起一道水沟后的现代史上，要寻找其来龙去脉是注定办不到的。这些散淡而平常的故事又像一串缀在卧龙谷用日子织成的长网上的珠子，明明灭灭，呈示着生命的波动和跳跃，记载着这个地方独有的生命的实在。

公鸡一遍又一遍在长街报晓，声音日渐明亮，节奏日渐欢快。千秋红在日升日落不变的日子中，从小镇边上蔓延到卧龙谷短街，短短的街心各家院墙边，水红的花朵朵仿佛大块大块彩锦，映得满院满街光芒四溢，引来一些从未到过卧龙谷的蜻蜓和蝴蝶在天空中打场。短街上先前生疥疮的地方，蟹里黄一年年掘着，兀地在一个初春里同其他地面一样硬朗起来，平实下来，不被团圆饼和火烧哄住的孩子站在上面再也弹不起来。最初他们以为找错了地方，细细琢磨，并没找错，便生出一些苦恼来。待那每年必挑疥疮的男人握锹奔小孩过来，竟实实傻了眼。那疥疮仿佛被一个中外有名的医生治愈，仿佛每年每年挖着蕴藏已被挖尽，仿佛它是一架老掉牙的机器，再也生产不出蟹里黄来。反正疥疮是彻底地不复存在了。小孩苦恼一阵，又有新技法生出来，玩别的去了。大人赶马车推三轮在道上放心大胆地走，消除了埋在心底多少年的顾虑，手不再出汗，心不再紧张。男女老少闻讯纷纷走出家门，聚到该出事却没有出事的地方，惊奇这不可思议的可爱的变化。就是在这许多变化之后，卧龙谷短街上的平常人家又生出了许多传奇故事。

这传奇故事首先发生在那个先前提到过的为牲口吃稻苗大动肝火的男人家里。他那不会用脑光知出大力的一行儿子中，有三个儿子冥冥之中成了城市人。那是一个神不知鬼不晓的日子，他的一个远房亲戚从城里下乡筹大米，看到他家的日子，一夜叹息之后，领了三个有力气的走了，一走杳无音信。九个月后，就发生了这个传奇故事。儿子在信上说，他们三个在一家孩岗（海港）扛粮包，正干（赶）上公家专（转）正一批装鞋（卸）工，就把他们专（转）了。一些吃不住苦的小子都跑了，就剩下六个。老三还当了脱产班长，一天只使使嘴动几下笔，记几个间（简）旦（单）的数字，不出大力。

这事由那做父亲的出来说时，全街人都不相信。卧龙谷多少年来，除了祖辈识字断文的张家老大，凭从祖上继承来的笔上功夫当兵做了连指导员，转业回来分到小镇政府工作之外，还没一个男人在外面打下天下的，尤其这几个小子只上过小学二年级，怎么可能？

然而过一些日子，有人发现乡邮员不时地给那做父亲的信件和包裹，还有人发现这做父亲的确实不似从前了，眉眼展得开，肩膀耸得直，香菜地里多年站立的有鼻子有眼的假人不见了。就传扬说这是真的，如今那蟹里黄都不冒了，什么事都有可能发生的。

紧接着发生的另一个故事似乎与前一个故事呼应着，有着某种奇怪的联系。

在外面世界闯荡多年，有了老婆和一应家业，很是为卧龙谷增光添彩的张家老大，因为生活作风问题受到镇政府严肃处理，被政府机关开除，遣回老家。

张老大的父亲张守山是卧龙谷极有名望的老人，会说古事会写各种经文，从小就教儿女背四书五经，教儿女懂得道德风俗，知书达理，对屯中庄户人家孩子的粗蛮无理嗤之以鼻。老来之后，每日手里捏着烟袋，眼睛望着远方，很是悠然自得。却不想，在街上望回了他伤风败俗的儿子。

一个有文化、见过世面，且有过一番人生经验的年轻人，在镇上本是很受重视的，让他掌管司法民政一些事宜，间或也管管自由市场。然而，一个有文化、见过世面，且有一番人生经验的年轻人，那个司法民政和自由市场一应简单差使是缚不住他的手脚、思想和心灵的。不知是闷闷的小镇机关简单而繁复的生活日程使他一腔充足的情感派不上用场，最终不得不在一个自由市场卖鸡蛋的小媳妇身上打下折扣，还是那小媳妇姣好的容貌，人群中躲躲闪闪，仿佛一只受伤了的小鸡似的仪态着实让人疼爱，两个人通过免收税款和用目光感激的形式，开始了最初的交流。由最初的交流，在每月六次集日里达到情感上的融会。后来由情感的牵引，在镇政府一个旮旯办公室里，男人犯下了为政府机关所不能接受、为小地方人所不能容忍的生活作风错误。

日久不住的四合院西厢房里，张家老大在那里悄悄安住下来，一张蜡黄的小脸像受了许多委屈似的。那个读书识理的父亲终日和他别扭着，不问住下是否合适，不问久不用了的烟道是否畅通，到有一时见儿子憋闷得受不住，要用一双白净的手拿下镐头到田里去做活路，做父亲的才开口吱声，算啦，不用你。儿子于是放下镐头，深深低下头去。

做父亲的怎么也无法理解，他张家后人满腹经纶，到大世界走一遭，如何走到今天这等地步？而那马马虎虎人家却一高跳出三个城市人。

一个堂堂男人为生活作风错误让人打发回家，街上人不胜惋惜和惊讶，而更让他们惊讶的是，那个使一个男子犯下影响终身错误的女人，竟是三年前挨了母亲枝条，嫁出去再也不曾回来的王家小清。

事隔两个月，那个曾有为父报仇英雄气概却又遭到失败的中学生毕业回来，在街上呼着喊着，要找鸡巴组长算账，扬言这回不打得组长跪着走路绝不罢休。

卧龙谷的男女老幼全惊呆了，以为真像先前有人说的，这鬼地方是阎王爷的门，说不定什么时候将捣鼓出地震，将全村人吞进去。

然而，完全出乎人们意料，年轻组长稳稳当当从院门走出，手里拿着他为之奋斗一个季节才夺过来的账本、算盘，用平时极少有过的平和目光看着大家，看着满面凶相要找自己报仇的毕业生，将账本算盘往前一擎，呶，中学生，给你，七年的往来账全在上面，你认真检查。说完径直向中学生走去。中学生最初迟疑，弄不清对方搞的什么把戏，后来觉得自己不该怕他，就在众目睽睽之下接过账本，理直气壮地转回家去。

这结局虽是大家暗盼着的，却来得太突然太没根底，那个比茅坑石头还硬的刺儿头，怎能舍了这份差事悄悄软下来呢？

然而不到半月，这议论和分析便烟消云散，年轻组长的小媳妇出来说，她男的到小镇上看桌球台子去了，领了她的小弟和小叔子。

这事情发生在夏秋之交，万物都在半熟不熟的季节。等到秋天，四野的庄稼均由深紫变成金黄，卧龙谷又有一个爆炸性新闻传开。

两个儿子轮班养活的王家老头吊死了，吊死在二儿媳家门口猪圈的横杆上。全村人闻声去看时才知道，老人的两个儿子都不在家，都不惜抛了山上活路，到山外面赚钱去了。两儿媳哭得很伤心，大儿媳边哭边说，就不能再熬下几日，等俺把山里活路做完，剁只鸭子吃了再走，过几天就是你的生日了。似乎说走是对的，就是走得早了些。二儿媳起先哭得说不出话，身子一抽一抽的，到后来消顿一些，呜呜咽咽地说，这日子累煞人了，操煞心了，才二十三岁就过上这种日子，什么时候是个头？还不如死了好。看似哭公公，仔细一听在哭自个。

对比卧龙谷朴素而简单的短街，葬礼是隆重了些气派了些，这是卧龙谷的传统风俗。人活着不管吃什么穿什么，死了总要吹吹打打搞得很气派。然而，同其他传奇故事一样，人们震惊三五日，叹息三五日，半月十天过去，一切也就成为过去，人们又在自己分定的那份日子上辛勤地耕耘和劳作。

千秋红从夏天一直开到深秋。深秋的卧龙谷短街到处溢漫着花的芳香，孩子们用高粱梧桐枝条曲成半圆，往自家的房檐卜勒出蜘蛛网，然后满街追着蜻蜓蝴蝶往网上勒，把蜻蜓蝴蝶追得满街飞。直追得秋天从卧龙谷退了去，千秋红谢了花瓣；直追到蜻蜓蝴蝶飞着飞着，一只也不见了，最后一场严霜盖了地面。

到严霜盖了地面的时候，孩子们就盼望下一个春天的到来。

发表于《鸭绿江》1990 年第 10 期

获东北文学奖佳作奖

天高地远

　　无论春夏秋冬，无论黄昏时分的空气怎样清冷、潮湿，从平顶峪大田归来，总能看见爸爸和奶奶像两尊泥佛一样坐在门口。缩着肩，袖着手，四只洞一样昏暗的眼睛搜索着对面的荒山、通往屯里的小路，那样专注、痴迷，直到最后一缕霞光跌进山谷，直到我扛着家什，两手空空从田里归来——他们一天中最后的希望泯灭。

　　爸爸和奶奶一直在等待，等待结了婚的大姐姐、二姐姐、小姐姐哪一个回来，都拿一包糕点和糖果；等待屯里谁家红白喜事，送来一点酒菜。尽管三个姐姐极少回来，即便回来也只带一点点糕点和糖果；尽管屯里不常有红白喜事，即便有红白喜事，也并非逢有必送。

　　爸爸才六十五岁，却已经很是苍老了。眼窝下陷，腮帮干瘪，瘦削的脸庞仿佛一只没有长成就被摘下晾晒的瓜，皮肤抽出无数干枯的褶子。三年以前，爸爸还是很有一些精神的，两眼盯住的除了大田还是大田，除了日子还是日子。每天拖着犁耙一样的身躯，在院子里，在通往平顶峪大田的小径上，在漫漫无边的苞米地里，频频地往返。有时推着单轮车，有时扶着犁赶着牛，有时扛一把锄，将一张脸呈在土黄的山野间，供风吹日晒雨打。他从不计较出力多少，从不计较年景如何，从不计较饭食好坏，仿佛只要是大自然给予的都是合理的，都当无条件接受。

　　如果不是疾病，爸爸对这个世界将终生都是给予、付出。他会扶着犁，赶着牛，扛着锄，一直走到黑，走到老，走到行将就木。都是三年前那场洗劫他的灾难，脑血管出血导致的半身不遂，将他从田垄里拉到炕头上，将他彻底改变。

病后的爸爸对每一个来到他生活中的日子都充满了苛求，就像有一个来自天外的什么东西附上了他的身体。他被那东西架扶着，支撑着，每日三餐，每时每刻，瞪大眼睛张大嘴巴，等待有一口好饭和一口糖水送到他的面前。如果等来的是苞米稀粥和咸菜，等来的是一句"爸你喝汤"的话，他就翻白眼，最后由白到无限的空茫，由空茫到逼视奶奶。或许他认为那份好吃的该有或本来有，都让奶奶分享了。

爸爸在通往院子的小径上一步一步磨蹭着，右臂伸得长长的，将僵硬的左臂抱在怀里。苍茫的暮色里，深灰的便袄裹着他高大的躯干，和墙上的蒿草印在一起。奶奶则跟在爸爸后边，拄着木棍，拿着蒲团，大襟袄里伸出的弓一样弯曲的腿不停地挪动，仿佛它牵着希望的线丝，一步一步收缩，直到最后彻底失望。

妈妈知道，爸爸和奶奶的失望是注定了的。三个姐姐都有一份紧迫的日子，她们不可能频频回来探望。而我，他们的小女儿，把二十八个春秋积下的所有力气、孝心挥洒在田垄上、山野间。能赚回来的只是全家人一年的口粮，年景不好，连口粮都难保证，绝难有钱为爸爸和奶奶买好吃的。于是，为了不使屋子里空气紧张，为了不使爸爸进门就拿"没摊上一门好亲戚"的话扎妈妈心，妈妈想方设法，使锅里的粥煮烂一些、香一些，小锅菜油水大一些，可口一些。见爸爸和奶奶进门，妈妈总是十分紧张，她一边上前扶住爸爸，一边向后伸手接过奶奶手中的蒲团，有时顾忌太多，一不小心崴了脚踝。而爸爸常常用力把妈妈手一甩，愤愤地说，妈了个巴的，没摊一门好亲戚。穷，穷，尽是穷亲戚！

三年来，这是一句在家里重复最多的话。小时候，也听爷爷奶奶说过。不过那时候，这句话的出现总赶上家里遇上什么特别的事。比如舅爷和姑姥家春上没粮，动辄赶着马车，绕山过岭来我家住上几天。比如西厢房要苫草了，爸爸跑遍七大姑八大姨也没借来一个钱，爷爷和奶奶就背着我们小声嘀咕，没摊上一门好亲戚。那时候，爷奶说完这句话，总是一咬牙根奔到地里去拼命做活，或者高声喊着爸爸的小名，举胜，割草去！让人从他们的举动中感受到一种意志和力量的驱使，让人感到在这种力量驱使下，没有渡不过

— 23 —

的难关。而这些年过去，我们家在漫无边际的穷日子中度过来，仍然是不曾增添一门好亲戚，且爸爸每次说完这话，都让人从他那份苍老、急切的渴念中感到生命持续的痛楚，感到作为一个儿女，不能满足自己所爱、所为之承担责任的人一点可怜的物质要求的悲哀。爸爸每说这话，我的心都仿佛有东西撕扯般作痛。在那或炎人脸皮或风沙打眼的一天一天里，为这句话，为没有好亲戚这个事实，爸爸付出了多大的热望和代价！

是的，即便摊些穷亲戚，也不再有谁春上没粮，到我家大吃几天，没粮吃的日子似乎不很多了。可是现如今，屯子里、屯外边，总有一些人家靠外边亲戚的拉扯、指点和势力，做买卖办工厂发了大财。屯里刘麻子那四间漂亮的水泥结构的平房就时刻闪耀在爸爸奶奶的眼皮底下。并且人家结婚在外的闺女三天两头回家探望。据人讲，刘麻子的砖厂就是靠他大闺女的舅公公办起来的。人敬有狗咬丑，刘麻子家每天人来人往，携包荷担。有了这种鲜亮的日子做比较，爸爸又丧失了劳动能力，每日间有许多念想涌出来让他在无边的时间和空间里想象那份愿望，无论是关于吃的还是关于亲戚的，怎么能够不急切呢？

每一个家庭都有选择亲戚的机会，儿娶媳妇，闺女找婆家。可是，不知为什么，我们的家庭就一直不能如愿。我们的家庭，亲戚的最终形成仿佛带着一种宿命。

大姐十八岁时，她的漂亮好看在村里女子当中是屈指可数的。她脑门宽宽，脸腮粉红，嘴巴圆圆，一双小眼睛像平顶峪石罅间年年生长的球球花花蕾那样光亮透明，小巧的鼻子和嘴在那双眼睛的映衬下，十分招人喜欢。大姐那时也和我如今一样，每日起早贪黑，一只燕子似的飞在田野里，同艳绿的庄稼、喷香的草丛一起，打发着如同天边飞起的烟雾似的迷茫绵延的时光。庄稼和蒿草经不住时光的缠磨，枯萎了秸秆和叶子，大姐仍以红艳的色彩生动地出现在荒寂的山野上，同土坷垃一起，同飞扬的尘沙一起。爸爸在那个阶段里，对好亲戚的指望大概最有把握、最切实。圆子，去把牲口牵来。于是姐姐踩着地角，跳跳跃跃去了。爸爸就在背后眉眼舒展地欣赏大姐。到底，大姐以她花一样鲜艳的姿色引来了屯里最能说媒的于大功夫。于大功夫凭他嘴上功夫，把大姐介绍给西屯家族势力雄厚的王绍章。却不想，把大姐领去之后，只消大姐一个举动，就被人家彻底拒绝。大姐在进门时踏了人家门槛。

王绍章的父亲王景仁当着大姐面，就说门槛是祖宗的脖子，庄户人没有不懂这个的。这点礼节爹妈没教给，不配做王家媳妇。大姐长这么大，从没被这么寒碜过。在我们家里，似乎从来没有什么礼节可言。我们想做什么想说什么，只需遵照自己的意愿，只需不违背季节、土地、庄稼的收种规律。妈妈十岁丧母，十六岁嫁过来，爸爸祖辈又整天在外边劳作、奔波，他们没有接受过教育，又怎么能教育我们呢？大姐含羞回家，连哭三天。听着那哀哀怨怨的哭声，爸爸无比心烦。爸爸一辈子极少有过非分之想，当他那少有的非分之想遇到麻烦，他会不假思索缩回来。妈了个巴的，哪儿来那么多穷规矩？不嫁他王家咱就嫁不了人啦？于是，没用多久，姐姐嫁了一个同我们家一样没挑没拣，只要肯出力干活过日子就心满意足的家庭。姐夫有着一身强健的肌肉，拉起车来比一头牛的劲还大。不知是大姐最初的难堪带给二姐三姐一种压力和恐惧，使她们不敢期望找个好的家庭，还是别的什么原因，二姐三姐也在适于嫁人的年龄，匆匆地顺理成章地告别了父母奶奶和家，各自归附了一个满面灰土气息的男人，就像冬天出门必穿一双靴子一样自然、顺利。

最初，逢上春播夏锄秋收，三个姐夫争抢着帮着爸爸。三五天把一地苞米种上，三五天把一地苞米锄完，又三五天把一地苞米拉回上仓。爸爸的眼角、嘴角仿佛一场骤雨冲蚀沙滩，淌出一道道深深的笑纹，妈的，什么穷富贵贱，亲就中。后来，见有他们也打粮没他们也打粮，他们并没给这个家庭带来额外的什么，爸爸眼角嘴巴的笑纹便又被渐渐淤死。特别是得病之后，爸爸突然开始挑剔日子和命运对他的不公。挣不来钱的姐夫们便成了爸爸深恶痛绝的穷亲戚。

妈了个巴的，没摊一门好亲戚。好多夜晚对着一排粥碗和一钵土豆炖酸菜的饭桌，爸爸都扯着沙哑的嗓子一遍遍重复。

于是，空气中弥漫着窒人的气息。妈妈拾上碗筷，便去外面喂猪喂鸡喂鸭。妈妈永远在别人吃饭的时候，墙里墙外团团转着，伺候着她的犹如儿女一样的畜类。奶奶没有话语，奶奶在失望之后从来没有话语。只在哪个姐姐偶尔回家，拿了一包蛋糕，分给她和爸爸每人几块，她活动没牙的牙床大口大口吃完之后，才像一个受了奖励的小孩子似的，情不自禁地说起话来。说六十五年前怀着爸爸的时候，她馋槽子糕馋得疯疯的。漏风的嘴唇呱啦呱啦，传达着风箱一样粗重的声音。

每天晚上这个时候，都没人接爸爸话茬。爸爸一边说着，一边右手拄炕，一点一点挪到炕里。等他坐好，我就赶紧端碗喂饭。我动作非常迅速，因为我知道，如果让奶奶先动起筷子，爸爸注定火冒三丈。而老来的奶奶从来不知看爸爸眼色。

你说就是摊不上好亲戚。有时爸爸吃饭时，也没完没了地絮叨。

吃饭也堵不住嘴，没摊好亲戚怨谁？妈妈堂屋里终于忍不住。

噗——刚刚进嘴的饭菜一下喷到我的脸上、胸口。我再也无法忍受，搁下饭碗。

你们也太不像话，没完没了的。我不知说谁，说爸爸还是妈妈，我鼻子一紧，一股压抑不住的酸水一股脑涌向鼻腔、眼睛。

走进我的小屋，擦了脸和胸襟，面对一面小镜，我伫立了许久。什么时候才有个头呢？一天天在垄里爬，对着寂寥的山野和空旷的世界，希望有个说话的人。回到家里却大气不敢出，又要遭受这样的气氛。

事实上，爸爸、妈妈、我，我们三个人都在寻找发泄一次积攒已久冤屈的时机。这冤屈在许多时候找不到发泄的对象，于是，就在这样的时候发生了这样的碰撞。碰完撞完，接下来的日子才有可能出现一段正常。

擦干眼泪，我还是推门出屋，去给爸爸喂饭。可此时，妈妈已把碗筷拿起，坐在爸爸对面，两颗饱满的泪花在灯花下闪烁着令人心酸的光芒。

爸爸和奶奶吃完饭的时候，钵里的酸菜只剩一点底了。妈妈把它端下，端上一盘酱山芋：我和妈妈该吃饭了。我和妈妈常就酱山芋下饭，不是酸菜和白菜家里没有，是妈妈不舍得炒大锅菜浪费油水。爸爸和奶奶饭食的特殊已使缸里的咸肉迅速减少，四口人三亩三分大田七分菜地，苦累一年所打下的口粮只能糊口。养猪必须每天到山上拔草挖菜，一年养头二百来斤的猪，解决一年的油水，需妈妈精打细算。屯子里没有老人的家庭，咸山芋也是一日三餐要上桌的。爸爸吃了六十多年，奶奶吃了八十多年，直到现在他们老了，才在妈妈的孝敬下不再吃它。妈妈不知还要吃到什么年月？有爸爸和奶奶在，她就得这么吃下去。我呢，吃的日子就更漫长。四圆，找个好婆家就有油水了。常常对着饭桌，妈妈故作轻松地这么说，脸上挂着难以诉说的笑意。

嗯，我也笑了。吃山芋有什么不好呢？乡卜人没钱头肉，哪一辈哪一代不是这么过的呢？现今粮不缺，不是已经很有福了吗？一天到晚山地里消耗，每顿饭就着山芋，吃起来也是那么香甜。

每天饭后，同妈妈一道圈了鸭子，挡了仓房，喂了牲口，夜都已经很浓很浓了。饭前还隐约可见的平顶峪山冈、白杨林河岸，都被夜幕推到深不可测的后边。只有庄户人家的灯光在屯子里明明灭灭，显示着对日子的永不疲倦和执着。每天晚上，完成喂牲口这最后一道工序，站在透凉的夜空下，望着各家各户闪烁的灯火，耳边响着荒野的蝉鸣和屯街上的人声犬吠混为一体的仿佛从地腹深处涌出的波涛一样厚实的声音，我都感到有种沉重的力量激荡在村野四周，激荡在蓝天下、土地里。它像深深的大海负载着每一户庄户人家，在这空寂开阔、无边无岸的洋面，打发一个又一个前无来路后无去向的日子。常常，这种感觉使我迷惑，使我内心一边涌着激动，一边又洒了盐水似的颤抖不已。我不知道像奶奶爸妈那样，一辈子沉溺在由季节和土地，由简单的劳动、繁复的日子、单一的饭食、永恒的时间摊派而成的周而复始的生活里，我的生命会有什么色彩和光亮；我不知道我该执着于前辈们留下的生路，还是贴近自己闲暇时的想象，为那份想象做一次不屈不挠的努力。

实际上，我从来都没有放弃那份想象。许多时候，看到刘麻子家砖厂的汽车、工人，我都魂不守舍，我长久地看着他们进进出出，十分入迷。我想，我为什么不能去做一种不同于锄地收割的活路？为什么永远是将那三亩三分田地翻来翻去？有时，我真想到砖厂找刘麻子掉几滴眼泪，让他们收下我。可是有人告诉我，人家的雇工全是远的近的亲属。我还那么眼气王三虎。虽然许多人说王三虎缺德，拿刀夺权，属旧时候匪胡子一类货色。还在夺权不久，将村治保主任刘再生的二丫子骗到他的光棍窝，先斩后奏娶了人家当老婆，真是平顶峪祖辈人的耻辱。但我眼气他不同于平顶峪老辈人的胆量和谋略。永远固守一种陈旧的日子，实在难说是道德还是耻辱。在坑洼不平的屯街上，在每家每户的院墙边，他那身崭新的西装一闪，总能让人从中看到有别于庄稼、牲口、褐色土地的另外一种神采，这神采让人心情舒展、敞亮。我不知刘再生的二丫子是不是经了这种神采的煽动，反正每天每天，赶着牲口走在杨树坝上，扶着犁耙穿行在三亩三分苞米地里，我无时不在寻觅他的影子。每一瞥见，心坎和胸口都有一股仿佛泉水一样的东西咕嘟咕嘟直往外冒，让我感到一种遥远的开阔和明亮。有时他去村上或乡上开会，从地边走过，我的思绪会一直追到他开会的会场，宽敞的大厅，攒动的人头。那只不过是一个因空白而不着边际的想象。王三虎是很傲气的，他从来不会理睬像我这样同土地几乎混为一体的没有任何女人色彩的女子。当然，我并不在乎他是否理我，我是说，我能从他身上感受到另一种庄户日子的新奇组织和摊派，这就足够。还有那个脸上生满雀斑的村妇女主任，她动辄翻山越岭来屯里走一趟，为她每年挣去的六百块钱左呼右喊。我不知是羡慕那浪浪的喊声，还是羡慕六百块钱，还是羡慕她一只山雀似的随意游荡？有时，这羡慕几近于恨，因为她喊完走后，我的胸口老长时间憋闷不安，她让我看到脚下的土地一片灰暗。

谁都知道她是乡长的外甥媳妇。

这样的夜晚，看着明明灭灭的屯街灯火，感觉着骤然间静下来的山山水水，所有的心思总比面对茫茫大田的白日更远离现实而接近自己，让自己温习一段亲切而涣散的感情。

夜露打湿我的头发、肩膀。一只狗突然间从草垛间冲将出来，搅动了夜的沉静。狗那么肆意而张狂，先是绕我转几圈，而后摆着尾巴噌噌远去。不久，同狗一道，就有一个人向我走来。我知道那是小姐夫。

进家去坐吗？我问。

见到你就不进了。小姐夫说。一股夜寒从小姐夫的话语中流泻出来，直冲我胸口。

彻底没救了？

有，但需要八百块钱。声音仿佛拖着一座山。

……

这就等于没救了？

嗯。

我同小姐夫木桩一样僵立，只觉有只网从遥远的背后将我们团团围住，越围越紧，勒得我们透不过气来。

实际上，小姐夫见见我又有什么用呢？我不能借钱给他，又出不了什么主意，只能跟他一道为眼下的紧迫日子感叹。但这对于小姐夫似乎也就行了。他从小没有母亲，父亲把他养大娶了姐姐后，又因他父亲一念之差对姐姐动手动脚使他同父亲断绝来往。做买卖折了本的痛苦向谁诉说呢？同姐姐面对，只能是两人心里更加没缝，只能在入夜难以成眠之时出来游荡，散散心；找一个熟人说点什么，或者什么都不说。

家去坐坐吧。我无话找话。

不，不能叫爸妈知道。

是的，小姐夫说得有理，爸妈无论如何经不住这么大的打击。今年春上，小姐夫和小姐姐回家送苞米种，坐在门口等待的爸爸见什么好吃的都没拿，愣是大声吵嚷没摊一门好亲戚。小姐姐小姐夫一狠心，回去就将种滑子蘑攒下的四百块钱买了十斤狗宝种，舍上全家口粮田，雇人雇犁，指望秋后发财。结果赶上春旱，百分之七十沙、百分之三十土的山地着了火一样焦热。小姐夫雇人整天整夜从山下挑水浇灌，眼看救活，老天爷又一股脑下了七天大雨，将狗宝苗灌得横躺竖卧。现在又得有八百块钱的农药才能使狗宝扎根，这就等于眼见着所有的一切都前功尽弃，工、钱还有今年的口粮。这样惨重的现实，爸爸妈妈知道无异于雷雨又加冰雹。

小姐夫无声地站着，连声叹息都没有，好像对眼前的日子彻底绝望。我轻轻挪动脚步，走到他的跟前。坚强些，我说。

按说小姐夫也是够有胆量和勇气的，一直在为做一门好亲戚折腾，一直在为那份日子折腾。然而，只要没有离开土地，就无法摆脱老天的左右，有谁能跟老天抗衡？

到刘麻子家借钱？绝望中我猛生一念。

他肯借咱？

试试看，总不能眼看着日子败下去。

身上的网再一次勒紧，已经感到深深地扎到骨肉里去。我下意识地向小姐夫挪近一步，我闻到一股冲鼻的汗臭，夹杂着灰土经过发酵后生成的说不出来的霉味。那是从小姐夫身上袭来的，他一定是好多天滚爬在地里，在草窝棚里，为了四亩半命根子。借着微弱的夜光，我看见他头发凌乱，下巴尖削，身上汗衫开着怀，裤腿高挽，一双脚板在地上泛着隐隐的白色，手里提着一双凉鞋。

我走了。小姐夫说，声调平平。

去刘麻子家试试。我再一次鼓动。

……

小姐夫走了，在屯街上拖出一段长长的尾音和黑暗。我向前送了几步，之后停住。我突然感到有一个坚硬而沉重的东西撞入我的心里——我必须拼尽力气在三亩三分地上吮吸，以解救小姐姐小姐夫和外甥的一年口粮。

也许这正是小姐夫频频见我的主要目的。

有了这样一个念头，除了做活路，似乎一切都淡泊了。

那个晚上，我很快就在奶奶不停的咳嗽中沉睡。

我还在睡梦之中，爸爸就在外屋粗声喊我，还不起来，化肥还没砸呢！每天早上爸爸都能点出一些活路，将我急切喊醒，让我起来喂他油炒面。每天早上当我梳洗完毕去喂爸爸，奶奶的那只碗早已空下，她用羹匙在碗里一遍又一遍刮着，刮出刺刺啦啦的揪人心肺的声音，让整个屋子充满凄楚和不安，让爸爸烦恼地拧眉丧脸，吃起油炒面来也不开心。

奶奶刮碗的声音几乎是家中新的一天的开始曲，它酿成的气氛总像蒸锅里的蒸汽一样笼罩全家。或许没有这样的开始一切都要好些，爸爸不至于一早起来就愁眉苦脸，妈妈不至于因爸爸愁眉苦脸而闷声闷气，我也不至于看着爸爸的脸子心窝难受。这是怎样一个家呢？每个人的生命都受着一个整体的牵制，无从解救。奶奶并非有意搞出这样一种难听的声音，使全家人心烦。她在细致而耐心地品味着残剩在碗中的一点一滴油炒面的芳香，就仿佛能从中品味出她八十五岁人生最后的芳香。奶奶确实不曾吃过多少年油炒面，这是爸爸有病之后才有的待遇。得到的不曾很多，余下的时光更是惨淡，奶奶需要一点一滴地品味，毫无遗漏。

一个阳光明媚的晌午，我推车走在回家的山路上，意外地发现奶奶和爸爸没有坐在门口石磴上等待。我于是感知了什么，一定是大姐姐回来了，一定是买了蛋糕和冰糖。这一年半载，只有大姐回家频些，并且总是带回能够看上眼的好吃东西，一进门就把好吃的东西一分为二，爸爸奶奶各一份。爸爸敌意地看着分去一份东西的奶奶，奶奶则为那份东西乐得嘴唇直颤。大姐就在由她带来的微妙气氛中坐一会，堂屋站一会，同妈妈说一些猪一窝下几只崽和春菜长势如何的话，然后饭也不吃就匆匆离去。

大姐家住邻乡，一个长着杂草和怪石的高岭的半腰，孤独的三间草房两间耳房。大姐家除了几亩旱地，还养两头母猪四头公猪。大姐和姐夫每天像爬山虎似的白天山里晚上猪圈里。母猪生崽的季节，两人更像草堆里拱出的灰猴子，白天晚上不得睡觉。姐夫人高马大却笨拙如牛，嘴笨手笨脑瓜也笨。他喜欢季风欢吹的日子，这样的日子田里活路催得紧，他可离开姐姐的眼皮一个人到田里去亡命，去自留地挥洒他的力气和热情。那时大概是他生命当中最美妙的时刻，只需呼哧呼哧喘气和大把大把抹汗，把被汗水浸透的小褂随意抛却。我见过他在大田里将光光的肚皮和肩膀抹层烂泥，一地苞米苗间完后，往地头草坪上一躺，一只啸天狗似的四仰八叉仰望蓝天的憨态。他的酣畅和放松是那样原始和纯粹，仿佛日子与生俱来就是一潭清水一轮明月，随你自由随你无形，都呈示着色彩的明丽和气息的温馨。而田里活路一旦透亮，他不得不回到以姐姐为轴心的家里院里，听大姐关于猪崽出圈日期和传说外面猪价的数叨，那个在田里曾是无限风光的姐夫便变成了一根灰暗的木桩，在姐姐不动声色的支使下东奔西忙。

其实姐姐和姐夫的相处还是十分和谐的。无论是饭稀饭稠，菜咸菜淡，也无论姐夫做家务活笨手笨脚遭到姐姐怎样的训斥，他们没有没完没了的记恨和争吵，他们在以种地养猪为主体的运转中，滋养着他们共同的家口和日子。不富裕，每年却也能有三四百块钱纯收入。这在我们家中，已属最有钱的亲戚。

也许正是在三四百块钱的支配下，一月两月大姐回家送一趟蛋糕冰糖的事实，使爸爸每到挂锄季节都催我逼我到大姐家帮工。去，四圆，地里没活，你姐一定望你。大姐不望，大姐也没有拒绝。每逢我去，她不是正在圈里给猪接生，脸腮和手掌沾着脏兮兮的草屑，就是背着柳筐在岭前割草，扑闪着肥大的裤腿，一抖一抖。她见你并不支使，只是匆忙一笑，你只需按照你的理解认定该干什么，就悄悄拿起家什。

对于老天摊派给乡下人每人一份的日子，大姐应付它是那样从容而平静。就像母亲一样，每天精心地算计着，规划着，神情专注。虽然有时也数叨姐夫孩子几句，但从不会因此影响她的情绪和过日子的积极性。大姐对孩子特别严厉，一日三餐无论早晚，都不许他们吵叫，上学不赶趟，就啃几块凉地瓜。谁若吵吵，抓住鼻子或耳朵就是无声的一扭。饥肠辘辘时望着啃凉地瓜上学的孩子，我心里说不出什么滋味。

大姐，你这样太亏孩子，咱妈日子尽管过得穷，可她从来不误饭时，好吃不好吃总得让孩子吃饱呀。

咱们姊妹没出息，就因咱妈管教不严。我可指望将来有门好亲戚。姐姐说。话音那么坚定而自信，一点不像在家时细声慢语，确有一些母亲的风范。

我把铡刀的幅度拉得很大，一刀铡下去，刀下的干草横飞乱撞。我从大姐话中感受到一股逆流，这逆流冲击着我的胸口，使胸口勃勃疾跳，却说不出什么话来。

大姐家经常出入一个男人。那男人每天晚饭后上门，早饭前出去，来去就像进自己家一样随便。他满脸胡楂，一头猪鬃一样硬直的头发，身上总是带着冷冷的风和一股医药、粪便混杂的气味。他的出现使大姐姐夫原本平常、朴素的日子在我眼里罩上一层神秘和恐惧。那男人堂而皇之走上岭腰，走进草房小院时，夜色总是很浓很浓。他脚步是轻巧的，咔嚓咔嚓仿佛风的脚步。每听门外响起这种声音，我都惶惶不知所措。他进门一点都不拘谨，四下撒目，问，吃了？姐姐和姐夫应，吃了。姐姐依然忙手里的活，笑笑，由姐夫去作陪。等堂屋活路忙完，走进东屋，姐夫就自动出来，什么不说，憨模憨样地奔耳房里去。

事情明明白白，假如不是我来，姐夫就一个人在西间睡下，姐姐则同那个满脸胡楂的男人睡东间，还有两个孩子。最初，我受不住这个破碎的家庭给我带来的破碎的夜晚。我可以想见我的姐姐由于精神和情感的什么看不见摸不着的东西的折磨，在岭前的草丛里一千次一万次地放纵自己，或者无法解除美貌带来的苦难，将喷香的花蕾泊于荒野任人摘取，却实在无法想见这有悖于正常思维和想象的场面。姐姐、姐夫、那个男人揭开了一个神秘莫测的不可理喻的男人女人的世界。我不知道平时朴素本分的大姐怎样走完这最初的令灵魂发生灾难性突变的过程，而那牛一样健壮的姐夫又在这一过程中扮演了什么角色。

那个夜晚，我想走走不得，四野瘆人地静寂；想睡睡不着，东屋不时发出窸窸窣窣仿佛风吹苞米似的声音。我思想着两个孩子，他们浑然不觉地睁开眼睛，打量着这个世界，这个世界就以姐姐的方式向他们进行着活生生的无耻的教育。我终于躺不住，穿衣摸出去，到姐夫睡觉的耳房。姐夫，我喊，我感到气短，姐夫。漆黑的房内有了响动。我转过身，准备猛不防扇他一耳光，让他清醒清醒。却就在此时，笨牛一样粗壮的姐夫一把将我抱住，他几乎一丝不挂。他抱住我就往耳房里去，将我单薄的衬衣抓得透透，嘴里连连咕哝着，喊干吗？你就直接来嘛，喊干吗？随着大脑嗡的一声爆炸，我知道我做了件多么愚蠢的事。在姐夫家里，我根本就是一只孤独怪异的鸟。

不知为什么，我没有哭，没有大喊大叫。那一瞬间，我仿佛十分清醒，清醒在这块无法理喻的世界，任你怎样都没有用。反而让姐姐知道，姐姐会因为我对这个世界有了一份实在、具体、深刻的接触而使她感到安慰——我不愿意看到那样的安慰。我只是无声地捶打着姐夫——这个兽性大作的畜生。我不顾眼睛鼻子牙齿和嘴巴，直到有股黏糊糊的东西顺着我的手流淌，才突然停下手来。这个畜生始终没有还手，也不擦脸，他像一尊泥佛似的傻坐在木案上，拥着一丝布片。他说，你打吧，打我这个畜生。我错怪你，我是个畜生。我……你不是人你是畜生——我说，我没能出口，我发现这话已经毫无意义，就像最初的反抗一样毫无意义。

第二天一早，那男人走后，大姐平静地在院里灶坑忙碌，见我没有半点脸红和难为情。倒是姐夫不敢正面看我，在桌边拿块地瓜就上山去了。

一到白天，大姐就进入无边的忙碌，她极少闲着，也极少歇下来望望天色喘喘气。有时候同她一块上山割草，我会长时间盯住她，让她为我的疑问做出解释和回答。她却对我看也不看，只顾割草。实在忍耐不住，我启动了唇齿，那胡子是谁？

大姐停顿了一下，然后继续割草。

告诉我是谁。

大姐停下来，意味深长地看着我，怎么，觉得不错？你可以嫁他，他没老婆。刚嫁你姐夫，我就把他号过来。养猪买猪全仗他本事。他是乡兽医站的。你要嫁他，我们姐俩的日子就有了保证。

大姐的话使我一阵吃惊，可我没有激动。

你糟蹋了姐夫孩子和日子，你疯了！爸妈知道要骂你的。

正是为了孩子和爸妈。妈妈年轻时稍稍动动心思，咱们姐儿几个不会落到这步田地，我怕早就成了王绍章的人了，爸爸奶奶也不至于老来这么可怜。你不知道，王绍章的老子苞米地里堵过妈妈好几回，被妈妈咬了。年轻时为一点虚的东西死守，老来却受实在东西的死熬，何苦？日子有多种过法，过死过活全靠人。

日光是明丽的。明丽的日光把个生满杂草的山岭涂染得一派鲜艳，一派生机勃发。大姐甩动着肥大的裤角和胳膊向纵深割去，一片草梗掩没另一片草梗，满山满岭哗哗啦啦作响。大姐向纵深去了，留下一串朗朗爽爽的话，铃铛般响彻草丛，伴随着草叶的相互纠缠和碰撞。我僵站着，不知所措。我感到有一种带着血腥味的色彩潺缓地流泻在眼前的山岭上，跟明丽的日光交融着，辉映着，相互滋润着。旷大的天空，辽远的世界，在为这种神秘然而令人恐惧的渗透不安地颤抖，我已感到这颤抖的幅度，我几乎握不住刀把……

我明白了大姐面对日子的那份从容和平静丰富的内涵。也许正是这无法诉说清楚的内涵，使我几次帮工之后变得苍老，面目灰暗。

四圆累瘦了，眼都凹进去。爸爸捧着我用大姐的钱买回的冰糖，每每这么说道。

是大姐回来，回来又走了。妈妈单薄的嘴唇漫开无数笑纹。我第一次见到妈妈脸上这种烂漫的笑意，它让我第一次意识到，妈妈年轻时的确是风韵绰约的。妈妈风似的钻到里屋，从柜角上取出一沓布料。你大姐买的，我和你爸你奶一人一件。妈说。我接过沉甸甸的布料，灰色隐线涤卡，黑色棉的确良，我感知了妈妈欢欣的来由。从我记事，妈妈就没添件像样的衣裳，对襟小褂旧不去新不来，斜纹布穿起来皱皱巴巴；从我记事，就没有谁想到为妈妈买点什么，吃的和穿的，仿佛妈妈同我们一样年轻，不需要孝敬和照顾。其实她比爸爸大两岁，只是一直没有条件暴露她对生活的要求。一点点物质的刺激就使妈妈精神焕发。我就想，倘若真的如大姐所说，当初她活动一下心眼，她的青春会不会长存至今呢？

午饭时间自然是几天来最快乐的时光。爸爸虽然没有改变对奶奶惯有的敌视，但他吃起饭来一直没有停止说话，说大圆的孝敬和大圆的能过，说就大圆算门好亲戚。

院外通往猪圈的小径上，妈妈备受鼓舞，我一边喂爸爸饭，一边瞅见妈妈根本没走大路。她手扶院墙，墙里墙外来回弹跳着给猪舀食，轻飘的身子如一只翻飞的蝴蝶。妈妈怎能不受鼓舞？这么些年，家里家外，空气里所能涨溢弥漫的除了穷亲戚就是穷亲戚。每一个人都在为这无时不在无处不在的话语和事实心情烦郁。有朝一日，这话语在冥冥之中不胫而走，空气里流荡着一股全新的暖流，怎能不使妈妈激动？毕竟这是漫长而灰暗的日子中少有的波动与光芒。

当时我却并不知道，妈妈的欢欣鼓舞还有另外一份缘由——大姐回来告诉她，那个兽医站的黑胡子男人愿意来做插门女婿，三天后上门见面，要我等他。这个消息我是在午饭后就要推车离家时得知的。妈妈在菜园里间菜，爸爸和奶奶一前一后挪动在去往门口的小径上，妈妈喊完死鸡你给我出去，就喊四圆你进院来。我以为妈妈要我为她拎筐或是拿掉身上的虫子，却并没有。妈妈等我蹲下，像只小鸡似的蹲在她的身边，她一字一板地告诉了我。我看见妈妈说到男方时脸腮肌肉的频频掀动，看见她常年阴郁的目光里长出一星绿茵茵的豆芽。妈妈，我不知自己要说句什么，墙外边突然传来一声男人的呼喊。

不知爸爸为何选择这一生中少有的令他高兴的中午和这样的方式，更不知他在选择这种时刻和方式的瞬间灵魂飘零在什么寓所，是在一碧万顷的平顶峪大田，还是在龌龊不堪的浊沟污流。那一瞬间，爸爸简直像正常人一样动作敏捷，思维清晰，他在墙头顺手够下一把镰刀，趁奶奶低头不备，转身朝后向奶奶抢去。没有刮破皮肉，奶奶却在石墙与小径形成的直角中猛烈跌倒，就再也没有爬起，嘴中含有大姐上午送回的冰糖。

不知是人老之后尤其害怕一个人待着的寂寞和空虚，还是由于年老愈发深化了对这个世界的留恋，导致的对亲人的不可分割的感情，老来的奶奶总是一刻不停地跟着爸爸，从来不管不看爸爸的眼神，从来不问爸爸什么话语，聋了似的耳朵终日支棱着，严密而认真地搜寻着这个世界发出的所有声音和响动，一直幽灵一样尾随在爸爸的生命中。

爸爸无法容忍另一个人在分享他微薄的生命。

或许爸爸是尾随奶奶生命中的一个幽灵。都很难说。

奶奶平平静静活到八十五岁。在我们这个祖辈除了土地没有别的念想的家里，清苦也好，寂寞也好，她都把这看成为人的必然。只是她不曾想到，她老来的生命断送在她的亲骨肉手里。

葬礼十分简单，出去报丧的人刚走，爸爸就逼着马上出殡。那是一个天空同大地一样泛黄的天气，平顶峪上的庄稼和杨树坝上的杨树笼罩在暗黄的天色中。屯里零星来了几条汉子和几个老人。组长王三虎指挥官一样指指画画。八个人抬着的棺材像只木箱跃动在田间小道上，那么轻飘，那么随便，一点没有想象中人归西天的悲壮和肃穆。死原来是这么简单。在平顶峪半山腰，先后遇见小姐姐二姐姐大姐姐。大姐无声地随入送葬的队伍，二姐小姐姐在先大哭两声，而后发现声音有些单调刺耳，都不再哭了。她们谁也没问奶奶的死因，是急病还是怎么，仿佛奶奶的死是正常的、自然的，全在情理之中。

二姐和小姐姐给奶奶送完葬，就在平顶峪背阴的坟地边同我和妈妈分手了。二姐脸上一直挂着泪珠，发乌的眼眶仿佛多少个夜晚没有睡觉。妈妈留她，她却坚持回去。她说小叔子要结婚，公婆撵他们出去盖房，锅都拔掉了，她得回去想想办法。小姐姐什么也没说，只是一直坚持跟二姐一块回去，家里猪鸡孩子和日子扔不下。

我没有跟妈妈和大姐一起回家，我知道回去之后等待我的将是什么。我站在平顶峪山冈上，一直望断二姐小姐远去的身影。天空高远，大地辽阔，一丝风从山背面掠过来，夹带一股逼人的气息。我看了一眼已经走近家门的妈妈和大姐，看了一眼谁也不曾知道，昨天的这个时候发生了伟大奇迹的草房小院，拣另一条山路走下去。

这条路通着刘麻子家，在他家后身，又与外面的山路相接。

风渐渐变高，拂动了满山的绿叶，拂动了叶尖上一上午落下的金色的浮土。

发表于《海燕》1991 年第 7 期

转载于《小说月报》1997 年第 11 期

伤痛故土

搬到大连第二十八天之后的一个早上，站在阳台看着窗外被汽车的刹车声撕裂的天空，我对丈夫说，我要回去，回去告别。丈夫当时正在卫生间洗脸，听完我的话毫无反应，对于我时而冒出的突发奇想，丈夫早已习以为常。然而，当我再一次说出我要回去告别时，丈夫带着满脸水雾走出卫生间，狠狠地吐出一句，神经病。是的，我是神经病，人已离开，家已搬走，庄河已经变为过去，还搞什么告别？

可是，我的念头一旦冒出，便像一杯泼出去的水再难收回，我几乎没容商量，就义无反顾地踏上了回乡的火车。

一

经历一次辽南沿线从东北往西南三百华里的迁徙，心里居然生出一个可以叫作故乡的地方。这地方既不是生我养我那个叫作十里洼的乡村，也不是那个有着天后宫庙的叫着青堆子的古镇，更不是后来接纳我、让我在那儿工作九年多的名叫庄河的县城，而是融乡村古镇县城为一体的大的所在，而是三十几年人生故事的总和所在。大连的房子借好之后，我和丈夫仿佛战场上被追击的士兵滚跑滚颠仓皇逃窜，那种逃离的心情绝不是多么向往叫着城市的大连，也不是多么厌恶永远具有乡村味道的县城。那心情难以用语言说清，好像跟天气、气温、土壤湿度、阳光照射时间长短、空气流动舒缓有关。那心情大概就像一只打洞的蚂蚁，费了好大的劲打完一个洞，却又带着一身汗臭不假思索爬到临近的一棵树上，为什么要爬不知道；爬上之后往下看，就觉得那样一个倾尽心智汗水的地方是永生的故乡，于这样一个故乡故土怎么能没有一次具体而真心的告别?!

回家是晚上，火车站台上空飘着浓浓的湿雾，秋天的雾气就像已被厌弃的情人不住地纠缠，锲而不舍地诉说暧昧、黏腻、柔蜜，在你的心湖上撒些油盐酱醋，让你饱尝五味泛滥。我站在站台出口坑洼不平的坡地上，浓雾裹着三轮车夫奋勇向前拉我上车，这些因为生计而夸张了的笑容熟悉得不能再熟悉，包括城市面貌、车站氛围、天天好小吃部的灯光。我站在那里，长久地不知所措。别离二十八天，与这里的一切都没有隔断，没有游子回乡的激情，没有衣锦还乡的骄傲，就像一颗生果被风摇在地上，一瞬间迷失了自己。就是这短暂的迷失之后，在三轮车上，我预感到我这疯子似的行为将是一次无事生非的举动。

我的寄宿地选在二哥家，不光因为一脉血统。我回乡的目的是为了告别，而二哥二嫂和侄子侄女是我最该告别的首要人物。在我要走还没走的过程中，作家和文化局副局长的双重身份，使我与小城文友之间、官员之间有过无数次意义模糊的为了告别的聚会和为了聚会的告别。聚了别，别了再聚。那段日子，唯没有同亲人告别的愿望，或许正是这点遗憾使我疯了一样就踏上了回乡的火车。二哥住在县城西侧城郊农民街末尾，与县城一河之隔。庄河早已撤县设市，可在我心目中，它的县的烙印怎么也难以撤掉。白天远看，农民街的房子很洋，有一种脱胎换骨的洋气，跟谁赌了气似的。然而你若走近，走过河界上的杨树林，你就粗略领会到它难以脱掉的乡土的神韵了。阔大的门楣上镶嵌着明光闪闪的照妖镜，高耸的墙壁上画着绿蓝相间的线条，那种想挣脱而难以挣脱的情景让人想到一头雄狮在笼子里跳来跳去。二哥住农民街，却没有那种比高低的洋房。二哥的房子仅是一排洋房后边的两间偏厦。二哥的偏厦不假思索地融进了农民街的富裕里，就像一个华贵的母亲搂着一个俭朴的孩子。这母与子的血统关系令二哥长久为一种沾了光的感觉喜不自胜。二哥家我一年只去一次，都是每年一次正月的家族聚会。每年正月，二哥把青堆子小镇上大哥全家、十里洼乡下三哥全家请到他狭小的房子里，用县城特产五香花生米来让大家领略县城跟乡下的不同，我自然不可或缺。除此外，我极少来过，不是没有叫问，也不是没有兄妹感情，是我一直害怕面对二哥那双盼我升官的眼睛。那赤裸的、坚挺的目光因为承载了宗族亲情，每每仿佛蝗虫一样爬进我的心我的背，让我如负重压的同时，感到捆绑了筋骨似的无法左右，心身失灵。成年之后，在我在县城工作的九年中，我相信有许多有机会走入政界的人，都多少感受过、经验过这种来自家族宗族亲情的关注，都在反感又抵御的同时，在情感的长期磨合中接受了它，直至最终变成一种网络网进一个地方的官场，最后形成宗族权力网或宗族势力，最后这势力又煽动了成千上万平民百姓对亲族兄弟升官掌权的欲望，很可能是鱼死了网也不破。

雾气越来越大，我带着一身黏腻的纠缠最后敲开二哥家连油漆都没上的木门。这扇只靠四个合页就固定在了石砖墙壁上的木门，每次见到都让我联想到二哥与这个城市。他与这个城市的关系甚至没有四个合页牢固。二哥只因当民工时对本乡外号刘大头的工头忠心耿耿，争取了刘大头农民街上一墙之隔的搂抱，并且我相信这搂抱是二哥硬贴上去的，而不是人家伸出了双臂。二哥自小就有一种进取精神，只因事事都没赶上机会，最后死皮赖脸造出了一个进城的机会，以此贡献告慰下一代。尽管他只获得了一个住小城城郊的机会，户口、工作，一应支撑全部没有，还因造屋拉了四千块钱饥荒。二哥看重做父亲的责任，又常把责任和能力区别对待，在他力不能及的时候，就无法不派生出对当文化局副局长的妹妹牵一发而动全身的关注，最终弄到彼此都像这扇木门，一动就神经兮兮。

门开了，二嫂干辣椒一样又红又皱的面孔在灯光下一亮。哟，是贞妹子。二嫂的热情是可以想见的，二嫂对我的热情区别于家里所有人，她似乎真的明白做女人的不容易，就对我当不当局长看得不重，这也许该归因于她的传统，她不喜欢女人在外面风风火火。二嫂接过我的背包就喊二哥，恒义，贞子回来了。二哥家没有院，开门就是房。只听里屋闷闷地吭了一声，像捂在一个瓦罐里的蝈蝈叫。我低头跨过挤满坛坛罐罐的厨房，揭开同样没刷油漆的里屋门，只见二哥转了下脸，微顿的目光冲向我说，才走就回来啦。

我笑了，我说走时太匆忙没来得及回家，这会闲着，就想回家多住些天。我说的回家通常是指跟母亲住在一起的大哥家，如今离开县城，再说回家，这含义二哥是清楚的。二哥动了动身，腾出地方让我坐，干裂的手指沾着一些瓜子皮。城里人爱吃巧克力爱喝咖啡爱嗑瓜子，二哥就在这些爱中拣了一个力所能及的爱来实施。我站着，久久没能坐下来，我发现在二哥家确实找不到家的感觉。我从来没在二哥家住过，我的夜晚回来，预示要在二哥家过夜的事实使我和二哥都有些惶惶然。我努力自然下来，往炕上偎了偎。二哥说，怎么还没上班？我说，没。我以为这话说出之后二哥会跟上一句，好好的局长不干，上大连去在家闲着。二哥没说，二哥只是叹了口气。二哥在无法挽救的事情上从来缄默不语。我说在家写小说，二哥还是没有吱声。二哥的无话可说，让我觉得写小说像拾垃圾一样肮脏不堪不值一提。我深知二哥并非因为商品经济时代文学的价值已经跌落，他不懂这个。他只知道什么职业能同社会产生瓜葛能同更多的人发生交往，这职业才有价值。在我还在文化馆创编室的时候，他在基建队上班，常来找我，见我坐在屋里不动，就问我，就这活？我说，是。他的脸上蓦地罩上一片阴云，后来基建队有个小伙爱好文学，知道我的名字，又知道我是二哥的妹妹，点头哈腰求他转来一篇小小说给我看。他仿佛在干枝头上发现苹果似的兴奋起来，用泥手捏着稿件跑来问我，常有的事吗？有没有当官的子女求你？要有你可千万别放过，求他给向前找个工作。向前是二哥的儿子。事过两年工作没找成，有人见他说，你妹真行，能当作家。二哥就没好气，说，屁，什么不顶。那话就像我是土坯里的一块石头，扔掉才好。后来我因为是县城党外知名人士，又是女的，阴差阳错提到文化局，二哥感知我终于可以顶个什么了，那个激动啊。他知道消息时我已报到，他几乎是甩了泥板就骑车来到文化局副局长室，我相信他在看到副局长三个字的绿门牌时，眼里是申家坟地的缕缕青烟。他走到门口，目光是那种喷射的感觉，当我局促地站起来，他的笑已不再是流动的、欢畅的，而是仿佛铁炉里流出来的水，全都积在那里，最后凝固不动。二哥的笑在见到我时凝固不动了。接着我就看到二哥因为尘埃腐蚀有些发乌的眼眶里有股混浊的亮晶晶的东西。就在那时，我不敢再看二哥的目光；就从那时，二哥做出了从十里洼搬到县城的决定。

吃了二嫂现做的面条，心情踏实下来。既然做了回来告别的打算，就有足够的准备承受到来的一切。是的，我是对不起二哥二嫂包括小镇乡下的哥嫂，可那绝对不是我的本意，我无能为力。二哥见我吃了饭，话渐渐多起来，看得出他的话多不是想说，而是为了说而说，总不能让我大老远的回来闲着。他先是说从我走后常看大连新闻，大连好像很发达，市长讲话很有劲。之后就讲起了县城的高层领导人事变动，当然那变动是"民间组织部"的安排，不一定准确。二哥自打搬进庄河农民街，就参与了"民间组织部"的活动，当然这也跟我上了文化局有关，什么粮食局局长调城建局，城建局局长提副市长，什么某某局长搞腐败，某某局长搞妇女。他的信息大半是一点小道消息滚雪球滚出来的，他的信息常常让小镇上的大哥和村子里的三哥如鸭子听雷。二哥说，听说曹德华调到市委了。二哥的意识里已经撤县设市，他叫市委。他说曹德华调市委办当主任，他是蒋书记的人，听说这一回蒋书记铲硬了，翁市长的人一个没上。他说听说汪平要当市长助理，他跟蒋书记都是共青团的干部。二哥还说，副市长李玉来现在名声很臭，天天逛舞厅，环保局季平可能要提拔。二哥提到季平，我心里咯噔一下，像有砖碰了石头。就在这时，外屋传来喊喊喳喳的说话声，像是二嫂和别的什么人。听到说话声，二哥停止说话，认真地侧棱着耳朵，喊喊声越来越大。最后只听二嫂发狠似的喊，你出去你出去。我守门近，本能地推开门，只见昏暗的灯光下，二嫂两手沾着苞米面往外挥搓着一个人。那个人是侄女月萍。二嫂，你干什么？我禁不住喊了起来。二嫂见我出来，马上变怒为笑，像什么都没发生似的，没事贞子，我就是不爱看她那耍娇样，都多大了？二嫂不自然地笑着，驱赶的恼怒在手上哆嗦，在脸腮外部下颏一带哆嗦，像在刚放进菜缸里的酸菜上压上了石板，四边蓦地渗出水来，更像刚刚加了糖的咖啡，颜色瞬间改变，却又没有摆脱本色。看得出二嫂不愿让我发现她的愤怒。二哥从身后跟出来，瓮声瓮气地说，姑姑回来怎不说话？月萍看看我，用眼睛跟我打着招呼，就着二哥的话从二嫂后身溜进来，一把握住我的手。就在月萍抓住我的手的同时，二哥从二嫂身后溜出屋去，乘虚而逃似的。

二

我不知道半年多来，二哥家都发生了什么事情。从我决定离开庄河到最后真正离开庄河，是从3月份到9月份的六个月时间，在等待调令的六个月，我闭门不出在家写作。两年来，因为不期而至的行政职务，使我在既不能写作又不能投入做官的尴尬局面中经历磨难，走出容颜和思想都包装厚重的机关，成为纯粹的个体劳动者，身心的散漫无以言表。我徜徉在散漫里，完全忘记了二哥的关注。二哥在听我决定辞掉职务的一瞬间遭到了极大的打击，他敲开我家门之后一遍一遍喊着父亲的名字。二哥试图用父亲九泉之下的遗志唤醒我的权力欲。其实二哥不懂父亲，父亲是爱我的，我是父亲唯一的女儿，父亲不会强迫他的女儿去做任何不愿做的事情。父亲最最反对我的婚事，可去世前却牵着我的手叫我马上结婚。这不重要，重要的是父亲是商人，父亲最懂得生计。我直直地看着二哥，我的仅有六岁的儿子哇的一声号啕大哭。在孩子的哭声中二哥依旧大叫，你知不知道你有下一步？你知不知道你只要走上下一步，老申家的人就可鸡犬升天？我的泪再也止不住。二哥干吗把潜台词说得那么赤裸，我何尝不想为申家争光，可你了解官场吗？你了解我吗？面对二哥的暴怒我无言以对。见我落泪，二哥不知是以为我悔改了还是觉得自己过分，转身又离开我家。二哥离开时，高大瘦削的后背托着的那颗耷拉的脑袋像学校操场上的篮球架。看着这副球架，我知道我断了二哥指望升天的全部希望。要知道，二哥是因为我上了文化局才搬进县城。自那次走后，二哥再也没来找我，倒是二嫂来过两回，向我诉说二哥的变化。第一回说二哥的脾气越来越不好，横挑鼻子竖挑眼混嚼乱骂，基建队工钱要不出来，他也不去上班；第二回说不知为什么再也不耍脾气了，不但不耍脾气，连话都很少说了，不知从哪儿鼓捣出一辆破三轮车全街收破烂卖。二嫂说她也动了起来，贴苞米面饼子到农民街东侧的市场上卖。二嫂走后，我心里说不出什么滋味，高兴？难过？全乱了套。当时，我想到一个名叫朱苏进的作家的小说《绝望中的诞生》。

我不会和苞米面，也就帮不上二嫂。我说，二嫂，我和月萍出去走走。这念头让二嫂惊了一下，她挺起腰说，算了吧，外面雾大。我说，没事，我喜欢雾。见我坚持，二嫂脸沉了下来，说，行，去吧！那语气就像一个不想游泳的人一不小心掉下水，反正也湿了衣服，游就游吧的感觉。我和月萍走到门口，二嫂用严厉的口气对着月萍，把你那些埋汰事说给你姑听听，她要是同意你做，我就让你进这个家。月萍的手是光滑而柔软的，像一条小蛇，只有少女的手才有这般细腻柔软。我们顺农民街的大墙往东走着，城区的灯在遥远的雾气里恍如一片虚幻的所在。月萍牵着我，一路默不作声，我知道是二嫂在我面前用语言伤害了她，让她一时迷乱了思绪。我不想主动问她，离开文化局后，扮演领导、长者身份的事已让我深恶痛绝，不管我实质上是不是她的姑姑。我希望人和人在交流思想时，辈分的、身份的、年龄的屏风越薄越好。夜很静，马路上偶尔突起的摩托车声在湿雾里颤动，咕噜咕噜像在深水里扎猛。突然，月萍的身上响起了那种声音——那种蛐蛐叫的声音。BP机的声音在我的描绘里永远是"那种声音"。我震惊了，我的震惊不亚于当初听说一个朋友的女儿十二岁失身。我转身看着月萍，雾里，我分明看不清她的眼睛，但我知道她能想象出我的表情。苍天在上，我的表情里注定灌满了从辈分身份年龄里抽象出的带有道德色彩的焦虑。你是电大学生，怎么会有那种东西？我终于忍不住，我觉得我的声音里饱涨着长者的威严。侄女抽出凉而柔软的小手，姑姑，有人传我，我得赶紧走，咱们改时再谈。我本能地抓住月萍，我说，不行，月萍你要跟我讲清楚，我不会干涉你，但我要了解你。月萍僵站在我对面，好像噘着小嘴。她说，那好吧，跟你讲，你可不要写进小说里。你们这些作家，一点想象力都没有，听到什么事就如获至宝。我站着，等待侄女用数落作家作为开场白。姑姑，我这半年经历的东西你可能一辈子也经历不上。我觉得有子弹打在我的心尖上。我白天学习，晚上陪舞。不过陪舞不固定人，陪睡就一个人。你的那东西就是那个人给的？陪睡二字我说不出口，但侄女已经深解其意。她说，是的，他不是企业家，是个体户，那些榜上有名的企业家和当官的一样，跳舞时只敢摩摩挲挲，个体户才敢来真的。你爱他吗？我的话刚出口就觉得文不对题。侄女对答如流，有点。他床上功夫很厉害，让你夜夜像读新书。姑姑你别害羞，其实这是很正常的事，食色，性也。听侄女的口气，我才是十八岁少女而她已是半老徐娘。你妈知道吗？知道，有一回她在市场卖饼子，发现我跟老牛往建材公司后院走，她跟了进去。月萍停了一下，又补充道，老牛就是那个人，他很壮，像牛。我不知道说什么了，我真是仿佛读着小说里的人物似的既新奇又难过。我听到过读到过许多不同年代风月女子的故事，不想如今这女子竟是一个电大学生，我的亲侄女。是谁并不可怕，可怕的是她语气里的冷静、洒脱，就像那事是人类至尊的幸福似的。我说，无论跳舞还是怎么都挣钱？嗯，跳舞有小费，和老牛在一起图享受。老牛说我是他最后一个女孩，不过他可不一定是我的最后一个男人。电大毕业，他准备供我上省城念私立大学，他是大连下乡青年。多么感人的故事，老牛的最后一个女孩。

听到这里，我已经没有了惊讶与激动，我的做姑姑的感觉渐渐让位给做作家的感觉。我想象建筑公司后院一个装修别致的屋子里——这老牛不知为什么给我很有一些层次的感觉。一个强健的男人白天挥洒着汗水赚钱，夜晚挥洒汗水品味女孩，而这女孩能够全方位领略他的调动和呼唤，这情景多么像好莱坞电影故事里的片段，它摒弃传统的色彩甚至排斥着青堆子、庄河这样的地名，与一种可以叫作西方文明的东西是那样密不可分，与一种可以叫作原始的东西是那样密不可分。说它文明，是说它太自我；说它原始，是说它具有一种野性。侄女的故事在我们家族史上，可说是绝无仅有的一个。申家传统的家教像大西北的柴火一样烘烤着我们的非分之想，使我们世代相传，出落成一代一代品质优良的新疆牛肉干。侄女一下子吸足水分，不但还原了牛肉干为牛肉，还做成了颇受西方人喜欢的肥牛火锅。我真不知道该悲哀还是该高兴。

月萍，我郑重其事地唤着这个早已不属于我们家族的名字，我说，你从什么时候迈出了这一步？侄女笑了，那声音给人一种不经意的侵略感。姑姑，侄女说，你还记得一年前你们文化局为了接待外国来的客商组织的那次舞会吗？我说，记得。那舞会不是文化局主办，是县政府，不，撤县设市，应该叫市政府。市政府第一次经贸洽谈会，引来了多名外商，为了礼待外商要搞舞会，叫文化局找舞伴，文化局经常承办这种活动，因为文化局下属有一个放长假的剧团。可是那些演员第一次陪舞，跟市里领导和外国客人在一起，开头还挺自豪和新奇，时间一长，一个堂堂小城知名演员尽干陪舞差事的事实让她们心里不平，更让她们的丈夫不容，于是文化局偶被政府布置一回，也难免交不上差。有一回，日本某某城市与庄河结成友好城市，文化局求爷爷告奶奶把演员请去，饭吃了，酒喝了，日本客人约跳舞时，她们坚决不干，愣是将客人晾在了一边，让文化局程局长备尝失职滋味之后，下决心再有政府活动，坚决不要剧团演员。我们的战术是打一枪换一个地方，这一回卫生局，下一回旅游局，再下一回就找到了电大，我去联系电大时电大倪校长慷慨应允的语调就像他的任务是要抗美援朝。行，对付外国佬我们责无旁贷。校长不可能知道，一个叫作申月萍的女孩从此英勇献身。侄女说，那次不是我第一次跳舞，可我是第一次接触男人，电大男学生没有给我那种感觉。那华人外商一个劲往怀里搂我，有一段灯光暗下来时，他竟轻轻吻了我，他在吻我的时候跟我说，你真美，你的美会使你有钱。那个晚上，我又羞涩又快活，那种体内的快活我从来没有领略过……姑姑，你知道，我是电大校园里还算漂亮的女孩，可是我的漂亮在电大就像不存在一样，那外商说我的漂亮属含而不露、温柔多情那一种时，我就知道我是属于男人而不是属于哪个男孩。从那以后，我像发现了一个新的我似的忘我地快乐。我不知道别人第一次迈出那一步是什么感觉，我的第一次是快乐的，当然第一次不是那外商，但与那外商绝对有关系。后来没过两天我就在舞厅找到了跟外商一样有着宽肩和棕色胡须的老牛，我用目光引逗他，很快我们就走进了那个我盼望已久的快乐王国。关键是，跳舞这个发现使我知道我可以赚钱，老牛并不反对我去赚钱。后来我发现，我是喜欢老牛这类男人的，他不但是我喜欢的男人，还是我喜欢的一本书。

　　我沉默了，我的眼前不再是侄女月萍，也不再是迷雾缭绕的夜晚，而是一个阔大的、四周敞亮的漂着一些绿藻的湖泊。那绿藻在夜雾的滋润下绽开着，像放进牛奶里的面包。侄女能念电大，是我上文化局以来第一次以职权之便走后门儿争取半费的，并且那半费的一千二百元是我把一次稿费供上的。在送侄女读书那段日子，我小镇上的大哥和乡村里的三哥纷纷向我投来关注的目光，以为我为亲族办事的后劲将大有可望，以为申家的下一代里终于有了一个如我一样能有出息的大学生了。侄女却用申家人谁都难以想象的方式出息起来。侄女可以是现在这个样子，可那个引她走入现在的这个过程不该是现在这个样子。这个过程应该是这样的：侄女在那次接待外商的舞会临结束前，那个外商往侄女衣兜里塞了一沓硬硬的东西，侄女以为是巧克力糖或是什么外国货的纪念品，回校打开看时彻底惊呆，原来是崭新崭新的十张老头票。一千元钱足以把侄女未经世故的身心柳絮一样轻悬起来，足以启动侄女的双腿向小镇尘土飞扬的舞厅迈进。家里的木门没钱上漆，两间偏厦还拉着饥荒，关键是二哥神经兮兮盼妹升官的脸天天刺激着女儿。侄女走进舞厅，侄女挺身而进时心乱如麻满脸羞愧，犯罪感夜夜笼罩，陪舞的收入夜夜积累，青春的激情日益觉醒，侄女就是在这样身不由己情不由衷的情况下认识了老牛，是老牛驱散了罩在她内心深处的犯罪感，是老牛崩溃了她欲压不住的青春防线……如果是这个样子，侄女的形象不但站得住脚，且能得到我至深的理解和谅解，是申家那种温良孝顺的血液适逢了开放的时代，是二哥挤进城市的动作崛起了一颗孝心。如果是这个样子，侄女的形象就与家族、与社会有着密不可分的联系，与我此次创作的初衷有着秘而不宣的契合。然而不是这样，侄女外星人似的与申家血缘来了个干脆彻底的了断，情感的演变情绪的流动，一切的过程全都没有，侄女好像冰窟窿里的一团火焰、闹市区里的一个空屋、草房顶的一簇月季花，让人没有心理准备，让人感到突兀、心悸，不知所措。

那种声音又一次响起，侄女听完响叫，两手使劲揉搓，十分着急的样子。我说，月萍，大墙外的家你就不要回了，不是姑姑保守，我担心你爸爸知情后打断你腿。我没忘记离家时二嫂的嘱咐，让不让她再进申家要我说了算的，因为我知道二哥对不正当男女关系的憎恶程度。侄女不再搓手，好像很意外，侄女似乎曾对我这个作家姑姑抱有一些信心，而现在让她失望。姑，你根本不了解我爸，你以为他不知道我现在在干什么？他知道，他肯定知道，他只不过装着不知道罢了。他能一狠心甩掉十里洼挤进农民街，他心里什么容不下？我妈只是他的一个假面具而已。侄女说完不容我接话，一溜风钻进雾里，后边留下长长一句再见。

如果说侄女的形象让我感到意外，那么侄女对二哥的评断更让我不能接受。面对城市，二哥是有一股争取的血气，可我一直认为他是基于一种责任，这责任体现在通过他的付出换来儿女的得到；我还认为申家的传统观念是牢不可破的，无论怎样的责任都不会打碎这观念的一丁一卯，申家也正是以此换来凝聚力，换来小镇到村邻的赞扬。虽然我在小说里和生活中曾一而再再而三地向外冲撞，而最终都要雷打不动地走回。我想起刚刚在二嫂家见到月萍时二哥逃窜的情景，二哥怎么会这样呢？二哥原本不是这样的。当二哥在文化局会议室发现我泪水涟涟与季平促膝相谈时，二哥圆瞪的双眼像只遇到猎枪的老虎。二哥说，贞啊，你害苦谁啊？你这不是害苦人吗？当时我的感觉就是如果在家，他会毫不顾忌地打我，尽管长这么大他没打过我。从那以后，二哥有事没事就逛文化局，就像文化局是集贸市场。事实上，二哥是有足够的精力和毅力跟反传统的行为打持久战的。难道二哥反对我并非出于传统，而只是渴望跟我鸡犬升天？我是多么不了解我的二哥啊！

我站在隔开农民街和庄河小城的河岸上，就像一根木桩。小城虚幻的灯光把夜雾擎上东天，黑暗在我的背后，农民街像个私生子似的被小城甩在外边，用一河之隔让你永远找不到与小城融入一体的感觉，让二哥往这里望而生畏，望而急眼。而侄女仿佛深谙二哥似的，一个猛子扎到小城怀抱，那猛子扎得太深太利索，一点水花波纹都没有。事实证明，侄女身上流着二哥的血液，而二哥却是我们申家极其独特的一个，二哥和侄女的灵魂早就糅进了城市。

只有我才是农民街的建筑，高大，气派，却永远打着乡村的烙印，永远私生子似的被甩在大河西岸——人都走了，还惦着搞什么告别。

三

这是一个意想不到的晚上，一阵犀利的秋风从河岸吹来，带着干草梗的辣味掠过我的面颊又向河岸吹去，秋雾酝酿的风骨带着抽丝般的寒意，那抽丝般的寒意让我身心发紧意念冲动。几乎一瞬之间，浓雾被风舔去，像用舌头舔化窗玻璃上的冰花，风一阵紧似一阵地吹醒了飘零的树叶，光秃的枝杈、沉睡的枯草发出零乱的、不和谐的、时而呼呼时而啦啦的响声。秋风拨开了迷雾，裸露了庄河小城的万家灯火，我曾经作为这万家灯火的一抹闪亮闪烁其中时，还从来没有这么清冷地、远距离地观望过这座小城。黄海大街是庄河城内唯一一条大街，与它交叉垂直的是两条南北马路。它是庄河城内老街的延伸和发展，却丝毫没有老街的痕迹。它由新开路开始拐了一个角就将老街甩得一干二净。它简洁、明快、手笔放达，它因为宽敞聚众让乡下人把它当成京城的王府井，它又因为简洁疏朗缺乏神秘感。应该说，我一直在心底盼望着笔下的县城充满神秘，给人一些向往、猜测、神情游移。可事实证明，无论我离开后的思想还是靠近后的目睹，都只能是事与愿违。一个开放的正在建设的城市，就连广播里的音乐都有一泻千里的感觉。隔着距离的小城摒弃了是非曲直杂乱无章千头万绪，也摒弃了发展中的迂回腾飞中的滑落，完全一个富足、宏伟、壮阔，完全一个五彩缤纷蒸蒸日上的面目——灯火溢漫，光影流离。黄海大街仿佛横在夜空的一条玉带，在华灯的环绕中飘动升飞，这种华灯溢彩的场面总能让人想到庄河将是建设"北方香港"的第二个发展战略重点建设的宏伟蓝图。宾馆、高层建筑为筑巢引凤，赫赫林立；舞厅、酒家为招商引资摩肩接踵。因为是大连发展战略的第二个重点，招商团检查团络绎不绝，要大方，要气派，要吸引；无凤无商的日子要练兵，要休整，要释放接待应酬的紧张疲劳。做局外人时，深为政府这种浪费担忧，酒水毕竟不是潮水；做了局内人，又深恐阵势不大丢了面子。人心毕竟不是生铁。

我曾做过局外人，那时候在文化馆创编室，用一支笔渲染着寂寞和热闹，全然不知外面的热闹。那时候孩子还小，家境贫困，初冬买不起一笼苹果。记得一个在城建局搞预算的业余作者，别人送他的苹果太多，随意扔到文化馆楼下打电话让我代收时，我当下就流出了泪水。我的贫穷常让我联想我的乡亲，我的北部山区八十多万农民，我的联想常让我充满同情心充满忧患意识，我愤懑，义愤填膺。后来做了局内人，心感身受改变这个城市的热闹，不但有了苹果、海鲜，且肌体被滋润被开发，瘦削蜡黄的小脸日益红润放光，竟然觉得一切不正常的都很正常，一切不正常都是身不由己。隔着窗玻璃看大街上的芸芸众生，就像一块油污遇到碧浪洗衣粉，原来那种义愤填膺的情绪再难找到，并渐渐明白作为一个城市，如果没有大张旗鼓的喧嚣和浪费，就像一场没有主持人的晚会和一本没有序言的书，一个发展中的城市怎么能没有酒桌上的喧嚣、舞厅中的浪费呢？然而我无论如何加入不了这种氛围，不但加入不了，还冥冥之中平添了心乱心烦等精神上的苦恼。从物质到精神真是一个质的飞跃。如今我又做了局外人，一个清冷冷的芸芸众生中的一员，不再有随意潇洒的公款消费，不再有苹果海鲜等隐形收入，肌体又恢复了原来的暗淡无光，我却懂得：人原来是属于你的那颗心的。

我缩着肩袖着手，漫无目的向城区迈进。秋风冲散了夜雾，仿佛一面轻纱洗净了耳膜，使舞厅的音乐不断地滑进耳畔，卡拉OK的尖叫也由断续变为流畅。舞曲是缠绵的，像情人的赞美诗。做局外人走到庄河街头，一种强烈的感觉是这里离舞厅很近，似乎一不小心就可以溜进去，不像大连的舞厅，在大俱乐部大宾馆大酒店的深处，平民百姓很难感受它的存在。在大连，市区因为太大，无论什么情形的男女之情，相约的人都可随意找到不被发现的独处环境。在小城没有公园，百分之八十的人相互认识，就只有偷偷摸到舞厅，在黑暗里耳鬓厮磨。小城的舞厅是一个忘情的场所，是有缘千里来相会无缘对面不相识的所在。小城舞厅的音乐作为一种陪衬和载体，承载相聚的欢欣和告别的沉重，已失去它本身应有的意义。无聊的寻欢作乐也会在这里找到安全的形而上的开脱。大街上的人永远无法领会其中的痛苦其中的美丽甚至其中的低俗。卡拉OK是将舞台往人生拉近，让每一个人都有机会体会做演员的感觉，体会自我愉悦、自我欣赏。在这里几乎没有听众，所有听众都是为了做演员才无可奈何，一旦做了演员又去忘记等待的无奈，以为别人都是听众。卡拉 OK 是人与人的相互折磨，是人与自己的相互奉承，是一个要么人我两忘要么人我两难的境地。这里需要理解需要宽容需要服从，更需要掠夺需要侵略需要孤注一掷。好在这个人生小舞台的演员大多都有酒精垫底，等待的神经自我欣赏的神经都已不很健全，只剩下不得已的团团乱转。在文化局工作期间，经常为一些文化活动后的相互答谢，吃饱喝足走进卡拉 OK 包间，在那里唱与不唱，走出来都是稀里糊涂。

隔着距离看庄河小城，脱去了情感的外衣，冷静地去看庄河小城，我的故乡故土的意识早已不复存在，那里似乎只是我灵魂里抽象出的一个停泊地，那里没有乡村的古朴又缺乏城市的现代，那里不是回味的所在又不是向往的所在，那里是一个夹缝一个桥梁一个符号一个升降不定的音符。有一回坐车，车开得太快，拐弯处未及拐弯，只好停下来等许多身后的车走过之后倒回重走。这就是我与庄河。

她是我拐弯处多走的那一块。这里没有文学氛围，却绝对知道如何重视文学人才；这里没有激烈的官场争斗，却绝对知道如何编织宗族之网；这里以她最大的热情煽动了我亲人家族的权力欲望，让我陷入两年的尴尬两年的心乱；这里让我体验想献身而上不了战场的焦躁，想隐身而找不到地道的折磨。以职权之便为侄女办免费那阵，我是下决心牺牲自己照亮全家的；因为一个活动要开六次会议那阵，我是发狠再也不能这样浪费自己的。这里培育了我的孤独感寂寞感，发掘了我的闪烁其词游移不定患得患失，当然更培育了我争取自我进取城市的勇气。

不知不觉，我已驻足小城街头。华威酒店门口的灯光扑朔迷离，自动门的关合释放着一拨又一拨客人，那些客人的额头在灯光映照下闪着酒精滋润的光亮。华威酒店是政府大酒店的分店，是政府高层领导的私客接待站，我没有被接待过，却知道那里边的最低消费。我隐在路灯下的柳荫里，生怕一不小心见到熟人，那相见总能使人十分难堪，我却真的在目光的一扫之间见到了熟人，那人不是别人，是二哥。二哥就在华威酒店侧脸的石阶旁，半蹲半坐地仰着脸，像一个乞丐等待路人的恩赐似的眼巴巴地瞅着酒店门口出出进进的人。我的心一下子旋动起来，我觉得脑袋嗡的一声发热，我像偷了别人东西似的赶紧转身向农民街走去。

意料之中，这是一个让人伤感的夜晚，二哥很晚才回来。二哥回来时我和二嫂正在谈侄女的事。二哥进门把整个屋子震得乱颤，二哥好像很兴奋，一再说他看见曹德华了，曹德华在华威酒店搞宴请，见二哥还点了点头。我终于明白二哥兴奋是因为曹德华同他点了点头。二哥当然不可能每晚都上华威酒店门口观光，但至少隔三岔五他总要去的，去用羡慕的目光、欣赏的目光观望那些可望而不可即的微醉的身影。曹德华是青堆子人，跟我属于小城官场上的同一个宗族，我原来并不认识他，文化馆人向我谈起他时我还以为是港台影星。我的偶然被提起后，他突然出现在我的生活中，就像一直候在海上的一盏航标灯。他以老乡的亲切向我灌输着老乡的期望，他说写作没有用，写作其实是最可怜的，自个跟自个说话；而当官是跟大伙说话，一呼百应，当官能治国安邦，咱青堆子最出当官的大才。他说这话时有一种气吞山河的气势，好像我们都是顶梁柱力压不弯。因为瓜葛了青堆子这个宗族，他不断地向我报告某某领导对我的印象某某领导对我的打算。倒是他先滚糖葫芦似的一个名堂串一个名堂地干了起来，小城政界先传出了某某领导对他的印象某某领导对他的打算。然而蒋书记在一次征兵工作会议上顶撞了市里领导，仕途一直不畅无心动作，那些打算就一直没得兑现。那些日子，他肚皮上明显隆起一轮男人的苍老，厚厚的眼袋怎么也藏不住想问前程的焦急。未曾想到，几天不见，他就唱起了《翻身道情》，我能想象那轮隆起的苍老上怎样澎湃起青春的浪花，厚重的眼袋里又怎样窜动着单行好事的激情。在中国，仕途的升迁揉搓着一代又一代政客，宗族的关系颤动着一根又一根敏感的神经。在庄河，青堆子是一个宗族；在大连，庄河是一个宗族；在中国，大连是一个宗族。庄河撤县设市，就是一个在国家外经委工作的老乡给破格争取的。为把庄河建设成"北方香港"的第二个重点城市，市委市政府花十几万到北京召开老乡会，争取资金争取项目。

宗族是中国的。在中国，宗族是由下而上的，宗族是感人至深的，宗族是淳朴的乡情浓郁的人情，宗族既是古典文明又是现代文明，既是血液里的又是意识里的，既是牢不可破的又是重新组合的。我常常想，由办奥运的失败是不是中国宗族精神的失败？争取了萨马兰奇一个人对中国的感情，就以为争取了整个国际。听说我的辞职调动已成事实，曹德华马路上遇到我时，好几次说等安排几个人与我聚聚，可是一直没有安排。我当初就知道这是一句假话，辞掉职务，我就不再属于青堆子这个宗族。关键在于一个人如果没有了行政职务，在他眼里就不再有任何分量，他目光里的排斥和躲闪会让你对自己到底是什么动物产生怀疑。显而易见，二哥在我走后没有寄托的日子里，一直把曹德华当作一个宗族的寄托，或许二哥还在心底隐隐指望他能帮他做些什么。可怜的二哥，曹德华对他的点头完全是兴奋之后的多余动作。

四

二哥家可供睡觉的地方只有一盘小炕、一张床，都在一个屋子里。因为屋子太小，二哥终是没有抛弃农村的土炕。床是二哥追求文明的象征，每年春节招待小镇和乡下客人，二哥都一个劲地招呼上床，就像那床是什么神圣宝物，一旦拥有便别无所求。我在床上刚刚躺下，门呼啦一声被谁推开，跟着灌进一缕劲风，将碗盆刮得叮咣直响。不等推门人进屋，就听二哥呼一声从炕上爬起来，呼哧呼哧的喘息仿佛开了锅的热水。待进门人揭开里屋门，二哥已经大骂出口，王八蛋你给我出去，你没有家你没有这个家你给我出去。我坐起来，我说，二哥，你干什么？二哥的脸苦抽着，像一个遭了雷击的树皮，丑陋，可怕。侄子向前愣愣地站在门口，眼睛里纠集着突如其来的恐惧，似乎二哥的暴怒很是令他意外。我说，向前，吃饭了吗？怎么才回来？侄子不理睬我，目光直视着二哥。二哥说，饿死你我才高兴，权当少生一个，王八蛋一天到晚不着家，跟那些不三不四的到处乱窜。能窜个工作也好，王八蛋的俺看了，俺甭想跟你沾什么光了，你要是能像人曹德华那样当个官，俺老子倒给你磕两个响头。二哥的话激怒了我，我说，跟一个孩子至于说这样的话吗？要他当官你创造了什么条件？好当你先当当再说呀！我实在忍无可忍，二哥的暴怒绝对因为我的回来，我的回来让他想起白白烧红又凉掉的希望。据我所知，侄子在小城里交些狐朋狗友尚受二哥的启发和指派。刚搬进庄河那年，侄子一再坚持要去蹬三轮车，脚踏实地赚钱，二哥发令让他在家坐着等待我给找工作。二哥说，你要有活干你姑姑永远不会急。一个二十二岁的年轻后生面对大河东边的诱惑哪里能够坐住？他青春的血气不能得到扬洒自然要决坝改道，他与农民街几个有钱家的小子一来二去混到一起，以源源不断的武打故事换取他们的信赖和好感。侄子是个讲故事的天才，什么样没滋没味的故事经他包装，都能绘声绘色引人入胜。二哥那时一边为我的帮不上忙气愤着，一边为侄子的深入虎穴力求发展兴奋着。后来几个小青年成立起装修公司，让侄子当什么公关部经理，一大堆名片印了在家里，二哥就揣着它到处赠送，就像那名片是他的，就像他是什么公关部经理。侄子的名片换了一堆又一堆，经理的头衔换掉一茬又一茬，也没挣来大钱。在我离开庄河之前，二哥说我，你走归走，可有一样，你无论如何得给向前找个工作。听说环保局要成立装修公司，就让他上那儿干，向前这小子不管怎么说有点脓水，交了不少人。向前有没有脓水我说不清，我只知道二哥对他一向是依从的、欣赏的。二哥的暴怒仿佛一簇炸开了的水花在偏厦小屋飞溅喧腾，给人一种劈头盖脸的冷意。

我看着侄子，看着二哥，看着这对告别了土地在小城一直找不到支撑的父子如何因为我的不期而至变成一对斗架公鸡。我想，二哥，你喊吧骂吧，你不来一回彻底的发泄就不会找到彻底的平静。二哥却突然之间止住了吼叫，像一只在笼子里狂怒的老虎突然发现铁网的坚密，二哥蓦地又像撒了气的皮球似的软了下来。他倚着白灰墙壁，剧烈的喘息渐渐变得舒缓，目光在昏暗的灯光里旋转，没一会，亮晶晶的东西就涌满二哥的眼角。二哥说，贞子，不是二哥说你，你走之后，二哥常常就觉得完了，找不到家了。向前二十三岁眼见就要找对象，却还没个户口没个工作。月萍念着电大，穿金戴玉，仨月不回家，我这老子不糊涂。要是从前，我不敲断她腿都不是亲娘养的。你没走之前，刘大头还答应给向前办户口，你一走他就连屁都不放。按原来想法，你等来下一步，好多人都说你有下一步，咱们的根就肯定扎下了。扎下了，咱再把大哥和你三哥往这儿办，哥兄弟凑到一起有个照应。眼下可倒好，一个庄河一个青堆一个乡下，这还不说，你二哥我根本连一片树叶都不如，落到哪里都找不到土……

我想我的眼圈肯定红了，离开庄河之后，除了伤感、惆怅的情绪不断侵袭，难过还是第一次。我说，二哥，我知道我都知道，可是我不是能当官的人，我们申家没有当官的血统。二哥说，有，怎么没有？咱老祖宗有个叫申芳的当过御史，相当于现在的总理。我说，二哥，不管怎么说，我不喜欢那种活法，我喜欢文学这种不受人限制的个体劳动。什么文学？二哥的嗓音变高，就像小溪突遇石坎，掀起了一个波峰。什么文学？不就是情呀爱呀，不就是环保局那个混蛋季平！再说啦，那些当官的哪个没有风声？那事情就有，耻误什么了？干什么非得辞职？没有道理！话到这节，我已经无言以对了，二哥的思维几乎等于拽着我的腿让我倒立。二哥永远不会理解我的情感，关键是我不愿二哥在二嫂和侄子面前提到季平，让我迷失我对自己情感的正确认识。我不能忍受自己对自己的误解，哪怕是转瞬之间。

我多么希望我的婚外爱情故事能够成为永远的秘密，二哥愣是强硬地参与其中，让我每每不能正视。我爱季平，这在庄河无人知晓，这份情感的真实、火烈不是文字所能表达。我的告别庄河与他有关，但绝不意味着爱上季平才不喜欢行政，我对行政压根不感兴趣，只是季平使我快刀斩乱麻似的彻底割断了家族责任赋予的权力欲。季平很早就喜欢我的作品，对文学的钟情使他身上有种官场难得的随意、散漫，易于伤感。他的父亲是县城早期县委书记，他不喜欢政治，却又发现除了政治他将一无成就。20世纪90年代官场的喧嚣使我们情感的磨合带有时代的特点，我们的相爱是一个奇迹。我们之间只需一个目光一声叹息就能沟通整个生命，在许多人对我寄予希望，希望我在官场上叱咤风云青云直上，并因此百般热情前呼后拥的时候，他总是远远地投以忧虑、关注的目光，好像生怕折断了枝杈似的诚惶诚恐。那目光使我体验从未有过的肌体的蓬展心灵的震撼。我们之间是一个奇迹，是一个我连想都不敢想的奇迹，是文学的深厚和行政的浮躁共同铸就的奇迹。可是，在我无法忍受从未体验过的感情的折磨找机会向他和盘托出时，他却吓得矢口否认，他脸色煞白腮肉乱抖，像有谁往他的脸上甩了把沙子。我无法诉说当时的心疼，我的泪水一瞬间在胸腔里翻江倒海。就在这时二哥推门闯入，二哥再没文化也是过来人，懂得女人在男人面前流泪属什么性质的表现。从此二哥如临大敌似的疯狂无度，在大哥三哥面前竭尽百般声讨之能事。由于是生命里发生的事情，我对二哥的声讨置若罔闻，但却不能承受季平的弃我而去。就是那时，我痛下了离开庄河的决心。说到底我是文人，关键时能拿爱情来裁剪人生。

见我不语，二哥不再说话，好像重又回到无法挽救的现实中来。屋子里异常宁静，侄子已经和衣上炕躺下，二嫂在被窝里一动不动。我发现，二哥发火的自始至终，二嫂都没阻拦一句，不但没有阻拦，且一直将被子拉在脸上一动不动。对二哥的理解，对我的理解，对侄子的理解，已使二嫂屏息静气。我知道，二嫂的平静是以心底的撞击为代价的。她以一个女人的善良和宽容抵御着做妻子对丈夫的疼爱、做母亲对儿女的担心、做嫂子对小姑子的责难。二嫂的平静让我的心口再一次涌上难过。我偎到床上和衣躺下，一只手在墙上轻轻摸索，一会，世界就陷入一片混沌一片黑暗。

五

太阳出来了，太阳照着农民街的大墙和墙外的偏厦时，仿佛那光不是从天上射来，而是从河东的小城射来。白日里，在二哥门口隔河相望，处处接受小城恩惠的感觉非常强烈。小城既对农民街施以恩惠，又对待私生子一样看不起农民街。上班的人流抛弃家园纷纷涌向市区，市区的吸引使城郊一日初始就陷入寂静。事实证明，每一座城市无论大小，都是因为有了郊区的铺垫才得以繁华热闹，郊区是他们的基础，是他们的延伸，是他们的观众；城市因为有了郊区的烘托而削减了脆弱映现了血气。一早醒来二哥问我，要去看作者吗？我说，不，这次回来哪儿也不去，就是看看你，看看大哥和三哥，我还想去一趟老家坟地。不知为什么，说到老家坟地时，我心的某个部位动了一下。二哥似乎才明白我此次回来的初衷是要面对一直不敢面对的现实。他说，走吧，我也回去一趟。

青堆子小镇离庄河八十里，是黄海北岸鹤大公路上的一个点，这个东接丹东西连庄河的古镇，曾经作为乡下人心中的京城非同一般地繁华过热闹过。它的城镇人口约有三万，十几年前，这三万人口因为每月能吃细粮又不下地做活让乡下人好生羡慕。他们面皮白净，衣衫洁净，每日穿越镇街，到织带厂轴承厂机械厂上班下班，简直成了乡下人心中的一片风景。乡下人用几只鸡蛋几捆青菜蹲一回集市，做一会钱与物的交易的同时，饱尝着观光兜风的快乐。那时的小镇是活泛的、火爆的、热气腾腾的，每日都是蒸锅里的气氛。听爷爷讲，这个古镇因为黄海怀抱众星捧月一样的自然条件，出过著名的鞋匠染匠铁匠和像梅兰芳一样嗓子的京剧演员。从爷爷到父亲，它一直是一个城乡贸易中心和文化交流中心，逢年过节天后宫庙下的戏台子上好戏连台。可是不知从哪一天起，镇内人口纷纷迁移，先是正在待业的子女分配庄河，然后安营扎寨的子女再带去父母，乡下的人们也纷纷拥向外地，打工，做活，做买卖。后来才知道，小镇的衰落是改革开放的结果，人才的流通、人口的流动打破了小镇人古老的优越，打碎了乡下人对小镇的迷信。小镇工厂萧条，市场冷落，小镇仿佛一张出错了的牌，孤岛一样被搁置起来，被忽视起来，每次回来都能感觉到它的一派死寂一派沉闷。

　　大哥从十里洼迁到小镇，是在养殖之风席卷辽南沿海大地的年月。那时几个不甘沦落的渔乡人企图用靠海的优势重振小镇雄风，在镇上办起一个又一个公司，大卖海鲜大建冷库。是慧眼也是运气，渔乡人大发养殖之财，之后一跃成为焕发小镇生机的企业工人。尽管没有户口，没有城市根系，却有日益发福的脸皮和肚皮，使那些死不了走不成的小镇棉织厂轴承厂工人反生妒忌。乡村里肯出力有技术的匠人成年在外，却从来不思告别土地，逢年过节心急火燎打道回府；而一些突发奇想靠撞大运发家的人，一有机会就义无反顾重建家园。如今的小镇，是一些有钱又没有乡土观念的乡下人重建的家园，是一些从小就发狠进攻小镇的乡下人重建的家园。它因为是乡下人的家园而一改古镇以往的面貌：市场是乡下人跟乡下人的讨价还价，理发店、饭店、杂货店是乡下人跟乡下人的买卖天地，仿佛自家人似的商业氛围没有波澜没有激情，就像在舞厅里抱着同性跳舞。即使一些店铺门口停着轿车摩托车，那人气闲散的气象也完全一副农业社会的村落色彩。大哥因为是小镇上繁荣时期的技术工人而不甘心被突发横财的渔乡人小瞧，赌气似的也在镇边打基造屋。大哥是个平和之人，说他赌气是说他当时并不具备在小镇盖房的条件，大哥却一下子挤进小镇镇长书记那排房子的大后方，成了小镇上紫光阁里出入的人物。小镇人不缺等级意识，把住着镇长书记的地方叫中南海，把中南海后边的房子叫紫光阁。小镇从没出过中央一级名人，这种誓比高低的叫法倒叫他们身价陡增。大哥搬家之后第一次回家，下车只走五分钟。我说，这么方便？侄子说，你以为这是哪里？这是紫光阁。只是后来镇长书记把家搬到庄河，后来好几任镇长书记都把家搬到庄河，上下班车接车送，中南海里住进一些市场里杀猪卖肉蹲小摊的二道贩子，昔日的荣光云雾似的不吹自散，侄子侄女见我再也不提紫光阁了，倒是每次见面都叫我往庄河给找工作。

　　下车之后，二哥变了一个人似的神清气爽，同熟人说话时将嗓门亮得很高，并时而跟出十分得意的朗朗大笑。镇子太小，市场和小店到处都有熟人，二哥见到熟人就高声大喊妹子从大连回来了，让我心里很不得劲。大连算什么？只不过是人生的一个港湾一个驿站，蚂蚁上树的一棵大树。其实二哥早就知道大连不算什么，他曾断言我上大连就像他上庄河，举目无亲孤独无靠举步维艰，苦日子充满耐心地在那里等候。可是不说大连还能说什么？毕竟没有人知道我们的苦楚，如果没有人写出《北京人在纽约》，哪个人不羡慕在纽约的北京人！二哥一早上车就换了一个人似的，一扫昨晚的沮丧、焦躁、灾难深重，跟我争着买票，跟乘务员讲庄河西山公园的规划、城镇小区的配套建设，甚至讲曹德华的提升，那样子就像他是庄河市委要员，或者青堆子驻庄河的特使。我敢肯定，二哥每次回家都要如此创造衣锦还乡的感觉，以便自己对现实有个短暂的逃离，在理想中体验虚妄的快乐。其实细心人不难发现，二哥的笑是有头无尾的、不连贯的，二哥笑时的表情也是飘浮的，眼部和脸部相互游移的，像刚刚绽开的花遇了霜冻，未能伸展叶脉就开始收缩。我一直认为，二哥大可不必陪我回家，他搬庄河两年，我们即使节日，也很少相约牵手。我跟二哥又确实没有更多的话，他总能将你刚刚梳理好的思绪搅得七零八碎。比如倘若有机会家人相聚，讲起曹德华的水平不错为人一般，他就不假思索地插进话来，说曹德华讲大鼓书，那年上镇上演，我见过他。仿佛他早就了解曹德华的水平。紫光阁的瓦房院沉静得如一个无人居住的老宅，母亲和大嫂在我们推开铁门后愣了好一会才认出来。大嫂说，哟，是不是老梦婆夜夜提醒，才想起有个家？妈都想疯了。我笑了，我说，老梦婆哪里是提醒？那是夜夜提溜我的神经。大嫂的埋怨含着意外的惊喜，这惊喜又在母亲那里肆意扩散，让母亲颠着小脚站在门口，把陷进深处的小眼睛直射进我的心窝。

　　妈——我叫了一声，随之眼角就有些湿，模糊了母亲慈祥的面容。我的远走大连最使母亲心碎。母亲心里边的家园永远在十里洼，都因大哥是父亲这族的长子，又相比之下有不错的条件，不得已跟大哥来到小镇。离开十里洼，父亲大哭了一场。那时父亲脑神经萎缩医治无效，不会说话，搬家之前走遍十里洼的田头地垴，回家里就号啕大哭。母亲拍着父亲的肩厉声吼道，老鬼你哭什么？这是儿女的本事你哭什么？你活了这么大没活动出去，儿子活动出去，你反什么常！父亲见母亲厉害，止住哭声，我却感到母亲的眼泪在往心里流。父亲搬到小镇一个月零两天，突发心脏病离开人世，母亲才敞开心怀大哭了一场。母亲哭完，生怕我们有什么狐疑，战战兢兢握着大婶的手说，哭一顿就算送他了，不能老是眼泪不干的。那语气好像并不想哭，只是为了走走形式。事实上，父亲的去世绝对跟搬家有关，在父母那代老人心中，故土的气息滋润着他们的生命，穷富已不能取代心与土地的息息相关，母亲也绝对感到离开故土生离活剥般的疼痛，母亲却将这一切全自己消化。在我的印象里，母亲从来不为儿女设难，她说，什么事都有个劫数。我的母亲懂得万事都有规律。把母亲接到庄河家里，将上大连的消息告诉她之后，她一言未发，只是静静地看着楼外边的阳光出神。第二天早上，母亲的眼睛水泡似的肿了起来。我问母亲，不愿我走是吗？母亲却用婉转的方式回答了我的话，母亲说，走以前把我送到青堆子，我不看你。母亲的话告诉我这是一个艰难的离别，不管是为物质还是为精神。生存的艰难，生命的困惑，把她的儿女四处抛撒，她尽管从来不问我们每个人在外面所经的风风雨雨，却透悟了那风雨滋味似的任我们随意。疼留给她一个人。为了让母亲多少明白一些我的选择，我曾试图多次深入浅出描绘一下自己的心情，比如告诉她当干部没什么好处，当时前呼后拥，老了老了什么都没有；或者说我很想当官，人家领导就是看不上我这样自由散漫的人；或者说我太想写小说，不写小说我就心口发堵吃不下饭；或者说还是大城市好，大城市有利于孩子发展，我早就渴望那里；或者说我刻骨铭心爱上一个男人，再待下去就容易出事……可是每每话到嘴边又不打折扣地咽了回去。我发现这其中的任何一条都不能构成我走的直接原因，它似乎是这一切的总和，又似乎和这一切无关。这不重要，重要的是不管你是什么原因，只要结果是走，就对母亲构成难以挽回的伤害。

或许正是为了减轻这伤害的程度，正是不至于让自己告别亲人九曲回肠，我才没在临走之前安排一次这样的告别。母亲的小眼睛直直地长时间地盯着我，其中的疼爱、思念烈烈地燃烧着，像一团炭火。母亲说，看你脸色煞白，是不是城里菜贵不舍得买？我笑了，怎么会呢？

母亲知道我走到哪里都是乡下人的习性：以菜当饭。母亲又说，上班了吗？我说，上了，去就上了。无论如何我都不会告诉母亲还没上班，即使将来当了专业作家，也不会让母亲知道不去上班这一事实。母亲的意识和二哥一样，一个人只有上班，才与国家、社会发生联系，才不至于像农村人那样，被时代的列车抛到荒郊野外。我说，妈，跟我去大连住几天。我不去，再好我也不去。我恨那些地方，不叫那些地方哪至于四分五裂！我第一次听母亲发牢骚，且是对着地方而不是人，好像是那地方勾了人的魂似的。

二哥没有跟我进屋，在我同母亲说话的时候，停在院里跟大嫂忙着什么去了。母亲和我坐在炕上，母亲一边静静地端详我，一边魂不守舍地往外望，干燥的皮肤上老人斑层层叠叠，腮骨坚挺地裸露着。突然，母亲凑近我拉起我的手，贞子，你不知道，你大哥的汽车修配厂让旁人争去了，他把咱自个家的几个领了出来，在大道旁露天地修车。母亲的语音因为牙齿的不整带有几分凄楚，像秋夜的苦雨，紧密的皱纹在暗淡无光的额头纠结着焦虑、担心。你大哥都五十五岁的人了，天天晒着露天。母亲的话让我没有精神准备。我愣在那里，心口像被太阳晒蔫的生菜又撒上一层盐面，狠狠地疼着。

我的大哥曾是这方小镇最有影响最受尊敬的人物。他在小镇的声誉丝毫不亚于当年小镇街上著名的京剧演员，这其中的缘故并不是他修的汽车能行万里路。大哥的宽厚、包容使一茬又一茬工人只能成为工人，而只有他是永远的师傅。大哥是小镇上最早读过苏联作家法捷耶夫《毁灭》的人，大哥因为能以国家的事参看小镇的事、以先哲的经验参看自己的经验而使他的宽厚包容拥有分量，使他无论是在农业机械化时代还是机械个体化时代，他的身前身后都有一帮人的簇拥。我一直认为，大哥不该只是属于小镇，他应该在更开阔的世界干着更宏伟的事业。然而，由于生不逢时，更由于他过于看重自己对小镇的影响，从未动过跨越之念。大哥曾经深深迷恋任何一任厂长都不可轻视的汽车修配厂师傅的职务，可是砸碎大锅饭的同时也砸碎了大哥的迷恋，他拉出四十多人自己承包汽车队。近年来，小镇企业因为人才的流失相继亏损，只有大哥的汽车队日有所盈月有所余，算是镇上一个最最红火的企业，实际年利润才不到十万。大哥手下的工人一茬茬换新，工人的流动绝非大哥吸纳人才的自觉选择，一些工人学得一点手艺就另起炉灶，大哥从未因此惊慌。承包制扑灭了大哥身上人见人敬的光辉，同时滋生了大哥的家庭责任感使命感，他将三哥、三哥的儿子、大嫂的近亲、母亲的远亲分期分批地输入厂里。到最终大哥迷失了国事和家事的关系，常常指责做着门卫的大嫂的姑夫，说，这么个丢法国家还不得完！那一个车砂锅得三百元钱，够咱一个人两个月的工资！到最终，任人唯贤的先哲的经验再也不能和大哥的经验相互通顺。我刚到局里不久，曹德华找到我，要把他家乡一直没能出去的五弟通过我塞给大哥。大哥听了之后毫不犹豫，来吧，咱还能有点什么用！因为要了商业局局长的弟弟，大哥那年税金减免一万；因为要了商业局局长的弟弟，曹德华经常跟大哥保持电话联系。他说，大哥。曹德华随我叫大哥。他说，大哥，告诉你吧，咱那妹子可不一般，能写小说。小说算什么？咱能当官。咱市缺党外女干部，没几天噌噌就上去了。大哥通过二哥将这话传给我时，仿佛我是一片羽毛，一不小心就飞上天去。曹德华的关照让修配厂的生意红红火火，市内大修车辆也转移小镇。曹德华的关照因为他的弟弟，当然也因为说不定哪天就噌噌上去了的我。这一点大哥比我有数。大哥在听到我的调离决定之后，一直没有通过电话表示支持。一回替别人上庄河检车，路过文化局，大哥上去找我。走廊里，大哥说，定啦？我说，定了。大哥不再吱声，向跟上来的司机要了支烟，很外行地吸了起来，烟圈一团团飘散，直扑我的眼睛。许久，他转过沾有油污的下颌看着我，那目光既有父亲般的慈爱，又有断了希望的寂灭。大哥说，可惜了，可惜。大哥同母亲一样从不扭转别人意志，然而大哥随着烟圈吐出来的话，已经让我出走的意志变成了一块高粱饴软糖。我真的要断了一个家族脱离困境的希望吗？听了母亲的话，我来到院子里，二哥和大嫂正在水池边窃窃私语。看得出来，二哥并不知道大哥的遭遇，二哥脸上衣锦还乡的装扮早已不见，再现了斧凿般的怨怒。我凑上前去，我说，大嫂，别瞒我，我都知道了，谁承包了修配厂？大嫂看看二哥，低头洗菜；二哥看看我，头转向墙外的蓝天，把难以启齿的话推给大嫂。大嫂摆弄着水池里的菜，脸阴沉着，没有丝毫接话的意思。好一会，一只家雀飞过来，弹动了二哥头上的电线，电线发出嗡嗡的响声，仿佛是这响声惊扰了二哥闷在肚子里的话。妈的，二哥说，一人得道，鸡犬升天。我似乎一瞬间有了某种预感，我问，是不是曹德华的弟弟？二哥说，是。镇上没给大哥一点准备，就上车队搞新一轮承包，曹五子当场用五万承包金开了大哥，开了大哥用的所有亲属。妈的，欺人太甚。尽管已有预感，还是有些难以承受，我不敢去看二哥和大嫂，我抓住一片树叶，在手中捏个粉碎。

六

费了好大周折，才在汽车修配厂东边的一块荒地上，找到大哥领兵干活的所在。由两棵杨树支撑的篷布笼罩出一块飘忽的阴影，几个满身油污的修理工在阴影下的地沟里与泥土混成一片，大哥蹲在一个130车体旁，出诊医生似的在那里静静听着什么，高挽着裤角。风一阵阵从东北的平甸上刮过来，带着烟雾一样的沙土盖过写着"申氏汽车修理"的招牌，摇摇欲坠的招牌就像老家过年门口贴着的"出门见喜"的木板，经受一次又一次沙土的吹打、洗礼。一定是时间太紧租不到房子，又怕搁浅了曾经有过感情联系的活，大哥就不顾体面地在露天里开始了失利之后的挣扎、竞争。失利，我相信大哥一生经受过各种挫折，都不会像这次这样突兀、彻底，无法挽回。这一次有生吞活剥的感觉、强揪硬扭的意味。要知道，大哥在小镇已有将近四十年的位置。大哥一直是有着位置的啊！我无法想象，那个经大哥亲手建设的修配厂全盘失去的滋味，带着申氏家族的盟军迈出厂门之时一定就像战败的士兵。关键是大哥从此将失去办公的权力，大哥这种人不管领多少兵干活，是应该有办公室的啊！不管小镇多么萧条，书记、镇长、工业办主任、人大常委会主任等领导一应俱全，大哥至少有机会接接他们的电话啊！承包修配厂还算镇办企业，篷布下的劳动技术含量再高，都只能是农民一样的包工户。不是大哥干不了个体，大哥的个体不该是四壁透风的露天地。几年以后，大哥或许会东山再起，可是大哥如何在露天里熬过寒冬酷暑？大哥已有五十五岁。关键是，大哥如何承受曹五子修配厂生意的兴兴隆隆红红火火？

我僵站着，远远地看着一蓬阴影下大哥的身影、三哥的身影和侄子的身影，风沙裹挟着故土的气味席卷着我的风衣。我真有些后悔，曹德华几句好话就彻底地摧毁了我们申氏家族在小镇上的基础，曹五子加入修配厂的事实，充分暴露了那段时间里我日益膨胀的权力欲和大哥对权力的崇尚，我们的心理是多么庸俗多么不堪一击。权力，我真的在乎过权力吗？

一辆辆各色机动车在杨树屈伸的马路上各奔东西，摩托车引擎的声音震荡着耳膜，来往的车辆将外面的风尘带来又不假思索地扫地而去。小镇再喧嚣却掩不住寂寞的本质，那寂寞就像一棵大树伸入地底的末梢神经，感觉着、感受着地表以外的震动，却不能触摸外面的一切；那寂寞又像小镇南面的海滩，潮起潮落一日一日拍打，却永远是片沉睡的海滩，相对无声。这里离海很近，天后宫庙下面的老港经常传来渔行的消息。老港南面有片碱滩，隔三五年就潮上一回壳大肉嫩的朝鲜蚬子。朝鲜蚬子对青堆小镇的频频光顾，常让小镇人感到小镇的国际性意义。而那蚬子不知为甚，来一回又三五年不见，让小镇人备尝被遗弃被搁置的感觉。我站在路旁，任心底的疼痛通过感觉的牵引融进故乡的思绪。我在想，再有一回朝鲜蚬子登陆，大哥会不会一改今朝篷布下的裸露，开出一块崭新的掩体，与曹五子并肩而立？

　　中午，大哥带回长长一溜队伍回家吃饭。原来在修配厂有食堂，大哥被开之后，大哥家就成了大食堂，母亲和嫂子就成了食堂的伙夫。大哥见我憨憨地笑了笑，那慈祥的容颜活脱是父亲的翻版，只是额头不再有了以往的光亮，眼窝好像睡眠不足似的一圈乌黑，鼻窝里贮积着厚厚的污垢。大哥说，都安顿好啦？我说，安顿好了。大哥说，安顿好了多住几天。我点点头。以往回来，因为身有职务大哥从不留我，母亲和嫂子留我，大哥总说，忙还是回去吧，公家的事要紧。现在，大哥知我不再有公家的事，便像乡间的父亲对待回娘家的闺女似的留我多住。中午吃饭，谁也没提修配厂承包的事。大哥夹在一伙人中央埋头吃饭，时而在夹菜的间歇问一些二哥在庄河的情况和我在大连的情况，好像什么都没发生似的，好像这一屋子吃饭的人是来给谁庆贺生日似的。二哥好几次停下筷子，都被大哥有意的打岔挡了回去。只是饭毕，我告诉大哥要回老家坟地，大哥迟疑的态度才让我看出他脆弱的情感，让我看出那种不愿面对列祖列宗的为难。这些年来，家族祭祖活动异常频繁，大哥是倡导者实施者组织者，结婚、搬家、涨工资，不管申家后人谁有进步，必须及时上香烧纸。每次活动他都兴师动众一马当先。大哥只上了六年学，可祭文却写得言简意赅。我到文化局上班之后，大哥安排了一次几年来规模最大的祭祖活动。大哥在祭文上以我的升迁为主题，大肆渲染申家的前程。祭文说：山东蓬莱申氏第六十三代孙女申玉贞奉祖上之德得一任局长荣光，前来道喜。愿在此三拜九叩以发扬光大永扬祖威。大哥坐在沙发上，脸因为汤饭的充实微微发红。大哥说，这么远回来挺累，以后再去吧。要不傍晚十字道口烧烧纸。我做应承状，心里边却有说不出来的滋味，好像囫囵吞了花椒面，辣味在里边一丝一丝散开。大哥正说着话，神情就委顿下来，午后的阳光透过窗户在他七叉八股的胡须间泛起一圈疲惫和倦意。我说，大哥，睡会吧，我不去了。听我说睡一会，大哥又打起精神，抖了抖脑袋，想说什么似的，然而没一会又委顿下去。大哥说，休息休息吧，我少睡一会。一整中午，母亲都在屋角远远地看着大哥，大哥在里屋沙发上打盹，母亲就里出外进神情恍惚，那样子就像谁在院子里埋了地雷，明知日子里隐藏着祸根似的。母亲的目光里一直浸着一汪泪水，大哥迷糊一会上班之后，母亲握着我的手就哭了起来。母亲边哭边说，贞子，看你大哥瘦的，你大哥三四十年，没遭这样的心，他十七岁出来当工人，从未叫人说过不字，上了岁数，怎么就没了顺利？还有你二哥……

我握着母亲的手，泪水止不住在眼圈里打转。我说，妈，都怪我，都怪我误入歧途，我不该误入歧途。我这么说，却不知究竟指着什么，是不该误入行政的歧途，还是不该误入文学的歧途，还是不该误入那个叫季平的男人的歧途？

下午的事情有些蹊跷，3点左右，乡下三嫂一团风似的刮了进来。三嫂一进门就朗声大笑，仿佛日子间的欢乐在她胸腔做成豆腐脑，一不小心就一团一团抖搂出来。三嫂进门就喊，什么事这么兴师动众？俺地里的活还没利索，大哥就派向荣回去叫俺，还说不来不行。母亲看看大嫂，大嫂看看我，我感到有些奇怪，大哥要干什么？

难道要开家庭会议？分家之后，由大哥主持的郑重其事的家庭会议从没开过，大家已经各自有了自己的家自己的日子。关键是眼下这种时候，大哥能够说些什么？

三嫂同我打了招呼，就不再和我说话。她一直离我很远，不管是在灶间帮大嫂做饭，还是在院子里望天，都陌生人似的不睬我，好像我们是路人。三嫂嫁到申家我才十几岁，在乡村大家庭中，婆媳之间的摩擦常常考验着做小姑子的宽容和忍耐。三嫂泼辣能干，伶牙俐齿，她伶俐的口齿又常常出力不讨好地打击着我的宽容和忍耐。然而她在乡野土地上驾驭生活的能力无须任何人的宽容和忍耐，纵使你把尖刻变成利刃，急躁变成旋风，都无法摧毁她在垄沟里讨生活的意志。对于城市她压根没有半点热情，二哥搬家那段日子，她人后一直一个女巫似的预言着二哥的将来是一条死胡同，认为二哥这种奔逃是懒人的行为。我一直认为，三嫂是乡村女性中极少有的一个例外，一个没有诗意的诗意，一个没有风景的风景。她极少有乡下女人那种因为贫困、劳累而生出的叹息惆怅和向往，可是她一个人在山上搂草或在院里喂猪，却常常自说自话似的又说又唱。三嫂穿着小花袄在乡道上扭着粗腰唱着小曲，活似一幅声情并茂的图画。三嫂常使我想到当代城市的现代派青年，他们可以独自享受音乐，约了朋友在咖啡屋谈天，或者背起行囊走四方，可是当有谁妨碍了他们的个人利益，他们会马上暴露出那个一点都不浪漫的坚硬的自我。三嫂恰恰相反，她喂猪喂鸡搂草做饭，做的是实在得不能再实在的活路，为一个小家，为一天又一天，可是她在打发日子时那个自我是什么东西早被丢得一干二净，她彻底忘了我是谁。我相信那时那刻，她心里装的全是音乐。三嫂对乡村日子的迷恋其实是进入了化境，是人与土地与时空的融合。

隔着门缝，隔着窗玻璃，我远远地看着三嫂，想象着十里洼的日日夜夜怎样一如既往地沸腾着这样一个女人的热情。严格说来，我已不太了解乡村，尽管也常有机会下乡，可是那种短暂的接触根本无法了解乡村的本质。一些朋友讲，如今乡村的变化我们很难想象，百分之九十的农户都有了存款，男人纷纷到外边打工赚钱，山里基本是女人的世界。也有的朋友讲，乡村再变也变不到哪儿去，乡道因为无人修管越来越窄，出外干活的民工常常干一年活要不回钱，房子越盖越多占去了大量耕地，人口因为向外流动山野格外沉寂。大连一个写散文的朋友讲，山村再变也喧嚣不起来，改革开放只喧嚣了乡下人的心，而日子本身永远是鸡犬相望宁静无声，乡村永远是萧红笔下《呼兰河传》那种，不管当代人将乡村故事讲得如何斑斓多彩，它都不会摆脱沉寂、寥寞、荒芜。后一种说法是文学的说法，却揭示了乡村的内在气质和神韵。三嫂在这沉寂无边的气质中，她的身心难道从来不曾喧嚣过？

我是一个多么不可思议的尤物，二哥不安于乡下的寂寞四处奔跳叫我心烦，三嫂迷恋庭院里的声音雷打不动又叫我沉重。

七

晚饭时分，大哥家再一次拥满了人，除了庄河的二嫂侄子侄女，申家父亲这一支的人全都聚齐，包括了侄女女婿和侄子媳妇。似乎所有人都感觉到了家庭氛围的庄重。大家很少说话，并且迅速地将晚饭进入尾声。大哥吃饭时打开一瓶白酒，大哥从不喝酒，喝了酒的大哥脸膛有些发红。大哥的表情十分安详，中午的疲劳和倦怠丝毫不见，深陷的嘴角反现出青春的刚毅。我不知道大哥要说什么，在我闪失了申氏家族火烈的期盼第一次相聚的时候，在大哥闪失了四十多年地位一变而成包工头的时候，我们申家多年来艰难拾得的星点荣光应该说黯然失色，就像行星陨落大地，大哥拿什么来像以往那样鼓舞斗志振奋精神？重要的是，改变现状已经太难太难。大哥坐在沙发上，没有洗净油污的大手在下颌的胡楂上蹭来蹭去，待收拾完碗筷的人渐渐安静下来，大哥开始说话。大哥说，现在开会，我以父亲的名义给大家开会。大哥的开场白简短、仓促，好像生怕因为繁杂而歪曲了语义。大哥说，从今往后，咱们家里不许有任何人再提上边如何如何，不许任何人去想跟谁沾什么光，坚决不许。大哥说着表情严肃起来，我当初如果不巴望贞子往上干好跟贞子沾光，就不会答应接受曹五子；如果不看重曹德华在上边给咱免了那么多的税，就不能放心大胆把所有钥匙都交给曹五子；如果曹五子在车队找不到当家人的感觉，他永远不会想到夺取汽车队。大哥我近四十年凭技术吃饭，从没想跟谁沾什么光。这有光一照，反而刺迷了眼，看不清路数。

夜晚很静，大哥的声音透过幽光在屋隅里震动，这几天我总能想起咱父亲的一句话。他十三岁那年跟镇上人出外做生意，在一个土岭下让人给甩了。咱父亲第一次离家那么远，当时哭得死去活来，哭到半夜，见哭也没有希望，就不哭了，自己摸到一家染坊，在那里找了宿。咱父亲那时还尿床，后半夜醒来，见给人尿了一匹大布，没敢吱声爬起来就走。咱父亲顺着路往东走，天越来越亮，太阳从云缝里照出来，咱父亲说就从那一天看见太阳时起，他觉得他长大了，他说他知道他是谁了，他是一个独立的申家的老三，他其实是在一个人闯天下，依赖不上任何人。父亲很快就挑起家庭重担，供叔叔读书，给大爷和四叔娶妻。我是谁，这是父亲十三岁那年弄明白的问题。我们现在都需要搞清我是谁，我们能做什么。恒义现在不错，捡破烂，卖饼子，这是咱父亲的路，正！走下去不会错。你人在庄河，见多识广，做买卖路子很宽，只是不要再管谁当官谁提拔，要记住那些跟咱没关系，要记着咱是谁！从今往后咱申家不管是谁，都只有靠自己！现在我这块地场的光只剩下一块篷布，小得可怜。三弟、向荣、向前，我得给你们搞承包，我得把我的技术都传给你们。和曹五子竞争我有信心，可是我才只有不到十年的时间。我老了，你们要靠自己，要向贞子学，靠自己。

在这个时候能得到大哥对我的肯定，实在出乎我的意料。如果我能够一直坚守对家庭的责任不离开庄河，即使没有下一步，大哥也不会到现在这种地步。

大哥说，昨天早上，我有十分钟想说话说不出来，那感觉就像脑袋里的机器零件全失灵了。我就知道，这是咱们家的血统病，脑动脉硬化前期，早晚的事。我老了，不觉警就老了。不过我起誓就是拼出老命也要把车队干出来，今生不达愿对不起咱父亲。父亲双目失明，还要赶集卖菜……

大哥后边的话因为嗓音有些沙哑，既显得很重很有力，又显得很虚幻很苍茫，就像在煤洞里听电钻钻井的隆隆声，令人感到震撼又令人感到遥远。停了一会，大哥问大家有没有什么话。三哥看看二哥，二哥摇摇头。大哥于是站起来说，向光，把纸和香找出来，咱们上十字路口。一股凝重的气流顿时弥漫了屋宇，我随大家站起来，我的泪就在喉口，稍有不慎，就会变成一声巨响喷将而去。我的大哥，我尊敬的大哥，你的觉醒为什么刚刚开始？失败为什么要和年老一同到来？上帝为什么要在你看到生命的边缘时让你承受命运的挑战？

一家人来到十字路口，我们面北背南，朝家乡的方向一个个跪下来。当第一张纸燃起火苗，燎起袅袅青烟，母亲哇的一声号哭起来。离家时，我们大家都不让她去，她老人家硬是闷声不语坚持要去。我早感到她闷声不语后边抑制的悲痛。母亲的哭声带着痉挛般的颤抖震响在小镇的秋夜，然而母亲刚刚亮出嗓音，又突遇障碍似的戛然而止，仿佛山洪滚石，裹挟大嫂二嫂我和侄女们无数泥流刚刚滑落就变成一派虚无。善解人意的母亲因为突然的觉悟而强压住心中的悲痛，最终跟大家一同默默地祈祷，默默地观望香火——哪一个儿孙不是她的亲骨肉？

出乎意料的是三嫂却不顾一切地哭了起来，一向乐观快活的三嫂不知为什么哭得很凶，任大家怎样相劝都无济于事，最后三哥大喊闭嘴，她才将号啕变成呜咽。

火焰飘忽而神秘，缕缕青烟在夜风中盘旋升腾，叠成扇状的黄纸喷出无数火舌冲涤着家乡秋夜的凉爽，撞击着小镇夜空的黑暗，三炷香火擎出无数颗明明灭灭的火星，迷离着申氏家族男女老少苍白的面孔。我注视着夜风中飞舞的火舌、升腾的青烟，它并不向着一个方向而去，它像走错了家门的人似的忽南忽北四处奔投，而最后，当火舌把纸片燃成一团灰烬，暗夜里，我看到申家以大哥为首的一群庞大的坚实的身影在路口徐徐站起。

八

在我离开小镇去火车站之前，二哥导演了一场令我惊异的戏剧，二哥把季平找到家中与我会面。当我懵懵懂懂走进偏厦木屋时，二哥二嫂已经离去。季平的突然出现仿佛一只弹片突然穿进我的胸膛，我来不及反应事情的原委就进入一片混沌状态。我呆立着，眼前一片迷乱，心被针一样的东西扎得很疼。我在疼痛中感到季平向我走来，他衣冠楚楚，气度不凡，崭新的西装纤尘不染，红花领带在洁白的衣领里放着灼人的光。他向我走来，他说，玉贞，二哥说你找我，有什么事吗？我的泪一下子就旋出了眼角，二哥怎么这么无耻！让我不设防地陷入一种尴尬一种难堪一种屈辱。我说不出话来，可恶的是，越说不出话来越达到一种屈辱的效果，这屈辱还混杂着一份久违了的心疼——在后来由爱而恨的日子里，我从没放弃过对他的思念。季平看我抖索着双肩，将手伸了过来，玉贞，能原谅我吗？我其实对你是有感情的，很深，真的。可是……我推回伸过来的手，抬起泪眼逼视季平，哼，已经提拔了才敢说出是吗？见我调走了才敢说出是吗？我觉得我的嘴唇哆嗦得厉害，我的心被人拽在手心又揉在荆棘里似的狠狠地疼着。见我愤然，季平缩回手去，呆呆地站着。稍许他再度开口，玉贞，你永远不会理解我，你不知道，我是输不起的。我不会写作，我也不能经商，我输不起。我知道，你让二哥找我就是为了骂我，骂吧。提到二哥，我好像突然捕捉到什么，我捂着因为激动而狂跳的心口，再次迎上季平的目光。连我自己都不敢相信，我的目光会在一瞬间发生变化，由屈辱变为坦荡、坚硬，将错就错的智慧使我变得无比坦然，既像一个面临死亡而最后屈服了的懦夫，又像以自己生命换来别人幸福的勇士。我直视季平，我说，季平，苍天在上，请回答我，真的爱我吗？我把爱说得很重。季平看着我点头，瞳仁里蓦地飘起了雾一样的东西。我说，好，我相信你。我现在什么都不要，我只求你帮我办一件事，给我二哥的儿子安排个工作。季平再次点头，在季平点头的同时，我看到我举起双手向大哥请罪的姿势，看到了我为家族英勇倒下的姿势。我说，季平，帮我这一次，永远不会再找你，永远不会。说出这句话，我发现我已经被一堆火包围，我的衣衫和肉体在一起燃烧，烧成了一地光怪陆离的碎片。

去火车站的路上，我一直没和二哥说话，二哥的作为已经让我深恶痛绝，我甚至想我永远不要再见他。可是当火车开动，二哥篮球架一样的身影跟着火车飞快地跑起来，嘴里不住地喊着，回来呀贞妹！烧焦的碎片已经铸就了的又一颗心在隐隐作痛。我说，二哥我会回来的——我会……

发表于《青年文学》1996 年第 11 期

主 旋 律

一

　　7 点半刚到，鲁洪平就给记者分完了一天的活。王立三 8 点政府南二楼会议室政府工作会，刘兴国 8 点半县法院二楼政法工作会，李小刚、王明随县卫生局初级卫生保健检查团下乡，季沐雨、何亮 9 点参加皇都商行开业一周年庆典，孙东、张伟到大团乡采访昨天昏死在课堂上的教师家属和学生。鲁洪平在农村读完高中，他常常觉得自己新闻部主任的工作就像农村生产队队长，每早哨声响过，就站屋檐下拄着铁锹，挖着眼屎，发着混浊的声音，张三，领人下西河套堵坝；李四，领人上南园头犁地。只是他不拄铁锹，他不管怎么熬夜打通宵，眼上都不长眼屎。

　　新闻部在电视台四楼，是电视台最大的一个部。每天早上刚刚上班，十几位记者里出外进乱乱哄哄，鲁洪平见了都觉得真就是个生产队，心情十分烦躁。

　　鲁洪平今年三十六，吉林师大毕业，是县城里较有名气的新闻人士，用他朋友王月梅的话说是专唱主旋律的。鲁洪平做新闻工作时间并不算长，1986 年建台，他在一所中学教学，当时那所中学有一个温雅有思想的女教师对他非常欣赏，有事没事就找他闲聊，那深情的目光常常炙疼他的心。三夜失眠之后想到一辈子老实本分的父亲一直在三间草房里望子成龙，就猛下决心离开学校投奔电视。三首古体诗词敲开电视台刚刚站立的木门，从宣传部出来的岳台长看看这位憨态可掬的后生，非常高兴，说，习古诗词者必待人严谨处事缜密，正合适电视。其实鲁洪平喜欢古诗词完全因为那位女教师，他在她那双深潭一样的目光里看见了暖风和冷月，他就在有暖风和冷月的夜晚观看夜空，就有了几句让灵魂颤动的词句：猛回目，冷月当照，暖风习习，洗俊隽……当然，他因为随意散漫的思想遭遇了女教师，到新单位一切从头开始，再不敢随意抒发，凡事小心谨慎，没多久就干上了新闻部主任。

提了新闻部主任，宏观把握着全县政治经济文化教育卫生公安方方面面的新闻宣传，主观调控着各种宣传的冷度和热度，及时感受八十七万民众及二百名政府官员的冷热反应，一些追求、理想便开始觉醒、冒头，它们好像早就隐在身体的哪个部位，专等提新闻部主任这一天才冲将出来。他暗下决心，一定努力提高自己的新闻意识，要在新闻部里培养大记者名记者，要真正做到为党为人民负责，弘扬主旋律——弘扬主旋律这个原以为充满迷人色彩的说法是他每日面对的非常实在的问题。前年搞扶贫报道，记者终于有机会把北部山区一家五口人盖一床被的真相披露于众，结果在得到十二卡车旧衣物的同时，却吓跑了两家准备在县城投资合作建港的外商。外商在市内看到这篇报道，当即用传真取消口头协议。去年农管站出售一批假化肥，电视台根据群众来信进行新闻述评，第二天，一万多农民拉着化肥不远百里来县城找县长，县政府大院门口被围堵得水泄不通。因为这两次，鲁洪平似乎有些明白什么是主旋律，为什么要弘扬主旋律——那就是无论什么角度，都不得损害党的形象。

应该说，鲁洪平当上新闻部主任，在他三十多岁人生中算是找到一份自我，一份昂扬的自我。他由关注社会各界、关注方方面面而时常感到自己被社会各界和方方面面所关注；他由感到一直被众多人关注而觉得活得有价值有意义。可是这种感觉只持续了两年就不再有了，鲁洪平不知道这感觉究竟是在哪一个时节溜走的。好像有那么一天，位于长河县南端的南大沙村因为一片海滩与邻村发生争夺战，邻村只一河之隔，就属于明县，市政府领导调各县电视台的采访资料看。县委书记要过目送报资料，结果刚刚审完电话就直拨鲁洪平，要鲁洪平将片子重做。问为什么，县委书记说，只要两村交锋的镜头，不要拖泥带水！

南大沙海滩一百多年不出蚬子，谁知 1990 年开春，海滩突然之间涌出蚬子，一层层无穷无尽。南大沙人发现后，大张旗鼓进行捕捞，直吵得邻村人红了眼，一齐拥向海滩你争我夺，因而发生大规模的群众冲突，惊动了市政府领导。新闻部在此之前曾摄制过一部专题片，那上边有翔实的史料证明南大沙海滩属于长河县。鲁洪平将这些资料汇总时严格尊重事实，逻辑严密论据充分。鲁洪平一直觉得，这是他们县电视台新闻部有史以来干得最漂亮的对长河人民最有利的一件事——南大沙海滩的蚬子平均每年出口创汇五千万美元，能顶长河十家中型企业。县委书记却偏偏要求把这段史料删掉。后来鲁洪平才知道，市长市委书记都是邻县出去的干部，县委书记必须把南大沙供出一半才能保住乌纱帽。就是这一天，鲁洪平像只泄了气的皮球似的蔫了下来。是否为长河县争来应得的利益也许并不重要，在市长市委书记眼里，南大沙不管属于谁，都属于社会主义大众。重要的是在鲁洪平心中，不再有对一双目光的看重。

在鲁洪平做新闻部主任的日子里，他一直觉得有一双目光在背后盯着他，让他做工作一直有着积极的理由，尽管他知道那双目光关注的是电视而不是他。1992年秋天，市委市政府召开粮食工作会议，市长就几年来长河县粮食征购工作迟缓做了严肃的批评。县委书记汪明四当场拍案，一个从不关心农业县化肥、水利的市长没有理由批评农业，我们只不过迟缓了半个月。市长知道长河县化肥厂改造项目市里拖了我们多少年？市长知道长河为确保市内供水损失了我们多少资金和土地？市长不会面面俱到，可市长应该拍拍胸脯装没装长河八十七万民众?！为了化肥，为了水利，我们一回报再回报，我们的农民春天买不着调配化肥在地里看着小苗号天哭娘，干旱季节为了保证市内供水，我们的农民宁肯小苗干着也不动水库水浇地。汪书记声泪俱下的讲话令举座皆惊。市长当场许诺了一连多年迟迟不能决策的在长河县上尿素生产线的项目，并指令市粮食局拨款五百万元补助水库淹没区的山民。县委书记被八十七万人的疾苦呛出眼泪，这件事深深感动了鲁洪平，这个片子在新闻部放了无数遍，每放一次，鲁洪平都受一次鼓舞和激励，都感到有这样一位书记没有理由不好好干。就从那时，他觉得他的背后有了一双目光，他的积极有了八十七万民众的理由和一双目光的理由。在县委书记影响下做的史料片却被县委书记否定，而这否定的理由不再出自八十七万民众。鲁洪平同样震惊了，这个昔日不顾个人利益为长河人民扬眉吐气的书记为何不再扬眉吐气？鲁洪平后来明白，县委书记不再扬眉吐气正是为了一双目光！如果一再扬吐下去，他将失去市长市委书记关注的目光。每个人活着都在为着什么，都要找到形而上的理由。当到县委书记这样的官，已经无法在精神上失去上级的关注，这是当代大多数行政官员活着的理由。鲁洪平却因此不再有了积极的理由，尽管这个理由有些虚妄。

二

接了一个电话，编完手中稿子，鲁洪平起身伸了一个懒腰。这时电话铃又响了，鲁洪平去接，是林业局局长李维康。鲁洪平说，操，你没忙掉脑袋，怎么哪儿也找不到你？李维康说，你在那儿等我，我这就提着脑袋见你。放下电话，鲁洪平想自己他妈的还挺智慧。很长一段时间，他就想找机会与李维康坐坐，却一直苦于不知说什么好。李维康原来是县政府办公室副主任，一直干得很滋润，就一直以为机构改革之后提正主任无疑，可是不但没提，反倒被清出政府办，调到长河最不重要的一个局——林业局任局长，明升暗降。当时李维康如遭雷击，如得一场大病似的三天没出门。不少局级干部前去看他，作为李维康最好的朋友，鲁洪平却一直没去。直到后来李维康到林业局上班，他也没挂过一次电话。男人在官场上失意，任何安慰都不好使，关键是鲁洪平太明白李维康为什么失意。

李维康四十一岁，是这茬青年干部中最最优秀的一个，他性格柔和才思敏捷。和百姓一起，他不媚俗却时时显露一种让百姓觉得亲切的世俗之气；和同人一起，他不周旋却又时时让大家不忘他的谦和宽容。最重要的是他有农村工作经验，却没有乡村干部思想意识里的保守。那年他负责的那个乡出了一个超计划生育的案例，案情是一个丈夫下身截瘫二十年的女人跟村里一个木匠生了孩子。县计划生育委员会知道后，组织两辆面包车开到乡里，要大张旗鼓到女人家里抱孩子罚款。李维康得知消息，半路截住计生委一行七人，他说，孩子由我负责抱，款由我负责罚，切忌不要大张旗鼓。计生委专干一时蒙了，不知道这是为什么，伸张正义将邪恶暴露在光天化日之下有什么不好？李维康说，一个女人苦守瘫男人二十多年有了外遇，这不是邪恶，不是！法咱执，只是不要去断了一个女人活下去的后路。计生委专干虽然没全听懂，却也没坚持去，他们在乡招待所喝了一顿酒打了半天扑克返回县里。

不过两天，李维康自己从女人那里抱来孩子，从木匠那里拿来两万块钱。据说木匠拿不出两万，跪在石堆里磕破了头皮，最后是李维康在亲戚家给凑足了钱。这件事绝不是一般的农村干部所为。正是这个有血有肉的区别于一般政客的党员干部的形象，使鲁洪平最初就将李维康视作朋友。当然，得到县里领导欣赏却不是因为这件事，而是因为李维康的歌喉。那年党代会有个联欢晚会，李维康自告奋勇登台唱歌，他嗓音浑厚，音域宽广，表情丰富，使得台下掌声雷动。一个行政干部有点行政以外的才能，马上受到关注。县政府办迎来送往，正需要这样一个能工作又能上得了台面的干部。于是，就在当年干部变动中调到政府办任了副主任。却不承想，欣赏和相处完全是两码事，欣赏是可以远距离的、遥遥相望的，是可以不和自己发生关系的，一旦与之相处，又经常陪伴左右，他的那些咄咄逼人的优越就无法不成为县长们的反衬。

鲁洪平参加过一次全县教师节文艺演唱会，李维康同管文化的副县长一同坐在台下。演出结束，教委主任鼓动大家推举副县长上台献艺，副县长不会唱歌坚决推辞；推举李维康，李维康就毫不犹豫地上去唱了，赢来全场潮水般的掌声。下来之后，教委领导纷纷与李维康握手，把管文化的副县长晾在了一边。鲁洪平尽管不能断言李维康的官场失意全因为他的张扬、他的毫不自觉地对别人空间的侵占，但通过那次他有一个感觉：在领导跟前不失时机地掩饰自己的才能，把握自己向外伸展的程度，才是作为一位行政领导的真正才能。李维康略一顺脚便不思掩饰，便张扬自我，便走了官场的下坡路。

李维康一推门，吓了鲁洪平一跳，他比以往任何时候都气派都神采奕奕。在鲁洪平记忆里，李维康就从来没有这么打扮过，茶色的高档衬衫配着乳白色的老板裤，脖子上扎有靓丽的领带。两人握了手，鲁洪平把李维康让在对面坐下，泡了茶。鲁洪平说，操，你可别吓着我。李维康毫不掩饰，说，看我变了吧？哥们四十一，土埋半截才想起潇洒。鲁洪平笑了，一时找不到话。李维康的精神状态太让他吃惊，彻底变了一个人似的。他想，这大约是男人成熟的标志，能够很好地掩饰自己的心态。怎么样？鲁洪平还是这么不假思索地问了一句。李维康说，挺好，真的挺好！鲁洪平说，今年林业局的大事应该是如何在北部山区封山育林，你在政府办时最为这件事着急，这下有了机会。李维康喝了一口茶，之后轻轻甩了一下头，谁爱着急谁去着急，我才不急，我李维康尽是瞎着急才急跑了位，吃一百个豆子不知豆子味吗？我看了，工作你得会！三句话露了真相，鲁洪平笑了，说，别，对党有意见可以，给党干事还得积极，印象最深的是那年为南大沙我们之间的配合，那些资料片若没有你的敏感和指点，根本抢不上去。对啦，那上边还有你和仇乡长蹲坑埋伏的镜头。李维康继续不以为然，说，你个臭小子，休想让我遗臭万年，没准就是那些镜头害苦了我。

南大沙保卫战的几年，李维康一直是亲临战场制约战事。在双方百姓真刀实枪大动干戈的那个夜晚，他被几个当地百姓关押在一个窝棚里，电视台记者赶到现场时，他已像只瓜瓢一样弱不禁风。洪平，不要再提过去那点事，我今个来就是想告诉你，我挺好！看开了挺好。跟你说，细想想，南大沙海滩一百年不出蚬子，谁也不争那块地盘，没准用不上百年，那里又不出蚬子，我们这些为蚬子流血流汗的人早已作古，两个村的人沾亲带故的，说不准还异口同声咒骂我们呢！我们算什么？南大沙海滩的沙砾都不如，那沙砾能永久存在经见兴衰，我们能吗？不能！我们就活一回。人生就一回！李维康扫一眼鲁洪平，喝一口茶继续说，我酒忌了，烟忌了，就一样没忌，你猜什么？鲁洪平细眯眼睛，什么？歌！就歌没忌。我他妈越唱越想唱，我几乎天天要OK一嗓子，还会了不少通俗歌曲，那些歌叫人心发软，那些歌叫人品出活着的又一种滋味，真的。鲁洪平望着这位外强中干的失意者，止不住心里生出一种难过：人为什么要失意呢？李维康机敏地捕捉到鲁洪平的情绪，说，洪平，我真的挺好，男人绝不只是一种活法，换一换挺好！

正说着，记者季沐雨、何亮回来，他们一个扛着机器，一个抱回三个纸盒，见李维康叫声李主任，后又改为李局长。何亮扔给鲁洪平一个盒子，什么没说就回自己屋了。李维康打开盒子里的衬衫，说，你小子家里纪念品能开商店吧？鲁洪平说，操，岂止开商店？能开纪念馆。说着笑了，随口又说，瞎说，当记者那两年多点，这两年不下去，少多了。俺老婆是个无底洞，有多少都不够，她愿意她的七大姑八大姨表叔侄孙都能沾上点光。

扯东拉西地说一会，鲁洪平看看表，见已11点半，说，维康你先坐着等我，我去审片，就十分钟，回来我请你喝两盅，你到林业局我还没请过你。李维康站起来，算了吧，有机会再喝，我忌了好几个月的酒了，我找匠自长打个招呼，中午还有点私事。鲁洪平没强留，他发现他们之间并没有很多的话要说，李维康再也不是从前那个凡事投入积极的李维康了。鲁洪平一时有点不适应，尽管近日来自己对工作也不十分积极，可眼下他们还是两码事。看着李维康从楼梯上一步步矮下去的身影，鲁洪平心里像塞了团麻，乱糟糟的。

三

11 点 40 分，鲁洪平锁了门下班。县城不像大城市中午在机关就餐，县城一律回家。鲁洪平下楼，一些部门的门已经锁了，下到二楼突然听到有人喊，洪平。鲁洪平回头，见是文艺部夏光。走过去说，怎么，有局？刚说完，就见屋里已经坐了三个人，专题部的小冯、制作部的秦收获、总编室的孙术。鲁洪平一向不喜欢同这些人在一起，尤其不喜欢夏光，四十几岁的人了却总像十几岁小青年一样胡作非为，不是在黑板上写脏话骂人，就是用口红在手上描成唇印乘谁不备摁到人家脸上。鲁洪平无法接受他对生活、工作那种戏谑的态度，似乎他从来都不会为什么事伤心。鲁洪平看了看这几个人，没做什么反应，又掉过头往外走，却被夏光一把拽住，主任牛什么？操，不就是个新闻部主任，有什么了不起，你要当了台长俺还不用活！被夏光拽着，鲁洪平又回转过身，同其他人一样坐下，等待下边的节目。

五个人坐下来，大眼瞪小眼。夏光看着几个，扑哧一声笑了，指着秦收获，屌样，一见有局眼都放绿。告你，今个咱玩点新的，咱五个人猜拳，谁输了谁请客。一听是这内容，孙术说，操，那用你装孙子，咱回家请老婆好不好！秦收获立马站起来，你一说老婆我还真想起，我不能在这儿，我有事。秦收获说着脸有些放红。夏光看看秦收获，想，你他妈真活个窝囊。夏光很少在钱上羞辱人，想说的话又吞了回去。鲁洪平一听是这内容，来了兴趣。说到底他才三十六，愿意玩些青年人的花样。来，谁走赶紧走，谁在就出拳。讲好，谁输谁请客。鲁洪平一振作，夏光来了精神。来，开始。秦收获一直站着，一直说着有事要走，却一直没走。到了第四个人，剩下他和夏光，夏光说，到底走不走？秦收获见这么多人赢了夏光，咳了一口痰，跺了一下脚，说，操，我确实有事。一边说一边将手背回去，做出拳状，脸上的表情非常紧张，仿佛一个小偷看见了一个人腰包里的钱，既想伸手去抓又怕被人抓着。这一切夏光都看在眼里，故意给了秦收获一个机会。到底夏光输了，秦收获

— 73 —

的脸蓦地涨得通红，再也不提要走的事。夏光想，让你收获一把吧，你这可怜的家伙。

他们到迎春小吃部刚刚坐下，酒没打开，菜也没上，夏光就开始了恶作剧。他先将小姐送来的餐巾纸分给大家，再一张张收回来，折成三折，问大家像什么。大家看，想不起来。他说，真笨，这不是女人的月经带？大家蓦地哄笑。鲁洪平说，你个畜生，琢磨女人！夏光不笑，站起来，故意解开裤带，做往底下送状。大家更是笑得不行。鲁洪平说，你真是个下流的畜生！这时服务小姐过来，夏光赶紧系上裤带坐下来，说，畜生哪有上流的？啤酒打开一个个斟满，夏光带头喝下一杯。一杯酒下肚，夏光说，想笑不想笑，再讲个笑话？秦收获说，想笑。夏光说，好，想笑就好。又端起酒杯，刚想喝，腰间的 BP 机响了。他看看显示，突然想起什么，收拢了脸上的笑，说，不好了，忘了大事，等我去挂个电话，回来再讲。跑颠颠离开小吃部。鲁洪平一口酒没喝，他刚刚笑过了头，肚子有些疼。他知道这些小子没有一天不凑在一起胡闹，一时不胡闹就浑身难受。他想，夏光怎么就这么开心呢？没一会，夏光回来了。夏光说，好了，现在好了，来，边吃边听我讲。这是上星期的事，咱办公室老刁接了个电话，市电视台让我们去拉带，他接完电话就传司机老王，老王说多少本？老刁说三百本。老王说，三百本我拉不了，得面包车。老刁说，能，能拉了，都是空带。大家没有笑。孙术说，操，我看你是穷肚子了，讲了一千遍，干脆喝酒吧。

大家喝一轮，夏光又说，好，讲个新的，就前天的事。前天下午我给一个学生修电子琴，修好了要试试。试什么曲子，一下想起哀乐，就奏了一段哀乐。当时咱局长和咱台长正在楼下开会，他们听完很吃惊，相互看看，都很严肃的样子。咱局长说，坏了，准是个大的，要不没到广播时间不会播的。咱台长点头沉思，说，是，肯定的。说完都很惊诧很沉重，说，等晚上回家看电视吧。晚上回家，看完新闻联播，也没发现什么消息。咱局长打电话给台长，说，老岳啊，怎么没播？是不是出了什么事，开始封锁？咱台长说，这事太不寻常，怎么广播播完了又封锁了呢？等明天早上听新闻吧。第二天我上班最早，台长看见我，小心翼翼问，夏光，你昨天下午 5 点在不在台里？我说，在。你听没听见奏哀乐？我说听见了，可是晚上新闻怎没播？我一看事情闹大了，想笑没敢。我说，岳台长，昨天是俺妈去世一周年忌日，是俺在楼上给俺妈奏哀乐。夏光笑得不行，酒喷了一地，大家都笑得不行。鲁洪平说，你个畜生，你真能瞎编，你个畜生。小冯笑着笑着，把桌子上六只盘子里的菜都拼到一只盘子里，然后去要了五碗大米饭，说，菜酒夏光请，大米饭我请。孙术说，你当我们是猪？我不吃大米饭，我吃面条。夏光说，那好，你那碗面条叫秦收获请。说着，又收不住地笑起来。鲁洪平酒菜都吃得很少，他笑够了，像个旁观者似的看着四十多岁的夏光，心想，你怎么就能这么开心呢？你哪儿来这么多笑话呢？鲁洪平看着看着，目光里就流露出迷雾一样的云翳。他很是不解地看着夏光，嘴里念叨着，你这个畜生，你真是个畜生。夏光讲够笑够，眯起小眼睛去看鲁洪平。两人目光相碰，直直地相互盯一会。夏光有些醉了，目光里有红红的血丝。盯一会，夏光说，年轻的主任先生，你不要就觉得你们那些人是什么好人，你们只不过没有机会做坏事，你要是老婆天天不回家，你会闹得比我凶，你会上外边找情人睡女孩。我至今没睡女孩，我只不过讲讲笑话开开心……说着说着，夏光哽住，像有什么东西在嗓眼里抖了一下。之后，他的布满血丝的眼睛就淌出了亮亮的东西。

鲁洪平一直以为夏光是个没心没肺没头脑的下流音乐痞子，因为一点音乐天赋混进电视台这个人生舞台，甘心一辈子在这里恶作剧，不知道他能创造出如此无穷无尽的恶作剧是因为一腔热情无处排泄。鲁洪平心不由得一动，觉得眼窝有些发凉。片刻，夏光收住眼泪，指着鲁洪平说，我告诉你主任先生，你这么看着我我受不了。他的声音很粗很重，他说，他们三位这么看我我受得了，就你这么看我我受不了。你其实从来没瞧起我！我告诉你，你收回你那目光，你们这些人想变坏比谁都快，你不要就觉得你好，你知道李维康大局长现在干什么？他跟我老婆在一起。鲁洪平觉得胸上有根筋被谁抽了一下，浑身蓦地发紧。他看看身边各位，狠狠将目光蜇向夏光，夏光，我可告诉你，我们都是新闻口的人，不可以随便造谣生事。秦收获插嘴，夏光你别瞎说八道。夏光借了酒力，一拍桌子站起，我他妈要是瞎说割我舌头！你们不要害怕，我大夏不会因为他跟我老婆在一起就对他怎么样，我老婆不跟他在一起也跟别人在一起。我只是想告诉你，李维康这个党员干部现在天天逛舞厅。

从迎春小吃部出来，鲁洪平突然有种倾斜的感觉，眼睛看不清眼前的路，车辆跟行人雾一样飘浮起来。这几年，不少企业家和大亨盛产着这类传闻，他从没有大惊小怪，他相信世界上什么事情都有可能发生，他却怎么也不会相信这类事情会在李维康身上发生。半年前，一个青年女工到电视台文艺部点播歌曲，内容大意是电缆厂全体职工祝厂长李明义和汪晓华新婚志喜白头偕老。李明义是长河县颇具盛名的企业家，电视台曾做过专题报道，汪晓华是电缆厂会计。文艺部小宁刚从外地调来，不了解情况，也没给点播者要身份证，一时大意带来天大的祸：李明义被老婆抓破脸皮，汪晓华被丈夫打成瘫痪，正在发展高峰的电缆厂一时人心纷乱纪律涣散。这件事发生后，县委宣传部、广播局、电视台一级级批评下来，还没办完手续的小宁被开回原地。李维康闻声中午打电话找鲁洪平，两人在迎春小馆要了酒。李维康像个长者似的看着鲁洪平，叹着气说，洪平，你说我们是不是跟不上形势啦？我怎么就想不通李明义这么有层次有影响的人会栽在女人身上。鲁洪平大口喝酒，说，许多男人都栽在女人身上。李维康听完这话，将酒杯重重一放，说，吹了，谁栽我不会栽。我告你洪平，谁栽我们不能栽，别忘了我们是农民的儿子，让一个女人毁了前程，不值！鲁洪平当时听完这话还真想了想自己，自己脑子里动不动就涌出那位女教师王月梅，并且一涌起她心就隐隐翻动。有一回在饭店里碰见她，她那温柔的目光一下子就煽动了曾经有过的那段快乐的记忆，让他有一种被穿透灵魂的感觉。李维康逼视的目光好像发现了他的隐私，让他有些害怕。他连连说道，我鲁洪平不是这种人，我不是，我知道我该怎么做。当时正是李维康要提政府办主任风声最响的时候，李维康干劲十足，连叹息里都裹挟着革命的劲头。而现在，一经交通堵塞就偏离了自己。交通堵塞改道是自然的事，问题是不该改到沼泽地里去，怎么也不该改到沼泽地里去，我们是农民的儿子。

四

下午3点，到大团乡中学采访的记者孙东、张伟回来了。孙东一上楼就直奔主任室，气喘吁吁的样子让鲁洪平看出他又在冲动。孙东是刚来新闻部不到半年的记者，毕业于东北大学中文系。由于刚刚操作新闻，每次搞专访他都容易冲动，有时因为被采访者说了几句扣主题的话，有时因为地点人物构成感人至深的氛围。他平素习诗，所以善于感受氛围，善于在氛围中冲动，善于在冲动时气喘吁吁。几乎每一个记者都无法逃避这样一个过程：没当记者对记者是初恋，充满了神秘的向往；刚当记者半年以内是热恋，为每一个采访事件投入，为在公众场合耀武扬威自豪，为每天晚上往电视上打名字欣喜若狂；半年到一年就是结婚，尽管如火如荼，但没有了神秘感和向往的空间；当记者两年以上，就好像生了孩子之后的夫妇，日常情感会随繁杂的家务、周而复始的重复，日渐淡泊并感觉麻木。孙东在劫难逃，走进了这个过程。

昨晚，鲁洪平的舅舅从大团来找他借钱买牲口，讲起人生命短苦多，随口说起乡中学一个教师患癌症死在课堂上的事，说全校学生哭成一片，课都不能上了。鲁洪平听后很受震动，认为这是一个很有分量的报道，一个普普通通的教师把生命的最后时刻献给课堂，比任何典型宣传都有感染力。于是鲁洪平一早跟记者讲，不要惊动教委领导，不要惊动乡领导，直接深入死者家庭和学校，要采出没有半点粉饰的材料。他们曾经搞过一个教师的报道，一个乡村教师坚持数年用自行车推一个残疾学生上学，拍片时，教师和残疾学生都穿着新衣服，梳光了头发，一点没有劳苦和艰辛的痕迹，并且因为提前背稿，讲话像做报告，很没劲。那条新闻倒是受到宣传部的大力表彰，认为那是1993年度好新闻之一，真正报出了教书育人两大主题。其实这种包装出来的新闻最是没劲，就像一个作家说过，小泽征尔指挥的弦乐《二泉映月》早已不再有叫花子阿炳用一把破二胡拉出的《二泉映月》的苍凉。当然新闻不是艺术，新闻需要把握各种角度为政治服务，而艺术专门挖掘人们各不相同的情感体验。关键是长此以往为政治服务，记者不再拥有独立的思想独立的人格。然而，鲁洪平无论怎样看透，一事当前，那根潜在的认真做事的神经都会不知不觉冒头。一早分活时对孙东下乡采访的要求，就已经强有力地煽动了孙东的冲动。

孙东搓着红肿的眼睛，说那老师死得很惨，才三十七岁。得病他自己知道，但没告诉家人他已经晚期。临死前一天，他安排了后事，告诉老婆他不行了，是肝癌，要老婆嫁人，但不要嫁像他这样的人。最惨的是，一个学生讲，春天他帮一个学生告状，告一个无恶不作欺男霸女的村主任。信写到纪检部门，纪检干部又把信转给了村主任，村主任用蛇逼着学生供出写状纸的老师，于是这个老师在一天晚上遭到一帮人的毒打，眼珠子都被打得鼓了出来。学生说，从那以后，他的老师再没当上先进教师，再也快乐不起来。他再也不像往常那样，一跟学生在一起就像孩子似的忘我忘忧。那个学生还说，没打之前，他一再坚持一定告赢，为山沟除害；打了之后，他告诉那个学生，好好学习，学好了出去，别再回来。不要学我，别再回来。听到这里，鲁洪平愣了一下，他惊惶地看着孙东，问，他叫什么名字？孙东说，吴少英。鲁洪平瞪大眼睛，头顶的头发竖起来，他感到有只孤雁正从头顶飞过。快，快放片子，不可能是吴少英。

刚打开机器，屏幕上就出现吴少英的遗像，三百多学生的长队涌起一声声"老师——老师——"的哭喊，声浪盖过屏幕，在新闻部制作室里震荡。鲁洪平僵立在皮椅旁，他怎么也不敢想象，这个被三百多名学生呼唤的亡灵竟是自己的大学同学。

对这个有过四年同窗友情的老同学，鲁洪平曾是那样难以忘怀地魂绕梦牵过，鲁洪平喜欢他吃饭动作的粗野、说话的大嗓门，尤其喜欢他一串一串带有乡间土味的传奇故事。在他的故事里，总有一个大学生扎着领带，穿着牛仔裤，像个侦探似的在山里走门串户。一会发现张家猪圈有个小偷，上去拽住胳膊就打，小偷用英语说拉屎，就马上放了小偷，说原来我们是朋友。一会发现田头有个老牛和骡子接吻，他走上前去，问这是干什么，骡子说，我爱它。于是说，噢！原来是情种。他的故事把人逗得前俯后仰，他的故事又叫人心情沉重。他用他在外面世界的见识和学到的知识进行创造，使他家乡的小偷和畜生都有了文化，可见他是怎样梦寐以求改变家乡的一切。毕业之后，他本来有可能分到县城，却愣是拽着拽着分到乡下。他说他是山里第一代大学生，他得回去。回去之后不到半年，他就结婚了。鲁洪平参加他婚礼时，吴少英脸上带着少男初坠情网似的羞怯和不安。鲁洪平问他，回乡后不后悔？他说，怎么说呢？时常有隐隐的说不清楚的东西涌来，但俺觉得那不是后悔——回乡半年，他就将进城两年之后才学会的我改成俺。他说，俺大概天生是山里的虫，一草一木都叫俺舒心、展耀，就是有时深更半夜望着黑暗无边的天空，那股隐隐的东西就冒出来叫俺心里发闷。后来他干得不错，年年评上县先进教师。教师节县里开会，他回回给鲁洪平捎榛子，脸上满是乡下人的土黄和人民教师的骄傲。去年教师节，教委在华丰宾馆宴请，也请了新闻部主任。鲁洪平同他坐在一起，问他怎么样。他大口吞着片川肉说，操，俺比你风光，你干电视上不了电视，俺还能上电视。这倒不是主要，你在城里有你不算多，俺在乡下有俺可是大不一样，俺在乡下是老大不小的灯泡，俺走哪儿哪儿有亮，学生乡亲都离不开俺，俺干起工作也实着。那次酒后，鲁洪平长时间咀嚼他的这番话，总觉得那话后面有着一种什么支撑，这支撑看不见摸不着，却坚实有力。今年教师节，鲁洪平给他留了一条毛毯，是政法委法律知识竞赛纪念品，他没来参加，万万没有想到……鲁洪平眼窝顿时被泪水蒙住，无法再看下去，他在耳边呜呜的哭声中走出制作室。

回到自己办公室，鲁洪平长久不能平息心绪。今年正月十五，市报社来了两位同学采访民间剪纸，愣要鲁洪平打电话给吴少英，要一块聚聚。分别多年的同学得以相见，鲁洪平特别高兴，他当然也愿意吴少英高兴，就想方设法把电话打进村里。那天大雪铺天盖地，以为他不会来了，大团乡离县城八十里。鲁洪平和两个同学在家里中午12点就开始了喝酒，他们把吴少英的酒杯斟上，像对待一个亡灵似的，不时象征性地碰一下，说，安息吧，你这乡巴佬。直到晚上10点，酒过多巡，一个个语无伦次东倒西歪，吴少英才白狗熊似的站在门口，一双眼睛在雪洞里闪着疲惫的光。热了菜，备了酒，吴少英坐下来一动不动，他用一种奇怪的目光打量着一个个醉醺醺的面孔，好像在说，你们是谁，怎么这般模样？鲁洪平略微清醒，命妻子把菜夹到他的碗里，让他快吃。在鲁洪平规劝下吴少英开始动作，吃了点菜，喝了点酒，边吃边说，来晚了，让老同学久等了。动作和语言都很木讷。这时几个酒徒已经不行了，说，老同学先喝，我们睡会，明个醒了陪你好好喝。说着就倒在沙发上，剩鲁洪平陪他。问学生成绩怎么样，路是不是难走。他说今年初升高，估计上二十名没问题。还说山里雪特厚，他上午11点就开始走，太盼跟老同学见面了。还说了些什么，鲁洪平记不清了，他不知自己什么时候也眯瞪过去。第二天早上醒来，太阳把雪的反光照进屋子，映现着杯盘狼藉的酒桌和横躺竖仰的醉汉。鲁洪平突然一激灵去看屋子，都在，唯独没有了吴少英。问妻子，妻子说，你陪他喝的酒，我哪里知道？鲁洪平不安地在桌上搜寻，果然看到一张字条，上面有简短的几句话：

　　老同学，学校明天召开集日，我走啦。
　　　　吴少英凌晨4点

看完字条鲁洪平撵到门外，阳光静静地照着，街道上的积雪被打扫得不见了行人的脚印。鲁洪平突然就觉得心口发疼，他大老远来了，还没认真地说说话。

鲁洪平感到那股让他心口发疼的气流一点点向着鼻腔、喉口涌来。站在窗口，看着窗外蚂蚁一样穿梭的人流，鲁洪平想，你曾经活得那么有劲，你怎么就这么仓促地走了……

看完片子，记者一个个红着眼睛出来。孙东问鲁洪平，今晚发不发？鲁洪平说，发。他的嗓音有些发噎，先剪一分钟新闻，之后做八分钟，搞成周末专访，主题要往深处开掘，不要光停留在有的人死了，但他还活着上。一个疯子死了，他的吵叫照样会在人们灵魂里经久不散，吴少英身上有永远的火花。有首歌里怎么唱，写下的是真理，擦去的是自己。当然这也不够，得写出压倒吴少英的是他对大山的理想和梦幻。

4点半，岳台长来电话，问是不是有个大团中学教师的专访。鲁洪平说，是，很感人。岳台长说，感人也不能发，教委王主任来电话，说死者生前参与过民间纠纷，影响很坏。鲁洪平还没有从刚才的情感中走出来，有些懵懵懂懂。迟疑一会，鲁洪平说，好，咱退一步讲，一个教师得了癌症，一天都没离开课堂，这是什么？一个普通教师的死震动了三百多名学生的灵魂，他们自发为老师守灵，这是什么？只这一点师生之情，就足以重唤师生感情濡染当今风尚。鲁洪平越说越激动，一时有些忘乎所以。岳台长听鲁洪平把话说完，慢条斯理地说，死本身就容易唤起人们感情，大道出车祸，家属哭，旁观者一样掉泪，我们需要把握的是主旋律！不发就是不发，有意见等会下来找我。

鲁洪平直直愣在那里，好久，他回过神，放下话机走出屋子。当他找到孙东，片子已经做完，正在试放。鲁洪平说，岳台长来电话，不准播。孙东看看鲁洪平，皱皱眉头，一声没吱。过了一会，孙东把做完的片子倒过来按下重播键，并把音量调到最大，整个四楼立时被哭喊老师的音流灌满，哭声由强到弱，由弱到强，"老师——老师——"声声揪心。就在这时，孙东拿起话筒，亲爱的吴少英老师，你就这么仓促地去了。你悄悄来，悄悄去，不想惊动任何人，你却因为一腔理想惊动出累累伤痕……你悄悄地来，悄悄地去，九泉之下，安息吧！

在整个大楼无所不在的轰鸣中，鲁洪平落下一行混浊的热泪。

五

几乎刚刚播完，岳台长打来电话，让鲁洪平下来一趟。

鲁洪平下来，在沙发上坐下，岳台长扔过一根烟，鲁洪平又站起来给岳台长点上火，于是两股球状的烟圈在屋里一环一环升腾起来。这是岳台长的风度，无论火气多大，都会用烟稳住前奏。烟雾中，岳台长看着桌面，说，说说哪儿来的这么大的情绪？死人的事经常发生。鲁洪平已经没有了争执的热情，近年来每次认真之后，他都非常后悔，明知注定要服从，何苦呢？他又不是不知道岳台长在为谁而干。沉默一会，鲁洪平开口说，吴少英是我的大学同学，他是自己坚持分回山村母校的，他一直努力着用自己的知识为山村做事。他帮忙告状，状告的是一个欺男霸女的流氓村主任，就因为这村主任凶悍强大，通上，就打了吴少英，就说吴少英参与民间纠纷，就评不上先进，就不让宣传。如果这样的教师不能成为我们新闻宣传的主旋律，我认为就没有什么主旋律！鲁洪平说着，眼窝又有些潮湿。岳台长听了，不自觉地笑了一下，说，鲁洪平啊鲁洪平，我一直希望你成熟起来，可是我越来越发现你在政治上很不成熟。拿什么来证明那村主任欺男霸女，凭一个学生说？我说过多少回，你年轻，有理想，有才气，你的目标不光是新闻部主任，好好做，你还有下一步。那思想不要专用在跟政府对立上，政府高兴了，我们才能坐得稳。

鲁洪平听着，一口一口吐着烟圈，鼻尖上沁出细密的汗珠，沉郁的目光根本不像三十六。鲁洪平闷坐在那里，不再有说话的欲望，准备沉默到底。每次跟台长谈话，听台长温和的训斥，到最后他都一无反驳的能力。面对台长成熟的、过来人似的大彻大悟，总让他感觉自己是扎在石墙上的锥子点滴不进。

下一步，岳台长跟鲁洪平不止一次说过，干新闻跟做教师不一样。教师只要教出好学生，新闻不行，新闻得党高兴，政府高兴。他们高兴，我们才坐得住，才有下一步。那时候鲁洪平并不能完全懂得岳台长的话，认为不管是做教师还是做记者，都是农夫在地里割麦，认真做割得多一些，不认真做割得少一些，只不过地块不同，一个在洼处，一个在高处，没有什么下一步不下一步。在教师这块麦田里，鲁洪平是一个辛苦的割麦者，一边琢磨割麦的技巧，一边享受收获的快乐。跳到记者的麦田里，他同样辛苦劳作用心思考。可自从当上新闻部主任，他的人生便从麦田走出，驶上了一条官道，这官道尽管不宽，它穿山越岭前边总有风景，这风景你在麦田里永远看不到。那时他知道他真的来了下一步——任何从麦田走向官道的人都无法逃避观望下一步，即使一个小小的村主任也不例外。看到前方美丽的风景，鲁洪平曾有一时浑身燥热两眼放光，那时他明白了古往今来为什么官道会变得如此拥挤，为什么总有一些人舍弃了专业，在这条路上为那一点风景使出浑身解数。当然这一瞬间的感觉并没影响他的日常工作，或者说他一进入日常工作，就顾不得观望风景去想下一步。其实他早已从岳台长的话语中领悟了他已不再有下一步，因为他越来越弄不清楚到底什么是主旋律。

下一步是官场永恒的主题。一不小心失去下一步，就被从官道上重新挤回麦田，割麦者的苦乐再度体验并不可怕，可怕的是已经不再适应割麦者的默默无闻。如果说从政是一桩事业，那么这桩事业的主旋律就是始终为了下一步，不择手段想方设法，不惜付出任何代价。从台长室出来，鲁洪平觉得自己老了许多。他触到自己硬硬的胡楂。

六

刚走到楼下，就听夏光在屋里喊，鲁大主任别牛气，有人找你。鲁洪平回头，见夏光正在牵着影剧院杨经理的手往里走。鲁洪平走上前握手，说，哪阵风把你吹来？杨经理在大厅里就讲了来意，说前几天电视新闻给《人鬼之战》影片做了宣传，影片上座率是这几年从没有过的，局长意思要请请有关人士。鲁洪平迟疑了，酒宴轰炸太多，他找不到了从前的感觉，今天他尤其没有心情。他说，领情了杨经理，我今天心情不好，就不去了。杨经理急眼，说，看你，说你牛就真牛。俺局长说这几年文化口穷，从没请过你们，就不给个面子？怎么说文化新闻都是上层建筑。鲁洪平突然想起什么，往里一指，请岳台长，他在里边。杨经理听了鲁洪平的话，往里面去，鲁洪平借机赶紧跑掉。

大上个星期，鲁洪平见过文化局翁局长，他一副落寞的样子，牢骚满腹，说，这年头干文化就算倒了霉，一周的工作一天就干了，剩下的时间喝茶、读报。一年搞几项活动，要钱没钱，要人才没人才，死气沉沉，干得没有半点意思，哪像你们电视，香甜馍馍似的，八十七万人看着，有钱花，有事做，热热闹闹，看把你忙的。翁局长投以无比羡慕的目光，又说，不瞒你说，俺现在不眼气别的，就眼气谁工作忙，谁忙谁脸上就有光。鲁洪平去瞅翁局长的脸，真的就黄中透着菜色，没有一点血气。鲁洪平说，这就是一家不知道一家，忙有忙的苦，闲有闲的乐。翁局长说，哪天我请你，咱们喝个一醉方休，俺他妈太想大醉一场！没想到这么快就找来由头，想喝酒总有由头。鲁洪平哪敢和这样的人喝，他几乎是天天只醉不能休。

大街上熙熙攘攘，下班的人流、人力三轮车的车流不时地汇集又不时地散开。鲁洪平在人流中穿行，看到一个个匆忙的身影，不知道都在忙些什么。或许这些人中有一大半上班是很清闲的，像文化局的翁局长，没有工作做，每天没有什么寄托，喝茶、读报、闲聊。唯到下班上班，和人们一道忙活在人群中，奔着什么目的似的，其实毫无目的，只不过例行公事，要上班，要下班，要活着。上班下班是活着不可或缺的程序。鲁洪平想象不出，如果是自己也那样闲起来，会是一种怎样的状态。

几乎每天，鲁洪平都被一些事塞得满满的，就像今天，有工作，有别人的故事，有理由充分的请酒，他转在其中，哪种滋味都没有机会细细咀嚼。到一天结束，就像噎了一些冷馍头似的，胃里实实地缓不过乏，就常常有种没心没肺的感觉。

鲁洪平慢慢穿过人流，没心没肺地胡思乱想着，忽觉有双目光在熙熙攘攘的人流中射过来，让他的心在胸口怦怦地直跳。他循着目光望去，是王月梅。鲁洪平停下来，等待目光走近。五六年来，他几乎每天都能碰上一次两次王月梅。每次在人流中，她都能毫无障碍地准准地击中他。你好。你好。鲁洪平笑了，看着那依然光彩照人的苹果圆脸庞，感到胃里那些实实的冷馍头在渐渐暄软，在一点点让位，让位给一种柔软的欣喜的感觉。王月梅盯着鲁洪平，你怎么像个小老头？鲁洪平笑，糟蹋我，我才三十六。真的，我没糟蹋你，肯定有谁糟蹋了你，你确实显得老，像四十六岁。鲁洪平依然笑，谁也没糟蹋我，还有人羡慕我。王月梅眼神冷下来，鲁洪平，我觉得你越来越俗气，满足于那种喧嚣，满足于有人羡慕，你原来不这样，我不希望你这样。王月梅的话像锥子一针一针扎着鲁洪平的心，他却装着没听懂。其实你根本不了解我，我就是这么俗气。王月梅抬了抬眼，看了一下鲁洪平，嘴唇一咬，好吧，再见！鲁洪平没有回头，往人群里走，心却仿佛丢在地上被人踩着的烂桃似的偷偷地疼着。一边疼着一边又暗暗高兴，自己成功了。

鲁洪平在十字路口停下来的时候，不自觉地回了一下头，他觉得那种绵软而柔和的东西还在胃里翻搅，并且没有很快地被冷冷的馒头替代。这跟以前大不一样。以前每次同王月梅见面分手，鲁洪平都可很快赶走从前记忆，回到现实的生活中，不管她的话如何刺激他的神经。现在，鲁洪平忽然生出回过头去找王月梅说说话的念头。离开学校好多年了，他不再有找谁说话的念头，而近日来总觉得很闷很烦躁，这闷和烦躁在遇到王月梅之后变成一种念头，一种真切的、真实的找个人说说话的念头。可是，王月梅早已消失在茫茫人海中。鲁洪平踌躇着，摇摇头，解嘲似的咧了咧嘴。当他转过身来，绿灯已经亮了很久。

回到家里，鲁洪平的妻子正在做饭，沾有油污的灰衣服把她打扮得像个五十多岁的老妈子。于桂秀爱干净，就总是在做饭时换上工作服。看见鲁洪平按时回来，她高兴得不知道说什么好，说，带你饭时不回来，不带你饭你倒回来，今个怎么啦？鲁洪平冷眼看看，没吱声，进屋打开电视。鲁洪平很少下班按时回来，一旦按时回来，电视就是他的唯一陪伴。只要有这么一个人在家，于桂秀的心就像吃了定心丸似的踏实。心里一踏实，嘴里就没完没了说着一天的见闻和心思，什么茄子昨天一块今天涨到两块，什么乡下表姐托他买电视，什么人力三轮车夫一天能挣五十块钱，喋喋不休，也不管鲁洪平烦不烦。

于桂秀是市属中专生，学会计的，在农机公司工作。和鲁洪平刚结婚时，她凡事小心翼翼，不爱说话，总是小猫似的东磨磨西蹭蹭，不声不响。那时候鲁洪平当教师，每天能为家里做不少事，回家也总有说不完的笑话。她看着听着，眼神和手势里满是幸福感满足感。后来鲁洪平上电视台，下乡熬夜，不再按时回家，不再为她做事，不再和她说笑。她一个人寂寞而辛苦地在家操劳，为孩子为家务，她也没因为不适应而和丈夫打架，一个明显的变化是话多起来，不管鲁洪平回家多晚，她都要兴高采烈地说个没完，仿佛不说这夜就过不去似的。有的记者妻子常为丈夫有家不按时归歪鼻子甩脸，于桂秀就从来没有过一次，她反而把鲁洪平常在外面吃吃喝喝看成是件体面的事。

鲁洪平起初夜半听腻了她的喋喋不休，就奇怪地想，她为什么就不和他赌气甩脸不说话呢？她为什么对自己无论怎么样都这么满意而因此没完没了絮叨呢？他多么希望她对自己生气，一生就是好几天不和他说话啊！后来鲁洪平发现，他喜欢以前那个她，那个话少笑多，一高兴就笑的那个她，而不是现在这个笑少话多，一高兴就说话，把笑融进了话里的她。

从吃饭到睡觉，鲁洪平一直没怎么说话，他和儿子玩了几个翻跟头，就搂儿子脱衣服躺下。于桂秀还在地上翻箱倒柜，说一只乳罩不见了。边找边说，洪平啊，你猜傍晚下班在楼梯口碰见张玉珍她说什么啦？你猜！鲁洪平不猜。她要是每隔两天不讲一遍秦收获的妻子张玉珍，就好像哪里难受，无非又是棉织厂开不出支，就指望秦收获那点工资，给儿子买酸奶都买不起。鲁洪平不猜，于桂秀说，张玉珍在楼梯口乐得得了什么大好事似的，说俺家秦收获今晌可是有了收获，在外边喝酒了，一上班就给俺挂来电话，叫俺今天一定给儿子买乐百氏。你说可不可怜？于桂秀在先说了好多话，鲁洪平都没听进，唯这句话打动了鲁洪平，他心上泛出一种说不出的滋味。鲁洪平想起秦收获，就不由得想起夏光和夏光的老婆，想起夏光的老婆，又想起李维康，又由李维康想起王月梅。鲁洪平想到王月梅时，心狂跳了一下，于是用眼睛的余光去扫于桂秀。见于桂秀这半天没吱声，正静静地等在那儿，就仿佛做错了什么事似的，体验着犯罪感的同时揭开了被角。

一小时以后，妻子儿子睡去。鲁洪平直直地瞪着眼睛，他看着天棚上壁纸的纹路，心上升起一种非常非常孤独的感觉。他想，人其实是多么孤单啊！妻子跟他九年，也并不能懂得他，就像他跟妻子九年也照样不懂得妻子一样，鲁洪平不知怎么就感到自己很孤单。窗外，火车的汽笛声不顾一切地划着夜幕，隐隐地从远处传出的喧闹声像掉进河里的酒瓶，咕嘟咕嘟只吸不呼，给人一种说不出的压抑感。鲁洪平想，要是往常，现在还不知在哪家酒桌，跟哪些人在一起呢。他的酒友很多，多到不计其数。可是跟这些人在一起有什么意思呢？吃喝胡吹，说了许多激昂慷慨、言不由衷的话，究竟有什么意思呢？

那么提前回家的意思又在哪里呢？不知是觉得没有意思鲁洪平才睡不着，还是睡不着让鲁洪平觉得没意思，他起身打开灯，找来一本已经发黄了的《傅雷家书》翻开，读了几行读不进去，又合上，起身关了灯。黑影里，鲁洪平看到一双明亮的眼睛。

七

凌晨 4 点半左右，鲁洪平、妻子、儿子还在香甜的睡梦中，就有人咚咚咚敲门。鲁洪平当上新闻部主任后，日常生活经常受到打扰，都是用电话，极少有人这么早就找上门来。门开始敲得很轻，后来见一直没人开门，就加快节奏和力度，就惊动了鲁洪平。他爬起来，跑去看门镜，走廊里模模糊糊，什么也看不清，鲁洪平拉亮了电灯，打开门。

门刚打开，就有人一头扑进鲁洪平怀中。那人扑进来，先是抱住鲁洪平，紧紧地勒住他的后背，让他透不过气息。鲁洪平被一股呛人的、酸臭混杂的气味强烈地袭击着，不知道究竟发生了什么，正要用力挣脱，却感到刚才扑在自己身上那股力量逐渐减弱，直到一摊泥似的跪在地上。鲁洪平，我是佩江，我该怎么办啊？

一听是佩江，鲁洪平脑袋嗡的一声变大，赶紧拽上门，蹲下来扯住佩江的肩膀，你从哪里来，你怎么才回来，你从哪里来？

佩江哆嗦着抬起头，凌乱的头发上夹着长短不一的草梗，混浊的目光里喷射着惶恐、疲惫和绝望，其实我一直没有走远，我一直躲在山嘴远房舅舅家，我实在受不了了，我该怎么办？

半年前，佩江在县城附近的乡里办了一个锡厂，各种审批手续齐全。当地老百姓不知从哪里得知锡对人体有害，就联合起来上访告状。状告到县里，有关部门下去检查，发现佩江这边手续齐全，并通过了卫生部门检验，厂房与村民住宅的距离和废水通道均达到卫生要求，对当地百姓没有危害。因此，不能按百姓的要求关闭锡厂。老百姓不服，愣说佩江用钱买了上边，夜晚组织全体村民带着铁锨来到厂房。当时佩江正和几个人在厂里加班，村民堵在门口叫号，说，出来！看哪个敢出来！佩江没听那一套，挺着腰板，赤手空拳往外走，几个拿铁锨的村民真的就把铁锨抡起来。见势不妙，几个工人冲上去，这时一把铁锨已在他的左臂上砍下来。剧痛中，佩江喊，打，给我往死里打！谁知道两分钟不到，就出了两条人命。见出了人命，佩江情急之下仓皇出逃。两个工人当晚被抓，佩江被全省通缉。当时听到消息，鲁洪平痛心疾首，一遍遍往公安局打电话，问能判怎样的罪。公安局小刘感到好笑，这不是秃头虱子明摆着，两条人命！鲁洪平瘫软地坐在那里，心说，完了，佩江这下完了。

鲁洪平扯起佩江瘦削得如刀背样的肩膀，这肩膀从前是那么宽厚威武，像夯进地里的木桩。鲁洪平把他按到椅子上，说，佩江你振作，你是男子汉。这句话果然好使，他收住哭泣，两只黑紫的手搓着脸，身子逐渐强硬起来，坐到椅子上，说，我来能不能吓着弟妹？听这话，鲁洪平兀地鼻窝发酸，曾几何时，他们在一起笑啊闹啊，不分彼此，到鲁洪平家他弟妹长弟妹短地自己找饭，一念之差就彻底变了样，他变成了罪犯，成了仅有百分之一生还希望的逃犯。鲁洪平故作镇静，说，不，不会，我叫她起来给你做饭吃。鲁洪平刚欲进屋，只听屋门砰的一声关紧，一愣，知道于桂秀害怕了，又折回身说，不叫她了，我亲自为你做。我他妈好几年没做饭了，你到卫生间洗一洗吧。

如果说鲁洪平长这么大佩服过谁，那么没有别人，就是佩江。佩江从小失去父母，由哥嫂养大。十三岁那年，哥哥在小队打井被石头砸断了腿，不能养家糊口，他就断了学业，跟嫂子一起挑起了四个人的生活重担。一天收工下来，像个泥鬼似的，他就风也似的跑到鲁洪平家里，问鲁洪平又教了什么。鲁洪平有时愿意重复说几句，不愿意重复就跑。鲁洪平跑，他在后边追，追上了，用两手扒开鲁洪平的嘴，问，讲不讲？不讲他就往里塞树叶。鲁洪平吓得直哭，最后只好点点头，点了头他才松开手，让鲁洪平把树叶吐出来。鲁洪平后来害怕这一手，放了学不待他去找，自动上门讲课。有一回讲分数，怎么讲也讲不明白，佩江上去抓住脖领，说，上课你干什么啦你？鲁洪平觉得对自己太不公平，小小年纪还得当教师，一拳打进佩江胸脯，两人于是扭到一起，最后佩江突然松手，捂脸呜呜地哭起来。见佩江哭，鲁洪平也哭了，两人又抱到一起。鲁洪平说，再上课俺一定好好听。后来，鲁洪平考上中学，数理化的东西讲不下去，佩江就借来书自己看，遇到不会的再问鲁洪平，就这么跟他学到高中。1978 年高考，他只差二十分没能考上大学。

鲁洪平本科毕业，已经是 20 世纪 80 年代初，农村城市人口大流动，佩江自己跑到县城找到鲁洪平，说让他给找个工作。鲁洪平刚刚分配到县城，初来乍到，认不得几个人，没能帮上。后来有一次，鲁洪平领学生下街道参加义务劳动，看到一个年轻人在垃圾堆里扒拉垃圾，身影非常熟悉，上前一看是佩江。他两手污黑脸腮焦黄，鼻窝里满是黑炭一样的污物，他欣喜地告诉鲁洪平，一天能赚三块钱。他约鲁洪平到他的小屋去坐。放学，鲁洪平带着王月梅在河边居民区找到他说的屋子，原来是贴公共厕所后身垒起的一座石棚，一阵阵臭味袭击着嗅觉。问他怎么吃饭，他毫不在意地说，吃现成的哈。细问才知道，他是每天到饭店舔盘子拾盘底的。臭气熏天的石棚里，脏兮兮的纸壳一捆一捆。鲁洪平和王月梅走时，每人掏出四十块钱给他，佩江站在水沟边相送，说，什么时候我要是能当上公家人，就是佩家坟茔地冒了青烟。后来捡破烂攒了点钱，佩江拿来找鲁洪平找工作，说，能不能在学校找份活？打扫卫生、管厕所都行，俺就想把自己归个集体。鲁洪平领他去找校领导，说，能不能让他专门管管厕所卫生，或者修修桌椅板凳什么的？校长说，厕所的粪便归城建局管，桌椅板凳一年坏不上一两次，值不得专用一个人。鲁洪平和佩江都无言以对。后来佩江不捡破烂了，在城区一个十字路口搭起棚子修鞋。这一回可找到了赚钱的活路，一年挣了两万，收入是鲁洪平的三倍。可他仍不死心要做公家人，到处打听什么地方招临时工。鲁洪平到电视台当记者，曾全身心帮过他，可是不知为什么，眼看快成了就要上班了，最终又黄了。在佩江身上，鲁洪平看到命运的不可违抗。佩江说，这一辈子不做公家人死不瞑目。后来他有了本钱，干起服装买卖，从厕所搬到平房，鲁洪平见了说，这下怎么样，还羡慕公家人？他脸上现出恓惶的苦笑，俺马上就得搬回厕所。鲁洪平问，为什么？他说，这批服装损失了三万。鲁洪平看着他那张久经奔波而秋叶一样枯萎的脸，似乎才真正明白了公家人的含义。

接近三十岁的佩江再次回到厕所小屋重操旧业——钉鞋。一年下来，挣了两万一千元。他拿着所有积蓄去跑服装，大约就是从此，他一点点发起来，他成了有钱的大款，摇身一变，挺拔魁梧的身板真的透着红火的前景。他娶了跟自己有同样经历的农村女孩，他又东奔西跑办起了锡厂。佩江为锡厂张罗的阶段，一遍遍跑鲁洪平家，让他帮忙疏通关系。那段时间是佩江人生最辉煌的时刻，他工商局机电局个体协会尽跟公家人打交道。从那以后，他再没提做公家人的事，好像他已经是公家人了。他曾向鲁洪平暗示过，等锡厂办起来，电视给宣传宣传。鲁洪平说，一定。许多年鲁洪平这个公家人都没有真正帮上佩江的忙，这一回不但要帮，而且要大张旗鼓地帮，理直气壮地帮，从捡破烂舔盘底住厕所写起，向长河八十七万人隆重推出20世纪90年代的新型青年，让这个多年来一直在生活边缘挣扎的人成为主旋律的典型……

佩江从卫生间出来洗了脸，梳了头，精神了许多。鲁洪平已为他煎好了一盘鸡蛋，还有一盘火腿肠一杯牛奶。佩江最爱吃大肥猪肉，家里没有，鲁洪平只好用火腿肠代替。佩江，吃下，吃下才是条汉子。我可是五六年了第一次做饭。

佩江坐下来，他拿起筷子先吃了火腿肠，之后吃了鸡蛋，奶喝了一口就放下，擦擦嘴，平视桌面，平静似水的样子。鲁洪平闷声看着，眼窝一阵阵发热，他想，佩江是个多么坚强的汉子啊，以往是，现在仍然是！他奋斗到今天这个份上，多么不易。若不是父母早亡，他一定是比自己出色的大学生。命运！

洪平，你事实上已经告诉我该怎么做……我有个事求你，打电话叫吴凤领儿子来，我想儿子。说到儿子，佩江哭泣起来，委顿、瘦削的肩膀一抖一抖。

鲁洪平有人抓了心肝似的跟着淌眼泪。佩江出事以后，鲁洪平把佩江平时有过交往的哥们都找到，跟他们讲一定要照顾好吴凤，别让她有个三长两短。佩江是偷着结婚的，无论是婚前还是婚后，都没有把老婆领给鲁洪平看，他自谦他的老婆拿不出手。后来听于桂秀讲，和佩江结婚的吴凤比佩江小八岁，相当妖艳相当漂亮，就是有点太大方太解放，冬天还穿超短裙。有天夜里于桂秀悄悄地跟他说，她偶然听到一个个体服装店的小老板在跟人讲，佩江每次出去进货，他老婆都由他们哥仨轮着。鲁洪平惊呆了，不管这事是真是假，这种传闻本身就对佩江不公平。后来有机会在佩江跟前谈起女人，鲁洪平故意问他吴凤到底怎么样，试图引起他的注意。佩江却说，能生儿子就行呗。鲁洪平用眼睛瞪他，他又接着说，你以为我是谁，名牌大学毕业生？大记者？我拾过破烂补过鞋！这过去是一张标签，跳进黄河洗不去，这街上没人不认得我。你知道他们都叫我什么？叫佩彪子。像我这样被人认定是下等下贱的人，还想娶到什么好女人？鲁洪平这才明白，佩江之所以不在他跟前提自己女人，是因为他并不爱她，是因为他只需要一个能给自己生孩子的女人，至于爱情的纯度如何、女人的教养如何，对他都不重要。佩江出事不到一周，吴凤就把离婚起诉书送到法院。据人讲，她一直没有停止同时跟许多男人鬼混。

不行了佩江，你家早就有人监视了。鲁洪平多么不愿意说出这样的话。

佩江抽泣一会停了下来，再度静静地注视桌面。许久，他站起来，握住鲁洪平的手——他的手在微微颤抖。洪平，老婆迟早是人家的，我不惦，我最放心不下的是小儿子。我最对不起的是我的哥嫂，我对不起他们啊。我一直指望混个好模样，接他们进城……佩江说着说着泪如泉涌，泣不成声。过一会又接着说，洪平，我有一事相求，将来你升了官，帮我儿子弄成公家人。我要是个公家人，就不会自个张罗办厂，我要是公家人办厂，老百姓就不敢那么抵触，我死不瞑目啊……

八

鲁洪平上班时，电视台所有人都知道了佩江归案自首的消息。夏光声音最大，在走廊里大声说，佩江一早漫不经心在大街上走，被公安一警棍打倒，之后几个人抬着扔到车上。夏光说，后来佩江在车上站起来，冲着路上行人大喊，我爱你们。走廊里的人哄然大笑。鲁洪平走近夏光，狠狠骂了句，畜生！夏光听了并没生气，说，牛大主任，今个中午还猜拳请酒，怎么样？今个就让你输输看。

到了派活的时间，鲁洪平一个活也想不起来，抬头看看黑板，知道今天政府南二楼有个扫黄会，乡镇局有个拉连检查，喊来李小刚、刘兴国。刚好电话铃响起，鲁洪平拿起电话，就已经料到是什么内容了，说，知道了，马上去。鲁洪平放下电话，喊来孙东，说，你去公安局刑侦科。

佩江终于上了电视，却是作为一个囚犯。

鲁洪平又分了几个活，分完来到梁主任屋里，说，梁主任，我得为佩江的事跑跑，上午您为我值值班。梁主任是老广播局局长，后来当了县人大常委会主任，一生为官清廉，威望很高。从人大常委会主任退下来后，广播局念记他的威望和经验，把他要到电视台新闻部，帮鲁洪平掌舵。佩江的事，刚一发案时鲁洪平就跟老主任说过，老主任说，应该帮他找个好律师，这样一个自强不息没有一点劣迹的青年不该过早丧命。可是鲁洪平跟老主任请假，老主任却不再是以前的态度，他说，洪平啊，可不该我这老头多嘴，这半年，你老捅娄子，昨天的事刚完，今个就又是这事。你还年轻，你得谨慎，你还有下一步。

鲁洪平笑了，多谢老主任，我不会有下一步，下一步对我不重要，现在对我最重要的是佩江的性命。老主任没有吱声。老主任在位时是颐指气使说一不二的，如今退下来了，没有了下一步，说任何话都是商量的口气，而每次商量的结果都是任你自己选择。

在法律顾问处，鲁洪平找到早已打好招呼的律师。律师让他详细讲述佩江的犯罪过程、生存状况，寻找佩江在关键时刻的那句"往死里打"的内在动机。鲁洪平在讲到佩江这些年来一直希望做个拿国家工资的公家人时，律师记录的笔停了下来，问，这是什么意思？鲁洪平没明白律师问这是什么意思是什么意思，迟疑了一会，也没说清自己是什么意思。律师思考着，说，这不行，公家人也有好有坏，想做公家人这理想太低，救不了他，应该是一直有志做个有作为的个体劳动者。鲁洪平说，是是，可以这么说，完全应该这么说。鲁洪平想，原来律师也和电视一样，得为主旋律寻找角度，佩江案件的主旋律是免于死刑。

中午，鲁洪平请律师在饭店喝了酒。喝酒时律师说，佩江交你这样的朋友很值。鲁洪平说，要说值，得感谢您这律师，佩江免于死刑的希望都寄托在您身上了。律师脸喝得通红，说，应该是没问题，我救过好几个人了。鲁洪平说，知道，您大名鼎鼎。

回到电视台新闻部，已经是下午 2 点。鲁洪平醉了，一进门就趴到沙发上。一个半小时以后，他醒过来，是被老主任叫醒的。老主任说，洪平别再睡了，你也不带上 BP 机，这一上午找你都找翻天了，电话一个接一个。鲁洪平想，我要是不在电视台新闻部，绝不会有这么多人找我，找我的都是为了上电视。老主任说，昨天那事到底惹了麻烦，今上午 9 点，大团中学那位教师的五六个亲属来台里找，说电视台给拍了片子，能不能帮忙把吴少英的老婆弄到县里，在县里给安排个工作。说人民教师为学生死在课堂上，怎么也该换给老婆点待遇，直闹到 11 点多才走了。

鲁洪平听着，脸上毫无表情，他想起岳台长说的话，电视干不好，就是洼地居民区的臭水沟，招来苍蝇嗡嗡嘤嘤。他想，看来他真的是没干好，把不住主旋律。

老主任走后，鲁洪平一直在屋里静静地坐着，一动不动，电话响过几遍他都没接，眼神在窗棂的铝合金上凝住，久久也不回转。他感到胸口很闷，好像有鸡骨架在那里堵着。大约一刻钟过去，他站起来，拿起电话拨了号，那边接通的声音刚响，他又放下。放下电话，出屋锁了门，到三楼制作室找秦收获要了自行车钥匙，说，晚上你走回家，别等我。鲁洪平从来不骑自行车，每次出去都用秦收获的车子。秦收获说，操，俺得收你磨损费。

这条路鲁洪平好多年不曾走过。过了两旁低矮的居民区，就是绿树庇荫的柏油路，六年以前，他每日早晚骑车跑在这条路上。那时路没上柏油，前人走过，带出一溜纷扬的尘土给自己，自己又带一溜尘土给别人。在尘土里，想着学校那欢天喜地的操场，想着那些闪着一张张红扑扑小脸的课堂，想着每天都能找出一些话题来议论的老师，骑起车来是那么有劲，有奔头。那时候，鲁洪平真的就觉得自己是个割麦的人，或者是一个麦田守望者，一天一天往前割着，前边后边都是麦田，一望无际，天空蓝得那么纯净，流风刮得那么柔软，偶尔有燕子小鸟之类飞过，留下一阵呢喃。当然也有狂风暴雨，可是在狂风暴雨中又能体验痛快淋漓。那时候无所谓失望，却总是有希望而没有失望。

正想着，回味着，鲁洪平来到三十中学操场。欢快的校园透出一股初春气息，学生们刚刚下课，蹿动在操场上像一只只欢快的小兔。学生们都不认识鲁洪平，也就视而不见。当他走到教师办公室前，一些教师立即迎过来，抢着同他握手，一会主任一会记者地乱叫一气，最后坐下来，又都叫鲁洪平。他们说，鲁洪平，你真是三十中的骄傲，就因为你在电视台，我们天天看《长河》节目。他们接着又问一些电视台里的情况，比如听说节目主持人那个小女子很风流，是真的不是？你们新闻部的记者月月还有稿费，是真的不是？语文组老师孙圣先凑过来，拍着鲁洪平肩膀说，哎，洪平，你说记者下乡在哪儿吃饭，是不是餐餐都报销？数学教师小王抢过去，报个屁，人家顿顿大盘子，党供。鲁洪平笑了，拣了几个应该认真回答的问题说，关于节目主持人的说法纯属谣言，她是一个非常怕羞的女子，街上有些小痞子得不到，就在说话时岔嘴瘾，说你们不信，不信哥们明天就领她上街转一圈给你看。至于说记者下乡，那是去工作，在工作过程中，一日三餐总要吃饭的，吃饭总不能让记者自己花钱。常在外面吃饭，记者都烦，谁不愿在家热汤热水？有时开会、拍完片子，领导有饭，能让记者走吗？不可能，所以人们就说吃盘子。孙圣先老师接过去，是是，你说得对。不过我们想，同样都是做工作，你们记者的工作就有人管饭，咱离家这么远，中午还得自己带饭盒，怎么说记者也是一个特殊的职业。鲁洪平再次笑了，表示默许。这时，下班的铃声响了，教师们陆续回到自己的位子上，一边收拾桌上的课本一边说，洪平，你百忙之中上学校来，是不是找校长有什么事？

三十中是长河最有影响的普通高中，许多孩子升不上重点，家长都托人往这里塞。鲁洪平摇摇头说，什么事也没有，就是想看看。那我们再陪你坐一会。孙圣先老师马上坐回来。鲁洪平说，不用，走吧，我也马上就走，我和我的对面桌王老师说说话。

王月梅见到鲁洪平来，一直坐在南角里没有说话，听鲁洪平提到自己，马上迎上去，是啊，鲁大主任真不错，还没忘对面桌那一出。鲁洪平其实一进门就感到了角落里的目光，那目光总能一下子穿透他的心灵。鲁洪平站起来，自然地凑到王月梅对面。这时老师们一个个过来握手告别，说，再见，你们唠吧。说，以后常来，别一出门就忘了娘。鲁洪平一一点头。等屋里就剩王月梅，他坐下来漫不经心地说，不影响你吧？王月梅同样漫不经心，你主旋律上的人，怎么能影响我？有什么事说吧。鲁洪平笑笑，什么事都没有，就想找你说说话，下午坐着心里发闷，特想找人说说话，就想起你，不要有什么误会。

王月梅觉得有股暖暖的溪流在心里流过，语调一下低了八度。我怎么会误会，你只不过想找我说说话，我只不过是这个世界上你唯一想到要说说话的人，这已足够！王月梅总能一针见血。

其实也不是第一次，许多时候都想，就是……鲁洪平没说下去，他发现今天胆子有点大。王月梅接上，就是怕毁了你的前程。鲁洪平小眼睛眯起来，把目光隐得深深的，别瞎说，我哪儿来什么前程？我烦心还不够呢。是因为你的朋友佩江吗？王月梅语气明显真实下来，是那种不是赌气，而是真正进入唠嗑的真实。

说不清楚。鲁洪平说，半年来一直心烦，干什么都没劲，干什么都找不到自己，不知道忙忙碌碌是为了什么。听完这话，王月梅好像被什么东西弹了一下，眼睛亮了起来，原来一直沉滞在一种情感中的神经绷紧起来。她瞪大眼睛，仿佛刚发现眼前有个人似的。鲁洪平，我想我没有看错你，能心烦正是你跟别人的不同。其实我早知道，有那么一天你会来找我，告诉我你活着不知道为了什么。王月梅越说语气越沉静。鲁洪平甩了甩头发，怎么，你是我肚子里的蛔虫？我岂止是你肚子里的蛔虫？我是你生命中的知己。你先别怕，我不会坏你什么，真的。在这个世界上，你再也找不到知你这么深的人，懂吗？鲁洪平鼻尖上沁出细密的汗珠。王月梅继续说，我这么说你的意思，我是说，只有我知道你为什么心烦。离开学校刚到电视台，你是兴奋而骄傲的，你发现你终于告别了一种可能使你走上不轨的过去，你是为了告别危险才去另找了一份全新的工作。后来的日子你投入，你热闹，你机器人似的搅动在喧嚣的世界里，告别危险的兴奋没有了，你也从没问过自己是为了什么，因为这个过程对你是新鲜的。可是时间一长，新鲜感一过，一切都在重复，你就开始问自己，难道是为了重复吗？鲁洪平说，你说的不全对，我不是觉得不新鲜才厌倦，你不说我是主旋律上的人吗？我现在越来越不知什么是主旋律。我觉得我也不是不知道为了什么，我常常是认为该为的不能为，认为不该为的却偏要为，致使我找不到究竟要为什么。

是的，这正是你找到了自己。把握不好政治上的主旋律这正是你，你不是那种人，一定有能把握好的那种人。

是，我们岳台长、老梁主任都能把握好，可是我一点也不愿像他们那样压抑地活着。

你错了。他们能够把握就证明不压抑，他们绝对是属于主旋律上的人。而你不是，这很重要。是不是很重要。就像说你是地瓜他是土豆，这很重要。不过，不管你喜不喜欢，这里不存在谁好谁坏。

我知道我知道，我一点也没认为自己好，要是那样就好了，就知道是为什么了。

不过我眼里，你真的比他们好，你丰富，丰厚，你有人情味，有良知。

别瞎夸，我现在什么事都做不成。大团乡吴少英死了，想做个报道，却捅了娄子。

吴少英？就是老说不喜欢城市，故事里又老有一个穿牛仔裤大学生的那个？

是，他不喜欢城市，绝对是因为爱才恨。那年我们一块喝酸奶，他坚决不喝，他说为什么非得把奶搞酸。

这种人内心世界都丰富，我喜欢。

我也喜欢，我特别看重他，活得一直一包劲。今年正月十五，市里来了两个同学，大雪天打电话叫他。他走了十一个小时路，晚上到我家我们都喝醉了。等我们第二天醒来，他留下字条又回去了。我一直在想，那个晚上他多难过啊，他顶着风雪步行八十里，只为来喝一口冷酒。我们这些见酒就忘命的城里人在他眼里一定是没心没肺。我们也确实是没心没肺，那晚我们谁也没跟他说句体己的话。分别八年，他走了十一个小时的路程，他心里的话能少吗？可是我们都醉了，我们谁也没跟他交谈，我们大老远把他叫来，难道就是要这么对待他吗？他这一走就永远地走了，我一想起就难过得要命。

鲁洪平畅快地抒发着，只见王月梅脸上淌出亮晶晶的东西。

月梅，你记得我跟你讲过的佩江吗？

怎么不记得？出事那天，我听了就止不住眼泪，我还能想起咱俩在厕所小房见他那样子，无怨无悔的。

我从来就没听他怨过谁恨过谁，那么难，就一个人咬牙挺着。叫我帮忙找工作送礼，我坚持不送，他也不说什么。其实当时按他的想法送了，没准早就变成公家人。现在他怨都不知怨谁……鲁洪平眼眶汪满了泪。

他们沉默着，相互看着。西下的霞光条条映照在操场的篮球架上，一抹折射进来的光线迷乱了鲁洪平和王月梅相对的视线，他们同时抬手揉了揉眼睛，都笑了。鲁洪平说，月梅，你说我怎么一点也不喜欢那些十分理智的、什么事都把握得好的人，我一看他们心里就烦。

要不怎么说你是地瓜，思想感情喜欢像地瓜蔓一样四处乱爬，无拘无束。就这么爬着，你就觉着有意思，不像土豆，自顾自往上长，长到上边去开花。

这么说，要是还在学校就好了，我就永远不会心烦。

才不会呢。要是还在学校，我们之间就有了故事，有了故事就有了舆论，有了舆论你受不了，你就心烦，会比现在心烦。

那么最好这个学校没有你，你走。

那也不行，我走你更会心烦，你没有了可以说话的人。知己知彼的交流在生活中相当重要，非常非常重要，它能消除人的孤独感。其实你细细想来，那两年在学校，我们为什么快乐，还不是因为彼此相知。

那么我们为什么不能只相知而不发生故事？

我们是人！

可是吴少英跟谁交流，他不照样活得很有劲？！

他有劲，那是因为他把自己当成战场上的士兵。回到山里，他已经是战场上的士兵，他的目的是去牺牲自己照亮别人。而你不是，你是和平环境中的人，你在寻找自我，你的目的是扬洒自我。这为了的东西不同。

可是你为什么没有心烦？

这句话把王月梅问傻了，她像一个顽皮的孩子在草地里野跑，突然遇到一道壕沟，她已经无法避免不跳进去。鲁洪平，她揉着自己纤细的手指，目光像沉进深潭里的月亮。一年一年见不到你，我心烦得无以复加，我只不过没有人说罢了，我因为一直有着这份爱恋，几乎是处处事事心烦。我在苦苦的思念中度日，爱情是女人的主旋律，你知道吗？男人不行，男人的主旋律是事业。你只是暂时没有找到属于自己的事业。当然，即使找到，还会有别一种心烦和惶惑，心烦是不会停止的。不断地心烦、惶惑才是每一个个体生命的主旋律。所以鲁洪平，人生需要有你我这样的朋友，所以你离开我，最终又想起走近我。

霞光收尽了最后一抹余晖，屋子里渐渐黑下来。鲁洪平越来越看不清王月梅的脸庞，他坐在那儿，一点没有要走的意思。在学校期间，他们每次每次都这么谈得很晚，这个女人的思想总是萋萋小草一样在他的心灵里长成碧绿的草园，让他觉得开阔坦荡不忍离去。他离开学校五六年来，从没有这样放纵地说过话，喜欢谁不喜欢谁，想起谁又想不起谁，可以尽情，没有任何顾虑和包装。重要的是总能 $1+1=2$ 地将话题向纵深推进，他们能够在深下去的话题中享受你中有我我中有你。鲁洪平静静地坐着，不再说话。王月梅也这么坐着，不再说话……

夜幕一点一点降临，把他们中间的桌面一点点覆盖。许久，王月梅站起来说，我们该走了。说话的声音有些颤抖，像滑落的清露。这时，鲁洪平觉得胸口被什么东西挑了一下似的，很疼，这疼慢慢在他体内扩散、涌动，让他感到一种溪流受阻之后的跳跃。蓦地他站起来，冲到门口，一把揽住王月梅，将她紧紧抱住，他用下颌抵着她的肩膀，用力地抵着，心里有一个声音在喊，王月梅，你就是我生命的主旋律。王月梅偎在鲁洪平怀里，一动不动，心里说，我多么爱你，却无法成为你生命的主旋律……

　　两人骑车走进城区时已是满街灯火，舞厅里的乐曲在街头上空飘来飘去。舞曲中，鲁洪平不知怎么一下想起林业局局长李维康，想到李维康，鲁洪平刚才开阔的心情突然受阻，渐渐就有汗从身体四周漫上来。当汗水濡湿发际和衣领，鲁洪平突然听到前边有人喊自己的名字，他抬头望去，见是岳台长正陪一帮不知哪儿来的客人往华威酒店进。鲁洪平赶紧与王月梅拉开距离，狠蹬几圈冲到岳台长跟前。岳台长说，你小子一下午窜哪儿去了？省台来了新闻采访团，你也不在家陪着。鲁洪平说，我办一点私事，不过我确实不知道省里来采访团的事。正说着，采访团的记者走过来，一把拉过鲁洪平的手说，鲁主任你好。鲁洪平说，你好。握上手，才认出是省台新闻中心的小李、辽西台的小白、沈阳台的吕炎。采访团大部分记者鲁洪平都认识，同他们一一握手寒暄之后，他放下自行车，跟着往酒店门口走。在人群后边，岳台长与鲁洪平窃窃私语。岳台长说，大团乡那个片子先别处理掉，刚才管教育的方县长来电话，说大团中学一百多名学生联名写信告那个村主任，县委县政府很重视，决定派调查组下去彻底调查处理，等调查有了结果，我们再播。鲁洪平听了，心头猛地一震，一股热血一下子涌遍全身。他来不及回头同感觉中正在身后站着看自己的王月梅告别，一步步紧跟岳台长向酒店走去。

发表于《清明》1996 年第 5 期

台 阶

老钟做了三十多年刑警,办了三十多年案子,还是头一回干这种活:护送一个女孩上学下学。5·18强奸案发生后,所里开了大会,严格布置了破案任务。近一段时间桃园小区各种犯罪猖獗,开地下印刷厂,抢劫毁容,竟然还有案犯大白天蒙面入室强奸。干警们个个义愤填膺,嗷嗷叫着抢着担当破案主线,恨不能马上捉拿罪犯千刀万剐。可是在分到最后一项任务——由谁来陪护受害者米米时,干警们突然冷了下来,没有任何人愿意干这抖不起精神的活。大家不约而同将目光投向老钟,好像这活非老钟莫属。看到大家投来的目光,老钟脸登时红了,心里恨恨地说,就看我老啦。

从米米家到职业学校可走两条路:一条是山路,不通公交车。大连城是山城,许多民宅居山腰,许多山腰都有捷径通向市内,从米米家到学校走山路只需二十分钟。一条是公路,公路在七十二层台阶下边,503、601、709、4路,好几路公交车从这儿经过。这一站的站名叫民圣,从民圣到职高总共两站,一层层台阶逐级而下,然后坐601,下车走一段路,然后沿九十八层台阶拾级而上就是米米的学校。

米米平素习惯上学坐601,放学走山路。老钟并不知道米米平素习惯,老钟在电话里问,怎么坐车?米米说,坐601。老钟问怎么坐车而不是问怎么走,米米就只有告诉了坐车的路线,就依然保持了旧时习惯。

老钟第一天陪女孩,是在5点40分赶到女孩家。老钟家离女孩家很远,如果把楼房全部消灭在目光里,他家在她家对着的那座远山的东面,属两个区。好在老钟有摩托车。老钟当了三十年刑警，破了不少案，立了不少功，却因为生性倔强，只认一人干活不会协调大家，一直没被提起。当然老钟也从未想过提起，只想能有一辆属于自己的摩托车。五年前他在追捕一杀人犯时立了大功，局里就奖了一辆摩托车。老钟一早骑摩托车到所里，然后再走到桃园住宅小区女孩家。

老钟来到女孩家的过程是这样的：老钟敲门，女孩父亲开门，之后相互点头。有刑警专护本来是一桩好事，却因为这好事的起因是坏事，是坏到不能再坏的坏事：至亲至爱的女儿遭到强暴。女孩父亲就在老钟来接时点头无话。老钟心领神会这无语，就也无语等那女孩出来。因为老钟是正点到，就省去了进门的过程，只需开门，就可回身携女孩下楼。楼里的十几层阶梯是老钟在前女孩在后，到了外边，下外边的七十二层阶梯，老钟停了下来，将女孩让在前边。女孩阴沉着脸，什么也不说，呼啦一阵风掠过老钟，就走在了老钟的前边。

星期五发案，隔了双休日，无论是受害者还是知情者，都会从渐稳的惊魂中接受事实的存在，亦都从存在的事实中寻到了无奈。女孩表情看不出任何痕迹，女孩虽然下楼，却并不低头，女孩披散着直直的长发，一层一层跳跃着，像一只凭空下落的毽子。女孩穿一身水红运动衣，从石阶上往下跳跃时就给人晃眼的感觉。老钟无意去看女孩的长相，遭了强暴的女孩老钟本能上有一种抵触，这抵触并非有什么具体缘由。所里人都说女孩漂亮，还属电影演员巩俐那一种，很有味。而老钟最看不上巩俐那一种——看上去沉稳无话，眉眼里却尽是疯张。所里人还说女孩是职高学生，老钟最看不上职高学生，职高学生简直就是社会青年，两年前打击卖淫嫖娼，抓获一个犯罪团伙，其中有三男两女是职高学生。职高因为没有高考的压力，没有学业的约束，自由主义横行，比社会还社会。当然这都不重要，重要的是老钟骨子里不喜欢疯张女人。老钟认为好女人都应该像老伴那样，安于守家过日子，安于伺候男人，也有工作和交往，但那些工作和交往都是围着家庭生活这个主题。老伴就坚持三十年给老钟端洗脚水。当然重要的也不是能不能端洗脚水，而是看她是不是妖冶，老钟抵御的是那些妖冶的女人，她们是男人的祸水。她们怎么就能成为男人的祸水老钟说不清楚，反正许多历史故事明明地写着，楚霸王就是败在虞姬手里的。

　　水红色的毽子一跳一跳，老钟跟女孩来到601站前，他们相距有三步之遥，他们不说话。他们不说话，就没有人认为他们之间有什么联系，没有联系老钟觉得很好，他很不愿意让人觉得他们之间有什么联系。他甚至在心里从未叫过女孩米米。5·18案件发生之后，所里所有青年警察议起十九岁的受害人都叫米米而不说受害人。说米米提供证词时是如何如何迷人，说米米这米米那，那情形好像米米是他们亲妹子。老钟不这么叫，也不叫她受害人，他在心里坚硬地叫她女孩，女孩二字能够划清他们之间的界限。这时老钟才知道，他在心里与女孩划开距离恰恰因为他目前的状态特像女孩的父亲，他因为不能穿警服特别容易被外人看成是父亲。601路车来了，他们一前一后上去。女孩很洒脱地亮了一下月票，之后站定在一个空座旁。老钟上车，女孩往后退了退让出空隙，示意老钟坐。老钟没坐，老钟警觉地把女孩按到座位上，心说，坐着吧你，我是执行任务。两站路一会就到，老钟始终保持着职业的警惕，所有射向女孩的目光都在一双老眼的监视之下。一个梳着寸头的小伙一上车就往女孩身边挤，老钟登时两手一伸，将女孩前方的座位挡住，任怎么拥挤他都雷打不动，双脚紧紧铆住车面。其实是有惊险，下车后老钟的掌心握出一把汗。

　　到职业高中要途经一道高墙，墙内是新建的模特学校，模特学校为什么要有高墙谁也说不清楚，洁白的高墙却把女孩水红的身影映得光彩四溢。初夏早上的阳光有一种叫人心悸的暖意，女孩走在光影里，不时地一梗脖一甩发，甩发时下巴颏微扬，就像男人在酒桌上纵酒。老钟对女孩这一举动很反感，走路就走路，看什么天？女孩走得很快，胳膊和腿前后摆动，形成一种水红的波动，这波动一颤一颤在前边牵引着老钟，使老钟渐渐熟悉她的个头、身材和习惯动作。老钟真是无意关心这些，关键是她一直在他的视野里，关键是他必须让她一直在他的视野里。女孩中上个头，腰身细长像一根稻秧，走起路来脚跟像门轴一样扭动，脚跟起落似风抖树叶。女孩走路的样子让老钟越来越觉得像谁，可是像谁一时又说不清，总之非常熟悉。老钟觉得像谁时，就用心地捕捉着从前的记忆，他觉得这身影好像与夜晚有什么关系。老钟认真地盯着女孩印在大墙上的影像，拼力捕捉着一闪而来的踪迹。就在这时，他感到有一个灵感闪在脑际，像一星火苗。然而就在这时，女孩走出大墙，大墙结束，袒露出一程开阔的向上去的台阶，一幢明亮的楼房就在台阶顶端。女孩从白墙上走出，就仿佛从画框里走出，让老钟兀地迷失了刚才的灵感。关键是女孩望见了学校的高楼就停了下来，女孩停下来等老钟走近，然后朝老钟点头，沉郁的目光落在了老钟脚下。老钟蓦地明白了什么，停下不动。女孩用小踮步向水白色的台阶走去，台阶上有三五成群的学生，女孩一入学生群就再没回头，一直到一抹水红消失在满天的明亮里。老钟望着，远远地望着，职业责任心刺花了他的眼睛，他终于揉揉眼睛，转回身去，将自己缓慢地印进刚才走过的白墙里。

按着来时路线，老钟又走了一遍，他把这条路线的所有建筑物都摸个清楚，之后又去那条山道。山道无比幽静，满目苍翠中掩映着不断流的出租车，偶尔有些老人在路口晃动。老钟走着看着，想象着女孩走在这条路上是怎样一种情景。可是不知为什么，老钟一点也设想不出女孩走在这条路上是怎样的情景。老钟发现离开女孩之后满脑子尽想一些与女孩无关的案子，比如 3·19 杀人案、6·13 盗车案，在那些案子里，他虽不都担任 A 线，却可以充分发挥自己在案子上的想象力。而现在不行，现在他面对的是一个女孩，关键是局里规定，作为女孩的保护人单独与女孩在一起，他不得盘问任何与案子有关的事情。破案重要，保护一个女孩心理健康更重要。关键的是她在女孩身上毫无想象力可言，老钟根本不知道他除了陪护女孩之外还该做些什么。老钟非常想像其他人那样，去实际地为案子做些什么。比如明察暗访、调卷查宗，比如蹲坑。

对于老钟来说，这是一个异常沉闷的日子，沉闷时他刀鞘一样的脸拉得挺长，像被捏握的面包。老钟很少有把不快压在心里的时候，他是在 B 城的第二代山东人，性格里一锛一斧子的倔强劲使他很少有委屈自己的时候，倔就倔个痛快犟就犟个明白，一句话把人撞到南墙之后，心安理得地按自己意志做事。中午回所时，年轻刑警看他拉长着脸的样子，暗中窃笑，说，这把老钟可是豆腐掉进灰里，咱们多想陪米米，人家不用，用了这么个老疙瘩头，还打心眼里难受。大家一时哄笑。老钟听到哄笑，回过头，见大家目光正瞅自己，蓦地火了，说，我日你们年轻！

下午 5 点 15 分，老钟按时来到白墙后身向上的台阶底端，水红在晚霞里渐渐突现出来，这水红一映入老钟眼帘，他胸部就涌上一股压抑的气流，这气流跟中午大家的哄笑是连着的，或者说是大家的哄笑使他在看到女孩时触动了情绪。这气流随水红的飘近一点点膨胀、散发，散成一股风样的动力向下肢漫去，老钟在一刹那启动脚步拾级而上，他擦着向下走的学生，穿过滚动的欢歌笑语。他脚步的麻利、简捷像在练操。当老钟感到自己靠近了水红，就慢了下来。他很概念地看了看女孩的脸——这是他跟她在这一天里的第一次正面对视。女孩停下来，目光游移，脸色土豆皮一样难看。他在一帮学生走远之后小声说了句，走山道！一股气闷顶得老钟没用商量的口气，说完就径直向上。女孩顿了一会，男人纵酒一样一梗脖一甩发，瓜子样的下巴颏里冲出一声长叹。不过这个老钟反感的动作没被老钟看见，她徐徐转身，向上走去。当她向上走去，老钟自信地停了下来，像早晨那样，任其水红毽子一样一跳一跳。

山道上的静谧遭到了短暂的破坏，一群男学生一路踢着足球赶了过来。B城是足球城市，足球占领了学生大量的课余时间。女孩先是被拥进踢球的人堆里，一会就被球和踢球的人落下。镜头滤走了不相干的人群，于是，女孩跟 5 月山野上的花草一同清晰地印进老钟的瞳仁里。

老钟十分清楚他为什么要选择山路，那股压抑的气流其实是在让他由破案的配角向主角发起进攻。他要找到侦破的感觉；他要在两条路线上找到案犯作案的蛛丝马迹，从而打开捕抓案犯的缺口；他要证明自己是一个老警察，而绝不是只有老警察才可以做配角，老警察拥有丰富的经验。可是老钟跟女孩在花草的薰香中走了近二十分钟，终是什么感觉也没找到，倒是让女孩连续不继的习惯动作气个半死：她走一程就一梗脖一甩发，梗脖时长发飘散得很疯张，胯部扭动得像一扇门板。老钟恼恨女人疯张，老钟不用看脸就知道那时刻女孩的脸上有巩俐眼神里的东西。老钟在把女孩交到女孩父亲手里时，面包样的脸怎么也舒展不开。

第二天依然是第一天的顺序、路线。老钟从女孩家接出女孩，看女孩红肿着眼皮跟自己下楼，看女孩在自己前边毽子似的一跳一跳，之后上车，下车，之后经过模特学校外面的大墙。第二天，当女孩再次印进白色大墙，扭动着臀部在老钟视野里走时，老钟一瞬间捕捉到了昨天没有捕捉到的感觉：女孩像电视里的模特，女孩简直就是一个模特！老钟也更清楚地找到了他抵触女孩的原因：她像模特！老钟最反感模特的搔首弄姿，当然老钟不会用搔首弄姿这个词，用他的话叫贱！当然他从来没把心底这些话说出来，因为他是人民警察，人民警察应该有觉悟，应该接受新生事物。重要的是，他的儿媳也属于贱的那一种。他的儿媳娟娟第一次进家门是开春二月，却穿了条超短皮裙，冰雪未化的季节她露着个长长肉腿，就像群居时刚知遮羞的猿人。老钟见了登时火冒三丈，敲着桌子骂，妈的还知道羞耻？娟娟不但不恼，且回回穿着奇装异服，一进家门就喊他爸爸，他从来没有应过。可毕竟他没有改变女孩，最终也在背后叫女孩娟娟，承认她是家里人。女孩模特一样忽闪着一抹水红消失在老钟视线里。老钟又用漫长的等待迎来了放学。觉得等待时间的漫长完全因为老钟的职业习惯，当他决定反守为攻——他真的不知为什么老了老了却不愿意见到小青年在自己眼前展示优越。他要主动寻找侦破线索，他开始盼望与女孩在一起时间的降临。当然这一天里他并没有白过，他读了一些法制报和刑侦特刊，那上面有一句话给他留下很深印象：警察必须研究罪犯的犯罪心理。这话对有三十多年警龄的老钟不该有什么特殊启发，作为一个警察，只要还想干下去，就得深入研究犯罪心理。五年前破获的那起杀人案，就是从犯罪现场用血迹写下的成字，判断罪犯是连续失败的商人来打开缺口的。对这样一句话老钟留有印象，完全因为他发现他无法接近一个强奸犯的犯罪心理，就像他怎么也无法从儿媳的超短裙和舞台上扭来扭去的模特身上看出美，就像他怎么也无法懂得女孩为什么走路时老梗脖甩发。这一天中午吃饭时，没有人再同老钟开玩笑，小青年们都凑到南边的饭桌上，A线组长刘阳一坐下就讲米米，所里人的谈话中心总是在近期发生的案子上。刘阳说昨晚找米米取证，问她罪犯作案时有没有说什么话，她就是不说，她哭了，哭得非常伤心，这里边绝对有文章。B组大秦问，那到底说没说？刘阳说，没说。大秦说，那不行，得逼她说，不说就破不了案。刘阳说，得了，叫你你也不忍心，米米哭那样子太叫人动心。这些话撞入了老钟的耳膜，胸膛里一股压抑的气体就又开始弥漫——他说不出是嫉妒刘阳他们担任了此案的主线，还是恼恨他们夸那女孩动人，且直呼米米。不过他们这些话倒给了老钟在此案跟前呈现那份木讷里注入了活泛，老钟一整下午都在想罪犯作案时到底说了什么话让女孩难以启齿，然而就好像把磨米机推进了空粮仓里，磨来磨去终是什么都没有磨出。

5 点 15 分，老钟准时到了学校门口，老钟不再在大墙后边停脚，他上了台阶，他在学校大门外很远的地方站着。第一天大墙外女孩看他脚下让他停住的镜头他没有忘，他懂得女孩的心思，他再木讷也懂得女孩的心思，女孩不愿同学们对她的事有丝毫察觉。事实上同学们永远不可能知道她的遭遇，派出所已做了严格的封锁，但有一个陌生人在身旁护着，会使女孩在学生群里强烈感到一种阴影。老钟尽管躲得很远，还是一眼就印进了一束水红。女孩出门直奔山道而去，老钟可以想见，在女孩的目光里，他也已经变成了一棵树桩，他相信女孩眼里的他就是一棵树桩，土黄的颜色，僵硬的躯干。水红很快与树桩谐和成一前一后，在女孩擦身而过的刹那老钟扫了一下她的眼睛，那眼皮微微有些突出，但已消除了红肿，那眼睑上翘的样子有点像老伴莳弄在阳台上的月季花瓣。老伴爱花如命大概是因为没有女儿，老钟却一点不喜欢花，花给他留下的所有印象就是山东曲阜老家月亮山上春天开花的洋奶子，那花好吃，像奶一样甜。小时候一到春天就去山上抢洋奶子吃。老伴的月季花不好吃，他就看都不看，当然再不看也还是要看，就像女孩在他的视野里，想不看都不成，那些月季灌满了家的视野。当老钟感到女孩的眼皮像老伴的月季花时，他便发现女孩真的有些可怜。

一些踢球的学生拥进来又拥出去，水红一会在屏幕的中央一会又在屏幕边缘，她是为了躲避踢球的学生和球。可是一个光头学生故意把球踢向女孩，而另一个平头的学生见球冲向女孩，上去就揪住光头学生的袖子给了一拳。这细节让老钟抖了一下，老钟抖完之后好像突然之间找到一种感觉，一种侦破意识真的在体内活起来了的感觉，因为他发现他很快就进入 种心理分析：光头学生专往女孩身边踢是发贱，是故意逗弄，也许是喜欢女孩。老钟不懂得早恋是一种什么样的情感，但老钟承认早恋这种事实的存在，凡是党报党刊上揭示过的事实，他都毫无保留地承认。青春期男孩子容易发贱。可是那个平头男孩不让光头男孩发贱，是不喜欢靠近女孩吗？老钟想，肯定不是。老钟尽管不记得自己有没有过青春期，但这男孩使他想起小时候，就是他在山东老家月亮山放牛时，夜晚常梦见一个女教师的情景。那女教师麻秆一样瘦，鼻子也不怎么好看，可天天在月亮山道上走，总是牵动他的目光。重要的是，没做梦时，他会大大方方看她，有时还会远远朝她扔石头，自从梦见她，再遇到她就讪讪躲着，佯装着躲她其实是最想看她。老钟想到这里，

脸唰一下红了，因为老钟想起他躲在苞米地里偷看女教师时被看山的抓着的
情景，这情景让他一辈子感到耻辱。与老伴结婚之后，他从不去走近这段记
忆的边缘，他把他那段人生的丑恶心理用老家的牛皮纸包了又包压在了老家
的箱底，使他后来即使接触流氓犯罪案也想不起它。老钟意想不到这个案子
会让他想起自己曾经有过的短暂的丑恶，不过这只有一个人感知的事情使老
钟的灵感突如其来。老钟蓦地有了感觉，案犯绝不是光头学生那种性格的人，
而像这个平头学生，想走近反而躲起来。老钟循着这个思路，就一下子找到
一种感觉，这案犯躲在可以看到女孩的地方看了她好多天或者好多个季节，
没准就在身边的树丛里。当老钟想到罪犯就在身边的树丛里，当老钟想到罪
犯就在身边树丛里用眼盯着女孩，老钟明白自己眼下扮演的正是罪犯的角色，
每天远远地看着她，跟踪着她。这么想老钟就努力在心里调整角度，由警察
到罪犯，老钟变成罪犯，老钟用罪犯的目光看着女孩，女孩在屏幕里一跳一
跳，偶尔一梗脖一甩发。可是老钟发现他的感觉到这里一下卡壳了，女孩还
是老钟眼里的女孩，女孩甩发的毛病让他反感，反感肯定不是罪犯的心理，
罪犯绝不会讨厌一个女孩还要跟踪。后来走着走着，感觉又出现，老钟把女
孩想成月亮山上瘦麻秆似的女教师，而老钟就是月亮山地里偷看女教师的小
钟。如此换位，奇迹终于出现，老钟看到了女孩的一身水红变成了蓝制服，
小钟看见那对滚动的屁股蛋像鹅卵石非常好看，女孩的长发变成了女教师的
长辫，女教师常常走走路就把长辫拿到两边，再往后一甩。而只要看到女教
师一甩长辫，他的心就不由自主涌上甜蜜。小钟看着女教师，老钟看着女孩，
眼前完全是一幅全新的画面，这画面重复着记忆里的镜头，又开辟着旧时不
曾延伸的一切，老钟发现这女孩也有些像模特，像巩俐，这意料之外的开辟
使老钟送回女孩再回到自己家里时长久找不回自己。

　　老钟回到家里像一个痴迷的呆子，老伴唠叨什么他都没感觉没反应。当
然平素老钟也和所里其他干警一样，常常人在家里心在案里，老伴早已习以
为常。然而今天让老伴觉得反常的是老钟动作性太大，他一会躺下一会坐起，
一会翻旧时的照片，一会又走到阳台在阳台上盯着月季花出神。最让老伴奇
怪的是，他把电视遥控器拿在手里一个劲调台，平时他最爱看中央一台的
《英雄无悔》，眼下他却绕过中央一台乱找一气，最终将频道定在大连台每晚
重播多遍的服装节广告上。黑头发黄头发全世界的模特都在上边扭动，忽高

忽低的音乐搞得满屋哗然。老钟呆呆地看着，广告结束，他便啪一声关掉电视，一个失恋了的少年似的一扑扑到床上，和衣躺了一夜。

谁也不知这一夜老钟究竟经历了什么，反正第二天老钟完全变了一个人，他刮了胡子换了一身西装。这套西装他一直都没穿过，国庆节局里开家属联欢会，大家都穿西装只有他面貌依旧，从不生气的老伴气得回家半天不和他说话。老伴却不知他今天犯了什么邪，一早起来就要西服。穿上西服的老钟站在镜前自然地笑了笑，好像对自己非常满意。他本是算好时间正点到女孩家的，却不知怎么搞的提前了十分钟。老钟因为提前十分钟，在女孩楼下转来转去，6点刚到，他就爬到楼上，女孩父亲正好开门。女孩依旧表情沉郁，但老钟却朝女孩也朝女孩父亲笑了笑。女孩父亲见老钟笑，开始说话，说，米米拖累你了。老钟微微点头又摇头之后反身下楼，下到一楼平台，停住，将米米让到前边。老钟心里很自然地将女孩改成米米。米米不再是水红，而是学生蓝制服，米米变成一只蓝色的毽子在向下的台阶上跳动，老钟眼里的米米就完完全全彻彻底底变成了月亮山上的女教师。

米米变成乡村女教师。老钟在与乡村女教师挨近时，感到了一股特殊的气息。老钟发现这气息让他心中某个部位旋动了一下，这旋动就好像警车在坡路上急速行驶下坡时心被悬起来的感觉，这感觉老钟经历过又从未经历过。老钟放纵着这种感觉，因为老钟需要扮演罪犯，他必须彻底地体会和理解罪犯。他能在这样一个案子中找到感觉实在是太不容易，他得感谢那位不知姓名的女教师。学生蓝在大墙上不住地跳动，阳光极其透明，透明的阳光洒在人流里，好像月亮山上的阳光洒在了婆娑的庄稼里。那面洁白的墙壁就是月亮山外遥远的天空，女教师从天空中来，又走到天空中去，女教师在向上的台阶上，用宽臀扭动着无限神秘。老钟久久望着，一股山泉一样清澈的溪流顺胸腔直流而下，使他还没离开向上的台阶就盼望米米的放学时间赶紧到来。

老钟在等米米放学的时光里满眼都是米米，满眼都是米米幻化的女教师。放学时间终于到了，罪犯早已走上向上的台阶，站在学校门口一隅，米米出门旁若无人地朝山路走去。米米因为孤僻好静，常常一个人走路。米米的身条虽苗条细弱，却有成年女性的丰满，两臀像河床上的卵石一样，一走一滚一走一滚。米米最好看的是她那步态，那步态轻盈，看似着地又像蜻蜓点水，一踏一踏有一种韵律，米米走路常爱梗脖甩发，米米所有富有女性意味的青春的气息都被这习惯动作张扬到极致。米米仰着下巴颏吸气时，便把这种青春电流一样导进了空间导进了城市的旷野，米米椭圆的下巴颏呈一个弧状将电流导进罪犯的体内，使罪犯日思夜想，如痴如醉，使罪犯愈想靠近愈有一种恐惧。那透过米米下巴颏导出的青春气流在日里夜里流动，在屋里屋外流动，侵扰着罪犯的所有青春梦想和意念。罪犯在意念里无所不做，行为里却只有默默追随。罪犯正是情窦初开的年龄，对自己所到来的一切毫无准备，因为毫无准备就一味怀疑它的正当、美好，就对自己毫无信心，就不敢去与米米当面袒露……老钟和罪犯走在一条路上，老钟和小钟走在一条路上，老钟与女教师走在一条路上。老钟因为重温并发展了小钟和女教师的过去而知道了什么叫青春，老钟因为变成小钟而知道罪犯在米米走进她的家门后无数次启动了追踪入室的动机。罪犯费尽百般周折，每次周折的艰难都被米米在向上的台阶和向下的台阶上散发的气息鼓动。米米遭遇罪犯因为她身材、相貌的与众不同。更重要的是性格的与众不同，她喜欢独处。独处和不独处对罪犯很重要，小钟在山上放牛时，如果看到一帮女教师嬉笑哗声走过月亮山，就什么念想都不会有。当然老钟这么想并不是说米米遭遇强暴是自作自受，绝对不是，老钟是说米米的独自往来一次次压抑着罪犯的信心又一次次煽动着罪犯犯罪的勇气，最终以蒙面的方式伤害了米米并不是他的本意，伤害却是吸引他坠落的耀眼的星光，就像扑火的飞蛾，无法自制。当那些慌乱中闻到的气息和尖叫在耳畔愈来愈远，当犯罪的感觉随日光的升起落下愈来愈远，罪犯会重新拾起对米米的神秘追逐。这时的罪犯因为经历了从精神到肉体的转折，已经不再满足于对身影和气息的兴趣，那个富有质感的尖叫因为历史性的进入会渐渐在罪犯心中变成另一种期盼……这时老钟已经走到派出所，罪犯的另一种期盼在老钟走进派出所时形成了一个决定，老钟径直走进所长办公室。

所长见老钟进来赶紧让座，向老钟通报 A 线 B 线进展情况。所长说，工作进展顺利，已缩小了范围和区域，并且排除了米米所有认识的青年和学生。老钟打断所长的话，老钟说，所长，我有一个非常重要的建议。老钟说，我建议在米米家装录音电话。所长笑了，所长说，我以为什么好主意，没那个必要，案犯阴谋得逞，不可能去自投罗网。所长说这话时，老钟在心里窃笑，心说，哼，你还年轻人呢，根本不懂。老钟说，我们不能排除特殊情况，办案不能丢掉任何可能的线索，靠我直觉，案犯三五天之后会打电话给米米。为什么？所长问。老钟说，就是直觉，这个案犯和一般案犯不一样。老钟这次说直觉时，脸略微有些红。所长说，案犯不是米米熟悉中人，怎么会知道她家电话？老钟说，他会想方设法。年轻所长一愣，这老倔头再也不扭着脸，还有了直觉。但所长从不怀疑任何一个警察的直觉，尤其像老钟这样的老警察。所长说，好，明晚受害者家长回家就上录音。

这是老钟接案之后最最兴奋的一种日子，在这种日子里老钟已经从扮演罪犯的角色中蜕变出来，重新恢复了警察身份。老钟的兴奋一方面因为米米家装了录音电话，成了此案的主线，一方面因为他发现他有点喜欢米米。为什么会喜欢上米米呢？是因为米米像月亮山上的女教师吗？肯定不是，老钟想，应该说是月亮山上的女教师救了他的案子，而他是因为案子的原因与米米有了长时间的接触。人都是这样，就怕接触。

自从装上录音电话，老钟接送米米时的心情就放松下来，好像这完全是一个前奏、一个过门，好像他特别有把握后来的乐章是什么。看米米从七十二层台阶跳下去，看米米又走上九十八层台阶，这上下台阶的过程对老钟就像每天站在家里阳台看老伴的月季花。老钟每天晚上还要在米米家待到10点，与米米家里人唠嗑。大家都清楚这唠嗑其实是在等罪犯的电话，然而一段时间以来那样的电话一直没来。周五下午，区人事局又借米米学校办培训班，老钟中午接回米米。老钟接回米米就与米米拉话，以打破他们共处一屋的凝重气息。米米父母不在，老钟觉得时光难对付多了。老钟说，女孩子还是应该开朗些才是，要多交些朋友，和朋友玩玩。米米眨着眼睛看着老钟，说，其实也有朋友的，我的那些朋友都不喜欢说话。米米说话的声音非常悦耳、柔和、亮丽，像山泉叮咚。我怎么很少见你和同学玩？米米看了看老钟，刚想说话又咽了回去，陷入沉思状态，眼睑低垂着，许久，她叹了口气说，我那几个朋友都好玩，我们都喜欢服装设计。老钟说，你们在一起玩服装设计？米米说，什么都玩，我们用报纸剪缝各种衣服穿着在屋里走。米米说着，就露出了无比的欢欣和明亮，那明亮的表情就像突然打开了一扇窗户。米米说，我们的理想是给自己设计的服装当模特，把服装和模特一块打到世界去，我们一到周日就狂得一塌糊涂。老钟看着米米，看着米米那出事之后从未见过的欢快表情。米米本来是非常幸福的女孩，有父爱母爱，有学业有理想，一场劫难就这么将幸福划在了另一边，就像王母娘娘把织女划在了天河的那一边。生活对米米多不公平！老钟这么想着，脸上露出了一些老人的忧虑。米米敏感地捕捉了老钟的忧虑，不再说话。见米米不再说话，老钟对自己很不满意，可是已再找不到什么话题，就只有闷着。然而，就在闷着的时候，老钟接到一个传呼，老钟一看是所长的，马上往所长那儿挂了电话。所长说，老钟啊，让你言中了，罪犯真的动用了电话。所长说，罪犯刚才往学校打电话问米米家的电话，校方已将电话号码告诉了他，估计他就在桃园一带公用电话亭旁，我们已将一百二十四台公用电话全部监控。所长说，老钟你得做好米米工作，让她配合，让她一定镇定地和对方说话，尽量把说话时间拉长。老钟在听电话时身上是颤抖的，义愤和兴奋共同激撞着他血管里的血。他放下电话转向米米，可是不等他同米米讲，米米已在椅子上哆嗦成一团。米米全部知道了电话的内容，米米眼泪豆子似的在腮上流成串串。老钟抱住米米哆嗦的肩膀，连连说，米米别害怕，别害怕，米米你是一个懂事的孩子你一定要配合伯伯，配合破案。米米不再哆嗦，可是却出声地哭了起来。安上录音电话之后，本也设想过米米接电话的情景，米米都答应过配合的，没想到事到临头，她又把持不住。又过一会，米米止住抽泣，抹着泪眼看着老钟，说，钟伯伯，他曾在这个屋子里跟我说过，能听到我的声音就是一种享受，我怎么能再让坏蛋得逞？

老钟无言以对。

罪犯是在星期天上午第一次给米米挂电话的，米米表现非常出色，她坦然、镇定，一点也不像一个十九岁女孩，她甚至还在语言里给予了对方谈情说爱的感觉，使罪犯着了魔似的换一个电话又一个电话。罪犯起初是压抑不住激动，喘息声风一样刮着话筒，后来见自己不说话米米也不说话，就问米米心情如何，跟米米谈米米的老师、米米的父母，甚至米米家夜里熄灯的时间，大概是在换第六个电话时，被警方抓获。

米米听到对方话筒摔掉的声音，放下电话扑到老钟怀里，放声大哭。

罪犯是个二十岁的男孩，无业，家住民泽小区。男孩个子瘦小，属台湾小虎队男孩的气质，眉毛浓密，目光阴郁。据交代从小没有父爱母爱，父母都是戏校的老师，从来不管孩子成长。男孩性格内向，没有朋友，自卑感很重。十八岁那年一个偶然的机会在向下的台阶上看见米米，一直跟到向上的台阶，就在心里喜欢上她。他因为自卑不敢向米米表达，就暗暗跟踪米米两年，后来一个电影的启发，那电影有类似的情节，一个"文革"时期无人看管的男孩因为强暴女孩最终得到女孩。那男孩跟到女孩学校配了钥匙。他如此效仿，直至犯罪。

5·18案件由老钟主审，因为老钟最终成了此案的主线。罪犯毫无保留地交代事实，罪犯一再地重复着向上的台阶和向下的台阶，在罪犯说到经模特学校到向上的台阶时，老钟说，是不是爱看她在台阶上一跳一跳的样子？案犯说，是。老钟说，是不是爱看她上下台阶时梗脖甩发的样子？案犯惊讶地说，是。老钟蓦地站起来一拍桌子，退下！

案犯退下之后，老钟狠狠捶了自己两拳，他想不到自己会循着罪犯的思路引出这样的话，这令他对自己发怒，老钟拍桌子其实是对自己发怒。

事过不久，5·18案件结案。可是结案后，家住桃园小区的年轻刑警刘阳，常看见老钟骑摩托到模特学校大墙外去看那些向上的台阶，刘阳不明白案已结了米米也已转了学校，老钟还去干什么。

又过不久，从不休假的老钟提出休假，回了一趟山东老家。

发表于《海燕》1996年第11期

转载于《小说选刊》1997年第4期

获1997年《小说选刊》短篇小说奖

播种

　　大凤一进沙地，就认出了西头的女人是谁。大凤就像老鹰看到小鸡，突然就预感到让她痛快的时光又要到了。大凤已经好久没有遇到这个瘦狐狸了——大凤一直以为这个生了小狐狸的妈是只老狐狸，是只瘦狐狸。大凤一早来沙地翻地，确实不是为了找人打架，她根本不知道瘦狐狸也会在沙地翻地。入秋之后，出外干民工的儿子领回媳妇，她便再也没有追堵骂她。她不骂人并不是她想做个好婆婆，她从来不想做什么好婆婆，她是不愿让儿媳在没结婚之前，就了解到她的公公被一个二十六岁的大姑娘迷走了，那会让儿媳对她的儿子放心不下。她憋得太久了，在儿媳跟她唠嗑，一遍遍问到大叔在外边干什么的时候，在儿子和儿媳在西屋里叽叽嘎嘎、亲亲热热说着体己话的时候，尤其当夜深人静，月亮从窗口明晃晃照进来，照着空了大半的土炕的时候，大凤都恨不能一高蹿到瘦狐狸家门口，指着她的脊梁骂她，你个伤天害理的家伙，你害你男人尿脖长石头，你还要让你闺女害苦俺独守空房，你个老婊子！

　　大凤真的不知道上天会给安排这样的机会。上沙地开荒的念头其实来得非常偶然，那天找人给儿子掐算结婚日子，算命先生说，这孩子是土命，是沙中土命，不养女人。要是能在沙包地种上一垄冬葱，2月发芽，3月结婚，一切都解了。因为瘦狐狸在村里开荒种地出名，她最最反感开荒种地，她一直迟疑着。当然另外还有一个原因，男人走后，经历这一夏一秋，她已经没有半点力气，她早就盼望在粮归仓草归垛之后歇憩下来。可是，为了儿子养住女人，为了儿子不像自己半世独守空房，她还是出来了。想不到冤家路窄。

大凤凝神看着瘦兰，心想，你这个瘦狐狸真是见缝插针，你也想到沙地！你大概做梦也想不到会插到我这个针眼里。大凤发现瘦兰回了一下头。大凤断定她没有看清自己是谁，如果看清，她会撒腿就跑。没看清，这可太好了，你这怕猫的耗子可是又一回白送到我这老猫的嘴里了。大凤得意地想。大凤选了一块与对方错开的沙地翻挖开来，她在用脚踩锹背时晃了一下。干这样的活她可是一把好手，她最能出大力干粗活，男人常年在外，扶犁、打垄、赶车、打场，一应粗活全都靠她，男人每年往家交那么几千块钱，就把她练成了一个好庄稼人。大凤打了一个趔趄，心不由得被谁揪住似的狠狠疼了一下——这个趔趄让她想起男人。大凤在心疼时，嘴唇下意识地大大咧开，她说，你个老婊子老狐狸！但她没有骂出声来，那些话在她唇边一闪，就被沙地明亮的光线吸收了，因为她发现，她有再高的嗓门，对方也无法听见。

大凤调整了一下姿势，把锹把从右侧转向左侧。她的左脚总比右脚好使，就像她的左手扶犁总比右手好使一样。大凤在调整了姿势之后，觉得浑身蓄足了力气。她也不年轻了，她已五十四岁，她的力气一年不如一年。早先，她最愿意在人们的眼皮底下干活，不管干什么，只要身边有人，只要在人群里，她都有使不完的力气，那情形就像小孩当中的人来疯，一来人就疯张个没完。她不是人来疯，她其实喜欢人多时蒸发出的那股气，就像火烧蒸锅里的汽，她那力气就是蒸锅里的馒头，一见汽就发了出来。可是一夏一秋，这股气再也没有了，她虽然也像以前一样在人群里拼力猛干，可那只是做给人们看的，她的力气根本不是蒸发的，是逼出来的，她不愿让人们看到她走了男人就垮了下来。这一夏一秋，她真是觉得这壮壮的体格垮了下来。没来沙地之前，对这垄葱的播种比让她背着石头上山还要打怵。可是在沙地上，在远离人群的沙地上，第一脚踩下去，她发现她的力气很大，她想不到她的力气会这么大，她的力气竟在遇到瘦狐狸之后，打了气的车胎似的一下子鼓胀了起来。大凤背着身后的女人，迎着太阳，此时，太阳把大凤印在沙地上，使她和沙地一起明亮起来。

这是入秋以来最最灿烂的日子，大凤在这个日子里遇到了自己的对手。自己的对手原本是瘦狐狸的女儿，是她女儿狐狸精似的迷住了自己的男人，可是谁叫她管不住她的女儿，谁叫她年轻时也招过男人，她也招过男人就无法不成为自己的对手。没有风骚的妈教不出风骚的孩子。想到这里，大凤为自己的发泄找到一句话，骚婆！她以前只骂婊子、狐狸，但没骂过骚婆，细想想，她不是骚婆又是什么？她年轻时就爱搽脂抹粉，男人不在家还搽脂抹粉，拈种割地，从不凑群，一个人不是抢在前边就是落在后边，故意让男人注意。别人打情骂俏，她装着脸红，眉梢紧拧着好像就她本分，那根本不是本分，那是招惹男人的招法！那个外号牛大个子的就是这么被她勾走的，她在前边他就紧追着，她在后边他就帮她接头。大凤想，她的男人没准就是被她女儿的不说话不凑群勾走的，她的男人在跟她打架分手时曾说过，对，你说得对，我就稀罕她年轻、好看，我还稀罕她安静，不像你，天天像有烧火棍捅了麻雀窝……

安静，安静就勾了男人的心？大凤自言自语。大凤不相信一个人不说话，安安静静就动了男人的心。她想，不说话的时候，骚女人定是用眉眼说了许多的话……大凤的思维在阳光下活跃开来，女人为什么不妖冶不疯张就招惹了男人，就勾了男人的魂？她常常是想不明白的。但今天她发现有了进展，她想到了女人的眉眼，她想一定是女人的眉眼在悄悄地发生作用。大凤欣喜地抬起头来，喘了一口气，眉眼在远天和野地之间飞快地瞟动一下，好像也要尝试一下勾引的感觉。她的男人被人勾走之后，她的心一直是疼着的，锯了锯齿一样地疼，可是她在想象瘦狐狸怎样教唆小狐狸出来勾男人时，完全进入了另一种境界——一种跟自己毫不相干的境界。

瘦兰始终没有回头，她知道那个目标离她还远。这是一方能有二百米长的地块，以最快的速度，她们挖到一起也得一头晌，也就是说，她们至少得在中午时分才能走近。这时间足够，瘦兰想。这漫长的时间足够她想出最漂亮、最有力的话。她要把窝了一夏一秋的话都想好，排在脑子里，到时候连珠炮似的放出去。说我女儿伤天害理，你男人难道就没有责任？要知道，他大她二十多岁呀，他难道不比她更知道抛妻舍子是什么结果吗？他难道不知道他都可以给孩子当爹了吗？他这么祸害孩子不是耽误孩子的前途吗？说我女儿毁了你家，我还说你男人毁了我女儿呢。话说回来，酿出这样的后果，你做老婆的就一点责任都没有吗？你和男人一块生活了二十多年都没拴住男人的心你能怪谁？你动不动就和村里男人疯闹滚到一起，哪儿热闹哪儿有你。

家里乱得一塌糊涂，你从来不收拾打扮自个，不管冬夏，衣襟裤腿都脏兮兮疙疙瘩瘩，天天披头散发，出门就像刚从鸡窝钻出来，你这样的老婆男人不跟外边女人才怪！

瘦兰这么想着，心里一时觉得很痛快，这话说出去简直再痛快不过，这话会狠狠地戳疼大凤的心。然而，瘦兰正痛快着，又不由得打了个冷战，她想到自己。自己难道不是好女人吗？自己是好女人，可是自己的男人难道没有生外心吗？男人有几个顾女人的？男人一旦生了外心，女人再好，再贤良，能拉回来吗?！瘦兰本是要在漫长的时间里准备出枪药子弹轰炸对方，却想不到这枪弹先炸了自己。瘦兰在想到自己男人时整个心情乱了起来，那心好像秋后的花瓣在空中飞舞，零乱无序。瘦兰踩锨的脚没有一点力气，干瘪的奶子伤心地垂挂在衣襟里不再游荡。瘦兰想起以往的岁月，瘦兰毫不情愿却又在所难免地想起以往被男人抛弃的岁月。那岁月里伤痕累累，那岁月里她供神仙一样供着俩月回家一次的男人，男人却一头让她在家生儿育女做苦力，一头和一个渔村寡妇厮守。那寡妇为他生了两个孩子，他就每次回家都怀疑她的孩子是跟别的男人生的。白日里人面上堂皇体面，夜晚里又扭又打往死里逼。村子里没有人知道她的事情，她也是因寡妇找上门来才知道的，男人在跟寡妇相好时，没告诉人家他有家室。

日光无遮无拦，天空云丝没有，风和日光交织出熠熠的光辉在沙地上闪烁，使瘦兰的睫毛再次发凉。瘦兰的眼睛怕风又怕光，瘦兰很久以来一见风和日光就满眼是泪。瘦兰想，不能提那伤人的话，那话即使是重型炮弹，能把对方打得血肉横飞，也不要提它了，因为它在打倒对方的同时也把自己打倒，它几乎是先就打倒自己。可是说什么呢，说什么才更有力量呢，说什么才会使这力量只打倒对方而不打倒自己呢，像她一样骂人？

对，骂人！瘦兰哈下腰弓起脚，一脚将锨尖踩到底，她想她是该学会骂人了，她长这么大不会骂人，她除了骂孩子小死鬼，骂鸡鸭张排风，她就从来没有骂过人。今天，她干脆就像大凤那样野泼一回，把爹娘祖宗搬出来骂骂，骂骂他们那裤带以下的地方。大凤骂自己祖宗是老狐狸老婊子，是老破鞋，是千人讲万人恨的臭流氓，大凤把难听的话、污辱人的话、脏得甚至带血的话都骂尽了，大凤就差没把自己的爹娘祖宗从坟坑里挖出来扒了他们的衣服。自己为什么不能像大凤那样，自己为什么就那么老实地任她满世界泼污水？自己真是对不起祖宗啊！

瘦兰嘘了一口气，往手上啐一口唾沫，之后清了清嗓子。瘦兰清嗓子的样子好像那骂人的话就在嘴边。可是瘦兰只是清了清嗓子，瘦兰把嗓子里的痰咳了又咳，瘦兰嗓子里根本没痰，瘦兰一旦清理起来，才知道嗓子似乎有些沙哑，不很畅通，就像平时总以为窗台很干净，用手上去一抹却满手灰尘。感觉和实际往往有差别。瘦兰一锨一锨翻着，瘦兰在翻土的同时，在记忆里翻掘着有深度有力度的骂人话。重复大凤的话自然不行，要新鲜，要有所改动，要一针见血。这一来，瘦兰便不自觉地偏离了骂脏话的初衷，她细细地回想着大凤的缺点和毛病。大凤是个出名的万事通，没有谁家长短她不知道，只要知道立时就宣扬满村，自己和牛大个的事就是她给宣扬出去的；大凤还是个有名的泼妇，得理不让人，传话出了事，能用野泼将自己洗得一干二净；她最是裤裆跳蚤泼妇精。她跟男人过了二十多年，伺候男人，生养孩子，到头来却叫男人甩了，她最是丧门星倒霉鬼！瘦兰敢保证，这几个词她一旦骂出去，大凤就得气疯，她只有把大凤气疯了才真正出了气。

可是，当瘦兰把这几个词重复一遍，不经意间一下子又卡了壳。她想，说大凤裤裆跳蚤，大凤自然就会联想牛大个当初和自己那事，而她最不愿意提到当初，尽管自己当初根本没事；说她丧门星倒霉鬼，自己难道不是？自己男人对不起自己，老来退休还得了肾结石；以为当了一辈子公家人，老了能有个工资，却一年一年开不出工资。大凤男人对不起她，人家至少没连累她……

一时间瘦兰体会到，不骂脏话的骂人原来并不容易，不骂脏话的骂人就像电视里海湾战争的飞毛腿导弹，它转着弯伤人，飞毛腿导弹转着弯伤的是敌人，她骂人的话转来转去最后伤的却是自己。瘦兰一时有些焦心、烦躁，一连几锨都没能深挖下去。瘦兰因为灰心而焦躁，因为自己的无能而焦躁，也因为自己的命不好而焦躁。自己分明什么坏事也没干，自己对得起男人，对得起孩子，对得起街坊邻居，自己从没伤过别人，包括大凤，自己唯独对不起自己。自己却因为女儿，被别人喷了一脸的腥气，自己却想还口吐吐别人都不行，自己想吐别人最终吐的却还是自己，这实在让瘦兰恼火。

瘦兰从头上解下围巾，她已经满头大汗了，她不知自己是累的还是急的。她把头巾扔到没挖的沙地一边，立马又抄起铁锨。瘦兰想，不能让对方看出一点灰心丧气，她于淑兰今天就是和她拼了，拼死在地里，也不能灰心丧气。

大凤翻地的进度很快。并不是她的速度快，而是她翻的宽度和瘦兰的宽度不一样。瘦兰一下翻四垄，她只翻一垄。因为算命先生说了，只在沙地上种上一垄葱，来年发出新芽，儿子的命就会得到改变。四垄相对一垄，大凤自然比瘦兰要快三倍。大凤翻翻停停，松土在脚下一扬一扬的时候，她就挺直了身子朝远处看，看远处的山脊、山脊下的田野。这山脊和田野她看了五十多年，五十多年它们没有什么变化，春天泛绿，一层一层不同的绿；秋天铺黄，一层一层不同的黄；深秋之后，就是一色的枯焦的土黄了。大凤跟所有乡下人一样，从生下那天起，似乎就属于这一绿一黄的颜色，就一看见山野的颜色便满心喜悦，就觉得奔着日子，再苦再累也有奔头。她愿意自己那张响快的嘴，在单调的色彩里搅出一派五光十色，一派彩旗招展——她喜欢在人群里干活，在别人的眼目下干活，都因为她有说不完的话。只要有话说，她的日子就鲜亮得无与伦比，好像活着就是为了说话，好像只有说话才算像模像样地活着。她常常看谁闷着就高声大嗓喊，死了得了，不说话还活个什么劲！

大凤从来没有想到，那个属于她的鲜亮的日子会出现一个深洞、一个黑点。当她的男人跟人走了，日子出了深洞，出了黑点，她才知道，原来那些凑热闹想说话的愿望是因为有一个完整的家、一份踏实的日子，是因为有个男人。走了男人，拆破了家，她就再也不愿凑群了，当然骂人时除外。从夏到秋，她眼里的山脊田野就永久地失去了色彩，它们统统死人的脸似的，僵硬，死板，灰白。大凤真不愿细看它们，大凤看它们只不过是一个前奏，就像唱歌时前边都有个调门，大凤为的是去看身后的女人。如果说没来沙地之前，她决定到沙地开荒是为了种葱给儿子消灾；那么来到沙地之后，发现前面这个女人之后，她开荒的目的就只是为了同这瘦狐狸作对。她要同瘦狐狸作对，她要看看她离自己还有多远，她要看看她是不是一旦发现自己就吓得屁滚尿流。

大凤在开出一段荒地之后，心里生出一些担心，她担心瘦狐狸认出自己撒腿跑掉。瘦狐狸跑掉对她可是一个重大损失，那就等于到了嘴边的肉叫狗吃了——她骂她不顶饥不顶饿，她骂她就是为了出气，就是要使个痛快的日子有些痛快，这比吃肥肉要重要千百倍。大凤看见了瘦狐狸。大凤隔一会回头看一眼，她一直没走。大凤不相信这么长时间了，瘦狐狸会一直没发现自己？可是为什么她发现了自己却没被吓跑呢？大凤是百分之二百地希望瘦狐狸留下来跟自己作对的，可是当她发现对方真的留下来，又有些慌神。

大凤回过头来，呸呸往手上吐了两口唾沫，大凤一口气翻了约一丈远。大凤想，瘦狐狸为什么不怕自己了呢？她是不是以为自己听了小话就会和她重归旧好了呢？这根本办不到，这简直就是痴心妄想！要是你年轻时没有那事也就罢了，那天下黑牛大个从你家出来被我碰上，第二天他又帮我仓粮，没做亏心事他怕我干什么？自从有了牛大个夜里从你家出来那回，你再见我就低眉下眼脸腮放红，你以为我看不出来！我眼不瞎，骚婆！

大凤重重骂了句。这一回她骂出声来，她的声音出来之后在她耳畔滞留了很久，那声音好像在沙地上转了一圈，又回到她的耳畔。大凤静静地听着自己的声音，应该说因为山野太静，大凤只能听到自己的声音。那声音孤零、清亮，不是飞扬而是下滑，就像一只孤鸟的鸣叫。就在这时，就在大凤感到自己的声音仿佛一只孤鸟的鸣叫在沙地孤零地下滑时，她突然意识到一个问题，那就是在没人的地方，在只有该骂的人一个人在的地方骂人，其实并无多大意思。骂人不是为了讲理，骂人是为了出气，而出气是需要人群的。只有在有人群的地方骂人，你才能出气。这有点像演戏和看戏，看戏的叫好、看戏的惊喜的眼神都会大增演戏的兴头。大凤在骂人的时候，向来都是越骂越会骂，人越多骂的声音越大越脆越好听。那几回在门口堵到瘦狐狸，开始就她俩，她在只有两人时绝不开口，她故意大步流星往前走，当走到前川后川的交叉口，她突然开口。那是三个村子上街赶集人的会合处，人们听到骂声一点点聚拢起来的时候她的心里亮堂极了，她尤其爱看人们把目光从自己脸上转到瘦狐狸脸上时的惊奇——她在揭发瘦狐狸二十年前那段丑事时，人们的目光流露着惊奇。说心里话，那个时刻，男人走后窝在心头的火一下子都败光了。骂人实在就像演员在戏台演戏，需要看戏的呼应。当然骂人跟演员演戏略有不同，演戏得到看戏的呼应是为了演得更好，让看戏的人买自己的账，骂人需要人们呼应只为了解气。

大凤在想到沙地上无论怎么大声吵骂都唤不来围观的人时，准备大骂特骂的兴致顿时大减。大凤甚至停止翻地，胡乱地撸着衣袖，牙齿狠狠咬住嘴唇，眉头紧锁的样子好像她已经失败。此时大凤看到，在远处的山脊和山脊下的田野上，到处都是粪灰的颜色。

日头像沙地上两个开荒的女人，一刻不停地向前移着，使光华和流荡的秋风在女人头上汇集出一片倥偬一抹绚丽，这绚丽是恍惚的，是细看不在不看又十分刺人眼目的，这绚丽在细看时与沙地表面的银白复印成一体。瘦兰眼眶一直湿润着，她却一直无法闭眼不看。瘦兰不但眼睛是湿润的，额头、下巴颏甚至胸窝都是湿润的。瘦兰很累了，这种不停不歇地翻地其实最是消耗体力。瘦兰体格越来越坏，常年的胃病叫她吃不下饭又胃里胀饱，一干活就一身水湿。瘦兰从未向任何人讲过自己的病，也没有向男人讲过。瘦兰认为讲给谁听都没有用，这世界什么事都只有自己撑着。她的胃病是多年前男人不在家时得的，男人不在家又不往家拿钱，她既得下地挣工分又得回家做饭，常常忍饥挨饿。入夏以后，女儿出了事，大凤在街上骂她，说她二十年前跟了牛大个，男人知道后，立即疯了似的治她闹她，夜里抓住她胸脯上两个布袋又拉又扯，让她嗷嗷直叫；白天一到吃饭，他就拿恶狠狠的眼球白她，让她饭食不等到口就胃里发满。有时在饭桌上打嗝，男人会啪一声放下筷子，斥她道，你他妈还让不让我吃饭？于是，掩饰有病成了瘦兰一段时间以来过分敏感的事情；于是，瘦兰越来越瘦，肩胛骨高高地突出，身板单薄得恍如一叶门扇。

汗在瘦兰印满皱纹的脸腮上、脖颈上流着，仿佛一串串滚珠。因为是秋天，汗在身上没有酝酿出热气，却被荡荡的风鼓噪得冰凉。瘦兰用手掌擦着汗，瘦兰知道，她的汗已经不光因为累和身体虚弱，还因为她一直没有想好与大凤对骂时自己该骂什么。她离她的目标越来越近了，她虽然没有真正回头用目光丈量距离，但凭偶尔转头时的余光，凭自己的直觉，她知道她跟大凤已经很近了。她不知道大凤一次只翻一垄，所以大凤的速度令她有些惊讶。瘦兰想，这女人骂人猛，干活也猛。瘦兰大脑一片空白，瘦兰在要挨近大凤时大脑一片空白，一早在沙地发现大凤时心底涌现出来的愤怒的力量还在，可是如何去发泄自己的愤怒，如何清洗这个女人泼洒过来的污渍，如何像挖掉那块黑石头那样挖掉心里的怨气，瘦兰没了招法。瘦兰胸前干瘪的布袋依然像两只哭泣的鸟，但瘦兰没了招法。瘦兰不但没了招法，且心底愈发慌乱。

因为慌乱，瘦兰下意识地挺起身板，朝身后转了过去。

　　大凤其实就在身后，离自己只有两丈多远，大凤宽宽的后背晃动在那里，挺直时仿佛一截面板，哈下时又像一匹母马。大凤是村中少有的大个女人，人们背后叫她大辕马。瘦兰平素凡见到高大的活动着的物体都以为是大凤，都心头一紧。而现在，瘦兰真真切切看到了大兰的后背，她居然没有一点害怕的感觉。因为没有害怕的感觉，瘦兰突然转变了想法。瘦兰想，为什么非要打骂呢？为什么不可以和她心平气和地说一说心里的委屈呢？为什么不可以告诉她，女儿那天从外面回来，告诉她自己爱上了宋四，要嫁他，她当时就背过气去。醒来后，女儿趴在她的怀里大哭不止，她伸手就是一巴掌，说，小死鬼你滚，你给我滚，你永远别回来。谁知她就真的跟宋四跑了没回来。夺了你的男人，自己其实和你一样，是恨不能把这丫头片子一缕缕撕了的。女儿是像自己，爱梳头洗脸搽点粉，可是自己可不像女儿心底藏着风景啊！她出去干活不到俩月，给自己买回一对耳环，说，妈，你一辈子也没好好浪一浪。当时就叫自己扔进了锅底，我要是你大凤说的那样的坏女人，还不赶紧戴上……这些想法涌上瘦兰大脑，瘦兰一下子平静下来。瘦兰很平静，瘦兰大脑在平静中仿佛空白的电视屏幕突然有了图像，瘦兰此时决定，与大凤走近绝不骂她，即使她主动骂自己也不还口，自己要等她骂够了，骂累了，一枝一节告诉她，自己不是她想象的那种坏女人，自己真的没有跟男人。牛大个当年对自己确实不错，拈种割地的时候常能感到他拿眼睛瞟自己，每回发现他看自己，心口里都慌慌直跳。可是因为男人不在家，自己把拿那样一种眼光看自己的男人当成坏心眼的男人，自己其实一直要求自己做个好女人。自己娘死得早，娘在自己二十三岁刚嫁人时就得了肝病死去了，娘临死前对自己说的唯一一句话是，你男人在外，你一个人在家，可一定得守个好名声。那一年孩子小，牛大个秋天帮自己仓粮仓到半夜，月光下盯自己，盯着盯着就不动了，自己当时确实动过念头，觉得一股暖流水似的在自己血管里流。可是，当他最后在院子里洗完手，要跟自己进屋，自己猛转身将他推了出去，天地做证，自己真的把他推了出去，自己都不知道哪儿来的那么大的力气。把他推出去后，自己倚门大哭了一场，都不知道自己为什么会哭。自己那晚整整一夜脑子里都是男人，可是天地做证，自己是个清白的女人，自己没有跟他啊。那之后，他再也没帮自己干活。好多年来，自己割地假定目标，都把假定的大个庄稼当成牛大个——牛大个没达到目地，就再也不帮自己干活了，她便更加证明了他是一个长着坏心眼的男人。瘦兰想到这节，身心掠过早上以来以至入夏以来少有的松弛、舒服，瘦兰长长地吁了口气。瘦兰的放松一方面因为在这关键的时候终于知道如何面对大凤；一方面，也是更重要的一点，即瘦兰真切而深刻地看到，二十年前是自己猛力将男人推了出去，自己是个多么正派多么了不起的女人啊！一段日子以来，在被大凤骂的时候，她也清楚自己没跟男人，可是常常因为自己曾经动过念头而在大凤面前不敢抬头，常常因为吸引过男人而和自己暗里过不去。其实这有什么呢？谁能保证一辈子没一个不安分的念头呢？谁又能钻到别人的心里看看有没有邪念呢？要知道，自己那时可是好几个月没碰过男人啊！要知道，那牛大个被他往外推时，他那宽宽的胸脯可是好暖和啊！一个女人有了邪念还能打消邪念，这才是顶顶重要的，这是真正的不容易，这才是真正的好女人！

瘦兰不再挖地，她彻底地挺直了腰杆，停歇下来，她用手捋了把被汗水濡湿的头发，之后仰望瓦蓝的天空，瘦兰感到自己很亮、很高、很大。瘦兰从来没像现在这样感到自己的光明磊落、自己的高大、自己的顶天立地。

大凤很快就把目光从粪灰的山脊上抽了回来。大凤是个不甘失败的女人，男人丢下自己是她最大的失败，她经历了一生中最大的失败，她不能允许今天的失败。大凤抽回目光再次开始翻地，撸起的衣袖露出粗粗的腕子。大凤的腕子很粗，腿和胳膊都很粗，她的骨架大极，她其实并无多少肌肉。她早先很胖，虽然一天天总断不了操心出力，但她属于心宽体胖那种女人，有点不痛快很快就吵吵出去。男人走后她不痛快，她一个劲地吵吵，可是那不痛快竟再也赶不走了，尤其儿子领媳妇上门以后，她感到头上顶着一只沉沉的黑锅，一睁眼就看到它，一看到它心就扭着劲疼，她从此便瘦了。她看上去还是高高大大，可是肚皮早就瘪进去了，这只有她自己知道。大凤用力挥舞手和腿上的腕力，有一阵大凤感到身后的女人停了下来，大凤想，她肯定是一路准备着向自己求饶，但到临近了又害了怕。大凤不免有些得意，她得意时脚下的沙土扬出好远。大凤想，哼，你这样的女人，怎么能不怕骂呢？我这样正派正经的女人骂你，你怎么能不怕呢？这时，就在大凤脑瓜闪出我这样正派正经的女人时，她的眼前豁然一亮。这真是无法预知的一亮，就像在暗夜里升起一轮太阳。是啊，我这样正经的女人还用骂你吗？我为什么要骂你呢？我一辈子没沾半点腥气，我老老实实站在你的面前，拿眼球扎你一会，你就得心惊胆战，你的毛孔就得扩成深洞。

大凤终于找到对付身后女人的最佳办法：走近她，站在她的面前，用冷冷的目光扎她。这个办法的到来使大凤兴奋极了。大凤的兴奋不光因为身后的女人无论如何想不到会有这招，而因为自己是身后女人不能等同的正经女人，自己骂她半年多了，就从来没有想到自己是不用说话就可以把她逼到地缝里去的。当然，这一招在有人群的地方并不好使，这一招只属于沙地里的相遇。大凤宽下颌上的褶子蓦地变成深深的弧线，花白的、好久没有洗过的头发黏黏地颤动了一下。大凤咧了咧闭了一上午有些发苦的嘴——她的嘴常常像喝了艾蒿水，苦滋滋的，她冲眼前翻开的沙土笑了笑。

大凤满意地笑了一下之后，剩下的时光就被一个意念充满：我是个好女人！我是个正经的女人！大凤想，我男人虽不住合作社，可是他心灵手巧，木工瓦工样样精通，刚兴五匠单干时他就不坐家了，这几年做了大工，又做了工头，他常年在外，我就从来没有故意引逗过男人。那些年你瘦兰干活不合群，使一些男人眼光贼溜溜往那里转，我恨你恨得牙根都痒痒，我上地下地有意不理你，我从此就没怎么和你说话。当然后来你名声好了，男人又回到家里，我又在西山盖房搬得远了，咱们见面的机会越来越少。我大凤是说，我自己有个好名声，就由不得别人有坏名声，我从年轻时就堂堂正正。我从来都是是非分明，眼里揉不得沙子。遗憾我生了三个儿子，没有女儿，我要是有女儿，一定会叫女儿学我，做个好女人，不能像你那样……大凤越想越理直气壮，入夏以来，她被窝囊得像条狗，她一有机会就想咬人。今天不同了，今天不想咬人了，今天她再也不感到窝囊，男人是跟别人跑了，可是自己是干净的，是正经的，是堂堂正正的。邪不压正，自己这样一个女人在一个坏女人面前还用说话吗?!

沙地略略刮起一阵风，风从月亮山后坡漫来，带着锐利的风骨，使大凤浑身一阵清凉。这风多好，这才是深秋的样子。大凤想。大凤抖抖微驼的肩膀，拽拽卷皱的衣襟，她感到浑身松快极了。瘦狐狸离自己只有一米远了，只要稍有喘息，就能听到她挖土时吭哧吭哧的声音。大凤猛挖几锨，当感到瘦狐狸就在自己身后，马上就要与自己错身时，她停了下来。她站直了，偌大的腰板一经站直，便仿佛树桩似的顶天立地。她不准备再挖地了，从现在开始，她就等着与对方走近的时刻，在那一刻，她要让对方看到好女人的目光是什么样子。大凤没有细想那一刻之后该干什么，只想到那一刻瘦狐狸在自己面前如何哆哆嗦嗦汗毛竖立。大凤站直着，微驼的肩膀努力向后倾去，看上去像只斗架的公鸡。她的眼睛先是扫向远处的山野，远处的山野再也不是先头的粪灰颜色，山野此时恍如撒了黄金，一片闪闪烁烁，光彩夺目。

瘦兰一直等着大凤开口，大凤泼骂自己在她看来毫无疑问，瘦兰所有的放松都因为沙地远离村庄和人群。瘦兰想，等你骂累了，够了，我再说话。瘦兰甚至想自己开口的第一句话应该叫她妹子，自己五十六，大凤五十四，早些年自己就是叫她妹子。瘦兰相信，自己只要软软地叫上一声妹子，再刚硬的心肠也会软下来，而只要她软下来，自己就会一五一十向她讲自己的冤屈、自己的正当、自己的苦难……瘦兰听到大凤停歇下来，心不由得缩紧了一下。尽管有着充分准备挨对方的泼骂，可临了瘦兰的心还是不由得缩紧了一下。但她没有表现出来，她一直哈着腰翻地，她想等大凤骂完了，再抬起头跟她对话。

然而，正是瘦兰这种选择使事态有了意外的进展。因为瘦兰一直不抬头，大凤在与她错位时，目光没有派上预期的用场。大凤目光没有派上用场，令她感到意外。不过，大凤在意外中并不慌乱，她耐心地等待着，眼睛跟着瘦兰在她起伏的腰身上起伏，大凤不信她会一直不抬头，眼紧逼着她。她看到她的头发已经花白得厉害，细瘦的腰肢活像螳螂，一对手就能掐住；她脖颈上的皮肤很松很软，像撒了气的气球，皱皱巴巴。因为对方一直不抬头，有着充足的时间，使大凤看得很细致，大凤甚至在瘦兰哈腰时看到了她挂在胸脯上很白的布袋。她尽管脖子很黑，可是她的胸脯很白，这时，就在大凤看到瘦兰白净的胸脯，并发现胸脯上那一对下垂的布袋时，一个信号蓦地顶上大凤脑门：奶子！二十年前，瘦狐狸肯定是用这对奶子勾引了男人，肯定是！二十年后，她的女儿又用像她妈一样白净的奶子勾引自己的男人，一对年轻的奶子！几乎是一刹那间，大凤怒火中烧，大凤在突然的火蹿头顶时，不但忘了刚才心中的计划，且连骂人的话也找不到了。大凤一冒高蹿到瘦兰跟前，伸于抓住瘦兰的衣领，之后捉小鸡似的前后拎着。大凤说不出一句话，她的嘴、眼睛一同烧起一团熊熊烈火，在瘦兰胸脯燃烧，或者说是瘦兰的胸脯点燃了一团火，烧红了她的嘴和眼睛，让她整个人都呈燎舔的形态。

被大凤抓住，瘦兰毫无准备，她在大凤不吭声时有过百种千种设想，就是没有想到她会动手。瘦兰初时被抓，眼睛还能看清大凤那扭曲的脸上的愤怒，当她被前后推搡，当衣领在推搡中勒紧后颈，她便开始头晕眼花了。瘦兰一时有些头重脚轻，沙地在眼前竖了起来。瘦兰没有还手，其实当时铁锹还在手中，她若顺手擎起朝大凤后腰击去，大凤肯定会马上松开她。瘦兰没有那么做，瘦兰没那么做并非因为翻了一上午的地消耗了太多的力气，而是因为慌乱，瘦兰在慌乱中一无反抗能力。她没一会就松开了铁锹，为了不使身体倒下，两手紧紧抓住大凤胳膊。

瘦兰抓住大凤胳膊本是为了站直了不趴下，大凤却误以为她在还手，于是大凤一用力将瘦兰向外掼去。因为用力过猛，也因为大凤的手伸在了瘦兰衣襟的扣眼里，使瘦兰倒地时洁白的胸脯完全暴露在光天化日之下。如果不是这样，如果大凤搡她个嘴啃泥，也许就松手作罢，她毕竟像擒小鸡似的将她拎了起来，她胜利了。她不想干什么，她从来没想过要打她的。可是，瘦兰偏偏在倒地时露出了白花花的胸脯，露出了布袋似的奶子，露出了被野男人摸过的奶子，这令大凤一瞬间彻底丧失了理智，她老虎遇到野猪似的猛扑过去，两手用力卡住瘦兰的肩膀和脖子。

或许在重重倒地的瞬间，瘦兰的神志终于被跌醒；或许瘦兰在大凤猛抓过来的时候，下意识地瞪大了眼睛，使她看到了大凤那凶狠可怕的狰狞面目。瘦兰本能地张开双手，去够头上的铁锹。瘦兰想，这女人怎么了，这女人想掐死我吗？当瘦兰认识到这个女人想掐死她，她的身上突地涌出力量，她想到男人、家、畜类和日子，就像在许多个干活干不动的时候想到男人、家、畜类和日子一样。她一下子来了力气，她的身子被大凤压着，她的手却在头上摸索，她在一种固定了的状态中力图把力气运到左手。大凤宽宽的额头抵着她的颧骨，她的脖子被勒得紧紧的，让她又疼又喘不上气。瘦兰终于摸到锹把，她用左手缓缓抄起铁锹，在大凤后背上捅着。因为是仰躺着，她使不上劲，她已经没有拍的力气，她只有捅，朝大凤肋巴骨的地方。她感到身上的大凤在一种钝钝的声音中抖索了一下，但大凤咬紧牙关，两手卡住她，毫无放松的意思。瘦兰能够感到自己撞击大凤肋骨的力度，大凤却无意放松，

— 123 —

她不但无意放松，且眼睛瞪得像只眼镜蛇，贼亮贼亮。瘦兰十分绝望，因为她感到她的力气已经没有多少了，她还感到脖子被越勒越紧。自己真的就死在这个女人手中啦，自己怎么能死在这个女人手中？自己其实什么坏事都没有做啊！突然，当她想到自己什么坏事都没有做却要白白遭受欺负并有可能被掐死，瘦兰觉得有一个声音仿佛是野地里的一棵庄稼，突地爬出她的嗓子眼，不——我跟了人——我就跟了人——

它的爬是艰难的，真的像幼芽破土，因为她的嗓子被大凤卡得很紧，但这声音确实爬了出来，长了出来，它断断续续，呜呜咽咽，却异常清晰。瘦兰不知自己怎么会喊出这样一句话，这句话简直是自欺欺人。可是，当她听到自己的声音从嗓眼里爬出来，扩展在她和大凤相逼很近的狭小的空间，她感到对方卡住自己脖子的手一寸寸松了下来，她的下颌和喉结之间有了距离。疼痛仿佛插进地里的铁锨一节节往外抽，从喉结到下颌，从颧骨到脸皮，最后到肩膀，瘦兰看到大凤一直瞪得大大的眼睛一瞬间迷离起来，那情形好像自己那句话是一把沙子扬进了她的眼睛，是一颗子弹打中了她的心脏，使她一点点魂飞魄散失去力气。瘦兰不知道为什么会是这样，她在说出那句话时是没有一点准备的。瘦兰瘫软地躺在地上，生僻的、清新的沙土的气息包围着她，她丧失了一切动弹的能力。

大凤松开手，从瘦兰身上滑下来，她的手已经僵硬，虎口半张着，仿佛断掉的锁链的扣子。大凤看到瘦兰胸脯向她扑去时，是彻底地丧失了理智的，她在那一瞬不知自己是谁、对方是谁，自己究竟要干什么。那一瞬除了动作，大脑完全没有了信号，她的大脑像切断电源的电视，一片空洞。可是，当瘦兰对着她断断续续喊出那句话，并一再地重复着她跟了人，她有了触电般的感觉，她的大脑因为电波的触动有了反应，她还从来没有听一个人亲口说自己跟了人。大凤一时很震惊，她想，跟了人，她说跟了人，跟了人是什么意思呢？她虽然有了触电般的感觉，但一时还是很糊涂，很混沌，她真的一下子弄不懂跟了人是什么意思。慢慢地，也就是一眨眼的工夫，她想明白了，她明白身下这个女人是说她的身子被男人摸过，那男人不是她男人，是她男人之外的男人，只有是她男人之外的男人摸过她，跟她有了那事，她才算跟了人。其实，多少年来，多少天来，她一直都相信，都在说瘦兰是跟了人的，可是大凤不知道，这话一旦经瘦兰亲口说出，并毫不气馁地说出，会是这样的结果，会使她彻底傻了眼，会使她通体都有被电触疼的感觉，刚才还奔涌在身的力气一下溃散开来。大凤松开手，从瘦兰身上滑落下来，因为是滑在瘦兰右侧，是沙地的下山坡，她一滑滑出离开瘦兰一米远的地方。

日光静静地照着沙地，照着沙地所在的月亮山，照着月亮山四周的山野。真实的秋后的山野一派浑厚苍凉，田垄裸露着被耕种过的残相，沟谷边被车轮碾过的地方，枯死的草叶紧紧贴着地皮。人们把田地耕种过了，收获了该收获的，就不再顾忌田垄是什么样子，道路是什么样子了，尤其这些年外面有了赚钱的路子，男人们的精力根本就不放在土地上了。沙地又荡起一阵北风，手似的拂过躺在地上的两个女人的脸，两个女人都仰躺着，冲蓝天出神。她们已经消耗了太多的力气，她们挖了一头晌的地，她们又进行了一场肉搏；她们自长大能做活路那天起就在消耗力气，直到现在她们老了，她们还在消耗。两个女人静静地躺着，一动不动，好像她们一头晌翻地奔着的就是这么挨在一块躺着，伸直了腿仰望蓝天。蓝天飞过一群大雁，是秋后南归的大雁，它们排成人字形，扇动着翅膀，轻飘飘地向南飞去。它们在飞过两个女人头顶时，凄厉地叫了一声。这时，就在大雁凄厉地冲沙地叫了一声时，一个声音在地上响起，我也跟了人——好像是为了呼应大雁，声音凄厉、苍劲而沙哑。

这是大凤的声音，大凤的声音凄厉、苍劲而沙哑，在沙地上翻滚着向天空飞去。瘦兰静静地听着，瘦兰在听到大凤的声音在空中翻滚时，一行热泪如横空跌落的珠子似的，蓦地从她脸上滚落到地，在沙地上洇出一片褐色的印迹。

不知过去多久，是一小时还是两小时，是一年还是一百年，瘦兰爬起来，瘦兰身子散了架似的，没有一点力气。她从地上拾起铁锨，朝地头迈出步子。她不想干下去了，她要回家，她太累了，她不能太对不起自己，这日子不能这么过下去……可是当她走到地头，看到一早推来的葱种和粪土，想到有病的男人和上学的儿子，想到那一地大葱是能卖几百块钱的，她迟疑了。她在地头伫立着，枯秧似的，好一会，她又拿起镢头，在翻开的地边备起垄来。

大凤比瘦兰起得晚，如果不是肚子叽里咕噜直叫，她真想就这么躺下去，真想再也不回那个没有男人的家。可是她饿了，她这人也是没治，体格太大，动不动就饿得发虚。大凤拿起铁锹，一拖一拖朝东头走去，她的肋骨被瘦狐狸捅得木胀胀疼，那里边肯定断了一根骨头，但她一点不愿再想瘦狐狸了。她想，回家吧，太饿了，回家做了饭再回来备垄下种吧。可是走到地头，一望沙地离家那么远，她又有些打怵。她想，种了算了，就不要再走一个来回了，她真的不愿再往沙地折腾了。于是，大凤拿起镢头，在翻开的松土当间备起垄来。大凤在第一镢头下地时，眼前一阵漆黑，接着豆大的汗珠挂上额头。

两个女人一头一个，都在准备播种。

这是秋天里的播种。

这是秋天里在沙地上的播种。

发表于《湖南文学》1999 年第 3 期

转载于《小说选刊》1999 年第 4 期

歇马山庄的两个女人

　　李平结婚这天，潘桃远远地站在自家门外看光景。潘桃穿着乳白色羽绒大衣，脸上带着浅浅的笑。潘桃也是歇马山庄新媳妇，昨天才从城里旅行结婚回来。潘桃最不喜欢结婚大操大办，穿着大红大紫的衣服，身前身后被人围着，好像展览自己。关键是潘桃不喜欢火爆，什么事情搞到最火爆，就意味已经到了顶峰，而结婚只不过是女孩子人生道路上的一个转折，哪里是什么顶峰？再说有顶峰就有低谷，多少乡下女孩子，结婚那天又吹又打披红挂绿，俨然是个公主、皇后、贵妇人，可是没几天，不等身上的衣服和脸上的胭脂褪了色，就水落石出地过起穷日子。潘桃绝不想在一时的火爆过去之后，用她的一生来走她心情的下坡路。于是，她为自己主张了一个简单的婚礼，跟新夫玉柱到城里旅行了一趟。城就是玉柱当民工盖楼那个城，不小也不算大。他们在一个小巷里的招待所住了两晚，玉柱请她吃了一顿肯德基、一顿米饭炒菜，剩下的就是随便什么旯旮小馆，一人一碗葱花面。他们没有穿红挂绿，穿的是潘桃在镇子上早就买好的运动装，两套素色的白，外边罩着羽绒服。他们朴素得不能再朴素，平常得不能再平常，然而越平常越朴素，越不让人们看出他们是新婚，他们的快乐就越是浓烈。他们白天坐电车逛商场只顾买东西，像两个小贩子，回到招待所可就大不一样。他们晚上回来，犹如两只制造了隐私的小兽，先是对看，然后大笑，然后就床上床下毫无顾忌地疯。事实证明幸福是不能分享的，你的幸福被别人分享多少，你的幸福就少了多少。这是一道极简单的减法算式，多少大操大办的人家，一场婚事下来，无不叫喊打死再也不要办了，简直不是结婚，是发昏。可是在歇马山庄，没有谁能逃脱这样的宿命。潘桃这看似朴素的婚礼其实是一种经心的选择，是对宿命的抗拒。潘桃的朴素里包含了真正的高雅。潘桃的朴素里其实一点都不朴素，是另外一种张扬。它真正张扬了潘桃心中的自己。有了这样巨大的幸福，有了这样巨大的与众不同，从城里回来，潘桃与以前判若两人，见人早早打招呼说话，再也不似从前那样傲慢。不但如此，今天一早，村东头于成子家的鼓乐还没响起，潘桃就走出屋子，随婆婆一道站在院外墙边，远远地朝东街看着。

同是看光景，潘桃的看和婆婆的看显然很不一样。潘桃尽管在笑，但她的看是居高临下的，或者说是因为有了居高临下的态度，她才露出浅浅的笑。她笑里的目光是审视，是拒绝与光景中的情景沟通和共鸣的审视，好像在说，看吧，看能热闹到什么程度！也好像在说，看呗，不就是热闹吗？婆婆的看却是投入的，是极尽所能去感受、去贴近那热闹的。她先是站在院外墙边，当鼓乐通过长长的街脖子传过来，就三步并成两步蹿到大街对面的菜地里。婆婆张着嘴，目光里的游丝是顺着地垄和街脖子爬过去的，充满了眼气和羡慕。歇马山庄多年来一直时兴豆子宴，潘桃的婆婆为儿子结婚攒了多少年的豆子，小豆黄豆绿豆花生豆，偏厦里装豆的袋子烂了一茬又一茬，陈换新新压陈，豆子里的虫子都等绿了眼睛，可是，就在临近婚期半个月的时候，潘桃亲自上门宣布了旅行结婚的计划。大妈，俺想旅行结婚。潘桃语气十分柔和，眼里的笑躲在两湾清澈的水里，羞怯中闪着小心翼翼的波光。可是在婆婆看来，潘桃清澈的眼睛里躲的可不是笑，而是彻头彻尾的严肃；羞怯里闪动的也不是小心翼翼，而是理直气壮的命令。因为潘桃说完这句话，立即又跟上一句"玉柱也同意旅行结婚"。婆婆的眼睛于是也像豆子里的虫子一样绿了起来。潘桃婆婆嫁到歇马山庄真就没怵过谁，她当然不会怵潘桃，但是她还是没有说出自己的想法。她淡淡地说，玉柱同意旅那就旅吧。

其实潘桃婆婆最了解自己，她怵的从来都不是别人，而是自己，是自己在儿子面前的无骨。她流产三次保住一个儿子，打月子里开始，儿子的要求在她那里就高于一切。儿子打喷嚏她就头疼；儿子三岁时指着大人脚上的皮鞋喊要，她就爬山越岭上县城买；儿子十六岁那年，书念得好好的，有一天放学回来，把家里装衣服的木箱拆了，说要学木匠，她居然会把另一只木箱也搬出来让他拆。村里人说，这是命数，是女人前世欠了别人的，这世要在她的儿子身上还。潘桃从她最无骨的地方下刀子，痛是阵痛，空虚却是持久的。儿子带儿媳出去旅行那几天，看着空落寂寞的院落，她空虚得差点变成一只空壳飘起来。别人家的热闹当然不是自己家的热闹，但潘桃婆婆还是像看戏一样投入了真的感情，只要投入了真的感情，将戏里的事想成自家的事，照样会得到意外的满足。

李平是 10 点一刻才来到歇马山庄屯街上的。这时候人们并不知道她叫李平，大家只喊成子媳妇。来啦，成子媳妇来啦。男人女人在街的两侧一溜两行。冬天是歇马山庄人口最全的时候，也是山庄里最充闲的时候，民工们全都从外边回来了。男人回来了，女人和孩子就格外活跃，人群里不时爆出一声喊叫。红轿车在坑洼不平的乡道上徐徐地爬，像一只瓢虫；轿车后边是一辆黄海大客，车体黄一道白一道仿佛柞树上的豆虫；黄海大客后边便是一辆敞篷车，一个穿着夹克的小伙子扛着录像机正瞄准黄海大客的屁股。成子家在屯子东头，女方车来必经长长的屯街，这一来，一场婚礼的展示就从屯西头开始了。人们纷纷将目光从鼓乐响起的东头拉回来，朝西边的车队看去。人们回转头，是怕轿车从自己眼皮底下稍纵即逝，可万万没想到，领头的红轿车爬着爬着，爬到潘桃家门口时会停下来。红轿车停下，黄海大客也停下，唯敞篷车不停，敞篷车拉着录像师，越过大客越过红轿车开到最前边。敞篷车开到前边，录像师从车上跳下来调好镜头，朝轿车走去。这时，只见轿车门打开，一对新人分别从两侧走下，又慢慢走到车前，挽手走来。山庄人再孤陋寡闻，也是见过有录像的婚礼，可是他们确实没有见过刚入街口就下车录像的。关键这是大冬天，空气凛冽得一哈气就能结冰，成子媳妇居然穿着一件单薄的大红婚纱，成子媳妇的脖子居然露着白白的颈窝。人们震惊之余一阵怜惜，怜惜之余不免也大饱了一次眼福。

坐轿车、录像、披婚纱，这一切在潘桃那里都是预料之中的，最让潘桃想不到的，是车竟然在她家门口停了下来。车停下也不要紧，成子媳妇竟然离家门口那么远就下了车。因为出其不意，潘桃的居高临下受到冲击。她本是一个旁观者的，站在河的彼岸，观看漩涡里飞溅的泡沫、拍岸的浪花，那泡沫和浪花跟她实在是毫无关系，可是她怎么也不能想到，转眼之间她竟站在了漩涡之中，泡沫和浪花真的就湿了她的眼和脸。距离改变了潘桃对一桩婚事的态度，不设防的拉近使潘桃一时迷失了早上以来所拥有的姿态，她脸上的笑散去了，随之而来的是不知所措，是心口一阵慌跳。慌乱中，潘桃闻到冰冷的空气中飘然而来的一股清香，接着她看到了一点也没有乡村模样的成子媳妇。一个精心修饰和打扮的新娘怎么看都是漂亮的，可是成子媳妇眼神和表情所传达的气息绝不是漂亮所能概括，她太洋气了，太城市了，她简直就是电影里的空姐。她的目光相当专注，好像前边有磁石的吸引；她的腰身相当挺拔，好像河岸雨后的白杨。她其实真的算不上漂亮，眼睛不大，嘴唇略微翻翘，可是潘桃被深深震撼了，刺痛了。潘桃听到自己耳朵里有什么东西响了一下，接着身体里某个部位开始隐隐作痛，再接着她的眼睛迷茫了，她的眼睛里闪出了五六个太阳。

潘桃和成子媳妇的友谊就是从那些太阳的光芒里开始的。

一

同样都是新媳妇，潘桃结婚人们还叫她潘桃，潘桃从歇马山庄嫁到歇马山庄，人们不习惯改变叫法。成子媳妇却不同，她从另一个县的另一个村嫁过来，人们不知她的名字，就顺理成章叫她成子媳妇。至于成子媳妇结婚那天到底有多风光，潘桃只看那么一眼就能大约有所领会。那一天鼓乐声在村东头没日没夜地响着，村里所有男女老少都跟了过去。一些跟成子家没有人情来往的人家为了追求现场感，都随了礼钱。潘桃婆婆现跑回家翻箱底，她的儿子没操没办没收礼，她是可以理直气壮不上礼的，豆子霉在仓里本就亏了本，再搭上人情，那是亏上加亏。可是，成子和成子媳妇在街上那么一走，鼓乐声那么大张旗鼓一闹腾，不由得不叫人忘我。那一天东头成子家究竟热闹到什么程度，成子媳妇究竟风光到什么程度，潘桃一点都不想知道。她其实心里已经很是知道，她只是不想从别人嘴里往深处知道。她本是可以往深处知道的，一早站在院墙外等待，就是抱定这样一个姿态，谁知看那一眼便使事情的性质发生了变化。可是潘桃越不想知道，她的忘我参与过的婆婆越是要讲，呀，那成子媳妇那么好看，还温顺听话，叫她吃葱就吃葱，叫她坐斧就坐斧，叫她点烟就点烟。婆婆话里的暗弦潘桃听得懂，是说她潘桃太各色太不入流太傲气。潘桃的脸一下子就紫了，从家里躲出来。可是刚到街上，邻居广大婶就喊，去看了吗潘桃？那才叫俊，画上下来似的，关键是人家那

—— 130 ——

个懂事。潘桃的脸一下子就白了，又不能马上掉头，只有嗯啊地听下去。就这样，那一天成子家的热闹、成子媳妇的风光，在潘桃心中不可抗拒地拼起这样一幅图景：成子媳妇外表很现代，性格却很传统；外表很城市，性格却很乡村。一个彻头彻尾的两面派！

别人的好心情有时会坏掉自己的好心情，这一点人生经验潘桃没有，一个与自己毫不相干的别人的婚礼一次性地坏掉了潘桃新婚之后的心情，潘桃猝不及防。以往的潘桃在歇马山庄可是太受宠了，简直被人们宠坏了。潘桃的受宠有历史的渊源，是她母亲打下的基础。她的母亲曾是歇马山庄的大嫂队长，一个有名的美人。一般情况下，女人的好看是要通过男人来歌颂的，男人们不一定说，但男人走到你面前就拿不动腿，像蜜蜂围着花蕊。潘桃母亲既吸引男人又吸引女人。潘桃的母亲被女人喜欢，其原因是她那双眼睛。她的眼睛温和安静、清澈，她的眼睛看男人，静止的深潭一样没有波光，没有媚气，让男人感到舒适又生不出非分之想；她的眼睛看女人，却像一泓溪流直往你心窝里去，让女人停不上几分钟，就想把心窝里的话都掏出来。潘桃母亲当了十几年大嫂队长，女人心中的委屈、苦难听了几火车，极少有谁家女人没向她掏心窝子，男女间的口风却从没有过。这是多么难能可贵的事情啊！女人们说，是人家嫁了好男人，人家男人在镇子上当工人，有技术又待她好，她当然安心。自以为懂一些男女之事的男人却说，怪不得男人，风流女人嫁再好的男人该守不住照样守不住，这是人家祖上的德行。潘桃三四岁时，母亲领到街上，就有人上来套近乎说，俺儿比桃大一岁，男大一，黄金起；也有的说，俺儿比桃小三岁，女大三，抱金砖。潘桃小时看不出有多么漂亮，但却比母亲幸运，母亲用多少年的实际行动换来了大家的宠爱，而她头上刚长满细软的头发，就吸来了那么多父母的目光。潘桃六七岁时能在街上跑动，动辄就被人揽到怀里；潘桃十几岁时，上到初中，身边男孩一群一群地围。十几岁的潘桃招人喜欢已经不是依靠母亲的光环，潘桃到十几岁时已经出落得相当漂亮，走到哪里都一朵云一样。早上的日光照去是金色的；正午的日光照去是银色的；晚上的日光照去是红色的。潘桃走到哪里都能听到啧啧的赞美声。那些赞美声是怎样误了她的学业还得另论，总之被宠的潘桃自认为自己是歇马山庄最优秀的女子是大有道理的。

女人的心里装着多少东西，男人永远无法知道。潘桃结了婚，可算得上一个女人了，可潘桃成为真正的女人，其实是从成子媳妇从门口走过的那一刻开始的。那一刻她懂得了什么叫嫉妒，还懂得了什么叫复杂的情绪。情绪这个尤物说来非常奇怪，它在一些时候有着金属一样的分量，砸着你会叫你心口钝疼；而另一些时候却有着烟雾一样的质地，它缭绕你，会叫你心口郁闷；还有一些时候它飞走了，它不知怎么就飞得无影无踪了。从腊月初八到腊月二十三，整整半个月，潘桃都在这三种情绪中往返徘徊。某一时刻心口疼了，她知道又有人在议论成子媳妇了，常常不是耳朵通知她的知觉，而是知觉通知她的耳朵，也就是说，议论和她的心疼是同时开始的。某一时刻烟雾绕心口一圈圈围上来，叫她闷得透不过气，需长嘘一口，她知道她目光正对着街东成子家了。潘桃后来极少出门，潘桃不出门，也不让玉柱出门，因为只有玉柱在家，她的婆婆才不会喋喋不休讲成子媳妇。玉柱一天天守着潘桃，玉柱把潘桃的挽留理解成小两口间的爱情。事实上小两口的爱情确实甜蜜无比，潘桃只有在这个时候，整个人才轻盈起来，放松起来。过了小年，玉柱身前身后绕着，潘桃都快把那个叫着情绪的东西忘了，可情绪这东西要多微妙有多微妙，就在玉柱被潘桃缠得水深火热的夜里，那莫名的东西从炕席缝钻了出来。当时玉柱正用粗糙的手抚着潘桃细腻的小脸亲吻，亲着亲着自言自语道，要不是旅行结婚，真的不会发现你是那么疯的人，看在城里那几天把你疯的。潘桃突然僵在那里，眼盯住天棚不动了。她不知道那个东西怎么又来了，它好像是借着旅行这个字眼来的，它好像一场电影的开头，字幕一过，眼前便浮现了一段洁白的颈窝、一身大红婚纱，耳边便响起了欢快的鼓乐声、婆婆尖锐的话语声，看人家，叫吃葱就吃葱。潘桃的眼窝一阵阵红了，一种说不出的委屈像被冲击的饭渣一样泛上来。潘桃把脸转到玉柱肩头，任玉柱怎么推搡追问，就是不说话。

　　一场婚礼成了潘桃的一块心病，这一点成子媳妇毫无所知。结婚第二天，成子媳妇就换了一身红软缎对襟棉袄下地干活了。成子媳妇没有婆婆，成子的母亲去年8月患脑溢血死在山上，刚过门的新媳妇便成了家庭里的第一女主人。成子媳妇早上6点就爬起来，她已经累了好几天了。前天，娘家为她操办了一通，她人前人后忙着；昨天，演员演戏一样绷紧神经，挺了一整天；夜里，又碎掉了似的被成子操在门缝里。但新人就是新人，新人跟旧人的不同在于，新人有着脱胎换骨的经历，新人是怎么累都累不垮的，反而越累越精神。成子媳妇脸蛋红红的，立领棉袄更突现了她的几分挺拔。她烧了满满一锅水，清洗院子里沾满油污的碗和盆。院子里一片狼藉的静，偶尔公公和成子往院外抬木头，弄出一点声响，也是唯一的声响。这是可想而知的局面，宴席散去，热闹走远，真实的日子便大海落潮一样水落石出。作为这海滩上的拾贝者，成子媳妇有着充分的精神准备。她早知道日子是有它的本来面目的，正因为她知道日子有它的本来面目，才有意制造了昨天的隆重和热闹，让自己真正飘了一次，仙了一次。一个乡下女人的道路，确实是过了这个村就没这个店了，告别了这个日子，你是要多沉有多沉，你会结结实实夯进现实的泥坑里。这是成子媳妇和潘桃的不同。潘桃怕空前绝后，成子媳妇就是要空前绝后，因为成子媳妇了解到，你即使做不到空前，也肯定是绝后的。成子媳妇过于现实过于老到了。成子媳妇之所以这么现实老到，是因为她曾经不现实过。那时她只有十九岁，那时她也是村子里屈指可数的漂亮女孩，她怀着满脑子的梦想离家来到城里，她穿着紧身小衫，穿着牛仔裤，把自己打扮得很酷，以为这么一打扮自己就是城里的一分子了。她先是在一家拉面馆打工，不久又应聘到一家酒店当服务小姐。因为一直也不肯陪酒又陪睡，她被好几家都开除了。后来在一家叫作悦来春的酒店里，她结识了这个酒店的老板，他们很快就相爱了，她迅速地把自己苦守了一个季节的青春交给了他。他们的相爱有着怎样虚假的成分，她当时无法知道，她只是迅速地坠入情网。半年之后，当她哭着闹着要他娶她，他才把他的老婆推到前台。他的老婆当着十几个服务员的面撕开了她的衣服，把她推进要多肮脏有多肮脏的万丈深渊。从污水坑里爬出来，她弄清了一样东西：城里男人不喜欢真情，城里男人没有真情。你要有真情，你就把它留好，留给和自己有着共同出身的乡下男人。用假情赚钱的日子是从做起又一家酒店的领班开始的，用假情赚钱的日子也就是她寻找真情的开始。没事的时候，她换一身朴素的衣服，到酒店后边的工地转。那里面机械声隆隆，那里全是她熟悉又亲切的乡村的面孔，可是，就像她当初不知道她的迅速坠入情网是自己守得太累有意放纵自己一样，她也不知道她的出卖假情会使她整个人也变得虚假不真实。她在工地上、大街上转了两年多，终是没有一个民工敢于走近她。那些民工看见她，嬉皮笑脸拿眼讥讽她、挑逗她，小姐，五角钱玩不玩？与成子相识就是这样一次遭到挑衅的早上。她从一帮正蹲在草坪上吃早饭的民工前走过，一个民工喝一口稀粥，向天上一喷，嗷的一声，小姐，过来，让俺亲一下。她没有回头，可是不大一会，只听后边有人厮打起来，有一个声音摔碎了瓦片似的震着她的后背——她是谁，她是俺妹，你耍戏俺妹就是不行！一行热泪暮地流出了她的眼窝。与成子的相识是她的大德，他人好，会电工手艺，是工地上的技术人员。为了她的大德，她辞掉领班，回到最初打工的那家拉面馆；为了她的大德，她在心里为自己准备了一场隆重的婚礼，她要用她挣来的所有不干净的钱结束那场城市繁华梦——那哪里是梦，那就是一场十足的祸难！

一场热闹的婚宴既是结束又是开始，结束的是一个叫着李平的女子的过去，开始的是一个叫着成子媳妇的未来。腊月的日子，小北风在草垛空隙间穿行，掀动了带有白霜的草叶，空气里到处弥漫着冻土的味道，田野、屯街空空荡荡。腊月的日子，无论怎么说都更像结束而不像开始。但是，你只要看看成子家门楣上的双喜字、门口石柱上的大红对联，看看成子媳妇脸颊上的光亮，你就知道许多开始跟季节无关，许多开始是隐藏在一张红纸和门板之间的，是隐藏在一个人的内心深处的。成子媳妇在结婚之后的第一个上午，脸颊上的光亮是从毛孔深处透出来的，心里的想法是通过指尖的滑动流出来的。她洗碗刷锅，家里家外彻底清扫了一遍，她的动作麻利又干净，一招一式都那么迅捷。因为不了解歇马山庄邻里乡亲们的情况，她没有参与公公和成子还桌还盆的事。到了正午，她在锅里热好剩菜剩饭，站在门槛里一手扶着门框，响脆的声音飘出屋檐，爸——成子——吃饭啦！女主人的派头已经相当足了。

就像一只小鸟落进一个陌生的树林，这里的一草一木成子媳妇都得从头开始熟悉，萝卜窖的出口，干草垛的岔口，磨米房的地点，温泉的方位。因为出了腊月就是正月，出了正月就是民工们离家出走的日子，成子媳妇不想忽视每顿饭的质量，包饺子，蒸豆包，蒸年糕，炸豆腐泡。成子媳妇尤其不想忽视每一个同成子在一起的夜晚，腿、胳膊、脖子、后背、嘴唇、颈窝、胸脯组合了一架颤动的琴弦，即使成子不弹也会自动发出声音。它们忽高忽低，它们时而清脆悦耳，时而又沙哑苍劲。当然成子是从不放过机会的。她的光滑她的火热、她的善解人意，都沿泔不计他全身心地投入，彻头彻尾地投入，寸草寸金地投入。被一个人真心实意地爱着的感觉是多么幸福！在这巨大的幸福中，成子媳妇对时光的流逝十分敏感，每一夜的结束都让她伤感，似乎每一夜的结束对她都是一次告别。到了腊月二十八，年近在眼前，成子媳妇竟紧张得神经过敏，好像年一过日子就会飞起来，成子就会飞走，于是大白天的就让成子抱她亲她。成子是个粗人，也是一个不是很开放的人，不想把晚上的事做到白天，就往旁边推她。这一推，让成子媳妇重温了从前的伤痛，她趴到炕上，突然就哭了起来。她哭得肝肠寸断，一抽一抽的，仿佛受了天大的委屈。成子傻子一样站在那里，之后趴下去用力扳住她的肩膀，一句不罢一句地询问，到底怎么啦？可越问成子媳妇越哭得厉害，到后来都快哭成了泪人。

二

日子过到年这一节，确实像打开了一只装着蝴蝶的盒子，扑棱棱地就飞走了。子夜一过，又一年的时光就开始了，而正月初一刚刚站定，不觉之间，准备送年的饺子馅又迫在眉睫。接着是初六放水洗衣服，是初七天老爷管小孩的日子又要吃饺子，是初九天老爷管老人的日子要吃长寿面，是初十管一年的收成要吃八种豆子的饭，当那面乎乎的绿豆黄豆花生豆吃进嘴里，元宵节的灯笼早就晃悠悠挂在眼前了。被各种名目排满的日子就是过得快，这情形就像火车在山谷里穿行，只有有村庄树木、河流什么的参照物，你才会真切地感受到速度，而一下子落入一马平川无尽荒野，车再快也如静止一般。在这疾速如飞的时光里，潘桃没有像成子媳妇那样，一进婆家门就泼命忘我地干活。潘桃旅行结婚，潘桃的婚事没有大操大办，没有大操大办的婚礼如同房与房之间没有墙壁没有门槛，你家也是我家。仪式怎么说都是必要的，穿着一身素色衣服从城里回来的潘桃，一点都不觉得跟从前有什么两样，不觉得自己从此就是为人媳妇，就是人家的人了。一早醒来睁开眼睛，身边出现的是玉柱，是公婆而不是爹妈，反而让她感到委屈，更懒得做活。当然，潘桃不能死心塌地投入刘家日子的重要原因还在她的婆婆身上，她的婆婆对她太客气了，一脸的谦卑。只要潘桃在堂屋出现，她就慌得不知该做什么，对着潘桃的脸傻笑，好像潘桃是她的婆婆。要是潘桃想去刷碗，人还没到就会被她连推带拽推回屋里。这让潘桃一直就觉得自己是一个局外人。在这疾速如飞的时光里，潘桃一点点从一种莫名的阴影中跋涉出来，虽然不时地还能从婆婆嘴里、邻居嘴里、娘家母亲嘴里，听到一些有关成子媳妇的袅袅余音，但她已经不能真切地感受那到底是一种什么东西了。感觉这东西是会被时间隔膜的，感觉这东西也会在时间的流动中长出一层青苔。有时，潘桃会不由自主地想，当初那是怎么了呢？怎么会被俗不可耐的大操大办搞坏了心情？再怎么讲，旅行结婚也是与众不同的，自己要的难道不是与众不同吗？潘桃隔膜了最初的感觉，也就不太忌讳人们怎么谈论成子媳妇了。当然人们在谈论成子媳妇时总不免要捎上她，桃，你怎么不能大张旗鼓办一下，让我们看看光景？你就顾自个上城看光景，那里就是好吗？潘桃不会讲为什么不办，也不会讲城里光景好不好，那一切都是自己的事，自己的事要不得别人掺和。但在这疾速如飞的时光里，有一个东西，有一个看不见摸不着的东西却一直在她身前身后晃动。它不是影子，影子只跟在人的后边，它也没有形状，见不出方圆，它在歇马山庄的屯街上，在屯街四周的空气里。你定睛看时它不存在，你不理它它又无所不在；它跟着你亦步亦趋，它伴随你，不但不会破坏你的心情，反而叫你精神抖擞神清气爽，叫你无一刻不注意自己的神情、步态、打扮；它与成子媳妇有着很大的关系，却又只属于潘桃自己的事，它到底是什么？

潘桃搞不懂也不想搞懂，潘桃只知道无怨无悔地携带着它，拜年，回娘家，上温泉洗衣服。潘桃再也不穿旅行结婚时穿的那套休闲装了，对于休闲的欣赏是需要品位的，乡下人没有那个品位。潘桃换了一套大红羊毛套裙，外面罩上一件红呢大衣，脚上是高靿皮靴。她走起路来脚步平推，不管路有多么不平，都要一挺一挺。她见人时满脸溢笑。潘桃一旦把自己打扮起来，一旦注意起自己的举止，喝彩声便像冬日里的雪片一样飘至而下，好像来了一场强劲的东风，把昔日飘荡在村东成子媳妇家的喝彩一遭刮了过来。潘桃几乎都感到村东头的空荡和寂寞了。

如此一来，原来是潘桃自己都没有搞清楚的想法被人们口头表达了出来，你说是成子媳妇好看还是潘桃好看？当然是潘桃，那成子媳妇要是不化妆，根本比不上咱村的潘桃。你说是成子媳妇洋气还是潘桃洋气？嗯，怎么说呢，在早真没觉得潘桃洋气，就是个俊，谁知这结了婚，那么有板有眼打扮起来，还真的像个城里人。人们把这些比较当着潘桃说出来，是怎样满足着潘桃失落已久的心情啊！潘桃脸上的笑会毫无拘束地向四处溢开。潘桃不谦虚，不否定，也不张扬，该干什么干着什么，一如既往。但是人们在这句话后面往往还跟着另一句话，这两个新媳妇还比上了。这样的话就没有前边的话含蓄，也没有前边的话中听，好像一只扒苞米的锥子，一下子就穿透本质。潘桃在心里说，谁比了？分明是你们大家比的嘛。俺自从大街上看过她一眼就再没见过面，她长什么样都记不得了，俺凭什么跟她比？但是嘴上没说。

不管在心里怎么跟别人犟，潘桃还是不得不承认，成子媳妇已经驱之不去地深入了她的内心，深入了她的生活。她最初还是隐蔽的，神秘地绕在她的身边，后来她被人们揭破，请了出来。她一旦被人们揭破，请了出来，又反过来不厌其烦地警醒着潘桃——她在跟成子媳妇比着。这是一个剪不断理还乱的事实，也是一个不容置疑的事实。许多时候，走在大街上或上温泉洗衣服，她都在想，成子媳妇在家干什么呢？成子媳妇会不会也出来洗衣服呢？为什么就一次也见不到她呢？

真正清楚这个事实的还是农历三月初六这天。这是歇马山庄大部分民工离家的日子。这一天一大早，潘桃就把玉柱闹醒，潘桃掀开被窝，直直地看着玉柱。潘桃看着玉柱，目光里贮存的不是留恋，也不是伤感，而是一种调皮。潘桃显然觉得分别很好玩，很浪漫，她甚至迅速地穿上衣服，一高跳到地上，一边捉迷藏似的躲着玉柱对她身体的纠缠，一边一只挑逗老猫的耗子似的咯咯咯笑着。潘桃真的是过于浪漫了，不知道生活有多么残酷，不知道残酷才是一只隐藏在门缝里的老猫，一旦被它逮住，你想逃都逃不掉。直到看着玉柱和一帮民工乘的马车消失在山冈，潘桃还是带着笑容的。可是当她返回来，揭开堂屋的门，回到空荡荡的新房，闻到弥漫其中的玉柱的气息，她一下子就傻了，一下子就受不了了。她好长时间神情恍惚，搞不清楚自己为什么会来到这里，来到这里干什么；搞不清楚自己跟这里有什么关系，剩下的日子还该干什么。潘桃在方寸小屋转着，一会揭开柜盖向里边探头，一会又放下柜盖冲墙壁愣神。潘桃一时间十分迷茫，被谁毁灭了前程的感觉。后来她偎到炕上，撩起被子捂上脑袋躺了下来。这时，她眼前的黑暗里出现了一个人，这个人不是离别的玉柱，而是成子媳妇——她在干什么？她也和自己一样吗？

成子媳妇第一次知道潘桃还是听姑婆婆说起的。成子母亲走了，住在后街冈梁上的成子的姑姑就隔三岔五过来指导工作。成子奶奶死得早，成子姑姑一小拉扯成子父亲和叔叔们长大，一小就养成了当家做主说了算的习惯，并且敢想敢干，哪里有困难哪里就有她的身影。出嫁那天，正坐在喜床上，忽听婆家的老母猪生崽难产，竟忽地就跳下炕，穿过坐席的人群跳进猪圈。后来媒人引客人到新房见新媳妇，就有人在屋外喊，在猪圈里呢。这段故事在歇马山庄新老版本翻过多次，每一次都有所改动，说，于淑梅结婚那天是跟老母猪在一起过的夜。翻新的版本自然有夸张的成分，但成子姑姑爱管闲事爱操心却名副其实。还是在蜜月里，姑婆婆的身影就云影一样在成子家飘进飘出了。她一开始回娘家并不说什么，手蜷在腰间的围裙里，这里站站那里看看。成子媳妇让她坐，她说坐什么坐，家里一摊子活呢。可是一摊子活却又不急着走。姑婆婆想拥有婆婆的权威，肯定不像给老母猪生崽那样简单，老母猪生崽有成套的规律，人不行，人千差万别，只有了解了千差万别的人，你才能打开缺口。过了年，也过了蜜月，瞅两个男人不在家的时候，姑婆婆来了。姑婆婆再来，蜷在围裙里的手抽了出来，垂在了胯间。姑婆婆进门根本不看成子媳妇，而是直奔西屋，直奔炕头。姑婆婆掀开炕上铺的洁白的床单，不脱鞋就上了炕。在炕上坐直坐正后，将两只脚一上一下盘在膝盖处，就冲跟进来的成子媳妇说，成子媳妇你坐，俺有话跟你讲。成子媳妇反倒像个客人似的偎到炕沿，赶忙溢出笑，大姑，你讲。姑婆婆说，俺看了，现在的年轻人不行，太飘！姑婆婆先在主观上否定，成子媳妇连说，是是。姑婆婆说，就说那潘桃，结了婚倒像个姑奶奶，泥里水里下不去，还一天一套衣裳地换，跟个仙似的，那能过日子吗？姑婆婆从别人身上开刀，成子媳妇又不知道潘桃是谁，便只好不语。姑婆婆又说，当然啦，你和潘桃不一样，俺看了，你过门后就换过一套衣裳，还死心塌地地干活。不过光知干活不行，得会过日子！什么叫会过日子，得知道节省！节省也不是就不过了，年还得像年节还得像节，俺是说得有松有紧，不能一马平川地推。姑婆婆并没有直接指出成子媳妇的问题，但那一层层的推理、那戛然而止的语气，比直接指出还要一针见血，这意味着成子媳妇身上的问题大到不需要点破就可明白的程度。成子媳妇眼睑一程程低下去，看见了落到炕席上的沉默。这沉默突然出现在她和姑婆婆中间，怎么说也是不应该的。眼睑又一程一程抬起来，从中射出的光线直接对准了姑婆婆的眼睛。成子媳妇开始检讨自己了。成子媳妇说，姑姑你说得对，年前年后我天天做这做那的，是有些大手大脚了，我只想到爸和成子过了年又要走，给他们改善改善，就没想到改善也要有时有刻。话里虽有辩解的意思，但目光是柔和的，声调也是柔软的，问题又找得准确，姑婆婆在侄媳妇面前的权威便从此奠定了基础。

节俭可以说是乡村日子永恒的话题，也是乡村日子的精髓，就像爱情是人生永恒的话题，是人生的精髓一样。姑婆婆由这样的话题打开缺口，一些有关日常生活如何节俭的事便怎么扯也扯不完了。缸里的年糕即使想吃，也不要往桌子上端了，要留到男人离家的时候。打了春，年糕不好搁，必须在缸盖上放一层牛皮纸，纸上面撒一层干苞米面子，苞米面吸潮又隔潮。圈里的壳郎猪不用喂粮食，刷锅水上漂一层糠就行，猪不像人，猪小的时候喝浑水也会疯长……耐心而细致的教导如河水一样无孔不入地渗透着成子家的日子没人知道，成子媳妇吸纳着，接受着这一滴滴水珠的同时，清晰地照见了自己的过去。她十九岁以前在乡下时，满脑子全装的是外面的世界，就从没留心母亲怎么过的乡村日子。十九岁之后进了城里，被影子样的理想吊着，不知道节气的变化也不懂得时令的更替，尤其见多了一桌一桌倒掉的饭菜，有时真的就不知自己从哪里来到哪里去，不知道自己是谁了……因为一心一意要操持好这个家，过好小日子，成子媳妇对姑婆婆百般服从百般信赖，开始一程一程用心地检讨自己。成子媳妇想到自己的大操大办，成子原本是不太同意的，只说简单摆几桌，都是她的坚持。于是成子媳妇说，要是没结婚时就跟姑姑这么近，大操大办肯定就不搞了，当时只图一时高兴，只想到一辈子就这么一回，就没想到细水长流。成子媳妇的检讨是由浅入深完全发自内心的，时光的流动在她这里也同样隔膜了最初的感觉，长出了一层青苔，让她忘记了锣鼓齐鸣张灯结彩送走一个旧李平，划出心目中一个崭新的时代对她有多么重要。然而正是成子媳妇的检讨，使潘桃的名字又一次出现在姑婆婆的话语中。不能这么想啊成子媳妇，这一点浪费俺是赞成的，庄稼人平平淡淡一辈子，能赶上几个好时候？有那么一半回吹吹打打，风光一下，也展一展过日子的气象，提一提人的精神。不都讲潘桃吗？她和你一样，也找了咱屯子里的手艺人，人也好看，没过门那会，她在咱屯子里呼声最高，可就因为你操办了她没操办，你一顿家伙就把她比下去了，灰溜溜的。听说你结婚那天从她家门口走过，她看你一眼，笑都不自在了。咱倒不是为了跟谁比好看不好看，咱是说结婚操办总是会办出些气象。气象，这是了不得的。

姑婆婆的节俭经是有张有弛的，并不是一成不变的，这一点让成子媳妇相当服气，也对自己的盲目检讨不好意思。然而从此，让成子媳妇格外上心的不是如何有张有弛地过节俭日子，而是一个叫着潘桃的女子。有事没事她脑中总闪着潘桃这两个字，她是谁？她凭什么吃醋？

那是歇马山庄庄稼人奢侈日子就要结束的一天。这一天，成子、成子父亲和出民工的男人一样，就要打点行装离家远行了。在成子的传授下，成子媳妇效仿死去的婆婆，在男人们要走之前的两天里，菜包菜团弄到锅里大蒸一气。在此之前，成子媳妇以为婆婆的蒸只为男人们准备带走的干粮，当她真正蒸起来，将屋子弄出密密的雾气，才彻底明白这蒸中的另一层机密。有了雾气，才会有分离前的甜蜜，蒸汽灌满屋子看不见人的时候，平素粗心的成子大白天里就在她身后蹭来蹭去。雾气的温暖太像一个人的拥抱。往年这个日子，是母亲把成子支出去，如今公公一大早出了院门，吃饭时不找绝不回屋。雾气里的机密其实是一种潮湿的机密，是快乐和伤感交融的多滋多味的机密，那个机密一旦随雾气散去，日子会像一匹正在野地奔跑的马驹突然闯进一个悬崖，万丈无底的深渊尽收眼底。送走公公和成子的上午，成子媳妇几乎没法待在屋里，没有蒸汽的屋子清澈见底，样样器具都裸露着，现出清冷和寂寞，锅、碗、瓢、盆、立柜、炕沿神态各异的样子，一呼百应着一种气息，挤压着成子媳妇的心口。没有蒸汽的屋子使成子媳妇无法再待下去，不多一会，她就打开屋门走出来，站在院子里。眼前一片空落，早春的街头比屋子好不到哪儿去，无论是地还是沟还是树，一样的光秃裸露，没有声响，只有身后猪圈的壳郎猪在叫。这时，当听到身后有猪的叫声，成子媳妇有意无意地走到猪圈边打开了圈门。成子媳妇把白蹄子壳郎猪放出来，是不知该干什么才干的什么，可是壳郎猪一经跑出，便飞了一般朝院外跑去。成子媳妇毫无准备，惊愕片刻立即跟在后边追出来。成子媳妇一倾一倒跟在猪后的样子根本不像新媳妇，而像一个日子过得年深日久满不在乎的老女人。壳郎猪带成子媳妇跑到菜地又跑到还没化开的河套，当它在冰碴上撒了个欢后又转头跑向屯街，成子媳妇发现屯街上站了很多女人，她还发现，在屯街的西头，有一团火红正孤零零站在灰黄的草垛边。看到那团火红，成子媳妇眼睛突然一亮，一下子就认定是潘桃……

三

大街上遥遥的一次对视，成子媳妇是否真正认出了潘桃，这一点潘桃毫不怀疑。虽然成子媳妇从外边嫁过来，如夜空中滑过一颗行星，闪在明处，不像潘桃，在人群里是那繁星中的星星点点，在暗处。但不知为什么，潘桃就是坚信，那一时刻成子媳妇认出了自己。人有许多感受是不能言传的，那一双迷茫的眼睛从远处爬过来，准确地泊进她的眼睛时，她身体的某个部位深深地旋动了一下。

在大街上远远地看到成子媳妇，潘桃的失望是情不自禁的。在潘桃的印象中，成子媳妇是苗条的、挺拔的，是举手投足都有模有样的，可是河套边的她竟然那么矮小、臃肿，尤其她跟着猪在河套边野跑的样子，简直就是一个被日子沤过多少年的家庭妇女。与一个实力上相差悬殊的对手比试，兴致自然要大打折扣，一连多天，潘桃都懒洋洋地打不起精神。

在歇马山庄，一个已婚女人的真正生活，其实是从她们的男人离家之后那个漫长的春天开始的。在这样的春天里，炕头上的位子空下来，锅里的火就烧得少，火少炕凉，被窝里的冷气便要持续到第二天。在这样的春天里，河水化开，土质松散，一年里的耕种就要开始，一天要有一天的活路。在这样的春天里，鸡鸭类要从蛋壳里往外孵化，一只只尖嘴圆嘴没几天就叽叽喳喳把原本平整的日子啄出一些黑洞，漏出生活斑驳零乱的质地。因为有个婆婆，种地的事、养鸡的事可以不去操心，不去细心。可是你即使什么都不管，活路还是要干一些的；即使你什么都不管，时间一长，结婚的感觉和没结婚的感觉还是大不一样的。没结婚的时候，潘桃一个人睡在母亲西屋，被窝常常是凉的。潘桃走在院子里，鸡鸭猪脚前脚后地围着，一不小心会踩到一泡鸡屎，但是因为潘桃的心思悬在屋子之外院子之外，甚至十万八千里之外，从来不觉得这一切与自己有什么关系。那时候，潘桃总觉得她的生活在别处，在什么地方她也不清楚。但这不清楚不意味着虚飘、模糊，这不清楚恰恰因为它太实在、太真实了。它有时在大学校园的教室里，琅琅的读书声震动着墙壁；它有时在模特表演的舞台上，胯和臀的每一次扭动都掀起一阵狂潮；它有时在千家万户的电视里，她并不像有些主持人那样，一说话就将手在胸前翻来倒去，好像那手是能够发音的，她手不动，但她的声音极其悦耳动听。这些实在且真实的场景组成的是另一个空间，它鬼魂附体一样附在了潘桃现实的身体里，使现实的潘桃只是一个在农家院子走动的躯壳。没结婚时身边什么都有，却像是没有，有的全在心里。而结了婚，情形就大不相同。结了婚，附了体的鬼魂一程一程散去，潘桃的灵魂从遥远的别处回到歇马山庄，屋子里的被窝、院子里的鸡鸭、野地里长长的地垄，与她全都缔结了一种关系。屋子明显是归宿，是永远也逃不掉的归宿，且这归宿里又有着冰冷和寂寞；院子里的鸡鸭明显是指望，是一天一个蛋的指望，且这指望里要一瓢食一瓢糠地伺候；野地里的地垄明显是一寸一寸翻耕的日子，且这日子里要有风吹日晒露染汗淋的付出。结了婚身边什么都有，也便真正是有，可是因为心出不去，身边的有便被成倍成倍放大。屋子是夜晚的全部，冷而空；院子是白天里的全部，脏而旷；地垄是春天的全部，旷而无边。没结婚的时候你是一株苞米，你一节一节拔高，你往空中去，往上边去，因为你知道你的世界在上边；结了婚你就变成一棵瓜秧，你一程一程吐须、爬行，怎么也爬不出地面，却是因为你知道你的世界在下边。在这漫长的春天里，潘桃确有一种埋在土里的瓜秧的感觉，爬到哪里都觉得压抑，都感到是在挣扎——好容易走出冰凉的夜晚，又要走进叽叽喳喳的畜群里，好容易走出叽叽喳喳的畜群，又要走进长长的地垄里。关键是玉柱和公公走后，潘桃的婆婆完全变了一个人，她再也不冲潘桃笑了，再也不挡潘桃手中的活了，以往小辈人似的谦卑一概地被大风刮去。这日不说，她笑收了回去，话却从嘴边一日多似一日地淌了出来，仿佛那话是笑的另一种物质，是由笑做成的。十七岁那一年啊，俺妈找人给俺算命，说俺将来一准得儿子济，生玉柱那回，俺肚子疼了三天三夜，都不想活了，可一想起算命先生的话，就咬紧了牙，可那时谁也想不到，养个儿子大了会上外边，要媳妇守着，你说俺这当妈的真能得济？前年俺在后腰甸子上耪地，和成子他姑耪到对面。她说，二嫂呀，可不能这么惯孩子，这么惯早晚是祸根，没听说儿子上刑前把妈妈奶头咬掉的故事吗？你得小心。你说她这不是狗咬耗子多管闲事，俺惯俺宠有俺惯和宠的福，你说对不对潘桃？婆婆的话不管淌到哪儿都跟儿子有关；婆婆的话不管淌到哪儿都要潘桃表态。潘桃最初还能躲着，你在堂屋讲，我躲到西屋；你在院子讲，我躲到娘家——娘家成了潘桃的大后方。可是当春种开始，大田的长垄上就两个人，空气里的追赶和追逼无论如何都驱之不去了。这时的婆婆好像深知你再躲也躲不到哪儿去了，淌出来的水竟卷了草叶和泥沙滚滚而下。淤积在女人人生沟谷里的水到底有多少？潘桃真是不曾知道也不想知道，它在潘桃耳畔流动时本是看不到面积也看不到体积的，可是用不了两天，潘桃的心里就满满登登了，淤满了泥沙的水库一满，不及时泄洪便大有决堤的危险。

潘桃泄洪的办法之一还是回娘家。因为在一个屯子里，前街后街的距离，以往每天都是要回的。然而这次，潘桃不是回，而是住下不走了。潘桃泄洪不是再把那些话流淌出去，那些话一旦变成水淌到她的心里，就不再是话，而是一种心情了。潘桃的心情相当坏，潘桃平素话就少，坏了心情之后，就更是什么也说不出了。母亲对潘桃要多好有多好，脸对脸地看着，眼对眼地瞅着，不让她上灶，不让她下田，她变成了这里的客人。母亲懂得女儿的不快乐是因为什么，母亲因为这懂得，便有意和她说一些有关玉柱的话，目的在以毒攻毒。分明在想一个人，你就是不提，岂不掩耳盗铃？可是潘桃的毒根不在思念，而在于自己变成了一棵到处碰壁的瓜秧，是玉柱将她变成了这样一棵瓜秧，母亲的话反而让潘桃更烦。是这时候，潘桃看到了另一个泄洪的办法，那就是去找成子媳妇。

经历了猪跑人撵那个日子，成子媳妇的心情十分沮丧，屯街上远远看着自己的那些女人的脸、潘桃的脸，常常浮现在她眼前。她想，自己那天多么狼狈啊，简直像疯子。然而许多时候坏上加坏又是一种好，就像数学里的负负得正。惦念着村里女人怎么看她，倒使她从万丈无底的空虚中解脱出来。惦念因为有那样一个惊心动魄的场景，变成了实实在在的内容，供她在静下来的时光里咀嚼。尽管咀嚼的结果让人脸红和难堪，但总比空落着好，总比在空落时回想这个家曾如何热腾腾装满了雾气要好，那回想的一瞬倒是美好，可是只要定睛一瞅，不免又要落到万丈深渊。因为羞怯和难堪常常在转念之中跳出来与她做伴，成子媳妇的心思开始往屯子女人身上转了。她非常想在某一个时辰换上一身好衣服，大摇大摆走到她们面前，像结婚那天那样，让她们看看她还是原来那个样子。这种想法是如何拯救了家里彻底空下来的成子媳妇，她自己真是一点都不知道。

因为有姑婆婆的监督，成子媳妇没有常换衣服，但她每天早起第一件事就是站在镜前描眉画眼。她在城里学会化一手淡妆，看似没化，其实比化了还叫人舒服。她脱掉了结婚时母亲给她做的絮得很厚的棉袄，换上一身锈红色毛衣外套。这件毛衣外套是在一家叫着沃尔玛的超市里买的，也是一次告别城市的挥霍，花了她四百块钱。这件衣服的好处是既现代又古朴，它的领子和袖子上镶着花边，是白线黑线两种，有一点不中规中矩，但它的腰身却很收，也很长，是传统中式服装的样子，两边留着开衩。结婚之后，她一直没舍得在家里穿，想留到开春后上集或回娘家时穿。现在，既然在家变得这么重要，成子媳妇便慷慨地从衣柜里抽出它。穿了锈红色毛衣外套的成子媳妇不管是在堂屋烧火，还是在院子里喂猪，或是到大田翻地，都希望有人看她。乍暖还寒，一件毛衣风一吹就透，可是越冷越能提醒着什么。她在灶坑烧火，她的风门是打开的；她在院里喂猪，她的眼神是不看猪槽的；当她走出门口来到河套边的大田，她的后脑勺便又长出一双眼睛。事实上她确实看到了很多眼睛，门口的立柱上长着眼睛，墙头的枯草上长着眼睛，歇马山庄的大街上到处都是眼睛。在这些眼睛中，潘桃的眼神尤其专注而投入，似要往她的心上看去的那种。事实上，在这空寂又漫长的春天里，成子媳妇只吸来了一双眼睛，那便是她姑婆婆的。姑婆婆的目光从敞开的大门口射进来，是藏在一条窄窄的缝隙里，她先是眯着上下眼皮，之后抻开了眼角睁开来，是把她推到远处再拉近的样子。姑婆婆把她从眼睛中推出去再拉进来，却没有一句批评，接着就去讲买什么样的鸡仔的事。但姑婆婆的不批评是要告诉她，她的问题已经相当严重。然而在这件事上，成子媳妇恰恰没有立即检讨，她希望用时间来告诉姑婆婆，她一春天也不会换掉它的，她会用日光和泥土来弄旧它，从而告诉她，这其实就是下地干活穿的衣服。

然而，成子媳妇做梦不曾想到，在她目光跳到躯体之外，常常以局外人的角度打量自己，因而很少向自己的真实生活细看时，她的家里来了潘桃。地瓜的须蔓从村西爬到村东经历了怎样的难度成子媳妇无法知道。地瓜的须蔓在爬进一方孤零的宅院时，一张苍白的脸上嵌着两只葡萄一样黑幽幽的眼睛。当时成子媳妇正在为新买的鸡仔架园子，突然转头，看见了潘桃。成子媳妇初见潘桃，一下子惊呆，你……潘桃笑了，葡萄汁里闪出两颗灵动的核，没有说话。

你是潘桃！

做出这样果断的判断之后，成子媳妇眼睛一亮，蓦地站起，扔掉手中的苞米秸秆。成子媳妇在最初的一瞬，还肤浅地想到了自己身上的毛衣，以为是毛衣吸来了潘桃。后来，当看到潘桃灵动的眼仁，她的心一下子从半空落到底处。这种落不是落到踏实的平地，而是往泥坑里陷，因为潘桃的眼仁里正扩散着蒙蒙雨雾一样的忧伤，成子媳妇的眼窝一下子就潮湿了。

……

你叫什么名字？

李平。

你的毛衣挺好看的，显得人苗条。

唔……

走在路上时，潘桃并不知道见到成子媳妇该说什么，更不知道自己会进门就夸她，都因为潘桃心中的成子媳妇还是河边那个臃肿的成子媳妇。

人怕见面，这是一句颠扑不破的真理。对于一个善良的人而言，见了面就意味着见了心，见了心底的真。而一旦见了心底的真，说了真话，局面便立即变成另一个样子。成子媳妇十分清醒潘桃夸自己并不是她的本意，但她也十分清醒潘桃的夸绝对是发自内心的。因为有了这样一层感受，成子媳妇觉得自己在从泥坑往上升，往上浮，眼睛的潮湿瞬间蒸发，留下股微微的凉意。随之，成子媳妇眼睛里汪满了笑，说，都说潘桃是咱村最漂亮的媳妇，果真不假。

相互道出肺腑之言，两人竟意外地拘谨起来，不知道往下该怎么办。那情形就仿佛一对初恋的情人终于捅破了窗户纸，公开了相互的爱意之后，反而不知所措。她们不是恋人，她们却深深地驻扎在对方的内心，然而那不是爱，也不是恨，那是一份说不清楚的东西，它经历了反复无常的变化，尤其在潘桃那里。她们对看着，嘴唇轻微地翕动，目光实一阵虚一阵。实时，两个人都看到了对方目光中深深的羞怯；虚时，她们的眼睛、鼻子、脸统统混作了一团，梦幻一般。一阵迷乱之后，成子媳妇终于笑出声来，说，看我，还不请你到家里坐。

屋子一如所有乡村人家的屋子，宽大的灶台宽大的餐桌，公公的屋是两间屋连着的，长长的炕能睡十几个人的样子。炕与柜之间便是一个长长的空间，犹如城市里的客厅。这是歇马山庄新时期里最时尚的房屋结构，有没有客人来并不重要，重要的是要有客厅的感觉。潘桃娘家、婆家全是这个样子。与潘桃的娘家婆家不同的是，成子媳妇家客厅里的餐桌上蒙的不是塑料布而是米色台布；柜子上放的不是塑料花而是一株灰蓬蓬的干草；炕上铺的不是地板革而是雪白的床单。这一点不经意勾起了潘桃某种感觉，是早已被时光掩埋起来的痛。应该承认，成子媳妇家里的样子与她结婚那天留给潘桃的印象相当一致，是静静中有着一种洋气和高雅的。然而，昔日的潘桃可以躲避，今天的她无法躲避。今日的潘桃也根本不想躲避，因为她看到，纵有天大的差别、天大的不同，独一种东西她们是相同的——她们都是新媳妇，她们的新房里都是空落的，没有男人。她是因为这相同才来的，她们有着相同的命！潘桃说，李平，你真行，还能用心过日子。玉柱一走，我的心一下子就空了，我就像掉了魂，还心烦。

成子媳妇看着潘桃，脸一程程热起来，是那种通电般的涨热。潘桃一句话直通她的心窝，成子媳妇不由得靠到潘桃身边，握住她的手，潘桃，我其实也一样，你心空，还有烦；我心空，连烦都没有。

四

潘桃主动上门——这是多么重要的举动啊！为了答谢潘桃，李平在一周以后，锁了家里的风门和大门，带上一条黑底白点的纱巾从街东走到街西，来到潘桃家。因为潘桃在成子家喊了自己的名字，成子媳妇在往潘桃家走时，觉得自己不是成子媳妇而是李平。潘桃无意中把李平从以往的岁月中发掘出来，对李平并非什么好事，但李平并不计较。潘桃是无辜的，这恰恰看出潘桃对她这个人的尊重。其实，那一天她们由心烦开始的许多话题都是关于结婚前的，都是属于李平而不是成子媳妇的。她们讲她们曾经有过多么美好的理想，为那些理想走了一圈才发现她们原来原地没动。潘桃说，刚下学那会，一听到电视播音员在电视里讲话就浑身打战，就以为那正在讲话的人是自个。李平说，我和你不一样，光听对我不起作用，我得看，一看见有汽车在乡道上跑，最后消失到远处，就激动得心跳加速，就以为那离开地平线的车上正载着自个。潘桃说，我这个人心比天大胆却比耗子小，就从来不敢出去闯，有一年镇上搞演讲，我准备了两个月，结果还是没去。李平说，我和你不一样，我想做什么就敢去做，刚下学那年，背着二十块钱就离家上了城里，找不到活竟挨了好几天的饿。潘桃说，所以到最终我连歇马山庄都没离开，空有了那么多理想。李平说，其实离开与不离开也没有什么不同，离又怎么样，到头来不也一样嫁给歇马山庄。咱俩的命其实是一样的，只不过我比你多些坎坷多些经历而已。李平在打开自己过去岁月时，尽管和潘桃一样采取了审视自己的姿态，但终归是一种抽象的、宏观的审视，是只看见山而没有看见岩石，只看见水而没有看见水里的鱼的审视，而一个抽象的李平，十九岁出门，在城里闯荡五年，挣了一点钱，又遇到了厚道老实的手艺人，并不是太坏的命运。那一天，与潘桃谈着，李平有好长时间转不过方向，仿佛又回到了从前。潘桃让她又回到了从前，不是因为她们谈起从前，而是她们谈话那种氛围太像青春期的女伴了。

李平能在几日之后就来潘桃家，是在潘桃预料之中的。地瓜的须蔓爬到另一垄地之后爬了回来，带回了另一棵须蔓，这是一份极特殊的感觉。那天离开李平，从街东往街西走着，潘桃就觉得有条线样的东西拴在了手中，被她从屯东牵了回来。或者说，她觉得她手上有根无形的钩针，将一条线样的物质从李平家钩到了自己的家，只要闲下来，她就在心里一针一针织着。看上去织的是李平，是李平的人和故事，而仔细追究，织的是自己，是漫长的时光和烦躁的心绪。从李平家回来，时光真的变得不再漫长，潘桃也能够老老实实待在家里了，也能够忍受婆婆随时流淌的污泥浊水了——婆婆不管讲什么，她都能像没听见一样。这时节，潘桃确实觉得那股烦躁的心绪已被自己织决了堤，随之而来的是近在眼前的、实实在在的盼望。

盼望李平登门的日子，潘桃把自己新房、堂屋、婆婆的房间好一顿打扫，那蒙被的布单、那茶几上的蒙布还有门帘，从结婚到现在已经四五个月了，就一直没有洗过，尤其脸盆架、门窗框，上边沾满了灰尘。等待李平登门的日子，潘桃发现，她结婚以来心一点也没往日子上想，飘浮得连家里的卫生都不讲究了，这让潘桃有些不好意思。等待李平登门的日子，潘桃心中仿佛装进一个巨大的气球，它压住她，却一点也不让她感到沉重，它让她充实、平静，偶尔还让她隐隐地有些激动、不安。她时常独自站在镜前，一遍遍冲镜子里的自己笑，把镜子里的自己当成李平。这是多么美妙的时光啊，它简直有如一场恋爱！

李平如期而至。李平走到潘桃家门口时，潘桃正在院子里晾晒衣服。潘桃听到大铁门吱扭一声响，血腾一下升上脑门，之后李平李平叫个不停。李平与潘桃两手相握，都有些情不自禁。潘桃细细地看着李平，一脸的能够照见人影的喜气。李平还穿那件锈红毛衣，李平的脸比前几天略黑了些，上边生了几颗雀斑，这又有什么关系呢？李平先是跟潘桃一样认真端详对方，可没一会，她就把目光移到另一个人身上——潘桃的婆婆。潘桃的婆婆此时正在园子里搭芸豆架，看见李平，赶忙放下手中的槐条。李平背过潘桃，走向她的婆婆。李平隔着院墙喊了声，大婶！潘桃婆婆立即三步并成两步，从园子里跑出来，一声不罢一声地喊着，成子媳妇怎么是你？

被潘桃冷了多日的婆婆见了李平，会热情到什么程度是可想而知的，在媳妇都是人家的好，姑娘都是自己的好这铁的事实面前，整整有二十分钟是潘桃的婆婆跟李平说话，而潘桃只好一动不动站在一边。二十分钟之后，实在有些忍不住，潘桃开口，潘桃说，李平，快到屋里坐吧。

在潘桃房间，潘桃有两三分钟一直不说话，任李平怎么夸她的衣柜实用窗帘好看，就是不接言。李平愣住了，毫不设防地愣住了。李平知道潘桃着急，但她想不到潘桃会生气。她也不愿意和老人说话，但这是礼节。结婚前，李平的母亲曾告诉过她，必须放下为姑娘时的架子，尤其在村里的女人面前，她们的嘴要是没遮拦就能一口一口吃了你。李平直直地盯着潘桃，好像在问，你怎么啦？潘桃哪里知道自己怎么了，她就是不想说话。潘桃起初是知道自己怎么了的，可是不想说话这种现实让她越发有些迷失，越发不知道自己怎么了。潘桃的迷失造成了李平的迷失，李平看着潘桃的目光里几乎都流露出痛苦了。

不知过了多久，潘桃终于说话，潘桃说，李平，你太会做人了，你可给我婆婆弄住了。

李平将目光里的痛苦眨巴了一下，说，你这是……

潘桃说，你千万别以为我和我婆婆之间有矛盾，不是的，我是说咱俩真的不一样，我知道该对她们好，可是我做不到，我一见她们就烦。

李平不语，李平没有想过这个问题。在这一点上，她们有什么不一样吗？

潘桃说，你看上去很洋气，看似很浪漫，实际你很现实，我和你正好相反。

李平终于醒悟过来，是被现实和浪漫这样的字眼醒悟的。她想，她并不是没有想过这个问题，这个问题在她还没有变成成子媳妇的时候早已经想透了，她是因为想透了，才要那样大张旗鼓地结婚，她那样结婚，就是要告别浪漫，要跟乡村生活打成一片。李平目光中的痛苦淡下去，有一些明亮映出来。潘桃，你说对了，咱俩确实不一样。你是因为没有真正浪漫过，所以还要当珠宝戴着它；我不行，我浪漫得大发了，被浪漫伤着了。结了婚怎么都行，就是不想再浪漫了，现实对我很重要。

　　不管是李平还是潘桃都没有想到，她们在热切地盼着的第二次见面，会一开场就谈起这么深刻的话题。关键是这话题搞坏了她们之间的感情，这话题好像王母娘娘划在牛郎织女之间的那条河，把她们不经意间隔了开来。

　　潘桃被罩在五里雾中。在她心里，浪漫是一份最安全的东西，它装在人的思想里，是一份轻盈的感觉，有了它，会让你看到乌云想到彩虹，看到鸡鸭想到飞翔，看到庄稼的叶子想到风，它能把重的东西变轻，它是要多轻就有多轻的物体，它怎么会伤人？

　　现实、浪漫、伤人，李平在开始说这些话时，还以为找到了一些能够说清楚自己的宝贝，可是说着说着，就觉得这些宝贝变了脸，变成了一根阴险狠毒的细针，向她心口的某个部位扎去。它们后来还不光是针，而是铁器，是砸到心上的铁器，让她感到一种麻麻的疼。

　　是怎么从潘桃家走出的，李平一点都不知道，她只知道，潘桃在门口送她时，眼里流动着深深的疑惑和失望，她还知道，她精心备好的送给潘桃的纱巾又被她揣了回来。

　　从潘桃家回来，成子媳妇把黑底白点的纱巾掖到箱子底下，转身就拿起锄头朝大田走去。其实大田里的苞米苗已经间完，草也已经除掉，她是将这些活做完才上潘桃家的。可是此时此刻，她就是要上大田，只有上大田才能离开什么甩掉什么，那东西好像只有距离才能解决。成子媳妇往大田走时故意拐了好几个弯，并且脱了入春以来一直穿在身上的毛衣。在大田边坐着，晒着烈烈的日光，看着绿油油的庄稼，成子媳妇一点点看到自己内心的疼瘦成了被锄掉晒干的马齿苋一样的干尸。

　　成子媳妇决定再也不去找潘桃了。潘桃倒没什么不好，只是潘桃能够照见自己的过去，这比一般的不好还要不好。她不要过去，她要的只是现在，是一个山村女人的日子，是圈里的猪、院子里的鸡、地里的庄稼，是屋子里的空荡和寂寞。经历了一次揭疼的成子媳妇，在后来很长一段时间里，都忘了在那空落日子中走进一个潘桃曾让她多么高兴，忘了成子和公公刚离家时自己空落成什么样子。经历了一次揭疼的成子媳妇，在后来很长一段时间里，觉得屋子里的空荡和寂寞是她最想要的，只要走进屋子，就觉得日子是殷实的充实的。倒是姑婆婆要时常走进这空荡里，给她的寂寞洒一点露带一点风。不过这没什么，姑婆婆的露和风都是现在的露现在的风，即使有过去，那过去也不跟她发生关系，是关于歇马山庄的过去，是关于公公婆婆舅公舅婆的过去。而在成子媳妇那里，凡是她不知道的事情，不管是谁的都是她的现在。

可是成子媳妇怎么也不会想到，正是因为现在，她才再一次想起潘桃。现在，时光进入了夏季，大量的农活已经结束，山庄里的人闲成了一摊泥。现在，李庄一个叫张福广的养车人从城里捎回了成子和公公脱下来的棉衣棉裤，棉衣的内兜里夹了一封成子写来的信。成子的信使早已散去的蒸汽又在屋子弥漫了起来。成子媳妇读着读着，就掉进了一汪迷雾里。那伸腿撸胳膊的字迹仿佛节日里杵在锅底的木棒，将她的心烧得嘎巴嘎巴直响的同时，蒸出她一身一身的潮湿。读成子来信之后的日子，成子媳妇既不愿离开屋子又怕离开屋子，不愿离开是因为屋子里的雾气有成子汗津津的手和热乎乎的嘴唇；怕离开屋子是因为成子的手和嘴唇只要你一用心去体会，就悄没声地离她而去，扔下她仿佛掉进油锅的小兽，扑腾挣扎。不知是第几次扑腾挣扎，正眼睁睁地追着成子远去的背影，视线里走来了潘桃，她眼睛黄黄的，一脸憔悴。潘桃朝她正面走来，潘桃一看见她眼窝就红了起来。潘桃说，想死人啦！

想念的本是成子，走来的却是潘桃。事实上，当厮守和见面都不能成为事实，想念变成一种熬煎时，成子媳妇看到了她跟潘桃相同的命运。潘桃走来不是因为想她，而是因为她们相同的命运。可是，一旦因为同病相怜想起潘桃，想见潘桃的愿望比任何时候都更强烈。

成子媳妇毫不顾忌地就走上了通往潘桃家的路。而只要走向通往潘桃家的路，成子媳妇就知道自己不是成子媳妇而是李平。不过这没有关系，李平又怎么样呢？她本来就是李平嘛。歇马山庄的屯街有多短促真是只有李平知道。她迈着碎步，没用五分钟就来到了潘桃家。可是潘桃的婆婆却告诉她，潘桃上镇烫头去了。

歇马山庄的屯街有多么漫长真是只有李平知道，从街西通往街东的路她走了整整一个世纪。

掌灯时分，潘桃一个新锃锃的人走进了成子媳妇家。这也是成子媳妇预料之中的事。成子媳妇由街头拐进院子，刚刚打开风门，她的脑中就出现了这样的信息。因而，成子媳妇过了一个充实又有奔头的下午，她先是把黑底白点的纱巾从箱底再一次翻出来，放到炕梢最显眼的地方，然后打一盆凉水放到井台边晒，当水在盆子里被烈日吱吱地烤着的时候，她趴到炕上踏踏实实睡了一觉。好几天了，她都白天也是晚上晚上也是白天，困死了。下半晌，成子媳妇醒来，把晒好的水端进偏厦，坐到里边洗了个透澡，好像要洗掉所有的煎熬。洗着洗着，姑婆婆来了。姑婆婆一进院就大声吵叫，怎么大敞着门不见人，死到哪里去了？姑婆婆自从在成子媳妇跟前找到做婆婆的感觉，用词越来越讲究，什么话都要流露点骂意。成子媳妇细细的声音从偏厦飘出来，姑姑，在这儿洗澡哪。姑婆婆一听语气更泼，男人不在家洗给哪个死鬼看嘛，再说大夏天的干吗不上河套？成子媳妇赶忙说，就不兴为女人洗。这是一句即兴的玩笑话，可是说完，成子媳妇美滋滋地笑了。

潘桃进门时，成子媳妇的姑婆婆已经走了，堂屋里，成子媳妇正在扒土豆，眼睛不时瞅着门外。当挎着红色皮包，穿着紫格呢套裙的潘桃在视野里出现，成子媳妇眼眶里突然就涌满泪花。她从灶坑旁徐徐站起，她站起却不动，定定地看着潘桃，任潘桃在她的泪花中碎成万紫千红。

见李平眼泪在腮上滚动，潘桃一拥就将李平拥进怀里，低吟道，真想你。

潘桃的一拥拥进了太多太多，拥进了从春到夏她们之间所有的罅隙。潘桃紧紧拥着李平，许久才松开来，开始自己的诉说。她说自从上次分手，她一直很后悔，后悔那天不该生李平的气；她说像她婆婆那样的人，即使你不理她她也不会放过你，先和她把话说尽了反而更清静，当时都因为太盼李平太想李平，一时间昏了头脑；她说这些日子天天都想过来看李平，向她赔不是，可是天天都下不了决心，不是放不下面子，而是怕李平不给面子；她说她三天一趟河套两天一趟河套，以为能在那里遇上，可后来有人说，李平根本不上河套洗澡；她说今天回家来，听说李平来过，门都没进就过来了。

潘桃不停地诉说，每一句话、每一个字都是真实的，可是说着说着，被自己的真实吓住了。她低下头打开身上的皮包，从中取出一个发夹，往李平刚刚洗过的头上别。李平戴上发夹，抹一把眼泪，把潘桃拽进里屋，拿起放在炕上的纱巾，打开给潘桃系上。李平说，上次去你家就带去了，结果……两个人说着同时来到镜前，见她们的双眼皮都有些红肿，都禁不住孩子似的笑了起来。

第二天，潘桃一早起来，梳洗完毕，吃罢午饭，系上李平给的纱巾，就朝李平家走去。纱巾的位置看上去是在脖子上，而实际这是朋友友情在心目中的位置——纱巾的位置有多显赫，朋友在你心中的位置就有多显赫。潘桃朝李平家走去，可是刚刚走出门口不远，就见李平戴着她送的发夹款款走来。她们会意地向对方走近，脸上洋溢着喜悦——既为看到对方喜悦，又为看到对方的积极喜悦。因为离潘桃家近，她们就势返回潘桃家，而这一次，在院中看到潘桃婆婆，李平礼节性地笑笑，一步不停地朝屋里走，好像一旦停下就伤害了潘桃。

因为第一次的任性导致了不该有的熬煎，友谊伊始，两个人都小心翼翼，仿佛那友谊是只鸡蛋，不能碰，一碰就会碎掉。就这样，她们今天你家明天我家，后来为了减轻没有必要的负担，她们干脆就上李平家，或者就到门口的树荫下，或者找一个理由到镇子上逛。

五

夏天的美好是用水做成的。白日里树下的倾谈是那山里小溪的水，有着潺潺的、晶莹的形态；去往镇子的公路上，肩并着肩的倾谈是那渠道里的水，有着丰满然而规则的势头；夜晚，一盘炕上头对头的倾谈是那湖里的水，有着深不见底幽暗无边的模样。水的流动推动了时光的流动，时光的流动全然就是水的流动，霞光满天的早上流走的是每日一小别之后各自细琐的经历，蝉声嘶哑的午间流走的是身边一些女伴和同学的故事，寂静无声的夜晚流走的却是她们自己的故事。有时，她们就那么静静的，谁也不说话。她们眼睛看着路上的行人、远处的山脊、灯光下的天棚，任时光流成一眼深井里的水。但更多的时候，她们心中的水和时光的水是同时流淌的。她们有时是漫无边际，没有选择，遇到什么讲什么。路上看到青蛙跳到水里，潘桃就说，小时候看到青蛙，常常想要是托生个青蛙多么不幸，一辈子就坝上坝下地跳，有什么意思？谁想到自个长大了，也和青蛙差不多，只在街东街西地走。李平说，还说你浪漫，浪漫的人是绝不会悲观的。人怎么能和青蛙一样？人街东街西地走是为了寻找知音，有知音的人和只知呱啦呱啦叫的青蛙能一样吗？有知音的人和没有知音的人都不一样。讲到青蛙和人，自然就讲到了命；讲到命，自然就讲到了那个决定她们命运是这样而不是那样的恋爱；而讲到恋爱，她们却要讲一点技法，要倒叙或者插叙，要搞一点悬念卖一点关子。潘桃说，你知道我是怎么爱上玉柱的吗？李平说，还不是他答应你把你的户口办到城里到城里安家，好多做美梦的女孩都是这么被人骗到手的。潘桃说，才不是呢，有条件在先那叫什么爱情？李平说，你难道没有条件？潘桃说，要不怎么说我浪漫，那时候我高中毕业，在镇上开理发店，到理发店里追我的人相当多，镇长的儿子厂长的侄子都有，可是我没一个往心里去。那时我正迷恋孙国庆《走四方》那首歌，其实也说不清是迷孙国庆还是迷《走四方》。有一天下班，往家走的路上，正唱着，就发现前边有一个人背着行李，大步流星地走在夕阳里的山冈上，那山冈就是歇马山庄的山冈，因为是下坡，那个人走起路来一冲一冲，简直就跟 MTV 中的孙国庆一模一样。我放开车闸，快速冲下山冈撵上那个人，我喊了一声，孙国庆！你猜听到我的喊他怎么样？怎么样？他听我喊，顿了一下，接着嗷的一声就唱了起来，走四方，路迢迢水长长，迷迷茫茫一村又一庄——当天晚上，我们就在小树林里约会了。李平静静地看着潘桃，羡慕地说，你真是爱情的宠儿，够浪漫的。

她们有时尽量给对方一些机会，让对方说，自己静静地听，似乎多说了就多占了便宜，而她们都宁愿对方多占便宜。但有时却是需要交换的，是需要你一段我一段的，比如潘桃讲了自己的恋爱，李平就必须讲她的恋爱。这种时候不用潘桃逼，一个静场，李平就知道该自投罗网了。在进入夏季之后，在与潘桃有了密切交往之后，李平发现她一点也不在乎提起过去了。这并非因为只有过去才能解决她们的现在，而是她已经拥有了挑选和省略某些过去的能力，拥有了虚构过去的能力。这其实一点都不难，只要你略微地谨慎稍微地用心。李平说，你知道我是怎么爱上成子的吗？潘桃说，我当然知道，肯定是他答应你在城里给你盖栋高楼，要不一个在城里打工的小姐哪肯嫁他？李平说，你真聪明，我这人确实和你不同，我开始是有条件的，我把条件看得很重。我从进城打工那天就没想再回乡下，所以我的眼光就从来没想看什么民工。与成子相识完全是个偶然，他跟他的包工头到酒店吃饭，我给上茶倒酒，一下撞了他的手，后来他就老来纠缠我，我开始反感他反感得要命，觉得是癞蛤蟆想吃天鹅肉。可是有一天，他给我送来一封信，信上说，我不是一般的民工，我是我们包工头的侄子，我在城里不但有房子，还可以给你找工作。我看完信就约了他。就这么的，我被骗回了歇马山庄。李平在说自己恋爱过程时，没有讲出属于爱情肌理那一部分，但这一点潘桃并不追究，她不追究，不是相信李平就是那样功利的人，而是把这看成是李平对自己的一份情谊——故意用自己的不好衬托别人的好。潘桃说，好你个李平！

李平和潘桃好上了，这在歇马山庄两个新媳妇中间既是心理的，又是身外的。心理上她们谁也离不开谁了，她们一早醒来，只要睁开眼睛，就看到对方的笑脸。她们的好既像是恋爱中的女孩，又有别于恋爱中的女孩。像的是她们都因为生活中有着另一个人，才有了交谈的内容和热情；不像的是恋爱中的女孩没有敞在院子里漫长的日子，而她们有日子。现在她们发现，她们彼此就是对方的日子。有一回她们正趴在墙头，彼此眼对眼地看着，李平突然说，潘桃，你想没想过，一个人一生中，面对的和感兴趣的其实就一个人。潘桃懵懂，轻轻地眨巴眼睛，你什么意思？李平说，我上小学时，有一个叫兰子的女伴，她皮筋跳得好，我俩只要离开课堂，天天在一起；上中学，又有个叫迟梅的同学，她妈是知青，我被她头上的红发卡吸引，上学放学总要一起走；进城，在第一家饭店，有一个比我小一点的同乡，普通话说得好，有事没事我总愿去找她，听她讲话；结了婚有了成子，就谁都不在心上了，谁知成子一走，心里空了，老天就派来了你。有了你，我都快把成子忘了。潘桃不语，似在琢磨。李平说，细想想，女人的世界其实没多大，就两个人，两个人就是世界；细想想，世界多大都跟你没关系，玉柱是你丈夫，可是现在，此时此刻，你能说他跟你有什么关系吗？潘桃终于琢磨出头绪，说，李平，你很深刻。潘桃一边佩服地看着李平，一边用手抚着李平肩上的头发，那样子好像她与李平的关系因为李平深刻的提示而更加深入了一层。地瓜蔓爬到这一程，真的是不可只用长度来度量了。

心里的东西无疑要溢到身外，就像瓜熟了总要裂出沟痕。潘桃和李平相好之后的那个秋天，动辄就肩并肩地穿过屯街穿过田野向镇上走去。潘桃一直注重打扮，现在则更加注重了，不过她再也不化浓妆，不穿艳丽衣服，而像李平那样化淡妆，穿灰调子的衣服。随着与李平友情的加深，她认识到，李平的洋气是从对色彩的选择开始的。李平自从把那件穿了一个春天的毛衣外套脱掉，再也不守一件衣服只要穿就穿脏穿旧的原则了，不换衣服其实是对自己青春美好时光的作践，她开始由最初的半月一换到后来的一周一换。随着与潘桃友情的加深，李平渐渐认识到，结了婚就逼迫自己进入一种乡下女人的日子是多么大的错误，人生不会有几度青春，在青春里要毫不气馁地挽住。青春这东西，你抓住一百才能留住五十，你如果只抓五十，就连二十都留不住。潘桃身上那种不向现实就范的孩子气确实唤醒了李平一段时间来极力用理性包裹着的东西。事实上，理性永远是理性，理性包不住热情，就像纸包不住火。两个人由友情的加深开始了相互的欣赏，由相互欣赏开始了形影不离，好像只有这样，才能使她们有一种相加的力量——她们在大街上走时，心底里感到的是一种相加的力量。

潘桃和李平好上，这是大家有目共睹的事实。入秋之后，一些不很中听的议论便像秋雨后的蘑菇一样长了出来。现在的年轻人学好不能，学坏可是太快了，那成子媳妇刚来时还本本分分的，现在可倒好，日子都不想过了，地里的庄稼十天半月也不去看一回。要俺看，不是潘桃把成子媳妇带坏，而是成子媳妇把潘桃带坏，她在城里待过，再说，潘桃她妈在咱村子里，谁不知道是最会过日子的人，根在那儿呢。

对于谁带坏谁的问题，潘桃婆婆和李平的姑婆婆都表现得比较谦虚，潘桃婆婆一再说是让她的儿媳妇带坏了，成子媳妇刚结婚时并没这样，人家一春天就穿一件衣服。李平姑婆婆却说，还是让她的侄子媳妇带坏了，怎么说潘桃是天天上她的侄子媳妇家，而不是她的侄子媳妇上潘桃家，要是她的侄媳妇不拿什么引逗她，她怎么能老去？再说，潘桃早先搞过烫发，也没变过发型，现在可倒好，几天一变几天一变，绝对是她的侄媳妇带坏了潘桃。然而，不管谁带坏了谁，不管有多少议论，潘桃和李平是不在乎的。对于不在乎的人，议论就像肥料对于一株已死的稻苗，不会起半点作用。相反，有村里人的议论，有两个婆婆的议论，潘桃和李平不向山庄女人就范的理想更清晰起来。

好是真好，但是偶尔的一点微妙的不快，也还是时有发生。有一次，在镇子一家理发店烫头，一个曾经追过潘桃的小伙一边梳理潘桃的头发，一边开玩笑说，有一种办法可以叫你们烫头不花钱。李平说，什么办法？小伙子说，亲一口。李平说，这可是个不错的交易，我看行。小伙子分明是撩人，李平也分明是迎合了这种撩，潘桃一下子就生气了。从理发店出来，潘桃板着脸，一路上不跟李平说话。见潘桃生气，李平知道不经意间露出了自己在城里学坏的小尾巴。快到家门口时，她就主动邀请潘桃，说，今晚到我家睡吧。其实走到半路，潘桃已经不生气了，可是一时又拉不回来，听李平邀她，便赶紧答应，好，不回家了，就让婆婆痛痛快快讲去吧。

一场不快引出的就是这样一个结果，往友情的深度再走一步，像赎罪，更像奖赏，且这奖赏又往往是你给一寸我给一尺，你给一尺我给一丈。潘桃背着在婆婆面前夜不归宿的风险住了下来，李平便毫无疑问要掏自己最最真挚的东西。然而那东西是什么，一时并不清楚，还需一点点留心一点点寻找。关门之后，屋子一下变得温馨起来，宁静起来，以往潘桃也在晚饭后到李平家坐过，但因为没有想不走，感觉还是很不一样。要走的夜晚，温馨和宁静往往浮在表面，与人的肌肤和喘息离得很近，让你时刻担心它会一瞬之间溜走；而决定不走的夜晚，温馨和宁静却是沉在墙壁里和天棚上，是那种旷远的、与人隔着距离的凝视，专注而深情。关了屋门，拉了窗帘，洗了脚，放了褥子和被子，钻进被窝的潘桃和李平第一次萌生了孤独的感觉。村庄的山野、黑夜、万事万物都离她们那么远，它们注视着她们，却离她们那么远。或者它们是因为注视，才让她们觉得远，觉得孤独，孤单。有了孤独的感觉，同病相怜的感觉尤其重了，看着潘桃黑幽幽熟透了葡萄一样的眼睛，黑里透红的瓜子脸，丰满的小猪一样蜷在被子里的身体，李平突然就知道该给潘桃什么东西了。李平说，潘桃，咱俩好是不是？潘桃说，这还用问！李平说，要好就该像姐妹那样掏心窝子，不能说谎是不是？潘桃翘起脑袋，警觉道，我跟你说什么谎了吗？李平笑了，说，你觉什么惊嘛，我是说我自个。潘桃翘起的脑袋又陷下去，你说谎了吗？李平收回笑，目光里有一泓清澈的水雾喷出来。潘桃，李平说，语调十分轻也十分亲，我其实骗了你，我和成子的恋爱其实并不是我上次讲的那个样子。潘桃说，这你不说我也知道，你是故意把自个说得很坏。李平说，不，不，你不知道，你不可能知道，我其实嫁给成子时已经不是女儿身了。潘桃愣住，眼睛直直瞅着李平。李平说，十八九岁时我比你浪漫，我那时太幼稚，以为只要有真心，城里肯定有我的份，实际上完全不是那么回事。城里狼虎成群，你有真心，只能是喂狼喂虎。进城第二年，我爱上一个酒店经理，也确实是因为他的身份吸引了我，可是他骗了我，他有老婆，他和我好只是为占便宜。后来，他让他老婆当着众人的面寒碜我……受了伤害，堕落两年，赚了些钱，那时我以为自己从此就完了，那时我对男人充满仇恨，对人生十分绝望，也想不到还会有什么真情。算是老天可怜我，让我遇到成子……遇到成子我就发誓，我要把自己最真的东西给他，一生一世……李平说得十分平静，仿佛在说别人的故事，可是泪却从她的眼眶漫了出来。潘桃伸出手，抹了李平眼角的泪，紧紧攥住李平的手，说不出话。李平说，那些男人没一个好东西，越是知道你是假意的，越是要上；动真情了，他们反而吓得往后退，就不知道这是为什么。潘桃往李平身边挪了挪，靠得更近了。潘桃说，李平，不能想象那是什么样的日子，真的不能想象，不过有些经历并不是坏事，不管好经历坏经历，我其实很羡慕一个人有经历，经历是财富。潘桃说着，赶紧揭开被子，钻到李平被窝。李平感激地搂住潘桃，说，你真的是这么想吗？你不觉得我脏吗？潘桃说——气哈在了李平脸上——当然是真的，在我眼里，你是世界上最最干净的人。

　　这样的夜晚，你一尺，我一丈，你一丈，我十丈，她们一步步往前走，走出一片沼泽、一片湖泊，走出一条康庄大道。她们没走进时，根本不知道那里有什么，会怎么样；她们一旦走进去，便看到了无穷无尽的景色——她们不管穿过的是什么，最终的结果都是看到了无穷无尽的景色。

六

　　有了伴的日子要多快有多快，转眼之间，夏天过去，秋天也过去了，整个歇马山庄苞米都收光了，只剩成子家的苞米还在地里独立寒秋。见再不收已经说不过去，李平便携了潘桃来到自家苞米地里。这一天，听到树叶哗啦啦响，从另外的空间感受了时光的流逝。李平想起自己居然四五个月没有回一趟娘家了。她于是告诉潘桃，苞米收完她要回趟娘家，住个三天五天。李平正说着，潘桃砍苞米的手不动了。许久，她转过脸对李平说，娘家这么远，看不看其实都一样，全是形式，我都不怎么回。李平说，这可不是形式，是牵挂，你不回，隔三岔五总能望见，能听见。潘桃明知道李平的话是在理的，可是偏偏不往理上说。她说，你总改不了你的面面俱到，把自己搞得不像自己。你要走，我就上城里去看玉柱。要不是有你，我不知去了几千回了。这一回仿佛一颗子弹打中了李平。潘桃上城看玉柱，这和李平没有一点关系，可是这话却像颗子弹，一下子就制服了李平，她长时间不语。事情弄到这步田地，这么你一尺我一丈地往深处走，她们都看到，等在前边的绝不是什么美好景色，谁就此打住谁才是聪明的。李平当然不是傻子，再也不提回娘家的事了。她不提回娘家，潘桃也不说上城，两个人便一心一意地砍着地里的苞米。

　　然而，这一事件之后，无论是李平还是潘桃，都隐隐地感到，她们之间有了一道阴影。那道阴影跟她们本人无关，而是跟她们所拥有的生活有关，但又不是她们眼下的生活，而是在她们眼下的生活之外，是她们的更大一部分生活，只是她们暂时忘了它们而已。还好，她们并没有就此想得更多，她们也根本没往深处想，她们只是希望在她们暂时的生活中发生一些什么事情来驱走阴影。

　　事情确实发生过。是在第一场霜落到歇马山庄山野地面那天发生的。那一天，李平的姑婆婆天还没亮，就来到成子家拽开了屋门。姑婆婆显然没有洗脸，眼角滞留着白白的眼屎。姑婆婆进到屋里，不理李平，两手捏着腰间的围裙，气哼哼直奔李平新房。当她站在新房的中央，看到了炕上被窝里确如她预料的那样还躺着一个人，嘴唇一瞬间哆嗦起来。你……你……姑婆婆先是指着炕上的人，然后仿佛这么指不够准确，又转向了从后面跟进来的李平。姑婆婆的脸青了，如一张茄子皮，之后又白了，如干枯的苞米叶。姑婆婆看定她眼中的成子媳妇，眼里有一万支箭往外射。姑婆婆终于说出话来，我告诉你成子媳妇，我们于家说的可是一个媳妇，不是两个！看你把日子过成什么样子！弄那么一个妖不妖仙不仙的人在身边，这是过日子吗?! 李平起初还决定忍让，让姑婆婆尽情抖威风，可是见出语伤人，又伤的是潘桃，便说，大姑，别这么说话，不好是我不好。这时，潘桃从炕上翻了起来，嗷的一声，李平你没有错你凭什么认错，要错是你大姑的错，她嫁出去的姑娘泼出去的水，凭什么回来管你于家的事！于家的日子怎么过，跟她有什么关系！然而潘桃刚说完话，堂屋里就冲出了另一个人的声音，潘桃你是谁家媳妇，你能说你不是老刘家的媳妇吗? 谁允许老刘家的媳妇住到老于家?

进门的是潘桃的婆婆。显然李平的姑婆婆和她早已串通好；显然两个年轻媳妇形影不离时，两个老媳妇也早就形影不离了。见两个婆婆一齐指向潘桃，李平终于忍不住。李平说，这确实是我的家，你们这么一大早闯进别人家吵架，是侵犯人权，都什么时候了，都新世纪了。李平的声音相当平静，语调也很柔和，但谁都能听出其中的不平静、其中的凌厉。这一点潘桃很感意外，似乎终于从李平身上看到了对浪漫的维护。

李平能说出这样的话，自己也毫无准备。但那话一旦出口，就有了一种理直气壮的感觉、站稳站直的感觉。这感觉对此刻的她要多重要就多重要。有了这感觉，可以从骨子里轻视姑婆婆们的尖刻话语，可以冲她们笑，可以听了就像没听到一样。说出那样的话之后，李平转身就离开屋子，到院子里打水洗脸。潘桃也跳下炕，随她来到院子里，留下两个婆婆在屋子里疯狂地自言自语。

人与人之间的关系说来也是非常奇妙，你硬了她反而软了，两个婆婆从屋里走出来时，居然彻底地改过脸色，好像刚才满脸乌紫的她们从后门走了，现在走出来的是她们的影子。她们在院中央停了下来，潘桃的婆婆说，桃，我都是为了你好，都是村里人在说。李平的姑婆婆说，侄媳妇，就算俺狗咬耗子多管闲事，你可千万别生气，你俩可要好长远点。说罢她们飘出院子，剩下潘桃李平四目相对。

一场胜利不但将潘桃和李平的友谊往深层推了一步，抹去了阴影，且让她们深刻地认识到，她们的好绝不是一种简单的好，她们的好是一种坚守、一种斗争，是不向现实屈服的合唱。她们的友谊有了这样的升华，真让她们始料不及。有了这样的升华，夜里留在李平家睡觉的意义便不再是说说话而已，睡觉的意义变得不同凡响了。因为睡觉的意义有了这样重大的不同凡响，后来的日子，她们即使没有话讲，也要在一起。她们在一起，看一会电视就进入睡梦，仿佛是个简单的睡伴。

然而，她们的未来生活潜伏着怎样的危机，姑婆婆那句意味深长的话到底有着怎样的寓意，她们一点都不曾知道。

那个山庄女人现有的生活之外的生活，那个属于她们的更大一部分生活，是在什么时候又转回山野，转回村庄，转回家家户户的，谁也说不清楚。它们既像地球和太阳之间的关系，是公转的结果，又像地球和自己的关系，是

歇马山庄的两个女人

自转的结果。说它公转，是说它跟季节有着紧密的联系；说它自转，是说它跟乡村土地的瘠薄留不住男人有着直接联系。它最初叩动山庄女人们的心房，是从寒风把河水结成冰碴那一刻开始的。其实是那日夜不停的寒风扮演了另一部分生活的使者，让它们一夜之间就铺天盖地地袭击了乡村，走进了乡村女人等待了三个季节的梦境。它们先是进入乡村女人梦境，而后在某个早上，由某个心眼直得像烧火棍一样的女人挑明——上冻啦，玉柱好回来啦——她们虽然心直，挑明时却不说自家男人，而要从别人家的男人打开缺口。而这样的消息一经挑明，家家户户的院子里便有了朗朗的笑声，堂屋里便有了刺刺啦啦的铲锅声。潘桃正是从婆婆用铲子在锅灶上一遍一遍翻炒花生米时，得知这条消息的。到了冬天，在外做民工的男人们要打道回府，这是早就展现在她们日子里的现实，可一段时间以来，她们被一种虚妄的东西包围着，她们忘掉了这个现实之外的现实，或者说她们进入了一个近在眼前的现实。那个属于山庄每一个女人的巨大的现实向潘桃走近时，潘桃竟一时间有些惶悚，不知所措。那情景就仿佛当初玉柱离她而去那个早上。潘桃将这个消息转告李平，李平的反应和潘桃一样，一下子愣在那里。她俩长时间地对看着，将眼仁投在对方的眼仁里。看着看着，眼睛里就同时飞出了四只鸥鸟。它们开始还羞羞答答，不敢展翅，没一会就亮开了翅膀，飞向了眼角、眉梢，飞向了整个脸颊。对另一部分生活的接受不需要太多的时间，它们原本就是她们的，它们原本是她们的全部，她们曾为拥有这样的生活苦苦寻觅，她们原以为一旦觅到就永远不会离开。可是它们离开了她们，它们毫不留情，它们一走就根本不管她们，让她们空落、寂寞，让她们不知道干什么好，竟然把猪都放了出去，让她们困在家里觉得自己是一个四处乱爬的地瓜蔓子。一程一程想到过去，李平感激地看着潘桃，潘桃也感激地看着李平。李平说，真不敢想象，要是不遇到你，我这一年怎么打发？潘桃说，我也不敢想象，要是你也旅行结婚，不在大街走那么一回，让我看见你就再也放不下，我的生活会是什么样子？李平说，其实跟怎么结婚没有什么关系，主要是缘分，还有命运，谁叫我们都是歇马山庄的新媳妇？潘桃说，我同意缘分，也同意命运，但有相同命运的人不一定能走到一块。就说你姑婆婆家的两个闺女，结婚当年就生了孩子，就乳罩都不戴了，整天晃着脏乎乎的前胸在大街上走，你能跟那样的人交往？潘桃说完，两人竟咯咯地笑起来。最后李平说，潘桃，看来我们需要暂时地分开了。潘桃说，可不是，真讨厌，他们倒回来干什么?!

矫情归矫情，盼望还是一点点由表及里地进入了她们的日常生活。潘桃不再动辄就往李平家跑了，而是在家里里外外收拾卫生。李平不但地上棚上家里家外扫了个遍，还到镇子上买来天蓝色油漆，重新漆了一遍门窗。盼望在她们做完了这一切之后，又由表及里地进入了她们身体，在夜深人静的时候，在她们分别从内心里赶走对方，一个人在新房里默默地等待一个如胶似漆的拥抱的时候，一种刻骨铭心的身体里的饥渴竟山塌地陷般率先拥抱了她们。

冬月初三，歇马山庄的民工们终于有回来的了。他们先是由后街的王二两带头，然后山路那边就出蘑菇一样，一个一个钻出来。他们由小到大，由远到近，几乎两三天里就一股脑拥进村子。他们背着行李，大步流星走在山路上的样子，就像电影里的土八路，他们进村之后每家每户撵鸡撵鸭的样子又像鬼子进村。歇马山庄一夜之间弥漫了鸡肉的香味烧酒的香味。这是庄户人一年中的盛典，这样日子中的欢乐流到哪里，哪里都能长出一棵金灿灿的蜡梅。

然而欢乐不是乡村的土地，不可以平均分配。在欢乐被搁浅在大门外的人家，蜡梅是一棵不开花的枝条。当捎口信的人说，玉柱和他的父亲与一家装修公司临时签了合同，要再干俩月，空气里顿时就长出了有如梅花瓣一样同情的眼睛。在外边，谁能揽到额外的活谁就是英雄好汉，谁就被人羡慕，可回到家里就完全不同，捎信人倒变成了英雄好汉。捎口信的人刚走，潘桃就晃晃悠悠回到屋子，一头栽到炕上。

在婆婆眼里，潘桃的表现有些夸张了，无非是晚回来几天，又不是遇到什么风险，是为了赚钱，大可不必那个样子。再说了，就是真的想男人想疯了，人面上也得装一装，那个样子太丢人现眼了。但是婆婆没有说出对潘桃的不满。自从寒风把男人们要回来了的消息吹了回来，婆婆也变了样子，变回到年初潘桃刚结婚时那个样子，一脸的谦卑，好像寒风在送回山庄女人丢失在外的那一部分生活时，也带回了温和。潘桃的婆婆不让潘桃干活，不停地冲潘桃笑，当天晚上还做了两个荷包蛋端到西屋，小心翼翼说，桃，起来吃啊，总归会回来的嘛。

一连好几天，潘桃都足不出户，她的母亲闻声过来叫过她，要她回娘家住几天，潘桃没有答应。父亲回来了，娘家的欢乐属于母亲而与她无关。婆婆劝她上外边走走，散散心，或到成子媳妇家串串，潘桃也没有理会。山庄的女人一旦被男人搂了去，说话的声调都变得懒洋洋了，她不想听到那样的声音。李平倒不至于那么肤浅，会当她的面藏着掖着，故意说男人回来的不好，甚至会说多么想她，可是好是藏不住也掖不住的，相反越藏越掖越露了马脚。冬月、腊月，两个月的时光横亘在潘桃面前，实在是有些残酷了，它的残酷不在于这里边积淤了多少煎熬和等待，而在于这煎熬和等待无人诉说，而在于这煎熬和等待里，抬头低头都必须面对一个人——婆婆。

女人的世界其实没多大，就两个人。李平实在了不起，李平的总结太精辟了。李平的男人回来了，就有了她的又一个世界，李平有了那样男人女人两个人的世界，便抛下她，撇下她，婆婆便成了她唯一的世界。最初的日子，潘桃对婆婆是拒绝的，不接受的。婆婆冲她笑，她不看；婆婆把饭做好，喊她吃饭，她爱理不理，即使吃，也要等着婆婆的喊停下十几分钟之后。那样子好像是婆婆得罪了她，是婆婆导演了这天大的不公。结婚以来，她一直拒绝着与婆婆交流，她将一颗心从李平那里收回来，等待的本是玉柱那巨大的怀抱，现在那怀抱不在，却出现了躲避大半年的婆婆。这哪里是什么不公，简直就是老天爷冥冥之中对她的惩罚，那意思好像在说，这一回看你怎么办？

老天爷对潘桃的惩罚自然就是对潘桃婆婆的奖赏，老天爷把儿媳妇从成子媳妇那里夺回来，又不一下子送到儿子怀抱，潘桃婆婆真是不敢相信这是真的。十几年来，男人一直在外边，独自守日子惯了，男人早回来晚回来已不是太在乎。换一句话说，在乎也没用，你再在乎，为过日子，他该出去还得出去，该什么时候回来还是什么时候回来。凡是命中注定的事，就是顺了它才好。而儿媳妇就不一样，命中注定儿媳妇要守在你身边，如何与她相处，做婆婆的可是要当一回事的。潘桃婆婆也知道，这新一茬的媳妇心情飘得很，跟那春天的柳絮差不多，你是难以捉到的，尤其一进门男人又扔下她们走了。但她抱定一个想法：她们总有孤寂的时候，她们孤寂大发了，她们那颗心在天空中飘浮得累了、乏了，总要落下来，落到草垛和墙头上，她们一旦落下来，便要多缠绵有多缠绵，有时候都可能缠绵得为一句话、一个眼神争得脸红或吵起架来。歇马山庄新媳妇不到半年就闹分家，就跟婆婆打得不可开交的实在太多了。为了能和儿媳处好，潘桃婆婆在潘桃孤寂下来那段日子拼命和她说话，恨不能把自己大半生心里的事都敞给她，有时说得自己都不知为的哪一出，可是想不到这反而把儿媳说远了，把儿媳推给了成子媳妇。她怎么也想不到，村子里居然出了个成子媳妇。那段日子，做婆婆的心底下翻腾得什么似的，都快成一团岩浆了，飘飞的柳絮没落到自家的墙头落进了人家，实在叫她想不通。这且不说，忽而进进出出，看她都不看，把这个家当成了一个旅馆、饭店。这也可以不说。关键是就从来就没叫她一声妈！这就等于她们还没亲热就吵了起来，等于她们压根就没有好过。她们为什么要这样呢？这样子其实两边不讨好，人们会说一边没娶上好媳妇，一边没遇上好婆婆，这实在是丢了刘家祖宗的脸。也是的，拉不近儿媳，心里气不过，就和成子媳妇的姑婆婆好上了，也是同病相怜的好，她们原来一点都不好。成子媳妇的姑婆婆曾哭天哀地地买了潘桃婆婆家一只老母鸡，说是娘家老爹得了风湿病，要杀给老爹吃，结果潘桃婆婆让了十块钱利卖给她的第二天，就听人说她拿到集上卖了十五块。为此她们三四年没说话。两个被儿媳妇和侄媳妇抛弃的女人不得不又好上，把各自的媳妇讲得一塌糊涂，然而潘桃婆婆无论怎么讲，唯一一点是清醒的，那就是，只要儿媳妇回到她身边，她是肯定不会再讲她的。现在这样的机会终于来了，虽然做婆婆的还弄不清楚，儿媳妇人在身边，心是否也在，可是她的心不在这儿又能在哪儿呢？人家成子媳妇抛了她。人在自信时总会变得聪明，儿媳的心从外边收回来了，潘桃婆婆为了这个收，尽量找一些合适的话来说。婆婆知道说别人潘桃不会感兴趣，就说成子媳妇。她当然不能说她好，成子媳妇现在已经够好的了，好得都把潘桃忘了，再说她好她就该飞上天了；也当然不能说她的不好，毕竟她是潘桃的朋友，她们好时差不多穿了一条腿裤子。婆婆的话是那些不好也不坏的中间性的话。这有些不好把握，如履薄冰，但自信有时候还给人勇气，潘桃婆婆是一步步试探着往前走的。婆婆说，成子媳妇也不容易，爹妈都不在身边，又没有婆婆。这话的潜台词是哪里像你，爹妈在身边又有婆婆，你该知足。婆婆说，成子媳妇倒挺随和，可怎么随和，那脸上都有一些冷的东西，叫人不舒坦。这话的潜台词是你尽管不随和，各色一些，但面相上还是看不出的。婆婆说，成子媳妇看上去老实本分，其实村里人都说她很风流，是那种不显山不露水的风流，她脸上那一点冷就是遮盖着她的风流。这句话的潜台词是你尽管看上去很浪，但其实骨子里是本分的。婆婆所有的话都是要从潘桃和成子媳妇的比较中找到潘桃的优势，从而巧妙地达到安慰的效果。然而这些话恰恰是最致命的。安慰本身就是一种照镜子，婆婆实际上是搬了成子媳妇这面镜子来照自己，自己无论怎么样都在这面镜子里。自己难道是要成子媳妇来照的吗?! 当然最致命的还不是这个，而是那些关于谁最风流的话。风流在歇马山庄并不是歌颂，是最恶毒的贬斥，这一点没有人不清楚。可是此时此刻，在潘桃心中，它经历了怎样的化学反应，由恶性转为良性，潘桃一点都不知道。她只知道在听到婆婆强调李平的风流时，她的心一瞬间疼了一下，就像当初在街门口看到成子媳妇与成子挽手走过时，心疼了一下那样。她想，我潘桃怎么就不风流呢? 她的眼前出现了李平被成子拥在怀中的场景，出现了李平被许多城里男人拥在怀里的场景。李平被成子拥在怀中，被一些城里男人拥在怀中，并不是在歇马山庄里与自己厮守了大半年的那个李平，而正如婆婆说的是风流的，是从眼睛到眉梢、从脖子到腰身通通张狂得不行了的李平。堂屋里的空气一层层凝住了，有如结了一层冰。这让潘桃婆婆有些意外，她说的话在她看来是最中听的话。潘桃婆婆先是从潘桃眼中看到了冰凌一样刺眼的东西，之后只听潘桃说，当然成子媳妇风流，你们哪里知道，她结婚之前做过三陪，跟过好多男人了。

说出这样的话，潘桃自己没有防备。她愣了一下，日光中婆婆的眼睛也瞬间瞪大，愣了一下。但是话刚出口，她就觉出有一股气从肺部蹿了出来。多日来，那股气一直堵着她，在她的胸腔里肺腑里涌涨，现在这股气变成了一缕轻烟，消失在堂屋里，潘桃感到了从未有过的轻松。

七

在与成子团聚的时候，李平并没有像潘桃想象的那样多么放纵多么恣肆，李平十分收敛，新婚时毫无顾忌的样子一点都不见了，好几次，成子从院里走进堂屋，顺手往她的胸上摸一把，她都没好气地说，你——粗鲁! 晚上，成子不顾一切，把炕上的石板弄出声响，也希望李平有点动静，可李平就是不出声。成子着急，胳肢她笑，李平恼怒着说，怎这么没脸皮? 李平不够放松，有意收敛，激起了成子的恼火，你刚分手不到一年就变了心，为什么?

见成子恼火，李平直直看着他，目光忧郁着说，成子，你才变了，年初你还是个孝子，怎么不到一年就变得这么粗？你不想想，咱们是两个人，可爸在外干了一年回来还是一个人，你不为他想想？见媳妇的拘谨是出于一份善良，成子的恼火转成感动，热烈的亲密便只缩到被窝深处，并且一场酣畅淋漓的亲密之后，两个人往往看着天棚，看着窗外寂静的夜色，会立即陷入一种静默，好像他们做了什么不该做的事，有了罪过。刚进于家，因为不能设身处地，李平并没有这么深入地体会公公。那天，成子和公公从外面回来，她做了一桌好菜，她和成子有说有笑，可是公公吃了几口就放下筷子出去了。公公出院，李平也放下筷子跟了出去，见公公直奔西山顶婆婆坟地，那一刻，李平知道这个春节、这个团聚的日子该怎么过了。她绝不让成子在大白天走近她，而且有的活，比如杀鸡，她和成子追上抓着，却要一手拿刀一手拿鸡走到公公跟前，要公公杀。而干活时，又总是跟公公无话找话，说夏天的干旱，说村主任收了几回水利费和农业税，说壳郎猪不知为什么有几个月不爱吃食，说养了十只母鸡结果就三只下蛋。李平所说的一切都是乡下人一年当中最最关心的事情，是乡村日子在一年中的重要部分。李平说这些，单单没提潘桃。在过去的一年中，潘桃是李平日子中最最重要的部分，可是李平没说。李平没说绝不是有意回避，而是当着公公，她根本想不起潘桃。和公公说话，过去生活中那些被忽视的、不重要的事情，你方唱罢我登场似的纷纷涌到她的眼前，而与她朝朝夕夕在一起，险些让她忘了鸡鸭猪狗的潘桃却云一样，转眼间无影无踪了。

压抑着团聚的欢乐，每时每刻替公公着想，是李平目前面临的最大的现实，这样的现实又牵连出过去生活中另外一部分现实，使潘桃变成了与现实对立的一个虚无。此刻，潘桃确实成了李平生活中的一段虚无，她已把她忘了，她的每一时刻都有紧凑的具体的安排，比如什么时候磨米磨面，什么时候杀鸡杀猪，什么时候浆洗衣服，什么时候买布料做衣服。唯有上集时，李平才想起了潘桃，想应该喊她一块去，可是在家里一直放不开手脚与媳妇亲密的成子早就骑车等在村西路口了。

这一天，与成子上集采买年货的这一天，李平还真的一程一程想起了潘桃，因为李平顺便在镇上烫了头。李平在烫头时，想起了潘桃曾跟她讲过的跟玉柱恋爱的故事，那故事因为有着黄昏的背景，有着音乐的旋律，极其浪漫美丽。李平从理发店出来，与成子肩挨肩往百货店转，心里突然起了一份伤感，为潘桃——直到现在，她还没有跟玉柱见面，她一定是很苦的。李平真实地感受到了潘桃的痛苦，真实地同情潘桃，一路上都在想着潘桃的事，可是，回村路过潘桃家门口，却没有拐进去。非但如此，李平在潘桃家门口走过时，还格外加快了步伐，好像生怕潘桃看见。李平确实是怕潘桃看见的，尤其是跟成子一起，就像在家里不愿意让公公看到他们在一起一样。

一转眼，腊八到了。腊月初八是吃八样豆熬的粥的日子，但是成子父亲和成子商量，这一天杀年猪。成子父亲要成子提前一天到村里请几个人喝酒。姑姑、姑夫、村主任和会计，还有和他们在一个工地干活的于庆安、单进奎。这一天成子家每个人都有了自己的活路，成子请客，父亲劈柴，李平切萝卜和酸菜准备杀猪菜。劈柴活累，要动力气，请客活轻，只动动嘴，但成子还是不愿父亲一个人挨门挨户走。一个孤单的人在街上串，总有一种流落街头的感觉。这一天里，于家家里家外都充满了活络的气息，院外有噼里啪啦的劈柴声；屋里有哐当哐当的切菜声；锅底有呼呼火苗的蹿动声；锅上有咕噜咕噜水的滚开声。李平的脸粉里透红，红里透着灿烂的微笑。公公脸上尽管没有笑容，但也是平展的、安详的。成子中午回来吃饭向父亲汇报时语速很快，声调很高，透着压抑不住的自满自足，我先去了黄村主任那儿，他一听就答应了，说谁请我不到，你爸请我不能不到。成子的汇报自然让父亲和李平都平增了士气。日子在这样的节骨眼上，该是它最有滋味的时候。下午，成子再一次离家时，李平破例喊住他，说，你该把棉袄穿上，外边起风了。成子回屋穿棉袄时，李平抿住嘴，朝成子狠狠看着，看上去面无表情，但成子一下子就看出来那满得快要溢出来的幸福。其实它已经溢了出来，只是他不点破而已。

日子在这样的节骨眼上，若说有滋味，也是一种农家里极其平常的滋味；若说它平常，其实是说它没有什么波澜不是什么奇迹，是日子正常运行中必该有的事情。然而，这滋味因为一年当中并不多见，因为难得，它也便是农家里最不平常的滋味，是那平静中的波澜、平实中的奇迹。拥有这样波澜和奇迹的于家人通通表现了一份知足、一份安定，他们一点也不知道他们的生活里还潜藏着什么。

事情是在下半晌露出水面的。事情在露出水面时没有半点前兆。下半晌，公公劈完柴，到街外的草垛边抽烟去了。李平从锅里捞出鲜绿的萝卜片，正要往热水里切海带，成子从外边大步流星回来。李平因为有了中午时分跟成子的分别，以为这大步流星里携带的是兴奋，是欣喜，忙抬头迎住他。这一迎可把李平吓坏了，成子的脸扭曲得仿佛一只苦瓜，粗重的喘息从鼻腔传出时，顶出一股李平从没见过的愤怒。应该说，他脸上的愤怒和鼻腔里的愤怒呈一种你争我抢的趋势，把成子整个一个人都改变了，变成了一副穷凶极恶的样子。成子逮住李平目光后，擒小鸡一样把李平从灶台边擒到里屋。成子威逼的目光和手中的力气，让李平感到自己一瞬间变成了一粒尘屑，渺小、轻飘，而成子却仿佛一座山一样高大、威严。李平不知道发生了什么，李平目不转睛地盯着成子，心悬到嗓子眼，堵得她喘不过气息。这时，成子哆嗦的嘴唇中吐出了几个字，是石头，但落了地。你骗了我，你跟了城里人，你骗了我。他是希望李平把石头捡起来扔掉它，可是李平不但没有捡起来扔掉它，反而将它夯实——迷乱之中，李平也从哆嗦的嘴唇中吐出几个字，是的，我是骗了你，我是跟过城里人，可是我确是爱着你的。字是石头一样沉重，落地有声，可是在成子听来不是石头，而是一枚炮弹，它落在他与李平之间，轰然滚起万丈浓烟，弥漫了他的视线，弥漫了他的生活。成子一松手，将李平推到墙边，后脑勺与墙壁咣的一声撞响之后，成子大喊，你给我滚——

李平当天下午就夹包离开于家，离开歇马山庄，回娘家去了。李平走时，用围巾把自己出过血的后脑勺包扎得很严，从走出门槛的第一步，就再也没有回头。

成子家的猪没有杀成，父子俩关门三天三夜没有起炕。

潘桃是在李平离村的第五天才从婆婆口中得知消息的。她得知消息异常震惊，立即清醒是谁搬弄的是非，眼睛直直地盯住婆婆，目光中含着质问。可是盯着盯着，想起自己在说出那样一个事实时的痛快，不由得低下了头。

玉柱和他的父亲在腊月十三那天回来了。玉柱没有得到想象的那样热烈的拥抱，潘桃也抱他亲他，但总好像心中有事。玉柱一再追问到底发生了什么，潘桃坚决不说。潘桃不说，却要时而叹息，眼神的顾盼之间有着难以掩饰的惆怅。那惆怅蚕丝似的一寸一寸缠着日子，从腊月到正月一直到二月。二月底的一天，潘桃婆婆在外面喊，看，李平回来啦！潘桃立时扯断眼中的惆怅，一高跳下炕，跑出屋子，跑到大街。李平确实回来了，正和成子走在街上。然而他们却不是结婚那天那样一左一右，而是一前一后。李平脸色相当苍白，眼窝深陷着，原来的光彩丝毫不见。李平看见潘桃，立即扭过脸，仰起头向前方看去，脖颈上耸立着少见的，但潘桃并不陌生的孤傲。

潘桃本是要同李平说句什么，可是李平没给机会。

三月底，歇马山庄的民工又都离家出走了，李平家常去的不再是潘桃，而是李平的姑婆婆。潘桃已经怀孕，每天握着婆婆的手大口大口呕吐，像说话。婆婆听着看着，目光里流露出无限的幸福与喜悦。

发表于《人民文学》2002 年第 1 期

转载于《小说选刊》2002 年第 2 期

获第三届鲁迅文学奖

保 姆

　　认识翁惠珠是 1989 年，是在庄河县城那条最开阔的街上，叫黄海大街。那时我已在庄河分房安家，是家族里这一代人中第一个住进县城的人。哥嫂、表姐表妹、堂兄堂姐常以打官司看病为由来到我的家中，打搅我的生活。有一次，陪堂姐上医院看病的路上，堂姐指着马路对面走过来的一个胖女人说，贞，你看哎，那不是那个谁吗？我愣住，谁？堂姐说，咱家大姑夫前一房的孙女呗，叫翁惠珠，多年守寡，听说一直在县里当保姆。

　　堂姐是一个在任何地方都会有新发现的人，在车站站台，她会发现站牌上的某个字和姐夫的姓一笔不差；在我家的卫生间，她会发现我的淋浴房和她看过电影里的很不一样。为了这些毫无意义的发现，堂姐常把身边的人搞得一惊一乍。尽管此发现不同于彼发现，是在茫茫人海里指认了一个跟我们申氏家族有关的人，可我们家是个大家族，爷爷成排叔叔成连，在某个人群里认出几个远房亲戚实在是很正常的事。记得当时，我只转头端详了一下胖女人，以表示对堂姐的响应，就像堂姐在农闲时节闲极无聊，突然发现自己乳房高出一块，我就答应带她到医院查一查，以表示对堂姐的尊重一样。然而让我难以想象的是，这个被堂姐在芸芸众生中指认的胖女人，这个我们申家的远房亲戚，多年之后竟突然闯入了我的生活。她闯入了我的生活，在我的生活中滞留了四年之久。而为她闯入我的生活创造条件的竟是我自己。

　　翁惠珠带给我最初的感受相当独特。或许正是这种感受，使她每每在大街上出现，都逃不过我的视野。那次之后，我在后来居住县城的日子里，经常能在大街上看到她，仿佛她是一株蘑菇，一经堂姐发现，便一日日拱出地面。她个子不高，脸也不大，鼻子和下颌略微上翘，是小巧玲珑那种样子，但身子却是又粗又壮，给人占有感。怎么说呢，占有感，这是我自己发明的词，我是说她一出现，你会觉得世界原来是她的。她对世界的占有不在于她的粗和胖，而在于她走路的步态和神情。她走起路来步子是横的，有一点横行的意思，她的脸总是仰着，目光很开阔地打开着，流露出一种不可理喻的恣肆和昂扬。她打量大街，你会觉得大街是她的；她打量商店，你会觉得商店是她的。总之，她传递的气息绝对是膨胀的气息，是因突然发家和发福而藏不住的满出来的气息。

很长一段时间，我都在怀疑堂姐的指认。我想，可能确有一个叫翁惠珠的女人，是我家族的什么亲戚，守寡之后离开乡村，到城里做了保姆，但这女人一定不是眼前的女人。她的满出来的形象与保姆的身份实在无法联系到一起，我不相信谁家会愿意雇佣这种浑身散发膨胀气息的女人。保姆本来就是一个家庭中多出来的人，你如果不能给人存在却仿佛不存在似的感觉，那么至少也应该是一副收缩、内敛的姿态。为了验证我的判断，我曾在一次回小镇看母亲的时候探问母亲，翁惠珠到底长什么样子？母亲回忆说，三十年没见到了，好像是长脸，不，也算圆脸吧，小眼睛，精瘦，走起路来风一样快。母亲的描述尽管有些模糊，但在基本特征上，与我见到的胖女人大相径庭，我便彻底相信了自己的感觉，打消了继续探问的念头。可是提起翁惠珠，母亲话匣大开。母亲说，那个翁惠珠啊，命可是真苦，她是你大姑夫前一房老婆的孙女，就住在咱家前边的姜姿屯。一小死了爹，妈领她两个兄弟嫁人走道，就撇下了她。那一年你大姑从沈阳回来，上姜姿屯串亲，看见她都十三岁了还披头散发成天蹲墙根，不忍心，就把她带到沈阳。在城里待了那么多年，都以为她早就找了城里婆家享清福去了，谁知十八岁那年，她又被送了回来。你不知她从城里回来那年那个俊哪，瓷人一样，好多媒人都苍蝇似的围了上去。可是你猜怎么样，她偏偏相中一个病包子，说稀罕人家白净、干净，你说他不能下地干活可不是白净又干净？结果结婚不到六年 那丁冲鬼爬起来死了，扔下翁惠珠和三个孩了。

原本，我对一个叫作翁惠珠的女人的兴趣只因为堂姐的错误指认，堂姐错将一个散发膨胀气息的女人当成保姆，一时间迷乱了我的感觉。严格说来，对堂姐指认的女人的兴趣，其实是我对自己感觉的过于看重。我弄清楚了常在大街上走动的女人不是翁惠珠，相信了自己感觉的准确，也就不再对这个胖女人感兴趣。大街上也还是常能看见她，她也还是仰着脸，横着步，也还是目光开阔地笼罩着一切，但我再也不去因此而想些什么了。这个小城有着近五十年的历史，改革开放也已经二十年了，即使还没来得及培养出真正的贵族，特权阶层总还是有的。那些丈夫当着职能部门头脑的官太太或丈夫发了横财的大款夫人，怎么说也难逃摆阔的肤浅，而这样一些人怎么样，与我又有什么关系呢?!

那次还乡，通过母亲的介绍，我一点点地把一个与我毫不相干的人再次置于毫不相干的境地。这是生活的法则，总要有一些人迎你而来，又背你而去。然而，正是这一次，一个我从未见过的真正叫翁惠珠的女人却进入了我的内心。这个女人的走近跟她是不是我的亲戚没有关系，跟她的命运怎么样没有关系，而跟姜姿屯这个地名有关。这是一件十分奇妙的事情。母亲说，翁惠珠是姜姿屯人! 这说法如何拨动了我童年的记忆，当时我并不知道。随着时间的推移，当我发现，偶尔脑中会出现姜姿这个词，并且一出现这个词，就有一个女人的模样由模糊变得清晰，我知道，记忆对某种现实的呼唤是难以抗拒的。

姜姿屯在我童年的印象里，并不是一个好听的地名。它就在我老家十里洼的前边，与我的老家隔着两条河、一座侧切的大山。秋天过去，庄稼收割，树叶凋零，一眼望穿裸露的山野，能直接看到山腰上的草房人家。姜姿屯的名字于是就被大人们挂在嘴上，人们往往指着山腰里的草房人家说，看哪，那就是姜姿屯。尽管那时还小，但大人们的语气里含着多少轻蔑和讥讽是心领神会的，因为我们没有一个不知道有关姜姿的故事。那是一个对任何孩子都构成致命伤害的故事。姜姿屯原来不叫姜姿屯，叫南王庄。五十多年前，曾有一个名叫姜姿的女人，和男人过穷日子拉扯大了四个孩子，可是有一天，外边来了一个掌锣的锣匠，在她家住了一夜，第二天，她便扔了男人和孩子跟锣匠跑了。那女人据说温顺善良，清秀又好看，是村里有名的贤惠女人。十几年以后，镇压反革命，她和锣匠从北大荒被押回来，这时候才知道那锣匠原来是个匪胡子，是个什么教的教徒。活埋匪胡子和姜姿的当天，村里保长看着姜姿，看着土坑外面四个孩子，问她，是要孩子还是要匪胡子？姜姿摇着头上的短发，看都不看哭叫不止的孩子们，毅然答道，埋吧。从此，南王庄不叫南王庄，被一个狼心狗肺的女人的名字替代。一个女人认死也要扔下孩子的事情，多么让人想不开只有童心知道。它有多么想不开，童年对姜姿的憎恨就有多大。十几岁上山挖菜，要是和姜姿屯的孩子遇到一块地里，我们会冲他们大喊姜姿姜姿，似乎这是杀伤他们最有力的武器。童年时并不了解姜姿故事的真正含义，一些年过去，我读书成长，从依姜姿而居的十里洼走出，对人世间的情感、意志有了更多的了解，对那个叫姜姿的女人便产生了由衷的敬畏。

事实上，母亲描绘的翁惠珠和很小就知道的叫姜姿的女人没有任何相似之处，她们只不过在母亲的提示下联系了一个地名而已，或者说母亲在描述中提到了那样一个地名，让我在心里边把翁惠珠和姜姿有了莫名的混淆。但是我得承认，确实因为这种混淆，使翁惠珠的形象在我的心中一天天清晰起来，她清秀，漂亮，温顺又善良，她区别于所有印象中的乡下女人，有着一头类似五四青年那样直直的短发，有着常人不可理喻的倔强的性格，并且因为这种混淆，大约有半年多，上班下班走到大街上，我都会左顾右盼，希望在拥挤的人群中找到长期勾画于心中的那个形象。

我不可能在人群中真的找到她，这是显而易见的事实，因为我勾画的形象根本就不存在。我的这种寻找不会持续太长时间，这也是显而易见的事实，因为我的生活中还有很多别的事情，工作，抚养孩子，读书，写作。应该看到，我的生活的主流，我的更大的那部分生活，跟翁惠珠这样一个女人没有丝毫关系，她只是我记忆和思绪某一个片断的会合。没过一年，我就将这样一个人忘得一干二净，偶尔在大街上再看到那个胖女人，下意识地一愣，觉得她似乎打扰过我，可用心去想，又什么都想不起来了。

人其实是最最健忘的一种动物，因为人的目的性总是太强，与目的无关的人或事，自然寿命就极其短暂。如果不发生后来的事情，我真的有可能这一辈子也遇不到翁惠珠了。

后来，这是一个多么奇异的词语。它在书面上是那么谦逊礼让，不动声色，仿佛飘动在山后边的云；它在生活里却又是那么孤傲勇敢，咄咄逼人。是后来这个跟时间相关的词语倚仗着时间赋予的权力，将我的人生拉出一程又一程……后来我的创作有了长足的长进，后来我的小说获了大奖，在机遇与运气交会多彩的光芒里，我接到一纸从一个人群中走出，又走向另一个人群的调令。

另一个人群，这是我跟翁惠珠能够相遇的重要契机。在县城，在原来的人群中，为了生存，不得不加入一个人际网络，十分疲累。进城之后，生活中只剩下写作，对新的人群便没有半点加入的愿望。但生活是严峻的，你只要还想活着，与新的人群缔结新的人际关系就是难以逃脱的选择。说到底人是活在一种错综的关系里，关系甚至就是人生的土壤。在我进城半年之后的一天，我接到了一个电话，是我老师打来的。他说，玉贞，我的保姆不干了，能不能帮我从乡下再找一个？要岁数大一点的，你师母病情太重，岁数小的人不愿干，我又只能付三百五十块钱。我的老师多年扶持我，是我得以走上文学道路的关键人物，是我得以从县城调到城里的关键人物。他刚刚退休，这个忙说什么也要帮。可是，我多年离开乡下，除了亲情，我与乡村早已失去本质的联系，上哪儿找呢？这时，突然地，我想到了翁惠珠——人因为目的性太强而健忘，人在目的面前又有着超凡的记忆力。我想起翁惠珠，浑身一阵潮热。我的激动当然不是因为终于可以见到这个人，而是因为终于可以对我的老师有所报答。我当即就拿起电话，打给我在小镇上工作的大哥。我说，大哥，能帮我找到翁惠珠吗？咱家大姑夫前房的孙女，听说她在县城当保姆。我的老师需要她，一个月三百五十块钱。

因为父亲在我很小的时候就双目失明，大哥在家中一直承担着父亲的责任，父亲去世之后，大哥对我更是关爱有加，尤其当我一程程远离了家乡，大哥感到对我的庇护已力不从心，我偶尔提出的要求，在大哥那里便如圣旨一般。我都能感到，大哥在电话里那一声"好"的力度。

翁惠珠浮出了我心灵的水面，是以这样一种方式，这让我完全没有想到。让我更加没有想到的是，翁惠珠一旦以保姆的身份浮出水面，我对她的出现便一日胜似一日地焦急。我的焦急是对自己的命运没有把握——事实上，能不能找到翁惠珠，我把这看成命运的迹象，有赌的意思，就像一个人在赌自己的婚姻和爱情。事实上，我在这样一场只有十天的等待中，确像一只陷入无望爱情的小兽，对新来的每一天都充满盼望，充满恐惧。最初，我还能清醒地知道，这是不可强求的事情，一切都得顺其自然。然而后来，我竟有些惶惶不可终日了。

盼望和恐惧的电话终于响了，在听到大哥声音的一瞬，我的心几乎跳到嗓子眼。大哥说，玉贞，翁惠珠找到了，她正在县里给水产局局长家里当保姆，我把她给挖了过来，你告诉你老师，后天就到。我的大哥就是这么棒，从不会违我的心愿。我当即就给我的老师打了电话，报告了这个对他来说如同铁树开花般的消息。

我的大哥是怎么将翁惠珠找到的，至今我也没有问过，我宁愿把这看成人们常说的缘分。迎接翁惠珠是我和丈夫一起去的，我们没有惊动我的老师。我们在家备了简单的午餐：排骨汤、炸带鱼、凉拌黄瓜。记得那是一个初秋，马路上到处都是落叶，我和丈夫坐着 706 路公交车，于落叶在车下的哗哗滚动中，一点点靠近了我们盼望已久的时刻。大哥一早在电话里说，那是一班由丹东开往滨城的快车，11 点准时到达。到达，这个预示着某种重要时刻的词语，在那个迎接翁惠珠的上午，闪烁着怎样激动人心的光彩实在是难以言说。是站在车站门口，一路冲环城路张望的时候，我才深切地感到此时此刻我的激动，我的就要见到一个人的激动，已经远远超出了报恩情结，它完全出于一个人的魅力，一个融姜姿和翁惠珠于一体的女人的魅力。那一天，我跟丈夫站在萧瑟的秋风里，仿佛站在一个神奇的故事里，我们，尤其是我，觉得此次接迎一个人到达的现实完全发生在非现实的时光里。

几年以后，当翁惠珠从我的生活中消失，偶尔忆起那个就要见面的一刻，仍然能够唤起我梦幻般的感受，觉得我们是站在了一个神奇的故事的开端。我们当时所遇到的一切好像都是为了今天这部小说，它是一上场就具有了艺术真实的特质的。

现实是残酷的，现实总比艺术更精彩。当那个携满了家乡乘客的黄海大客在北岗桥车站停下，玻璃窗里透出一张我熟悉的面孔，我的印满漂亮、温顺的女人形象的胶卷瞬间曝光，我的大脑一片空白，以至于很长时间不知该有何反应。站在我眼前的居然就是堂姐在县城黄海大街上指认的胖女人，也就是说，堂姐没有指错，那个总是迈着横步的恣肆的女人就是翁惠珠，是保姆！这怎么可能呢？

我想，我的激动凝在脸上，一定犹如霜花冻在窗玻璃上，有着清晰的纹路。胖女人下车后，惊慌地张望，她穿着一件又瘦又小的格呢上衣，下身穿一条黑色毛线长裙，上边的局促与下边的放纵形成鲜明对比。因为在寻找，心里有事，膨胀和恣肆的感觉不那么强烈。她先是东张西望，当车上的乘客下光，她又反身上了车，从车上费力地拖下两只塑料编织袋，之后像一个母亲领着两个孩子似的，站在两个高高的编织袋中间，茫然四顾。看到她的慌乱和紧张，看到她的捉襟见肘，看到她站在编织袋中间怪异的样子，我在内心一点点确认了一个事实，这个胖女人确实是保姆，是翁惠珠，而不是什么暴发户的妇人。我向丈夫示意一下，毅然走上前。我说，翁惠珠，我就是来接你的。

终于见到接站的人，翁惠珠眼睛一亮，猛地向我扑来。她的动作绝对是扑而不是走。她扑向我，手紧紧把我抓住，这时，一个极柔软极亲切的声音滚进我的耳膜，妈呀，小姑，你就是小姑！她的声音不高也不尖，是柔软的、亲切的，可是此时此刻，如此亲切的声音从这样一个女人口中说出，仿佛一颗石子，一下子就击中了我，让我身体的某个部位旋动了一下。如果不能推翻翁惠珠就是这个胖女人这个事实，那么至少她只是我用来报恩的一个棋子，我站在局外，走完这步棋也就了事，她怎么能叫我小姑？我是说，她比我大二十多岁啊！当然这并不是关键，关键在于，她让我看到，我曾经极力逃避的亲情正穷追不舍地跟我而来。

亲情于我在县城那段日子，是怎样扰乱了我的日常生活，真是只有自己知道。当亲人们为了在城里办事方便，以一筐筐鸡蛋作为礼物轮番向我轰炸的时候，焦头烂额的我曾发誓永远隔断亲情。许是丈夫感到了我近于神经质的僵持，叫来一辆的士，对着我喊，赶紧上车！

翁惠珠不会了解我对亲情的排斥，也不会了解我对这样一个翁惠珠的排斥。她上了车，坦然下来，很快就告别局促，神采飞扬地向我诉说她的感受。她说，这回可好了，有小姑在这儿，可有依靠了！早就听说小姑能写书，在县里就听说了，就是不认识，没想到能到大城市来认识。她说小姑夫长得这么好，比小姑年轻，真精神。看得出来，她是一个很周到的人，生怕夸了我冷落了我的丈夫。可是我和丈夫谁也没有接话。我丈夫不接话，是因为天生话少；我不接话，除了对追来的亲情没有准备，还有一点，我在担心我的老师不能接受这个浑身散发着热量的女人。

进门后，我赶紧走到厨房往桌子上拾掇饭菜。我当时的心情相当复杂，一方面害怕我的老师相不中翁惠珠，一方面又着急尽快将翁惠珠送给他。似乎无论怎样，丑媳妇总要见公婆。可是当我把碗筷拾掇上桌，找她吃饭，她却不见了。她的格呢外衣和毛线裙子扔在床上，人却不见了。我东屋西屋到处找她，后来丈夫示意我，在卫生间。于是，我跟丈夫站在那里耐心等待。我能听到我丈夫微微的叹息，我也能听到我的叹息比丈夫的叹息更加粗重。我们都背对卫生间，但此时此刻，卫生间在我们心里边似乎特别沉重。翁惠珠吃罢午饭就会离开我家，但不知道为什么，我感到心里特别沉重。

整整十分钟，翁惠珠没有出来。后来，卫生间里传出哗哗的流水声，还有哗啦哗啦类似搓衣的声音，她难道带来衣服到我家洗？我和丈夫面面相觑。许久，我走到卫生间门口，我说，翁惠珠，吃饭哎。水流戛然而止，随之，翁惠珠的声音飘出来，你们先吃，我把厕所收拾出来再吃。

如同一个不想搓澡的人被强行摁在了床铺上，我的脸腾地一红到脖，随后不久，反抗的愿望便顶上脑门。我猛地推开卫生间的门，冲她大喊，不——我不需要——可是，当一个与此前完全不同的形象呈现在我面前，我的冲出喉口一半的话瞬间化作了一股轻烟。翁惠珠正大头朝下，撅着屁股，脸因为倒空着乌紫乌紫，上面挂满了汗珠，被蓬乱的头发簇拥着，恍如童年在乡下见过的野妇。我的心瞬间被一种说不清楚的滋味涨满，我的声音很低也很柔和。我说，翁惠珠，你是客人，在我家，你是客人不是保姆。

我的柔和的话语是怎样鼓励了翁惠珠日后对我的打扰，当时我并不知道。事实证明，我之所以容易受到打扰，都因为一被感动就说出温柔的话。我的容易感动亦可谓性格及命运。翁惠珠听完我的话，重重地叫了声小姑，小姑哇，你能在这么远的城市里想到我，我就是当牛做马，又有什么呢？

那天中午，翁惠珠是在我连拖带拽的情况下，才从卫生间撤出的。她把我的卫生间洗刷得洁白洁净，却把我的心搞得复杂而凌乱。如一台已经排好的戏突然冒出一个陌生演员，她接二连三地改变剧情，让剧中人接二连三地不知所措，最终只有面目全非。那一天我真的被她搞得面目全非，我不知道我是谁，她是谁，我们为什么要走到一个屋檐下。你可以是胖女人而不是我想象中的漂亮女子，可是你不该喊我小姑；好，就算八竿子打不到的亲戚也算亲戚，按辈分算你该叫我小姑，可是你不可以进门来不问青红皂白就清理下水道；好，就算你保姆出身，打扫卫生成癖，可是你不可以临走时拿出那样一件东西。那天中午，在她吃罢午饭就要离开我家的时候，她解开绑在塑料编织袋上的塑料绳，从里边拿出一本书那么厚的纸包，一层层打开，一张早已褪色的黑白照片呈现在我的眼前。照片上的两个人是我的大姑和大姑夫。翁惠珠亮出照片，就等于亮出一把锁，一瞬间就锁定了我们之间的关系。看着大姑和姑夫的照片，我竟长时间说不出话。

一切都是前定的因素、上帝的安排，人与人之间的关系也是一样。

以亲戚身份向程老师输送一个保姆，看来已经是我不可抗拒的事情。但是，我还是不想给翁惠珠造成这样的印象，这不管是对她还是对我的老师，都有百害而无一利。这种事实的后果是，翁惠珠可以倚仗有个亲戚小姑而迁就自己，程老师则因为她是我的亲戚而不肯对她有所要求，最重要的是，程老师因为保姆是学生的亲戚而从此失去私生活的自由。没有私生活的自由，这是万万要不得的。我一路没有同翁惠珠说话，我以为我的沉默会让她看到我对亲情的拒绝，可是我这么做，反而遭到翁惠珠误解。她说，小姑，人死了不能复活，你大姑一辈子还是挺有福的，自个从农村到了城市，又把那么多孩子生在城市。她居然以为我因看到大姑照片而想起大姑，这简直……在接近三十分钟的路上，我胸口堵塞得几乎要喊起来。

因为盼望太久，程老师见到翁惠珠时，脸腮的肌肉神经质地抖动两下。程老师已经相当憔悴，头发斑白，眼窝深陷，与病人暗无天日的厮守，使他脸上笼罩着深深的忧郁。程老师一边给我们让座，一边长时间地打量翁惠珠。老师的心情我能理解，他希望我从乡下找来的保姆是贫寒出身，是一看上去就能够吃苦耐劳不挑不拣的那种，不要像从前那些女孩，干一个跑一个。而翁惠珠完全一副养尊处优的样子。程老师尽量掩饰着自己，但黯淡下去的目光还是显而易见。当着翁惠珠的面，我无法说出我的判断，比如她看上去养尊处优，其实非常能干。

那一天，从老师家出来，心一直七上八下忐忑不安，好像做了什么对不起老师的事，觉得是把一个大麻烦丢在了老师家。这种感觉影子一样在我心头罩了好长时间。其实我并不担心翁惠珠干不好活，从她一进我家家门就清理下水道的细节看，她干活绝不会有什么问题，我只担心她那种对空间的占有感，只担心她的热情洋溢快言快语。我的老师一辈子在学校搞研究，是真正的儒雅之士，长期清静惯了的他退休回家后，能容一个保姆已经相当不易，碰上翁惠珠这样膨胀的女人，我真的不知道他的每一天该怎样打发。然而，半个月后，程老师给我打来电话。他说，玉贞——他的声音听上去少有的清脆，似有了不错的心情，他说，你的亲戚做得非常好，她可给我解了围，太感谢你啦！没有你，我真不知道该怎么办。

按说我的老师报了平安，道了谢意，我应该心安理得才是。可是听完电话，我反而不安起来，程老师用了亲戚这样的字眼，这意味着预料之中的事情终于发生了，翁惠珠已经坦明了我们之间的关系。也许她并不是毫无保留，还藏着掖着，只口口声声称我小姑，可这比毫无保留还坏。小姑这种称谓要多亲近有多亲近，它包含着无法言说的亲昵，我们其实不是这个样子啊！与老师通话的当天，我在心里思考着，一定瞅老师散步的时候，给翁惠珠打个电话，直言不讳地告诉她，千万不要再提我们之间的关系，我们之间真的没有什么关系。我姑夫前妻的孙女，与血缘毫无瓜葛，这能算是什么关系！可是，还不待我把电话打过去，那边已将电话打过来。她说，小姑哎，她电话里的声音温柔而缠绵，还有着一丝矫情，仿佛一个十八岁女孩子。她说，小姑哎，我已给程老师请了假，星期天上你家串门。

因为正惦念着有话嘱咐，我欣然接受了她的想法。我说，哦，好，来吧，我等你。当她真正来到我家，我才清醒，我看上去是为了阻碍亲情，实际上已经陷入了亲情；我才清醒，有些局面是没法控制的，就像你无法控制春天的土地不长出庄稼一样。

那是初冬里一个晴朗的天气，我在南石道街车站等来了翁惠珠。进城一个月，她的肤色比以前白了，像发面馒头，脸却明显瘦了，有了尖尖的下巴颏，这使她有了清秀的模样。她仍保留着乡下人走亲戚的习惯，从车上下来，一手拎着一兜橘子。见到我，她依然是目光一亮，扑向我，而不是走向我，脸上闪着掩饰不住的热烈。她说，小姑，想死我了，真想你。她说着，眼圈有些发红，好像是真的想我。我很冷静，并不为所动，我甚至在上楼的时候，没接过她手中的橘子。为防止她一进门就进卫生间清理下水道，我进屋后直接将她引到卧室沙发上，并且刚刚坐下，我就开门见山。我说，翁惠珠，叫你来是我有话要对你说。她说，小姑，我知道你对我好，我知道，我也想你，咱们尽管才见过一面，可是我真的想你。我说，不，不是我对你好，我，我确实有话要跟你说。许是我面上的阴冷终于唤起了她的敏感，听我这么说，她目光中的热烈蒙上了一层迷雾。我说，翁惠珠，在程老师家一定不要再提我们是亲戚了，不要提。翁惠珠不解地看着我，好像不认识我一样，迷雾中的热烈在游移。我说，倒不是为别的，主要是为程老师，他把你当成我亲戚，肯定会受拘束，放不开。别说我们不是什么亲戚，即使是也得避开。翁惠珠目光中的热烈一瞬间消失了，随之而来的是不安和紧张，就像那天在车站没见到我之前的不安和紧张。她看着我，站起来脱掉上衣，似乎在为某种勇气做着准备。最后她又坐下来，说，小姑，在这里我就你一个亲人，要不是你找我，我不会来的。她说着吞了口唾沫，接着说，在庄河，我伺候的是水产局局长的老妈，他一月给我五百块钱。那天你家大叔从镇上打电话找到我，说是小姑的老师急需保姆，一月三百五，我二话没说，亲戚嘛，什么叫亲戚?! 我看重奶奶家这门亲戚，打从小就看重，你大姑虽说是我的后奶奶，可是在没人管我的时候，她把我弄到沈阳住了五年，我一辈子都忘不了她。

我一时语塞，翁惠珠的话让我有些震动，是想象不到的震动。我从来没有想过，她来滨城是在为亲情付出代价，没有想过，我的大哥在挖局长墙脚时，是以亲戚的名义。现在人挖来了，却不让再提亲戚，这是什么逻辑? 这是不是太自私了? 我大脑一片空白，被别人揭了短那种空白。许久，我说，不，翁惠珠，你别误会，我的意思是我们是亲戚这没错，就是别让程老师知道，咱们得为他想，咱们……我有些语无伦次。这时，翁惠珠十分坦然地接过话，她说，你为他想，我是为你想，我其实就是想让他知道，我是看我小姑的面子才来伺候你老伴的，你帮过我小姑，我要替我小姑报答你。一报还一报，这是人情。你不知道，她老伴多难伺候，骨架大，厕尿不知，一天换好几遍尿垫子，换别人，不管是谁都不会干下去的。

在翁惠珠天衣无缝的道理面前，我彻底震惊了。我做梦不曾想到，我在偿还我老师人情的同时，欠了又一笔人情。关键是，翁惠珠的话让我看到，在这笔人情交易中，我更多地注重了我老师的感受、我的感受，而忽视了翁惠珠的感受——为了八竿子打不到的亲戚，她放弃了优厚的工资、熟悉的环境……

见我陷入尴尬，翁惠珠又把热烈释放到脸上。她说，小姑，你放心，我再不提就是了，我肯定不提了，我听你的。小姑是知识分子，小姑的话肯定有道理。我想，我的脸肯定红了，我都感到了脸腮的涨热。翁惠珠这句话点穴似的点到了我的痛处——害怕亲情，也许正是小知识分子的毛病，读了几年书，离开乡村，就自以为与乡村有了距离……可是，我难道应该放手拥抱亲情吗？

那天跟翁惠珠的谈话，我由最初的主动滑向了被动，并且不自觉间，我的初衷不知去向，我的思维走向了一个歧途，我开始清醒地知道了我是谁、她是谁，我们为什么来到同一个屋檐下。我是一个乡村孩子，多年来靠自己努力，更靠师长提携，一步一步从地垄爬向都市，因为深知一步一个脚印的不易，愿对提携之恩涌泉相报。她就是我身后涌出的泉，她因为跟我沾着亲戚，愿意做我的泉，我们于是来到同一个屋檐下。现在，我为恩情欠了她的人情，而她愿意为我付出人情，是为了报答奶奶当年沈阳养她五年的恩情。这就是所谓亲情的力量，是这样吗？

被不设防地确定了铁的事实，我的心情有些慌乱，在此之前，我一直在拼力摆脱的东西，其实是摆脱不掉的，它在向你走近时，就已经不可逆转了。为了掩饰内心的慌乱，我赶紧离开卧室，到厨房准备午饭。因为是亲戚，翁惠珠没有客套要走，只说简单做点什么吃就行了，主要是说话。她说她想见我，就是想跟我说说话，她这么多年没有可以说话的人。程老师的老伴失语，他又天天把自己关在书房里，闷死了。于是我一边切菜，一边编织美丽的谎言，说一直惦记她，不知她到新的一家能不能吃饱，说自从见了大姑姑夫照片，真的就放不下她。我说谎言是为了无话找话，更是为了强调自己对亲情的看重，从而弥补在此之前对她的冷淡以至于说了那样的话。许是被我的谎言打动，翁惠珠打开话匣。她说，不知为什么，对奶奶家这边的亲戚打心眼里稀罕，都在外。她说，我脑袋瓜里有一个地方，好像有一块发面引子，一听谁在外就活泛，就不安分。早些年，奶奶沾她弟弟的光把爷爷弄到沈阳，又把你的叔叔大爷弄到沈阳，你五叔念大学毕业又上了北京，这一辈的又出了一个你，我做梦都眼气。撇家出来当保姆，其实是结婚时就有的想法，那时就想，等孩子大了，说死也不在乡村待了。你知道吗小姑，为了当保姆，我把三个儿媳一遭得罪了，她们说我没尽婆婆义务，没帮她们伺候孩子，老了回家坚决不养活我。

　　翁惠珠说话那样子看不出悲伤，看不出难过，她甚至一直面带微笑。可是听了这番话，我的心头却掠过了一丝不易察觉的悲凉。我的悲凉与亲情无关，而是对于一个乡村女人的同情。我想起母亲讲述的有关翁惠珠的故事：大姑带她到城市生活了五年，回乡后，为了找回城市的梦，居然嫁了一个因为不能下地干活而干净白净的病人，这简直有些悲壮！这和姜姿这个女人为信仰而视死如归的做法确有相似之处。

　　或许母亲描述的翁惠珠与眼前的翁惠珠因为一段讲述，终于融为一体，唤起了我对一个乡村女人的同情；或许只是翁惠珠崇尚在外的那个情结打动了我；或许还有更复杂的原因，比如翁惠珠变被动为主动的表达，揭示了我的功利，让我对自己有了批判的态度。总之，那天与翁惠珠在车站告别时，我竟紧紧握住了她的手。我说，翁惠珠，常来啊，闷了就请一天假，我是你的亲戚。我敢发誓，我的话没有一点虚情假意，是完全发自内心的，因为我已经感到眼窝有些潮湿了。

　　感情这东西说来非常奇怪，有时它会因为一种印象而使你疏离、排斥一个人，有时会因为印象的改变而对一个人的感觉有了全新的转变。翁惠珠就是这样。当对她有了一些了解，产生了同情，她的恣肆、膨胀的占有感便一点点弱化，那情形就好像她的经历、她的思想、她的过去，洞开了一个空间，将她溢漫在外的东西一同嵌了进去。那次告别，有机会想起翁惠珠，我发现她在我心中的形象再也不是黄海大街上的形象了，而是一个有着内在悲剧美感的女人，类似姜姿。也就是说，她在外表上是那个胖女人，而在内里却有着姜姿一样的清秀。可是我不禁有些迷惑，她为什么这么表里不一呢？她背井离乡，在人家做苦力做用人，走出来，为什么要那么张扬，要给人那样一种感觉呢？

　　确实，自从翁惠珠串过我家，我会常常想起她，写作间隙或夜深人静的时候。想起她不是因为害怕提亲戚，在这一点上，我已经是死猪不怕开水烫了，亲戚就亲戚吧。我是想，一个人成天在人家给人擦屎擦尿，到底是什么感觉？即使像她说的那样崇尚在外，可是这样一种在外会有什么快乐吗？还有，她以什么样的方式跟主人相处？比如吃饭的时候，一天中闲下来的时候。应该看到，我想起她有牵挂的成分，更多的还是来自一种好奇——当对翁惠珠有了同情，我便对她背后的东西产生好奇。当然，也不能排除对翁惠珠还是有点不放心，日久天长，她会不会使我的老师心烦，毕竟她是我的亲戚。

为了心里说不清楚的东西，大约又过半月，我去了一趟程老师家。对于我，这真是一次意外的发现。那一天程老师到学校活动，只有翁惠珠和病人在家。我敲门的时候，就听里边喊，哎，等等，等等……我等了足有十分钟，才见打开屋门。打开屋门，我真的一下子就傻了，翁惠珠气喘吁吁满脸是汗，双肘、双膝全是湿的，屋子里充满臭气。她见是我，孩子似的一高跳起来，喊小姑的同时想拥抱我，可是刚一冲动又缩了回去。她看看自己身子，说，不行，我太埋汰了，于老师大便，程老师不在家，我搀不动，就趴在地上驮着她上床，你看，大便我还没冲。她说完又跑进卫生间，摁下水龙头。她虽然胖，但动作很快捷。我看着她，看着病人房间虚掩的屋门，一种说不出的滋味涌在心头。而就在这时，她走进病人房间，边走边向我示意，让我跟她进去。我迟疑了一下，跟进去。翁惠珠看着我，跟病人说，于老师，我小姑来了，她来看你。只见病人睁着眼躺在那里，眼皮一眨不眨。过去这些年，我跟程老师之间的来往只限于书信和电话，是在办调动之前，我第一次登程老师家门，才知道我的老师有一个常年卧床的妻子。这个久病在床的女人对我是毫无印象的。翁惠珠又说，我不是跟你说过了吗？小姑的姑姑是我奶奶，后的，可后的也像亲的一样，对我真好。翁惠珠一边对病人说，又一边对我说，她听不懂，但你就当她能听懂，这么做对她好，对你也好，身边有个人和她说话，她会觉得自个是个活人，而有人听你说话，你也觉得自己是个活人。她对病人说话声音很大，对我说话声音很小，像说单口相声。她大声对病人说，今早墙上爬了个喜蛛，我就跟你说能来客，你还不信，现在你信了吧？今后你不要不信我，你说谁跟你铁？还不是咱俩最铁！她又小声跟我说，她信我，我故意这么说，她哪会要是明白事就使劲拍我肩膀，那意思是说我比前边保姆都好。

想了解一个人，环境实在是太重要了，短短十几分钟，翁惠珠以保姆身份所做的一切，完全彻底展示在我的眼前。其实，这一切展示的已经不单单是她的身份，而是她的生活，是她原汁原味的生活。这让我十分感动，对一个人事不省的生命，她居然有着这么充满人性的体谅。然而这仅仅是一部分，一小部分，更多的部分是当我们在客厅坐下之后才展示出来的。

后来，因为她身上的衣服脏了，要换衣服，她把我拽到她住的房间。她把我拽过去，打开一只包袱，一件件往外扔衣服。她说小姑，你看我有多少衣服，这都是程老师给我的，是于老师得病前穿的，于老师的衣服和庄河局长家的衣服不一样，穿上去有气质，人家到底是老师。翁惠珠说着，就穿上一套毛料套装，在地上走了一个来回，说，怎么样小姑，我现在瘦了穿这衣服正好，我天天出去买菜就穿它，在大街上走，我觉得我就是于老师了。我连连点头，并不是有意应和她，确实与在黄海大街见到的她不一样，很是有些气质，知识分子的气质。这时我突然一愣，想起那个曾经恣肆、膨胀着占有感的胖女人，她是不是得到人家官太太的服装后，故意到大街上去模仿呢？

那一天，因为我的老师不在家，翁惠珠没有留我吃饭。依着她的热情，她是该留我的，但她没留。她说，小姑，程老师不在家，我不想做午饭，省一顿是一顿，就不留你啦。我说，我不在这儿吃，可是你不吃饭能行吗？她说，行，拣点剩饭。说完又凑到我跟前，悄声对我说，你不知道哇小姑，程老师也算个老干部，可是他家生活太苦了，要是我不来，我真想不到还有这样的老干部。你说，就他一个人的工资，瓦斯水电电话费，还要给老伴吃药，还得给我钱，他儿子办出国，不能往家交钱，他女婿又有病……我来五十多天，有三十天晌午是疙瘩汤。给他炒盘带肉丁的菜，好几顿也吃不完，还推给我，你说我哪能吃？他家的生活比起庄河局长家，可是天地之差。

我没有说错，安插了一个亲戚，我的老师在我面前便不再有私生活了。我第一次知道，当了多年大学教授的程老师，家里生活居然这么惨淡。怪不得翁惠珠越来越瘦，她没有了局长家物质丰厚的吃吃喝喝。从程老师家出来，回过头远远打量嵌在五层窗户里的房间，想象着生活在这个房间里的三个人，心情要多沉重有多沉重。

探究一个人的生活，却打开了三个人的生活。一连多日，程老师、翁惠珠、病人，三个人的影子都在我的眼前挥之不去，只要想到翁惠珠，就想到我的老师，想到病人；只要想到我的老师，就想到翁惠珠，也想到病人。他们只要在我眼前出现，就再也不是孤立的，而是一个整体，扯不断理还乱。我不再怀疑翁惠珠在我老师面前的形象了，能那样体谅程老师的日子、病人的需求，确实不是年轻人能做到的，也不是一般的女人能做到的。能那样体谅程老师的日子，即使在感觉上再恣肆再膨胀，又有什么关系呢？我的牵挂和感叹与日俱增，其重要原因在于，翁惠珠是因为替我报恩，才宁愿过这样的苦日子，这实在让我不安。在我人生的关键时刻，我的老师几次力挽狂澜。当年我的第一篇作品几遭退稿，学习班上拿出讨论，是他的大加赞赏和肯定，才在文联的杂志上发表，才使我从此坚定了创作信心。后来，我的另一篇小说因为涉及第三者插足，有几句不恰当的提法，市里几个退休老干部联名写信上告，要求给我处分，我的老师知道后毅然站出来跟他们对话，要他们从保护年轻创作人才出发内部开会解决。再后来，市文联创作室缺少作家，他多次找文联争取，最后把我调到编辑部，虽然没能搞上专业，但确使我的人生迈出了很大的一步。这些年来，我了解了程老师的为人，从内心敬仰他，却从不知道他的生活是这个样子，是如此需要帮助。现在我明白，不到万不得已，他是不会给我打电话要我帮找保姆的。我接到那样的电话，自以为会倾尽全力帮助，而实质上我是没有力量帮助程老师的，我倾尽的是翁惠珠的全力。我为什么要让本已经艰难不堪的人再度艰难呢？可是翁惠珠不这么艰难，程老师又怎么能走出艰难呢?!

为了得到心理安慰，我能做的唯一一件事就是每到一个月，就把翁惠珠叫到我家，做一桌好菜，让她美美吃上一顿，然后再带一些给程老师。而一月放假一天的翁惠珠，来我家坐不到两小时就急着回去，说不放心病人，程老师上了岁数伺候不了她。翁惠珠一次比一次瘦，也一次比一次话少。她见到我仍然很热烈，紧紧握我的手，但只要在沙发上坐下来，就有些神情恍惚，目光收缩在最小的空间里，一脸的忧郁。应该说，她的瘦、她的忧郁都给她增添了一种美，一种在过去的她身上看不到的美。当然，这种美还得归功于她的打扮。她的话一次比一次少，但发式、服饰和脸上的妆却一次比一次讲究了。她原来烫卷的头发越来越直，变成了一头齐耳直发，并且耳角处有那么一绺短发处于上翘的走势，很有青春气息。她的脸腮涂有淡淡的胭脂，嘴唇上也涂有淡淡的唇膏，有一些显而易见的亮度。看到这些，既让我欣喜，又让我感叹，我欣喜程老师的品位改变了她的品位，感叹窘迫的生活使她改变了天性中的乐观，她居然会这么深入地介入主人的生活。

事情是在春节之前现出端倪的。春节之前，小年这天，翁惠珠给我打来电话，说要到我家串门。照例，我为她包了三鲜饺子，拌了凉菜。她进门之后却让我有些惊讶，她已经相当瘦了，眼窝罩着深深的阴影。她进门来，坚

决不让我包饺子，说坐下来说说话就行了。我说，一边包一边说嘛。她说，
不，坐着说。可是当我真正坐下来，她又茫然四顾，默默不语。我猜想一定
是发生了什么不愉快，是被程老师批评了或者被程老师儿女批评了，临近春
节，程老师的儿女一定回来了；要么就是她实在干够了，实在无法再为这份
亲情坚持下去了。这可实在太糟糕了。在我这里，无论发生什么样的事情，
只要她不提出离开就是万幸。我其实非常矛盾，在当时，我压力最大的是翁
惠珠做了我老师的保姆，最担心的是翁惠珠不想给我的老师当保姆。

　　不管我的心情怎样矛盾，事实都要残酷地浮出水面。我坐在那里，静静
地等待着，就像一个等待宣判的罪犯。然而，我万万没有想到，浮出水面的
事实与我预料的事实竟然大相径庭，是又一种残酷。不知坐了多久，翁惠珠
说——她好像深深叹了口气，她说，小姑，我想问你两个字，惆怅怎么写？
初始，我愣了一下，以为是乡下的儿媳写信给她，又提起老了不养她的事。
可是就在我想告诉她的时候，突然，一个念头涌进了我的大脑——她爱上了
程老师！我看着翁惠珠，我想我的目光一定很尖锐，像针尖那样。我说，翁
惠珠，你爱上了程老师？我说出这句话，翁惠珠的脸腾一下就红了，接着便
有一道光辉闪在她眉宇之间——这是这么多年来，我从未见到的一种光辉。
它没有色彩，完全是眼神在心灵间的飞动，如一只鸥鸟在霞光里的飞动。我
敢肯定地说，这是人世间最最美丽的光辉。时至今日，已经时过境迁，可是
某个时刻，偶尔转头，那道光辉仍闪烁在虚幻的空间里。我想，那一时刻，
我的心里是豁亮的，如黑云密布的天空突然露出霞光，为一个生命的诞生。
然而很快，不到几秒钟，黑云又密布了天空，霞光不见踪影。显然，翁惠珠
正是看到了密布的黑云，心底才翻卷出惆怅的。我说，翁惠珠，程老师对你
好吗？翁惠珠低下头，娇嗔地一撇嘴，你去问他吧，他不一定肯说就是了。
我的问其实只是一种礼节，是无话找话，却不想翁惠珠居然如此自信。

　　面对翁惠珠的自信，我不但没有从云缝里见到霞光，心情反倒更加黯淡，
因为我坚信这根本就是不可能的。而只要不可能，对翁惠珠已经出走的感情
便是要多残酷有多残酷。毕竟这是她苍老心田上少有的一次颤动。为了不使
她滑行太远，我说，翁惠珠，你可能是错觉吧？我想说，程老师可是一个真
正的学者啊！他怎么能看上你？但为了保护她的情绪，后边的话没有说出。
听我说错觉，翁惠珠敏感地抬起眼皮说，小姑你不要不信，我知道你是想我

文化低。文化高没有用，帮不了他，人处久了，不在文化高低了。你不光要信，你还得帮我！小姑，你得帮我！你知道吗？我多年在外边当保姆，为的就是这一天，我现在等到了。他对我的好是我一辈子都没有遇到的，昨天他说春节给我放假半月，他自个都叹气了。

翁惠珠话说得相当快，好像略一迟疑，到手的爱情就会跑掉。说到底，我是一个文人，容易被感情感染。后来，听翁惠珠把话说完，我心里真的裂开一道缝隙，洒进了淡淡的阳光。我想，确实什么事都有可能发生，程老师老伴瘫痪十年，十年来保姆换了无数个，就没遇到一个像翁惠珠这样年龄相仿又尽心尽力的，关键在于翁惠珠是程老师年老之后身边的唯一一个女人啊，朝夕相处，耳鬓厮磨，再大的文化差距也容易被孤独填平。尽管暂时我帮不了翁惠珠什么，但我还是悲哀地相信了这样的事实。我因为相信了这样的事实，春节前我跟程老师说，反正翁惠珠家里没什么牵挂，如果你需要，就让她留下吧。

事情在一步步朝着我不愿相信的方向发展，程老师没让翁惠珠回家过年，不但如此，在我上程老师家拜年的时候，我还发现程老师在教翁惠珠写字。翁惠珠把一个识字本拿给我看，那上边写满了"惆怅"和与惆怅的意思相对的"快乐"什么的。翁惠珠瘦削的脸上溢漫着掩饰不住的幸福。这幸福因为包裹了好多年，压抑了好多年，在她的动作上流动时，让人觉得有一种被冲撞得一荡一荡的波动，比如在她拿本子给我看时，一不小心将一瓶练习写字的墨水撞翻，墨水很快流到了茶几的缝隙、地板的缝隙。

因为有了心灵中最最亲近的亲人，翁惠珠不再需要我这个亲戚了，每到一个月，我打电话约她，她都以走不开为由拒绝我的邀请。不过，她的语气可是十分甜蜜的，沉浸在某种情境中的甜蜜。小姑，不行，于老师不让我走。到底是于老师还是程老师？她的嗓音都快颤抖了，几个字吐出来，要拐好几个弯。我想要是程老师在场，不起一身鸡皮疙瘩才怪。谁知道呢，爱情这家伙可是容易遮蔽一个人的听力和视觉啊！闲下来，仔细想想我的两个恩人患难中的相爱，觉得也并非什么坏事，爱嘛，毕竟有一种相加的力量。他们相加了，有力量了，我就不必瞎操心了。我这个学生和亲戚只等着有一天，我老师的老伴去世，为他们证婚便是。谁知，正当我在心里边一点点放下翁惠珠，不再挂着邀她的时候，她反倒给我打来电话。她说，小姑，这个周末我有时间，想去看看你。

　　再度出现的翁惠珠与春节前的翁惠珠简直判若两人。她依然很瘦，眉清目秀，依然话少，但她的表情少见的平静、舒展，举手投足少见的轻巧、优雅。我们见面，原来那种热烈的握手没有了，而是微笑着慢慢走过来，手尖在我手心轻轻一碰，好像小鸟啄食。坐下说话的时候，她有板有眼地打着手势，手在半空划着，呈兰花指的形态，仿佛正在给学生上课的老师。尽管她的优雅在我眼里有些做作，尽管她的清秀使她昔日四溢的膨胀感丝毫不见，但是这一次，我明显感到在翁惠珠内心，有一个巨大的东西在恣肆，在膨胀。因为在我们见面的两小时中，她所说的所有的话都是有关这个城市的。比如她说，就没想到有一天喝的水还要受限制，简直太不像话了。比如她说，这锅炉取暖把空气都弄脏汰了，晒的衣服上一股煤烟味。她居然还谈到了奶的质量，说有一天我们五楼十三岁的孩子牛奶中毒，太吓人了。她在说到楼上楼下这样的方位时，不说是程老师的楼上，而是我们。她不提程老师，也不谈病人，她甩开了所有保姆身份该谈的话题，俨然就是一个家庭的主人、一座城市的主人。

　　现在回想翁惠珠那次到我家的探亲走访，应该是她人生中最最辉煌的时刻。我很少用辉煌这个词来修饰我身边的生活，我向来不认为我身边的人和事会达到辉煌的境地。但我坚信，翁惠珠生命中那个辉煌的日子是确实存在的。她找到了爱情，找到了一份城市里的爱情。她因此而告别多年流浪的生活，做用人寄人篱下的感觉，永远距于城市之外的无奈。尤其她摆脱了告老还乡无人抚养的恐惧。她获得，她拥有，她激动，她踏实，她一日日进入了角色。到我家走访其实是一次作为主人公的展示和演练。只不过因为怀抱一个巨大的宝物，她的展示和演练趋向了内心，就像十月怀胎的孕妇在街头上走，就像一个真正的有钱人在社交场合的平实和不事张扬。

　　然而不久，3月的一天，我刚上班便接到一个电话。电话是朱琳打来的，她是我的文友，也是程老师的学生。她告诉我，程老师的老伴昨天去世了，明天在火葬场开追悼会。在此之前，我没有接到程老师的电话，也没有接到翁惠珠的电话，我对这样的消息表示怀疑。可是当我把电话打到程老师家，一切都得到证实。

　　在火葬场参加完追悼会，我和朱琳一同来到程老师家。翁惠珠和程老师都没有参加追悼会，这使我懂得，追悼会原来是为不相干的人主办的，真正的亲人，为亡人付出了血泪感情的亲人，是用不着到现场的。程老师病了，烧得很厉害，正躺在床上挂吊瓶。翁惠珠则在屋里忙着什么，见我来，连忙把我引到厨房，小声说，小姑，程老师老伴刚走，正难过，可千万别提我跟他的事。我点头，我想我哪至于这么蠢。可是，当我和朱琳与程老师在他房间简单地唠了一会，见他太倦不想更多打扰，要起身告辞时，程老师拽住我的手示意我留下。我已敏感地觉察到，程老师要谈的话一定与翁惠珠有关。当时我想，程老师大可不必这么急促，老伴刚走。程老师让我坐下，之后干咳两声，便开口说话。他说，玉贞，我该怎样感谢你呢？没有你，我的日子可怎么过？我心里说，不用谢，这是您的造化，只要您爱她，当学生的就一百个高兴。他说，玉贞，事情到了这一步，还需要你继续帮忙，我不想为难你，可我没有办法。我心里说，帮，我一定帮，只要您不为难，我一点都不为难。他说，当然先不着急，先缓一缓，让她休整休整，她对我的功劳可是太大了。我心底涌出感动，他老人家这么心疼翁惠珠，也真是翁惠珠的造化。谁知，正当我感动得心里滚热时，他又说，一定给她找个好人家，等我病好了，我也帮她找，她当保姆真是没说的。我惊呆了，直直地看着程老师，但没一会又清醒过来，心想，一定是程老师为了掩人耳目，老伴刚走就与保姆结婚，怎么说也让人怀疑。我说，程老师，我懂，不过翁惠珠跟我说了，她确实是爱你的。

　　听完这句话，程老师如一只受惊的鸟，暮地从床上弹起来，因为太急，木架上的吊瓶猛烈晃动，像发生了地震。他说，玉贞，我没有这个意思，你千万别误会，我一点也没有这个意思，这，这怎么可能！

　　应该承认，我是一直不情愿相信我的老师会爱上翁惠珠的。不是我多么在乎身份、地位、文化上的差别，我是想，如果说巨大的孤独能够填平差距，那么我们便不得不看到这样的结果：我的老师在巨大的生活磨难中已经蜕变成了一个只知饱食终日的庸碌之辈，我不情愿人生有这样的悲哀。可是我发现，当看到程老师因我将他和翁惠珠连到一起而腾的一下坐起，欲甩掉脏东西似的一口否定那样的事实，我的心头又不设防地掠过了又一种悲哀，我甚至感到心脏的某个部位疼了一下，如同是我自己在经历失恋。我在想，翁惠珠不是一块脏东西呀！

　　从程老师房间出来，我的脸怎么也挂不住。我不敢看翁惠珠，生怕把不幸的消息传达出来。好在翁惠珠没有一直候在门口，而是躲在厨房里洗着什么，将水声弄得哗哗响。她的背影是飘忽的，一闪一闪。看着她动荡的身影，我想，翁惠珠一定以为程老师把我留下，是在向我宣布她等待已久的事实，于是用远离的方式分散注意力。也许她从没怀疑事情的可能性，见程老师留下我，便提前陷入了一种幸福，到厨房将水声弄大是激动所致，是一种放纵。我在客厅里站着，将目光转向同来的朱琳。她已经等得很急，站起来示意要走，见我表情有些异样，惊愕地瞪着我，怎么啦？我笑了，是挤出来的，然后趁笑还没消失，赶紧转向厨房大声说，翁惠珠，我们要走啦。因为水声太大，她没有听见。我又说一声，这一次她听见了，转过头，脸上露出灿烂的笑容。那一刻，当我看见她脸上的笑容，我听到我的心有碎裂般的声音。

　　这是我今生永远难以忘怀的笑容，有梦幻般的迷离、氤氲样的飘逸，它是经心灵的露珠浸泡过的，是浸在了肌肤里，既浑然一片，又粲然欲滴。不知道是我的假笑已经乱真，还是翁惠珠被虚构的胜利冲昏了头脑，失去了辨别真假的能力，她一直端着笑容，就像端着一盆金菊。她眨巴着因漫长的等待而陷下去的眼睛，嘴唇颤抖着，呆呆地望着我，一句话也说不出来。直到我和朱琳走下楼梯，她仍呆呆地站在那里。

　　随着离程老师家越来越远，委屈也便仿佛春天的青草一样在我的胸口疯长，替翁惠珠，不，替我自己。我曾说过，那一瞬间，我觉得失恋的正是我自己。我想起春节前翁惠珠来我家时的自信，想起她鸥鸟一样飞动的眼神，主人公一样优雅、平实的走访，如果程老师不给她错觉，她怎么会陷得如此之深？当我忍不住把我的想法讲给朱琳，朱琳竟嗷的一声，你怀疑我们老师？你是说我们老师利用了她？你也太缺德！不看看她什么样子！一个银行老板在马路上可怜一个叫花子，叫花子很可能爱上银行老板，你能说是银行老板勾引了叫花子？

　　朱琳是报社有名的小灵通，思维一分钟能绕十万八千里。她确实有她的道理，翁惠珠很可能是错把人道主义关怀当爱情。可是，我是说，我们的老师应该想到这样的结果，并因此而采取冷淡的态度。翁惠珠毕竟没有文化，需要他明确划出界限。正在我被说不清道不明的委屈搞得心神不宁的时候，我的呼机响了，打开来，窗口上写满两行汉字：玉贞，回到家里请速回电话。程杭树。

我看着这三个字，一时间有些发蒙，但我没有将呼机窗口上的字给朱琳看。程老师要我回到家里再打电话，一定是要我避开别人。

为了打这个电话，我打车回到家里。我拨通了号码，我听到了程老师的声音。玉贞。程老师的声音低弱极了，像长期在沙漠上行走的人在干渴中挣扎，有气无力，嗓音还有些沙哑。程老师说，玉贞，请相信你老师，我不会做过格的事……那一天完全是个意外。程老师说到这里，干咳两声，嗓音因为干渴有嘶嘶啦啦的响动。听得出，下面的话有些难以启齿。但是，许久，程老师还是说出来。他说，那一天我不可能发火，她是一个可怜的女人，我们都是可怜的人，我不能让她更可怜。我更加蒙了，我不知道程老师在说什么。许久，当我想到我离开他家之前我们两人的对话，突然明白，程老师是以为我从翁惠珠那里知道了什么。我说，老师，我什么都不知道，翁惠珠没有跟我说什么。程老师说，要是真的不知道，就不要知道了，我只请求你相信一点，相信你老师的人品。还有，翁惠珠是个可怜的女人，我们再帮她找个好人家。

正常情况下，我应该在电话里连连称是，表示从没怀疑过老师。可是，我只默默地听着，一言不发，直到最后放下电话。我不说话不是还对老师有什么怀疑，而是在爱情上，我与老师有着截然不同的态度。程老师信奉的是多情的无情，看上去是同情，不告诉她他不爱她，其实是最大的无情，是让一个可怜的女人更加可怜。我尊奉的是无情的多情，断言相告，看上去是无情，其实是最大的多情，那会让一个可怜的女人拾起最后的尊严。程老师难以启齿的话无非是翁惠珠趁他不备，做出非理举动，而他出于同情，没有做出愤怒的反应而已。这在我这里是最最不能原谅的，我把这看成是男人的无情。说重些，男人从不懂得拒绝爱情是一种美德，男人总希望生活在爱的氛围里，哪怕是再不爱的人。

因为在程老师和翁惠珠的关系中，我更多地站在了女人的角度、弱者的角度，从程老师家回来那个晚上，我几乎一夜没睡，我一闭眼睛，就能看到翁惠珠梦幻般的目光。她一辈子没有爱过，现在她爱了，她与她爱的人同在一个屋檐下。她一定是迈着轻盈的脚步，兰花指在腰间轻盈地抚动，她一会走到厨房，一会走到卫生间，一会又走到阳台，最后她走到了程老师房间。她的目的就是要到程老师房间，但她必须到厨房煮沸开水，到卫生间取来毛巾，到阳台把滚热的毛巾调到合适温度。这是进程老师房间的理由，也是目的。是目的吗？翁惠珠制造了一个又一个理由，为着一个目的，那个目的近在咫尺，就在她的身边溢漫。那目的既是一个地方，又是一种气息，她一遍又一遍地观望它，琢磨它，等待它，她已经感到了它的灼热、它的耀眼，可是……这太残酷！我不希望是这样，她应该有她的尊严！

多年之后，平静下来，回想当时自己的激动，知道自己站在翁惠珠的角度是有些狭隘和偏激了，其实，我并不了解程老师与翁惠珠这样一个女人同在一个屋檐下的真实感受。当然，即使后来有机会与程老师见面，他也没有讲过有关翁惠珠的只言片语。但是，程老师老伴走后，程老师再婚，在结婚典礼上，我见到了那个真正让程老师心仪的女人。这时我才知道，翁惠珠与程老师心理上的差别到底有多大，简直不能同日而语。这是一个近六十岁的女人，却只有五十来岁的样子，曾是复旦大学中文系教授。她纤细、小巧，戴着一副窄边眼镜；她圆脸，小眼，不算漂亮，但文静而有风度，尤其她说话时那种和蔼、那种抚慰人心的轻言轻语，透着骨子里的细腻、优雅和高贵。当然，翁惠珠与程老师内心感受的距离是可想而知的。我是说，当你见到这样一个处处现出聪敏、细腻和高贵的女人，你会真正明白，程老师怎么可能去和翁惠珠交谈有关爱情的话题，这或许也关涉程老师的尊严。

因为不能马上找到合适人家，按程老师的要求，又不能打发翁惠珠回农村，无论在我看来多么残酷，翁惠珠在程老师家暂住一段时间都是没有办法的事情。我四处打电话，求爷爷告奶奶，我一遍遍跟朋友说，我这里有个保姆，五十多岁，绝对勤劳肯干忠于职守，不管什么样病人都能伺候，不挑吃喝不计报酬。我焦急的样子恍如热锅上的蚂蚁。在我心里，翁惠珠在程老师家多待一天，她的尊严、人格就多丢失一天。可是没有病人的人家不需要大龄保姆，而有病人的人家哪里是我打几个电话就能网到的？我着急，翁惠珠比我更急。同样是急，性质完全不同。我急，是急着让她快一点离开程老师；而翁惠珠急，是急着程老师快一点声明她从此就留在程家，做程老师的合法夫人。我想，一日日近在眼前的等待一定也将翁惠珠煎熬成了热锅上的蚂蚁。

她一连几天，一天打来一个电话，都是程老师出去散步的时候。她打电话没有什么要紧的事，只向我汇报程老师的病情，由能下地到能喝一碗粥，由能喝粥到能自己下楼散步。她说，真奇怪，程老师这次病好，一天一天不坐家，一上午一下午地在外边散步晒太阳。见程老师在躲着她，我便试探着向她透露程老师的意思。我说，程老师老伴走了，他需要休整，你要给他空间，看看吧，我帮你再找一家，你离开程家。翁惠珠说，那可不行，我不能扔下程老师不管，没有我侍候他就完了。见翁惠珠竟毫无察觉，我终于忍不住，我说，翁惠珠，咱只是个保姆，咱来程家是因为病人，现在病人没了，咱得自动离开。程老师完不了，程老师还有他的新生活。

许是终于听出我的弦外之音，翁惠珠支吾着，在那边再也说不出话。许久，又小心翼翼地说，小姑，程老师跟你说什么了吗？我说，没，没有！

通话的第二天，翁惠珠来到我家。才不过一周，翁惠珠已相当憔悴，面部隐在皮肤内层的斑点愈发清晰。她嘴唇上起了一层水泡，红红的。她坐在沙发上，呆呆地看着我。我不说话，她坚决不说话，好像不等出兜底的话绝不罢休。可是，不管怎么样，我得尊重程老师意见，绝不能和盘托出。我只有旁敲侧击说，程老师困在家里十年，也许身体养好，要到外面走走；说，程老师是个知识分子，知识分子有个通病，就是保守，即使他对你有什么想法，也不可能将这想法变成现实，那样舆论也通不过。你说呢？我说前边的话，翁惠珠毫无反应，当听我说到舆论，她眼里闪出火花，脸上顿时掠过一道活泛的神韵，是啊，我就知道他在乎舆论，怕人说一个教授娶了保姆，我早就看透这一点，要是那样，我甘愿一辈子给他当保姆。

那一天，不说出事实真相对我是一个莫大的考验，这意味着眼看一个亲人往深渊陷落，却在一旁置之不管。然而，当时的情景，我只能做一个旁观者，因为翁惠珠在向深渊滑行时，搅动了无比美妙的水光，溅起了无限生动的浪花——因为那一天，从我的语言里了解到程老师爱而不能，她当着我，一程一程回忆了对程老师情感的发展。她说，都怪那件夹克，要是没有那件夹克，也不至于……她目光盯着脚尖，陷入一种回忆中。她说，一开始，我不怎么能看惯程老师，主要是看不惯他吃东西就吃那么一丁点。他不吃，你就更不敢吃，我在庄河那个局长家，鱼虾都吃够了，到他家可倒好，炒两个菜还不舍得，还得喝疙瘩汤。说心里话，当时我就觉得他太小气，庄河那个局长在我临走时就说过，知识分子都小气，一分钱也是钱。不过他干净，不管穿什么衣裳都有模有样，这一点和庄河局长不一样，和我在庄河走过那些家的男人都不一样。那些男人有老婆侍候着，还油脂麻花的。我这人，自十几岁待过城市，就稀罕干净。他有一件米色夹克，袖口和领口都发白了，可是人家洗得干干净净的。跟你说吧，他一穿上那件夹克，我就对他有好感，就小气也不觉得小气了；他只要穿上那件夹克，在我眼里就变得了不起了，就比庄河那个局长还能事了。你觉得怪吗？这可是真的。不过，对程老师看法的改变倒不光因为夹克，那是表皮，还是日久见人心。后来，程老师把生活费交给我管，我知道了他家的收入和花销，知道了知识分子的小气是因为没有外捞，便一点点由看不惯转为可怜了。人也奇怪，你转变一点看法，会带来一片转变。再后来，我觉得这老头心肠太好了，不管他老伴怎么累赘人，夜里从来都是自个陪着，还和老伴睡一张床。他老伴都人事不省了，他还不嫌弃，这一般人做不到。晚上，他老伴厕尿，他从不叫我，我也是，白天太累，夜里睡得死，他不叫我我也醒不过来。可是有一回，他扶老伴大便，一下滑倒在卫生间门口，我被惊醒，睁眼一看，那么高高大大的程老师竟被老伴实实在在压在地板上。我当时爬起来，连拖带拉把于老师抱到床上，又拖程老师，你知道这一拖怎么样，握住他干瘦干瘦的手，一下子就心疼了……他一个当过教授的人，谁能想到会这么不易。第二天，给他洗夜里弄埋汰的衣裳，就是那件夹克，我捧在手心，心一阵阵地疼，也就是那一天，我决定我要把程老师换下来，我和他老伴睡一块。原来只挣三百五十块钱，是为小姑；现在多干活，谁都不为，是为自个，谁叫我心疼程老师？可是好说歹说他就是不同意。他说，前半生我只为工作，没陪过于老师，现在，我说什么也不能扔下她不管，再说你也是五十多岁的人了，白天那么累，无论如何你得休息好，为于老师，咱俩谁也不能有什么闪失。小姑哇，你说，程老师这是什么心肠啊？心疼老伴，还心疼我，这一辈子谁这么心疼过我！他从不大声和我说话，吃东西推过来让过去。有一回，他上学校开什么会，喝了点酒，回来了还兴奋着，把我叫到他屋说，翁惠珠啊，你是我的救命恩人，没有你哪有我现在？我知道他是指我对病人的伺候。可是，看着他很少有过的眼泪汪汪的样子，我真想扑到他怀里大哭一场。

我想过，他是有学问的人，不可能对我有什么，可不管怎么想，我对他都有东西了。那件夹克，我每次洗它，都要捧在脸上贴一贴，你知道，他有很多衣裳，但我都不觉得代表他，就这件夹克。其实我心知肚明，这件夹克也不光代表他，它代表很多很多，是年轻那会的一些东西。可是有一天，出了一件事。这事以后，我知道程老师对我绝不是什么东西也没有，而是有了很多东西。

说到这里，翁惠珠停了下来，脸上露出羞怯，类似十八岁少女讲到自己的第一次拥抱。她眼睑低垂着，手将耳角的头发抿来抿去，一会掖在耳角，一会送到嘴边。无数次反复之后她说，说起来，要不是程老师穿那件夹克，也什么事都不能发生。那一天，我不知怎么了，就觉得孤单，这么多年在外边，我从来没觉得孤单，就想往一个人的怀里靠一靠。小姑，要说对男人，我好多年都没有什么念想了，你说我想往男人怀里靠一靠，是对男人的念想吗？当时程老师正在书房里走动，好像在想事，他穿着那件夹克，侧影看上去，夹克反着亮光，镶了金边似的，那亮光和窗外的亮光对流，就像天上的东西，像云彩，就要飞走的云彩。当时，一下子我就害怕了，就觉得程老师会像云彩一样飞走。你知道，我年轻时就眼看着这么一块云彩飞走了。我扑进书房抱住程老师。我抱住他，害怕得要命，我说，程老师抱抱我，抱抱我。程老师没有往外推我，真的就像我说的那样，把两手从我手里拿开，把我抱住。开始他抱得不紧，好像不好意思，但他确实是抱了我，可是抽冷子，他勒紧我，我觉得我的身子嵌进了一座山……也就划一根火柴的工夫，他松开了。松开我后，他说了一句话，那句话叫我哭了三天三夜。他说，翁惠珠，我们都是可怜的人，就把我当成你的老哥吧，你的老哥！

翁惠珠滑向了致命的深渊，波光打湿了她的头发、眼睑、脸颊。亲历这样一次滑行，无论你多么想以局外人身份、客观的眼光，都无法不被感染和打动，当"可怜、心疼、孤单、害怕"这样一些字眼从她嘴里说出，我其实看到了一个灵魂的真正翱翔。只是感动之余，有一样东西让我迷惑，就是那件夹克。她无数次提到它，在翁惠珠那里，它到底代表了什么，它为什么会像一块云彩，会如此重要？

通过翁惠珠的讲述，我粗略地明白，程老师的做法是正确的，不能将穷人手中的泥碗打碎，如果他认为那是一只金碗，就再好不过。显然，在情感两个字面前，程老师也是一个穷人，只有穷人才更懂得穷人。其实，在程老师退休之后的晚年生活里，没有任何人了解他如何在向地腹深处下沉，在程老师生活的地面的下面，凹陷着人生的真正苦味。这苦味极少有人走近，而翁惠珠恰是这世界上唯一走近了这苦味的人，尽管她尚不能体味这苦味的全部，然而对于程老师，有了这种走近，谁说同情不比爱更有光辉?!

给翁惠珠在滨城找另一户人家，是程老师老伴去世一个月以后的事。踏破铁鞋无觅处，得来全不费功夫，原来那个急切需要保姆的人家竟然就是几年来一直坐一个办公室的同事。我们在一个办公室，却从不谈及私人生活，他岳母瘫痪四十多天，到保姆介绍所登记多次。了解到我们之间存在着不可多得的供与求，还得感谢网上阅读。那一天，我因为着急，把翁惠珠的情况制作了一条消息发到这个城市的非非网页上，不久，就看到了落款打有我熟悉名字的征求消息。当我们彼此将详细的联络方式向对方公开，我禁不住拿起电话，在电话里和同事不约而同地大笑一气。

终于找到人家，我是多么喜悦啊，我的喜悦一点不比当年在县城接到调令时的喜悦逊色，这一消息牵动了三个人的生活。它将一个打得紧紧的死结解开。就是这样，有时候解开生活中的死结需要契机。为了紧紧抓住契机，没有征得程老师和翁惠珠同意，我就私下里和同事敲定了搬迁时间。

那是一个初冬的日子，尖锐的小北风使楼群中的空气有些冷峻。告别十分简单，简单得有些不像告别，而更像一次出门散步。翁惠珠说，大哥，我走啦，我去看看。就跟我走下楼来。程老师站在门口目送我们，说，看看吧，不合适就回来。翁惠珠一个人，什么东西也没拿。楼道里，当我提出疑问，翁惠珠说，先不拿，去看看再说呗。相对同一屋檐下打发的漫长日子，相对翁惠珠对程老师的情感，这种告别无论怎么说，都有些仓促了，就像楼群里仓促的北风。是程老师真的认为翁惠珠还会回来吗? 是翁惠珠真的做过回来的准备吗? 我宁愿相信，这种告别是翁惠珠多日来经心思考的结果。因为在我同事的岳母家刚刚坐下，翁惠珠就跟我说，小姑，我看挺好，你和他——她指着我的同事，再跑一趟，上程老师家把我的包拿来，都打好了，就一个包。

原本将出租车停在程老师楼下，准备上楼面对两个人时，我的心情是相当紧张和忧虑的。我生怕翁惠珠因终生再也回不到程老师家而哭哭泣泣，或

保姆

— 195 —

者说一些让我感到难堪的话。翁惠珠没有这么做，她不但没有这么做，且表现得异常冷静，冷静得让人怀疑她对程老师是否真的有过如她所说的那种感情。最让我意外的是，翁惠珠自从离开程老师，来到我同事的岳母家，就再也没有给我打过电话，仿佛我这亲戚只因了程老师而存在，离开程老师，我就是一个与她不相干的人了。被打搅惯了，冷不丁没有被打搅，我真的有些不适应，关键是翁惠珠的做法，与前一个翁惠珠太不相符，是完全断裂的，她为什么会有这么大的断裂？

我曾经因此而嘲笑自己，把翁惠珠对程老师的情感看得那么神圣简直是一种病态，就像一个嗜血的蚊子，见到红色就扇动翅膀。翁惠珠对程老师的感情也许根本就谈不上什么感情，只不过是一个漂泊者的临时需求，就像一只瓢虫对一片树叶的需求，即使与情感有关也只是停留在表面，而并没有进入内在的生命。我是说，翁惠珠根本没有到魂牵梦绕、肝肠寸断的地步，我对翁惠珠的理解和把握，完全出于一个长期迷恋于想象的人的异想天开。半年多来，我每次上班，都要向同事问及翁惠珠的情况。而十有八九，我的同事也不知道翁惠珠的情况，他说，不知道，挺好吧，我每次去，她都和我岳母待在屋里，很少出来。

这就是翁惠珠的命运，她总会把一些人从伺候病人的苦难中解脱出来，总是用过多的付出得到人们短暂的记挂。现在，我的同事用着她，感谢她，她在我的老师那里便日渐成为遥远的过去。翁惠珠不再打搅我的生活，只偶尔给我留下一丝感慨了。然而，正当我为她的命运发着感慨，一点点地淡忘了她与程老师那段恋情时，一个周五的晚上，翁惠珠突然叩响我的房门。

当时，我们刚吃完饭，我正在厨房洗碗，听到敲门声，还以为一楼居民委员会又给我们送什么通知——居民委常常在晚饭后送发通知。我打开屋门，看是翁惠珠，像看见日头从西边出来，异常惊讶，你——不等我把话说完，她猛一低头，冲到卧室，扑到我的沙发上哭了起来。我不知道发生了什么，我跟丈夫、孩子一同围过去。我蹲下来抚着她的肩膀，一声不罢一声地喊着，翁惠珠，翁惠珠，你怎么啦，到底怎么啦？我的孩子从没见过大人哭，也哇的一声哭了起来。

听见孩子哭，她才一点点止了哭声，抬起头。但她见我和丈夫都在屋里，揉着眼，抖着肩，什么也没说。我示意丈夫带孩子离开，我丈夫坚决不走，那样子好像就是要听一听到底谁欺负了她。他说，是不是他们欺负你？翁惠珠直摇头。我再次示意丈夫离开，见翁惠珠摇头，我丈夫终于出了屋，把门关上。这时，翁惠珠放下手，看了看我。她明显胖了，有点回到在庄河大街上见到的那个样子，脸很圆很白。我同事岳母家好生活的滋养是掩藏不住的。她如果不是哭，你会以为她登门来是为了向我汇报找了一个好人家的喜讯，从而控诉程老师家万恶的穷日子。我在她身边坐下来问，到底发生了什么？翁惠珠眼窝再一次红了，她嘟着嘴，摇摇头，似不想说可又止不住张开嘴。她说，没有什么事小姑，什么事也没有，都是我自个的事。自个的事是什么事？我紧追不放。她再次摇头，最后说，小姑，程老师找老伴了。

我直直地看着她，我说，你怎么知道？翁惠珠说，听邻居徐婶说的，我常和她通话。

看来翁惠珠就是翁惠珠，绝不是一只瓢虫。仿佛一根火柴点燃一捆稻草，翁惠珠的话，在我眼前一下子照亮了一段时间以来断掉的属于她的那一部分生活，我明白了她为什么以那种方式告别程老师，为什么这么长时间不再找我。她那么毅然离开程老师，其实是怀着一份梦想的，以期像初恋少女那样，以突然的消失唤起对方对自己的思念，使对方主动向自己吐露心声，从而找回丢失已久的尊严，再回到程老师身边去。对方一直没有吐露，她便不断地给程老师的邻居打电话。她一直希望现实确实不是我分析的那样，程老师真的是爱她的，也是有勇气的，于是一直耐心地等待着送我一份特大惊喜。她想不到她等来的是这样的结果。

甭管是金碗还是泥碗，它确实碎了，碎得干净，彻底。翁惠珠绝望地望着我，盯住我的眼睛。因为绝望，她脸腮的肌肉抽搐着。她说，临走之前，我用了一个月，把他所有被褥都重做了，我以为我还能回去，你说他结婚能盖我做的那些被褥吗？

我没有回答，这样的话说出来，显然用不着回答。但是，疼却是深入人心的。她疼，我也疼，为了那一针一线缝进去的希望。许久，翁惠珠从包里掏出一沓钱，一张张数过后放到我的面前。她说，小姑，这是我在程老师家两年时间挣的钱，我花了一些，贴补了他家伙食，这些是三千，你给我存着，我不能揣。

一张存折结束了一个乡下女人的爱情梦想，当我把存折放到柜子里边的抽屉，不禁为之叹了口气，也实实在在看到，翁惠珠真的把我当成了她信赖的亲人。

梦结束，生活现出了本来的面目，翁惠珠变得现实起来。偶尔打电话来，向我汇报病人的病情，猜测寿命的长短，让我赶紧联系下一个人家。她不想回乡下去，这是她最低的要求，她说如果在城里找不到老伴，她就当保姆一辈子，不管给多少钱，什么时候不能动弹，吃安眠药睡过去也就算了。

她宣布了她最低的要求，我却有了最大的压力，谁能保证一家一家都能接上呢？我又不是街道办事处主任。还好，随着一家一家地做，影响在逐渐扩大，同事推荐给朋友，朋友再推荐给同事，她确实一个一个接着做了好几家。没有谁会喜欢她，但却有人需要她，需要是她在这个城市唯一的通行证。她做活的人家离我朋友圈越来越远了，她做活人家的住址离我的住址也越来越远了。后来，她居然去了几十里外的开发区。然而不管多远，她都跟我保持经常的联系，说不定哪个早上或晚上就会接到她的电话，小姑，我是翁惠珠，你好吗？我真想你。每一次都那么亲切、热烈，每一次都没有什么具体的事情。给我的感觉，好像她是一个正往水底下沉的人，我是她随手抓住的一棵稻草，我是她在城市这个海域能够抓住的唯一稻草，也是她活在汪洋人生海域的唯一稻草，因为她电话里的声音总是先急切而后迟缓，总是一旦接上头便不知再该说什么。我帮不上她什么的，但还是毫不吝啬地给她有力的稻草的感觉。我说，你怎么样，挺好吗？有事一定给我打电话！

尽管偶有电话，但还是能够感到翁惠珠在一点点远离我的生活。这是必然的结局，就像人们在马路上行走，总要与一些人相遇、交错、分开一样。我跟翁惠珠只不过是马路上偶尔交错又分开的两个人而已，我们各自有着自己的方向，我们各自有着新的与自己交错的人和事，比如又有一个鲁美毕业的老乡为分配滨城来找我帮忙，比如我的一部中篇小说已经来到笔下。而翁惠珠从我同事岳母家走后，需要去一个中学教师家适应新生活，又去一个工商局办公室主任家适应生活，再后又去了开发区一个年轻的小老板家适应新生活。新的人事必然像尘埃一样，一层层覆盖着过去的一切，使我们之间那段交往成为往事，成为旧事，成为各自的一部分历史。它埋在时光的尘埃里，也埋在杂芜的经历的尘埃里，仿佛一颗没入厚厚落叶底下的沙砾，如果没有风的翻卷，真是再难见到它应有的模样。可是，在我们日新月异的生活中，难道还会有什么风能够翻卷到那样一片落叶吗？

有！总有那样一缕风！风无常，如同人生的无常。那其实是一个十分寻常的日子，是周一，为了锻炼身体，我步行上班；因为步行，走在五楼办公室时我气喘吁吁；因为气喘吁吁，办公室有人喊我的电话我没有马上去接，我慢慢平息着，慢腾腾来到办公室拿起电话。对方是个陌生的声音，他说，你是翁惠珠的小姑吗？我一愣，说，是。他说，你单位是不是在白云山？我说，是。他说，请你在那里等我，十五分钟后我去见你。

一缕无常的旋风，就是在这个平常得不能再平常的日子里刮来的。它其实很早就刮过了翁惠珠的生活，刮过了眼前这个年轻人的生活，只因为距离的原因，才刮到我这里。它使前来见我的年轻人有些冲动，有些语无伦次。年轻人在我的办公室坐下，警觉地看了一下屋门，生怕有人进来似的，支吾着长时间说不出一句完整的话，我……我是……翁惠珠跟没跟你联系？

看得出来他不是紧张，而是找不到合适的语言。我把屋门插上，静静地等待着他的平息。

终于，那缕风向远方刮去，尘埃再次落定。年轻人说，我是开发区鹏程公司的老板，翁惠珠是我的保姆，一周前翁惠珠走了。我想，这很正常，谁也不可能一辈子用一个保姆。他说，她在沃尔玛偷了人家衣服，被揪到派出所。

我凝住。我想，那一瞬间，我血管里的血是凝住不动的。她……他说，我赶到时，她已经被人家打得不成样子，头发揪下好几撮，人家要拘留她，我拿出五千元把她赎了出来，当晚，她就悄声走了……

她去了哪里？

不知道，可能是回家了吧，他说。接着他又说，我之所以要来找你，是因为你是我知道的她唯一的亲戚，她在我那儿多次提到你，说你是作家。我想把一样东西送给你，让你捎给她。说着，年轻人把一只包裹拿到身前打开来，顺手拽出一件衣服，是一件米色夹克。

他说，这就是他从沃尔玛拿的那件衣服，交了罚款，我把它要了下来，我想，她既然那么喜欢，还是送给她。

一丝疼从头皮开始，一点点漫到脖颈、胸脯、五脏六腑。其实，这疼从他说出头发被揪掉几撮时就开始了，只不过看到夹克，又深了一层。我长时间盯着眼前的夹克，它在年轻人手中摇曳，如一只风筝，如一朵云彩，它一点点地摇曳出翁惠珠的身影、翁惠珠少女般羞怯的面庞。我想起她曾经讲过的都怪那件夹克的话……我无法知道一件夹克在她心里的原始秘密，但有一点我深信不疑，那便是，在远离程老师，相思一日日叠加推不翻掀不动时，是一件代表着程老师的夹克云一样拖住了她的手，一定是这样。

见我不语，年轻人又将夹克装进包里，站起来自语道，她不该这么做，就是喜欢，跟我说一声，我会给她买的。

将年轻人送走，我长久地陷入了沉默。我看着扔在沙发上的夹克，它一点点从我眼前飞了起来，它飞起来，不是一件，而是无数件；它飞起来，不是米色，而是血淋淋的红。

当天下午，我就开始了对翁惠珠的寻找，我从同事那里一个一个要到翁惠珠在这座城市曾做过保姆的人家的电话，一个一个打过去，甚至我还给程老师打了电话，反馈的消息只有一个：不知道，没有联系。最后，我给小镇上的大哥打了电话，要他尽一切可能到县里查查，是不是又回了那个局长家，要他再去姜姿屯找找，看是不是回了老家。

姜姿屯，这个美丽的名字再一次浮现在我的眼前，我刚刚跟大哥提到这个地名，一个念头便强烈地逼近了我。我说，不，大哥，我也回去一趟，我要亲自去姜姿屯看看。

是对翁惠珠的命运产生了浓厚的兴趣，还是坚信翁惠珠出事之后，只剩下回老家这唯一一条路，我不知道。当天，我就到银行取出翁惠珠让我存放的三千块钱，带着那件米色夹克，坐上了开往乡下的汽车。

事实上，向姜姿屯走去的路是在向我的童年走去，尽管我在童年里从没有到过姜姿屯，但它坐落在老家前边的山腰上，掩映了那么多童年的幻想和想象。原本可以直接从小镇去姜姿，这样能省一个小时的路程，可是，为了找回童年对姜姿的印象，我们还是先回到老家，并在老家住了一个晚上。童年总是将一个小地方放大，因为心里装的世界太小，如今心里的世界无限阔大，姜姿耸在老家前边的山包便仿佛一个土堆，它甚至不是什么土堆，一块坡地而已。告别了堂姐的缠绵——因为离得远了，堂姐不舍路费到滨城打搅，见到我有说不完的话。跟大哥骑摩托穿过头道河、二道河，翻上姜姿的山腰，已经是第二天的正午时分。应该承认，真正踏上姜姿的土地，我的心情是相当复杂的，我既希望在这里看到翁惠珠，又害怕看到。希望看到，自然是为了了却牵挂，看到她真正地落叶归根，从此不再颠簸，平安平静地打发乡村日子；害怕看到，是因为这里曾出过姜姿这样有着叛逆性格的女人，我不希望看到翁惠珠的半途而废，她回到家里，就等于一生的努力都半途而废。可是，我难道希望她永远流离失所背井离乡吗？

在姜姿那条长长的屯街上，我和大哥没有看到翁惠珠，我们没有看到她，却听到了她的三个儿媳对她十分恶毒的控诉。当时，她的大儿媳正在院子里剥苞米，听说我们是找她婆婆的，以为是来雇她婆婆当保姆，苞米往地上一摔，说，恁问俺俺问谁？她的心是石头做的，恁们城市人需要她，她这一辈子就别想回姜姿来了，就去和城市人一块过吧。为了不让翁惠珠的儿媳把我们当成下来雇保姆的城里人，我和大哥说出我们是十里洼翁家的亲戚，姓申。可是这一说不要紧，二媳妇眼皮一翻，脸呱嗒一下就拉了下来，说，婆婆还不就上了老申家这门亲戚的当，村里人哪个不说，要是没有她后奶奶把她领到城里，把她的心弄野，怎么也不至于扔了家再也不回来。她的三儿媳人还善良，向我和大哥讲了翁惠珠曾经回过一次姜姿的情景，说在她们孩子还小时，她回来一趟，看那样子好像不想再走了，给大伙分钱，可是大嫂二嫂愣是没让她登门，撕了钱，包也扔到门外，说，要野你就野到底，俺孩子大了，不用你回来享清福。两个嫂子不要，她也不敢说什么，婆婆夹包走出大街时，发了毒誓，说我活着是城里的人，死了是城里的鬼，我要饭也要不到你们门前。

这是一个与我老家有着惊人相似的村落，落雀一样的草房，街后一道山冈，街前一条水沟，水沟的前方是一片菜地一片田野，田野前边是一条槐树围就的河道。最最相似的还不是这些，而是屯街上参差不齐的院墙、猪圈和粪堆，是溢漫在屯街上空牛马粪的气味和锅底烧焦的柴草味，是鸡犬相望亘古不变的寂静，是村人们亘古不变的野蛮和粗鄙。我和大哥站在大街上，茫然地撒目，是为离开姜姿屯找一个时间上的台阶，也是真正为翁惠珠的命运生出担忧。这里离城市说近不算近，说远也不是太远，坐车用不上一个上午，可是翁惠珠心里回乡的路到底有多远，实在是难以估量，关键在于，我们无法估量她离乡的路到底有多远。

正当我跟大哥因碰壁而焦虑，因焦虑而相对默默无语时，一声呼机的尖叫宣告了翁惠珠与她家乡的现实距离。

这是我半点不曾想到的事，我打开呼机，按号码给丈夫回电话时，还以为他要出差要我回去。我丈夫第一句话就说，翁惠珠找到了！我说，在哪儿？他说，我给你一个号码，你现在就打这个电话。

按记下的号码把电话打过去，接电话的正是翁惠珠。她说，小姑，是我，翁惠珠。许是因为激动，许是一瞬间脑中涌出太多的意象，夹克、警察、媳妇的骂……我一时说不出话来。她说，小姑，我明天结婚，就想打个电话告你一声。我说，你在什么地方？翁惠珠不语，重重地喘息着。我说，翁惠珠，我在乡下，你告诉我地址，我去参加婚礼。可是不待我把话说完，她已放下电话。

翁惠珠当然不会想到，那个号码已经留在了我的手机里，再拨过去，是一个陌生男人的声音。我问，这是什么地方的电话。他说，腰岭。我问，是什么乡什么县？他说，吴炉乡庄河县。

能在这样一个秋天，以这样的方式参加这样一个婚礼，实在出乎我的意料。在向目的地驶去的路上，我心里有种说不出的悲哀。事实上，这个结局是翁惠珠最好的结局，她没有继续流浪，又没有回老家去，以受儿媳白眼的姿态宣告自己的失败，她走出了第三条路。我只是说，在我心里一直贮藏着一个血淋淋的场景，翁惠珠是遭到城市惩罚才最终走出了回归的路，归的尽管不是姜姿，但毕竟同样是乡村，且是山区，是她一生都在挣脱的地方，并且这么迅速地嫁掉了自己。

吴炉乡属庄河县北部山区，海拔八百多米，汽车在乡道上一路北上，搅起一路滚滚沙尘，弥漫窗外茫茫山野。腰岭没有岭，是一处低洼处的平地，蜗居着二十几户人家。向村里走去，看不到任何热闹的迹象。这里寂静极了，简直就是一个凝固了的世界。几个女人在地里砍菜，一辆马车在街上慢悠悠晃动，一只狗看见我，汪汪地叫起来，搅起一点声音。路遇马车，我询问赶车人，是哪一家今天办喜事？赶车人吸吸鼻子，转身向后，用鞭杆朝一个草房人家指，呶，他家。

刚刚拐进门口，翁惠珠就从堂屋跑出来，她一边跑一边大声喊，小姑，你怎么来啦。听到她的声音，一股咸涩的溪流蓦地从心底涌向我的喉口，我的嗓音哽咽了，眼窝潮湿。翁惠珠今天是新人，我不该这样，可是我忍不住。

翁惠珠哭了，扑在我的怀里。看得出她也是想忍，但忍不住，肩膀在我的胸前不停地抽动，她抵住我的怀，喃喃地说，小姑，你肯定都知道了，肯定。饭前咱什么也不要提，饭后我慢慢跟你讲。

抬起头她又笑了，仿佛一个魔术演员，刚才的难过丝毫不见。她脸色蜡黄，头皮上有着不易察觉的斑痕，她重新笑开来，看上去如一个抽掉水分的桃子，满脸皱褶。她把我引回家，向我介绍她的新夫、她的客人。新夫是一个地道的乡下农民，五十几岁的样子，黑乎乎的脸却穿着一套米色西服，有些不伦不类。这打扮一定是翁惠珠的主意。客人是几个上了岁数的老人，翁惠珠一律称爷爷奶奶，说只请了村里长辈的。翁惠珠在介绍完几个高龄老人之后，引出一个四十岁左右的女人，让她也叫我小姑，说这是她的表妹，住县城，这门婚事是表妹几年前就提过的。

短暂的时间搞清了人物关系，搞清了人物的来龙去脉，剩下的便是等待按桌吃饭。翁惠珠在这个日子里不像新娘，更像一个办事的主持人，里里外外忙活。我在等待的时光里，看着翁惠珠的身影，心里一直在琢磨一件事，要不要把包里的夹克拿出来？它在没有发生那件事之前，也许还是美好的寄托和象征；发生了那件事，它便变成了伤痛所在侮辱的证明。关键是，她已经开始了全新的生活。经过反复思考，我决定绝不拿出夹克，宁愿鼓囊囊来再鼓囊囊回。可是最后，我的想法还是落了空。

我极力掩饰着难过，佯装高兴地吃了午饭，掏出替翁惠珠保存的存款，又送给翁惠珠二百块钱礼钱，因为急着赶当日汽车，没等喝酒的人们散桌，我就离开翁惠珠家。翁惠珠坚持送我，我和翁惠珠走在腰岭山坡上的时候，她说，小姑，有些话我想跟你讲，你想听吗？我看着她，我说，当然，我是你的亲人。于是，翁惠珠向我讲述了那个导致她致命灾难的全过程，讲述了一件夹克所能包裹的全部秘密。

翁惠珠的讲述不是从沃尔玛开始，也不是从程老师家开始，而是从十三岁开始的，从跟我的大姑到沈阳给一个工程师当保姆开始。她慢慢地走着，牵着我的手，眼睛看着秋后苍凉的山野。她说，小姑，我没跟任何人讲过，你大姑把我从姜姿屯接到沈阳，因为岁数小，两年没找到工作，后来我十五岁了，就送我去给一个工程师当保姆，哄孩子。工程师男人是海员，一年一年不在家。刚有了工作，别提有多么高兴。城里人做饭不烧大锅，城里外边天天跑汽车，再加上工程师家生活好，天天吃大米白面，真觉得是上了天堂。我尽管才十五岁，但我妈死得早，身下两个弟弟都是我哄大的，哄孩子我还是懂路数的。可是在工程师家哄孩子就怎么也哄不好，奶热了哭，奶凉了也哭，说话声稍稍大一点也能吓哭，反正就是哭个不停。我哄不好孩子，工程师不高兴，成天愁眉苦脸。她是南方人，亲戚都不在身边。她没有好脸，我心里难受，一天一天熬得不行，又不敢去对你大姑讲，生怕讲了，她看我不中用，再把我送回农村。我刚见了天堂，城里再苦我也不想回去。可是心里又孤单得想发疯，有时候孩子哭我也哭。有一天，孩子哭着哭着，突然不哭了，我以为是被泪水噎着，赶紧去看。这一看不要紧，我发现孩子在瞅墙壁笑，我再抬头看，墙上是一件夹克在动。那是工程师男人的衣裳，他出海，衣裳就常年挂在墙上，当时我也不知道那叫夹克。那天是开了窗，有风吹进来，掀动了衣襟。从那以后，孩子一哭，我就用一根竹竿挑动夹克的衣襟，这方法可真好使，只要衣襟一动，孩子立时变哭为笑，你说怪不怪？你不知道小姑，这件夹克是怎么救了我啊。孩子不哭，工程师对我就有了笑脸；孩子不哭，工程师进家，第一件事不是抱孩子，而是先抱住我，脸贴着我的脸。我长这么大没有谁抱过我啊。夹克衫给孩子带来欢乐，更给我带来温乎气，你能想到，时间一长，我就对夹克有了好感，我常常静静地看着它，像看着亲爹亲娘。可是看着看着，它不是亲爹亲娘，它变成了一个帅气的小伙子，从夹克上伸出脑袋。那是孩子他爸，我在照片上见过他。孩子一看见夹克就笑，是看见了他爸爸，儿子和爸爸是有感应的。可是，弄来弄去，我在工程师家却不觉得孤单了，好像那夹克变成了一个人，守着孩子也守着我。这真是邪了，我就觉得那男人是我的亲人了。第二年，工程师的男人回来，从墙上拿下那件夹克穿在身上，和工程师拉手去逛街，我心里别提多么不是滋味了。那一年我十七岁，我心里有了东西，我一看见工程师男人穿夹克和她在一块，心里就不是滋味，就想往他怀里扑。你说是爱上他吧，他不穿它时，我就好受多了；你说不是爱吧，我脑袋里天天翻搅的不是夹克，而是穿夹克的人。他装在我脑袋的上边，一个够不着的地方，但我能看见他笑。他白白净净，干干净净。他有时像云彩，是动的，跟外边我看不见的城市重在一块；

有时像一块棉花，是暖乎乎的，跟我和孩子在一块。转过年，工程师的男人走了，夹克又上了墙。我简直乐死了，它这把可和工程师分开了，它这把可彻底归了我，我心里那个踏实呀，我天天去闻它的味，它的气味扎在我心底里，它却在我脑袋上边飘来飘去。就这么，有一天，我贴着夹克闻味，叫工程师看见了。她一推门脸色相当难看，像猪肝，上前就把我从床上拽下来。她说，你这是干什么？我早就觉得你不对劲。工程师拽着我的手，一直把我送到你大姑家，你大姑向人家赔了礼，也就把我送回乡下。

　　远山在冷冷的北风中清晰了轮廓，田野被一阵阵飘动的草叶搅动起初冬的气象。翁惠珠的讲述走过一道沟谷又一道沟谷，翁惠珠声音缓慢、从容，显出了早已有所准备的耐心。我似乎一点点明白了夹克的秘密，那是一个少女对异性的初恋，同时也是一个远离家乡的孤独者对温暖的向往。一直漂泊在外的翁惠珠，其实在程老师身上是同时看到了这两种东西的。正默默地想着，翁惠珠又开始讲述。她说，在我脑袋上面有一朵云彩，那是夹克变的。回到乡下，我结婚生孩子，我一直都能看见那云彩在动。我看见它，够不着它；我够不着它，心里就一天天长草。出来当保姆，就是赌着一口气。在庄河干第一家，是个养虾发了横财的暴发户，老婆得了精神病，雇我去做饭。干第二家，是帮一个离婚女人伺候她老娘。照理他们家没有夹克，也没有干净利索的男人，我的心还应该长草才是，可是怪了，我只要离开姜姿，没有夹克和干净男人，心也是光亮的、踏实的。你说怪不怪？人呀，就是这么个贱东西，有肉吃肉没有肉喝汤也行。干了两年，夹包回过一回家，想看看儿孙，给他们点钱，老了还是要回到他们身边嘛。可是我的儿媳把我的房子占了，把我给的钱也撕了，还骂我。没有退路，我更死心塌地。那些年在庄河，我虽当牛做马，但那个知足啊，傻乎乎的，心宽体胖，自个都不知自个是谁。有时干完活，或是瞅病人睡午觉的工夫，也能上大街溜一圈。心想，叫儿媳看看，看看我多舒坦，我也知道儿媳根本看不见，可我就是要那样……我哪知道，脑袋上边那块云还能钻出来。

　　因为一点点接近了最后的悲伤，翁惠珠脚步停下来，我也停下来。我转过身，认真地端详着这个几年前不期而遇的女人，她的脸上涂着厚厚的胭脂，显然是为了新婚，可由于皮肤干燥，像挂了一层霜花。她不看我，而是一直将脸转向身后的山野，目光很茫然，也很悠远。为了不过分惊扰她内心的疼痛，我主动将夹克事件和程老师联系起来，期望以充分的理解来使她获得解脱。我说，翁惠珠，我尽管不知道你十五岁时脑中有块云彩，但我绝对理解你对程老师的思念，我一直相信，沃尔玛那一瞬间，你是走进了一个幻觉，是幻觉拽住了你。

我的话果真好使，她立即收回目光，感激地看着我，手握住我的手，嘴唇神经质地抖动起来，瞬间，泪就灌满了她的眼眶，手也随之抖动起来。看得出，那一刻的伤害确实太重了，使她一挨近它就神经质地抽搐。我从她抖动的手中抽出手，反握住她的手，我说，翁惠珠，过去了，都过去了，往后看。

这时，听我说过去了，往后看，她用力摇摇头，豆大的泪珠雨点似的落到半空。又停顿片刻之后，她说，小姑，都是鬼迷心窍，这半年我不知道怎么了，就觉得心慌，还觉得孤单。你知道，在早没有小姑，没有程老师，我当牛做马在外边也挺好的。可是有了你和程老师，再一点点离开你们，就觉得像当年从沈阳回到姜姿一样，心里长了草。在早回姜姿那时年轻，觉得外边有路，不知道害怕，现在不行，就是害怕。我孤单，心慌，害怕，那滋味就跟从海面往海底沉的滋味一样，而越害怕越干不好活，给人哄孩子，不是碰了头就是烫了手，你说干不好活，没有当牛做马的本领，我拿什么在城里混？就这么的，越干不好越害怕，有一天，我把孩子吃奶的奶瓶子给打了。照理，他爸他妈再忙，买个奶瓶总不至于没空，他们却叫我去买。那天，他爸开车把我捎到沃什么玛，叫我下车，说等会来接我，当时我就知道我完了，我把碗打了，他是不想要我了。按平常，打了这家还有那家，找小姑再帮我找，可是不知怎么的，当时就觉得，没有谁再能帮我，小姑、程老师都不会帮我，他们是他们的，他们怎么能帮我一辈子？我看到我的末日到了，又冷又害怕，本来是买奶瓶嘛，却转到了卖衣裳的地方，那件夹克一下子就叫我挪不动脚跟。我站在那儿看，身子就热起来，心也热起来，不冷也不害怕了。卖货员看我不动弹，扒下那件夹克就叫我试，我根本没想买，哪里想试？可是，这件衣裳就这么鬼使神差地穿到了我身上。看我穿到身上，卖货员就让我上很远的地方去照镜子。穿上衣裳，我的心那个踏实呀，我一步步走到镜子跟前，对镜一照，才知道这根本不是我穿的衣裳，又瘦又短。可是刚要把它送回去，那个鬼念头冒出来了，在城里逛游了一辈子，难道就这么空空……我前后望了望，没有人看见我，就大步流星往外走，我大步流星往外走，根本不像是在闯祸，很得意，觉得这把可够着了一块云彩……

　　翁惠珠不再抖动，好像终于爬过一道险坡，脸、嘴唇、手终于恢复了原来的平静。听完翁惠珠的讲述，我很想抱住她，就像当年那个工程师抱住她那样，就像程老师抱住她那样。可是我克制着没有动。日光下，我静静地看着她。我想起第一次在黄海大街上看到她时她那恣肆的样子，想起第一次见到我，她喊我小姑时的热烈和亲切，想起曾把她和姜姿这个女人混淆成一个人时等待在车站的激动……现在一切都变得不真实，变成了过去，一个全新的、真实的翁惠珠站在了我的面前……她也静静地看着我，却恒久地与我保持着距离，没有一点欲亲近我的表示，目光里现出可怕的冷静。这时，当发现翁惠珠目光里现出可怕的冷静，我再也按捺不住，上前紧紧地拥住她。我说，翁惠珠，我带来了，带来了你最想要的东西，那块云彩……

　　远山把翁惠珠印了进去，田垄把翁惠珠印了进去，在一派苍凉寂然的背景里，翁惠珠确如一块云彩，是那样飘浮而深远……

发表于《布老虎中篇文丛》2002 年春天卷

保姆

女人林芬与女人小米

与小米相遇的一瞬，林芬感到心口有一个东西松动了一下，那情景就像一颗锈在木杆上的螺丝被突然松动一样。小米的脸是紫红的，长期被日光曝晒那种紫红，红中隐约可见一条条地图上的河流似的血丝。衣服是鲜艳的，小镇市场上常能见到的那种鲜艳，肉粉色呢大衣上配一条天蓝色纱巾。她的肤色、装束和气质同林芬的弟媳一样，都是林芬不喜欢的那种。她随林芬从门口进来时，林芬还想，这一群人真是没办法，艳俗！每一次林芬从城里回来，她的弟媳都从外边领些女人回来看她，让她讲城里又兴什么服装，讲女人该怎么打扮才不俗。林芬是一家妇女杂志社的记者，常在杂志上发一些谈女人服饰和修养的文章，小镇人都知道她，尤其是女人。弟媳将小米和一帮女人带进屋子时，林芬对小米毫无印象。后来，大家你一言我一语，把屋子搅得仿佛捅了马蜂窝，林芬才注意到，那个叫小米的女人一直没有说话，她夹在大家中间，一直抿着嘴笑，眼神平静而忧郁。

由于职业习惯，林芬常能在人群中迅速区分这个和那个的不同，林芬感到了小米与所有女人的不同。她的不同在于她的存在就像不存在一样，而正是她的不存在让林芬感到了她的存在。林芬还感到，她那忧郁的眼神中有她十分熟悉的东西，是什么，她一时又说不清楚。将一帮人呼呼啦啦送走，林芬问弟媳，那个小米是……林芬想问她是干什么的。弟媳说，噢，于小米，可惨了，男人和她离婚，孩子都不给她，天天在商贸大世界门口蹲着卖塑料盆，挣一点零花钱，给她提媒她又坚决不找。林芬凝住，长时间说不出话来，她似乎一下子就明白那眼神中她熟悉的东西是什么。是这一刻，是林芬的弟媳将小米的经历简单地诉说完之后，林芬感到她与一个人相遇了，林芬感到她的心口有一个东西在松动。很显然，是感到与一个人相遇，心口的那个东西才得以松动。林芬说，秀娟，你给我问问她，愿不愿意做保姆，我想请她到我家做保姆。

林芬离婚十年，从没请过保姆回家。最初是没有条件，工资挣得少，住房又小，只有自己带孩子。后来调到杂志社，涨了工资，分了房子，又期待命运中有一个爱自己和自己爱的男人出现。后来，那个男人真的出现了，那个男人以隐私的方式出现，房子成了隐私的一部分。为了这个隐私，林芬宁肯自己挨累。再后来，与那个男人分手，生活明朗开来，空洞下来，林芬真的想过雇保姆，可是，一个心中全是梦的少女和一个心中没有一点梦的老妈子，她都不能接受。多梦少女往往情绪多变，需要她的呵护和指点，而她独自呵护指点了孩子好多年，她不想再呵护和指点任何人；那种独当一切的老妈子倒是不需要照顾和指点，可她们往往会把大半生的人生经验化成语言，使这个家没有宁静的空间。她独身十年，在身边没有一个男人可以厮守、依赖时，唯一幸运的是她培植了一个属于自己的世界，如果连这个世界也被人打碎，那可就更惨了。可是，有梦而又能化解，有经验而又不诉说，这是什么样的女人，这样的女人有吗？

有，当然有！她应该是三四十岁的女人，她有过婚姻经历，有过爱与恨的经历，进而以怀疑拒绝着梦的抵入；她应该是受过伤害的女人，她因为受过伤害而懂得沉默是保护别人的最佳选择。她是谁？她就是小米。小米不但有这些，小米刚来，擦地，擦玻璃，洗衣服，做饭，做了该做的一切，却让你觉得这个女人就像不存在一样。她的轻手轻脚，她的做活得体，她的有条不紊，让你觉得她什么都没做，可是她真真实实地做了该做的一切。

小米刚进林芬家时，神情有些拘谨，一个小镇女人刚刚进城，又面对这么讲究的房间，拘谨是毫无疑问的。她坐在沙发上打量着房间四周，冲林芬笑一笑，又转向房间四周，好像一个刚到前线的战士在熟悉地形。当她擦完了各个屋子的灰尘，熟悉了所有该熟悉的地方，她的神情松弛下来。见小米有些松弛，林芬说，这个家就你、我、贝贝，就我们三个人，你一定不要把自己当外人，请你来，是想让你给我们娘俩改善改善生活，这些年我们很苦，我想你也是，我们三人相依为命。林芬说到这儿眼窝有些发热，似乎触及命运中悲剧的部分。小米躲开林芬的目光，紫红的脸颊溢出一丝光彩，说，姐，只求一点，我干不好千万别迁就，不习惯我你就辞我。小米说着眼睛眯成一条缝，笑了。林芬说，怎么会呢？不会的。

林芬的话不是搪塞，她怎么会辞掉小米呢？小米一进这个家门，就让她感到一种气息，一种无比亲切、温馨的气息。在此之前，她从不知道，陌生女人之间会有这样一种气息产生。这气息像亲情又不同亲情，比如她的母亲和姐姐，她们也让她亲切亲近和温馨，可她们到林芬家住不上两天，另外一种感觉就像夏天的蚊虫一样飞将出来。母亲裸露的牙床，让她看到生命尽头的逼近；姐姐紧皱的双眉，让她看到两个没有工作的儿女给姐姐带来的压力。不但如此，她们总是用心疼的目光、隐隐的叹息映照着她独身的现实，胁迫她承认上帝对自己的不公——亲情背后溢漫着难以言说的沉重。而和小米在一起则不同，她带来的亲切是明快的、清纯的，是飞不出夏天的蚊虫的。她们的亲切就像男女之间的一见钟情，彼此所有的从前都不存在，所有从前都变成一个彩色屏幕，从屏幕上走来的是她们的现在，是现在的相互吸引相互改变——林芬总是在一进家门时看到小米的微笑，小米的微笑让她想起童年的伙伴，说来她们确实都出生在小镇，有过差不多状态的童年。林芬总是在冲完澡后听小米喊，姐，吃饭。小米的声音清脆而明快，像山泉叮咚。林芬总是在夜半写作时，喝上一杯小米送来的热奶，小米的脚步仿佛蜻蜓点水，轻捷而有韵律。林芬再也不用惦记是否该买卫生纸了，林芬再也不用想今天该买什么菜了，林芬尤其再也不用早5点就起床给女儿做饭了……小米给了林芬母亲样的关怀姐姐样的细心丈夫样的体贴，小米唯一不给林芬沉重和伤害。

日子过着过着会有这么一天，林芬真是无论如何都不曾想到。这种轻松，这种像个日子的日子，离婚之后这么多年，她从没得到过。忙碌，一刻不停的忙碌成了生命中的克星，到幼儿园接送孩子，给孩子洗衣洗澡做饭，哄孩子入睡，又要翻开采访本理清思路写稿子。那个男人出现之后，思念和等待成了她每一个夜晚的炼狱。他回自己家，寂寞和嫉妒便燃烧着她的胸口；相互厮守，即将到来的分别又成了驱之不去的恐惧。夜晚的长期被占有，使她的白天困倦而疲惫，使她的白天更加紧张、慌乱，她必须将采、写、编都放在白天，她必须把跟生活有关的一切都挤到白天来做，她还必须在人前以强打的精神掩饰自己的煎熬，她累得不行了，倦得不行了。许是上帝真的因为疼她而扔下剪刀，那个男人以调动的契机斩断了跟她的所有关系。可是事情并不像上帝安排的那样，那个男人走后，以为终于解脱了的她又无法面对这个裹藏了全部隐私的家，于是，百般的忙乱之中又添了一忙——换房。用了不下半年，房子换了，开始了全新的生活，她却发现，一种委屈，一种从没有过的委屈，在她早醒为女儿做饭的时候，在她挤进菜市场买菜的时候，在她夜晚辅导女儿功课的时候，溪水渗入石缝似的无孔不入——大多女人都有一个男人在身边守着，凭什么就我无依无靠？委屈开始只是一条潺湲溪流，在某种特殊的时刻咕嘟冒泡。后来，不经意间变成了滔滔洪水，这溪流就泥沙俱下。那是一个平常的日子，她去学校给孩子开家长会，会后，在学校对面的幼儿园门口，看见她的同事冷力将孩子接走，扔下老婆和一群年轻的女孩去泡吧。回到家里，她几乎被委屈的洪水淹没了，她背着女儿流泪，她推搡桌子问它为什么要这样为什么要这样。当被女儿发现，她又赶紧用毛巾缠上手与女儿打拳，谎称自己要加紧锻炼。她，她太累了，太倦了，命运对她太不公了，她太缺乏平庸的快乐了。她……她真的想不到，这松弛，这平静，这平庸的快乐，会被一个叫着小米的女人携带而入，上帝好像早已在她的苦难历程中设置了坦途，只要过了某一关口，坦途便自然到来。小米是这坦途中第一串光明的密码。

感谢生活，不，感谢小米。没有小米，就没有林芬眼下的生活；没有林芬眼下的生活，真是很难想象另一种生活是什么样子。林芬为了表达自己的感激，为自己和女儿买衣服的同时，从不忘给小米也买上一套。她还专门为她选配了适合她干性皮肤的护肤品和洗发露。小米到林芬家一月不到，皮肤变得白皙，光洁，隐在脸上的地图上河流一样的血丝开始消失。小米最大的变化是气质，换了林芬给买的衣服，小米原来小镇女人的艳俗不见了，而完全是一个知识家庭出身的娇小女子模样。小米更大的变化在于，她常常会用一些很深刻的词，比如邈远、跨跃。也许邈远和跨跃这样的词并不深刻，而被她那样用了，才显得深刻。有一回，林芬、小米、贝贝都在看电视剧，剧中一个女人向男人示爱，小米自语道，傻瓜，相信爱情，它根本就不存在，它可是太邈远了。还有一回，小米买回一个西瓜，切的时候她说，这西瓜长得非常丑，身子还有些歪，不过我打眼就看上了它，它肯定是从歪往周正上跨跃时长熟了，就被揪了下来。小米用词不是套用搬用，而是加进了自己的经验和体验，邈远和遥远的区别，正在于遥远是可以达到可以实现，而邈远既不可以达到又不可以实现，近似于虚无。小米用词还在经验当中大胆发展，西瓜在从歪长正的路上熟了，就如同一个人在跳到半空时被定了格，这跟现代科技有关，是在变化中看问题。林芬目睹着小米的变化，林芬想小米的变化其实不是变化，而是原本的样子，就像她的生活原本就该是平和的、平静的、完整的，只不过上帝让她路遇泥泞，让她在跋涉中地蝗虫似的亦步亦趋，现在她拱出地面了。小米原本就是有悟性、有品位、有修养、光洁明媚的女子，只不过命运使她一块石头似的没入水底，现在水落石出了。林芬扮演的只不过是使那些泡沫飞溅的水退下去的角色，当然小米也扮演了使林芬剥离身上沉重泥土的角色。她们真是两个幸运的女人、两个有缘分的女人、两个上帝早就把她们各自的后半生托付给对方的女人。她们在以往那么些年中摸黑走路，谁也不知道黑暗的前方是什么，有谁在等待。她们原以为应该是一个男人，一个书上写的那种有力量、有体魄、有爱心更有人格的男人。那个男人的骨架是早就被她们设计好了的，只待一些血肉填充进去。现在，她们，尤其是林芬，终于走到黑暗的前方了，撩开了命运的面纱，发现了那个男人的骨架里原来填充进了女人的血肉。她体魄娇小，却像山一样让她依赖；她动作轻巧，却能支撑她的人生。有一天，自来水龙头的皮垫出了毛病，水如井喷一样不可遏制，她用毛巾垫在额头顶住水流，之后倾着身子，将从自己皮包上剪下的皮垫换上去。林芬晚上回家听说后，问，你哪儿来的那个招法？小米说她就是因为这个，第一次提出跟丈夫离婚的。她说，刚结婚不久，家里自来水出了毛病，她不懂，急得团团转，最后不得不打电话叫回丈夫。丈夫正在打牌，摸了一手空前的好牌，回家里一看是这事，撒腿又跑回赌场。无奈之中，她就用了以上的办法。丈夫回来后，她赌气说离婚，他没吱声。后来，几年以后，她下岗了，没有前景了，他答应了她好多年前的要求，将她一脚踢出。

女人的办法都是被男人逼出来的，女人的力量都是被男人逼出来的。林芬听着，由震惊到感动，继而得出一个结论：不要相信男人，一定不要！

是这个晚上，林芬决定从今以后，无论发生什么，她们都不要分开。因为小米也说，她终生不会再嫁男人了。林芬心疼地看着小米，林芬说，在西方，许多保姆都跟了主人一辈子，成了主人生命中最亲近的人，我们相依为命，一辈子也不分开。小米看着林芬，止不住热泪盈眶。

是从这个晚上开始，林芬和小米之间由亲切气息中的依偎，上升到对以往精神苦难的回忆。没有发稿压力，又不想读书的时候，林芬把小米叫到自己房间，和她讲自己的过去。林芬从没跟任何人讲她的过去，但自从听了小米的故事，不知为什么，她非常想把自己的故事讲给她。林芬是从丈夫开始讲起的，她的丈夫和小米的丈夫一样，只有块头，却没有丁点爱心。刚结婚时还是计划经济，月月领粮都是她领。有一次下大雨，楼下积水齐腰，她扛着米袋蹚过水时，被楼上邻居发现，邻居用力敲她家的门，见家里没人，便跑下来帮她拿上去。可是进门之后，她竟发现丈夫在家看电视。听林芬讲，又勾起小米的回忆，于是她们你一段我一段。相同的经历引出她们不同的故事，不同的故事引出她们对男人共同的失望。林芬说，不是坏男人都叫我们碰上，而是天下男人差不多都一个德行。就说后来遇到的那个男人吧——林芬在后来的某个晚上，不由自主讲出了她的隐私。林芬说，他一直表达着爱我，可是他从来不提出离婚，现在想想，这一种男人与前一种男人又有什么不同？他们都自私，只不过前一种自私是把你挖到筐里便不再管你，后一种自私是不想往筐里挖才说爱你，本质都是一样的。林芬说到这节，目光蒸腾了，觉得对男人的失望又深了一层；林芬说到这节，觉得对与小米相依为命的感觉又深了一层。渐渐地，小米不但成了林芬生活的依靠，还成了交流的对象。小米虽然话语不多，但她的语言会像她的目光一样，在宁静中引出你说话的欲望。小米有时听懂了什么，就会道出简短的心得，使你的思维往问题的核心迈一层台阶。有时她不说话，只是点头微笑，目光在一段铺满青苔的路上闪烁。如果把问题的核心喻成一眼深井，小米的目光便映现了井底的幽暗与深邃，使林芬情不自禁地往井底滑落。

是的，小米的温馨和亲切不像以前那样清纯了，她让林芬想起悲惨与艰难的过去，但这又有什么关系呢？她不但不让林芬沉重，反倒使她能够客观、全面而又条分缕析地梳理过去，总结过去，从而认清未来的路该如何走，以免重蹈覆辙，并从而看到，悲惨和苦难在摧残人的同时，还有着锤炼人生的意义。当然更重要的是，正是小米的温馨和亲切不是停留在表面，才使她对林芬更具有魅力，就像一见钟情的一对情人享用一见钟情的狂喜之后，回忆各自的过去成了必不可少的表达情感的一部分，而这种表达必得相互的吸引依然存在才能得以进行。

当然，林芬和小米并不是每天都要说话，有时她们跟着电视里的音乐跳操，与贝贝三个人化很艳很艳的浓妆相互恐吓，之后开怀大笑。有时把所有衣服拿出来试穿，你试我的我试你的，试来试去，林芬逼大家把衣服全部脱掉，只穿三点式。于是，试衣服的夜晚最后就变成了比体形、比肌肤的夜晚。而这样的夜晚，林芬和小米并没因为贝贝肌肤的细腻而沮丧，因为她们都看到自己虽已年届四十或正步入四十，但她们的体形还是曲直分明有着美感的，她们的肌肤虽然不算白洁，但隐匿其中的弹力还是依稀可见的。尤其小米，她那丰腴丰满的乳房仿佛两只鲜艳欲滴的水蜜桃，颤颤巍巍；她那饱而不满的小腹简直就像体操运动员，一拳上去马上就反弹回来。林芬在上边击拳时不时感叹道，太嫉妒你了，没做剖腹产就是不一样。而这时小米总要反击林芬，手在林芬肌肤上调皮地乱捣，痒得林芬呜哇乱叫。

小米给林芬带来了种种可期不可遇的东西，松弛，温馨，殷实，但最最重要的还是一种解放。这种解放的重要标志是，她再也不必像以往那样必须按点回家了，在酒吧里谈天时再也不用时不时地看表了，只要自己愿意，她想什么时候回家就什么时候回家，想谈到什么时候就谈到什么时候。有一次，她和编辑部的几个同事出去泡吧，居然一泡泡到第二天早上8点。那一晚上，她跳了这一辈子没有跳过的舞，唱了这一辈子没有唱过的歌，她疯得简直都快不像她了。

事情就是在这个泡吧的通宵过后发生的。事情在发生之前，林芬毫无准备；事情在发生当中，林芬毫无察觉。那是一个日光暗淡的午后，她因为一夜没睡有些困倦，想趴在办公桌上眯一会。可是刚刚清理了桌子，只听门吱扭一声响了。她抬起头来，见编辑部管文学版的冷力站在门口。冷力推开门并不进屋，而是静静地伫立在那儿，直直地盯住林芬。冷力是部里最有才气最有思想的编辑，他比林芬小十岁左右，看上去却十分老成。林芬与他妻子晓尧是师生好友，常同他们在一起坐坐，谈一些与文学有关的话题。如果说林芬羡慕哪个女人找了好男人，那她最羡慕的就是她的学生晓尧。冷力对晓尧的呵护、爱怜、疼爱简直无人敢比，林芬在一次家长会后唤起的委屈让她一直不忘。他的妻子玩到半夜醉在外边，他居然能打车把她接回，并亲手把她洗净送到床上。林芬不止一次当着冷力面说，好男人需要素质，就像爱需要素质。冷力面对林芬的夸奖总是抿嘴一笑。可是这次林芬却不知道他为什么冷冷地站在门口，直直地盯着林芬一言不发。

在最初的一瞬，林芬以为他的妻子出事了。昨天晚上在酒吧里，冷力与她跳舞时告诉她，晓尧越来越不像话，已经半个月了，天天半夜才回家。林芬说，出了什么事？冷力细眯着小眼睛，仍是一眨不眨地盯住林芬。林芬有些怕了，急了，上前摇了一下冷力肩膀，你怎么啦，怎么这样看我？到底发生了什么？这时，只见冷力向前跨过一步，砰一声把门关上，之后猛地扳住林芬肩膀，一个警察逮住歹徒似的目光凌厉，嘴里狠狠地迸出几个字，你应该知道发生了什么你应该知道！林芬更加迷茫，到底发生了什么？她除了她的生命里走进了一个保姆她确实什么都不知道，最近编辑部里评职称她根本都没参加，还会有什么事呢？

蓦地，冷力放开林芬，慢慢退到靠窗的墙壁上，脸上的凌厉被一种放松了的傲慢替代。他干咳了一声，又吞了一下唾沫，他喉结滑动的样子就像警察审讯罪犯之前的忍耐。林芬从没做过对不起冷力的事情，在这个编辑部里，甚至在林芬的所有朋友中，冷力可说是她能够欣赏的男人中少有的一个，也是她最最信赖的一个。林芬后来放松下来，一副天不怕地不怕的样子。这时冷力终于开始说话，走廊里不时有人走动，对面办公室有一群人在打牌。冷力努力压低声音，冷力说，你不知道发生什么是不是？那么我告诉你，你听着你不要发抖，你看着我的眼睛。冷力说不让林芬发抖，自己的声音却颤抖起来，使林芬的胸口不由得揪紧。冷力说，我爱你，我爱上了你。冷力的眼中有一串火苗蹿出，但瞬间又恢复了阴冷。他说，你欣赏我懂得我，可是你不该走近我的内心让我爱上你，你不该让我受这炼狱之苦你知道吗？两年了，我上班渴望见到你下班回家牵挂你，可你总是以老师自居拒绝着我，总是以严肃的表情拒绝着我。你不拒绝我与你交往却从来不给我表达的机会，每一次约你坐，你必让我带上晓尧，你以为我还爱着你的学生，我其实早已经不爱她了你知道吗？我以为我这一生不会说出心底的话了，可是昨天晚上你的放松放纵发疯鼓足了我的勇气，是你给了我勇气，你记着记着！冷力越说越快，越说越急，好像不快一点说那些话就永远凝在了心里。冷力说完之后，一头猛兽似的狠狠瞪了一眼林芬，之后甩门而去。

林芬惊呆了，遭了雷击似的彻底惊呆了。她不知道冷力在说什么，只是木木地站在那里，脑袋嗡嗡作响。许久，当冷力的脚步声渐渐走远，冷力一段时间以来在公众场合对自己莫名其妙的敌视便电影镜头似的叠在了林芬脑际。这时，林芬脸蓦地涨红了，她感到有股暖流从上至下奔涌而来，使她浑身一阵燥热。

爱，这个字由一个人当面对她说出，林芬已经太感陌生了。那个曾以隐私方式占据着她的生活的男人在后来的日子里，也只有动作而没有语言了，倒有一些貌似喜欢自己的男人偶尔暗示一些什么，但她从没让他们把那个字说出来。林芬瘫软地坐到椅子上，林芬一整下午都这么瘫软地坐着，一程程回想着与冷力的相处。是的，她是欣赏他，读一些文章有了感觉，他是部里唯一可以交流的对象。他总能几句话就把事情的本质说出来，并且到位。他性情、随意、有趣，年纪轻轻，却在任何场合都能体现自己的分量。她一直把他当成一个比朋友还要近一层的朋友看待。她欣赏他对她的学生晓尧的呵护和关爱，可从来就没有过非分之想，从来就没有……这时，当林芬想到他的妻子晓尧，刚才的意志一下子回到了她的内心。并不是林芬想到冷力是晓尧的丈夫，不该与他有什么瓜葛，不是。林芬在这个下午，认真思考了冷力对自己爱情的出处。她想，如果冷力表达的爱情是真实的，那一定是晓尧太现代太自我太另类，从不关心他的缘故，他是因为寂寞和被忽视，才使她对他的那一点点欣赏长成青藤爬满他心灵的墙壁，仅此而已。

找到出处林芬彻底解放出来，就像小米对她个人生活的解放一样。林芬既不必为自己的所作所为感到歉疚，又不必为冷力的痛苦承担什么。然而，奇妙的是，从此，林芬上班开始注意自己了，化妆时总能看到脸上的皱纹，总是抹一遍再抹一遍；午休时总是注意走廊里的脚步，一有脚步走近或者敲门声响起，她的心口就怦怦直跳；尤其在外边有什么活动，通知谁谁参加，她总希望同时都有他俩的名字。而一旦他俩都在，这个晚上，她就害怕有人说不早了，撤吧。冷力一如既往地冷冷地用小眼睛看着她。可是，自从他说出那番话，他的小眼睛便旺进了一团火，那火别人看不见，只有林芬能看见，那火过去就旺在里边，但林芬没有在意。那样的晚上，林芬会清晰地感到她的整个人都是潮湿的，沐浴了春雨一样潮湿，心里、血液里、骨髓里，有一股液体在静静地、慢慢地流淌，让她大脑发轻身子发飘，让她感到生命的奇妙和美丽。

这真是一件意想不到的事情，这件事来到林芬的生活中恍如一个奇迹。她一直相信自己不会再爱谁了，可是这种感觉不是爱又是什么？这个冷力在她身边走动了近十年，十年来她对他毫无感觉，他比她小十岁，她看着他与她的学生恋爱、结婚、生子，怎么就没想到有一天会像发掘文物一样，把他发掘到自己的人生里来呢？十年来，她不但对他毫无感觉，她对身边所有男人都毫无感觉，怎么就会被一个小自己十岁的男人的即兴表达颠覆呢？困惑在每一个独处的夜晚都如期而至，困惑使林芬跟小米的对话有了崭新的内容。这个对话所诉说的事情不属于过去时，而是现在进行时；这个对话所涉及的主题不是批判男人，而是不懂自己，是批判自己。林芬第一次向小米讲述时，小米眼睛瞪得圆圆的，好像不认识林芬。林芬看着小米，最后说，不行，坚决不行，我不能叫这么个毛头小子骗了，他有晓尧。我是谁？我都徐娘半老了。

决心是一码事，可事实往往又是一码事。小米目睹了林芬一日不同一日的变化，她化妆的时间越来越长了，她走路的步子越来越轻巧了，她在外面应酬的次数越来越多了。偶尔哪天回家早些，她们一起吃饭，她的目光雾一样缥缈了，尤其某个晚上，她们试完了衣服，开始比身材比体形，林芬的目光里会突然满含羞涩，并且那羞涩中镶嵌着朝露一样颤巍巍的晶莹。小米看在眼里，意会在心上。有一回小米说，姐，你爱上他了。小米的这句话林芬真是等待太久了，她早就想告诉小米她真的是爱上他了。她等待小米说，是因为她不好意思启齿，她曾经在小米面前下过决心的。小米说出了这句话，等于接受了这个事实，林芬最怕小米在观念上排斥这个事实，这对林芬很重要，这意味着林芬可以毫无顾忌地向小米诉说。林芬多么想向小米诉说，多想让小米分享她的快乐、她的幸福、她的又一个生命的诞生啊！

林芬告诉小米，没有你的到来，就没有我的现在，我感谢你。小米说，不能这么说，可千万别这么说。

林芬告诉小米，今天在走廊里看到了他痛苦的眼神，我的心很疼。小米说，是吗？肯定是要疼的。

林芬告诉小米，今天他到我的房间去了，他不由分说地抱住我，我的整个人生都旋转了。小米张了张嘴，想说什么，可是什么也没说出。

林芬告诉小米，今晚有一个采访，我带了他，我们在那个曾经疯狂一通宵的酒吧坐了整整六小时，我们……林芬说着迟疑了，好像有些难以启齿。这时，小米缓缓地低下了头。可是，小米刚看到自己脚尖，就听见林芬后面的话。林芬说，我们约好明天晚上去他母亲的旧房子，我，我也没想到一切到来得会这么快……

……

现在，就是林芬跟小米说过的那个"明天晚上"，现在，林芬已经同冷力在他母亲的旧房子里度过了熊熊燃烧的长夜。他们翻倒了椅子打碎了茶几弄乱了沙发靠垫，他们撕破了床单松动了床腿碰肿了头皮，他们一整晚上没说一句话，他们的世纪长吻一直持续到后半夜，当黎明前的黑暗到来的时候，他们才不得不生生分开。

为了不被别人看见，林芬出来，自己先上了一辆出租车。现在，林芬坐在出租车上，身体还没有从刚才的温度中冷却下来。现在，林芬走在回家的路上，手一丝丝捋着凌乱的头发。现在，林芬要告诉小米，这是一次穿越百年千年的长吻，这是一次真正令身体化作氢气飞入太空的长吻；林芬要告诉小米，这样的吻能够吻破绝望，也能够吻穿梦想，能够吻平伤口，也能够吻净曙光；这样的吻是再生又是毁灭，是毁灭又是女人等了一万年之久的再生；林芬要告诉小米——林芬只想告诉小米，小米是林芬最最信赖的朋友，在林芬眼下的生活中，只有小米能够懂得林芬的生命，只有小米……

林芬开了门，换了拖鞋，轻手轻脚走进客厅。客厅的灯亮着，林芬不回来，小米一直会让客厅的灯亮着。林芬到卫生间洗了洗手，理了理头发。林芬等待着小米的声音，姐——以往她回来，不管多晚，她都会从她的房间出来，轻轻地叫一声姐。林芬在等待中看了看自己的面颊，桃红渗在皮肤里面，抻平了细密的皱褶。林芬想，只要小米叫一声姐，她就把她桃红的面颊呈现给她，让她好好地分享她的幸福。可是，一等再等，终于没有小米的声音。于是林芬走出来，望望小米的卧室。林芬想，也许小米昨晚等得太晚了，现在睡沉了。可是那卧室的门敞开着，没有小米。林芬又推开女儿贝贝的卧室，小米常常和贝贝玩够了就睡在一起。可是，贝贝自己躺在床上，仍然没有小米。这时，林芬突然紧张了，诉说什么的愿望被一种恐惧替代，林芬快速将所有的屋门推开，嘴里轻轻喊着，小米——小米——

　　没有回声，屋子静静的，贝贝的鼾声均匀而殷实。林芬在屋子里转着，心想，莫非想孩子回去看孩子啦？可是她应该打个招呼才对呀！林芬转着转着，头皮在时间的推移中一阵阵起栗。突然，在林芬无奈地坐到沙发上的时候，她发现了一张字条，那字条在一摞衣服上，那衣服是林芬买给小米的衣服。林芬赶紧凑过去，拿起字条展开，几个规规矩矩的小字映入眼帘：

　　姐，原谅我不辞而别，祝你幸福！

于小米

5 月 18 日晨

　　林芬捧着字条一动不动，纸上的字一瞬间飞了起来，使她眼前一片迷蒙。林芬静静地看着它们，仿佛看着一串飞翔的鸥鸟。许久，她放下字条，目光转向那摞衣服，当触到那摞小米有的穿过有的没穿过的衣服，她两只手蓦地从胸前垂了下来，之后木头人似的僵在那里……

　　经历过世纪长吻的林芬，在这样一个黎明，又经历了比世纪还长的伫立。

发表于《百花洲》2000 年第 5 期

转载于《中华文学选刊》2000 年第 11 期

岸边的蜻蜓

一

吕作平来了，就在我的楼下，可是我还以为他是从庄河打来的电话。他说，我出事了。

什么？

你下来，我就在你楼下。

吕作平站在我的对面，头发蓬乱，脸色乌青，仿佛刚刚遭到一顿拳击。在邻街酒吧坐下的时候，他撸着头跟我说，梅花背叛了我。

我端坐着，静静地看着他。我说，没什么可大惊小怪的。

吕作平闷闷地看着我，痛苦在他脸上抽动，仿佛我是梅花的帮凶。他说，你猜那个人是谁？

我哼了一声，我听见我鼻孔里的声音裹着笑意。我说，是谁都很正常。

这时，只见吕作平脖子和下颌一程程涨起来，一瞬间就涨红了眼睛。他瞪着我，好像要把别人打他的拳头挥向我。他努力压低声音说，春天你太恶毒，那个人是老姨夫，老姨夫，你听见了吗？

我想我是呆住了，彻底呆住了。我愣愣地看着吕作平，但除了惊讶，做不出任何反应。

梅花是我的表妹，三姨的三女儿，我们习惯叫她梅花三。实际上她并不是一个很现代的女孩，我之所以跟吕作平那么说，是因为我对他们一夜之间形成的婚姻不信任，是因为她嫁给吕作平是从我手中夺走的。当时在歇马山庄，我跟吕作平正以温火持续着我们的恋情，我喜欢含蓄，吕作平又能恰到好处地理解我的含蓄，我们的恋情便旷日持久。当时，吕作平在六十里外的茧场晒茧，我们只能两周约会一次。时间是晚上，地点是歇马河边的小树林，人物当然是我、吕作平，有的时候还有梅花。我、吕作平、梅花，我们是歇马山庄为数不多的在外面工作的青年，吕作平找我，梅花也找我的时候，我们就三个人一起约会。我喜欢吕作平，更喜欢梅花，这是两种不一样的感情。梅花活泼、好闹，她动辄就把自己藏起来，再突然从某个地方钻出，吓你一跳。当我因为惊吓扑进吕作平怀抱，她在一旁开心大笑。我喜欢含蓄，也希望有时候能突破我的含蓄，你懂吗？梅花常常给我外在的力量。就这样，我们恋了两年才订下婚期。可是，就在我为逼近的喜日子收拾新房时，梅花和吕作平私奔了。

那天晚上，布置好的新房给了我温馨的感觉，梅花看出我少有的异样，动员我留下来，让吕作平送她回家。服从了梅花的动员，我留了下来，我陶醉在即将到来的幸福中，我提前放了被子，关了灯，在黑暗中等待。谁知，黑暗就真的成了我的等待。吕作平一小时没回来，两小时三小时，当我终于忍不住要冲出吕作平家的时候，只见吕作平和梅花双双站在我的面前。他们身上沾着草屑，他们的嘴唇肿了一样，红红的，他们的眼睛里有种动物样的粗野。见到我，吕作平低下头，梅花却无所顾忌地盯着我。梅花说，春天，你知道我们做了什么……我不想这么做，可是没办法，我爱作平。

梅花的话足以顶替一颗重磅炸弹，让我刹那间血肉横飞。我疯了一样冲出吕家的当天夜里，就开始了黑暗的逃离之旅。我扔掉小镇上的工作，一个人到大连游荡的这些年里，一个问题无时无刻不烘烤着我，那就是，什么是事实真相？那天晚上，他们到底怎么就逾越了友情，逾越了我，迅速地烧成一体。

多年之后，当我通过自学，从一个自由撰稿人做到招聘记者，在城里结婚成家，内心的伤疤结成硬痂，能够面对那段往事的时候，我曾试着问过梅花。我说，你总该说说那天晚上。那年她到大连办事，来到我家，夜里我们睡在一张床上，相互看着，仿佛又回到了过去。她笑了，说，你敢听？我做出不在意的样子，其实心里还是一抖。她于是坐起来，眨巴着她那双不安分的眼睛说，让他送我是有意的安排。早先，我从来不知道我爱他，那天为你布置好新房，有一阵，我心里觉得不对劲，很疼，就忽生一念。

我说，可是你怎么敢保证他爱你？

梅花的回答让我十分惊讶，男人，你永远不了解男人，男人不会拒绝爱情，就看你肯不肯下手。

梅花的话告诉我这样一个事实，失去吕作平原因在我，我因为玩含蓄玩深沉把爱情玩丢了。可是后来，梅花又说了另一句话。看我有些困惑，她又说，咱俩是表姊妹，一块长大，但你根本不了解我，我这人好感情冲动，没准有一天又不喜欢吕作平了，这都是可能的。梅花的话曾让我得到过报复了吕作平的快感，可没多久，就陷入一种悲哀，不是为吕作平，而是为我自己，我为什么就没有冲动的时候？

梅花的话也就是我要告诉吕作平的话，他早该有这个准备。不过那个人是老姨夫，这太让我意外，我不但没有报复了吕作平的快感，且连悲哀的感受都丧失了。我只有顺水推舟地说，我能帮你什么？

很显然，吕作平没想让我做什么，他只是太压抑，太需要有一个发泄对象。他两手使劲撸着头发，恨不能撸掉头皮的样子。我以为，在他百里迢迢进城找我发泄的内容里，肯定有一段与我有关，比如他向我忏悔当初的轻薄，不该抛弃我，我甚至在一瞬间做好了思想准备，决不因为怜悯而接受这样的忏悔。可是我错了，吕作平不但没有忏悔，还一再发狠想杀人，想去杀了老姨夫。那样子好像一切都是老姨夫的错，梅花是无辜的。

二

尽管帮不了什么，我还是决定跟吕作平返回一次，我总不能让吕作平去做冲动的事。

吕作平的家早已从歇马山庄搬到县城，这得感谢老姨夫。在我老家那个地方，老姨夫是最早搞个体企业的。当年我和梅花在小镇工作的塑料经编厂就是他的。后来他把工厂做大，做到县城，不只搬了吕作平的家，还搬了大姨的家、三姨四姨的家、大姨三姨四姨所有结婚在乡下的儿女们的家。我的老姨夫拉网一样，把姥姥那一支翁氏家族的枝枝杈杈从乡下拉出来。在当时的20世纪90年代，简直就是一场农村包围城市的战争，虽没有硝烟，影响却是巨大的。一辆辆卡车满载家居物资离开歇马山庄时，乡下人以为城市的地盘是可以随便抢占的，无不为自己的无能黯然伤神。老姨夫的打法不是一起行动，而是各个击破，一家一家地搬，使那样的搬迁时间持续长达四年。在这场战争中，唯一没受牵连的是我的父母。不是我的父母不希望牵连，而是父亲对老姨夫持有成见，他不相信一个掌鞋匠最终能成为大家不种五谷杂粮就能生存的依靠。父亲曾独自进城做过考察，考察的结果证明，他的怀疑是正确的。他发现，轰轰烈烈进城的亲人们实际上根本没有进城，他们只是被搁置在离县城五六里地的山坡上。空空荡荡一块坡地，一个砖砌的四合院，四周零星几间砖瓦房，仿佛打在山上的一个补丁，十分孤零。父亲从那回来后大为光火，在院子里大叫，鲁铁蛋是个什么东西，他以为咱翁家是城里的补丁，他掌鞋掌出病了是不是?! 你看吧，没几天他就得把这补丁扯下来，等他想把补丁扯下来，想抓都抓不成布丝缕。可是四年过去，当发现进城的人们并没因为缺吃少穿而返回乡下，反而在清明节回来上坟时坐上了轿车，父亲最终也不得不追赶补丁而去。

你可能已经明白，我要返回的吕作平的家是老姨夫亲手帮忙缔造的。我父母的家、姨姨们的家、表兄表弟们的家，都是老姨夫亲手缔造的。它们在县城西北部的燕荡山上，它们围绕着一座叫着黄海塑料制品厂的厂区，众星捧月似的。它们不再是平房，而是五层楼的楼房，它们其实已经变成黄海塑料制品厂的家属楼了。虽孤单，却显赫，它们加到一起，被县里的人们叫作家族企业。

家族在我的老家，在歇马山庄，一直是个充满温暖感的名词。它看不见摸不着，却隐在人与人之间、村庄与村庄之间，牵一发而动全身。邻里打架的时候，过年拜年的时候，春种秋忙的时候，他们便以块状的面貌出现，一堆一簇，蘑菇一样。企业在我的老家，在歇马山庄，却是一个新名词，就像刚开放时人们听说办公司一样，它不温暖，却让人最早跟富裕、跟钱联系在一起。如果有人在屯街上喊，某某某是干企业的，人们眼前的田地立即就大把大把地往外长钱。可是，将家族和钱弄到一起能长出什么，山庄人不知道，我也不知道。

因为害怕吕作平冲动，在楼下停下时，我劝他和我一道去我家。吕作平摇头，坚决不肯。我理解他，当年他一夜之间甩了我，遭到过父亲劈头盖脸的臭骂，要不是有人拉，父亲都要打死他，父亲拿一把刨地的镐头在村子里乱转。做了梅花女婿，他也从没敢登我家的门。现在他弄成这样，怎么经得起父亲再骂？可是，我不能单独陪他回家，因为他告诉我，梅花已被他打跑两天了。在车上坐了一会，我还是逼他下了车。

虽然七八年过去了，见到吕作平，父亲的喘息还是顿时粗重。父亲没有骂他，却立即躲到西屋，再也没有出来，仿佛不是梅花使家族蒙羞，而是吕作平。很明显，家里人都知道发生了什么，母亲默默往餐桌上端饭，不说一句话。在大连，听吕作平说起梅花和老姨夫的事，虽很惊讶，但不回到家里，不回到现实的人物关系里，还是不能感到事情的严重。现实的人物关系是，吕作平是我母亲的外甥女婿，而母亲的外甥女儿跟母亲的妹夫有了不正当关系；现实的人物关系是，母亲的妹夫是厂长，是翁氏家族在县里唯一的靠山，父亲在厂里做环卫工，挣他的工钱，亲人们都挣他的工钱。要是把事情搞大，逼走老姨夫，家丑外扬不说，等于断了家族所有人的生路。

当天晚上，把吕作平交给母亲，我一个人来到三姨家。三姨家与我家隔着一栋楼，三姨家在厂区上边，我家在厂区下边，标志着进城时间的不同。三姨家一屋子人，三姨、三姨夫、表姐黑桃、表弟怀江、怀海，像是在开会。三姨夫生性胆小，见到我突然就哭了起来，压抑的声音让人揪心。胆量决定了一个人对事物理解的深度，当年梅花抢走吕作平，三姨夫也是挂着泪花找到父亲的。相比之下，三姨和其他人倒要平静许多。三姨患糖尿病十几年，加号指数从在歇马山庄时的四位升到如今的十几位，已波及心脏，多年来治病的所有费用都是老姨夫管。二表姐黑桃倚仗性格温顺，在老姨家里当保姆，打发一日三餐和卫生，虽是后来者，可是因为近水楼台，日子也迅速地好起来。不知道是不是就像数学里的负负得正，这样复杂的背景反而就抵消了复杂，使她们显得很平静。三姨握着我的手一再说，梅花会不会出事，俺就怕梅花出事。听三姨这么说，从不发火的三姨夫吼起来，出事才好，就叫她出事——

安慰一会三姨，我把黑桃拽到卧室。我问，老姨知不知道？黑桃摇头。黑桃说，家里人都压着作平，坚决不让他告诉老姨。其实，我并不是为梅花来的，而是为了老姨。老姨野泼又没文化，要是让她知道，不是把梅花撕了，就是把老姨夫撕了，弄不好她会把自己撕了。

老姨不知道，我顿时轻松了许多，只要老姨不知道，即使梅花有什么意外，也不会影响到大的格局，我是说，企业还会照常运转，如果相反，可就难说了。当然，这样有一个人将付出巨大的牺牲，那便是吕作平。让一个男人默默吞下这颗苦果，怎么说都太残酷了，他在老姨夫手下开货车，每一张票据都得经过老姨夫签字，低头不见抬头见。他的房子又在厂区对面，站在四楼，厂容厂貌一望可见，这等于把自己放在火炉上烤，反面正面都是火。

不知是谁走漏了风声，那天晚上，从三姨家回来，家里聚了很多人，大姨家的表哥表弟，四姨家的表弟表妹，还有黑桃女婿，还有另外两个表姐夫。吕作平把自己弄成大家关注的焦点，感受一定很不好。据我了解，在厂子里，他并不是一个重要的受人尊重的角色。在那些表兄表弟中，有给老姨夫开小车的，有当车间主任的，有当调度和采购员的，唯他开大解放，每月有半月混在客货滚装船上，往济南烟台送货。就是几天前他从烟台回来的晚上，发现老姨夫和梅花的事。为了摁住吕作平，大家你一言我一语，你一句我一句，大意是，你等着，我们哥们非找老姨夫算账不可，我们不打他个屁滚尿流才怪。一听就知道是些哄人的大话，要是把老姨夫打个屁滚尿流，他们上哪儿挣钱？要是可以把老姨夫打个屁滚尿流，何不让吕作平去打？可是很明显，这话吕作平爱听，到后来，他竟在众人的劝说之下喝了一碗稀饭。

三

安抚了吕作平，瞒住了老姨，剩下的就是梅花的安危了。她会去死吗？答案是肯定的，不会。我这么说，家里人都这么说，没有什么具体原因，只是一种直觉。后来我知道，梅花和老姨夫的事在家族里早已不是什么秘密。吕作平不在家的时候，厂里有客人来，老姨夫的车就常在楼下接梅花。让梅花陪客并不是什么见不得人的事，这是家族企业，找谁都是家里人，梅花又是这一行外甥女中最聪明最漂亮的一个。关键不在这儿，而是有人发现，梅花陪来陪去，和老姨的关系不正常了。梅花和老姨的办公室紧挨着，梅花管出纳，老姨管机件。老姨在家的时候，梅花很少出屋；老姨一走，她就走出来，在院子里转来转去，欢天喜地的，好像她是耗子老姨是猫。老姨的儿子在大连上学，老姨夫就在大连给老姨买了一幢别墅，隔三岔五，老姨就扔了工作到城里去住。而这个时候就是梅花的节日了，身体的活泛、表情的活泛、心情的活泛，挡不住任何人的眼目，用三姨家二表姐的话说，扭扭摆摆的，都快不是她了。

梅花其实是个非常爱面子的人，当年初升高，因为有把握考县重点而最终没考上，毅然下学进了老姨夫的经编厂。读普通高中怎么说也比在小镇上当临时工有前景，有多少大学生都是从普通高中考上的。梅花的面子里面，现实占了很大的比重。为了现实的面子，她可以不顾长远的面子。然而梅花的性格是从不为自己的短浅后悔，这也是我最为欣赏她的地方。她不念书，一夜之间当了临时工，回家再见到我，从不打听有关学习的事。不但如此，她还描了眉，涂了嘴唇，脱了学生装，一下子把自己打扮成妖艳的女人，在我面前搔首弄姿。那时，我没考上重点高中，继续念普高，她的样子让我觉得做学生是个多么低级而愚蠢的选择。在她的影响下，我愚蠢了半年，也进了经编厂，可是我做不了梅花。我羡慕做女人，又怀念做学生，当我在她的鼓动下涂了嘴唇，又把一条粉红的纱巾系到脖子上，我竟像葬送什么似的大哭了一场。

我是说，梅花会为眼前的面子做出最现实的选择，没准几天之后，你会在自由市场的地摊上发现她，身边放着袜子拖鞋内衣内裤之类，放大嗓门冲人群喊，快来看哪，最优质的袜子最舒服的内裤！又会让你觉得留在家族企业是件多么低级而愚蠢的事。可是我错了。我不但错了，还错得愚蠢而低级。我回家第二天，梅花就出现了，梅花不是出现在自由市场，而是燕荡山厂区的大院内。我之所以在厂区前面加一个燕荡山，是说当我站在母亲楼上，看到梅花自由自在地向她的办公室走去，我觉得整个山丘都震动了。我相信，在厂里工作的每一个人都会有如我一样的感受。她的上班，使原来以为平息下来的局势骤然紧张，这不能不牵动每一个人的神经。如果能够袒开胸怀说真话，在家族这些人中，除了大姨，百分之八十的人都宁愿梅花出事也不愿她回来。她开门不到两分钟，我就把电话打过去，我的意思是让她在屋里等我，别出来，吕作平正在西屋睡觉呢。可铃声响了十遍，梅花没接，我不得不立即下楼，从两楼之间的过道转过去。

梅花见我，十分平静，好像我是厂子里的工人。她说，回来啦，坐。梅花的办公室很现代，组合写字台、软皮沙发、电脑，连饮水机都是豪华型的，可见老姨夫工厂现状之一斑。和梅花之间无须绕圈子，我开门见山。我说，我都知道了，你不该上班。

梅花眨眨眼皮，漫不经心的样子，说，为什么？

我说，吕作平就在楼上，他现在是炸弹。

梅花咧开嘴笑了一下，说，你高看了他，他不会靠近我，我才是炸弹。

梅花的反应让我意外，她不但不考虑面子、自尊，不考虑给家族名誉带来的损害，还要把自己当成人体炸弹。一股血暮地涌上我的脑门，我发作起来，我说，你不会不知道你做了什么事吧，你太无耻——

梅花也许会从我的声音中听出复仇色彩，但对天起誓，我绝对是针对现实。梅花显然被我的话击中了，隐在化妆品下面的眼影显现出来，突出了眼睛的红肿。她转着红肿的眼睛，四下散漫地看着，不反击也不回答，木木的，仿佛根本不打算与我对垒。她那样子让我的手真有些发痒，想扇她耳光。可是我忍住了，我不但忍住了，居然还言不由衷地说了句，你总该说说为什么。

这句话让我对自己产生了怎样的不满只有天知道。这意味着我在向她发出一种信号：只要说出充分理由，我是可以理解的。这不是我的态度。在老姨夫和梅花这件事上，根本不存在理解，也压根就没有理由，原因很简单，那个人是老姨夫而不是吕作平。

我的话正是梅花渴望听到的，在我决定甩门出去的时候，她平心静气地说了一句话，她说，你问黑桃二姐好啦。

四

为了表示我的态度，我没有上楼去找黑桃二姐，而是从两楼之间的过道出来，离开厂区，向燕荡山山下走去。站在山下，向山上远远望去，东方塑料制品厂确像一块补丁，是那种针脚密实的补丁，虽颜色肤浅，却亮丽豪华。老姨夫不断地粉刷墙面，由绿色到黄色，最近一次刷成肉粉，这块补丁就有了欧化的味道。它铺张在一片开阔的山坡上，与山后的树林植被形成了巨大的反差。眼下在中国，个体企业如雨后春笋，到处冒芽，但我相信，没有哪一个是像老姨夫那样靠掌鞋起家。老姨夫的故事在报纸上报道过，他常年坐在小镇塑料厂的大墙外掌鞋，常给塑料厂的销售员掌鞋，掌着聊着，懂得一点销售的门路，就弃下钉鞋的锤子，去塑料厂应聘销售员。老姨夫不愧为掌鞋的，知道见缝插针，销着售着，干了不到半年，通了路子，就买了一台机

— 227 —

器，自销自售，一点点就发展起来。老姨夫吃了多少苦报上从没说过，老姨夫的见缝插针、勇于开拓却被炒作得沸沸扬扬，传成佳话。可是有一个谜我一直是不解的，老姨夫发迹后，为什么不把厂子插进县城里，而是插到郊区山上？

事情真的像梅花说的那样，她是一颗炸弹，没有任何人去找她的麻烦，吕作平没有，知道底细的表姐表弟都没有。我回家时，看见吕作平一直站在北阳台上，而他的对面就是老姨办公室、梅花办公室、老姨夫办公室。不但如此，老姨夫正领一帮人在院内转着，比比画画的，没事一样。跟你说吧，那一瞬间我的悲哀已无以言表，为吕作平，为翁氏家族所有人。

好奇是人的本性，好奇往往叫人丧失原则。不知怎么搞的，午后，我竟拨了黑桃二姐的手机。我们家族里人人手里都有一个电话号码本，在那里，十八岁以上的年轻人都有一长串的手机号码。我在电话里说，二姐，我想去看你，你在老姨家还是在自己家？

黑桃支吾一会，好像没辨出我是谁，后来她说，哦，在自己家。

就像大家管梅花叫梅花三，黑桃表姐也常被大家叫黑桃二。黑桃之所以叫黑桃，是她的皮肤太黑，葡萄一样的颜色，紫中带黑。一般情况下，皮肤黑的人牙齿好看，因为黑可以衬托牙齿的白。可是黑桃不同，她的牙齿也是黑的，好像皮肤化成了黑色的汁染了牙齿。在歇马山庄，黑桃的没脾气是出了名的。婚后，男人不愿出民工，动辄找人来家赌博，她从没骂过一句，不但不骂，还要汤呀水呀地伺候着。她是家族乡村包围城市战争中最后一个进城的，比我的父亲还晚。当然，她进城晚的原因跟她的性格无关，而跟梅花有关。黑桃家墙外有一排杏树，是她结婚那年梅花帮她栽的。进城后，每隔一两个月的周末，梅花都要回歇马山庄小住。梅花不喜欢城市，这在家族里无人不知，工厂从小镇搬县城那年夏天，从不掉泪的梅花居然哭了。后来老姨动员黑桃进城，梅花坚决不让，她阻拦黑桃的一个重要理由是那一排杏树，她说杏树刚刚结果，不能就这样扔了不管。也确实，那杏树上的杏子太可爱了，个大皮薄果肉细腻，即使一口气吃上一斤也不会胀胃。受到梅花阻止，对进城一直蠢蠢欲动的黑桃在乡下忍了三年，终于在一个寒风凛冽的冬天砍了杏树，与老姨沟通，搬了出来。当梅花知道此事，杏树的脑袋已经落地。所谓慢人有慢福，黑桃一进城就被老姨要到身边，月薪六百是明的，隐性收入没人算得出，在家族中的地位也日渐高涨。母亲说，兄弟姐妹谁见了都点头哈腰。

黑桃家在我家下面，是五楼。摁了很长时间的门铃，黑桃才开门。因为在大姨家见过面，我们谁也没有客套。我和黑桃一直不亲，原因在我，我就是看不惯她凡事慢悠悠的样子。就好比现在，好容易开了门，又去为我泡茶，折腾了至少有十分钟。等她在我对面坐下来，我的初衷早已模糊得不知去向。

初衷模糊，黑桃的样子在我眼前却十分清晰。我发现她明显白了，是那种苍白，白里透灰，因为她原来质地是黑。黑桃穿着也明显讲究了，是中式真丝套装，腰条显得细多了，不像原来一夏天就一个老头衫时肉鼓鼓的样子。最明显的还是头发，栗皮色中夹着棕红，使她整个人看上去有了气质。可是怪了，我看黑桃，她却不看我，有意躲闪我的目光，好像我不该在这个时候来她家。然而正是躲闪，使原来模糊的初衷又回到了我的面前。我说，二姐，梅花怎么就能迈出这一步？

黑桃先是一愣，看看我，又迅速移开，没说话，只是吁出一口气。

我说，二姐，梅花说你知道，是不是老姨夫主动？

黑桃站起来走向阳台，还是没有说话，好像默认了我的推断。

我的心一下子揪紧了，在得知老姨夫和梅花这件事之后，我还从来没有想过老姨夫是主动的一方，我一直以为梅花为了钱，往死里缠才导致了眼下的后果。现在，搞企业的有了几个臭钱，是没几个好东西，可是再不好，也不能搞自个外甥女。我似乎突然明白梅花为什么让我问黑桃，她是想让黑桃替她控诉老姨夫。我听到我的喘息粗重起来，我听到我随粗重的喘息骂出一句粗话，这个畜生，我非找他算账！

让我意外的是，听我这么说，黑桃突然哭了，她一边哭一边转身，朝卧室跑去。我跟过去，没有打扰黑桃，眼看着她的眼泪在腮上暴滚。我不打扰不是有意，而是气愤已经将我涌涨得说不出话。我想，一定是黑桃亲历了那个可耻的场面，没准就在老姨家里。待黑桃平息下来，我也终于能够说话。我说，二姐，我们就是穷得要饭，也不能叫这个畜生这么欺负我们，我们告他去。

这回，黑桃爬起来，傻了一样瞪着我，眼球快鼓出来的样子，好像我才是那个畜生。不，不能春天，坚决不能！

我说，为什么不能？

黑桃的圆眼一点点变长，一丝柔软的光束探进去，迅即又爬出来，拖出两行混浊的泪水。黑桃说，怪我们，怪我们自己。

是不是梅花太贪，为了钱？

不是。

那是什么？总不会是梅花真的爱上老姨夫！

……

我直直地看着黑桃，我看到她的脸一点点阴下去……

五

那个下午，当黑桃脱口说出她知道的一切，我的心仿佛遭到石击的槐花，碎成八瓣。黑桃的意思，确实是梅花爱上了老姨夫，爱得几乎走了魂；黑桃的意思，她是促成梅花和老姨夫事件的罪魁祸首，是她害了翁家。

哭过一场，黑桃安静了许多，仿佛是眼泪带她走进了一个安静地带，仿佛是眼泪冲刷了曾经的罪恶。因为在她觉得，梅花与老姨夫的事与她有关，她的讲述是从自己开始的。黑桃说，到老姨家当保姆，俺背后哭过多少回，俺愿意进城，可俺不愿当保姆，谁都知道老姨脾气不好。第一天往老姨家走，俺腿像灌了铅，越走越沉。走到半路，俺又拐了回来，拐到厂里找梅花。第一天是梅花送俺去老姨家的。可是，你猜怎么样，老姨好像知道俺的想法，不管干活怎么慢，怎么黏，她就是不训，不但不训，还跟俺笑。老姨不训俺，俺心里一直纳闷，觉得奇怪。后来有一天，她跟俺说，黑桃，老姨看哪个外甥都觉得亲，老姨做梦想不到，这辈子嫁个掌鞋的，还能为大伙做这么大贡献。你明白老姨的意思，她把咱们都看成是她的小鸡，一个个可怜兮兮窝在她翅膀下面，她是老母鸡。做老母鸡她很知足。她家里其实不一定需要俺，她可以到外面雇保姆，她只是为了让家族里的人都有工作。俺受了感动，再闷也不好意思提出不干。可是你知道，俺在老姨家干，梅花就成了老姨家的常客。厂里没事时，她动不动就绕到后面，爬上楼来。最初，俺以为她是为俺来的，怕俺闷，她也确实跟俺没话找话，说一些外面的事，说城里女人喜欢穿什么样衣服，跟俺讲什么才是夜总会里的坐台小姐，有时要问起老姨和老姨夫的关系。俺愿意听她讲外面的事，也愿意对她讲老姨和老姨夫的事，俺一天一天在老姨家，老姨家里的事就是俺心里所有的事，俺就把俺在老姨家看到的讲给她听。靠着老姨夫，老姨才当成老母鸡，可是老姨不知怎么的，就是看老姨夫不顺眼，天天冲老姨夫发脾气，老姨夫回来稍稍晚一点，就劈头盖脸一顿臭嚼烂骂，骂老姨夫找小姐逛窑子，被婊子迷住了。俺讲这些都是无意，家务事清官难断，人家晚上干仗，天一亮还是两口子，俺根本没往心里去。谁知道梅花却往心里去了。有一回，俺正讲着，梅花腾的一下跳起来，跳到挂着老姨和老姨夫结婚照的墙前，用拳头往老姨的脸上捅，想把她砸烂的样子。那是一张很大的婚纱照，据说是在照相馆重新翻的。梅花捅拳，俺也挺解气的，老姨身在福中不知福，就该教训教训她。她是老母鸡，又不能当面教训，就只有背后这么捅捅。后来，只要俺跟梅花在一块，俺们就朝老姨的照片捅拳，就变成了老姨的批判会，你一句我一句，很痛快。可是俺哪里知道俺是在惹祸，惹了大祸，俺惹了大祸还蒙在鼓里。梅花来老姨家越来越频了，这不要紧，她后来再来，不和俺批判老姨了，而是挨个屋翻，从衣柜到厨房，从卫生间到衣帽间，一翻就是半天。俺怕老姨发现，不让她乱动，梅花其实也不是翻，就是看，她有时还要闻味。有一天她把老姨夫的衬衣托在手上闻，叫俺看见了，俺的心一下子窝住了，俺想起咱歇马山庄母狗发情时，公狗贴到母狗身后闻味的样子。梅花闻老姨夫衣服的样子就像乡下公狗闻母狗。说真的，俺这么愚笨的人，要不是想到狗，打死也想不到男女关系上。梅花闻完味，砰一声把柜门关上，扑到床上大叫起来，她叫的是老姨夫的小名，鲁铁蛋——

就是这天，俺隐隐约约感到了什么，是梅花有了什么，而不是老姨夫。俺很着急，有好几回都想回家跟你三姨讲，可是想了想还是张不开口。那样的事实在是不好张口。后来，老姨上大连的时候，老姨夫夜里回来，梅花总要跟上来，说来和俺做伴，送俺回家。他们常在一块应酬，大家都知道，很正常，可是进门又磨磨蹭蹭不肯马上走，坐在沙发上和老姨夫逗着笑话，你一句我一句一说就是半夜。他们白天在一起上班，晚上一块陪客，夜里还这么黏糊，太不正常了。纸终是包不住火，有一天，梅花还是忍不住把什么都泄露给俺。那天老姨老姨夫都上了大连，吕作平也出差不在家，梅花下班就抱着一个纸包来到老姨家。她进门跟俺说，姐，今晚咱俩不走了，都住这儿。你知道，俺给老姨当保姆，还从来没有住过老姨家，俺有些犯难。梅花不管俺，进门就主人似的在老姨的卧室里忙了起来。梅花一层层揭手中的纸包，像揭什么珍贵得不得了的宝物，揭到最后一层，吓了俺一跳，你猜她拿来什么？她和老姨夫的婚纱照，有一尺那么大……光是她对老姨夫有什么就够吓人的，老姨夫竟然和她一起照了相，这是天大的祸呀！俺又吃惊又害臊，一下子蒙了，心口扑腾扑腾跳，两眼直冒金星。

梅花拿起照片上了桌子，把老姨和老姨夫照片拽下来，把她的挂上，俺怎么阻拦都不行。梅花疯了，梅花绝对疯了，老姨夫也疯了。俺大哭不止。那天晚上，俺觉得整个天都塌了下来，俺一再掐自个胳膊，俺不知道俺是谁，俺在哪里，和谁在一起。梅花一直没说话，把那双杏眼瞪得牛眼那么大，痴呆呆瞅着墙上的照片……后半夜，见俺哭声不止，梅花也哭了，她边哭边说，姐，没什么大不了的，俺是一厢情愿，俺偷了老姨夫的照片，到电脑公司做的。

了解到梅花是一厢情愿，俺不哭了，觉得天塌不下来，觉得只要熬过这个夜晚，天亮了，梅花把照片拿走，俺的心就会亮了。可是哪里知道，俺的心不但没亮，却更黑了。梅花第二天早上往下取照片时，说了一句吓人的话，她说，姐，有了这一夜，我的魂就留在老姨夫家了。梅花走后，在老姨家里俺不敢抬头，一抬头就觉得挂照片那个地方有个黑洞，洞里有梅花的脸。到后来，俺觉得老姨家整个就是一个洞，黑幽幽的让人害怕。

那天梅花走了就再也没来，即使老姨不在家，她也没来。可是从那天起，俺的日子就不是日子，心老是提在嗓子眼。俺不敢正眼看老姨，不敢正眼看老姨夫，早上上班不敢往厂子看，回娘家大伙聚堆时俺笑不出来，俺就觉得会出事，俺不是不相信老姨夫，可不知为什么就觉得会出事，这不，到底出事了……

六

那天下午，因为讲述，因为在讲述中一程程回到过去的情景，恐惧再一次回到黑桃的眼睛里，她那惊惧的样子仿佛一只摇摇欲坠的果子，在暴风雨没来之前，提前就为之颤抖了。

事实上，梅花和老姨夫的事与黑桃没有半点关系，我宁愿相信，即使没有黑桃在老姨夫家当保姆，即使黑桃不向梅花讲述老姨和老姨夫的矛盾，该发生的也照样发生，那只不过是偶然遇到的外力而已。可是，我想不明白的是，梅花对老姨夫怎么就有了那么深的感情？梅花居然因老姨夫而丢了魂！

从黑桃家出来，我的眼前一片迷乱，好像黑桃用她的讲述，把悬在她头上的黑洞掘在了我的眼前，使黑桃家的楼道口黑幽幽的，使我下楼时深一脚浅一脚。在那黑幽幽的前方有一张面孔，一直在忽明忽暗地晃动。他是大姨夫。大姨夫在老姨夫厂里做门卫，回来后，我还一直没有见到他。他的面孔之所以出现在我面前，是因为那天下午，在我临离开黑桃家的时候，黑桃支支吾吾，向我透露了另一个信息。她说，在她最难熬的日子，她曾就梅花和老姨夫的事找大姨夫谈过。可是大姨夫的态度让她非常意外，大姨夫不但没想细听，反而火了，把她好一顿训，说她做事不动脑袋，当保姆就当保姆，管那么多闲事干吗！

在我的印象里，大姨夫对姥姥那个家族里的事从没放弃过责任。如果说姥姥那个家族是一张网，那么大姨夫就是一个撑网人，网绳的任何一次抖动都在他的把握之中。他重体面，讲家教，眼睛里向来揉不进沙子。在乡下那些年，他像一个大家长，对每一根网绳的风吹草动都能迅速做出反应。当年梅花一夜之间从我手中夺走吕作平，他把三姨三姨夫找回家好一顿训斥，说翁家后人做出这样的事简直是有伤祖宗风化。有好长时间，他不允许三姨三姨夫登他的门，好像他家的门面就是祖宗的门面。翁家的祖宗，我的姥爷，其实只是一个买卖人，不识字，但他因为见过世面，在歇马山庄算得上头面人物。姥爷因为见过世面，在一行女婿中对大姨夫格外高看，大姨夫也就因为姥爷的高看，自觉不自觉成了翁家的中心。逢年过节，他拜完姥爷，再就不动了，而其他姨夫们拜了姥爷还要拜他。后来姥爷去世，老姨夫办厂办得红火，小辈们全在老姨夫厂里打工，家族的中心眼见着向老姨夫这边偏移，大姨夫家门庭渐冷已成为不可逆转的事实，就连少有几次回歇马山庄的我都听到"王先知落威了"这样的说法。可是事情总有转变，老姨夫把工厂搬到城里时，正赶上大姨夫退休，不知是他感到突然回到家里不适，还是受不了门庭冷落的打击，他主动提出到老姨夫厂里做门卫。厂长和门卫有着天壤之别，可大姨夫这门卫不是一般的门卫，他有文化，教过书，不管多么小的事情都有文字档案，他张榜公约，建立秩序，给老姨夫新厂立下了良好的风气。重要的是，站在门口，家里人的一切举动他都会一网打尽。因为他了解情况，老姨夫敬他，厂里大事小情都跟他商量，他不但再一次成为撑网人，且给人的感觉就是老姨夫的灵魂、家族的灵魂。逢年过节，老姨夫拜完大姨夫，再就不拜了，而其他人却要大姨夫老姨夫一块拜。拜到老姨夫，得到的是赏钱；拜到大姨夫，得到的往往是人生教育。在我的想象里，大姨夫听说了梅花和老姨夫事件，如果不是把梅花骂个狗血淋头，至少也该找老姨夫谈谈，让老姨夫有所警觉。我是说，无论如何，他不该是那样的态度。

和梅花的办公室一样，大姨夫的警卫室装备很现代，豪华饮水机、阔气的办公桌、无绳电话。老姨夫厂区大院，除了我一早进院那条两楼之间的细长过道，正门口是唯一的进厂之路，从这唯一的道路进院，大姨夫一下子就看见了我。

事实上，家里出了这么大的事，最应该依靠的就是大姨夫，他倒不一定能够力挽狂澜，但总会成为大家的精神支柱。可是不知为什么，家里人谁也没有提到他。或许他是翁家最后的依靠，大家不愿看到他被击倒。毕竟这件事情太重大。

大姨夫已经很是苍老了，前额光秃，白发稀落地贴在两鬓，遭到水冲的草地一样。看见我，嘴唇微微动了一下，现出一丝笑意。大姨夫的表情一向是严肃的，即使微笑，也是水泥板上反出的光，有着坚硬的质地。因为心底装着疑惑，我能感到我的表情有些拘谨。虽然大姨夫很少批评我，可我对他还是有着与生俱来的畏惧。拘谨和畏惧加到一起，可以想到我是怎样手足无措。我根本找不到一句要说的话，心里的想法仿佛晴天里的雪，一见到大姨夫严肃的面容立刻化掉。

我站了还不到三分钟，就谎称有事逃出屋子，落荒而去。

七

下午4点，我接到老姨夫电话。老姨夫说，春天，回来也不打个招呼，今晚我请你吃饭。老姨夫电话里的声音响脆、洪亮，听不出半点异样。相比之下，我的声音倒有些异样，哦噢了半天，好像是我做了见不得老姨夫的事。

这些年来没少吃老姨夫的饭，当然不是在家，而是在大连。老姨夫看重家族里任何一个在外的人，不光是家族，也包括歇马山庄的，凡是在外他都重视。每次来大连，只要有时间，他就打电话把大家叫到一起。有我，三姨家的二胖，歇马山庄在市政府秘书处工作的老刘家胜川。他把我们叫到一起，问我们想吃什么，随便点。老姨夫请家里人没有目的，请刘胜川也没有目的。他只为宠我们。在那样的时候，老姨夫极有风度，一个长者的风度，一个有钱人的风度，一个家乡走出来的优秀企业家的风度——报纸上这么说，说他是优秀企业家。老姨夫个子不高，看上去却很精神。老姨夫梳着平头，不是那种一般的平头，而是烫过的那种，一头的卷，仿佛钢丝一样，让人想起美国黑人的头发。老姨夫的胡子长得稀疏，却在嘴角处微微上扬，要与头发誓比高低的样子，给人永远的春风得意之感。酒桌上，老姨夫一向话少，不善表白，但给你的信息是健康的、战无不胜的。我最欣赏老姨夫这一点：天大的事自己扛。其实有一段时间，他的企业并不好，产品积压很多。我最欣赏老姨夫的还是他那看不出任何功利目的的行为方式。他发达起来，靠的是头脑灵活见缝插针，可是在生活中，你很少见他急功近利。我就亲眼看到巨大的缝子裂在他眼前，他就是不插的事实。刘胜川告诉他，韩国正有一个地热项目在中国找加工厂，老姨夫听了无动于衷，把我都急出一身汗。过后他跟我说，万事顺其自然，刘胜川一个秘书，我不能打了他饭碗。后来我知道，看不出功利目的正是他的目的，他需要在无目的的交往中了解信息。因为事过不久，就听说老姨夫与韩国签订了地热产品加工合同。通过什么路子我根本不知道。在我看来，老姨夫的身体里有一个巨大的隐匿的网络，像无线电网络一样，它不但通着世界，还通着世道人心。

和那样的饭局一样，老姨大看上去散漫，随意。老姨夫约了老姨，还约了黑桃女婿，那个好喝好赌的二姐夫。老姨夫把我们拉到黄海酒店的一个包间，让我们自己点菜。老姨当然是首要的，老母鸡的劲头十足，几分钟就点了十几个菜，这个春天爱吃那个春天爱吃，让你觉得满桌子都是春天。老姨把饭桌搅得春意盎然时，老姨夫微微笑着，冲我频频举杯，上扬的胡须和眉毛一起蹙着，呼应着他眼睛里诡秘的眼神。老姨夫无目的中的目的这时也就显露出来了。他希望从我的眼睛里看到事情危机的程度。他知道此事的主动权在吕作平那里，而我又是深入虎穴的人。我的表情向他透露了什么样的信息，我不知道，有老姨和二姐夫在场，我想我准确不到哪儿去，没准相差十万八千里呢。我是说，我其实看到老姨夫时的感觉很不好，仿佛有一块脏东西挂在了他略略上扬的胡须上，让人不舒服。然而虚伪有时是一种本能，当老姨点的菜端上来，我居然一惊一乍，分外高兴的样子。吃饭时，我倒从老姨夫对老姨顺声顺气的呵护中得到了信息，那便是无论发生什么，他都不希望打破家族正常秩序，他在努力修复与老姨的关系，从而增强抵御病毒的能力。

为了配合老姨夫，我不停地跟老姨说话。老姨做了整容术，单眼皮变成双眼皮，从眼眉切开，脸皮上拉，使我的话得以在老姨的脸上顺利进行，铲车似的步步为营。老姨夫也不时参与进来，挖苦道，你老姨现在十八岁，我都不敢看。就像老姨夫嘴上掺和，心底却想着另一件事一样，我表面和老姨谈她的脸，内心却进入了另外一个维度。在那个维度里，镶嵌着另外一张脸。那张脸不是梅花，不是黑桃，也不是大姨夫，而是一个叫着李丽的女人。这是我一直替老姨夫保守着的秘密。老姨夫在大连请我吃饭的某一次，我曾见过这个体态丰盈、脸形圆润的女子。她三十岁左右，是某商场食品代理商，从吉林山沟里出来闯天下的。她不算漂亮，可眉心、鼻尖、下颌直到脖子，统统散发着一股丰硕的、饱满的气息，像吸足了水分的叶子，娇嫩欲滴。我一直相信，她和老姨夫有着非同一般的关系，因为她在见到我时，目光里闪着与我毫无道理的亲切。

当一张脸在我面前越来越清晰时，老姨的脸愚蠢地重叠进来。我的老姨真是愚蠢透顶也幸福透顶，一面借机向我诬告老姨夫在外面玩小姐，一面向我展示她的苗条、年轻，似乎她并不亚于小姐。老姨的身材和一般的富婆确实不同，没有丰足的肉。老姨很瘦，脸、胸、腹，哪儿哪儿都是瘪的，可这一点也不意味着她苗条，反而让人看了想哭，像一具骨架。老姨的脸经过整理，是没了皱纹，眼角、嘴角、鼻窝，哪儿哪儿都绷得很紧，可这一点都不意味着她年轻，反倒让人感到面目可憎，像戴了面具。

刚进城时，老姨不是这个样子。那时她从不修饰打扮，不烫头不化妆，不戴乳罩，印象最深的是她胸前那对奶子，终日布袋一样坠着，咣里咣当。那时老姨一心沉浸在家族搬迁的事业中，似乎那是她唯一的使命，坐在副驾驶的位置上，频频出入歇马山庄。据母亲讲，她坐车进村，并不在车上引路，而是老早就下车，站在车头，手向后指着，脚向后退着，屁股朝后撅着，抖抖擞擞，样子不好看，可是好威风。我能想象老姨那样子，一定就和企鹅差不多。我一直以为，拯救家族的光辉形象会使老姨一辈子都不会在意自己外在的形象。谁知几年之后，回燕荡山拜年，再见老姨，她判若两人，头发变成大波浪盘到头顶，乳罩虚假地撑在衣服里，露着半个鸡胸，嘴唇和脸腮都涂了红色，就像旧时烟花巷里的妓女。老姨的变化让人哭笑不得，但心底里还得承认她的进步，至少她认识到仪表对人的重要，看到自己的危机。为此，在大连老姨夫为她买的新家里，我曾开过玩笑。我说，老姨，是不是有了外遇？她扑哧一声笑了，骂骂咧咧道，操，还外遇，俺早就不稀罕男人，和你老姨夫都十几年不在一个被窝睡了。不和老姨夫一个被窝不意味着没有外遇，情况可能恰恰相反。但我明白老姨的意思，她是说她早就不稀罕那种事了。在这一类问题上，梅花一向敏感。她说，这世上有一种女人，从来就没打开过身体。打开，你懂吗？我说，我当然懂。梅花说，老姨就是这样的女人，一辈子不了解男人，一辈子也不知道自己。老姨被我们定位为这样的女人，再回家看她描眉画眼，穿金戴玉，心底就有一股说不出的难过，不知道她如此打扮有什么意义。

当然有意义，是老姨觉得在老姨夫面前有意义。那天晚上，老姨夫拿我当灯泡，让老姨抖尽了威风。老姨夫说，你老姨还会走模特步呢。老姨听了，腾的一下站起，摇头晃脑走了两下，到后来，她竟找服务员调好麦克风，放声高歌，你挑着担，我牵着马——这哪里是唱，是驴叫，叫人想哭。

八

不管怎么喧闹，都遮掩不了危机，喧闹只不过是老姨夫用来遮掩内心空虚的一个办法。事实上，那个晚上，在我们闹闹哄哄吃饭时，酒店外面的另一个地方，一场战争正在进行。交战的双方先是梅花和她的两个弟弟，之后是梅花和吕作平。

梅花不回家，在红光宾馆租了房间。下班后，吕作平打出租车跟踪梅花，两个弟弟又在后边跟踪吕作平。吕作平跟踪梅花，是怕她跟老姨夫在一起；两个弟弟跟踪吕作平，是怕惹出更大的麻烦。当吕作平跟到楼梯，两个弟弟抢先把吕作平拦住。他们把吕作平拦在门外，自己敲开梅花屋门。梅花看见两个弟弟吓了一跳，说，不是吕作平吗，怎么是你们？

大弟说，三姐，你就别上班了好不好？人咱丢不起。

梅花看看大弟，没有吱声。

二弟说，你不上班，再向姐夫认个错，姐夫就原谅你了。

这时梅花哭了，边哭边说，我上不上班老姨夫说了算，不用你们管，我又没错。

事到如今，不但不认错，还有脸提老姨夫，脾气暴躁的大弟突然蹦起来，嗷叫道，你还有没有脸了你，你丢尽了脸了你——听到大弟喊，门外的吕作平咚一声推开门，冲向梅花……见势不妙，二弟给我打了电话。

当我赶到宾馆，梅花早已不哭了，而是披头散发趴在床上，两只手抓着床单，脸紧贴着被子。两个弟弟一个在沙发上吸烟，一个在走廊里来回走着，而吕作平则像一条死狗，缩在卫生间的墙角。屋子静静的，谁也没有说话，空气好像凝住了。许久，坐在沙发上的小弟嘟哝一句，都什么时候了还不承认，姐夫要求又不高，就是不上班，这算什么？

我在梅花旁边坐下来，思考着小弟的话。我想，不承认也正常，毕竟当着弟弟的面。可是我刚坐下，只见梅花手向外挥过来，大声喊道，滚蛋滚蛋，都快给我滚蛋——

我愣怔片刻，赶紧站起，想，是否滚蛋的也包括我。可是我刚站起，梅花的手一把抓过来，春天你别走。

示意两个弟弟把吕作平推出去，我便从床头转到沙发上。也是的，一个人碰到这样的事情，最需要的是冷静下来，而不是做出什么选择。在这么短的时间里逼她选择，显然是不近人情的。见我移到沙发上，梅花向我招招手，要我回到她的身边。回到她身边，梅花再次握住我的手，仿佛生怕我离开。她说，春天，我坚持不住了，我该怎么办？

我没吱声，我一时不知该说什么。

梅花说，都是报应。

我还是没有吱声。

梅花说，我上班，我怎么能不上班？

你是说厂子离不开你？我终于忍不住。

梅花说，不，是我离不开厂子。

我脑袋嗡的一声，已经如此严重。

大概觉出我的反应有悖事实，梅花补充说，你不知道，我离开老姨高兴，我就是不想让老姨高兴。

你这是什么逻辑，老姨高兴有什么不好？

这句话好像通着梅花泪泉，泪水顿时涌出梅花眼角，没一会她就哽咽了。

我不顾梅花的反应，按自己的思路往下说。我说，你总得替作平想想，你让他怎么办？

听我这么说，梅花蓦地止住哭，朝我仰过脸，抑郁地看着我说，春天，你还爱着作平是不是？

这是哪儿跟哪儿呀？一股火一下子顶上我的脑门，我站起来丢开梅花的手，你真没意思，我得走。

梅花忽地爬起来，气急败坏扑向我，不能走春天，求求你了。

九

梅花的故事是从吕作平打开缺口的。她说，她从来就没爱过吕作平，吕作平也没爱过她。她说这句话时，布满血丝的眼睛直直地瞪着我，生怕我不信她。她说，十九岁那年下学去经编厂时，就爱上老姨夫，吕作平不过是随手牵来的替罪羊。她说，那时，她脱了学生装露出胸脯和后背，在暖洋洋的太阳下面上班下班，觉得身上有股热腾腾的气流，觉得心底有股热辣辣的渴望，渴望与男人身体亲近，渴望被拥抱。我也有过那种感觉，那是青春期的躁动。梅花说，其实不念高中下学工作，与身体里的这种冲动有关，那时她烦死了黄毛唧唧的学生。就在刚工作那年夏天，她的渴望得到满足。老姨夫每天下班，把她装到摩托车前边，载她回家。那情景我见过，梅花美极了，嗖的一声从学生队伍里穿过，怀里的衣裳灌满了风。梅花说，有时我在老姨夫前边，有时我又在老姨夫后边，但最美的还是在老姨夫后边，两手搂着他的腰，胸贴在他的背上，风里飘荡着老姨夫的汗味，身体里那种感觉简直太好了。就这么的，老姨夫走进了我的梦，老姨夫变成杏树，被我栽到黑桃二姐家墙外。那个夏天，一下班我就骑车到西大山去挖杏苗，然后载回黑桃二姐家。我栽杏不是喜欢杏，而是快乐所至，是快乐得不知干什么好了；我栽到黑桃二姐家，不是只有她家有地，而是为了躲开家里人的眼目，我不愿意家里人看见我的快乐。谁知那些杏树后来会让我离不开歇马山庄。

后来你下学，和你做伴，老姨夫不载我，我心里那个别扭呀。二十岁那年，你和吕作平恋爱，你告诉我你将来要嫁给他，对我触动很大。我在想，我该嫁给谁呢？想来想去我吓了一跳，我怎么想眼前都是老姨夫。那时我朦胧懂得，我对老姨夫有了可怕的恋情。于是我开始强迫自己远离老姨夫。你和吕作平热恋的时候，其实是我最受熬煎的时候，我羡慕你们。你们约会让我努力压下去的东西又蠢蠢欲动，我压抑，从没有过的压抑。你不知道，有一天我陪你们散步，突然从小树林钻出来，差一点把吕作平当成老姨夫。那天晚上，你们回家，我一个人在二姐家墙外杏树旁坐了一宿。你曾问我那个夺你所爱的晚上究竟发生了什么，其实很简单，就是我把吕作平当成了老姨夫。他单独送我，给了我幻觉。跟你说，身体是可怕的东西，当我把身体给了他，我觉得我要嫁的就是这个人了。

吕作平倒真是救了我，他让我在一段时间里忘了老姨夫。他让我远离了一场灾难。可是，当我们结婚，当我让老姨夫把他从茧站弄回来，弄到经编厂，一点点的，老姨夫又变成老姨夫，吕作平又变成吕作平了。老姨夫和吕作平性格有点像，都话少，可老姨夫话少是有话不说，吕作平压根没话。这也不是关键，关键是老姨夫心里总在想事，老姨夫不断地把外面的东西带回来，给身边人带来希望。不像吕作平，天天一个样，闷葫芦似的。老姨夫是厂长，走南闯北，见识广，让你觉得有靠头，这很正常。不正常的是我，我老拿吕作平和老姨夫比。有段日子，我回家挑剔吕作平，他动辄一个人喝闷酒，他虽不说，但我知道他后悔娶了我。

厂子搬迁县城，我是打心眼不乐意的，我哭过好几场。在镇上，下班回歇马山庄，心情不顺还可以到屯街走走，还可以倚在黑桃二姐家墙根看杏树。可是去了之后才知道，这里的一切也并没有那么坏，这倒不是说厂区的后坡上有一大片树林，心情不好可以上去那里坐，不是。实际上我还从来没上后山坡去过。其实离县城近点还是有好处，星期天有事没事，骑车到百货店逛，一逛小半天，什么都忘了。我不喜欢人群，可是人群又可以把自个埋起来，让自个消失，主要是把老姨夫埋起来，让他消失。而因为离县城近，老姨夫应酬多了，下班就开车走了，不像在镇上时跟我一道回歇马山庄。刚去那段时间，我真是觉得松快，对老姨夫的东西一点点淡了。谁知，我对老姨夫的东西刚刚淡了，有一天大姨夫找到我。那天大姨夫非常反常，老脸哭丧着，天就要塌下来的样子，跟我说，梅花，能答应我一样事吗？我说，什么事？大姨夫说，有客户时，跟你老姨夫去应酬。咱家里人没有不尊重大姨夫的，可那天我立即就说不行，我不喜欢。这时你猜大姨夫怎么样，他居然激动得发抖。他说，好孩子，为咱这一大家子，我是担心你老姨夫走下坡路，你二姨夫说得没错，咱一大家子就是这燕荡山上的一块补丁，弄不好，说撕就撕下来了，到那时说什么都晚了。

你知道大姨夫的意思吧？他想让我监督老姨夫，不让老姨夫变坏。大姨夫把事情说得那么重，我只好答应，可是这等于把我往火海里送。我答应陪客不久，作平也被安排跑远程，都是大姨夫的主意。你能想象那是一种什么样的时光，在灯红酒绿的餐桌上，抬头是老姨夫的脸，低头是老姨夫的喘息，对老姨夫的感情怎么能不回头？

这时候，偏偏老姨又出现了。在早老姨不上班，搬到这儿她也要上班。自始至终，老姨夫一直很喜欢我，让我做厂里出纳，让我兼管材料。老姨要工作，老姨夫就只有让我把材料让给老姨管。老姨上班就坐在我的隔壁。坐我隔壁也没什么，老姨对我们翁家人劳苦功高，就是把我的工作都要过去，我也说不出什么。问题是，这么些年一直在老姨夫身边，我已经成了他的左膀右臂，有一些事老姨夫离不开我。有一天县人大领导来厂里视察，老姨夫领着在厂子里转，转到后来领到我办公室，让我招待。结果那些人刚走，老姨就跑过来，骂骂咧咧说，把俺当什么人啦，嫌俺拿不出手怎么?！我常常跟老姨夫应酬，老姨从来没在乎，这件事她却在乎了，从此就再也不理我了，对所有人都好，就不对我好。从大连回来，给大姐二姐，给所有姐妹都买东西，就不给我买，好像是我抢了她风头。你是皇后，谁敢抢你风头？也就从那回，老姨打扮起来了，衣裳两套两套买，穿到我面前，还故意摇头摆尾。我也是，偏不服，你不给我买我自己买，我没你有钱，可我比你年轻。我穿上漂亮衣裳，也有意到她窗外走，走给她看，把她气得呀，脸都差点歪了。在早咱老姨最宽厚了，看咱姐妹谁穿好看她都高兴，不知怎么就变成了这样。想想也是，人嘛，都在变，老姨也在变，她把自个当成了皇后，也就容不下别人了。就连黑桃二姐也在变，老姨宠她，她就不知道自个是谁了，不但打扮起来，走起道来扭扭摆摆的，见家里人头不抬眼不睁，还得家里人向她点头哈腰。你没在院里干你不知道，老姨宠谁谁就有地位。

我跟老姨夫干了这么多年，管账从没出过差错，老姨最宠的该是我才是。一气之下，我就开始了反击。我反击不是向老姨争宠，而是向老姨夫。老姨夫已经很宠我了，可是我不想要那样的宠，我想从老姨夫的腰包掏钱，我想要他给我买衣服。我的招法很简单，就一句话。我告诉老姨夫我爱他爱了好多年，是他导致我不幸的婚姻。跟你说过，没有哪个男人拒绝爱情，老姨夫也一样。老姨夫貌似拒绝我，听完后火冒三丈，骂我混账，可是第二天，再见到我就不一样了，他板着脸跟我说，你过来一下。但你能听出那声音后面的绵软。我跟过去，他随手甩给我一个信封，是钱。我成功了，这正是我想要的，你知道，我压根没想让老姨夫接受我的爱情，只图物质回报。可是我错了，错就错在，我骨子里是真的爱老姨夫的，他栽在我青春期的梦里。我得到的物质越多，情感积累越厚，时间一长，自觉不自觉地就觉得老姨夫是我的了。物质这东西也怪，得到越多，越觉得不够。你懂吗？我觉得整个厂子都是我的，我也有了皇后一样的感觉了，尤其在老姨不在家的时候。老姨不在家，我觉得我就是老姨，那时，我理解了老姨以关心的幌子表现出的霸道。我也变得霸道起来，我不喜欢老姨在家，我留意老姨夫一天中的所有动向，关心老姨夫在外面是不是有人。如果仅仅是这样，只图个名分，没有身体上的要求，也还好，可是谁知后来不是了。

后来，黑桃二姐去给老姨当保姆。黑桃二姐砍了杏树搬进城里让我心酸了好久，那杏树上挂满了我的感情，我的感情在城里见不得天日，我就把她挂在了乡间的杏树上，每隔一段回去望一望。你知道，我因为爱着老姨夫，从来不上老姨家，我不愿受那个刺激，可是二姐非逼我去。说起来真是受刺激，进老姨家，我觉得浑身不自在，当我看到老姨和老姨夫那张照片，嫉妒像针一样扎着我，我心疼得要死，尤其受不了老姨家那股味，好像老姨家到处都散发着老姨夫的味。奇怪的是，越受不了我越是要去。那些天我又像最初爱上老姨夫那样，上班丢了魂，脑袋里总想着老姨家，我每次从老姨家出来都涌出强烈的念头，得到老姨夫，完全彻底地得到。我爱了他这么多年，我为他荒废了青春，我因他而以厂为家，我为什么不可以得到他?! 我翻拍了照片，那其实根本满足不了我，不但满足不了，反而加深了我的想法。在最疯狂的日子里，我一直后悔，以往那么多年了，和老姨夫双双出入宴席，单独坐在车上，为什么就没抓住机会？那时只要单独跟老姨夫在一起，心里就满足得不得了，画饼充饥，多愚蠢啊！

在最疯狂的日子里，有客户来，我天天寻找机会，这时我才知道，看上去是机会，其实根本抓不住，原因不在别人，在我自个，分明是我爱老姨夫，可我又希望老姨夫主动。为了让他主动，我跟他说玩笑话，逗弄他，费尽心机，没用，老姨夫总是假装不懂。有一天我突然火了，我不理老姨夫了，我转移了目标。你对我无动于衷，我为什么要苦守着呢？那是一个哈尔滨客户，小伙子长得很帅，说一口好听的普通话。酒桌上，我不断进攻他，向他飞眼。人想变坏就是一瞬间，我一杯杯跟他碰，我感受到我的目光和酒一样是热辣辣的，我感受到那帅小伙渐渐放弃了老姨夫，一门心思地对着我。一种报复的快感迅速流进血管，就像酒精流进血管，那个舒服呀！可是喝着喝着，老姨夫变了脸。老姨夫说，不早了，到此为止吧。帅小伙看出老姨夫的不悦，但出门时还是提出要我陪陪他。这也是不少客户曾经提出的想法，他们以为老姨夫让我陪客还有别的用意，每次老姨夫只一句话就绕开了，老姨夫说，她是我外甥女。这次我没听，我手挽着帅小伙的手，坚持要跟他去。老姨夫终于忍不住，顺手打开他的车门，把我拖进去。我以为老姨夫只是为了负一负长辈的责任，不愿我堕落。可是我错了，他上车后，车开得飞一样快，一直开到县城南边的荒郊野外。在野地边，老姨夫停车，关掉车灯，之后下来，绕到右边打开我这边的车门，拽下我。老姨夫的动作让我没有防备，老姨夫连推带搡，骂我混蛋，可是骂着骂着，突然老姨夫不骂了，推搡我的手一把将我拖进他的怀里，两手合抱搂住我……

　　那是我想念了十多年的怀抱，当我真正拥有他，竟然是这么一个没有准备的夜晚……老姨夫搂着我，一直重复一句话，你怎么就一点都不懂老姨夫的心……

十

　　当一堆乱丝被一截截吐出来，梅花一点点平静下来。到后来，她竟稍微有了睡意。梅花平静下来，我却不平静了，仿佛梅花吐出来的一堆乱丝，不经意间缠到了我的心上。我想象着梅花描述的场面，野外，推搡，搂抱……老姨夫最后那句话分明说明他也爱着梅花，可是，是这样吗？如果是这样，那个城里做食品生意的女人呢？

　　那个晚上最让我震撼的，不是老姨夫在荒郊野外对梅花情感的呼应，不是梅花对老姨夫情感的由来已久，也不是大姨夫提出让梅花陪老姨夫应酬这件事，而是梅花从没爱过吕作平这个事实。应该说，前面那些信息都很要命，可因为有了这个事实，在我这里，其他一切都变得不那么重要了。梅花不爱吕作平，却亲手导演了吕作平的悲剧，她导演了吕作平的悲剧，也导演了我的悲剧，包括她自己的悲剧。实际上，爱上老姨夫，首先就注定了梅花的悲剧，可是她为什么要我和吕作平陪绑啊？为什么？那场感情灾难给我日后的生活带来了什么，只有天知道。独自来大连闯荡的日子，我像一缕飘在空中的羽毛，无处安身不说，我找不回自信，找不回对男人的兴趣，我把所有男人对我的好意都看成是对我的游戏。二十六岁那年，一个像我一样从外地来大连广告公司打工的小伙子对我表示友好，我根本不爱他，却借机把他给游戏了。从此，我开始了不间断的游戏，我没有爱的愿望，却说自己在爱，当对方表达了爱，我再像吕作平甩我那样把对方甩掉。三十岁跟老实厚道的丈夫相遇，结婚，竟然没有半点激情。由于憎恨，我从没想起过吕作平，我把他悬挂在心灵外边，让他与自己毫不相干，就像悬挂在枯枝上的干果。然而，那个晚上，听完梅花的话，我看到干果竟然在干枯的枝头一点点泛绿了，仿佛与树根底的大地接通了血脉。我是说，听完梅花讲述之后，吕作平猥琐的形象在我眼前一点点活泛开来，到后来竟让我感到一丝隐隐心疼。

对于情感，梅花向来是敏感的，可以说梅花是一个情感天才。见我一直没睡，她慢慢转过身，扳过我，黑暗中对我说，春天，我知道你还爱着作平，你不要不承认。起初我没反应，因为我一直以为梅花已经睡了。当终于听清梅花的意思，我激动地坐起来，大声说，不爱，我要爱都不是人！我的反应连我自己都觉得有点过火，起誓最不能说明问题。接着我又说，没错，我是因为吕作平才回来的，但不是为爱，是为了不让家族遭受灭顶之灾。

面对我的烦躁，梅花反而特别安静，眼睛扑闪扑闪地看着墙壁，好像根本不知道我说了些什么。因为激动，我开了灯，下了床，坐到沙发上。我的心很乱，不知再该说些什么，我不知道怎么就把自己搅了进去。后来，因为重复了前半夜坐在沙发上的角度，前半夜发生在这里的事又回到了我的眼前。我说，梅花，你就不该上班，我认为那不是你。

梅花转过头，遮在发丝后面的眼球转了转，说，我就是不想输给老姨，她巴不得我走。

我说，和老姨那样的女人比，你也有出息？

我的这句话刺激了梅花，她突然坐起来，瞳孔里爬出两道可怕的光，是我从没在梅花那里见过的，类似哀伤。她把哀伤死死逼到我的眼睛里，之后哭笑着说，春天，你以为我比老姨强吗？你以为我有什么吗？

我默看着梅花，无言以对。

梅花说，老姨跟了老姨夫半辈子，现在有别墅，有皇后的位置，有宠人的资格，老姨夫不爱老姨，可是他给了她爱的日子。我跟老姨夫不是半辈子，也是十几年，我所有青春的日子都跟老姨夫联系在一起，我除了有一个渴望着的身体，还有什么？我不要别墅，不要皇后的位置，不要宠人的资格，也不要感情，我只想要我爱的日子！我的日子是什么，我的日子其实同老姨夫的厂子是分不开的，我比老姨更爱老姨夫你懂不懂？

梅花的哀伤使我的心着实疼了一下——不只是梅花，任何女人都一样，女人的世界、女人的日子确实没有多少宽广，她们的情感就像一眼深井，不是打到哪儿都能出水，哪里出水只有她们自己知道。

我说，你总得从头开始，总得。

梅花说，那天，老姨夫抱我的第二天，我疯了似的冲到宾馆，去找老姨夫。正是下定了这样的决心，我想和老姨夫好好地住上一夜，好好地，然后我就永远离开他……可是我，我没得逞，我的不甘都是因为我没得逞。

我说，你没得逞，也许是吕作平的造化。

梅花说，没什么用，我不想让他活在虚假里，我不向他道歉，就是不愿意他活在虚假里。

我说，你不离开厂子，又不向他道歉，这不是逼他疯？

终于绕到核心问题，我的语气显得郑重，梅花却说了一句让我意外的话，她说，他疯不了，他要能疯还是个男人！

十一

后来我知道，有关老姨夫和梅花那件丑闻的现场，并不是吕作平向我描述的那样。吕作平的描述是某日夜里 10 点，他从烟台出车回来，车刚开进厂门，发现梅花从楼上下来，急匆匆上了一辆出租车。厂区离县城五六里路，梅花一定是通过电话叫的出租车。吕作平于是掉转车头，跟定梅花，直跟到金海岸大酒店。梅花上了四楼，吕作平也上了四楼，梅花推开四〇三房间约两分钟，吕作平也推开四〇三房间，这时吕作平发现，梅花坐在老姨夫怀里。吕作平揪住梅花，直揪下四楼，揪到车上。回家后，关起门来一顿暴打。

梅花的描述与吕作平出入很大。烟台出差，10 点到家，金海岸大酒店，都是一样的，不一样的是吕作平坐在车里，根本没有上楼，十分钟后梅花从宾馆出来，才被吕作平堵住。梅花上车，吕作平什么也没问，一直到上楼进家也没问。梅花其实一直等着他问，见他洗洗涮涮上床，根本没有问的意思。梅花终于忍不住，梅花说，吕作平，你不想知道也得知道，我去见老姨夫了，我爱上了老姨夫，我们发生了不正当关系。吕作平当然不信，眨着疲惫的眼睛。梅花说第二遍、第三遍，吕作平还是不信。吕作平说，你怎么了梅花，你是不是被谁气疯了？梅花确实是被气疯了，梅花最强烈的愿望是让吕作平相信，之后骂她或者打她，让她平息一下没有得逞的不甘。可是吕作平的样子让她气得更加发抖，恨不能反过来打他一顿。无奈，梅花最后说，吕作平，你凭什么甘当鳖头，我不爱你我爱老姨夫你听清了吗?！吕作平眼睛里的光终于被梅花点燃了，梅花看见它熊熊燃烧起来，烧红了他的腮帮、嘴唇、脖子，烘烤着他的胳膊和膝盖。他的胳膊和膝盖慢慢地抖动起来，他爬下床，支撑着火球一样喷火的脑袋，来到梅花面前。可是梅花怎么也没想到，吕作平来到她的眼前不是扑向她，把她撕了，而是突然就熄了火，断了电，之后扑通一声跪到地上，头点地一顿乱磕。这时，梅花听到有一个可怕的声音从她脚尖往上爬，梅花，我求你，这不是真的，我求你了。仿佛熄灭在吕作平身上的火燃到了梅花身上，梅花膝盖也哆嗦起来，梅花大声喊道，吕作平，你怎么能这么鳖？我再告你一次，都是真的——我从来没爱过你，没有——

可是，不管梅花怎么喊，吕作平没听见一样一直跪在地上，嘴上只重复一句话，不是真的，不是真的。实在受不了，梅花冲出屋子，边冲边喊，叫你不信，明天我让全厂都知道……

梅花不是让吕作平打跑的，是因为吕作平不打气跑的。梅花之所以盼吕作平打她，原因是她没有得逞，她因为没有得逞而不甘。后来我知道，梅花推开老姨夫所在的四〇三房间，一个女人正依在老姨夫身边，老姨夫不锁门让梅花直接进入，完全是有意。梅花不但没有得逞，且遭受意外打击，一气之下跑出来的梅花，一个最真实最迫切的念头就是要让吕作平，让全世界人都相信她和老姨夫有了那事。

梅花不是叫吕作平打跑的，是因为吕作平不打气跑的。这是两个截然相反的事实。但是与梅花同居一室的那个长夜过后，我还是相信了梅花的描述，相信了后者。这并不是说吕作平是一个不可信赖的人，不是。我是觉得梅花的不甘更能打动我，她的不甘，她的因为不甘而想向全世界声明虚构事实的心情，更接近女人的真实。当初吕作平在一瞬之间离我而去时，我就萌生过同样的念头，想告诉村里所有人吕作平是爱我的，我们不但还好着，我还怀了他的孩子。

在感情和名誉上，女人更容易选择感情，女人丢失了感情，也就丢失了名誉。

我相信了梅花，可是吕作平呢，他是梅花描述的那种人吗？他怎么就会变成梅花描述的那种人呢？

撇开吕作平抛弃我这件事不谈，平心而论，他给我的印象还是不错的，至少他不是个挺不起腰杆的男人。的确，他不像老姨夫那样积极进取、不安于现状，但我宁愿相信散淡更是一种力量。实际上，吕作平的家境并不好，爷爷父亲都是蚕农，20 世纪 80 年代改革开放，茧场承包，茧又卖不出去，很多人都跑回家种地。可是吕家人就是喜欢蚕农闲散的生活，坚决让吕作平到六十里外的步云山上承包了几亩柞林。谁都知道，柞蚕价越来越低，又连年收成不好，可是吕家人从不为此着急，在村民们为季节忙碌的时候，吕家人慢腾腾走在街上，优哉游哉，他们安静安闲的样子仿佛天外来客。安闲也不要紧，他们还要用风筝来张扬他们的安闲。印象最深的是，每到春暖河开村民们犁地的季节，吕家人就拥到歇马河岸边，不管男女老少，每人扯一个风筝，仰面朝天久久地看着，一看就是小半天。在村里人忙得天转地也转的日子里，吕家人的做法无异于是对村里人天大的得罪。街上有人见到，老远就喊，天上是不是掉米粒啦——吕家人回答，有啊，老鼻子啦——在村里人眼里，吕家人老少辈都是秧子，公子哥的意思。村里人却很少知道，在他们忙得天转地转的日子里，是吕家人叫日子停了下来。他们把日子安静地定在了天上，他们在那里听到了另一种声音，看到了另一种景象。我与吕作平恋爱，正是从风筝中听到另一种声音开始的。那时我在刚化开的歇马河洗衣裳，看他仰着细长的脖子，在河套边的堤坝上坐着，我也仰脖朝天上望。我的脖子是不是细长我不知道，我只知道望着望着，就觉得现实的地垄田野都不见了，现实的屯街鸡鸭都不见了，耳边响起的是悠远的天籁般的声音；望着望着，就觉得眼前出现了美景，全是书本上读到的，奔腾不息的黄河，高耸屹立的天山……你知道多少，那上边就有多少。那时候，我第一次发现，不管你怎么忙，你的身外都有一个美妙的世界。你要是知道你身边有那样一个世界，你就没有必要不顾性命地忙。其实这种感觉，我从没有告诉过吕作平，我只是天天下班上河套，不管有衣裳洗没衣裳洗，我只是让他觉得我喜欢他，喜欢看被村人们说成秧子的他在那儿放风筝。后来我知道，散淡不是修炼的，是天生的，欣赏吕作平的散淡也是天生的。我的欣赏遭到翁家人的反对是可想而知的。第一个出来干预的就是老姨夫，那时候，老姨夫刚刚当上厂长不到一年，有着良好的自我感觉，觉得也可以像大姨夫那样抖一下网。听说我天天上河套，就在上班时找到我，学着大姨夫的样子批评说，扯淡，尽他妈扯淡，你能跟吕家人喝西北风，把脖子饿得那么长？我不吱声，任他怎么说绝不动摇。后来，梅花把吕作平夺了去，老姨夫一下子哑了口，把吕作平叫回家，左看右看，上看下看，一句话也没说，又让他走了。我相信，老姨夫那样的人永远看不出吕作平的好，或者吕作平那种好，在老姨夫那样的人眼里就是最大的不好，因为老姨夫追求的世界、听到的声音永远在外边，而不是在天上。还好，老姨夫毕竟是通着外边的人，知道情感是挡不住的，发现挡不住梅花嫁吕作平，也就作罢。可是老姨夫把吕作平调到厂里，从没分给他好工作。母亲说，人家表兄弟都去找你老姨求情，就这个吕风筝不要强，就是不去。母亲骂他是为了安慰我，为了让我知道家族里没有人看上吕作平，不让我后悔。我却从中看到吕作平的个性，看到他的男人气。有一回，他上山东出车，还没回来，大禹号发生了海难，家里人惦念，乱打电话，我也给他打了电话，那是我们多少年来的第一次通话，他很感动。回大连约我，请我吃饭。我当时问他，老姨夫待你好吗？他平淡地笑笑，说，你还不知道我？好不好都无所谓。他虽表情淡淡，但我能感到他那深扎在心底的一股力量。他怎么就丧失了那股力量呢？

十二

我几乎一夜没睡，第二天早上，刚刚打盹，一个奇怪的声音突然响起，是手机的声音，它不在床头，不在沙发上的皮包里，而是在我和梅花睡觉的床上，在我们被窝里。它因为在被窝里，声音显得怪怪的，像猫叫，使我蒙眬中如临大敌，一高从床上跳起。当我判定不是猫叫而是手机的叫声，梅花已将滑溜溜的尤物捧在掌心。清醒后才感到，手机铃声的音乐与猫叫真是差着十万八千里，那是一首深沉优美的曲子——《一剪梅》。它的歌词曾经那样地吸引过我：真情像草原广阔，层层风雨不能阻隔，总有云开日出时候，万丈阳光照耀你我……梅花听着音乐，看着显示屏，久久也不打开。凭直觉，我一下子就感到那是老姨夫的电话，梅花一晚上把它搂在被窝，就是等着这样一个电话。她等着这样一个电话，却不接，木木地看着，听着，任真情比宇宙开阔也不管。

从我与梅花昨夜见面到现在，这还是老姨夫打来的第一个电话，也是她手机第一次响起。我敢肯定，如果不是有过一夜的倾诉，使梅花心中的潮绪抽丝一样一点点抽空，此时此刻，她会激动得打战，会立时热泪盈眶冲老姨夫哭泣。梅花没有，她看上去很平静，好像再也不会理睬老姨夫，好像她内心的情感已经凝固、冻结。然而我的判断是错误的，至少它经不住时间的考验。后来，见梅花不接电话，老姨夫又把电话打到我的手机上。老姨夫说，我就在门外，你们是不是起来，我进去一下。

梅花一下子就听出是老姨夫声音，她脸色立即变了，继而眼眶里闪出水晶般的泪花。她先是爬起来慌忙穿衣服，之后指着我，向我示意什么，她的手势有些混乱，像是制止，又像是同意，又像是不知所措。我长时间没接老姨夫的话，我的慌乱一点不亚于梅花，我没有经历过这样的事，不知该让他进来还是不让。正犹豫着，门已被老姨夫敲响，老姨夫已经轻轻推开了屋门。

梅花几乎不能自制，肩膀不住地颤动。她别过身，脸冲着窗外，不看老姨夫，瘦削的侧影像拒绝，更像一种渴望。老姨夫很平静，不躲闪，一副直面现实的样子。他坐到沙发上，让我也坐下。我没有溜开的意思，因为我不愿看到事态向着我不愿意看到的方向发展。说心里话，不管老姨夫对梅花有没有感情，老姨夫在那个晚上，用一个女人将梅花支出去这种做法，我都是欣赏的，至于梅花受到多大伤害，那是另一回事。可是我刚刚坐下，梅花说话了。梅花说，春天你出去一下。我看看老姨夫，不知如何是好，老姨夫却冲梅花说，让春天留下，我有话跟你俩讲。这时，只见梅花冲动起来，她扭过脸，浮肿的眼泡凋零的花瓣一样虚浮在空中，俯视着老姨夫。她吞一口唾沫，压低嗓音道，那么你就出去，我不想见到你，不想！梅花声音很低，但能听出那是滑行在岩浆之上的声音，有些抖。

老姨夫仍然沉静地坐在那里，没动。见老姨夫没动，梅花又跟出一句，她说，好，当着春天的面也好！当着春天的面，就问你一句话，你到底爱没爱过我？有你一句话，我什么都不要了。

我的态度就在这一刻发生了意外的转变，当梅花沙哑的问题擦着墙壁在宾馆的屋顶震动，我的心口钝钝地疼了起来，仿佛问题擦在了我的心里边，仿佛梅花的疼就是我的疼。也许，在听黑桃讲到梅花喜欢闻老姨夫身上气味的时候，在听梅花讲到十几岁就爱上了老姨夫，十几年来一直受着煎熬的时候，我的态度就已经悄然地发生了转变，我不知道。反正，当看到梅花仍不肯放弃，想最后要个说法，我对梅花生出了由衷的同情。那一瞬间，我内心最本能的想法是马上离开房间，给梅花和老姨夫一个机会，准确地说，给梅花一个机会。可是我没成功，老姨夫拖住了我。为了尽快表达自己的想法，控制局面，老姨夫拖我时，话就已经出口了。老姨夫所答非所问，他说，梅花你冷静些，老姨夫并没怎么样你，是你自个把事儿闹大！你把事闹到不可收拾，究竟想干什么？今个春天在这儿，咱说说清楚，你究竟想干什么？是逼我走还是要钱？要是要钱，老姨夫给你。说着，由不得反应，老姨夫打开皮包，掏出一沓钱拍到茶几上。

刚才还在颤抖着的肩膀突然就不颤抖了，刚才还在闪光的水晶般的泪花突然就无影无踪了。梅花静静地、呆呆地看着老姨夫，目光空洞而虚无。老姨夫的话、老姨夫的做法就像一针止血药，一下子就止住了梅花血管里奔腾的液体，使她站在那里，仿佛一具干瘪的木乃伊。

因为在不经意间改变了态度，此时此刻，我觉得老姨夫的嘴脸有些难看，是既险恶又残酷那种。上扬的胡须呈弯刀样，叫人仇视。不知是从老姨夫的举动想到吕作平对我的抛弃，还是觉得梅花有些可怜，我上前猛地抓起那些钱，将它们扔向屋顶。当锃新的纸钱雪片一样从屋顶降落，我甩门扬长而去。

十三

从红光宾馆出来，一股莫名的火气涌满了我的全身，我的眼前一片浑然，我分不清哪儿是天，哪儿是地，我不知我要去哪里，在马路边站了好久，才想起叫停一辆出租车。

　　谁知回到家里，不待火气平息，我又看见了吕作平。此时的他真的像只风筝，一只落地的风筝。他圪蹴在屋子的一角，失魂落魄的样子，看见我眼睛亮了一下，但很快就暗淡下去，好像已从我目光里看到了不祥。想起梅花描述过他的可怜相，兜在身上的无名火蓦地升温，我气哼哼瞪他一眼，不再理他。母亲慌张地为我准备早饭，同时也慌张地看着我。我无心吃早饭，我在母亲的屋子里闷着，吕作平也在那里闷着。吕作平闷着是在等我兜出底牌，就是梅花到底能否妥协，同意不再上班；我闷着是准备跟他说出梅花爱老姨夫的真相，让吕作平彻底绝望。如果不是老姨夫的做法激怒了我，我也许会口下留情，如果不是把男人都看作一路货色，我也许不会动这么大的肝火。毕竟梅花没爱过吕作平，他太不幸了。许久，我觉得自己没问题了，转过身看着吕作平。我说，作平，梅花没爱过你，这是真的。

　　吕作平没有抬头，眼睛一直瞅地。

　　我说，你得正视现实。

　　你什么意思？吕作平终于说话，嗓音沙哑。

　　我说，没什么意思，我就是不想看到你低三下四，那不是你。

　　……

　　我说，我知道这不容易，但事实已经如此，你必须有所选择。

　　吕作平抬起头，目光被灼伤了一般探向我。他说，梅花是不爱我，但她也没爱老姨夫，这是真的。

　　我的心像烫了一下，灼伤感立即从他那里跳荡过来。我说，梅花和老姨夫是没什么，但跟你说实话，梅花真的爱着老姨夫，这就是你想要的底牌。

　　这不可能，我不信。

　　我说，我的声音越来越大。吕作平，跟我掏心窝子，到底是不信还是不愿离开，到底是不愿离开梅花，还是不愿离开这个厂子？

　　吕作平先是频频摇头，摇一会不摇了，又低下头，他说，离开这厂子上哪儿赚钱？

　　我的心又烫了一下，灼伤感在深入。

　　我说，这不是你，吕作平。

　　沙哑的声音从地腹深处钻出来，我是谁，你说我是谁？

你是吕风筝家的后人，你向来不看重钱！

听我这么说，吕作平从椅子上站起来，逼近我，脸上带着不确定的恶笑，仿佛我是洗劫他的匪徒。什么风筝？我父亲瘫在床上，我母亲得了类风湿，我是谁？我是吕家的后人，我得挣钱养家！

吕作平眼里有泪，我看到它们躲在恶笑后边，在很深的地方孕育着，一点点丰满，落下来。但它并没感染我。我平静地说，作平，人是得为责任活，可也得为尊严活，你离开到外边，又不一定就挣不着钱，就负不起责任。

你是说让我出民工？像歇马山庄那些民工？

吕作平语气缓和下来，但低沉得让人憋得慌。他说，我干不了，不是出不起力，是他们根本挣不了几个钱，不怕你笑话，我给老姨夫开货车，光报销食宿费，一年就能多赚四五千。

靠谎报赚钱？

是。

老姨夫不知道？

他那么聪明，肯定知道。他对梅花好。

我惊愕地看着吕作平，我说，你是说你利用他对梅花的好？

……就算是吧。

你是说，你压根不指望梅花爱你，只要她能掩护你赚钱？

什么爱不爱，都什么年月了，只要有钱，外面有的是小姐。

因为惊讶，我的嘴好半天也没能闭上。

见我无话，吕作平反而话多了起来，语气也变得轻松。他说，我还是佩服老姨夫，没有他，梅花她妈早就没影了，她糖尿病这么多年，还这么好。我要是老姨夫，我父亲也不至于瘫痪，他刚发病时并不重。我更佩服老姨，她其实是翁家最高明的人，她未必不知道老姨夫不爱她，可是她不要什么爱，只要钱。为了亲人，小感情算什么？尊严，没有亲人的好，尊严又是什么？

我还是无言以对，我感到我的眼里有了泪。它们最初不是在眼里，而是在心里，它们不知被一种什么样的潮绪激起了，朝上涌，涌到喉口，涌到鼻孔，最后涌到眼窝，以至于使吕作平在我眼里越来越模糊，越来越扑朔迷离，以至于使吕作平一会变成那个堤坝上放风筝的男孩，一会变成跪在地上向梅花求情的癞皮狗……最后，当蓬乱着头发的脑袋在我眼前清晰起来，我终于有了话。我说，那你还提什么要求？梅花该上班上班好啦！早知这样，你压根就不该上大连找我，压根就不该，你悄悄的，不让大家知道不就结了?！

吕作平蓬乱着头发的脑袋在椅子上越低越深，吕作平说，我以为梅花真的会像她发狠那样自己出去说，要知道她不会说，我决不会让大家都知道，决不会去找你，我真浑啊！

看到吕作平那副可怜兮兮的样子，泪水已在我的眼眶里漫起大雾。

十四

因为心里太乱，想偷偷离开燕荡山，不辞而别。可是正要走，老姨风也似的从屋门口掼进来。说老姨像风，是她穿了一件修长的连衣裙，一进门被风鼓成一个大气球，把一张瘦长的脸衬托得仿佛一株仙人掌。老姨进门，把目光直逼站在屋内的我。老姨说，走，春天，还有作平，回歇马山庄！

如果说老姨的脸像仙人掌，那么她的声音就是那掌上钻出的刺，那刺扎向我，让我没有防备，让我以为老姨疯了。

见我迟疑，老姨的脸突然阴了，愣什么愣，叫你去你就去，车在下面等着呢。

老姨是太霸道了，凭什么我就得跟她回歇马山庄？然而，没有人能拒绝老姨，我也一样，不是你怕她，而是她强求给你的事情里总是隐藏着刺激你欲望的东西，就像她把家族人一个个弄到燕荡山，她让你在她的强求里充满憧憬。很显然，老姨的话大大激起了我的好奇，究竟为什么要回歇马山庄？

下楼后才知道，这一切都是老姨夫的安排，就像头天晚上老姨夫请客、老姨点菜一样。因为当我来到厂区大院，老姨夫早已打开前边车门等在那里。

老姨把我和黑桃塞进另一辆轿车，让吕作平换下表弟，就上了老姨夫的车，在前边开路。

才一天不见，黑桃已经憔悴得不成样子，脸灰灰的，没有一点血色。她看见我眼帘低垂着，与我对视一瞬又立即移开。在这次家族事件中，她其实比任何人都更紧张，她一方面承受事件带来的危机，一方面又承受难以启齿的内心煎熬。在我看来，不管老姨夫出于什么目的，回歇马山庄对黑桃都是件好事。在那个心里的黑洞无时无刻不在朝她洞开着的时光里，乡村如果不是一缕照亮黑洞的光线，至少也是她躲避什么的地方，就像害怕暴晒的蚕农总是想念树荫。可是，黑桃上车，眼睛一直瞅着窗外，她两手紧紧攥在一起，像攥着一件什么事，一脸的阴郁。

回歇马山庄的路并没有多远，走三十公里国道，途经小镇，再向北拐，走五公里乡道，再向西拐，走三公里村道，就到了。在辽南乡下，有好多这样的路，不只是辽南，是全国。它们是许多人回乡的必由之路，它们由宽到窄，由平坦到不平坦，一直通到乡村。它们就像人身上的血脉，由动脉到静脉，由粗到细，一直通到末梢神经。歇马山庄是大地上的末梢神经。人身上的末梢神经通着手指、脚趾，通向一个个最微小的地方，大地上的末梢神经则通着一片片辽阔的田垄、无边的野地。进城这些年，一有烦闷，就想到乡间辽阔无边的田野，可自从母亲搬走，我再也没有回来过。那里深藏着我的童年和少年，也深藏着我被抛弃的青春与伤痛。

在小镇上，老姨夫遇到熟人，车停了下来。吕作平借机点燃一支烟，也下了车。这时，一路上一直没有说话的黑桃转过身，看着我。黑桃将低垂的目光探向我，是那样急促和慌乱，好像终于抓住什么时机。她松开一直攥着的手，放在我的手上。她说，春天，老姨夫昨晚回家醉了。

他昨天喝得并不多。

老姨夫醉成烂泥，吐了一地，老姨把她好一顿骂。

听黑桃这么说，昨夜早些时候的镜头在我眼前浮现，那时他们还一唱一和的。

老姨夫后来耍酒疯，火了，把家里的水杯水碗掀了一地，还和老姨动了手。

我有些惊讶，我可是从没听说老姨夫发那么大的火。

老姨夫后来老重复一句话。

什么话？

他说他不干了，他要上南方。

他，他怎么能说这些……看来他确实醉了。

多亏这句话才把老姨镇住……俺觉得那不是酒话，那是老姨夫的心里话。

……

黑桃抽回手，将两只手再次攥到一起，很忧愁的样子。她说，春天，你说老姨夫要真走了，咱们家可怎么办？

　　我不禁想起大姨夫曾经向梅花表示过的担心，燕荡山的补丁里有翁家一大家子人，可不是小事。大姨夫劝梅花去阻挡老姨夫变坏，本是为了使这块补丁更加牢固，可他哪里知道，正是梅花的加入，才使这块补丁风雨飘摇。

　　尽管也和黑桃一样紧张，我还是把手伸过去，握住黑桃手。我说，不会的二姐，老姨夫不过是耍耍酒疯，不会的。

　　这时，吕作平打开车门，车再次启动。

　　歇马山庄的山野一片葱绿，刚刚抽穗的苞米在微风的吹拂下晃动着脑袋，一副扬扬得意的表情。庄稼在夏季里当然是得意的，它们有人的侍弄，有大自然的滋润，静静地吸收着来自地下的水分和养分，可以全然不顾身外的一切。它们不顾身外的一切，比如黑桃的心情、我的心情。实际上，因为两天来了解了太多的事情，我已经说不清自己到底还有没有心情。

　　我对黑桃的安慰并没有错，老姨夫下车时比庄稼还得意，一早在宾馆房间时的险恶嘴脸丝毫不见，也看不出夜里醉过酒。他把车停在屯街人口密集的地方，老远就和村人打招呼，跑上前去和村人握手。这时我才发现，从不穿西装的老姨夫穿了一身西装，脖子上系一条艳红的领带，走起路来，领带在胸前一荡一荡。有老姨夫的兴致，老姨更是得意得不行，吵吵八火，高音大嗓，生怕别人不知道她回来似的。歇伏季节，老人和女人都在街上。老姨夫一边与大家说着话，一边打开车后备厢的盖，也让吕作平打开他的车。老姨夫装了满满两车饮料。我、黑桃、吕作平自然都成了这饮料的搬运工。在我们按老姨夫的旨意，往有老人的人家搬运的过程中，村人们对老姨老姨夫的夸奖蚊蝇一样满街飞舞。这正是老姨夫想要的，可是我想，他拉我们回歇马山庄难道仅仅为了这个？或者，他真的动了离开的念头，回来告别？

　　不是，当然不是。搬完饮料，老姨夫凑到吕作平跟前。这是两天来我第一次看到他俩走近。老姨夫说，作平，走，去你家看看你爸。吕作平眉头皱了一下，但很快就放松了，转身上车。一直悬在心里的疑问一下子落了地——看吕作平父亲，这才是老姨夫此行的目的，我、黑桃，我们不过是灯泡，就像昨晚我和二姐夫当灯泡陪老姨吃饭。老姨夫安抚了老姨，安抚了梅花，还要安抚吕作平。老姨夫此行的目的不过是为了安抚吕作平。对老姨夫的多此一举，我不禁有些同情了，他哪里知道，即使他真的弄了梅花，吕作平也不会把他怎么样。

吕作平父亲已瘦得皮包骨头，瞳孔掉进井一样的眼眶里，长时间地瞪着我们。他认识他的儿子，认识黑桃，认识我，也认识老姨，唯独不认识老姨夫，任老姨怎么介绍，一门扯着嗓子问，谁？谁？你是谁？直到说出老鲁家铁蛋，他才惊呼一声，啊，铁蛋，你是铁蛋啊，你不是发了财吗？你怎么能来看我？

发了财的铁蛋在老人终于认出他是谁时，从西服兜里抽出一沓钱，递给老姨，向老姨使了个眼色，之后转身离去。又是钱！我愣在那里，我看到老人眼睛里流露出垂涎的目光，那目光一点点从炕头伸出来，伸到那沓钱上，之后慢慢移到吕作平脸上，与吕作平脸上说不出是惊喜还是惊讶的表情连接……我没有再次把钱扔上屋顶，只是立即转身出了屋子。

从吕家大院出来，我恨不能脚下有道裂缝把我吞进去。

在街门口，老姨夫把我喊进车里。老姨夫说，春天，你上来！我不想上，我不想挨近他，他一早向梅花拍钱时就把我得罪了。但是我还是上了车，因为大街上有很多人，我不想跟他们打招呼。我刚上车，老姨夫就以在乡道上不可能有的速度把车开出了屯街。我不知道老姨夫要去哪里、干什么，但车的速度让我想起梅花描述的那个夜晚，那个夜晚，就是在这样的速度之后，老姨夫拥抱了梅花。

车上的老姨夫与刚进村时判若两人，与进吕作平家之前判若两人。他不但没有了衣锦还乡的光彩，还呼哧呼哧直喘，喉结在不住地滑动，好像是那沓钱把他身体里某个部位揭开了，如同揭开了一个蒸锅，他的整个肌体都被气体鼓胀着。在歇马河边，老姨夫把车停下来。老姨夫停车却不下车，只用眼睛看着窗外，静静地坐在那里。

透过玻璃窗可以看到，这里早已不是过去，河水少而又少，不是流淌，而是囤积，河床里到处都是沙滩、泥冈，河岸上的树已被砍光，只剩下稀稀的艾蒿。这里正是当年吕家人放风筝的地方，它留下了我青春里最美妙的时光。

老姨夫点燃一支烟，拼命吸着，两眼直直盯着河的远处。他就那么看着，看着，长时间不语。又不知过去多久，他转过来。当他转过来，喉结不再滑动了，好像他鼓胀在身体里的气体在远望中不知不觉消散了。他说，春天，老姨夫没有做错什么。

我没有收回目光，依然向长满艾蒿的河岸看着。我说，我知道。

停顿了一会，老姨夫又说，你知道了就好，家里人把你老姨夫看成什么？畜生。

我没有接话，因为我不知道该说什么。

见我不语，老姨夫转移了话题，说，不怎么搞的，这些年一烦了，就他妈的想回歇马山庄。

我想，人都这样，有了成就感就想回老家。

老姨夫说，当年要是不出来，一直在乡下，种房前屋后一亩三分地，多好。

我想，人都是出来后才这么想。

老姨夫说，你不知道，老姨夫打小就喜欢泥土。

我想，那你为什么出去掌鞋？

老姨夫朝窗外吐了一口痰，说，要不是你姥爷一直看不上我，觉得你老姨嫁给一个没根没底的我丢了翁家人，我不会出来。我出来掌鞋，办工厂，就是为了女人，为了让女人的家族看得起我……可是我哪里想到，害就害在女人身上，害就害在家族身上……我这辈子都和女人、家族搅不清，我他妈的这是命！

老姨夫的话让我想起这些年来他为翁家人创造的一切。可是，因为提到女人，我没有跟他一起回顾，而是忍不住说出了我一直要说的话。我说，你能说你没爱过梅花？

听我这么说，老姨夫一下子闷住了，仿佛一个刚刚找到出口的人突然遇到拦路虎。他朝窗外吐一口痰，手用力揉着下巴，许久，说，是，是我不好，我那天不知怎么了，很冲动，我就一直后悔，我……都是她……

我说，你其实是爱着梅花的。

老姨夫没再说话，长长吁了口气，并把手从下巴上拿下来，紧紧握住方向盘，想握碎什么的样子。不知过去多长时间，大约有两分钟，老姨夫清了清嗓子，又开始说话。他说，感情，哼，我他妈的最害怕谈感情，你还记得在大连见过的那个做食品生意的李丽吗？我对她有过感情，可是她骗了我二十万就再也没影了。梅花对我好，我心里有数，她跟了我这么些年，一心一意，她又是我外甥女，当然有感情！有感情就有，谁也没不让，我待她好就行了，她非得逼我……逼我不成，就和吕作平合伙谋害我……不就是为了几个钱吗？吕作平骗我也就够了，吕作平找我签字报白条也就够了，梅花还要和他合伙！

老姨夫的话让我震惊，他居然这么清楚。最让我震惊的是他认为梅花骗他。

老姨夫说，我这人最大的毛病就是心软，见不得别人向我伸手，咱们家里，你出去了不算，你说哪一个不是在向我伸手?! 怀海、怀江，哪一个不是？

我眼睛看定了河对岸的稻田，难过像微风中的稻浪在我的心里滚动。老姨夫居然这么看家里人！他这么看老姨，看大姨三姨四姨，看我的父母，都可以，唯独不能这么看梅花，梅花是真心的。

梅花不是那种人。我替梅花辩解。

老姨夫的声音突然大起来，有点像吼，他说，一样！在我眼里都一样！

老姨夫的嘴唇哆嗦着，鬓发在头上微微颤抖，跟谁打架似的。他说，实话跟你说了吧，我确实爱梅花，我爱她爱到了骨髓！

老姨夫声音急切，响亮，无遮无拦的，就像开了闸的洪水。他说，在早，她没说出来，我不知道我爱她，后来我知道了，可是又能怎么样？又能怎么样？她是好，她不像你老姨，也不像我在外面遇到的所有女人，她在你身前身后转，就像这野地里的风在你身前身后转，她身上永远有一股泥土味。在外面受骗上当拼累了，一想到她就贴心贴肺地好受，和她在一起就像回到歇马山庄，她都快成我办厂唯一的动力了，唯一……可是她，她却这样对我……

难过再也不是稻浪，而是稻浪上方飞舞的蜻蜓，它们在我的心里扑腾着，挣扎着，使我的胸口和腹部迅速膨胀。我把目光从老姨夫握方向盘的手上移开，终于忍不住推开车门跳下去。

一丝闷热的风从河岸袭来，直扑我的脸、脖子，它们汇合了我胸口和腹部的热流，在我的喉口冲撞，它们冲着冲着，一下子就冲出我的喉口、眼角。我想起刚进村时老姨夫的得意，想起每一次进城请我们吃饭时老姨夫的潇洒，我想起梅花夜里幽怨的目光、吕作平一早悸动的眼神，还有黑桃车上惊恐的表情，还有，还有大姨夫怕撕掉补丁的别有用心……泪水涌出喉口、眼角，一瞬间，就变成了雾，类似一早看到吕作平深深低着头时的情景。我用力瞪着眼睛，企图透过迷雾望到河岸远方的上空。河岸远方的上空，曾经飘动过无数只风筝，它们在蔚蓝的背景下被一根线牵着，一蹿一蹿，扑朔迷离……可是现在，我的眼前没有风筝，只有蜻蜓，它们仿佛是那些断了线的风筝，它们扑棱着翅膀，在长满艾蒿的河岸上狂飞乱舞。

发表于《人民文学》2004 年第 1 期

狗皮袖筒

吉宽望到二妹子小馆的时候，已经是冬日里的黄昏时分了。说黄昏时分，并不是天空中有什么晚霞，这是入冬以来唯一一个大雪的天气，高丽山以南的所有荒野、村庄都被裹在厚厚的雪绒里，只不过低沉的天空下面，有缕缕炊烟在往一块聚拢，让人觉出晚饭的时光已经临近。

望到二妹子小馆，吉宽脚步顿时轻盈了许多，脚底下咯吱咯吱的踩雪声有了节奏，从领口里穿膛而过的寒风也有了节奏，是坐在二妹子小馆牙齿对着牙齿嚼花生米的节奏，是坐在二妹子小馆大口大口喝啤酒的节奏，脆生生，呼噜噜的。此时，当吉宽爬上一个高冈，望到二妹子小馆，落在他颈窝里的雪顿时化作暖洋洋的热流，顺他的胸脯一路而下，直奔他的脚后跟。

在这一带，在春节就要到来的冬日里的黄昏时分，总会有像吉宽一样的汉子从遥远的外边回来。他们要么从大连、营口，要么从丹东、本溪，要么就是从大东港或老黑山，反正他们个个肩上背着行李，不远千里百里，坐着大客从外面回到歇马镇，再从歇马镇步行，一路北上回到这一带的乡下。

二妹子小馆正好坐落在这一带的三岔路口，它的左侧是一条贯穿南北，南至歇马镇，北至岫岩城的官道，它的身前是从官道上岔过来，又向歇马山庄伸过去的乡道。也就是说，不管你的家住在二妹子小馆北边的什么地方，不管你的家住在歇马山庄管辖的哪一个村子，只要你从外面回来，这二妹子小馆身边的路都是你的必经之路。

吉宽揭开二妹子小馆棉布门帘时，差一点和二妹子撞了个满怀。因为下着大雪，从后半晌就一直没有客人，二妹子瞅窗外的眼神都有些花了，到发现门外有人来，已经来不及提前替客人撩开门帘了。

大叔快快请进，冻死嘞。

背着一捆行李的吉宽从外面进来，仿佛一只刚从雪窟窿里钻出来的狗熊，头顶的帽子上、肩膀上、行李上、裤脚上和鞋面上，哪儿哪儿都是雪。二妹子认出是吉宽，一下子不好意思起来，改嘴道，呃，是吉宽大哥，怎么赶上大雪天回来？

吉宽没有吱声。他上二妹子小馆除了点菜，从不说一句废话。

响英，快，还不赶紧给吉宽哥扫雪？

二妹子小馆过去只有二妹子，现在又多了个叫响英的女孩，吉宽有些发愣。这女孩看上去比二妹子小十几岁都有了，二妹子却逼人家跟她一样叫吉宽大哥。吉宽站在那里，任凭响英拿一把笤帚在他的身上扫来扫去。可是那雪在他身上待得太久了，小馆里又一下午没客，没有想象中那种热腾腾的蒸汽，一些雪仿佛附在他身上的鬼魂似的，怎么扫都扫不掉。

实际上，二妹子小馆向来都不是为回乡的民工们准备的，这些民工一年一年在外边，终于手里攒了一点钱回家过年，奔着老婆孩子热炕头，是绝不肯把钱扔给她的，也是绝不舍得把时间消磨在她的小馆里的，她等待的都是那些永远在路上的大卡车司机。当然吉宽不同，吉宽没有老婆孩子，没有爹妈，是条光棍，有个弟弟也在外面打工。所以一年当中，只要从外面回来，总要进来撮上一顿。

十几分钟以后，小馆里渐渐有了温度，二妹子在炉膛里加了柴，用炉钩钩了炉底，炉膛里的火不一会就噼噼啪啪烧起来，使吉宽身上的雪、裤脚和鞋子上的雪以及行李上的雪悄没声地化了，化成水，洇湿了小馆里坑洼不平的地面。当吉宽身上的雪洇湿了地面，他的脸、鼻子还有耳朵，一瞬间如同充了血一般，热气腾腾红起来。

说它们热气腾腾是因为它们不但红，还吱啦啦地往外冒着气。这寒冷的冬天，最怕冷的往往是脸、鼻子和耳朵，可是它们就像那些贪嘴又没有主意的孩子，只需稍稍给一点吃的，一下子就改变了立场。不像手和脚，看上去抗冷又抗冻，可一旦冷透了冻透了，很难缓过来。在这寒冷的冬日的黄昏，吉宽进到小馆，很长一段时间，手和脚都没有知觉，与他的脸、鼻子耳朵仿佛不是一个身体上的物体。

小馆里来了吉宽，屋子里顿时陷入忙碌。这忙碌不是因为有了吱吱啦啦爆油锅的声音，不是油锅后面还跟了切菜的声音，而是二妹子小馆里干活的不只二妹子，还多了一个服务员。在吉宽眼里，有两个人在为他一个人跑前跑后，就有了一派忙碌的景象了。

因为吉宽是这一带走进小馆为数不多的民工，二妹子对他格外大方，不只花生米和面条的量大，还要格外送一盘凉拌白菜，一杯啤酒喝完，二妹子还要免费送上一杯自酿的黄酒。吉宽是本乡人，一看就觉得亲。因为觉得亲，又知道吉宽是光棍，每一次他一个人坐那儿喝酒，她都想为他擦擦身上的烂泥，都想把他开胶的鞋要下来缝一缝，可是身前身后围他转老半天，就是不敢。因为两年前她这么做过，他当时衣襟开了线，她纫了针要给他缝，结果他火了，一高跳起来，吼叫道，少给俺来这一套，你把俺当什么人啦！说话那口气好像二妹子想跟他怎么样，显得很可笑。

开小馆的女人，尤其是死了男人的开小馆女人，名声自然要败坏得不成样子，可是这名声要败坏，也不是谁都能败坏得上的，有那些能挣票子的开卡车的司机，你又穷又倔的光棍，怎么摊得上？！

所以每一回，二妹子把吉宽迎到屋里，除了为他炒花生米、下手擀面、起啤酒，几乎很少说话。

所以，只要是吉宽来小馆，二妹子总是把电视声音调大，让她和他之间有闹哄哄的声音在其中充斥，使屋子不显得那么寂静。二妹子开馆子开惯了，一有客人就希望是热闹的，有了客人还寂静，二妹子受不了。

吉宽的重要时刻，伴着电视里闹哄哄的声音很快就到来了，一盘油汪汪的花生米，一杯冒着一串泡沫的啤酒，一碗撒着绿色葱花和红色辣椒皮的手擀面，还有一小盘白生生的凉拌白菜丝。说起来，在吉宽干活的大东港到处都有这样的小馆，想撮一顿一点都不难，可是在外面撮和来二妹子小馆撮是不一样的。回到家乡的二妹子小馆就等于是到了家，就像别的男人回到老婆孩子身边，这很不一样。

实际上，只要有女人在为自己忙碌，只要自己是坐在桌子旁等待吃现成的，尤其自己是在电视闹哄哄的声音中等待吃现成的，吉宽的重要时刻就已经开始了，这一点，二妹子永远不会知道。

八年前，吉宽的母亲还活着的时候，年底从外面干活回来，他的母亲就是像二妹子那样，在灶屋里锅上锅下忙碌着。他的母亲不管怎么忙，从不让他和弟弟帮忙插手，他的母亲让他们和他们的父亲一样，坐在炕头上看电视等待吃饭。当然，他的母亲比二妹子要心细得多，他的母亲知道人挨了冻，脸、鼻子和耳朵都容易暖，唯手和脚不容易暖，就在他刚进门时，把她亲手缝的狗皮袖筒扔给他，让他把两只手插进去。坐在炕头上盖着被，手插进狗皮袖筒里，看着电视，门缝里有母亲的身影在蒸汽里飘动，那感觉别提有多么好了，心里身外，哪儿哪儿都是热乎乎暖洋洋的。后来，几乎是一夜之间，这样的暖和没有了，那一年他的母亲得了肺癌，两个月人就入了黄泉。母亲入了黄泉，父亲因为一辈子被女人伺候惯了，无法待在没有女人的家里，第二年又倒插门进了高丽山下边的一个女人家。于是，他和弟弟就仿佛那揭了盖的蒸锅里的包子，一年一年地凉在那儿，无论是过年还是过节，再也感觉不到一点家的温暖了。

花生米的浓香在舌尖上弥漫，犹如一地踩倒的稻苗遇到一阵微风；啤酒苦津津的滋味在喉口里滋润，犹如一片枯焦的叶子落上一晨的露水。没有多久，吉宽原来只是脸、鼻子和耳朵上的红就蔓延到脖子上，渗透到眼窝里，伸展到手梢和脚尖上了，如同饱受了微风的稻苗，如同吸足了露水的枯叶。

吉宽坐在那里慢慢地吃着喝着，看着电视。电视里正播一则啤酒广告，是吉宽正在喝着的雪花啤酒。这一带人都喜欢喝雪花啤酒。这一带的电视永远只能收到县里的一个频道，要么广告，要么新闻，要么就是哭哭啼啼的电视剧。其实只要是电视里有声音，不管播什么，对吉宽来说都是美妙的。

因为喝了点酒，吉宽一点点放松开来，原来还是随意耷拉着的两条腿这会竟抬了起来，伸到另一条凳子上，像坐到了他家炕头上一样。

这样的时刻对于吉宽，无论如何都是难得的。在外面赚了点钱，虽不多，七八百，可是毕竟是现金，是想怎么花就可以怎么花的，不像栽在房前屋后那几棵榆树，说是成了材能卖几百几百，不到砍下来就不是钱。拿着自己赚的钱，在年根上回到家乡，在家乡的小馆里撮上一顿，胃里舒服了，身子就舒服了，身子舒服了，感觉就舒服了。他真的是十二分地知足，他什么时候这样知足过！

然而，就像人无法了解自己的命运，永远都不知道前边还有什么在等待着一样，吉宽根本不了解自己，根本不知道在这样一个夜晚，当他吃饱喝足，当他的身子一程程放松下来，他还会有什么别的要求。

那要求其实就潜伏在皮肤的表面，就像雪花化在颈窝里暖洋洋地往下流，可是它们流着流着，奔向的不是脚后跟，而是两腿之间。当它们流入两腿之间，就不再是表层，而是深入了整个骨髓。那要求其实以往就有，只是，以往那样的要求，都是在他回到家里躺到炕上的时候。他在那样的夜晚到来之前，在二妹子小馆里，除了感受小馆带来的家庭般的温暖，很少正眼看二妹子一眼，她名声不好。他还想找对象结婚，他不想弄坏自己的名声。可是只要回到家里，躺到炕上，想象着一个女人来解决自己，那女人就注定是二妹子。

今天，这要求生出这么早，居然就在小馆里，吉宽虽微醉的样子，但还是被自己吓着了。当然，吉宽不知道，今天和以往是不同的，今天外面下了大雪，他把身子冻坏了，冻透了，他在小馆里缓过来，就像一条冻僵的蛇又缓了过来，他的血管在他的身体里蛇一样蠕动，撞击着他的胳膊和腿，使许多念头都涌了出来。今天最重要的不同，是二妹子小馆里多了一个叫响英的服务员，那服务员是个年轻女子，那年轻女子跟他在大东港小馆里见到过的所有女子都不一样，没染黄发，没描眼眉，有一点口红，但她给人的感觉是怯生生的、嫩生生的，害羞又怕人的样子。当然这都不重要，重要的是她怯生生怕人的样子，却还一直勾着他笑。那笑开裂在她厚厚的嘴唇上，恍如鸡冠花的花骨朵对着一只飞过来的蜜蜂开放，那笑隐在她黑黢黢的眼神里，仿佛一滴滴在干枝上的露珠，在风还没有吹来时就颤巍巍晃动了，那么撩人。

叫响英的女子就站在他的对面，两手握在胸前，静静地勾着他笑。二妹子不在了，吉宽环顾四周，二妹子嵌入地缝似的消失了。

小馆里闹哄哄的，那是电视里的声音，除了电视没有任何声音。而这电视里的声音，正如一堵掩护墙，掩护了吉宽心里的要求，使它堂而皇之地朝皮肤的深层走去。

吉宽，一个大雪天里从外面回来的吉宽，一个家里既没有老婆又没有父母等待的三十三岁的吉宽，在这样一个隆冬的黄昏，在酒足饭饱之后，就这样被一个年轻女子活动了心眼。

虽没有经历，但吉宽还是相信，这年轻女子是二妹子新招的用来招揽生意的小姐；虽没有依据，吉宽还是聪明地悟出，响英的名字是二妹子给她起的化名，就是响应任何一个男人招呼的意思。他在大东港干活时，那道边的小馆到处都有这样的小姐，她们响应着男人们的招呼，绝对是招之即来，与他同住一屋的已婚男人刘光头熬不住时，就花五十块钱去招呼她们。

想女人就像喝酒和吃花生米，越喝越想喝，越吃越想吃，而你压根不吃，也就不会想吃，就像这一带民工，从来不上二妹子小馆，走到这里，就连头都不会转一下。可是这一天，这个从未尝过女人滋味的吉宽，不知怎么就熬不住了，看着怯生生的小女子响英，他那么想让她响应自己一回，他那么想吃掉她喝掉她，就像吃花生米和喝啤酒那样。

当吉宽把手伸到棉袄里面的衣兜里，摸到了钱，他浑身的血倒灌似的涌上脑门。为了镇定自己，为了使那突然的念头不被小女子看出来——其实他错了，要干那样的事就是要让对方看出来的，对方只有看出来，后边的事才会顺理成章。然而吉宽毕竟太嫩了，在这方面太缺乏经验了。为了掩饰自己，他把目光转向了电视。电视里，广告已经结束，正在播本县新闻。县上的新闻永远是县委书记又在哪儿开会，县长又上哪里视察。吉宽眼睛看的是电视，心里却在揣摸着怎么跟小姐说，说他想要她。他想，不能说要她，一定先问多少钱，据刘光头讲，你只要问她多少钱，她就知道你想要她了。正揣摸着，要从电视上错开眼珠子，电视播出了一条消息：海洋岛老黑山冷库出了事，两名工人用扁铲拍死工头后跑掉了。谁拍了谁吉宽并不关心，这年头，自己在外面出苦力挣钱，能保住自个不拍死人就是不错的，旁人拍了人那是旁人的事。

可是老黑山冷库这个地名还是让吉宽愣了一下，他的弟弟吉久在老黑山冷库干活。不过也只是愣了一下，不一会，吉宽就把停下来的目光移走了，移到叫响英的女孩身上了。

事情就是在这样的时刻发生了变化的，当吉宽把目光勇敢地移到响英身上，他意外地发现，他身体里的要求不那么强烈了，那情形就像他身上的雪不知不觉化掉，就像他的手和脚不知不觉缓过来，再也找不到冻的感觉一样。他下意识地转过身，左右撒目，仿佛一个不小心丢了东西的人在四处寻找。

剩下的事情似乎变得简单而仓促，吉宽没好气地把手从衣兜里抽出来，抽出一张二十块钱的票子，粗粗地喊一嗓子，结账！

他不看服务小姐，只冲着后厨的门。他好像知道二妹子就藏在门后的地缝里。

几乎是十秒钟不到，二妹子就从地缝里钻了出来，带着一脸的失望给吉宽找了钱，帮吉宽把行李送到他的肩上，看他出门。

雪依然没停，天已经黑下来了，小馆门前伸向歇马山庄的道上又铺了一层雪，看不到任何人迹。吉宽没好气地迈着大步，深一脚浅一脚的。他一路粗粗地喘息着，好像一直在生谁的气。谁？不知道！反正离开二妹子小馆，他的心情很不好，想和谁打一架，想拿铲子拍掉谁的脑袋。

吉宽的家在歇马山庄坎子村的后街上，三间旧瓦房孤零零的，这雪天，它躺在雪地里，远看就像一个草垛。吉宽家除了房子，还真就没有一个像样的草垛。他们人不在家，没人拾草，几捆苞米秸和几捆稻草矮趴趴地卧在雪里，就像几个人在雪地上睡觉。在这冷冰冰的隆冬的夜晚，不管是像样还是不像样，只要有草就比什么都强，它会把家里的温度升起来。可是揭开屋门，放下行李，吉宽并没有返回雪地拿草的意思，而是开了灯，一扑就扑到了冰凉的炕上，脸贴炕席趴在那里。

每一次都是这样，他从二妹子小馆里获得了家一样的温暖，然后再趴到冷冰冰的炕上，通过回味，让那温暖一点点消失。这一回，那温暖本可以更多一些，更深一些，那温暖本可以让他回味无穷，可是不但没有，反而破坏了他对其他感觉的回味，比如在电视的声音里嚼花生米，喝啤酒。

就这么趴在冷冰冰炕上的吉宽，脸贴炕席不知趴了多久，又忽地从炕上爬起，跳到地上。吉宽跳到地上，来到母亲留下的躺箱柜前，猛地揭开柜盖，拽出一些旧衣裳。由于他的动作太急了，那些衣裳稀里哗啦掉了一地。可吉宽根本不顾地上的衣裳，恨不能将头拱到柜里，在那里由上至下一层层翻找。

不一会，也就一两分钟的工夫，一个黑乎乎的圆筒拿在了吉宽手里，是狗皮袖筒。它长长的，表皮裂着纹，风干的树皮一样，两头露着卷曲了的狗毛。吉宽找到母亲留下来的狗皮袖筒，就像一个孩子找到什么宝贝，再一次扑到炕上，得意地杵进两只手，抱在胸前。

在大东港一冬天里起早贪黑干活的时候，在雪地上走冻得手指尖猫咬了一样疼的时候，在二妹子小馆里烤火，脸鼻子耳朵都冒了气，手脚却还麻得没有知觉的时候，吉宽心里一直想着这只狗皮袖筒。

　　把手伸进狗皮袖筒，母亲瘦弱的身影一闪一闪浮现在吉宽眼前。所谓眼前是在堂屋里，母亲的温暖永远都在堂屋里。她在那里一闪一闪，一会蹲在灶坑，一会又站在菜板前，她的气息通过堂屋与里屋的门缝溜进来，和热腾腾的蒸汽在一起，暖煦煦的。

　　手暖了，脸、鼻子和耳朵却一程程觉出了凉意，寒冷真是有点奇怪，总是让他骨肉分家。他从炕上爬起来，他决定拿草烧炕，他要把炕烧热，之后好好地睡上一觉。然而，当他从冷冰冰的炕上爬起来，他听到门外传来咯吱咯吱的脚步声。

　　那一定是宁木匠。宁木匠是他的邻居，曾嘱咐为他照看家。每一回他从外面回来，宁木匠都过来望一眼，说，回来啦，之后转身就走。好像知道他回来了，就不必再为他的家操心了。

　　可是那进来的人进了堂屋，居然站在那里不动也不说话。

　　吉宽腾一声跳下炕，来到堂屋，来人简直吓了他一跳：他不是宁木匠，而是他的弟弟吉久。

　　吉久和他进小馆时一样，仿佛一个刚从雪窟窿里钻出来的狗熊，哪儿哪儿都是雪。只是吉久没背行李，也没戴帽子。

　　冷库放假这么早？吉宽惊中有喜。

　　吉久抖着身上的雪，嗯了一声。

　　就像从不跟小馆里的二妹子说话一样，吉宽平素也很少和弟弟说话，吉宽天性话少。他不说归不说，一说话就是发火，他看不惯弟弟胆子小得像个女子，说话不敢大声不说，一只耗子也能吓得嗷嗷叫。吉宽发火常喊的一句话是，爹妈怎么就把你生成男人，连女的都不如！虽然吉久生性像个女的，很弱，可是在权衡家里到底留谁在家种庄稼时，他还是留了自己而没留弟弟。一来，可以让弟弟出去闯荡闯荡；二来，他留下来，除了种地，还能在农闲时节出去干两季的苦力。那大东港挖碱泥的苦力，一干必得是一年，你干一季回家种地，再去人家就不要了。也只有他，对方不敢不要，他浑，他好发火，他一发火就说大话，就说，不要我你走着瞧，我什么都干得出。他一说大话对方就害了怕，就不得不要他。

　　弟弟在大雪天里回来了，回来过年，吉宽自然没有任何理由发火。

　　虽说他们的母亲死了已经八年了，吉宽还没练出当母亲的本领，比如像母亲关心他们那样，让他坐到炕上看电视，由自己来做饭。吉宽也从来不觉得做饭是男人应该练的本领，一般情况下，吉久回来都是吉久做饭，做哥哥的骂弟弟像女人，可是弟弟像女人一样做饭，他却从来没有脾气。

今天不同，今天外面下了大雪，关键是吉宽肚子里刚好有一碗面一瓶啤酒还有花生米，他的身子已被那些东西暖透了，而显然吉久是冷的，他没吃饭，嘴唇干巴巴的，上边还裂了硬撅撅的口子，他的手在胸前一个劲地抖。见弟弟手抖，吉宽赶紧来到东屋，拎起那只狗皮袖筒递给他。就像他会在微醉的时候聪明地悟出响英的名字是一个化名一样，他在弟弟进门的瞬间想起刚翻出来的狗皮袖筒，吉宽对自己的细心都有些意外了。

因为有这意外的推动，接下来的事情，吉宽做起来饶有兴致，砸水缸里的冰，从冰下面舀出水，再到西屋的面袋里舀一瓢面。他准备给吉久晃一盆疙瘩汤。

吉久两手套在狗皮袖筒里，身子不再抖了，但是他一直站在堂屋不动，眼神飘忽着，看着吉宽为他忙，没有要帮的意思，也没有离开的意思。

吉宽还不习惯有人这么看自己，尤其是看自己做饭，他实在是太笨了，他想，弟弟该进屋里看电视。这么想，吉宽突然想起在二妹子小馆里看到的那条新闻，于是吉宽说，听说老黑山有人拍死人啦！

吉久愣了一下，有些飘忽的眼神定下来，看看吉宽，但一个仓促的停顿之后，立即又飘走了。

吉宽说，肯定是气不过，要不不可能拍人。说着，面已经被他拌成一个个不大不小的疙瘩。

这时，吉久说话了，吉久的声音又细又低，像噎了面疙瘩在嗓眼里，工棚里太冷了，工头又不让烧炉，大伙手脚麻木得睡不着，就去买烧酒喝，谁知喝多了，那天工头又没走……

吉宽没吱声，心想，果然不出所料，这些工头都他妈的该铲。他大东港那个承包挖土方的工头也不让烧炉子，好在他们住的工棚边有一片苇塘，他们天天晚上到苇塘刨苇根烧。想到工棚里的冷，想到工棚里冷得都睡不着觉，吉宽不禁打了个寒战，喘息随之就粗了起来，气鼓鼓的。吉宽一气，刚才只在心里念叨的话就说了出来，他说，他妈的他是该拍，拍死他。

吉久说，他监视大家不要紧，自己还在轿车里开着暖风玩女人……这么说着，吉久的喘息也粗了起来，并且音调有些颤。

听吉久讲，吉宽更是气，但他什么也没说，他只是把弟弟推到东屋，打开电视，就出了家门。因为锅也刷了，就等着点火了，他的草还没拿回家。

可是，当吉宽来到门口草垛旁，从雪窟窿里扒出了稻草，直起腰身回转身时，要亲手做饭给弟弟吃的想法突然不见了，就像他在小馆里鼓足了勇气要弄一回女人最后又变了卦一样。然而小馆里的变化他找不到来路，现在的变化来路就在他家门前的雪地上，是一串模糊的脚印。那里不是道，却有一串脚印，那脚印又直通着他家门口，这明显是弟弟吉久的！老黑山在东，他从老黑山回来，无论如何都要走三岔路口，他怎么能走雪地？

吉宽辨清这串脚印是弟弟吉久的，窝在肚子里的一股气瞬时就从脚后跟蹿了出来，使他在感到自己像一只泄了气的皮球的同时，脚后跟冷飕飕地发凉。有了这来路，吉宽做饭的念头像没进水里的石头似的不复存在了。吉宽在草垛旁站了一会，吉宽想，吉久像女孩子一样弱，他不会的……可是如果不是他，他为什么不走大道？

其实，断定了那来路里隐藏的秘密，吉宽有一瞬间是有些兴奋的，他的弟弟终于做了男人该做的事了。然而也只是一瞬，没有多久，他就陷进了一团迷茫中：他不知道这个夜晚，他还该做些什么。

那去脉，那剩下的时光该做些什么的去脉，是在他一转身时才看清的。转身，他看到了一团影影绰绰的灯光，是二妹子小馆里的灯光。

吉宽从外面走回家，使劲甩了一下门，之后粗声大嗓地吼着，走，妈的，他工头干女人咱凭什么就不能干女人！走，咱不在家吃了，咱上小馆，咱上小馆干女人！

见哥哥变了卦，吉久慌了，心想，都是自个不好，提到那个工头。吉久说，不，不去，俺不去！

听吉久说不去，吉宽更是火冒三丈，说，你不像男人，你就不像个男人，干女人的事也害怕。你哥哥我挣了钱，今我请你，也请请我自个。咱就好好暖暖身子！

吉宽真是被那工头气坏了的样子，越说喘息越粗，到后来都有些接不上话了。

雪还在下，但已由雪片变成米粒，落到身上哗哗啦直响。出了院子，吉宽就把头上的帽子摘给吉久。虽是初夜，却因为雪的覆盖，屯街上特别静，连狗叫声都没有，仿佛雪是一只巨大的狮子，它吞噬了这个世界上的一切。他们一前一后，雪在他们脚下咯吱咯吱响着，这是这个夜晚屯街上唯一的声音，唯一狮子吞不掉的声音，咯吱咯吱，和无边的沉闷做着对抗。

领弟弟返回二妹子小馆，小馆的门已经上了锁，棉被门帘没有遮住的缝隙里虽还有灯光，却看出二妹子是不准备营业了的，因为那灯光是后厨的灯光。吉宽毫不犹豫，上前就用脚踢门，边踢边喊，来客了来客了，快开门。

没一会，二妹子就掀开门帘，把门打开。见又是吉宽，二妹子愣了一下，当发现后边跟了他的弟弟，笑就跟到眉梢了，请进，快请进！

吉宽进来，老顾客似的坐到炉子旁，也示意弟弟坐，之后很有经验地喊，小姐哪儿去了？两碗面，要肉末的，一瓶二锅头，给炒一个猪腰花、一个大肥肠。

拿酒、下面、炒菜，这都是二妹子的活，吉宽一进来就喊小姐，让二妹子有些意外。他在小馆里从来不说话。据响英讲，吉宽傍晚时分还真活动过心眼的，不知后来怎么就变了卦。现在是不是又有些后悔了？

在吉宽的再三招呼下，吉久慢腾腾在炉子旁边坐下来。吉久坐下来的时候，吉宽看见他把狗皮袖筒也带来了。他的两只手虽然装在狗皮袖筒里，他的身子却一直是哆嗦的，仿佛有一架机器在他的身体里运转。

这是这一天多来吉久遇到的唯一的热乎气，也是这一冬以来遇到的唯一的热乎气。整整一冬，他的身子都没暖和过，他的手脚一直都是凉的、麻的，尤其手。因为他在扒虾头的时候不能戴棉手套，他的手往往冻得像是别人的手，毫无知觉。入冬以来，他做过好多次梦，那梦里总有母亲的笑脸，有狗皮袖筒两头伸出来的毛茸茸的狗毛。也怪了，他的梦里只要有母亲，就有狗皮袖筒，母亲总是站在堂屋，笑盈盈地送给他狗皮袖筒。今天终于不再是梦了。

见火不旺，吉宽亲自拿起炉钩，在炉底哗啦哗啦来回钩着，火星顺着一柱烟的上升，立时蹿起了火苗。小姐，拿柴火来，烧旺点。

响英来了，依然是傍晚时分穿的那件对襟小花袄，嘴唇上依然带着怯生生的笑，她抱了几根木棒扔到炉子旁，又转身倒水去了。她转身的时候，留下了一股粗咧咧的粉香。这时，吉宽慎住了脸，向吉久使了眼色，低声说，像个男人！

声音虽低，却是又重又狠，仿佛咬住了一个什么东西。

吉久的脸、鼻子、耳朵一点点红了起来，身子也不再像刚才那样哆嗦了，不知是真的暖了，还是哥哥那句话起了作用。

其实吉宽知道，吉久再暖，他的腿和手肯定还是麻的，它们和耳朵鼻子肯定是骨肉分家的。所以，吉宽一次性地把响英送来的木棒都填进了炉子。

腰花、肥肠很快就端上来了，吉宽把一瓶白酒一分两半，和吉久一人一杯。吉宽一上口就下了半杯，之后说，喝，哥今个赚了钱，咱好好喝！

吉久抿了一小口就放下了，他其实不怎么喜欢酒的，他只是太饿了，他除了盼望有个暖乎气，最盼望的还是吃一顿饱饭。他已经一天半没有吃饭了，所以三口两口，就把一碗面吃了下去。

吉久吃完一碗面，吉宽把自己这一碗也推给他，说，你都吃了吧，我要喝酒。

吉宽不吃饭，当然是因为他吃过饭了；吉宽不吃饭，却一直不停地说话。吉宽不停地说话，只是一句话，妈的，咱是男人，咱得学工头，咱怎么说也是个男人！

吉宽不断地重复这句话，其中的含意吉久是应该明白的。吉久也确实明白了，因为后来，他不光脸膛、脖子、眼窝和鼻子、耳朵一样放出光彩，他的头发、他的整个人都放出了湿漉漉的光彩。

两碗面条下了肚，一条冻僵了的蛇复苏了，血管里的血化开了的雪一样在身上流，痒酥酥地顺脖口往下走，直奔胳膊，直奔下体。这一点，吉宽看在眼里，也体会在心里。当吉宽感受到有东西在吉久身上痒酥酥地流，他从兜里掏出一张百元票子，啪的一声拍到桌子上，大声冲二妹子道，来吧，侍候侍候俺哥俩。

吉宽说出这句话，简直就像一个老嫖客，不但镇定且富有经验，傍晚时分闪烁迟疑的样子丝毫不见。

吉宽镇定，二妹子更是镇定，她早就觉得他不是新手，不过是在二妹子面前装装罢了。可是二妹子不知道他和弟弟，他俩到底谁来要？是他弟弟要小姐，还是他要小姐？说实在话，不管是他还是他弟弟，二妹子都是不想陪的，看外表就知道他们根本不是她的对手。不过，下了一天的大雪，也实在是太无聊了，太寂寞了。

吉宽不由分说就把小姐指给了弟弟，并且让他们先走。小姐响英顺利地响应着吉宽，拽着吉久的手进了后厨。

二妹子的后厨到底有多大，有几盘炕，吉宽是无法知道的，他只听村里人说，那后边还有好几个包间，专供村干部什么的领人来。今天，他想知道吗？说句心里话，非常想。可是，当他的弟弟和小姐离开了他，他立即又回到原来的他了，他看都没看二妹子一眼，佝着肩，缩着头，用一根手指把钱推给二妹子，沉闷然而坚定地说，结账！

结了账，吉宽从小馆里走了出来，把自己送到夜晚的雪地里。雪似乎小了，但风却大了，呜呜呜的，仿佛有无数只野兽在号哭。吉宽站在风雪交加的夜晚里，故意让自己冷，让自己失去知觉。可是他的知觉灵敏着呢，雪花刚刚打进他的领口，他就感到了一股痒酥酥的溪流，它们虫子似的东爬西爬，一涌一涌的。

在这个晚上，由于怎么冻都不觉得冷，由于大脑的思维异常活跃，吉宽还想起了另一个晚上。那个晚上，他和一个女子差一点就睡在一起了。他要是和她睡在一起，他们就结婚了，就有一个温暖的家了。他和那女子是经媒人介绍认识的，那一天媒人把那女子领到他家就走了，扔了他们俩。那是一个多好的机会呀！那时他才二十五岁。那时他和那女子之所以没睡成，是因为他一想抱那女子，那女子就提房子，说要是不答应盖新房就不让他动她。即使借钱，他也是有能力盖新房的，可是他就是不想在抱那女子之前给她个他妈的说法，他就不知道他妈的这新房旧房和抱她有什么关系。她一而再再而三地说，他一下子就火了，呜呜嗷嗷把她骂了出去。黑灯瞎火的把一个就要成为自己媳妇的女子骂了出去，从此就没人敢提媒了，没人提媒也不要紧，人们还说他神经病！没有人提媒，他也绝不因此而盖房子，栽树引凤，绝不！他就是这么倔！他其实早就攒足了盖房子的钱！

不到二十分钟，身后小馆的门响了一下，吉宽知道这意味着什么，于是迈开步子朝家的方向走去。吉宽一路走着，没有回头。像来时一样，四周很静，连狗的叫声都没有，他们俩咯吱咯吱的踩雪声是这个夜晚唯一的声音。吉宽一直沉默着，不说一句话，他不说一句话，一直到揭开风门，一直到拿草烧了炕，看弟弟吉久在炕上睡去。

如果不是热透了，有热气在身上流动，这个冰冷的炕是没法睡觉的。吉宽烧了炕，被窝在前半夜也没热上来，是在后半夜，远方有鸡叫时，被子里才有了一点温度，那种潮乎乎的温度，吉宽才在潮乎乎的被窝里一点点迷糊过去。

不管是对于吉宽还是吉久，不管是对于这个叫着坎子的村庄还是歇马山庄，这都是一个重要的早上。关于这个早上应该发生的一切，吉宽在夜里想过一千遍了，想得他的头都有些疼了，所以这个早上，当吉宽从睡梦中醒来，最先注意的就是弟弟的被窝。

如吉宽想的一样，弟弟不在。弟弟的被子已经叠得整整齐齐，如一块石板一样耸立在他的视线里。这时，吉宽慢腾腾从被窝爬起，下了地，吉宽的目光在屋子里搜索，开始是慢慢的，但一点点就由不得自己，眼神就疾速起来，似乎他不情愿验证什么又急着验证什么。他不放弃任何一个角落，他从东屋走到西屋，又从西屋走到外面。确实，弟弟走了，并且带走了母亲给他们缝的狗皮袖筒，并且带走了他放在鞋窠里的三万块钱，那是他八年来的所有积蓄。

证实了这一点，吉宽压着石板一样的心嵌开一道缝，豁亮了一下：他的弟弟终于变了，是个男人了。

可是很快，那道缝又消失了，那石板再一次压了下来，因为门外是漫山遍野的大雪，是呼天号地的北风。当吉宽看到那漫山遍野的大雪，听到那呼天号地的北风，他一扑扑到了炕上，就像晚上进家时那样。他扑到炕上，两手扑腾扑腾狠狠地捶打着炕席，嘴里大口大口吸着冷气。可是捶着捶着，他的手触到了一样东西，纸片一样的东西，很光滑，吉宽下意识地抬起头，向手指的方向看去，这一看吉宽完全傻了，是钱。

原来弟弟吉久并没拿走哥哥的钱，他把它放到了炕上。吉宽于是大骂起来，混蛋王八蛋，你死去吧死去吧你——你以为你是男人——

吉宽疯了似的骂一遍又一遍，边骂边把钱在炕上摔了又摔，仿佛那钱就是吉久，就是他的弟弟。

然而这个早上，事情到此并没有结束，当吉宽骂够了摔够了，在屋子里渐渐地平静下来，他听见了宁木匠的声音。宁木匠像往常一样，发现他回来，从西院走了过来，可是这个早上，他走过来，说出的并不是"你回来啦"这么简单的话，而是"吉宽不好啦，出事啦！吉久杀人投案自首啦，赶紧给吉久送行李衣裳吧——"

吉宽与吉久的见面被安排在歇马镇的派出所里。在见面之前，吉宽做足了准备，要狠狠地扇吉久耳光，他太无能了，他简直辜负了他。可是见了面，做哥哥的却把耳光扇给了自己，因为弟弟手里捧着那个母亲缝给他们的狗皮袖筒，看到它，他的心一下子就软了。

吉久用铐住的双手捧着狗皮袖筒，笑模样地站在靠墙的一角，看着哥哥。

吉久说，哥，俺知道你的好意，俺知道。这么说着，吉久眼圈就红了。

你知道什么你知道？你什么都不知道，你完蛋了你！吉宽终于吼出来，这是他眼下最想告诉弟弟的话。

不知是因为哥哥声音太大，还是那句话里的内容镇住了他，吉久刚刚涸出来的眼圈里的红迅速地褪了回去，随之而来的是一脸的平静。他平静地看着哥哥，一字一顿地说，哥，俺知道俺完蛋了，可是俺知足，俺知足了！

知足什么你？吉宽还是吼。

吉久咧了咧嘴，把目光从哥哥脸上移开，移到门口。派出所门口，正有一缕阳光照进来，是雪后的阳光，一颤一颤的，映得铁门锃亮锃亮。吉久看着门口的阳光，将咧开的嘴角收拢，随后把目光移回来，再次看定哥哥，说，你不知道，俺昨天晚上回家是想逃的，俺觉得俺太亏了，还不想死，可是……可是你帮了俺，你让俺知足了。

听弟弟这么说，吉宽再也不说话了，木头一样呆在那里，他原来帮了弟弟倒忙，是他加快了弟弟的死期。

吉久说，俺知足，不是你让俺弄了女人，俺其实什么都没弄，俺弄不成。俺知足，是你暖了俺的心，像妈一样……这些年，俺最想要的就是像妈那样的温暖。

泪已经涌在了吉宽眼角，但他狠命地咬住了嘴唇，把泪吸了进去。他把泪吸了进去，却把一只手伸了出来，伸到弟弟怀里的狗皮袖筒里，在狗皮袖筒的另一边，吉宽握住了弟弟被铐住了的手。

你是个男人啦！哥哥说。

发表于《山花》2004 年第 7 期

转载于《小说选刊》2004 年第 9 期

《小说月报》2004 年第 8 期

狗皮袖筒

天河洗浴

这一时刻，吉佳在心里头想象过无数次了，早在没从歇马山庄出来时就已经想象过了。城市把自己变得白净又洋气，说话吐字再也不像从前那样狠了，走起路来高跟鞋着地，本可以风摇谷穗似的颤悠悠地，可是挣了钱，又是回家过年，不能不买些东西，于是提着鼓囊囊沉甸甸的包裹，就不得不缩着肩猫着腰，气喘吁吁。当然最重要的还是心情，在吉佳无数次的想象里，这一时刻，她的心情是甜蜜又美妙的，就像来时那样，和吉美挨着坐在一起，看着眼前的马路被车碾到脚底又甩到身后，激动得心一颤一颤的，仿佛有一个线团在心底滚动，仿佛那线团上的线头甩在了路的后边，车飞得越快心里越滚动得厉害。然而现在，当吉佳真的提着沉甸甸的包裹上了车，迎来这想象过无数次的回家的一刻，她心里的线团不但不滚动，反而被谁揉搓了似的，乱糟糟的。

实际上，吉佳和吉美就坐在一个车上，她们只是没有相挨着坐在一起。吉佳心乱，并不是乱在她们在一个车上却没坐在一起，而是她们压根就不该坐一个车。吉佳和吉美是同一年出生的堂姐妹，年初，她们一起离开歇马山庄进城，一起找到一家火锅店当服务员，又一起在店外边租了房子。进进出出，她们成双成对，就像一个人。可是后来，一夜之间，她们就由一个人变成两个人了，吉美从吉佳那里搬了出去。谁也说不清是因为吉美从吉佳那里搬了出去她们才成了两个人，还是先成了两个人才使吉美从吉佳那里搬了出去。反正，从此两个人就不好了，谁也不理谁了。从此，吉佳就不能闻吉美身上的香水味了，一闻就心烦意乱。其实那香水的味道并不难闻，是黄瓜一样的清香，可不知为什么她就是不能闻。也是怪了，越是不能闻越是敏感，有的早上，吉美人还没到，那味道就顺门缝溜了进来，弄得吉佳赌气似的狠劲捏自己的鼻子。为了躲过这味道，躲过这味道带来的烦恼，吉佳对回家过年这一天真是盼望太久了，简直可以说是天天想夜夜盼了。并且，为了不跟吉美上一个车，吉佳提前两天就买了车票。可是人打算不如天打算，吉佳刚刚上车不到两分钟，吉美乳白色的身影就晃动在她的眼前了，于是，整个车厢一瞬间就溢满了黄瓜味的清香。

很显然，吉美也看见了吉佳，因为她刚上车时还抿着肉嘟嘟的小嘴，大模大样地虚睨着一个地方往后看。只要想展示自己好看的小嘴，她一定是这么紧紧地抿着，然后大模大样地虚睨着一个地方看。可是几乎是眨眼工夫，吉佳再愣神时，她已经扭过头，将身子转了回去。见吉美扭头转回去，吉佳乱糟糟的心仿佛又被揉搓一下，她不得不移开脸，将目光送到窗外乱糟糟的人群里。

车很快就开了，城里的车站就是好，从来都是人等车车不等人。已经是腊月二十八了，被关在车门外的人们眼里爬满了豆绿色的光。看着这些焦急的面孔，吉佳没有丝毫同情。事情就是这样，没上车的人永远别指望上了车的人能给予同情，不是上了车的人没有同情心，而是没上车的人永远不知道人一旦上了车，心里立即又会涌来别的事情。比如眼下的吉佳，她无论眼里还是心里，都涌涨着一团乱糟糟的烦。

吉佳已经十九岁了，依她的年龄，不可能不知道她的心烦意乱是什么东西，但是确实，她不知道一向大大咧咧的自己怎么就会有这种东西。那东西她以前从未见过，比如在歇马山庄人们毫无顾忌地拿她和吉美比，说她长得怎么怎么丑吉美长得怎么怎么漂亮的时候，在人们断定她即使进城工作将来也得回乡下找对象，而吉美注定要被城里人娶走的时候，她从来没有在意过。她不但不在意，还傻呵呵地笑，回答说，俺才不稀罕找城里对象哩。可是某一天，她和吉美同在火锅店上班之后的某一天，那东西被水泡过的豆苗似的，耀武扬威钻出来了，直撅撅地戳在她的心窝。那是一个早上，她和吉美一进店，老板就把吉美叫上了楼，十几分钟之后，吉美从楼上下来了。吉美从楼上下来，再也不是原来的吉美了，而是一只妖艳的蝴蝶。她的长发绾了起来，亮锃锃地悬在后脑勺上，上边别了一只蝴蝶形状的发结；她穿了一件绛紫色的旗袍，绿色白色黄色的蝴蝶在上边狂飞乱舞，关键是那旗袍的两侧开得很高，露着白白的大腿，一迈步，下摆前后飘动，活像蝴蝶在飞。吉美变成一只蝴蝶，吉佳并不意外，她那么漂亮，稍一打扮就能飞起来。意外的是当她从楼上翩翩走下来，她发现吉美身上有了一种让她感到陌生的气流，那气流很古怪，是她从没闻过的香水味，但这不重要，重要的是，吉美的目光和姿势里有了一种被害羞掩盖着的高傲和得意。吉美原来只有害羞，没有高傲和得意。就是这时，她觉得心底某个部位掀动了一下，紧接着就有东西破土而出了。应该说那东西刚开始并不茁壮，只是一种不太舒服的感觉，后来就不一样了。后来，吉美变成蝴蝶并没飞走，还在店里。她在店里，却再也不跟自己干端盘子的活了，而是站在店门口迎接来往客人。她迎接来往客人，却常常吸引老板的目光。老板一向阴着脸，可是只要见了吉美保准满天云彩都散了。关键是，吉佳明显感到，自从穿上旗袍，露出大腿，从大腿里散发出黄瓜似的香水味，吉美和自己的话就越来越少了，好像那双裸露的大腿灌进了太多的风，那风足以把香水味冲进她的胸膛塞满她的喉咙，让她说不出话来。说不出话可以少说或者不说，都不要紧，关键是这之后，她买回了一套满身金色网眼的乳罩和裤衩，夜里动辄就穿到身上站到镜前。那鼓胀胀的隐秘的地方从网眼里散发出香水味时，她熏得头都疼了。好在吉美不久就搬走了。她搬走无非是变坏了，变成一个坏女人，像电视里演的那样，身体被男人占了。可是吉佳发现，明知道她变坏了，不干净了，生她的气，讨厌她，不愿意看到她，夜里下了班再也不必看了，可她却一点也没有骄傲起来，得意起来。不但如此，反而对着镜子看开了自己，看的结果反而是越看越来气。她的脸太黑了，下巴太宽了，胸脯又太平了。就这样，白天里她生吉美的气，到了晚上又生自己的气。在那驱之不去的气中浸泡，吉佳眼见着那东西在她身体里疯长，一开始只在眼睛里，在胸口里，一点点地，它们蹿向了她的血管，蹿向了她的四肢。尤其夜里，一个人静静地躺在床上的时候，她觉得身体里有一股滚烫的热浪在翻腾，直至她感到焦灼，感到某种渴望。那渴望是她长大以来从未有过的，常常地，她心潮澎湃，浑身潮湿。要说意外，这是吉佳最大的意外，她不但有了那样的东西，她居然会在那东西驱使下心潮澎湃浑身潮湿，居然会有一种深深的罪恶感。问题是，有了那么深的罪恶感，第二天上班，却还要去看吉美的大腿。那种欲罢不能、魂不守舍的样子让她痛苦不堪。

　　大客在黄海大道上飞快地跑着，仿佛深知吉佳在城里的痛苦，试图甩掉它。其实错了，无论它跑得多么快，痛苦都甩不掉，它不但伴随着黄瓜的清香溢漫在车厢里，还高高地耸立在吉佳的视线里。因为吉美即使不穿旗袍，她的头发也依然绾着，那高耸云端的部分仿佛有着某种表情，很是理直气壮。在那样的表情对视下，吉佳几乎是开车不久就闭上了眼睛。她闭上眼睛，她看不到吉美耸入云端的现在，可是却能看到吉美深入人心的过去。在那里，吉美因为老板宠她，全店的人都宠她、怕她，即使像吉佳一样厌恶她的人。就说那个黑不溜秋的小四川，明明心底里恨死了吉美，可是当吉佳压抑得受不了，想找她说几句吉美的坏话，还不等吐出一个字，她就吓得赶紧逃开，那样子仿佛她是一只遭人厌恶的苍蝇。后来，不自觉地，吉佳也开始打扮了，似乎不得不为自己的心情找一条出路。在饭店工作穿店里服装，没有机会在衣服上突破自己，她只有像吉美那样，把头发烫出几缕黄。可是，吉美烫几缕黄，跟她头上的蝴蝶结是呼应着的，仿佛是那蝴蝶的须子；而自己烫那几缕黄，前不着村后不着店，像荒山野岭上的几撮干草，要多难看有多难看。关键是这样一来，像是自己也变成坏女孩了，连原来纯洁干净的感觉也找不到了，气得她呀！在这驱之不去的气的浸泡中，她开始想家。在此之前，店里有乡下人来，她看都不愿看一眼，仿佛他们脸上有一块属于自己的伤疤，她要是看了，就看到了自己不体面的过去。可是后来不一样了，她不但要看他们，还要冲他们笑，因为他们让她感到了亲切。这时节，她往往就把一张陌生然而亲切的脸转换成母亲的脸，并且会盯着这张脸长时间地想，要是还在歇马山庄，在母亲身边，那该多好！要是还在歇马山庄，吉美一定不会变成这个样子。吉美不会变成这个样子，自己就不会是现在这个样子。关键是，自己再丑，母亲都不会嫌丑，以往在乡下生活的那些年里，母亲不管多么生气，一看见她就满天云彩都散了，那情形就像火锅店的老板看见吉美。

　　想到这一节，吉佳慢慢睁开眼睛，绕过那耸立在前方的表情，将目光移向窗外空阔的野地。高低不平的野地雪迹斑斑，一些叫不上名的树木光秃秃的，要么在山上，要么在河边一丛一丛地直立着，密密麻麻的树梢因为风的摇动，现出影影绰绰扑朔迷离的幻象。就在这一丛丛树的远方，坐落着一些村庄，它们扑食的麻雀似的，专注而孤单地匍匐在大地上。尽管吉佳知道，无论村庄怎么小，你一旦走进它，它就再也不是车上看到的样子，比如歇马山庄，你要是挨家挨户转一圈，一上午都转不完。但要是换一个角度，坐在车上看，它确实很可怜，它麻雀一样在空阔的天底下，孤单又孤独。这种感受不是现在才有，是她上小学五年级那年就有的。那年暑假，她跟母亲去县城，第一次坐上她向往已久的大客。车开起来时，她问母亲，远处那些黑乎乎的是什么？母亲漫不经心地说，小傻瓜，村庄呗，就是歇马山庄那样的村庄！她惊愕片刻后，一下子哭了起来。在她眼里一直很大的村庄居然就像麻雀，那么孤单、可怜。那次回来，一向大大咧咧没心没肺的她沉闷了好久，好像什么心爱的东西被弄坏了，弄丢了。就是从那次起，她的心就飞走了，飞到歇马山庄外面去了。然而现在，当她真的到了外面，在外面工作一年以后，再看到这麻雀一样可怜的村庄，她竟有一种被呼唤的感觉，有一种说不出的激动。

就这样，在一种被村庄呼唤的激动中，吉佳暂时忘掉了耸在眼前的痛苦。说是忘掉，不过是避开，就像她曾经在客人身上寻找乡下人的亲切，来避开由吉美带来的压抑一样。实际上，不管她的心怎样被窗外的村庄呼唤，她都能够感到那个豆苗一样的东西的存在，只不过它们暂时没了气的浸泡，有些蔫头耷脑。因为正在她看着窗外一个又一个可怜的村庄时，车在一个高速路口停下来，有人下车。下车的是一男一女，他们提了好多包裹，有一只帆布大包竟像一座小山，费了好大的劲才拖死狗似的从车厢里拖下去。看到这只小山一样的包裹，吉佳心里咯噔一下，豆苗一样蔫蔫的东西立即耀武扬威起来。它耀武扬威自然跟包裹有关，是别人的包裹让她联想起吉美的包裹。吉美在自己身后上的车，直到现在她都不知道吉美拿了多大的包裹。要说不想跟她坐一辆车，除了不想闻她身上的香水味，最重要的一点是不想看到她的包裹。不管她怎么不想花钱，她的包裹都注定要比自己的大。她从来不知道吉美工资的具体数目，她们所有服务员的工资都是暗的，老板给的红包，但从老板对吉美的好，从吉美对老板的顺从，从吉美化妆品的档次，是一目了然的。还有，吉美到底住在哪里一直是个谜。有一次，小四川跟她说，你猜吉美住哪儿了？住哪儿了？有上次对自己的冷淡，她本不想搭理她，可是不知怎么就脱口而出了，看得出，小四川也是实在憋不住了，她说，就住在对面的宾馆里，我看见她从后门绕过去的。想想看，老板都能为她包宾馆，回家过年，他能不为她准备礼物吗？

那东西根本不是豆苗，而是一只蓄机待发的小兽，因为此时此刻，想到包裹，吉佳觉得有一只手在她心里抓了一下，让她木胀胀地疼。她知道，不管是乡亲还是母亲，都不会容忍吉美的卖身行为，但只要她不说，没有人会知道这一切。乡亲和母亲不知道，自然就会拿她和吉美比，自己一身清白却要遭到笑话，实在不公平。在大客再一次起程之后，吉佳不再神情恍惚了，而是全神贯注。吉佳全神贯注想的只是一件事，就是下车后怎么办，是让吉美先走还是抢到吉美前边。如果抢到前边，自己的小包裹暴露在她的眼皮底下，实在是不甘心；如果留在后边，让她的大包裹占着自己眼球，不是更难受？犹豫一会，一个念头忽地涌上吉佳脑门：打车！歇马镇有的是三轮面包车，坐进三轮面包车，她既可以不被吉美看见，也可以不被村里人看见。

可是，就像吉佳一早刚上车就发现自己的打算全盘落空一样，这个要打车的想法在大客刚刚到站就完全告吹了。因为车停下时，一群出租摩托车的人嗡一声就围上来了，吉美几乎是脚没着地，就连包带人被架上一辆摩托。正像吉佳预料的那样，她的包裹不但大，且加起来有三四个，且不再是进城时的塑料编织袋，一水儿都是旅行袋。开摩托的男人把它们搭在前边，让吉美搂腰坐在他的后边，突突突就开走了。歇马镇有摩托车出租，这一点吉佳是知道的，可是刚才，她居然就没有想到这一点。没想到这一点最要命的结果是，她不知道该不该去打那个三轮面包车了。

吉佳目送吉美消失在一股浓烟中的背影，之后，提着塑料编织袋痴呆呆地站在那儿。她站在那儿，眼神中恍惚、迷茫的样子，仿佛来到了一个完全陌生的世界。歇马镇她要多熟悉有多熟悉，一年前，这里是她现实中最繁华的地方，也是读高中时每天必穿行的地方。现在，因为从城里带回乱糟糟的心情，站在这里她竟彻底蒙了头，竟不知道自己要干什么，为什么要在这里下车。尤其当那些出租摩托的男人横冲直撞围上来，穷追不舍地叫着大姐大姐，迷茫、恍惚的她居然对这地方生出深入肺腑的厌恶感。这厌恶感刚开始还是冲着这个地方，但很快就转移了目标，由地方转移到出租摩托的男人身上了。实际上，正是这些男人的横冲直撞，让她厌恶的目标不经意间有了转移，因为这时，吉佳眼前出现了这样一幕：吉美紧紧地搂着一个男人的腰。

想起这一幕，吉佳猛醒似的迅速收拢目光，小眼睛斜睨着眼前飘着土腥味的男人，大声喊道，滚开！之后一下子冲出人群。

很自然，吉佳选择了步行，因为当她亮出那一嗓子，一种久违了的自信和自豪一下子蹿到她的眼前了，她看到了一年多来自己的清白和清洁，并因此对比了吉美的不洁。这感受可实在是太爽了，在车上以及上车之前的近一年的时光里，她无论怎样都找不到自信的，即使把吉美看成一个妓女、婊子。她原以为，这样的自信只有在村子里、在母亲身边才能找到，想不到还在途中就找到了它。都是吉美和摩托车帮了大忙！

因为突如其来的自信和自豪，吉佳把什么都忘在脑后了，比如村里人怎么看她和吉美，人家坐个摩托，身前身后搭了好几个旅行袋，而自己就一个包不说，且还是原来的塑料编织袋，且要步行在光天化日之下。从歇马镇到歇马山庄有八里路，步行最少也得四十分钟，但吉佳一点也不觉得这路有多么远，因为当她告别喧嚣的人声，离开小镇，独自一步一个脚印地走在土路上，她觉得自己从未有过地精神抖擞腰杆挺直。在她的想象里，吉美搂着一个男人的腰回到村子，无异于向全村人公布她的不洁。这让她不由自主就腰杆挺直。如果说车站上，因为自身清白而蹿到眼前的自信还仅仅是一股虚幻的气，那么现在，随着泥土气息的扑面而来，随着土地在脚下真实地延伸，它变得实实在在了，它变成了一条起伏不平的道路、一抹看不到尽头的地垄、一片辽阔无边的田野，因为此时此刻，吉佳觉得整个大地、大地上的空气都在拥抱她！

北方的冬天昼短夜长，才下午 4 点钟光景，就已经是黄昏时分了。屯街上零星的有一些在清理草垛的人们，乡下的草垛一年都是破破烂烂的，唯到了过年才要有模有样。王家大院门口聚了几个女人在拉呱，那里似乎是个勾魂的地方，总有人在那里拉呱。吉佳一路和清理草垛的人们打着招呼，跟想象一样，他们都很热情，都笑着说，可回来了，你妈都急坏了。在快到王家大院门口的时候，有人突然从人群里冲出来，风似的跑向她。这时，吉佳心口不由得一热，因为那人刚跑几步，她就发现那是自己的母亲。母亲从她手中接过包，连声说，你个傻闺女，打个摩托多好，人家吉美都打摩托。

母亲的话无疑让吉佳一路昂扬的心情遭到破坏，关键是母亲的话音刚落，前边人群里就爆水花一样哗地爆出满天声音，你说你傻不傻，挣了一提包的钱不舍得打个摩托，都快把你妈急死了，以为十个八个包得雇个大解放呢。很显然，村里人都看到吉美的摩托车了，都发现她比自己多几倍的包裹了。但她心情遭到的破坏远不是这个，而是无论是母亲还是乡亲，他们居然谁也没把吉美搂一个男人的腰看成坏事，谁也没有！扑面而来的乡土气息一下子凝住了，凝在吉佳脸上，使吉佳的脸上有了一层灰溜溜的黄色。

吉佳不知道自己是怎么离开那些人的，尽管不知道，但走进自家院子，打开风门，吉佳还是闻到香喷喷的炓肉味和家里边特有的草灰味。或许是饿了，香喷喷的肉味唤醒了胃里的食欲，当然，她一年没回家，唯家才有的特殊的气息不可能不感染她，尤其只有五岁的弟弟一迭声地喊着姐姐。吉佳放下挎包站在炕沿边，刚才街门口遭到破坏的心情略略有了好转，或者不叫好转，是她恢复了对盼望已久的家的感受能力。比如她想抱起弟弟亲一亲，比如想抱抱母亲，摸摸她的脸。在城里想家时，母亲带着笑容的脸一直晃在眼前却一点都不清晰。实际上，是这感受能力使她心里边闪出了一个个想法。

很显然，弟弟可以抱，母亲四十岁时生下一个宝贝，她怎么亲都不过分，然而母亲自然是不能抱的，也更不能抚摸她的脸，因为要是那样，母亲一定会觉得哪里不对，会觉得她在城里受了什么委屈。要知道，长这么大，她一向大大咧咧，还从没抱过母亲，再说，她的委屈是没法说出口的。于是，她只有抱着弟弟站在地当央看母亲一个人忙活，听她一边忙一边埋怨道，走了就忘了家，也不往家写封信。吉佳咧嘴笑笑，吉佳想，哪有心情写信？不过母亲的埋怨还是让吉佳觉得温暖，如同她被母亲抱了起来。

但是，在感受母亲和家的温暖的同时，吉佳还感到了另一种东西。它们从弟弟的鼻孔里钻出来，从堂屋的草灰中飘出来。它们在吉佳一进门时是熟悉的，一年来它们在她那里一直历历在目，但只要你稍加留心，就会觉出它们离她很远，很陌生，就像小镇刚下车时感到的陌生一样。因为当她把弟弟抱在怀里，她闻到了他鼻涕里酸菜水一样的味道；当她抱弟弟站到堂屋，看母亲在锅灶上扒扯骨肉，她看到一些草灰蝌蚪一样飘飘扬扬在空中坠落，最后一挂一挂落到她的头发上。她已经近一年没有接触这样的环境了。也就是说，同是陌生，在歇马镇和在家里是不一样的，在歇马镇，那陌生生出在她神情恍惚的时候；在家里，陌生则生出在神情和知觉都清醒之后。

不过陌生总比心乱要好，它至少让吉佳暂时忘了吉美，脸上能够呈出父母希望的那种欢喜和开心。实际上，只要忘了吉美，冲父母笑起来并不困难。吃饭时，她的父亲端起酒碗冲她比画了一下，眼里闪着一星只有父亲才有的光亮。和吉佳一样，父亲也在城里干活，只因为父女活路的不同，他一入冬就回来了，所以那光亮里还有一种已经搓起麻将的男人们都有的东西——开心。吉佳尽量夸张吃相，鼓动腮帮，表现自己的开心。然而，不管吉佳怎么表示，不开心的事还是发生了，当然做父母的并不知道。

那是在晚饭之后。吃罢晚饭，吉佳不得不打开塑料编织袋，一样样翻出她办的年货。她给全家每人都买了东西，给弟弟买了一套棉衣外套，给母亲买了城里最时兴的大翻领羊毛开衫，给父亲买了一件洁白的衬衣和大红的领带，又给三个人分别都买了皮鞋。女儿第一年出去挣钱，怎么说也是高兴的，母亲一样样看着，摆弄着，还把羊毛衫套到身上，在镜前走了两步。那动作虽然有些夸张，像自己夸张的吃相，但看得出她是真的高兴。母亲试完，又把吉佳买的东西翻了一遍，惊乍道，你买什么了，怎不给自个买？

母亲不喜欢打扮自己，却愿意看到女儿打扮，这一点吉佳是知道的，但母亲不知道，她挣那一点钱是经不得随便乱花的。一个月六百，除掉房租，除掉日常用的小零碎，除掉这必买的年货，十个月下来，也仅仅剩下四千块钱。吉佳随手从包里掏出四千块钱，放到炕沿上说，妈，给你。

母亲看着钱，冲吉佳狠狠拍了一下，一脸的复杂，似乎既为她懂事高兴，又心疼她一心想着别人，这孩子，谁用你孝顺？都大姑娘了，还不打扮打扮。

这样的话，在吉佳听来已经很是受用了，至少母亲理解了自己的孝心。可是想不到的是，收拾完桌子之后，母亲换上吉佳买的羊毛衫，到吉美家串门去了。

吉佳母亲和吉美母亲是亲妯娌，从她记事开始她们就彼此比着：你今天为女儿买一条特别的围巾，我明天一定要让女儿穿一件特别的棉袄；你为孩子的学习去给老师送礼，我一定从老师中挖出一个亲戚。当发现无论怎样她们的孩子也没考上大学，终于撒了气。在这彼此你追我赶的比赛中，有一点吉佳母亲永远比不过吉美母亲，那就是吉美母亲的漂亮和好打扮。为这个，吉佳看出来母亲特别苦恼，因为有一阵子村主任一有外面来人就往吉美家派饭。在西院香滋辣味热热闹闹的时候，母亲常常目光忧郁神色暗淡。老天倒是长眼，让她在四十岁上生下了小儿子，这本来是可以一辈子都能让她和吉美母亲抗衡，可是谁知道，她们的不平衡却发生在女儿身上。

母亲的做法，吉佳其实早该想到，都因为在城里的日子太压抑，把回家的时光想得太好，一时忽略了这一点。一只被揉搓的线团突然之间回到吉佳身体里。它在她身体里，不是心底那个部位，而是胸口、后背。它在她的身体里，线头的另一端却被母亲扯走了，扯得她浑身一阵阵发紧，以至于让她有些恐惧。吉佳感到恐惧，因为她知道，母亲串门也许只是想告诉人家，她的女儿没买东西，却拿回了钱。但吉美不必说一句话，只要亮出一只手上的两个手指，她的母亲就一败涂地，吉美戴了两只白金戒指。

为了摆脱恐惧，吉佳故意和弟弟纠缠，和他拍手、拉钩、猜拳，到后来不得不生拉硬拽把他抱起来，仿佛弟弟的重量会压住什么。弟弟的重量确实使吉佳沉稳了许多，至少她的后背不再发飘发空了。抱弟弟推门而出，一股只有年前夜才有的冷生生的油烟味扑鼻而来。以往，在这个晚上，吉佳吉美肯定要在门前的草垛空里待一会。和她们的母亲不同，她们的心一直是靠近的，虽然吉美向往外边，不是觉得村庄可怜，而是想当电视上的模特。但不管怎样她们是同病相怜的，她们都感到了村庄对她们那颗青春的心的挤压。由于被挤压，她们那么乐于忧伤，这年前夜黑漆漆的夜晚最适于她们忧伤，最适于她们畅想未来了。在她们畅想的未来里，世界不但不漆黑，且明亮辉煌，实际上只有在漆黑的夜里才容易看到辉煌和明亮，就像只有饥饿才容易触及米饭的浓香。现在夜依然漆黑，吉佳却看不到远方有什么光亮，因为那光亮已经被撕破，露出长长的口子，如同吉美旗袍两侧的开衩。与旗袍开衩不同的是，从那里露出来的只是两条白花花的大腿，而从这个夜晚的口子里露出的却是母亲因为受打击而忧郁伤感的眼神。吉佳宁愿自己在看到白花花的大腿时心底压抑，也不愿一直要强的母亲遭受打击。

然而，想不到的是，吉佳的恐惧也仅仅是恐惧，母亲没有受到任何伤害，母亲人还在西院里，笑声就像漫出堤坝的水似的流淌出来了，当回到自家院子，那水竟然变成小溪里的水，变成了一首歌。后来，母亲居然哼起了歌。吉佳很少听到母亲哼歌。关键是，来到院子里，看到抱着弟弟的她，母亲毫无道理地从她怀里拽过弟弟，边拽边说，死沉死沉的累你姐。仿佛这样的时刻，只有累她是最应该的，仿佛弟弟的沉是她这一时刻最需要的，就像刚才吉佳对弟弟的需要一样。当然吉佳知道，同是需要，目的却正好相反：她需要是减法，是需要减掉身上的某些东西；母亲需要则是加法，是她太高兴了，不知道该干什么了，或者在她看来，只有抱着弟弟，那快乐才更巨大。

那个晚上，母亲抱走弟弟之后，吉佳站在院子里好长时间不知所措，身子再次发飘发空。然而这一次的发飘发空不是恐惧，那恐惧已经像洇在水里的纸似的软化了，扯不成个了，随之而来的是莫名的感动，是感动之后的感激，吉佳的眼角竟一阵阵发热。感激谁，自然是吉美和吉美的母亲！也许吉美没亮出手指上的戒指只是为了保护她自己，也许吉美母亲没打开那些神秘的包裹，是看出一些蛛丝马迹。但不管怎样，她们没有伤害她的母亲。

这个在吉佳那里不期而至的晚上，她只做了两件事，给弟弟洗了脸，之后就和父亲弟弟一起坐在炕上看电视。本来她想为自己找被子铺床，可是她的床和被子早就被母亲铺好了。在这个家里，所有人的被子都是棉花，只有她的被子是太空棉，因为吉美的被子就是太空棉；在这个家里，所有人都睡大炕，只有她睡里屋的床，因为歇马山庄所有有女儿的人家，都要像城里人那样为女儿打一张床。本来她不想这么坐着，想参与到母亲的忙碌里。整整一晚，母亲都在忙碌，在大锅里蒸过年的馒头和豆包，把堂屋弄得蒸汽缭绕雾气腾腾。但吉佳到底沉住了气，没有参与。吉佳没有参与，不是在城里天天干这些活，她已经干够了，实际上，她是不可能告诉母亲她的具体工作的；也不是在傍晚进门，感受了熟悉的家的同时，还感受了那一挂挂烟灰和难闻的气息带来的陌生，让她难以下手。实际上，在浓密的蒸汽里，弥漫着的是沁人肺腑的香甜。她不参与是她知道，眼下，在她母亲高兴的时候，她最应该做的就是一尘不染地坐在那儿，像个真正的城里人。从小到大，母亲一直都这么希望着，即使在生了弟弟，家里日子越来越累之后。

这个晚上，如果吉佳早早躺下，并且躺下就睡着，事情也许就不至于是后来的结果。

后来，大约是9点多钟，吉佳的姑姑来了，她一走进堂屋就冲吉佳母亲大呼小叫，俺来看看吉佳给你买了什么样的戒指。

很显然，姑姑是从吉美那里来的，她的姑姑就爱串门，她从哪儿来都不奇怪，奇怪的是她的那句话。她的那句话，不过是道破了一个吉佳一直恐惧着的事实，也没什么，可是这意味着母亲一晚上的高兴是装出来的，是怕伤害自己。

仿佛有什么东西从屋外砸过来，砸到心口，吉佳感到钝疼的同时，被一种久久的胸闷缚住了。她眼前闪过母亲从西院回来时哼歌的情景，闪过从自己怀里拽过弟弟的情景，原来，原来她和自己一样，也希望用弟弟的沉压住什么。因为胸闷，因为知道在姑姑面前装不出笑脸，吉佳爬下炕，赶紧躲到东屋。可是还不等她在东屋站定，姑姑的大嗓门已经夺门而入，吉佳哪儿去了，怎不给恁妈买戒指？吉美都给她妈买了戒指。

如同一只被拽住了尾巴的耗子，吉佳不得不从里屋走出来。吉佳走出来，并不去看姑姑这只老猫，而是求救似的将目光移向坐在炕头的父亲。父亲一向话少，看了一晚上电视没说过一句话，这一时刻，吉佳非常希望父亲能说句什么，比如他说，那有什么好眼气的，她挣的都是不干净的钱。父亲在城里待过，应该知道这其中的秘密。可是父亲什么也没说。见父亲没说，一个念头突然回到吉佳心里——把吉美的事说出去。这念头在晚上恐惧时曾萌生过，只是后来被她对母亲的误解打消了。

然而那个晚上，吉佳终是没有说出吉美的事。吉佳没说，是担心姑姑知道真相立刻向全村传播，要是那样，就会挑起是非伤害吉美。想说出吉美的事只是为了母亲，为了让母亲也像她从歇马镇往家走时那样腰杆挺直，并不想伤害吉美。当然，吉佳没说主要还是因为母亲。母亲听姑姑这么说，在堂屋里赶紧跟上一句，俺闺女知道她妈不好浪，没有浪妈，怎么能生出浪闺女？

母亲的话无疑给吉佳解了围，可是那只是一瞬间的事。后来，当姑姑走了，母亲地上的活也干完了，最后一个上炕躺下，只听母亲叹息着跟父亲说，看出来没，吉美就是她妈的一棵摇钱树，这世道，养一个漂亮脸蛋就是养了一棵摇钱树！

父亲自然没有回应的意思，但仅母亲一个人的意思，就足够让吉佳身子沉得翻不过来。吉佳僵在那里，被什么压住似的看着天棚一动不动。她想，母亲一定是早就看出了真相，没准傍晚还在大街上时就看出了。问题是母亲看出了，却压根没觉得有什么不好，母亲的口气分明是有几分眼气。

这夜晚到底有多长吉佳不知道，吉佳唯一知道的是，这夜晚不是城里的夜晚，而是乡村的夜晚，是大年前夜家里的夜晚。因为城里的夜晚无论什么时候，都不会像乡村这样漆黑这样寂静。关键是，因为漆黑和寂静，吉佳觉得自己身子在下沉，在向深渊下沉。在这漆黑寂静的深渊里，吉美穿着旗袍从楼上翩翩而下的样子，吉美站在镜前从隐秘处往外散发香气的样子，异常清晰地飘到了她的眼前。说异常清晰，是说母亲那句话仿佛为吉美点亮一盏追光灯，把她衬托在漆黑的背景里。或者说母亲那句话就是一个漆黑的背景，吉美无须追光，独自就光彩照人了。看到在暗夜里光彩照人的吉美，吉佳心里的自卑超过了以往任何时候。

在这漫长的夜晚里，吉佳干了一件蠢事，她脱了内衣，拉开窗帘，赤身裸体站到了窗台上。她站在窗台上，是把窗台想成楼梯，把自己想成吉美，自己正像吉美那样从楼上翩翩而下。这件蠢事，在城里备受压抑时，她曾经这么干过，只不过城里的楼房没有窗台，她只站在屋里的地上。同样的行为，感受却是不同的。在城里，吉佳往往心潮澎湃，身体里有着某种渴望和因渴望而生出的罪恶感。现在在家里，在母亲的里屋，她没有心潮澎湃也没有渴望，更没有罪恶感，有的只是寒冷。还没站上一会，她就浑身发抖嘴唇哆嗦了。

新的一天是这样到来的，先是公鸡们此起彼伏地尖叫，之后窗外透进熹微的晨光，映照了现实的窗框和窗玻璃上的霜花。再之后，她听到母亲趿着鞋来到她的头上，一边往她被窝塞东西，一边说，妈不要你钱，去县里买个金戒指。明天就过年了，听妈的。

在新的一天到来之后，吉佳真的走出家门走出村庄了。她走出家门走出村庄却不是上县里买金戒指，而是去了镇上澡堂。她要洗澡！前天，她在城里已经洗过了，可是这个早上，她太冷了，太想让热水冲一冲了，她的身上又落满了草灰。吉佳没吃早饭，往包里塞了衬衣衬裤就背包走出家门。在大门口草垛边，吉佳下意识停了一下，回头朝吉美家的院子望了一眼，因为一年前，每次洗澡她们都是约在一起。

明天过年，办年货的人们仍然不少。乡村就是这样，只要年不过，就总是有办不完的年货。远远地，吉佳就看见了冒着热气的大众浴池。走近时，才发现它已经改了名，叫天河洗浴。天河，看到这两个字，吉佳敏感地咧了咧嘴，心想，这字怎么就像是为自己写的：进了一趟城，她和吉美就隔到了天河两岸；进了一趟城，歇马镇、家，什么什么都觉得陌生了。

别看办年货的人多，洗澡的人却寥寥无几，女的这边，算吉佳也就两个人。吉佳脱衣走进浴池时，那人已经在里边了，她在水龙头下面，背对门，仰着脸，直直地站着，像想什么心事。吉佳扫了一眼，然后打开淋浴龙头，将身子置于细细的水柱之中。水淋到吉佳头上、身上，一股暖意一瞬间包围过来，驱逐了一晚上一直驱之不去的冷意。可是，正当吉佳的身体感到放松、舒服的时候，突然她觉得有什么不对。什么？吉佳离开水雾，使劲吸了吸鼻子，但她什么也没有闻到。这时，一种隐隐的直觉让她回转身，朝那个背影看去。实际上，直觉正来自刚才扫过的那一眼，来自某种依稀可辨的味道。那个哪儿哪儿都鼓胀胀的身影已经刻进了她的脑海，那种黄瓜一样的清香已经潜入了她的骨髓。断定是吉美，吉佳身体的某个部位弹了一下，接着，一种复杂的说不清是激动还是慌乱的感觉，瞬间随无数条水柱冲将下来，敲击着她的头发、肩膀、前胸和后背，使她浑身上下一阵灼热。

好久了，大约半年多了，吉佳没和吉美在一起待过了，且是这样赤身裸体。在她离开她的宿舍之前，不管在城里还是在乡下，她们一直是一起洗澡，她们相互搓澡，相互按摩，有时还要相互比试乳房的大小。那时，吉美并不是太自信，老觉得她的乳房太大，屁股太大，脖子和腰又都太细。吉佳背过身去，也像吉美那样仰起脸。她仰起脸不是要学吉美，而是此时此刻，如果不这样她不知道自己还该怎样。她倒是觉得，她这样，吉美无论如何不该这样：第一，她不知道进来的人是谁；第二，她穿金戴银，她简直算是衣锦还乡。

是一分钟、一小时，是一个世纪。吉佳站在水柱下，一无动作的能力。她的眼前一直伫立着吉美鼓胀胀的剪影，而与这个剪影对着的，是一个骨刺一样哪儿哪儿都坚硬哪儿哪儿都干瘪的自己。虽然那个鼓胀胀的身体已经被男人占了，不干净了，而自己坚硬而干瘪的身体从没被人碰过，但这丝毫不能说明什么。相反，吉佳感到一种从脚后跟涌上来的耻辱和难过。说从脚后跟，是吉佳觉得那耻辱和难过来自她的下体，它们由下而上，穿过心窝之后，直抵喉口、眼角，最后变成咸涩的雨雾。水柱下，吉佳仰着脸，一动不动地淋着，恨不能淋掉所有耻辱的样子。有一个时刻，怕自己哭出声来，她生出一个想法，在吉美转身之前离开这里。然而，正当吉佳为自己聪明的想法兴奋时，一件事情发生了——

一双手正抚向了自己的后背。分明，她一直背对自己，不可能知道自己是谁，但确实，一双手抚向了她的后背。它动作相当轻柔，相当缓慢，但随着一阵轻柔的揉搓，一种透彻的、舒心的感觉顿时弥漫开来。那感觉要说熟悉她非常熟悉，因为她无数次享用过；要说陌生她非常陌生，因为那双手不再是从前的手，而是一双抚摸过男人也被男人抚摸过的手。一双抚过男人的手抚在她的后背，除了透彻和舒心，她还有一种别样的感觉——四肢酥酥的、痒痒的，心底慌慌的、颤颤的。在明确地知道是谁的手抚向了她的后背时，吉佳明确地感到抚向她的手不是吉美的，而是一个男人，一个模样像火锅城老板一样的男人。于是，那种久久压抑在心底的渴望开闸的洪水似的汹涌而来。它们先是由下至上，之后又由上至下，它们脱缰的野马一样脱离了那双手，在她胸脯里和更隐秘地方喧嚣、跳动。于是，刚才一丝咸涩的雨雾立时漫成一片海域，让她置身一片咸涩的汪洋之中。

吉美似乎感到了吉佳的抽动，手停顿了一下，但只是片刻，很快她又揉搓开来。很显然，吉美无法知道此时吉佳的情绪，就像吉佳永远无法知道吉美被男人包起来是什么感受一样。但是吉佳知道，有一点吉美一定清楚，那就是此时此刻，已经有半年多没跟她说过话的自己，并不想离开吉美弃她而去。或许正是看透吉佳没有弃她而去的意思，吉美的声音，她沉闷的声音，任水柱在吉佳肩膀上飞落时飞溅出来，我真羡慕你，你多好！

因为太突然，太出人意料，吉佳猛一激灵，仿佛被突然泼了冷水。

吉佳确有一种被泼冷水的感觉，说自己好，说羡慕自己，这分明是讽刺、挖苦、打击。吉佳没有吭声，但汪在眼睛和鼻子里咸涩的雨雾顿时退潮似的消失了。吉佳把身子轻轻晃了晃，似乎为了表示抗议。心想，你为我搓背就为了这个，你也太恶毒！你沾了几天男人，居然就变得这么恶毒！这时，只听水柱中再一次有声音传出，真的吉佳，我做梦都羡慕你。

吉佳还是没吭声，静静地伫立在那儿，但突然地，仿佛有一种什么力量嵌入她的体内，使她再也控制不住。她毅然转过身，揪住吉美光溜溜的乳房，咬牙切齿地说，你——你——她想说你离我远点，你的手已经脏了不要动我。可是只说出两个字，就什么也说不出来了。因为这时，她看到吉美被她抓在手里的那个乳房旁边是一块块紫红的伤痕，好像被谁用手狠狠地扭过。

吉佳彻底呆了，表情凝固在脸上，是一片铁青的颜色。她看着吉美，眼球一转不转。自她们被王母娘娘划到天河两岸，她们还是第一次这么面对面。

吉美本能地往后退着，本能地用两手护住胸脯，仿佛一旦放了，吉佳就会扑过来抓破它。她目光里充满了惊恐，肩膀在不住地哆嗦，但是这丝毫没有抑制她说话的欲望，她一边哆嗦着，一边说，我根本就不想再回去了，可是，可是我妈不让……

好像刚才还在吉美眼里的惊恐突然飞了出来，飞到吉佳眼里。它飞到吉佳眼里就不再是惊恐，而是惊讶、难过。水柱一如既往地飞溅着，喷射着，水柱敲击着两个人的肩膀，发出了尖锐、刺耳的声音，有如铁器在石板上撞击。她们离得很近，可吉佳听不到对方的呼吸。不但如此，刚才还清晰可辨的吉美的脸和胸脯，转瞬之间就一点也看不清了，因为那股咸涩的东西正被来势迅猛的潮绪裹挟着，汹涌而来，它在淹没了吉佳眼睛的同时，在澡堂里漫起了浓重的大雾。

发表于《山花》2005 年第 6 期

转载于《小说月报》2005 年第 7 期

获《小说月报》第十二届百花奖

致无尽关系

一

　　拉下电门总闸，关掉自来水总开关、煤气总阀，插紧所有窗户的插销，锁了门，把一个热咕隆咚的家锁在身后，回老家过年的征程就从楼梯里开始了。

　　楼梯里冷飕飕的，因为是早上，被驱逐在门外的隆冬的凉意一遇了人，就像一个长期流落街头的弃儿突然遇到亲人，冰冷的小手迅速抚擦过来，脸颊和鼻尖顿时冰凉一片。脸颊和鼻尖凉，浑身上下却一点都不凉，因为在此之前，我、丈夫、儿子、侄子，我们在楼道里已经上上下下搬运好几个来回了。我们不知道这栋楼里谁还是乡下人，谁还会和我们一样，要这么民工似的大包小裹地回老家过年。在这一趟又一趟的搬运中，我们没有碰到一个人，那清冷的感觉好像年只属于我们，好像回家过年只是我和丈夫、儿子我们三个人的事。

　　侄子只小我三岁，大嫂生他时那一头黑乎乎湿漉漉的头发曾吓得我趴在母亲怀里号啕大哭。我们一起长大，却有着完全不同的人生：他因为酷爱机械修理，一直留在大哥开在小镇的修配厂里，最终也就成了关键时刻联系我和乡下家族的使者；我因为酷爱读书，一程程从乡村走出，如今成了媒体记者定居大连，最终也就成了每逢过年都需隆重对待的城里人。

　　年货把面包车的后备厢挤得满满的，白酒、果酒、啤酒、饮料、火腿，各种熟食品，这些东西小镇上都有，可小镇上东西终归没有大城市质量可靠、上档次，你是城里人，总得上点档次。当然重要的是有专车，侄子开面包车专程从乡下来，你总不能让车空着。盖后备厢盖时，侄子一边呼呼喘着一边开玩笑说，还有没有，要有还能装下。

说隆重，是说侄子头天晚上就得赶到。从老家到大连不足三百里，并不算远，可因为我们返回的日子是年三十的前一天，这一天家家户户都忙着贴对联挂宗谱，侄子必须在有阳光的正午赶回家里。提前上门等待出发，这等待的时光不由得就有些隆重了。因为这个晚上大哥会一遍遍打来电话，一会叮嘱侄子夜里早点睡，不能在路上打瞌睡；一会又叮嘱侄子再检一遍车，说上了高速发现隐患可就麻烦了，把侄子折腾得反而睡不着坐起来抽烟。点燃的烟头透过客厅的玻璃一星一星闪烁时，我仿佛看到大哥正热盼盼等待的目光，仿佛看到远在三百里外整个一个家族都在热盼盼等待的目光。

大哥大我二十多岁，他一直扮演父亲的角色，父亲去世后更是如此。十年前的冬天，他承包的汽车修配厂经营红火，买了面包车，提车的当天晚上就打来电话，贞子，这回好了，来家过年有专车了。那坚决而自豪的口气，仿佛他买车就为了过年时专程接我。

为了这隆重的专车，我和丈夫大庆一迈进腊月就开始了隆重的置办，给母亲、大嫂、公公、婆婆买衣服，为娘家和婆家办年货，为大哥、二哥、三哥、公公、大姑姐夫买拜年酒。我们先是列个单子，写上要买物品的名字，算好要买物品的数量，定好要买物品的价格。娘家和婆家同在一个乡镇，办年货一式两份，列单子并不难，难就难在衣服和拜年酒上。大嫂的腰围一年一变，去年还是二尺九今年就变成了三尺一；公公的喜好很难把握，本来还说喜欢灰色，可你买了灰色他又说太旧，常常要提前打好几个电话。自从婚后第一年拜年，每家四瓶白酒两瓶果酒就成了铁定的规矩，每每想到改革，最终又因为种种不可言说的原因照旧。按着记忆中的亲戚依次写来，往往写着写着就乱了套，因为亲戚有远有近，同是六瓶酒，价格档次总不能一样。调整，更改，毁了几次才写好单子，终于捏在手里，雄赳赳融入闹哄哄的人流。可临了才发现，一切全不管用，因为你写的价格和货架上的价格大不一样，去年还是四十六块钱一瓶的老牌子酒，今年一下子就长到了七十六，巨大的差价映在眼前，握在手里的单子一下子就被汗洇湿了。要是此时再有人把你挤来搡去，不是踩了脚尖就是撞了肩膀，你的心突然就烦了，你不但心烦了，还忍不住一遍遍发问，年到底是个什么东西？

年实在不是个什么东西，对于我们这些在外的人而言，它不过是一张网的纲绳，纲举目张，它轻轻一拽，一张巨大的亲情之网立即就浮出水面。这张网其实从来都没消失过，它们潜在日子深处，藏在神经最敏感的区域，一有风吹草动，哪怕一个电话都会让你惊慌失措。如果有谁身体不适怀疑得了重病，进城检查住到家里，你更是乱了方寸。只是很多时候，你努力忽视它忘掉它，你有太多属于自己的事情，职称晋级，孩子升学，房子搬迁，或者你因为有太多属于自己的事情，不知不觉就忽视了它忘掉了它。可只要进了腊月，这张网就网进了大鱼似的，立即活跃起来鼓胀起来，一根根网绳在神经里绷紧抽直时，你不知不觉就成了撑网人。你成了撑网人，收获的却不是鱼，你没有鱼收获，自己却变成一条鱼被年收获，因为你必须为年准备巨大的开支。

说到底，真正的纲绳不是年，而是身后的根系，是奶奶父亲母亲以及由他们延伸出来的血脉。你是血脉上的一个支流，回乡祭祖拜亲不过是你的本分，可是这正常得不能再正常的本分之事，每做起来都有一种说不出的烦乱和苦恼，都觉得自己活得太累太委屈。你烦乱，是说你奋斗挣扎了二十多年，双鬓已经有了明显的白发，却也没有把自己变成富翁，还要为几瓶酒钱算计；你委屈，是说你奋斗挣扎了二十多年，都由一个乡下人变成城里人了，餐桌上都有了蔬菜沙拉这简单的西餐了，最终还要为这烦琐的乡俗礼节费心劳神。

侄子永远不会知道我们的感受，他一上了车就打开音响，播放新版邓丽君的歌曲——《欢欢喜喜过大年》。侄子当然是欢喜的，他一年到头起早贪黑从来捞不着休息，只有过年才可以喝酒打牌睡大觉。实际上，只要坐上侄子的专车，我也一点点有了欢喜的心情，这似乎和歌曲无关，而和车的速度有关。只要接了我们，侄子对这个城市就了无牵挂，出了小区直奔立交桥，密密麻麻的楼房在桥下倾斜时，你觉得有什么东西被你抛弃了，你觉得你对这个城市也了无牵挂了。

这条路一年之中总要走上几回，平均两个月不到，就要回家看一回母亲，可平时走和现在走，感觉是不一样的。平时走大多都是我一个人。丈夫在广告公司工作，很少休节假日；儿子刚从初中进入高中，节假日都在外面上课。

我借采访的机会独自坐上大客，跟许多不相识的人行在路上，心是散漫的，要么把注意力放到某个有趣的旅客身上，要么就静静地看着窗外，看车如何一程程告别城市驶入开阔的原野。但不管怎样，你都不用说话。现在不行，一个小小的车体把四个人装到一起，四个人的世界于是就有了一个场，一个不说话就显得不对了的场。儿子建建自然不会说话，他只要离开课本，耳朵立即就塞进 MP3，进入一个虚妄的和公式方程完全无关的世界。大庆自来话少，跟我这边的亲人尤其如此。他好像从没加入过我这个家族，当我以我们家族待人接物严格的礼教要求他的时候，他愈发放纵自己在我们家族面前的无礼无教，比如上了车绝不跟侄子有半句客套。好在侄子早已习惯，可以完全忽视他的存在。他往往会说"姑最近又跑哪儿啦"，而不是"姑夫最近忙什么啦"。

　　一路不停地和侄子说话，就像拜年酒必须每家六瓶一样已经成了铁定的规矩。我们一同在大家庭里生活了近二十年，小时为了逃避地里的活，一个站岗放哨一个和蛐蛐斗架，有过多年默契的配合。虽然各自已经结婚多年，虽然一年三百六十五天很少见面，但只要见面，一个眼神就可把你带到亲切又熟悉的往事之中。于是每年从城里往老家行进的道路，都是通向我和侄子童年的欢畅之旅，我们把一个个藏在草垛空里、庄稼地里、河套边上的故事翻找出来，之后长时间笑个不停。偶尔在某个地方，也会翻出忧伤，比如有一个黄昏，我和侄子、奶奶（侄子的老奶奶）去村里看电影，侄子走着走着突然不见了，我正慌张寻找，八十多岁的奶奶扑通一声跪到井沿，没一会，一只鸭爪一样的小手拽在奶奶手中。当我以为奶奶拽了一只鸭子时，侄子已被水淋淋拖上井台。谁也想不到，从深井里出来的侄子刚吐出一口水，就大张着嘴哭咧咧说，俺还能不能看电影啊？侄子的又一次生命是奶奶给的，这井里的故事于是就有了忧伤的意味。奶奶 1985 年去世时九十六岁，侄媳当时怀孕五个月，只差一点就看到第五代了。忧伤一点也没有什么不好，这会使我们循着奶奶这个根须，翻到更多枝蔓上的故事，二大爷家的，四叔家的，二哥家的，三哥家的。其实一些年来，我们路上谈论最多的还是身边这些亲人的现状。比如四叔家的安征移民加拿大，二哥家的远程正在闹离婚。我们因为辈分不同，动不动就叫错了称呼，有时我叫二大爷他也跟着叫二大爷，有时他叫三叔我也跟着叫三叔，仿佛我们是两个顽皮的一遇了好事就你追我

致无尽关系

— 295 —

抢的孩子。但恰因为如此，心会贴得更近，会更加珍惜眼前的一切——姑侄同车回家过年的旅程。

有一种感觉没有跟任何人说过，我一年一年和丈夫、儿子生活在一起，就在昨天、前天，还和丈夫为办年货同进同出，还臭是一窝烂是一块像民工一样地忙碌烦乱委屈，可是只要上了侄子的专车，只要和侄子在申家的枝蔓上有了一次古往今来欢畅的翻找，我的感情立即向侄子倾斜。说倾斜是说某个瞬间，我会不知不觉把自己从丈夫和儿子那里分离出来，会觉得我压根不是程家人，而是申家人。我会突然惊讶地发现，原来我已经嫁给了程家，我一个申家人为什么要嫁给程家？

可以说，每年都会有这样一种东西在我心里慢慢浮出，就像年使亲情的网络慢慢从水下浮出一样。它浮出来，却并不像网绳那样越绷越紧越抻越直，而是在经历了瞬间的警觉之后，某根绳索突然绷断，拽我的或者我拽的只剩下一根，申家的这一根。那一时刻，我觉得我和身后的丈夫、儿子没有任何关系，他们好像只是一个搭车者、互不相识的路人，因为在我们翻找攀爬的故事里，看不到他们任何踪影。可奇怪的是，我和丈夫、儿子成了路人，却一点都不伤感，不但不伤感，反而有一种挣脱了某种枷锁的轻松，仿佛又回到无忧无虑的少年时代。

冬日的阳光在高速路两旁静静地铺洒，一座拱桥下面，两道隆起的河岸上，枯干的蒿草摇曳着瘦弱的身姿，它们和身边河床冰层里几块突起的沙丘遥遥相望时，为我平添了几许梦幻般的感觉。曾几何时，河床是我们冬天里最好的去处，我们掠夺蒿草，将它们拦腰斩断，之后编织厚厚的冰车在冰层上滑翔。在那样的时候，我们的目标在很远的海里，侄子往往会说，咱一直滑到海。

幻觉自然没有多久就消失了，那时我们下了大连至庄河的高速路，上了庄河至歇马镇的乡级公路，再有二十几分钟就要到家了。侄子说，姑，中午上哪儿？是一起上俺妈那儿，还是直接给你们送到姑夫家？我突然惊醒，是啊，在这里我有两个家，娘家和婆家，我该去哪一家？

我惊醒，好长时间做不出回答。依我的心愿自然是回到母亲身边，我有一个多月没有看到母亲了。可是这时，一路上一直没有说话的大庆突然说话，把这边的东西卸下来，先把我们送回家。

大庆说的这边是指我的娘家，而他说的我们包括了我，他希望把属于娘家的东西卸下后，我跟他一同回到婆家。大庆的语气是霸道的、不容置疑的，了解我心情的侄子在后视镜里看了看我，没有说话。

只要你结了婚，你就是婆家人，你和丈夫孩子就牢牢地捆在了一起，这是不可抗拒的现实。也正是了解这一现实，侄子才要这么问一句。被这样的现实压迫，车转了弯，下了路，一点点驶进大哥的修配厂时，我的心像塞了麻团，一种每年都要温习的郁闷使我大喘一口粗气。

大哥早已等在厂子门口了，夜里感觉的整个家族都在热盼盼地等待其实是不存在的。大哥的厂子已经放假，给大哥打工的三哥、两个侄女侄子已经回到自己的小家，二哥的厂子却在街后的另一条胡同。见到车，大哥笑盈盈迎出来，胡子拉碴的脸上布满了等待的倦意。因为后备厢里的东西需要凭记忆分配，我没有时间跟大哥多说什么。和大庆一起陷入一件件识别区分的忙碌时，大哥和侄子站在车旁，故意大声说些车胎和路况的事，以遮蔽我和大庆因为识别错误而有可能造成的争执。还好，大庆已经霸道地表达了态度，在小节上开始让步，比如在我把给公公的酒记错了拿下来时，他会小声说，不对，这是给爸的。

对于大哥，这是一个必不可少的仪式，他几乎年年如此，在厂子工人都放假之后，一个人孤零零地等在这里，等着这父亲般的意愿得以实现的一刻。可是大哥和侄子一样，从不因为亲情的需要强留我们，当听侄子说他的姑夫着急回自己的家，二话没说立即逼我们上车。只是在抹车时他大声跟了句，后天早上早一点回来。

二

婆家就住在歇马镇东边，一块坡地上最新建起的一幢小楼的六楼。和城市不断向郊区延伸扩张一样，小镇也一日日把曾经耕种的野地揽入怀中。公婆之所以情愿变成小镇的囊中之物，并不是开发商占用土地之后的回迁，而是从供销社系统退休回家的公公和邻居经常打架的结果。邻居的马钻进了公公门口的菜地，公公就用铁锨让马的后背见红，到邻居大白天进了公公的家掀了一家正吃饭的桌子，公公就把电话打给远在城里的儿子，声言绝不在农村住了，抻断腰筋也要进镇，也要上楼。被开发商占了地盘的老辈人，动迁时还要哭叫着不愿意，公公住在小镇八竿子打不到的乡下，却哭叫着要求上楼。抻断腰筋的自然不是公公，而是在城里当了记者的大庆，他跟与公公住在一起的弟弟弟媳商量，卖掉海边的瓦房，不足的钱由他补贴。但事实是，你告别烦恼是有代价的，从此没了房前屋后的菜地种了，一日三餐一张嘴就得掏腰包，日子一下子就不是日子，而是一个深不可测的无底洞。用公公一点退休金打发无底洞，过日子的从容从此便不再有了。有一回婆婆在电话里说，上冬以来，才买了一百斤大白菜。大庆一听急了，连夜回家送钱。在这样一个特殊的"年"里回家，我们的专车真是要多重要有多重要了，因为它是一家人打发新年的全部指望。大到五十四响的礼炮，小到一盒火柴，大庆全都备足了，把电话打过去告诉就要到了，除了婆婆，公公、弟弟二庆、弟媳回菊、他们的女儿小栓全都等在楼下。

一下车就被小栓紧紧搂住了，大娘，怎么才回来？想死俺了！看着小栓干巴巴的小脸，郁闷之气不由得就贼似的溜走了。都当了人家大娘了，还有脸郁闷！于是拽住小栓的小手虚情假意地说，大娘也想你啊！

大庆的决定其实是对的，与其让一家人眼巴巴地盼着，不如早一些让他们如愿以偿。公公往楼上搬东西时不时地东张西望，似乎特别希望被人看见。他并不是一个虚荣的老人，都因为和邻居打架，得罪人太多，心里就多了些邻居的眼神。大嫂说，她上市场买菜经常见到我的公公，他穿得干干净净，背着手，挺着胸，什么不买也要在集市上转悠，给谁看似的。

不管有没有人看见，那些被我们算过无数次，一遍遍写进单子，一件件从超市搬进城市的家里，又一件件从城市运回的东西，终于心安理得地上楼了。说心安理得是说关了门，公公高音大嗓地发布命令，都来家了，吃饭！

大庆的成就感显而易见，第一个操起筷子，夹一块切好的猪肝，夸张地大嚼起来，似乎最有资格吃饭的是他。其实我知道，他是有意向家里表示自己的底气，公司效益好，分了一万块钱奖金，他腰包里还有为父母备好的六千块钱呢。我没有上桌，因为婆婆还没上桌。自我们进家，婆婆一直在厨房里忙活，孙子过去叫她，她抖着瘦瘦的肩膀直喊，你们先吃，俺还早着哪。其实我知道，婆婆这是故意，她不上桌我们当媳妇的就不能上桌，她并不是不愿意媳妇上桌，而是都上了桌子太挤，她愿意一拨一拨分着吃。可是她的想法从未得到公公理解，公公立即横眉瞪眼冲着厨房，你什么毛病，你不上桌儿媳能上桌？都回来了，不就是图个团圆？

如果说打怵回家过年，那么最打怵的事就是吃饭了，因为要团圆，一家人必须挤在一张桌子上，大家膀挨膀地挤着，无数双筷子在桌子上翻飞，你觉得根本不是吃饭，而是受罪。因为你常常不知道筷子该往哪儿伸，要是婆婆动不动端一盘菜让来让去，一不小心撞倒一只酒杯，你恨不能变成那只酒杯里的酒，顺桌缝赶紧溜掉。

婆婆从不敢违背公公，她带着五岁的大姑姐姐改嫁程家，就像一条走错门的狗，公公从没给过好脸子。一些年来，公公在外，扔她一个人在家拉扯孩子种地过日子，死去的前夫的兄弟过来帮忙，公公的疑心就乌云一样在家庭的上空翻滚。据大庆讲，每年回家过年，公公都借酒发疯，搅得家里鸡犬不宁，退休之后更是变本加厉。他跟邻居打架是不能看见邻居凑在一起，一看见凑在一起就以为人家在议论他，于是故意借牲畜找碴冲人家发火。种了一辈子地的婆婆之所以忍心扔了地，抻断腰筋也要上楼，就因为受不住公公的折磨。

婆婆顺从，这回家的第一个午餐就有了团圆的模样，我挨着弟媳回菊，回菊挨着婆婆，我们三个女人几乎是侧着身。只要都上了桌，团团圆圆围在一起，公公就大功告成，就摆出一副一家之主的姿态，酒杯在唇边咂得直响。这种时候，第一个退席的总是大庆，就像刚才夸张地嚼猪肝一样，他夸张地把筷子伸这儿伸那儿，没一会就放下筷子，伸腰腆肚站起来说饱了。我扒几口饭也放下筷子，说根本不饿。其实早就饿了，一早从家走就慌着没吃好。二庆见我们离席，不解地说，唉，还是城里人肚里有油水啊，刚上桌就饱了。婆婆狠狠剜他一眼，之后把目光移过来，不安地看了看我。

为了不让婆婆不安，为了不让一冬连大白菜都不舍得买的家人吃一顿好饭，我说，妈，爸，你们慢吃，我这会回去一趟，回去看看母亲和大嫂。

婆婆立即松口气，挤满皱褶的眉头顿时一亮，去吧去吧，你老妈不定怎么想你呢。不用着急回来，住楼了家里也没什么活。

下了六楼，来到街上，一股生冷的风扑面而来，心情一下子轻松多了。我轻松不仅仅因为终于可以回自己娘家，而是我再也不用去想大庆吃饱没吃饱了，再也不用去听公公响亮的咂唇声了，再也不用和婆婆一起为二庆的不懂事紧张了。大庆吃不饱心里还是有些不好受，公公餐桌上从不跟儿子交流，这样的氛围我不习惯。同时在这个家里，二庆的存在就像一颗定时炸弹的导火索，不定什么时候就把公公引爆。公公一直以为二庆就是婆婆对他不忠的产物，他们因此从不搭话，同在一个屋檐下，却谁也不肯正眼看谁。

只要年不过，小镇上总有人在忙碌，三轮车摩托车不时擦肩而过。从街东到街西不过二里地，可这二里地的短街却是十里八村的商业中心，店铺一家挨着一家，卖烟酒的，卖服装的，拍婚纱照的，美发的。日子总是需要出口和入口，就像人总是需要吃喝拉撒。正是为了满足十里八村人们吃喝拉撒的需要，脑瓜灵活的人们就迅速成了这需要的主宰者，这主宰者会聚的地方就迅速成了小镇。婆家不是主宰者，可他攀高枝似的挂在小镇的一头，以实际行动印证着报纸上说的农村集镇化建设的进程，实在是方便了我。要是原先，婆家住在镇南十里以外的苇子埔，即使再想远离婆家的餐桌也是做不到的。

我的娘家其实就在修配厂后院，拐出厂子侧门胡同一转弯就上了楼。午前回来，如果不是大庆着急，上楼跟母亲大嫂报个到也是很方便的。所谓娘家就是大哥大嫂家，母亲年老之后一直跟他们生活在一起。因为伺候老人，可以说大哥大嫂就是我们的芯子，就像一支蜡烛的芯子，他们以对老人长久的热情烛照着申家这支人的日子。在乡下，只要有两个以上子女，只要不是儿女不孝让老人单过，似乎每个家族都有这样的芯子，他们天长地久伺候着老人，他们因伺候老人而在年节到来之际成为所有儿女们的中心。他们最初成为芯子，要么因为儿子孝顺又有威风，媳妇再差都能被镇住；要么就是因为媳妇贤惠，所谓好儿不如好媳妇。大哥大嫂既属于前者又属于后者。大哥孝顺，大嫂贤惠，可是什么事都架不住天长地久，一日三餐盘来碗去，一年四季洗洗涮涮，再好的脾气也会受到挑战，再有耐心也会在不知不觉中被磨损，尤其大嫂伺候了两代老人。20 世纪 80 年代中期，我们十八口人的大家庭解体，父亲母亲选择跟大嫂时还带着奶奶。那时我们家还没有搬到小镇，联产承包后还分到一大家子人的土地。伺候奶奶活到九十六岁，送走瘫痪三年的父亲，一边种地，一边伺候包括我在内的一大家子人吃吃喝喝，大嫂这颗芯子磨损的已经不是脾气和耐心，而是身体。她一日日口干舌燥，得了那时的人们闻所未闻的糖尿病，可谓一代人的先锋。当大嫂以孱弱的身体摇曳着她微弱的烛光，过年已经是大嫂最最恐惧的事情了。午前之所以没有坚持上楼先跟母亲报个到，就因为那时临近吃饭时光，留我们吃饭大嫂会打怵，不留又觉得说不过去。

为我开门的是大哥，见我这么快又回来了，他有些意外，立即冲里屋喊，贞子回来了。

大哥这么喊显然是为了告诉母亲和大嫂。母亲听不见，大嫂却应了一声后，挺着被大红毛衣裹着的浮肿的身体，慢腾腾走了出来。

大嫂糖尿病已经有了并发症，虽然每餐前都要往腿上扎胰岛素，可是视力还是在逐渐减弱，末梢神经麻痹，心血管也在逐渐老化。拖着这样的身体打扫屋子里的卫生，洗床单被单，打发大哥厂子里工人送来的鸡和猪肉，准备供桌上的供品，每到年根，大嫂都注定要大病一场。可面对大嫂，我说不出任何安慰的话，因为我知道，如果不能把年从日子中剜去，如果不能把母亲永远接走，任何安慰对大嫂都不管用。曾劝大嫂用个保姆，大嫂大动肝火，俺这女人就废了吗？从此再不敢提。我唯一能做的就是每年把母亲接城里住几个月，再就是像现在这样走近大嫂，紧紧握住她的手，问她身体最近怎么样。

大嫂没说好也没说不好，只知趣地推开我的手，朝南屋指了指，妈在窗上望你呢。

冲母亲走过去，她根本没有听见。她盘着腿端坐窗边，直直地朝外看着。为了母亲的习惯，大哥在楼里为她盘了炕，把暖气片装在下面。坐在炕上向外望，可以说是母亲每一天的功课。在窗的外面，在她视线所到之处，能看见大哥厂房的院子，能看见大哥的身影、三哥的身影以及侄子侄女的身影。大哥厂子放假，望不见他们身影，她望的自然就是我了。拍一拍母亲的肩膀，她慢慢转过脸来，被盼望熬红了的眼仁突然蹿出火苗，仿佛在说，你怎么才回来？

母亲目光热烈，却没有语言，因为耳背而长期陷入孤独中的母亲已经不习惯应用语言。可她的眼神常常比语言要复杂一百倍，在那火苗蹿出的瞬间，忧伤、无奈、虚空，种种难以说清的情绪都云雾一样弥漫出来，我的心一下子就疼了。

过日子过的就是女人，大嫂身体出了问题，没人制造热闹的氛围，这年三十的前一天，芯子里的家真的是要多清冷有多清冷了。大嫂的身体出了问

— 301 —

题，侄媳们本该提前回来忙活，可是侄子一年到头在修配厂上班，三天两头回家蹭饭，大嫂已厌倦他们提前出现。这正是母亲忧伤和无奈的根本，也是大哥每到年根都通过电话一遍遍向我传递家里隆重等待的原因，是他明知道这个家的热闹不在，才故意渲染它的热闹，就像大嫂自知青春不在，却反而要穿大红衣裳一样。问题是大哥家确实热闹过，那时还在乡下，大哥还只是工厂里一名技术工人，可那时一到过年，不用说年三十的前一天，提前好多天大嫂家就有了客人了。奶奶的儿子闺女从北京沈阳回来，母亲的舅舅从海城回来，不但把申氏家族的人引来，把整个村里的人引来，还要把母亲娘家的人引来。一腊月一正月上桌接着下桌，大嫂扎着围裙，把一个家搅扰得热热闹闹。大哥轴承轴心一样迎来送往，备受夸奖的就是母亲，你老太太真摊了个好儿媳，真是太有福气了。于是不管是大哥还是母亲，脸上都像抹了油，光彩照人。如今可倒好，大哥有一个偌大的厂子，有发达的事业，有足够的钱为年挥霍，却因为没一个健康的女人为他忙活，清冷就像贴在墙上的宗谱，有名有姓，条清缕析。

为了驱逐家里的清冷，我回转身来到客厅后，真的就去看墙上的宗谱。申家的宗谱上写有七代人的名字，最远的是爷爷爷爷的爷爷，最近的是我的父辈。我们这辈，母亲生了十个孩子死了六个，他们都只活了几个月，我上面的姐姐倒是活到五岁，却因为她是女的，上不了申家的宗谱，只能在供桌旁边单独设个牌位。宗谱两侧有两朵盛开的荷花，巨大的叶子展示着苍翠的面貌，而它的上方贴有一幅长长的横披：祖豆千秋/本支百世/永言孝思。千秋、百世、孝思，我属于哪一秋哪一世？我对祖宗有没有孝思？我故意问大哥，爷爷的爷爷到底是谁，是申桐还是申芸？大哥终于找到制造热闹的机会似的，立即走过来，夸张着认真，是申桐，就他是国子监太学士，回来时还在咱家前边的岭岗子盖过一座三进三出的房子，那房前廊柱下的石鼓现在还在。

一些年来，守护着被掩埋在地下一百七十多年的荣誉，大哥活得空洞而充实。说空洞，是说他从没为家务繁重的大嫂做一丁点事，哪怕是盛一碗饭；说充实，是说他因为家族曾经的繁荣，很小就人在小镇胸怀世界了。中国和哪个国家建交，以色列和哪个国家不和，仿佛那才是有过国子监祖宗的后人最该关心的事情。从乡村搬到小镇那年，他领着二哥三哥和侄子，去老家前边的岭岗子把两个石鼓拉回家，放在院子门口。从那时起，大哥动不动就跟人谈起祖宗的国子监，听不懂的人还以为我们的祖宗蹲过监狱。每当这时，大嫂都嘴一瘪，没有好气地说，屁，讲那些虚的有什么用，有本事帮老婆干点活好不好？只顾祖宗不顾老婆，这种人怎么就叫俺摊上了！

本是为了家里热闹，却想不到触到了大嫂敏感的话题，我脸忽地一热，立即扭转方向，转向大嫂，漫不经心地说，可真的大嫂，我怎么忘了，给你买的衣裳试过吗？

大嫂坐在沙发上，懒洋洋地斜过一眼，有气无力地说，胳膊腿都硬撅撅的，试什么试！

要不是为了躲避自设的禁区，我是不肯自寻尴尬的。有一首歌曾这么唱道，即使你给我一个明媚的春天，我也不会觉得拥有花朵。这是一个被爱掏空了的人的感叹，大嫂不一定会唱这首歌，但我相信面对我们申家，她一定就是这种感觉，跟她一年三百六十五天的付出相比，即使给一件镶金边的衣裳又能怎样！

本是为了躲避狼窝，最后却掉进了虎口。我笑盈盈地看着大嫂，心里却突突突慌跳不停，因为大嫂极有可能再跟一句，别像五叔似的，来家头三天甜言蜜语，过几天就不是那样了。

和我一样，五叔也是从乡下走出去在外的人。20 世纪 50 年代他考入鲁迅美术学院时，在辽南这片土地曾传为佳话，他是在考场用石膏塑像被现场录取的。我们拖着脚步离开了故乡，走出长长的道路，却把母亲亲人永远撇在了乡下。于是和我一样，奶奶活着的时候，循着这长长的道路，五叔每年过年都要回家。每一次回家开头几天，都对大嫂百般地好，说尽了感激的话，就差给大嫂跪下了。可是三天不到，当他在二大爷和四叔家转够了，听到一些有关大嫂跟奶奶说话声音和表情不怎么好的话，立即变了样，掌握了证据似的回来跟大嫂讲理，侄媳妇，你怎么能跟你奶奶扔脸子！大嫂身在局内，不能辩解过日子哪儿来那么些好脸子；大嫂又要强，不能去找二大爷和四叔对质，就只有打掉牙往肚子里咽。大嫂的冷漠也是因为尝够了这样的苦果。

五叔简单好冲动，永远不知道一个在外的人跟家是什么关系。当你把抚养父母的责任推给了别人，你也就不再拥有讲理的资格，尤其伺候你母亲的是跟母亲的血缘毫无挂连的人。但这并不意味着我不理解五叔，当听说你日夜思念的老母在承受衰老的同时还要承受别人的脸色，心自然就疼了，比如刚才看到母亲趴在窗口的刹那。母亲一天天往外看，看他厂子里的儿孙是真，也因为疾病累身的大嫂没有好脸色。

事实上，在我这个小姑子面前，大嫂还从未说过难听的话，不管多么委屈。我紧张都因为对大嫂过于在乎，不希望她有丝毫的不快。倒是后来，大哥突然想起我买的衣服和所有年货还在楼下，下楼去拿时，大嫂说话了，大嫂说，贞子，俺实在不爱动，妈的头还没洗，你给洗洗吧。

终于可以和母亲独处一室了，这是我和母亲最最幸福的一刻。它本来可以早一点到来，比如午前进院的时候，比如刚才进门的时候，可是为了丈夫舒服，为了伺候母亲的嫂子舒服，还是将它推迟了。不过这对母亲并没有什么不好，关上卫生间的屋门时，她笑盈盈地看着我，小声说，这就对了，你回来主要是看你嫂子，不能先看我。

听完母亲的话，一股热热的东西止不住就涌上了喉口。母亲永远是这样做人做事，当不能把别人的心情安抚好时，她就无论如何都不会有好的心情。可是，就在把母亲头发弄湿，准备抹洗发精时，母亲突然抬起头，瞪着陷进深处的小眼睛说，你，你怎么没给你嫂子买东西？母亲小心翼翼，生怕一不留心把买的东西吓跑的样子。我深深地冲她点点头，我的意思是告诉她买了，之后故意大声说，咱们快点洗吧，等会出去给你和大嫂试衣服。

不仅仅是衣服，各种酒、饮料，各种肉肠鱼肠、各种皮冻以及干果全部拿上来了，大哥居然让门卫帮他往上搬。大哥的想法我能猜到，是想让大嫂高兴，因为一些熟食品根本不易往屋子里放。当我从其中的一个包裹里找出给母亲和大嫂买的衣裳，母亲顿时喜上眉梢，仿佛我终于用实际行动为大嫂一年的付出做了补偿。

虽然大嫂早就不觉得这是补偿，但有和没有还是不一样的，这也是大嫂的生活中物质超出一般的丰富，回家过年却还是不能空着手的缘故——你表达的是一份心情。那件肥大的紫色羊绒外套使大嫂肿胖的脸反而有了一丝华贵之气，对着镜子的大嫂嘴角有了笑意，还是贞子会买衣裳，要不俺这老样子简直不能看了。

大嫂对我这方面的信任我是知道的，只不过让大嫂表达出这样的信任需要漫长的过程。你不能一进门就拿出衣服，你得漫不经心，你得让大嫂觉得一件衣服并不算什么，重要的是大嫂的身体；你得在对大嫂的身体有了充分的在乎之后，再自然而然拿出衣裳。我的鼓舞是显而易见的，如果说回家过年有什么是最重要的，那么最重要的一点就是让大嫂高兴，大嫂高兴母亲就高兴。大嫂高兴了这个芯子上的光才有可能明亮。见大嫂脸上有了明亮的表情，母亲立即说，别在家磨蹭了，赶紧回去吧，一年一年在外面，过个年还不得帮婆婆干点活。

母亲撵我走，预示着我已经大功告成了。从大嫂家出来，听身后的门被母亲慢慢关上，我有一种说不出的成就感，就像做了一件多么了不起的事情。

<h1 style="text-align:center">三</h1>

冬天日短，从娘家出来，西下的太阳已经把小镇罩了一层昏暗的面纱。见天色已晚，我真的有些着急了，大庆最在乎我在公婆面前的表现，他的想法和母亲一样，一年年在外面，过个年怎么说也得帮婆婆干点活，当然也都是我这种从封建大家庭里出来的女人给婆家人养成的习惯。刚结婚那几年，我可是太卖力了，包着头巾，蹲在灰尘飞扬的灶坑里往锅底填柴，与山沟妇女一无二致。这几年年纪大了，热情锐减，大庆的想法却从不改变。可越是着急就越是有事，在一家小卖店门口，我居然遇到了三哥，他正在往家买啤酒。

三哥看见我高兴得什么似的，远见什么时候把你们接回来的？

中午，11 点多钟吧。这么告诉三哥本是再正常不过，他放了假，我没有在修配厂里看见他，可是不知为什么，心里有一种隐隐的歉意，好像没在第一时间告诉三哥是不应该的。

想一想，有这种感觉，都因为跟三哥感情太深了，或者说三哥对我太在乎了。在母亲生的十个孩子中，他是离我最近的一个，但小时候我们并不亲，他十几岁胡作非为时从不带我，要说亲还是我有了儿子之后。他没有儿子，只有一个女孩，每次开货车进城都来看我儿子，儿子惦记舅舅也一点点深化了我们之间的惦记。尤其后来他不开货车，进了大哥的厂子给大哥打工，每天都能看到大哥流水一样进钱，自己却挣有数的月工资，对他每日都在经历的不平衡感便有了深刻的惦记。

三哥面容憔悴，干生生的脸上没有一点肌肤应有的光泽。他笑呵呵地看着我，眼睛里有一丝类似母亲看我时才有的热烈，我挺好的，大哥昨天格外给了我两千块钱。

由于知道我的惦记，不等我问，三哥就自动说出。兄弟之间有了巨大差别三哥也许能够消化，毕竟能力不同。三哥最崇拜的人就是大哥，他十几岁时，大哥在我们家的家庭会上用过一个词：话又说回来，是为了表示更复杂的意思，三哥第二天就学了去，多么简单的事他都要把"话又说回来"。我是说，比任何人都忠心耿耿为大哥操心，却并没得到比任何人都多的工资。三哥受到了煎熬，三嫂把他的煎熬告诉我，我唯一能做的事就是劝三哥，让他想明白他现在只是一个工人，而不是大哥的弟弟，不要投入更多的感情，你不投入，也就不想回报。可三哥是人而不是机器，尤其他生性厚道，对大哥有一种愚忠。于是，他做不到不投入，他投入了又得不到应有的回报时，我这个妹妹就特别想掏自己腰包。

从包里拿出五百块钱，三哥坚决不要，连说，我怎么能要你的钱？和大嫂一样，他对厂子的热爱和付出，就是给他一个明媚的春天，他都不会觉得拥有花朵。但只要你献出花朵，三哥眉宇之间立即就有了春天般的光亮，他的脸甚至闪出一缕热腾腾的红，连连摆手说，快往家走吧，初一早点回来。

大庆确实生了我的气，他往手机上发了好几个短信，见我不回就打电话，手机在他身边响起时，才知道我根本没带手机。于是，没有通过手机说出去的话就在暗中扭曲了他的脸，推门进屋，他看我一眼立即转身，给我一个愤怒的后背。

我脱了外衣，赶紧到婆婆和回菊忙活晚餐的厨房里。厨房太小，站不开三个人，婆婆坚决不让我进，说，可别沾手啦，饭菜就好，一会就吃饭。我只有站在厨房外面的方桌旁，用夸张的声音向婆婆汇报大嫂的身体、母亲的等待、与三哥的相遇。我的汇报无疑达到一箭双雕的效果，既不让婆婆觉得我在跟大庆怄气，又让她知道我回来晚确有原因。其实婆婆的收获还远不止于此，当听我说大嫂家特别冷清时，她啧啧啧直咂舌头，一边叹息一边说，嘻，真是的，光有钱有什么用，过日子还是过的人。似乎她对家里的热闹非常知足。

不觉间又要吃饭了，本来就打怵吃饭，再加上没有亲自下厨，心里更是多了障碍。从某种意义上说，大庆也是对的，你能在家里抢上下厨的机会，等于为自己能够放松地吃饭开辟一条道路。这样的机会失去，就只有另辟蹊径，比如擦桌子摆椅子拿筷子，比如嘱咐儿子给老祖宗上香。公公家早先从不供宗谱，我结婚时曾暗示过他，他却异常激动，好像想不到我一个读书人会如此愚昧，并发誓说，我程有汪信科学就不信鬼神，邓小平都说科技是第一生产力。后来，邓小平去世那一年，他突然请回宗谱，并让婆婆到我的母亲那儿学习做供饭、插供花。不知道是老和邻居打架，日子在暗中有了对手，在自己力量不支的时候终于需要鬼神的帮助，还是对婆婆的怀疑没有随年老而减弱，反而越来越重，希望有什么外力让他从痛苦中解脱，反正他一反常态，烧香磕头十分虔诚，仿佛邓小平去世，鬼神就变成了第一生产力了。

可是，我为自己另辟蹊径的举动不但没有帮自己，反而使道路更加堵塞。因为挂了宗谱，还要请"年"。所谓请"年"，就是上坟地把祖宗从地下请回来，而现在才是年三十的前一天，请"年"的仪式还没有启动，挂在墙上的宗谱只是一个虚设，上香祖宗也不知道。儿子好奇地在供桌前点燃一炷香时，公公突然就从里屋冲出来，"年"还没请回来谁叫你上香？弄得我十分尴尬。好在听说是我让点的，公公收回就要发作的情绪，怏怏地回了屋。

努力反而制造了反作用力，接下来的时光，我彻底打消了参与到婆家过年气氛中的积极性，无论是吃饭还是看电视，无论公婆看我还是不看我，我都只淡淡地笑着不说话。我的情绪迅速就被大庆捕捉到，刚才还是紧绷着的脸立即放松开来，处处寻找机会搭我的目光。我不给目光，就偷偷戳我的肩膀，并故意大声说道，贞子，你把衣服拿出来给爸妈试一试呀！

大庆的表现使我想起下午我在大嫂面前的表现，为了这过年的气氛，我们谨小慎微，神经兮兮，我们的样子就像"年"是个什么易碎的物体，一不小心就会把它弄坏。触及这一点，我立即做了调整，站起来，朝沙发后边的一堆包裹走去。

衣服翻出来自然是一家人最兴奋的时候，弟媳回菊也拿出了自己为公婆买的衣服。娘家和婆家还是不同，娘家物质丰足，一直活在物质里的大嫂需要的是精神而不是物质；婆家精神丰足，为了满足精神宁可抻断腰筋也要上楼的公婆需要的是物质而不是精神。婆婆把一套套新衣穿到身上，满脸的褶子都开了；公公虽然没有在我们面前试，但站在婆婆对面端量来端量去，说了一句让儿女听了都有些脸红的话：像老年模特。

当然，娘家和婆家最大的不同还在于，我的母亲已经九十岁，虽是大嫂的婆婆，却已多年不当家了，权力自三个儿子分家那天就移交给了大嫂。大庆的母亲才七十岁，虽是我和回菊的婆婆，可这个家因为没有分，也因为婆婆身手灵活，过日子的权力依然在婆婆那里。这意味着同为一家的芯子，在娘家燃烧的是大嫂，在婆家燃烧的是婆婆。虽然暗里婆婆常受公公的气，可明里婆婆高兴了，或者说婆婆漂亮了，公公还是高兴。公公高兴了，一直因为漂亮而受压抑的婆婆更加高兴，婆婆瘦削的脸颊布满少有的红晕时，整个屋子都有了温暖的色调。

有高兴作底，有回家这一天身心的劳累作底，我睡了一个少有的好觉。我、大庆、建建，我们一家三口占据了弟媳一家三口的屋子，换了地方本是很难睡好的。有一个好觉做底，大年三十的第一缕阳光照进窗棂的瞬间，还是有了和儿子一样的美妙心情。儿子为了除夕熬夜，夜里早早就上了床，当警觉我也醒了，他带着因深睡而干涩的嗓音说，妈妈，今个就过年了，我太兴奋了。

所有的一切都为了这一刻，所有的忙碌、准备都为了这一刻，我不知道我和大庆有没有盼过，公婆一定是盼过，因为只有这时儿女才会团聚；回菊二庆一定是盼过，因为只有团聚，公公才不至于因为不喜欢二庆而愁眉苦脸；我的儿子建建和弟媳的女儿小栓更是盼过，因为只有这时，他们才可以不纠缠在枯燥的书本里。说句心里话，看身边人高兴，你的心也不由得被感染，觉得有一个巨大而隆重的好事正款款地向你走来。

那巨大而隆重的好事不过是放鞭炮、穿新衣、吃年饭、包饺子、请"年"、看春晚。那巨大而隆重的好事来到时既不巨大又不隆重。一早二庆把一只二踢脚从窗口扔出去，爆响时声音在空旷的外面孤单地下滑，让你反而有一种空荡感。建建和小栓穿了新衣，下楼跑了一趟，回来时异口同声道，真没意思，外面一个人也没有。忙活了一上午年饭，倒是抢进了厨房，可临吃时，膀挨膀地挤在一起，重复了以往的局面，不等吃脑门就出了汗。午饭后安静下来，某些人酒足饭饱，比如公公、大庆、二庆，回屋里小睡；某些人酒不足饭也不饱，比如婆婆、我、回菊，但要忙着烧水洗头洗脚。这也是老家的一个规矩，女人们只有午饭后才能洗头洗脚。把一上午的油烟气洗去，顶着一头洗发香波的清香准备晚上的饺子。以为好事还在后边，可是煮了饺子，公公、大庆、二庆、建建，这些家里的男人到十字路口望着坟地方向把"年"请回家，点了供桌上的蜡烛和香，给老祖宗磕了头。这些仪式一样样做下来，一切就像小时候过家家，再平常不过。倒是三代男人冲墙上的宗谱跪下时，我心里某个部位慌跳了一下，但恰因为慌跳，让你觉得某些隆重的时刻已经过去，它们已经随供桌上飘散的香气，弥漫在屋子的每个空间。这时，身边手机短信的铃声响了，是那些心急的朋友来自远方的祝福。看上去，所有的祝福都是冲着就要开始的新的时光，可你稍稍留心，就会觉察到那躲在祝福后边的哀婉，因为这样的短信一个跟着一个：光阴已逝辞旧岁，万象更新过大年。

所谓隆重而巨大的好事，其实只在等待和盼望里，或者说在你等待和盼望时，好事就已经发生了。好事充斥在每一寸正在流动的时光里，时光流动正是好事流动。它随着晚会一个又一个节目流逝，随着手机里一个又一个短信升空，挽不住留不下，到除夕的钟声进入倒计时，发子饺子下了锅，公婆从屋子里出来，大庆掏出给父母的六千块钱，掏出给建建和小栓的每人二百块压岁钱，这似乎是这个年中能够留住的唯一的好事了。

然而就在这一刻，就在我们给公婆问了好，大庆把六千块钱交到公公手上这一刻，意想不到的事情发生了。公公站在大厅中央，握着手里的钱，指着还在大口小口吃饺子的二庆厉声叫道，老二你给我听着，你要是再不往家交伙食费你就给我滚蛋，你一天天在家晃悠，叫你做买卖不行，叫你进冷库扒虾头还不行，你混吃喝混到老子头上，没门儿！

二庆绝不吃硬，把筷子往桌子上重重一放，大声道，你以为俺爱待在笼子一样的楼里啊，俺才不稀罕！

见引爆父亲的是自己而不是二庆，大庆赶紧上前推他的爸爸，边推边说，大过年的你这是干什么?!

我则拽着二庆，一直把他拽到他们的小屋，在他想大声说什么却被我用手堵住时，他呜呜地哭了起来，肩一抽一抽的样子要多委屈有多委屈。

要说委屈他也真是委屈，从出生就没被父亲喜欢过，都三十多岁了，孩子都念初中了，上了桌子还不敢大胆伸筷吃饭。跟老人在一起本来就亏嘴，再加上被怀疑不是程家人，再加上自己挣不回钱，几乎就是一个可怜虫。每次回来，因为了解这一点，要是有机会在厨房切熟肉，我都偷偷拿一大块塞到他的嘴里。可是，难道公公就不委屈吗？他一辈子在外工作，从没过过烦琐的家庭生活，老了老了回到烦琐中，本来就不适应，却又要时时面对自己的失败，虽然那失败是"误以为"，但只要以为，失败就存在。怀揣失败感，回到浸透了婆婆脚印的院子，本来就容易触景生情，被疑为失败的证据的二庆再一事无成，一天天在家里晃，就等于每天都在扒拉自己伤疤给自己看了。

二庆在这边哭，婆婆早在那边泪水涟涟了。要说委屈，谁也没有婆婆委屈。她曾跟我讲过，她从来就没对公公不忠，那前夫的兄弟确实在一个雨夜来过她的家，他对她好是为了死去的哥哥，他来她家是帮她盖粮仓子。谁知第二天公公就回来了，公公看到院子里的脚印质问她，她原告实述，可倒好，从此她的小辫子就被公公抓在手里。

爸，我跟你说，你再要是这么不讲理，我们就不回来了。为了捍卫母亲，大庆终于愤怒起来，动了他的撒手锏。要说公公还有什么怕头，他最怕的就是大儿子大儿媳不再回来。至此，这个年真的是要多隆重有多隆重了，隆重得都有些庄严了，因为屋子里顿时寂静无声，所有的人都愣愣地站在那里。

<h1 style="text-align:center">四</h1>

稍稍睡了一点觉，天就亮了，第一缕阳光照进窗棂，心情自然很不美妙。我不美妙并不是担心公公继续找碴，有了大庆的愤怒，我相信他会做些相应的调整，可即使他不找碴，这个家里的空气一定是不会好了。对这个家而言，初一这天的空气好不好可是太重要了，这一天苇子埔的同族人要来拜年，大庆和二庆还要到苇子埔拜年。如果说公公包括婆婆还有一点虚荣，希望向村人展示自己日子的美好，那么一年当中，这一天便是最佳时机了。不赶上过年，谁来爬你的六楼？不赶上过年，你的公司职员儿子和记者媳妇怎么能在家里闲着？或许正因为这一点，一早起来，公公向一家人发出了和平的信号。他在供桌前点燃一炷香，冲身后的建建喊，孙子，来，帮爷爷把这香插到香炉里。

公公不愧当过公家人，知火候识大局，知道什么对自己最重要。可是建建呼应他，二庆并不呼应，一早大庆逼他一起回村拜年，他脑袋甩得像个货郎鼓，坚决不去。要不是他崇拜的哥哥冲他把眉头蹙起来，很难说他会不会动身。

　　回村子拜年大庆也不愿意，一程程从农村出来，和我一样，我们经历了太多的挣脱和建立，我们是在不断地挣脱了跟乡村关系之后，才一点点建立了跟城市的关系。也正是这一点，几年来，除夕夜我们不停地捏着手机键发短信，公婆的脸上都显出得意，似乎他们看到，有一个巨大的关系网络正包围着他的儿子和儿媳。其实大庆挣脱乡村是被动的，是跟着我，想法也非常单纯，只为了改善小家和大家的生活，从没想为祖上争什么光。关键是你工作这么多年，还没有一辆车，还要骑着一辆破自行车拜年，你有什么光?! 可是，就像每年我们都下决心留在城里过年，再也不回老家经受烦心的忙碌，最终不但回来了，却还要大包小裹民工似的回来一样，每年大庆都下决心再也不回苇子埔拜年了，可到了初一早上，你不由得就上了贼船，不但自己上，还要逼着弟弟上。

　　说到底，还是一个根系在一点点复活，就像一进了腊月亲情的网络在我们意识里的复活，它们不在前方，而在后方。在你还在城里时，它们还被深深埋藏着，它们不是亲情，却在一端上连接着亲情，是亲情往纵深处幽暗处延伸的部分。只有当你回到火热的亲情里，回到亘古不变的拜年风俗里，它才会一点点显现，你就会不知不觉成了一个活跃在根系上的细胞，游走在根系上的分子，就像一尾钻进池塘的鱼。

　　大庆和二庆往苇子埔游走时，苇子埔族上的人已经敲开了家门。我从来认不准他们都是程姓人家的谁和谁，哪一个是大爷家的儿子哪一个是叔叔家的儿子，因为一年只见一面，又是在最短的时间里以最大的面积接触。也是怪了，只要有拜年的人来，公婆立即退居边缘位置，把我让到中心，比如客人坐在沙发上，他们非让我坐客人对面。每当这时，我都如坐针毡，因为我实在不知该跟他们说什么，我虽嫁了程家，可我的记忆里没有他们，没有共同的人事可供回忆。而为了寻找话题，他们一遍遍夸我是程家最了不起的儿媳，将来说不定有什么事还得找我帮忙，我会因为一种说不清的恐惧而思想溜号，我在想，我跟你们有什么关系吗?

　　有些关系在你并不自知的时候就已经发生了，虽然它们需要借助想象，如同男人把从女人身体里掉下来的孩子视为自己的需要想象，但想象出来的关系往往是最真实的关系。比如把最后一拨拜年的客人——公公叔叔的儿子送走，婆婆跟我讲起，她跟公公结婚时，她的叔公公歧视她是二婚女人，见面从不跟她说话，那时她就发狠，将来一定生个好儿子给他看看，现在怎么样？终于争了这口气，不但儿子有出息，儿媳也有出息。这时你知道，你跟这八竿子打不到的婆婆叔公公之间的关系，早在婆婆结婚时就已经发生了。

有高高的楼房和平地上矮矮的草房比着，有城里的儿子儿媳和泥地里土坷垃的庄稼人比着，有婆婆记忆中誓言和现实的结果比着，大庆和二庆拜年回来时，公公坐在沙发中央，居然心平气和地问两个儿子，没上邻居家去拜拜吗？那语气之泰然，那泰然语气后边透露出的胸怀之开阔，仿佛拜年是他的药，短暂的上午已经让他吸收了无限的药量，把那血淋淋的伤口治愈。哥俩愣愣地伫立在那儿，偷偷对视之后，大庆把目光移向我，我不知该如何表达我这复杂的感受，只有借机赶紧说，看什么看？吃了饭，咱们得去给建建姥姥拜年，你回来都没上去一趟。

新的建议阻挡了公公的问题，他不但没生气，反而提供了一个让他更加开阔的机会似的，就是嘛，快弄饭吃，去拜拜你岳母和舅哥。

拜了婆家，接着就是娘家。大年初一就回娘家，也是对老祖宗留下规矩的一个突破。在那个规矩里，嫁出去的闺女就是泼出去的水，你泼出去了就不得看见娘家的祖宗，就得把祖宗送走才能回家。而把请回家来的祖宗送走得初三晚上，所谓送"年"，闺女女婿回娘家拜年只能等到初四，可是我们初四就要回城了。为了解决这一问题，十几年前，大嫂就代我们对着宗谱做了祷告，说，老祖宗你别挑理，贞子和贞子女婿是在外的人，给公家做事，必得提前回来，他们是老程家人，给老程家争光，可贞子是咱家人。你可千万不能挑理。

听说上姥姥家，建建兴奋得一高跳起来。他兴奋并不是想姥姥，三十的下午，他下楼学骑自行车已经去过姥姥家和三舅家了，主要是他终于盼来一次学会骑自行车以来最实际最有意义的旅行。乡村在他心里的长度只有从奶奶家到姥姥家那么长，能在这个长度上获得驾驭的快感，大概是年对他最有意义的馈赠了。也就是说，在他的年里边，除了二百块钱压岁钱，自行车可能是和他最有关系的事物。因为在姥姥家楼下等到我们，他撇着嘴说，要是没有这车子，可就憋死我了。

和前一天不一样，大哥家有些热闹的意思了，侄子侄媳和他们的孩子都回来了，母亲的娘家亲戚也来了一大帮。因为有客人，午餐还没结束，一张桌子杯盘狼藉，两个侄媳正在往餐厅撤席，另一张桌上，大哥正在和表哥们举杯喝酒，母亲则坐在大厅的沙发上。我们进来，远见第一个问好，姑姑姑夫好！其声音之大之洪亮，好像接了我们，他就是家人中和我们最亲近的人。拜了母亲便去拜大嫂。大嫂躺在北屋床上，一脸痛苦的表情，有气无力地说，好，好，都好，你们都好。接受了侄子侄媳妇们的拜年，给了侄孙们压岁钱，我和大庆就来到桌子旁一一拜客人。大表哥二表哥三表哥四表哥，还有两个表姐夫。不知是酒喝多了，还是大嫂家暖气太热，他们统统敞着怀，黝黑的脸上冒着湿漉漉的热气。这是一场持续了近四十年的酒宴，参加者永远是母亲娘家亲戚。自我记事，每年正月初一，他们都带着并不厚重的礼来庄重地拜见母亲。说并不厚重，是说他们无论生活怎么改善，拜年的礼物永远是两瓶罐头两瓶果酒；说庄重，是说不管大嫂在乡下还是在小镇，在平房还是进楼房，他们雷打不动风雨不误，且只要来了就一定要留下吃饭，全不顾大嫂身体不好。拜年习俗已经改革，大家只拜年不吃饭，他们不但要吃饭，还要把自己喝得脸红脖子粗，还要借着酒劲，大夸他们的姑姑如何有德行，申家这支人如何有本事，他们如何摊了门好亲戚。他们攀高枝的目光就像挂在枝头的果子，亮得真实又坦荡。他们确因摊了门好亲戚而改善了生活，二表哥的儿子和表姐夫的儿子都被大哥收编，因为是亲戚，大哥让他们学钣金学喷漆，可他们学成后立即背叛大哥，另开修理点与大哥竞争。他们一年一年恭维大哥不厌其烦，也许包含了歉疚，可大哥从不计较也从不厌倦，不但不厌倦，还不无得意。是啊，在这小镇上，大哥可算霸主了。

或许大哥就是要让他们看到他这高枝的气度，可是大嫂厌倦了，母亲厌倦了。坐在沙发上的母亲脸颊紧紧地抽着，眉头上竖着深深一个川字。

母亲的厌倦当然来自大嫂的厌倦。大嫂虽然不说厌倦，但她病歪歪躺在床上的样子已经胜过所有语言。倒是家有了热闹的气象，母亲再也不像头一天那样逼我和大嫂亲近了，不但如此，还毫不掩饰地盯着我，急切地把我拉到她的身边，就像我是一只终于可以放飞在她身边的蝴蝶，不快点抓住就有飞走的危险。

母亲问程家的年过得怎么样，杀了几只鸡，年夜饺子搁没搁虾仁。这是她每年都要关心的事，在她的意识里，年的意义永远跟吃连在一起。母亲自然得不到真实的答案，我不能让她在因为娘家侄子的到来而感伤时，再因为我而感伤。要是我实话实说，告诉她程家只杀了一只鸡，几天来没有一顿饭能吃好，她就不是感伤而是心疼了。我说，挺好的，他爷他奶挺高兴。

屋子太喧闹，母亲听不见我在说什么。后来，她看了看她的侄子们，缓缓站起来，挪着小脚回了她的屋子。这是没有语言的暗示，我立即跟她进了里屋，并在往里屋迈步时，做好了粉饰婆家一切的准备。

然而，当母亲坐到炕上，小眼睛在深深下陷的眼眶里闪出光亮，我的心一下子就慌了，那里边已经有了亮晶晶的泪水。

妈，你怎么了？

母亲朝门的方向看了看，我于是转身去关门。回身时，母亲已深深低下了头，两只枯瘦的手抚在瘦削的脸上，你大嫂和你大哥早上吵嘴了，俺听不清，好像为了你三哥，你大哥不知给了你三哥多少钱，你嫂子嫌给她妹夫少了。

提起三哥，我不由得想起昨天路上的情景，一定是大哥给三哥两千块钱大嫂知道了。可是还不等我做出反应，身后的门吱一声打开，大嫂撑着沉重的身子从外面走进来。见大嫂进来，母亲立即把脸冲向窗外，故意说，今年的正月一点都不冷。

母亲的小把戏一下子就被大嫂揭穿，什么冷不冷，肯定是告你媳妇的状。贞子你评评理，你说你哥能不能那么做，都在一个厂子，他兄弟奖金两千，俺妹夫就一千。

我没有马上接话，因为我无法战胜自己内心的感受，大嫂把三哥说成他兄弟时，就忘了我也是他妹妹，这语气有些生分。当然关键不在这儿，据我所知，三哥和大嫂的妹夫工种是不一样的，三哥替大哥接待来往车辆，是二层管理，大嫂的妹夫只是个徒工。我不能说什么，就只有安慰道，大哥是不该那么做，不过你也别太生气，大过年的。

俺不生气，俺和你哥争讲完了也就完了，俺怕妈跟你讲了你生气。俺知道你是开明人，不至于……大嫂说完，给出一个稍纵即逝的笑，立即又离开屋子，紧紧地关上了门。

虽然和门外的世界隔开，可是很长一段时间，母亲都没有说话，仿佛只要说话就是对大嫂的不恭。我拽过母亲的手，抚着她的手背，手指在青色的血管上轻轻摁着，我的意思是说，我了解你的心情，你什么都不用说。可是停了一会，母亲还是说话了，这几年不知怎么了，你大嫂就是觉得屈，厂子都快成她娘家的了，还觉得屈，咱这边不就你三哥一个吗？

要说屈大嫂当然屈，她十八岁嫁到申家，还是刚从山沟里选到海上客轮的服务员，从一个农民变成走南闯北的公家人，她家那一带山里人都说她家祖坟冒了青烟。可是连她自己都想不到，遇到大哥，她竟自动放弃船上工作，回到上有老下有小的申家，做了大儿媳妇。大哥对大嫂的吸引力也许是他过硬的修车技术，是他乐于将一个家族的责任揽于一身的大男子气派，可是大嫂不知道，你嫁了一个有责任的人，就意味着你和这个人身后的所有责任都绑在了一起。大哥的身后有大爷和叔叔都无力抚养的奶奶，有二哥和三哥家都不愿意去的父亲母亲，要是你再要强，想做个贤惠儿媳孙媳，重新点燃祖坟上的青烟，那几乎就等于把自己送上祭坛。大嫂的觉醒是在她得病之后，那之后她动不动就说，俺要是不嫁你哥何至于！

大嫂要是不嫁大哥会是什么样子、会不会得病都是未知，但就因为得了病，大嫂开始在乎她在大哥心目中的地位，在乎她娘家人在大哥心目中的地位，仿佛这是补偿自己命运的唯一方式。在大哥买下厂子产权之后，她想方设法把她穷山沟的兄弟姊妹弄出来，大哥最终接受，或许正出于对大嫂为申家所做的一切，可当她身后一条根系上的网络在母亲的眼皮底下一点点建立，受到威胁和挑战的自然就是母亲了。要知道，大哥是母亲的儿子，大哥创造的世界理该是母亲的世界，虽然母亲的娘家亲戚瓦解过大哥的世界。可眼前的现实是，这个世界差不多全被大嫂娘家人占领，她有六个妹子两个兄弟，她还有两个表妹和两个姑舅兄弟。在眼前的现实里，大哥给三哥奖金不是多了，而是少了，因为母亲用的是简单的加法，申家这边除了大哥的儿女，就三哥一个人，而大嫂娘家那边一层层加起来十好几个，十好几个和一个比，你怎么能觉得屈呢？

我不知道该说什么，就只有陪着母亲黯然神伤。恰在这时，屋外有了轰隆隆搬椅子声音，是酒宴已经结束。开门出去，表哥们正往身上套衣服，他们一个个醉醺醺的，身子都有些摇晃了，他们身子摇晃，神志却清醒。大表哥看见我，立即冲过来，冲到母亲房间，抖动着因喝酒而发板的嘴唇，大声喊着，大姑，你，你老有福啊，你这苍人数你有福啦，儿女都有本事！

母亲应和道，俺有福，俺知道俺有福。

五

送走母亲娘家亲戚，屋子里立即空荡了，看侄子侄媳，立即觉得他们离你近了。这近不是距离上的近，而是他们嵌在身后的生活浮现了出来，比如看见远见媳妇，会想起她最近开了超市；看见远明七岁的儿子，会想起他学习一直班级第一。他们是大哥这个家的主体，是大哥大嫂这颗芯子向上延伸的部分，表哥们也是延伸，方向却正好相反。表哥的延伸是向下，向着陈腐、陈旧，就像树梢相对于树根，就像苇子埠相对于公公；侄子们的延伸却是向上，向着明亮，就像树梢向着蓝天，就像窗口向着风景。我是说，人的存在是带着信息的，当表哥们把陈腐、陈旧的信息带走，侄子们的生活浮现出来，屋子里顿时就有了盎然的气象。远见媳妇汇报她超市一天的盈余，所有人都感到惊讶，而远明说他的儿子不但是全班第一，这回考试全校排名第二，大哥大嫂脸上顿时溢出灿烂。而我被这灿烂感染，有了回家以来最明媚的心情。

姑侄通着心，这是不可抗拒的感觉，就像爱的不可抗拒。可是时间总会将爱磨损，很难想象有那么一天，我也会和母亲一样，心再也不会为侄子所动，心的缝隙里填进另一些不为人知的苦恼。

清除了某种信息，大哥和我似也近了。我询问了侄子的生活之后，大哥又开始询问我的生活，是不是还跑卫生战线，大庆的公司效益怎么样。说起来，这还是大哥隆重接我们回来后第一次正式的叙谈。大哥和侄子不同，明知道大庆融不进申氏家族，说话时却还要照顾他。但有了简单的开场白之后，大哥迅速奔他的主题，你说大庆，贝·布托这个家族是不是叫人佩服？儿子十九岁就有了政治志向。

大庆懵懵懂懂，他在广告公司一天天忙碌，很少有时间看新闻，我赶紧接过话，是啊，他儿子是英国牛津大学的学生。

大嫂一向反感大哥关心八竿子打不到的事，早上又为三哥的事和大哥吵过，立即挖苦道，没去问问那什么托是不是国子监吗？

侄子们在一旁哄堂大笑，但大哥旁若无人。在这个家里，我是大哥唯一的知音，只要我在场，只要我们有更多的时间说话，大哥就忘了身边的一切，就走到要多广大有多广大的世界。那广大的世界是中东、伊拉克、约旦，是东南亚、朝鲜、印尼，是美国、英国、俄罗斯。有时我们跟着恐怖分子炸弹的声音，有时就循着各国最高元首访问的路线。那时，你觉得大哥根本不是乡下人，也不相信他一辈子没离开小镇，因为他如数家珍的样子就像他刚刚从外国访问回来。那时，你觉得他和乡村、小镇，和修配厂以及身边这个家没有任何关系，唯一有关系的就是我了。因为在他周游世界时，唯我跟在他的身后。为此我一直觉得，一进了腊月，大哥就一遍遍电话约定回家时间，除了试图弄出一种虚假的热闹，为的就是这一刻。

可是，这一刻那么短暂，没一会，大嫂娘家一群兄弟姐妹就汹涌而入了。他们被母亲娘家人阻隔到下午，已经有些急不可待了，一进门就大呼小叫姐姐姐夫好啊！然而，你绝不要以为周游世界的一刻消失，大哥会遗憾会痛苦，根本没有！当看见他的小舅子连襟簇拥进来，他立即转换角色，从沙发上站起来，一个深受公民拥戴的国家元首似的，——跟大家握手。

我曾经以为，大哥关心国家的事世界的事是因为家族使命感，比如祖上曾出过国子监太学士申桐，父辈曾出过鲁美毕业，最后成为《人民画报》美术设计师的五叔；是因为有了重振家族雄风的使命，才使他不满足于自己人生狭小的疆土，才每每要让思想超拔出去。可是现在，当看见大哥闪在脑门上少有的幸福之光，我知道我错了。问题是，我知道我错了，却又不知错在哪里，大哥无数次把自己超拔出去，难道正是想从更宽广的疆土来印证自己的成就？比如当看见贝·布托家族不断有领袖出现，他会想到自己，从而更充分地享受在家族中的领袖地位？我不知道。我只知道，接下来他说了一句让我非常惊讶的话，你姐夫要是像贝·布托那样有人想暗杀，你们当中有谁能站起来为我保镖？

虽然不会有谁知道贝·布托，但保镖的意思还是被大家听懂了，于是呼应声此起彼伏。不知是新的拜年者带来的信息阻隔了我和大哥之间的距离还是别的什么，我和大庆对视了一下，立即做出撤退的打算。

然而，我怎么也没想到，从大哥家出来，大庆居然冲我火了起来，他火了不是跟我吵，而是一个人噌噌噌蹿到前边，等也不等。我们接下来还要上二哥三哥家，在大哥厂子的门卫那儿还放着二哥三哥的拜年酒，可是他根本不管，出了楼道就没影了。

当我和儿子拎着酒来到街上，只见他横眉冷对站在路边，脑门上的发丝站立着，脸阴沉得就像抹满水泥的墙壁，一点缝隙都没有。他为什么火我似

— 317 —

乎能猜到一些，他进门之后，没人逼他上酒桌喝酒，他不喜欢喝酒，但他在乎他在申家的地位，他一直觉得他这个女婿在申家没有地位。你舅哥不重视身边的妹夫，却去管什么贝·布托，他当然不高兴。因为知道他为什么火，我更加火了，我说，你回家去吧，我不用你跟我拜年。

建建还当成好话，赶紧响应，那好，我和爸爸回家了。

大庆没动，但当我错过他时，他走上来接过我手中的酒，没好气地说，你说我不该生气吗？大哥借我们的钱都三年了，都要雇保镖了，提都不提，你给儿媳办超市，我们就不能给二庆办超市吗？

我没有接话。仅一个中午，大庆就捕捉了这么多信息，真可谓说者无心听者留意。三年前，大哥上设备借我们五万元时是说一年就还，可是大哥没还对我是有交代的。第一年要买吊车，第二年又要上四轮定位流水线，今年大哥说，远见媳妇闲在家里总打麻将，远见看不惯，两口子老打架，就寻思帮她在镇上弄个超市。每次，大哥都让我告诉大庆按银行利息一分不差，我没告诉没有别的意思，仅仅是忘了，不然听侄媳谈超市，也不能没感觉。这件事失误在我，我本该道歉，可是事情的走向往往不按惯常的逻辑。现在的逻辑是，大庆发火时眉头扭曲的样子让我一下子想起昨天冲二庆发火的公公，他们的表情太像了，这让我莫名其妙就有了抵触情绪，就想，我跟你们程家有什么关系，凭什么要看你们脸色！情绪是一种奇怪的物体，像龙卷风，刚刚生起在草垛空时还只能掀动一片草叶，可一瞬间鼓舞起来，席卷的就不是草叶，而是房屋树木、土粒沙石。比如这么一程想着，自然就想到给公婆买的楼房，我嫁你程家，得不到家里一丝一毫的帮助，却还要给买房子；借给大哥的钱还有利息，给你爹妈投资无本无息。这么想着，就把嫁给大庆之后所有的艰难都想起来了，就觉得委屈得不得了。为给他找工作，求亲访友，因为没有城市户口和专业技术，工作换一家又一家，往往刚刚稳定又得折腾，送礼摸不到家门时在大街上不知走了多少个来回……后来，我都有些眼泪汪汪了。

事情小得不能再小，也许不用解释，一个体谅的眼神就解决了。可是我不但没有体谅，还拉着脸，还眼泪汪汪，大庆就吃不住了，怎么？你掉眼泪啦？我怎么你啦？

我不吱声，但我气哼哼雄赳赳往前走的样子绝对就是挨了欺负。大庆这下真的火了，把拜年酒往地上一蹾，我不去了，谁爱去谁去。说罢扭头就走，留下我和建建相互看着。

谁爱去？我也不爱去，我都四十五六岁的人了，过个年不能坐在母亲炕头闲着，还要大包小裹东奔西忙。可是不去行吗？大哥是哥，二哥三哥就不是哥？大嫂是嫂子，二嫂三嫂就不是嫂子？她们尽管没有伺候母亲，可就因为这一点，她们更在乎我这做小姑子的态度。她们没有伺候母亲，我可以想什么态度就什么态度，可是，我对她们的态度往往要影响她们对哥哥的态度，我不能因为礼节不到让哥哥受了委屈。

和建建拎着十二瓶酒往前走着，眼睛湿了又湿，因为走在这条街上，不由得就想到自己最初的恋爱。当初和大庆恋爱时，这条街曾寄托了我们无限的情思。他的单位在上街，我的单位在下街，我们因为一个莫名的眼神，掀动了青春的草叶，就像一丝风掀动草垛空的草叶，从此就被卷进一场爱情风暴中。我们在这条街上眉目传情，当朦胧的思念随着当时对青年最具影响的《马克思传》传递，我们彼此就毫无道理地嵌入了对方的生命。说毫无道理，是说我们把发生在自己身上的爱情看成是马克思和燕妮的爱情，伟大而崇高，忠贞地相守一生。如今我们也像他们那样守着，不知怎么就守出了一堆鸡毛蒜皮，全没了想象中的伟大和崇高。我们像一个挖自己墙脚的小丑，心甘情愿把自己卷进一场青春的风暴里，到最终，又脆弱到仅一片草叶的掀动，就会席卷掉我们的一生。往二嫂家走去时，我不断地问建建，妈妈为什么要嫁你爸爸？

二哥家在镇子后边一个胡同里，在大哥买了企业产权时，二哥所在的小镇机械厂也在拍卖，那时二哥只是车间主任，没有买断的想法，也没有办厂的雄心。当机械厂被厂长买去，二哥由一个公家人变成一个私有企业的打工者时，突然受不了了，就在毫无能力和准备的情况下，借钱买了几台机床，租了几间老纸箱厂的旧房，小打小闹干了起来，把家也从乡下搬到厂子里。

为了不让二哥二嫂看出什么，在胡同门口，我停下来，从衣兜里掏出纸巾擦了擦眼睛，然而就在这时，我听见有人喊我，姑。

一定神，发现二哥的三儿子从胡同口跑出来，他没穿外衣，毛衣的袖口还高高挽在胳膊上，一看就知道是突然发现我们才迎出来的。把一提酒瓶交给侄子，一股暖融融的感觉还是让我心情有了调整，可是正要往屋里走，却被侄子截住。侄子站在我的对面，背对胡同，神经兮兮说，姑，不稀进吧，俺哥跑了没回来，俺爸俺妈正哄俺嫂子打扑克，你要进了，不提俺哥不好，提了全家都难受。

我愣住了，似乎明白了一些缘由。元旦刚过，二哥就打来电话，说在县里做买卖的大侄子因为侄媳有外遇气跑了，跟一个朋友去了上海。我给侄子打电话，他一直关机，想不到他年都没回来过。

我只有悻悻地转身。

妈妈，二舅家的三哥说他哥跑了，他哥是谁，我该叫什么？

我向来不指望建建能搞明白他和我身后这一大家子人的关系，可他三哥的哥哥他该叫什么分辨不出，却让我惊讶，于是没好气地说，我也不知道。

从胡同口离开，我心情更加坏了，我心情坏了不是心疼二哥二嫂，而是心疼侄子。大过年的，他一个人上哪儿去呢？在跟他联系不上时，曾跟身边的朋友说起。朋友没好气地批评我，你这人真怪，侄子的事你也管。朋友觉得怪，我才知道在很多人那里，姑侄并没有我们这么深的感情。我比这个侄子大六岁，从六岁到九岁，我哄了他三年，直到大嫂的第三个孩子出生。我细弱的胳膊因为没力气，常常背着背着手就撸了扣，就把他掉到地上，因此他跌哭时的样子就成了永远抹不去的影像。我下意识掏出手机，拨出侄子号码，我知道没有希望，因为这个号码拨过无数次了，从没开通过。然而，几乎刚刚拨完号，侄子熟悉的声音就传了出来，姑姑过年好啊！一直想跟你打电话都不敢打，我挺好的。

很显然，他因想家终于开了机。你在哪里？为什么不回来？

姑，我在西部，西部大开发，我跟朋友过来干。这里机会太多了，出来一个月，顶在家里一辈子。

我说不出话来，嗓子眼有些哽咽。侄子的声音特别高亢，让你感到他火热的人生正在开始。可我激动的不是这个，而是从他嘴里吐出的西部，你无法想象，那媒体上耳熟能详的西部大开发会跟你的亲人发生联系。当你感觉他们在联系，就像你的血管通了国家血管，一瞬间有一种超拔感，尤其当你站在故乡的街头，踩着一地鸡毛蒜皮。

也正是因此，去三哥家，看到三哥三嫂寂寞地守着电视，听三嫂唠叨对大哥的不满，原来说挣了钱怎么都不能忘了自家兄弟，现在只给两千块钱，却花一万给自个儿媳办超市。我一直走神，恨不能赶紧远离这烦琐的一切，也像侄子那样飞到西部。

六

人在现实里边总要生出远离现实的梦想，它也可以是西部，也可以是南部，是东部，是北部，总之它在远方，就像此时此刻，我所在的小镇也成了侄子的远方和梦想一样。通完电话后，他发来好几个短信，说他非常想家，一想到家人团聚的热闹就恨不能马上飞回。每个人都无法感知他人的此刻，比如思乡的侄子就无法感知我的此刻。我的此刻，人虽在家，却有一种无家可归的感觉，我的此刻不但不热闹，且十分孤寂。婆家那边，大庆正在跟我赌气。娘家这边，大嫂家拥满了她的姊妹；二嫂家，纸包火一样包裹一堆烦恼不让进；三嫂家倒是让进，你却不愿意被说不清的烦恼包裹。

转到天黑，回到婆家，大庆早已消了气，从不在公婆面前表示出对我好的他，居然为我倒了一杯热水，并说，明天上歇马山庄拜年，我准备跟踪拍摄。

只有我知道，这句话包含了多深的殷勤。两年前，因为想自己做广告，他买了一台专用摄像机，每年回家都说要跟踪我回老家歇马山庄拜年，可是每每临了，都以在家陪父母为由不去践行。事情就是这样，你如果不能在风掀草叶时控制事态，那么你就只有事后屈尊殷勤。这个下午，大庆一定为自己转身离去的行为很是后悔了，他后悔不是觉得他错了，而是他认为即使没错，也不该跟我咬尖，一旦我因此不回婆家，他父母的年可就怎么都过不好了。而我之所以自知有错，却还要理直气壮，也都因为有这个撒手锏。我没把这个撒手锏派上用场不是不想用，而是在街上流浪时才发现，那撒手锏并不存在。我要是不回婆家，叫母亲知道我和大庆闹别扭，母亲的年也过不好啊。所以，当大庆向我出示了拍摄计划，感激涕零的不是他而是我了，尤其先回来的建建偷偷告诉我，爸爸扛机器出去好几趟了，他说要去拍你，可走出去又回来了。

不经风雨，怎么能见到彩虹？正月初一这天晚上，我的心情里有了彩虹。那彩虹升起来，不过是一个跟踪拍摄的计划。他拍摄不过是玩玩，也上不了电视，可我知道我的家人，尤其是大哥会在乎。为了这计划，大庆提前在家人面前演练，录了婆婆又录回菊，录了建建又录小栓，公公和二庆在一旁助威。他是一个燃点极低的人，因为总难唤起热情，他屡屡把录像机拿回来，又屡屡原封不动拿回去。当一家人都成了镜头里的人物，有了嘎嘎嘎的笑声，夜晚再也不是夜晚，而是布满霞光的白日。

在侄媳的金玛超市集合时，冬日的朝霞已经褪去，被淡淡升空的日光取代。超市不过是比小卖店大一点的商店而已，它是大哥家的新生事物，大哥安排在这里聚集，也许仅仅因为它在小镇商业街的正中，是我们、二哥、三哥和大哥聚集最方便的地方。可大哥不知道，在这个年里，这个新生事物已经伤害了好几个人的感情了，比如三哥三嫂，比如大庆。三嫂根本没进超市，只冷冷地站在门口。大庆倒是进了，染着黄头发的侄媳满腔热情迎出来，一迭声地喊姑夫，他不能不进，但他并没像我希望那样，把机器打开录点什么。

二哥二嫂从胡同拐过来，离超市还有几米远就停下了。他们倒不一定对超市有意见，但跑到西部的儿子破坏了他们的心情。我迎过去，只见二哥一张脸灰塌塌的，而二嫂眼圈像挂了葡萄，乌紫乌紫，与我对视，顿时热泪盈眶。

听说有录像跟着，大哥从面包车上下来，俨然就是一个出访的国家元首了，只不过国家元首出访只带夫人，大哥出访还带了母亲。看见我和二哥二嫂，便朝车上指着说，妈九十岁了，难得回去一趟，让她回去看看。

初二回歇马山庄拜年是三个哥哥搬到小镇一直都在奉行的礼数，看起来是一种礼数，实际上是向村人展示申家风光。"文革"时，父亲、四叔、二大爷都在村里挨过整，在二哥看来，去拜他们等于忘了杀父之仇，可大哥绝不这么看。大哥认为，就因为当年挨过整，如今过得好了，才要送给他们看看，这是另一种复仇。实际上还是性格的差别，觉得过得好了是自己的事，是讲究实际；觉得过得好了必得送给别人看，是追求虚荣。二哥讲究实际，可多年来，他一直影子一样追随大哥呵护大哥，对大哥的想法从无二话。

最初只三个哥哥，后来又加入了我，再后来又加入了三个嫂子。在大哥看来，要说申家风光，那么我肯定是这风光的一部分。当然，我积极参与不全为了大哥，而是为了自己，出生地的乡村常让我想念。最重要的是，在婆家待着太没意思。这几年，大哥厂子越来越红火，大嫂加入了。见大嫂加入了，二嫂也不甘示弱。二嫂的厂子并不红火，连年亏损，但二嫂是孤儿，一小就没有爹妈，一个没有爹妈的人能出息成厂长夫人，自然要送给那些有爹妈的人看看。见二嫂加入，三嫂也加入了。三嫂没有厂子，也不是孤儿，但三嫂是城里下乡知青，十几年前还没搬出来时，三哥开大货拉她一趟趟进城，进进出出穿些时髦衣服，曾是村里人最羡慕的人物。如今日子没落了，可越是没落了越不能让人看低，关键是日子没落了，身材却反而好，她有比大嫂二嫂苗条一百倍的身材，即使没有时髦衣服让人羡慕还有腰条。所以这看上去是向村人展示申家风光，实际上更是妯娌之间的一种较劲了。

每年拜年都是三哥开车，大哥坐在副驾驶的位置上。可是因为母亲去，必须坐在前边，三哥就自动把车让给大哥开。做任何事情，三哥都不放弃突出大哥的地位。在修配厂，有修车的来，本来一百块钱的活，三哥故意要一百五，把那五十的面子留给大哥，因常常扮演黑脸，许多司机都在说大哥好话时骂三哥狠。这也正是三嫂不平衡的地方，弟弟愚忠，把哥哥的厂子当成自己的，你就该对愚忠的弟弟有所回报。可是往往性格即命运，愚忠是三哥的性格，平常了也就不被人在意。比如现在，他把车让给大哥，自己钻到最后一排的最里边，没有任何人就此说什么。

从小镇到歇马山庄十里路不到。这条并不宽敞的沙土路，小时走过无数次，那时小镇在我心里还是远方，还是梦一样的地方，就像侄子所在的西部。在礼教严格的大家庭里被母亲打了骂了，就顺这条路，一次次把自己放逐到小镇前边的大海。那里有成群的海鸥无边的海水。其实不仅仅是我，申家好几代人都在这条路上无数次地走过。五叔活着时有一年夏天回来，领我走这条路，走着走着就蹲下了，捧着一捧热热的沙子，忧伤地说，你们还认得我吗，你们中的哪一粒被我踩过？我们一代代人踩过的沙子，也许早就被雨水冲走了，即使不冲走，也有了另外的命运，被碾在橡胶轮胎下面，而不是踩在胶鞋布鞋下面。可恰恰如此，我的忧伤一点也不亚于叔叔。叔叔时代，踩着沙路回到奶奶炕头，从窗口还能看着小时候玩过的窗台和庭院、野地和河套，故乡还是一个单纯的物体，故土还是真实的存在。如今，母亲的炕头屡屡搬迁，窗口对着的地方嘈杂又陌生，熟悉的路被甩在身后，心也就像被甩出来的路，除了被现代交通工具碾轧，孤寂而飘零。

歇马山庄坐落在一个小山包的下边，是一块洼地之中的村庄。它既无山的依傍，又无林的环抱，前后左右都光秃秃的。恰因为没山没林，一个土岗就成了童年的山，一片河岸的草丛就成了童年的林。长大出来，看见了那么多名山大川、高楼大厦，再回这里，就觉得这是小孩过家家玩的地方。房子矮趴趴地簇拥着，以草垛为界；河谷静静地逶迤着，以孤独为岸；赤裸裸的地垄匍匐在房与河之间，仿佛一条条冻僵的蛇。你人在远方想故乡，觉得它在黄海北岸。如今人在黄海北岸看故乡，你不由得就想，这里跟你有什么关系吗？

有关系，当然有关系，大哥的车刚刚停到屯街，就有人过来打招呼，老由家三爷，老周家二哥，老于家小久子。只要你从车上下来，一个小世界突然就变大了，一个埋藏并不深远的关系迅速就苏醒了。虽都有变化，可一眼就认出来了，他们也一下子就喊出了你的小名。他们都穿得新锃锃，老于家小久子居然穿一件皮夹克，脖子上还围了一条墨绿色围巾，可是与乡亲握手、问好，不怎么就觉得是在一个崭新的屏幕上放映旧世界影像。因为你脑子里闪回的都是这些人的过去，比如那年侄子掉到井里被奶奶捞出，第一个冲到井沿的就是小久子，他冲到井沿不是帮助奶奶，而是和侄子一起号啕大哭，边哭边喊，还能不能和俺做伴看电影啊？

脑袋里放映的是旧世界影像，大庆机器里拍摄的却是新世纪镜头。大哥神采飞扬，因为身材太魁梧，需微微低下头才可走进低矮的屋子，可这似乎更突出了他的高大。大嫂搀着母亲，她身体不好，搀母亲的本该是我或者三嫂，可大庆的摄像头一直跟着母亲，大嫂当仁不让，她伺候的母亲，她最有资格。有母亲、大哥大嫂在前边，我、二哥三哥二嫂三嫂自然就成了陪同。不过这一点也没什么不好，一大帮人闹闹哄哄，倒有一种相互借势的快感。

我们一家家串着，有的人家只进去打声招呼，比如那些我们已不大认识的小年轻的家；有的人家却要停下来说几句话，比如那些有老人的人家，或者像已经卧床不起的李玉胜家。

李玉胜是当年打父亲最猖狂的一个，他十年前死于肝硬化，扔下病歪歪的老婆和儿子住在一起。年是年轻人的节日，儿子儿媳不知拜谁去了，脏兮兮的屋子里只有一个被我们叫着二嫂的女人。见我们来，二嫂有些慌乱，明知道爬不起来却还是要爬，边爬边说，妈呀，就知道你们能来。

她慌乱，也许没想到九十岁的母亲会来。李玉胜打父亲时，母亲曾拿鸡蛋去求过她，结果这成了父亲又一罪状。落入今天这步田地，一定不愿意让任何人看到，可她偎着被的身子颤巍巍的，掉进深洞的眼睛顿时湿润，仿佛我们能来搅扰她太感激，仿佛我们的到来已是她的节日。实际上，都是我们的锲而不舍把复仇的现实变成了历史，把女人的历史变成了现实。女人的历史是她没嫁一个好男人。她心灵手巧人又漂亮，当初追求者多得推不出门，李玉胜靠他三寸不烂之舌勾走她的心，曾自以为是女人中最幸福的一个，可怎么也想不到他的不烂之舌竟成了咬破她幸福生活的罪魁祸首。李玉胜只会耍嘴皮子，好吃懒做一无所能，不但如此，还一喝了酒就打老婆。问题是，跟了这么个男人，又生了个和老子一模一样的儿子，好吃懒做一无所能又脾气暴躁，所以她就有了儿子不孝媳妇也不孝的命运。女人的现实是这一天，她要借夸申家婆婆媳妇如何命好的时机，痛痛快快骂一骂她那不孝的儿子媳妇，彻彻底底抱怨一回自己怎么就瞎了眼，嫁给李玉胜这个老死鬼。女人最终把不幸归结到命运时，都要把目标指向嫁人那一刻。她却不知道，即使在她眼里太有福气的大嫂也这么想过。

自己想和别人想当然很不一样。自己想是往深井里掉，别人想是看着别人往深井里掉，你自然就有了往上升的感觉，就像同时进站却开往相反方向的火车，一个动了，坐在没动的那一个车上就以为是自己在动。问题是这个时候，往上升了的一面也绝不让对方继续往井里掉。当李玉胜女人用羡慕的目光看着母亲，看着三个嫂子，三个嫂子顿时捅了马蜂窝似的七言八语，大嫂说自己的糖尿病，二嫂说自己厂子的亏损，三嫂说自己花钱的紧缺，反正都是自己的不易。如此一来，拜年就不仅仅是妯娌间的较量，还是彼此的鼓劲、抚慰；就不是一家人向另一家人的示威，而是两家人真切的支持、加油。因为要不是这个场合，三个嫂子是从不交流的。而李玉胜女人也不会在散发着臭烘烘酸溜溜气味的屋子里，留母亲和嫂子坐一会再坐一会。

然而，这样的抚慰并没持续多久，在另外一家却遇到了麻烦。

那还是去拜老队长的时候。当年，二哥三哥被大哥弄到小镇干临时工时，因为出身不好，老队长一直刁难，大哥踏破了门槛看够了脸色才磨出批条。可时光是个奇怪的物体，它在慢慢的迁移中，一点点磨掉了老队长的脸色，只留下他的功德。因为对申家有功，每年拜他他都分外高兴，龇着黄黄的牙齿呵呵地笑着。虽对申家有功，但他绝不白白接受你的拜，当着我们，非讲一通世事的变迁。他大字不识一个，可心里装着那么多外面的信息、故事，所有的信息和故事都跟腐败有关。他的儿子跟一个做塑钢生意的朋友干，那朋友信任他，给管城建的送大礼都不背他，送一回都是十万八万。他表弟的儿子大学毕业，光找工作就拿出去三万。讲也不要紧，他往往讲着讲着就骂起来，一骂就一脸怒气，仿佛腐败的不是别人而是我们。为此，刚走门口，二哥就打了怵，下年就不拜了吧，老这一套，也没什么意思。

可二哥再打怵也想不到，老队长把我们迎进屋，闲扯一会，会突然把目光移到二哥这里，慢条斯理说，老二，你这几年弄得不怎么样啊，怎么听说儿媳跟了一个腐败分子，儿子气跑了？

关于远程的出走，到目前为止，在申家除了二哥一家人，只有我知道。二哥二嫂一直封锁信息。见有新闻，大庆赶紧把机器对准了二哥二嫂，大哥大嫂也把目光转过来。

这还是进村以来二哥二嫂第一次变成主角。二哥的脖子噌地就紫了，他看看镜头，看看老队长，语无伦次，啊，不是跑了，他上西部了，去搞大开发。

老队长不依不饶，还开发？糊弄二鬼子啊，你问恁哥，那可能吗？

大哥愣了一下，想了一会接话道，不大可能，是不是叫人骗了，我天天看电视，去西部的都是大学生，都是组织安排，还没听说哪个个人。

大哥当场质疑，是老队长把目标转向他，也是突然听到这个消息的本能反应，因为他后边还跟了句，怪不得这一腊月一直没看见远程。可是就因为大哥当场质疑，二哥二嫂变了脸。他们变了脸不是顶撞大哥，而是从老队长家出来，坚决不跟大哥拜了。在屯街上，二哥对着手机大呼小叫，刘师傅吗？马上过来，我在歇马山庄，过来接我一下。

我怎么都想不到，影子也有厌倦的时候，问题是，二哥此时的举动不是当不当影子，而是他想成为一棵树，因为他放下电话，冲着站在一旁的三哥说，走吧，没什么意思。

三哥迟疑了一会还是上了车，可三嫂没上，三嫂立即跟二嫂站到一起，俺也不去了，俺家里有事。

大哥就是大哥，不愧看多了国家的事世界的事，懂得世界联盟分分合合的局面，他上车后异常平静地说，你二哥可能家里真的有事。

大哥平静，大庆却不平静了，一遍遍侧过脸看我。大庆看我，我莫名其妙，以为他跟够了要打退堂鼓，当他把一直扛在肩上的摄像机放到膝盖，我突然灵醒，原来都是摄像机惹的祸。老队长是不该那么说，大哥也不该去证实老队长的正确，可要是没有摄像机跟着，二哥也许不会如此激动。

我表面平静，心里却再也不能平静了。因为在我们接下来的拜访中，大嫂的变化可是太明显了。进了别人家门，她高音大嗓，喜笑颜开，一些时候，大庆把镜头对准她，还有意往大哥跟前凑，还有意配合大哥，比如当有人问，老二两口子怎么没来？她轻描淡写地说，家里有急事走了。可只要离开人群，上了自家的车，立即闭了嘴，绷住脸，使车里的空气顿时紧张。为了缓解气氛，大哥有意议论一下刚才的见闻，说某某人老了，头发都掉光了。大嫂没好气地说，算了吧你，就你不老？你为申家操碎了心，不看看你头上那几撮毛！如此一来，不平静的就不是我了，还有三哥，还有母亲。母亲听不见大嫂的话，但她会看人脸色，她似乎从二哥二嫂走就觉得有什么不对，动不动就痴痴地看着我。

终于把该拜的拜下来，大哥把车开到了老房子前边。这是每年拜年必有的程序，不管时间是否充裕，我们都要过来扫一眼，看一看我们的出生地。它不是三个嫂子的出生地，可她们嫁人之后最年轻的时光都在这里度过。现在二嫂走了，三嫂走了，可九十岁的母亲来了，扛着摄像机的大庆来了，尽管一路上留下不快，但大哥知道什么才是大局。

曾经人丁兴旺的申家大院如今已相当破败了，后边六间草房房梁已经坍塌，屋檐上的苦草耷拉着沮丧的脑袋，呼应着院子里横七竖八的木棒、草秸。我们搬走之后卖给一个刘姓人家，可这个曾经发旺了申家的庭院却败亡了刘家。他的一个儿子搬来不久遇到车祸，另一个儿子第二年得了类风湿，做父亲的却在三年之后患了胃癌，于是房子和院子就被废弃。

三哥搀着母亲，跟着走在前边的大哥。因为再也不必在人前表演，大嫂没有下车，三哥于是有了走进镜头的机会。大哥边走边讲解，哪儿哪儿是原来井的位置，哪儿哪儿是原来粮仓的位置。三哥在后边殷勤呼应，憨憨的脸上还涌出气愤，大声道，都让他们卖了废铁！仿佛要是不卖废铁，就会被大庆永记史册。看上去大哥是对着三哥，实际是对着大庆的镜头；看上去寻找的是井和粮仓，实际上寻找的是他曾经的业绩。因为我们家的井不是一般的井，而是一压就出水的压水井；那粮仓也不是一般的粮仓，而是铁板焊接的带着防雨棚的粮仓。现在这种东西在乡下比比皆是，在当时，大哥可谓领导了乡村新潮流。我不知道，二哥他们要是不走，此刻大哥会怎么样，会不会比现在要自然，反正看着大哥夸张的动作，听着三哥夸张的呼应，我说不出是什么滋味。

就在这时，我的手机响了，是二哥。他的声音呼噜呼噜，一听就知道带着情绪，贞子，俺年年跟大哥，跟了他这么多年，他怎么能不帮自家兄弟说话呢？再说，他也不能把兄弟一碗凉水看到底了呀！

我没跟二哥说什么，但放下电话，再看大哥，心像有沙石掠过，一下子疼了起来。因为此时，大哥正梗着脖子，抻直腰板够房檐，这是父亲常有的动作。为了显示自己的个子，小时候常见到父亲梗着脖子够房檐。

大哥、二哥三哥、我，我们都生在这个院子里，可是大哥的命运和我们却完全不同。大哥出生时，家里来了个算命先生，说大哥命硬，主着父亲早亡，十八岁之前不能让他喊父亲爹，只能叫大叔。大哥懂事后，曾多次哭着问妈妈，别人都有爹为什么我没有爹？母亲做不出可信的回答，他就疯了一样跑到野地里撒野。母亲每讲一次这个故事，我都止不住泪流满面。我那时哭，仅仅以一个孩子的心情揣度爹就在身边而不能喊爹的难过，可现在不同了。现在我突然觉得，他一小就拥有家族责任感，十五岁就跟远房舅舅上小镇学徒，他不断地折腾让申家改变，是不是就因为没有爹才很早就学会承担呢？在他的兄妹都有爹他没有爹的时候，他是不是暗中一直和父亲较量着，比试着，一直不放弃在家庭中树立自己的权威呢？他不断地在并不广大的领域里挑起征服的喧嚣，希望尽可能地集结更多的人，是不是他一出生就感觉自己是孤身一人，从而希望获得集体的力量呢？

我不知道。

对于出生地，大哥也许有比我们复杂一百倍的感受，可是他感受再复杂，也比不得母亲。母亲从史家沟嫁过来才十九岁，她在做着村保长姥爷的大小姐时，姥爷把聚赌时和自己勾搭的庄家女人领进家，成了我的小姥姥。姥姥的媳妇大妗子从此有了同盟，和小姥姥勾结，不到两年，年仅四十的姥姥就被气死，母亲就被逼嫁人。母亲嫁父亲是姥爷情急之中托人做的媒，也就是说，如果没有姥爷跟小姥姥的关系，就没有母亲跟父亲的关系，也就没有我们这一些父母的后人。在这个院子里，母亲经历了那么多骨肉的生和死。我那只活到五岁的姐姐，因为吞了一只鞋卡子，还不等便出来就跌了一跤，把肠子卡断，在炕上趴了三天三夜咽气。她死后母亲才要的我。没有姐姐的死就没有我的生，生死缘于宿命。母亲之所以都四十多岁了还要要我，是有僧人告诉她的姥姥，从她往下三代只有一个女的，母亲就是第三代。在这个院子里不断经历死，经历生，她颠着小脚，把所有的苦乐都踩在了一方狭小的地盘。重返这个地盘，母亲刚刚进院就不再往前走了，呆呆地立在一个石罅旁，仿佛这里埋藏着地雷、炸弹。有好长一段时间，她都把目光对准西墙边一截曾是我们家猪圈的残壁，面无表情。

回老家拜年，她一上午都没说话，她听不清别人的话，也是早已习惯把主角让给大嫂，可是在老家的院子里，呆呆地看着那截残壁，看着看着，她说话了。母亲说话不是她看到了旧物，翻动了埋在这里的历史，想诉一诉在这里吃下的苦头，就像李玉胜女人遇到我们，而是说，俺要是能说了算，说什么也不搬走啊，要是不搬走，哪能有这一天？

这一天怎么了？这一天难道不比她的过去更好吗？她生儿育女，一天天盼着的难道不是儿女有出息的这一天吗？母亲的话也许不过是对抛洒在院子里某些时光的怀念，在那时光里，她像一个抱窝的老母鸡，虽不能完好地护住她的小鸡，可毕竟她年轻，能干活。老来之后母亲常说，要是还能干活该多好啊！可这句话多么深地刺痛了大哥只有我知道，在回来的路上，他一遍遍重复说，恁二哥家肯定有什么事了，要不他不能早走。在大哥那里，母亲指的这一天就是二哥对他权威进行了挑战的今天，而他绝不想把这样的挑战看成是事实。

七

展示申家风光的拜年之旅，居然成了虎头蛇尾的败兴之旅。从歇马山庄回来的路上，谁都不再说话。然而坏事也是好事的前因，有了二哥的挑战，大哥大嫂坚决要求我、大庆还有三哥去家里吃饭。大嫂有病之后，这已经是好多年不曾有过的事了。这年头谁也不在乎一顿饭，但大庆在乎，我也在乎。我在乎主要因为大庆在乎。年里不去打扰大嫂，最初还是大庆提出的倡议，可是这样的倡议得到实施，受益的是大嫂，受伤的却是大庆。不去大哥家吃饭，就没法去二哥三哥家吃饭，都是嫂子，得一视同仁。可长期不去舅哥家吃饭，和舅哥感情越来越生了，当然只要和老婆不生，和别人生就生了。问题是你作为申家女婿，过个年都没人叫你吃一顿饭，在父母那里就显得太没面子，大庆动辄就以开玩笑的口吻说，不能求求大嫂请咱吃顿饭吗？

大嫂终于请了，大庆高兴，我也高兴。说心里话，几天来我一直处于饥饿状态，肚子里哗啦啦叫的时候，常常要不停地咽口水。见我们兴高采烈答应，大哥更高兴，要是依大哥的想法，恨不能天天有人热闹。当然，在这些人当中，最高兴的要数母亲，她愿意我们在她身边环绕，就像小鸡在老母鸡身边环绕，关键这环绕的人里有三哥。在大嫂做了好吃的，杀了鸡或包了包子，把自己的儿女叫到楼上吃的时候，最难受的就是母亲了。这个家是大嫂的，她就无权往家叫三哥。三哥等于每一天都在以实际行动向母亲提醒她的苍老、无权。母亲觉得不搬出来好或许就因为这个。可是，这一顿让所有人都高兴的午餐却让大庆搅了，他在往家里打电话通报不回去时，那边公公命令，必须回去，他的两个女儿回来了。

婆婆家早已是一派热闹景象了，大姑姐和大姑姐夫、小姑子和小姑妹夫还有他们的孩子全都回来了。这是另一棵树上的枝杈，以往为了能和我们见一面，他们都是初三回来，公公家不讲究送年不送年。这次之所以提前，是公公一早给他们打了电话，说大庆带了录像机，早一点回来热闹热闹。

小姑子一见我就把我搂了去，甜腻腻地说，嫂子俺太想你了。她一向嘴甜，会说话，可因为她心眼好思想简单，你觉得她怎么说都不麻人。大姑姐生性忧郁，话少，但她有一个特别好的习惯，向你表达感情时，她愿意摸你耳朵，每次耳垂捏在她手里，你都会生出一种奇怪的感觉，想把她的手拿下来贴在自己脸上。

我明知道我是外姓人，是她们娘家的媳妇，虽然我没有日夜守在公婆身边伺候他们，但从某种意义上，在程家，我就是申家大嫂的角色，是未来的芯子，因为不管怎么说，未来老人生计的责任全都在我们身上。她们亲近我就像我亲近大嫂，有感情在，但更多的是技术行为。可是，她们这么热火热燎地抱你摸你，浑身痒酥酥的同时，不知怎么的就有一种飘浮感，心再也不像在娘家那么沉了。你心不沉了，突然就觉得有什么东西乘虚而入了——你不能辜负她们。

这也是老天的安排，让你有了做小姑子的沉重后，再给你一点做嫂子的轻松，你就在这稍许的、一次又一次的轻松中，被和平演变了，一点点就有了对于另一个家庭的责任感。小姑子也是一样，她是程家的闺女，却是她婆家唯一的媳妇，没有小姑子小叔子。婆婆跟她在一起，回家打溜须的是姨婆婆家的女儿，她说她会烫发，一腊月给她换了三次发型。在婚姻这个迷宫一样的回廊尽头，你永远不知道有多少微妙的关系在悄悄缔结。然而就在这轻松刚刚到来不久，大哥那面打来电话，说移民加拿大的堂弟回来了，要我和大庆马上回去。

热闹就像快乐一样，是可遇不可求的，不能预期。公公蓄谋制造热闹，都因为大庆昨晚为了感动我拿出摄像机，让他体会了多年来不曾预期的热闹。可是他怎么也不会想到，我和大庆会因为有不能预期的客人从天而降，让他预期的热闹迅速消散。

大庆不想去，和姐妹一年才见一次，关键是我们结婚时四叔平反，全家早从歇马山庄迁回沈阳，他和堂弟不认识，也不觉得有什么关系。可是他不知道，一早上把摄像机拿回娘家就已经有了关系，大哥在电话里说，叫大庆回来拍拍，安征五年没回来了。

有五年和一年比，当然五年重要。从家里出来，大庆拍拍摄像机，有些沮丧地说，都是自找的麻烦，饿死我了。

进门才知道，堂弟在我们还没从歇马山庄回来时就已经来了，他朋友开的车。见大哥不在家，他先去前炉舅舅那边走了一趟。按原计划，他是准备和四婶一起回来，正月十五去老家坟地看四叔的。可单位那边有急事，就提前了。

和大哥一样，堂弟高大、魁梧，宽宽的肩膀方方的下颌，一看就是申家的后人。他是申家后人，如今却有了外国身份，你看他时，不怎么就有了怪怪的感觉，让你想起小时家里丢了的一只鸭子，它三个月后从外面回来，分明还是那只鸭子，你却觉得已经不全是了，好像它身上已经有了说不清的什么东西。堂弟无论见谁都要拥抱，两只长长的胳膊环抱你是那么轻，传达的亲热却那么浓烈，大姐，太想家了。

我早就知道他对家的想念，在他那里，家是个复杂的所在，它既是国土，又是沈阳的母亲姐妹，又是出生地的乡村、小镇。2005 年我随一个采访团去加拿大，走了好几个城市，就是没去蒙特利尔。夜里跟他通话，说我在多伦多，明天一早离开。他激动得语无伦次，大姐，你，你为什么不早告诉我啊？你还是咱家来加拿大的第一个人呢，早告诉我就飞过去看你了，我太想家里人了啊！那次电话，堂弟和我唠了整整四个小时，说他为什么出国，出国后经历了哪些磨难。沾市长舅哥的光，出国前他的生活太安逸了，除了偶尔出趟国，大多时间都是在机关里喝茶水看报纸，节假日家里围着一圈姐妹打麻将，外面围着一圈狐朋狗友喝大酒，一天天重复，他早早就看到了人生尽头。他不想纠缠在世俗的关系里，不想早早就看到人生尽头，就在舅哥帮助下踏出国门。先是在加拿大最东边的城市纽芬兰挣扎五年，奋斗成如今蒙特利尔市政厅的一名职员，成为移民中少有的幸运者，老婆孩子都接过去，他的人生居然又看到了尽头。倒是他一辈子也不会纠缠在世俗的关系里了，可恰恰如此，让他恐惧又忧伤。他说，一到周末没事，就开车拉着全家去城郊，坐在野外望着遥远的西方。那时他无比惶惑，问自己为什么要来这里，他挖空心思建立跟这里的关系，到头来却发现和自己有密切关系的只有大洋彼岸的亲人、家，无法让他们分享自己的一切，人生的意义究竟在哪里？

意义似乎只在摄像机拍下的内容里，坐下没一会，他就把压好的碟放进CD影碟机，播给大家看。孩子上学的学校，家里新买的房子，他上班的市政厅，乡村一样被树林包围的城市，童话传说一样的尖顶教堂。这一切一点都不新鲜，在电影电视里都能看到，唯一新鲜的就是偶尔堂弟的媳妇在镜头里出现，还有他的孩子，他们在冲家人说，过年好！

这两个人对于我们都是陌生的，堂弟从没往家领过，要不是他说他们是他的妻儿，你根本不觉得他们与你有什么关系，尤其他的媳妇。就连堂弟也说，她和咱农村人不一样，没有家族意识，她从来不知道家族意味着什么。那意思好像在说，她冲大家问好都是他逼的。

对国外的一切最有感觉的就是大哥了。他天天看世界新闻，蒙特利尔这个城市并不陌生，由于堂弟在那里，有时还特意关注来自那里的消息，于是不时发言，一会冲远见说，你小叔就比你大一岁，你到现在还没有独创门面。一会冲他正捣乱的孙子说，快看看，那里有世界一流的大学，你将来要是能上那儿念书，爷爷可就烧高香了。

说起来，大哥和堂弟还真太像了，都不安于现状，都一门心思征服世界，只不过堂弟摊了一个好舅哥，有一个奋斗的阶梯，大哥没有好舅哥却是别人的好舅哥，是别人的阶梯，于是命运就有了巨大的反差。堂弟从此远离家族、国家，孤军奋战在地球的那一边；大哥一直在家族人群的包围当中，领袖一样独霸一方。

没一会，大哥就把二哥三哥都找来了。要不是我们被半道叫走，和三哥早在大哥家里吃上饭了——宿命的东西无时不在，大到一个人的一生，小到一顿饭。然而，在大嫂家宿命般逃不过一顿饭的忙碌时，我和大庆竟然宿命般被撂在饭桌外面。我们的宿命都因为二哥来了。听说堂弟回来，二哥毫不迟疑就来了。见二哥来，大哥像丢失已久的宝物失而复得，立即把注意力调到二哥那里，在把餐桌上重要位置让给二哥的同时，只例行公事似的冲我和大庆说，再上来吃点？

大哥以为我们吃了，我们也只有说自己吃了。我们说自己吃了，当然也因为饭桌太挤，因为大庆要现场拍摄。和大庆失望地被排除在饭桌外边时，我只有上大嫂的糖盒里抓一把糖塞到大庆衣兜。

二哥精神头和一早大不一样，一张苦抽着的脸有了笑纹不说，曾经的情绪也不见了，和堂弟说话气量非常足，远程早就跟俺说你正月回来，但没想会这么早。说罢把堂弟推远，梗着脖子盯住他，哈，外国佬，和守在家门口的人就是不一样。

堂弟立即想起什么似的，对啊，远程在网上跟我联系，说去了西部，说大男人志在四方，要向我学习。到底怎么回事？

就是想到外面锻炼锻炼呗，锻炼好了不就像你一样，给咱申家争气了吗？咱申家下一辈还没有一个离开家门的呢。这时，二哥赶紧打开手机，拨号后交给堂弟说，通了，是远程，你跟他说。

堂弟懵懵懂懂接过电话，喂，远程，我是你小叔，你好好干，听你爸说你挺好的，好好干。

在堂弟面前不避讳谈远程，我立即捕捉到二哥的用意，也捕捉到他为什么精神抖擞。他不想做大哥的影子，原来有一个远程在暗中支持，而那个远程一个人在外孤独无援时，把他加拿大的堂叔当成了榜样，把一个遥远的本来扯不上的关系扯上了。可大哥对此还是怀疑，能行吗？可不是那么容易，比不得安征，人家有个好舅哥。

大哥对侄子的走一直不明真相，怀疑是真实的，不含任何他意。可二哥却激动起来，指着堂弟，让安征说说，他去了国外舅哥还能帮上吗？都得靠自个！

堂弟点头，于是就讲起了他的奋斗历程。二哥于是一脸的喜悦，仿佛在讲他的远程，仿佛堂弟的现在就是远程的将来。堂弟让大庆把自带的家用摄像机打开，要录一录在场的亲人们给远在加拿大的妻儿看。二哥冲着镜头说，等着吧弟妹，你侄子早晚会去看你。

堂弟的到来对二哥无疑是一场及时雨，它在浇淋了大哥的同时，使二哥一点点支棱起来。吃午饭的时候，简直就成了二哥和堂弟的专场访谈，大哥怎么想我不知道，我可是很不舒服了。

在我心里，最疼的是二哥而不是大哥和三哥，他生性懦弱，依赖性强，母亲说他先天身体不好，一小从不出门，一直拽着母亲衣襟。结婚后在大家庭里，他像一匹听话的马，以勤快能干俯贴在大家身边。大哥三哥下班闲逛去了，他下班放下自行车，就背起网包去了野地搂烧，依赖着勤快而获得的夸奖，他愉快地生活了好些年。1985 年分家，他的勤快无人分享，丢了魂一样，一再当着母亲说，妈，怎么就觉得不能过了！母亲心酸，我也心酸，因此常常生出同情，偷偷买些洗衣粉之类的日用品以表抚慰。可是你很难想到，一个人在你的心灵格局上一旦定位，稍有越位就觉得不对了，比如现在。他旁若无人地侃侃而谈，完全无视大哥的存在，你恨不能上前堵住他的嘴。

后来，他的嘴终于被堵住了，只不过堵他嘴的不是我，而是堂弟。堂弟堵住他的嘴，不是用手，而是用一把思乡的眼泪。堂弟吃了饭，喝了酒，去歇马山庄走了一趟后，要去祖坟，于是一干人陪他去了西大荒坟地。来到坟地，他跪到四叔坟前，呜噜呜噜就哭了起来，边哭边说，想家啊，爸，太想了，我常常开车上郊外往西望，想沈阳的妈妈，想咱小镇，想咱歇马山庄，想咱家里亲人。二哥于是再也忍不住，山洪暴发一样号啕大哭，任大嫂怎么劝都劝不住。

二哥撑着不过是不想面对身后的虚空，对于他这样一个实际又懦弱的人，儿子的远离其实是最大的打击，尤其远离是为了逃婚。然而，那虚空转瞬之间泄露出来，最受感染的居然是大嫂，她拍着二哥肩膀，一遍遍喊着，二兄弟想开点，咱出去也是为了给申家争气，想开点。听上去是重复二哥的话，却一点也没有讽刺的意思。

堂弟和二哥都哭够了，一直很冷静的大哥开始说话了。大哥说话不是站在父亲坟前，而是站在奶奶坟前，他人站在奶奶坟前，语气却是对着大家，奶奶，咱家人从国内到国外，从乡村到城市，全都有了，咱在乡下也不落后。咱家现在也有超市，给远见媳妇开了超市，就是想为祖上争光，世界各地都有超市，沃尔玛已经有四十多年历史，咱不叫沃尔玛，叫金玛，也是连锁。咱从现在开始也不算晚，咱人在家门口，可咱一点不落后。

关于超市，我从不知道大哥开办它基于这样的想法。大嫂赶紧接上，老奶奶把远见从井里拽上来，不能丢了老奶奶的脸，他是申家长孙。

坟地一片肃静，一丝风旋动了坟头的草叶，仿佛在做着某种呼应。然而这时，堂弟从四叔坟前缓缓站起，移到五叔坟前慢慢跪下，拖着哭韵说，五叔，侄子不孝，等不到十五来给您上坟了。侄子什么事都没有，可就是想走，侄子受不了这一天天混吃混喝，在沈阳一场接着一场，太累了。您一定会理解的五叔。

看着堂弟弓下去的后背，我不由得泪眼蒙眬。在外的人，当被裹挟在巨大的思念里的时候，以为长时间在家居住会缓解思念，会储存起一些东西在心灵的仓库，可供未来离家的日子一点点享用，以为在家的日子越多，储存的东西就越多，而回家才知道，根本不是这么回事。当搅扰在烦琐的家务事里，当无所事事又忙忙碌碌地打发每一天，不到三五天就急得不行，就怀念起离家在外的日子，就怀念起曾经有过的对家的思念。事实证明，你与家的关系只在想念里，而不在现实里。五叔当年每次写信都发誓住满半个月休假，可每次住不上一周，就赶紧离开。我居住的城市离家较近，一两个月回家一次，可每次总打算住满周末两天，结果总是睡一宿觉第二天就返回。

知道堂弟不是因为公务，而是自己要走，大家交换着惊奇的眼神，仿佛刚才说过的想家都是假的，受了蒙骗，大嫂在我身边小声说，看来外国还是好。

八

堂弟的车一股烟一样就消失在小镇前边的土道上了，一个远在海外的申家后人的一举一动一瞬间就变成了回忆。送行的人站在道边，怅然地相互看着，面面相觑。我们本是一大群，其中还多了二大爷家的堂哥和堂姐，他们听说堂弟回来，也从歇马山庄赶过来。可当大家共同的目标消失，人群立即散落，呈现了每个人都是独自的孤零零的面目。虽然大哥还以追忆的形式挽留着这一切，安征真是长大了，记不记得小时候和远见争吃黄瓜，把远见手指都咬出血。没有任何人响应。堂哥堂姐们站了一会说，大哥大嫂，俺家里还有客，就不上楼了。转身上了自行车。二哥有些发傻，久久地望着远方，一动不动，仿佛堂弟在不经意间带走了他的一切。三哥多年来第一次在大哥家喝酒，有些醉意，眼睛里布满红红的血丝。他痴痴地看着我，看着大庆，之后小声说，你三嫂跟俺闹别扭，想跟你们一起回大连，你们什么时候走？

大庆也警觉地看我一眼，走过来说，能不能跟大哥商量一下，今晚送了年，就让远见送我们回去，就别再住了。

大庆的想法正是我的想法，要不是怕公婆不高兴，我早就想走了。而在大哥那里，我的想法就是不容推脱的责任，大哥立即答应，命令远见赶紧把车油加满。

因为中午草草一见没有尽兴，公公把大姑姐、小姑子两口子都留了下来，是不是希望把热闹重新找回我不知道，反正我们进屋，所有人都欢呼雀跃。然而任何东西过了也就过了，是找不回的，你重复上演，即使地点和人员一切都没变，可时间变了，所谓世界上没有一条相同的河流，是以时间为参数。比如现在，人还是这些人，大庆摄像机也一直开着，可是当我不得不告诉公婆我们晚上就要离开，大家一下子就陷入慌乱之中。回菊和婆婆紧着包送年饺子，初三晚上送年是要包饺子的。大姑姐和小姑子紧着帮我们收拾东西。我们把换下来的内衣外衣散落在好几个地方，还有我和大庆的充电器、建建的 CD 盘、一大堆《灌篮》杂志。公公一遍遍催促二庆，赶紧把送年的鞭炮找出来放到暖气上烘一烘。

热闹没有找回，公公有些怅然。因为一通忙碌之后，他的闺女女婿也都走了，他们也要回家包饺子送年。一大帮人带着我们送给他们的酒离去，屋子里顿时空荡下来，二庆的存在顿时显现出来。这一天里，他夹在一大堆人里，你都快把他忘了。他显现出来，屋子里顿时就有了紧张的气氛。尤其公公要求他把鞭炮放在暖气上，他偏偏放到窗台上，你就觉得不定什么时候，公公会像炮仗一样被二庆点燃。

这一刻终于来到了，送了年，一家人睁搐睁搐围在桌子上吃饺子，饥饿的我和大庆刚刚伸筷，公公就看了看大庆和二庆，之后郑重其事说，你俩听着，俺有一个想法，俺和你妈死了，绝不回苇子埔祖坟，你们要是孝顺，就上县里买个公墓。

桌前一片安静，大过年的，相信谁也没有这个准备，去谈活着的人死后的归宿。问题是，公婆身体好好的，离那一天还太远了。

见我们都不吱声，公公又说，你姐今天回来俺问了，一万块钱就下来了，俺和你妈没有别的要求，就这点要求。

我顿时有些明白，这只是公公的想法，程家坟地在村子里，他不想让活着的人指指戳戳，更不想让地下祖宗脸上无光。

如果此时二庆不吱声，再稍等一会，我就会应承下来。我应承了，大庆就会大包大揽，就像为公婆买楼房那样，就一切都不会发生。可是不等我说话，二庆等不及了，不是孝不孝，咱家坟地是好坟地，为什么不能去？要是不好，俺哥能进城？俺不同意！

公公立即火了，筷子在桌子上飞了起来，粗话也飞了起来，你这个王八犊子你算老几？你哥没发话你算老几？

老几？老二！俺是这个家的老二！在村里住得好好的，要求上楼；上楼住得好好的，又要死后进县城。你这不是折腾儿女？

二庆话这么说，可我似乎也明白他气愤的来由，如果同意，就意味着向村里人证明，他真的不是老子的儿子，老子连坟地都不敢回了。

这一次，大庆没有冲公公发火，我也没有拉二庆。不是我们厌倦了，而是这时，婆婆手里的筷子当啷一声掉到地上，随之身子一歪，和椅子一同倒了下去，直僵僵倒在身后的沙发旁。

妈妈——妈妈——我和大庆嗷嗷叫着，一阵手足无措之后，才想起拍打婆婆肩膀，掐婆婆的人中。这时，建建和小栓大哭起来，回菊也在哭，屋子里顿时被哭声填满。公公和大庆声息全无。

一通喊叫之后，婆婆从那个世界醒了过来，她慢慢睁开双眼，看了看大庆，之后把目光移向我，泪眼婆娑地说，大庆媳妇，俺不想去苇子埔坟地，俺爹妈没给俺找个好婆家，俺不去他家坟地。

我立即点头，哭着说，妈你放心，俺同意买公墓。

我这么说着，心里却有些胆怯，因为婆婆明显和公公不是一个意思，公公不回坟地是怕丢脸，婆婆不回坟地是不愿意承认她是程家人。这太容易惹恼公公了。然而就在我这么想的时候，公公真就恼了。他恼了，冲的不是婆婆，也不是二庆，而是我。他从窗前转过身，往沙发前挪了几步，嗓音沙哑地说，大庆媳妇，俺不想掖着藏着，俺想跟你讲，俺对你有意见。

我愣住，静静地看着一脸阴沉的公公，他不但脸阴沉，混浊的目光里有一种怨怒在蹿动。我想他是嫌我答应晚了，要是早答应，他和二庆就不会吵起来，婆婆也不会这样。

俺觉得你从来没瞧起程家人，俺是无能，和你们申家比是不行，可俺也是见过世面的人，俺在县城上过班，你说是不是？公公一字一顿地说。

我顿时蒙了，脸腾地就烧了起来。

你回来过个年，心根本不在这个家里。是，你娘家有外面人回来，可你是咱程家媳妇呀，你心里根本没有程家！

我垂下眼睑，感觉有一股气在往胸脯顶，我在想，即使我有错，这和买不买公墓有什么关系呢？

不去老坟地，俺是想，想从根上拔出来，俺想从俺这一辈，从死了那天起重新做人，做你大哥那样有本事的人。到那会，你回来就不惦记娘家了。你说是不是？

我彻底低下头，眼泪唰的一下就淌了出来。一种比委屈更复杂的东西洪水一般旋在身体里，使我怎么都控制不住。

见我哭，刚刚好了一点的婆婆又抽搐起来，一抖一抖说，老死鬼俺才瞎了眼了，俺怎么就找了这么个婆家啊？

见婆婆抽搐，我立即咬紧嘴唇，努力控制住自己，可我分明听见我心里也响着这样的声音，怎么就找了这么个婆家？

我们最初嫁人根本没想找婆家，可我们嫁了男人就有了婆家，就有了和婆家人剪不断理还乱的关系。我们有了剪不断理还乱的关系，可到最终，却觉得自己是孤身一人。因为当我问自己，婆婆死了不想去程家坟地，作为程家媳妇，你愿意吗？

回答是肯定的，不！

正胡乱想着，手机响了，是侄子在楼下催促我们，我握住婆婆的手，冲她再次点了点头，我的意思是她的要求没有问题。可婆婆并没接这个茬，她只是心疼地看着我，哆嗦着嘴唇说，一年到头回来过个年，年年都过不好。

我说，没事妈妈，没事。

大庆和建建都凑过来时，我离开婆婆站起来，把目光移向公公。可此时的公公和刚才判若两人，眼睛里那丝蹿动的怨怒像被筷子搅碎的蛋黄，彻底散了，取而代之的是一种凄楚和无助，如同一个惹了祸的孩子不知该如何收拾眼前的局面。我原本也没想跟他说什么，只想道个别，说，爸，我们走了。可是看着他可怜兮兮的样子，居然连这句话也说不出了。

直到下了楼，上了侄子车，我也一直没跟公公说句什么，可是在我们的车就要开动时，他突然扑到车窗前，眼泪汪汪地冲我们喊，再回来啊！我的眼泪一瞬间又旋了出来。

因为眼里有泪，回家跟母亲告别时，一直不敢看她。我不看母亲，母亲却要拉住我的手，紧紧盯住我，怎么啦？怎么刚送了年就要走？

我扬了扬下颌，漫不经心地说，我明天有采访，今来电话啦。

直到就要上车的时候，我才敢和送行的人对视，因为此时夜色已经完全模糊了视线。他们是大哥、三哥，是大哥和二哥家的侄子侄媳。三哥说三嫂不跟我们走了，想必说走不过是一时情绪所致。她不走，也没有照面。二哥二嫂都没来，可他们居然让远程媳妇来了，仿佛要以此向大家证明正在西部为申家争光的远程的存在。可她并不理解她的公婆，只是缩在一角，远远地打着招呼。

车门关上了，车子启动了，亲人、小镇都退到身后的夜色里了。送年的鞭炮声渐渐远去，亲人们的再见声也渐渐远去，车里一瞬间陷入无边的空荡和寂静。侄子把车开动，一直没有和我说话，其实每年都是如此，回程的路上我们无话，仿佛年把我们之间的什么东西带走了。

把什么带走了？不知道。但随着某种东西的走，另一种东西却势不可当地来了。它来自喉管，来自食道，来自胸腔的下边，它其实一直就蛇一样蜷伏在年的几天里，蜷伏在身体的某个角落，只不过我没有时间顾及而已。现在，当终于告别身后沉重的现实，当我们终于静下来，飞一样行驶在寂静的黑暗中，它居然随着身体里看不见的网络轰轰烈烈地来了。我没问大庆，但我相信我们的感受是一样的，因为此时，他的一只手正从我的肩头伸过来，我接过时，发现是一把糖。

发表于《钟山》2008 年第 6 期

转载于《小说选刊》2009 年第 1 期

《北京文学·中篇小说月报》2009 年第 2 期

《中篇小说选刊》2009 年第 2 期

获 2009 年《北京文学·中篇小说月报》优秀小说奖

2008—2009 年度《中篇小说选刊》优秀小说奖

中国小说学会 2008 年中篇小说排行榜

天高地远："新—新中国"精神走向

——对话"惠芬世界"及其《天高地远》
李小江

关键词：出走／乡土、自由／元自由

出走是离家，是还乡的前提。

海德格尔对"出"与"还"的关系有经典界定。他看出走是一种形而下的实际行动，还乡则是形而上的，由外而内，朝向"诗意的安居"之地：

> 唯有这样的人方可还乡——他早已而且许久以来一直在他乡流浪，备尝漫游的艰辛，现在又归根还本。因为他在异乡异地已经领悟到求索之物的本性，因而还乡时得以有丰富的阅历。

我是没有家乡意识的人，因此没有出走的意识。

我的出生地不是祖籍，我的祖籍不是我的家乡。

对女人而言，曾经，祖籍与姓氏都不重要，嫁了人便换了姓也换了祖籍，夫家的祖籍从此成为她的世界和她永远的家园。女人原本是守家的，不出远门，因此没有回家的念想；不思天下事，因此没有还乡问题。

时代真是变了。

女人也在路上，游移的不仅是脚步，还有灵魂。

我这一生总在路上；没有家乡，总在天下。

当天下变成生活现场，心灵的还乡是迟早的事：远离人间是非因此远离人群，向寂静走去，在停不下脚步的喧嚣世界中唯求一片纸和一支笔，借方寸之隙偷一分宁静，让心灵在"诗意"的心境中"安居"。

走在还乡路上，我与孙惠芬相遇。

孙惠芬，女，曾是农民，现为职业作家，定居中国大连。

她的履历平淡无奇，一目了然。从老家庄河到大连定居，孙惠芬几乎一直就生活在家乡。几十年下来，她的经历乏善可陈，如她所说："不好意思，我的生活太平常了，平常得有点平庸……我没有杰出艺术家的个性，喜欢平淡、温和的没有大波大澜的生活。我的所有波澜都在心里。"平常和平淡体现在孙惠芬的作品里，化作细腻缠绵的语絮。

孙惠芬生于20世纪60年代困难时期，饥荒和贫穷充斥着她的童年记忆：

> 在我开始写作的时候，我从没爱过乡村，我生活于其中，可内心里积蓄莫名的向外奋斗的力量，这股力量在帮我树立走出乡村的理想时，也让我倍感乡村生活的天高地远日月漫长，倍感生活在乡村的痛苦与压抑。

写作是她"出走"的一种方式。

起初，她的出走不在脚下而在心灵，这与家庭环境有关。二十三岁之前，她生活在十八口人四世同堂的大家庭里，上有奶奶、父母、哥嫂，下有侄子侄女。身在"关系"的夹缝中，看着诸多家人的脸色过日子，她倍感压抑："我的心匍匐在一方狭小的空间，深入在母亲的心情里，跟随母亲，一会高山一会大海，没有一刻安宁。"年年月月，和家里女人厮守一处，没有国事天下事，只有"日子"——日子后来成为她的创作主题就是很自然的事。她的父亲是商人，也是讲故事的高手。可她对父亲的故事不感兴趣，听讲的时候总是沉浸在自己的心情里——心情是孙惠芬生活中一个重要因素，日后直接进入她的小说，成为她创作的基础场地。她说："从很小开始，我就感到压抑，就拥有了自己的心情，就因为有了自己的心情而听不进与心情无关的任何故事。"

心情由何而来?

来自日常生活中细微琐碎的小事情,比如哪一天嫂子脸色不好看,母亲在乎,她也跟着在乎。哪一天想到小镇上逛街而母亲坚决不让,她会难过很久:"心情在我的生活里无比巨大,它常常是排山倒海的,挥之不去。我最初的写作跟心情有关,跟故事无关。心情压抑,心情里有一团化不开的东西,就让它往外涌。"这个"外涌"值得关注:封闭制造欲望,因"压抑"而形成一种气场,成为"惠芬世界"诞生的产床——在这个世界里,唯一可能的自我救赎就是出走。

出走是惠芬世界的主题。

"天高地远"是梦到的地方,朝着背离乡土的方向。

如果我们把20世纪80年代以后的新中国看作"新—新中国",那么可以毫不夸张地说,出走是改革开放以后几乎所有中国人的精神走向:乡下人离土进城,小城人到省会,外省人到首都,首都人出国了……弃乡土如敝屣,在这个重土难迁的农业社会,仿佛乾坤倒转。

孙惠芬也是离乡者。

像所有离家的人,她一直怀揣着回家的梦。

不同的是,家在近前,她其实常常回家。离乡与回家在她成为一种不可或缺、两全其美的生活方式,帮她跳出了怀乡的愁苦梦魇,使她能够在"之间"的身份纠结中坦然面对"主体间性"引发的一系列现实问题。她以顺应自然的书写通达心灵,有意或无意,为自己开辟出一片诗意的栖息地,也为现实的"出走"和精神上的"还乡"开启了一个不易多得的通道。

乡土是什么?

乡土不同于家乡或乡村,也不可等同于大地或土地。今天的话语环境中,它有某种后现代意味,相对于"城市"和"现代",它是一个与当下世界潮流有距离感的抽象概念。乡土在形而上层面可以有两种理解:一则乡土是自然的却不尽是大自然,它是存放人类原始记忆的自然生存状态,指向简朴、单纯的生活方式。二则乡土是故乡,无论生在乡村还是城市,乡土承载着童年记忆和有生命体感的天然亲情，是一切离家远行的人托梦的地方。

乡土原本就在脚下，何以成为"遥远的地方"？

因为出走。

出走究竟源自人之本性，还是文明的最初标志？

狄尔泰说："人首先是一束欲求。"

因此可以说，出走是欲望，也是宿命。

一切生命体的起点无不是分离即出走：细胞要分裂，动物要分娩，种子自行落地……人从母体脱胎而出，也是出走。人之不同于其他生物，就在他能够把宿命的分离转化为自觉的追求，在自我意识的形成过程中将离家远行看作人生的真正起点，如汤因比所说："人确实是自己时代和地域的囚徒……但是，反抗人类局限性并力图超越它们正是我们人类的本性特征。"历史地看，出走是文明的起点，从顺应自然走向征服自然，人性对自然性的超越和背离成为人类社会进步的出发点。落实在个人的现实生活中，出走的动因是困境，出走的前提是机遇，出走因此成为一种象征一个念想：幸运——这意味着不是所有的人都能够出走，也不是所有出走的人都能还乡。出走是还乡的绝对必要条件，在走出去的过程中，异乡成为"根/本"的参照系：越是遥远的越可能是异质性的，越是长久的越可能是丰富的。

真正的富绰是充溢，它自行溢出并且因而逾越自身。在这样一种逾越中，充溢者流回到自身，并且体会到：它因为总是被逾越而不会自我满足，而这种自我超越着的"决不自满"就是本源。

就是说，在人生旅途中，越是自觉地让自我融入他者，有意识地让个体的生命时间进入人类社会历史，才越有可能"领悟到求索之物的本性"，为真揭幕。

人类生活中，真有两种面孔：

一是真相，即存在的和正在发生的人或事。它是实在的，我们称之为历史和人生，在时间长河里朝向义无反顾的出走和疏离，任原本自我澄明的人或事在"异乡异地"的流浪中自我遮蔽。

一是真理，即"求索之物的本性"（海德格尔语）。它是精神性的，看不见，只在思的过程中自我呈现，以形而上的方式实现向在之回归，如海德格尔所说："历史之历史性的本质在于向本己之物的返回，这种向本己之物的返回唯有作为向异乡的行驶才可能是返回。"

惠芬世界试图展现真相，于滴水之"真"中见洋洋大"理"。

惠芬世界里写满了两个字：出走。

为什么离家出走？

因为天高地远。

《天高地远》（1991）在孙惠芬的早期作品中占有重要地位，短小篇幅，高度概括地表现了人在极端穷困和封闭中的生存状态，如下所示：

那是"我"和"我家"的故事。

这个家只有年迈的奶奶、残疾的爸爸、隐忍的妈妈和负荷养家的唯一劳动力"我"。一天的日子是从奶奶刮碗的声音开始的，"它酿成的气氛总像蒸锅里的蒸汽一样笼罩全家……这是怎样一个家呢？每个人的生命都受着一个整体的牵制，无从解救"。

傍晚，无论春夏秋冬，"我"从大田归来，"总能看见爸爸和奶奶像两尊泥佛一样坐在家门口。缩着肩，袖着手，四只洞一样昏暗的眼睛搜索着对面的荒山、通往屯里的小路，那样专注、痴迷，直到最后一缕霞光跌进山谷，直到我扛着家什，两手空空从田里归来——他们一天中最后的希望泯灭"。他们的希望很简单，就是出嫁的女儿过来送礼。一包糕点和糖果或一点酒菜，是爸爸的期待也是他的怨恨。三个女儿出嫁了却都没有嫁对人家。

"穷，穷，尽是穷亲戚！""我们"家从漫无边际的穷日子中度过，"爸爸每说这话，我的心都仿佛有东西撕扯般作痛"。

每天晚上，喂完牲口，站在透凉的夜空下望着各家各户闪烁的灯火，"我都感到有种沉重的力量激荡在村野四周，激荡在蓝天下、土地里。它像深深的大海负载着每一户庄户人家，在这空寂开阔、无边无岸的洋面，打发一个又一个前无来路后无去向的日子。常常，这种感觉使我迷惑……我不知道像奶奶爸妈那样，一辈子沉溺在由季节和土地，由简单的劳动、繁复的日子、单一的饭食、永恒的时间摊派而成的周而复始的生活里，我的生命会有什么色彩和光亮"。

"我"的想象并不遥远，就在上下砖厂那些进进出出的汽车和工人之间。"我"长久地看着他们，魂不守舍，"我"为什么不能去做一种不同于锄地收割的活路？为什么永远是将那三亩三分田地翻来翻去？走进"我"的小屋，在独处的宁静中"我"感到更加压抑。家人都是至亲的人，却没有一个可以谈心的人，"事实上，爸爸、妈妈、我，我们三个人都在寻找发泄一次积攒已久的冤屈的时机"。

发泄是迟早的，任何一件微不足道的事或一句话，都可能引爆这无边的寂寞和压抑。无言相对也是一种罪过……最终，一块冰糖酿成大祸，骨肉亲人变成仇人：分享糖果那一刻，爸爸在墙头够下一把镰刀向奶奶抡去，"奶奶就地跌倒再也没有爬起，嘴中含有大姐上午送回的冰糖"。

"死原来是这么简单。"

简单地埋葬了奶奶，一家人平静回家。

"我没有跟妈妈和大姐一起回家。"站在山冈上，"天空高远，大地辽阔，一丝风从山背面掠过来，夹带一股逼人的气息。我看了一眼已经走近家门的妈妈和大姐……拣另一条山路走下去。这条路通着刘麻子家，在他家后身，又与外面的山路相接"。

这乡土里没有丝毫温情。所有人都是至亲，亲情中却弥漫着恶之渊薮。小说题目是《天高地远》，内里却是一个山沟一个家，地理环境的封闭和人心的闭锁达到极致：从早到晚，"奶奶刮碗的声音"和"四只洞一样昏暗的眼睛"形成一个闭锁的世界，无言却是无休止地生产着压抑。当压抑的情绪充斥心灵，心便可能成为灵魂的牢狱，用福柯的话说："灵魂是肉体的监狱。"在这种人性中，我们应该能听到隐约传来的战斗厮杀声。《天高地远》将心中的厮杀转化为现实行动：一边是戕害，一边是出走。没有告别，没有泪水，愤懑中留下一个难解的疑团："永远固守一种陈旧的日子，实在难说是道德还是耻辱。"

出走的欲望占领人心，是因为意识到了"留下来"的困境。

海德格尔说："自行锁闭的悲哀是不可穿透的，并且呈现为黑暗。"

在极端的闭锁中人心将死，

倘若不想死，唯一的逃生路就是出走。

可是到哪里去呢？

海德格尔说："唯在敞开域中，诸神才能光顾，人类才能建造一个住所，在此住所中，才有人类能够掌握的真实的东西。"这是说，出走是自行解除锁闭状态的有效方式，它的目的地未必是某一个特定的地方，而是"敞开域"。

孙惠芬笔下，"敞开域"是城市。

城市是开放的，朝向文明。

在观念世界中，文明的内涵是精神的和制度性的。在历史过程和现实生活中，文明是从"城市"和"城市化"开始并逐步推进的。换言之，文明不是精神的产物，"就其本性而言是技术的"，源自人之欲望，如别尔嘉耶夫所说："文明产生于人追求实在的'生命'、实在的强大、实在的幸福的意志。"别尔嘉耶夫强调"实在"与生命体的物质性相关，它将追求"幸福的意志"凌驾于一切自然守则之上，成为一种征服性的意识形态——这种状态在惠芬世界里有充分的反映。

20世纪80年代，中国的改革开放刚刚开始。

一个"开放"启开了封锁多年的城乡壁垒。

当时，城市文明距离乡村社会还非常遥远，却深刻地影响着中国农民的心态和价值观，动摇了传统农业社会根深蒂固的道德秩序。文明面前，世代相袭的农人背弃了千百年来"安土重迁"的伦理规范，一扫离乡悲情，将"出走"看作成功的标志和家族的希望——难得"惠芬世界"在这当口破土而出，它告诉我们：中国的城市化最早是从"心理"开始的，它的肇始者不是机器，而是一个个"个人"离乡出走的脚步。这脚步零碎却从不间断，无声却非常坚定，无一例外地从乡间小路义无反顾地走向城市宽阔的街道。从此，乡村不再是温情的乡土，而是囚人灵魂的精神牢狱。孙惠芬的小说刻意表现这种牢狱状态，在中篇小说《来来去去》中，她写出了压抑的心情和出走的欲望，也展示了原因：不单纯为精神上的解脱，更是为了摆脱贫困。换言之，物质的诱惑远在一切精神需求之上：

> 我多年来一直处于夹缝的成长过程中，从不放弃过一种梦想，梦想

有朝一日离开乡土，离开辽南，永远地离开，到更远更开阔、更文明的大城市去，在那里工作安家生儿育女……我愿意后人是过着大城市人的文明生活来亲恋庄河，是隔山隔水远距离的亲恋，而不是拥抱土地的自恋自爱。

在这里，欲望之所以有意义，就在于它的物质性，不只为了自己能够享受文明生活，更是为个体生命的世代延续提供一个"更开阔、更文明"的起点。显然，这是身在乡村和社会底层的人们的梦想，也是今天所有自觉移民离乡的社会精英们的现实追求——人往高处走。出走的目标和移居的目的地，一定是比出发地更富庶、更美好的地方。

人类跨越地球表面成群地迁徙，主要是想获得更为富饶的自然资源。无论你把这种移居称作殖民、征服或是移民，他们的目的大体相同。移居者……更多的时候，是试图去占据邻居所有的更富饶肥沃的土地与更多的财富。

早期人类社会，出走多半是群体性的：要么因为自然灾害或地理变迁，要么因为人口膨胀。个体出走之罕见，因为离群就意味着死亡。近代以来，大规模移民无不伴随着战争和殖民化运动，日渐困难；个人出走日益成为常态。今天，人们离乡远行，起于对更好的生活即文明的向往。所谓文明，最早的表现无关制度，完全是物质的：如《天高地远》中，文明是刘麻子家砖厂那些进进出出的汽车和工人；《接壤》的小镇上，文明是女店员们从城里捎来的羊毛衫和连衣裙；在《天窗》里，文明就是孔兴洋家里那个通向世界的电视机。

《我的稻草时代》中，文明是机器：

> 我对草包铺里的劳动充满了向往……隔着窗户，我看见那里的机器排成两排，一排是纺绳机，一排是织包机，纺绳机转动起来，仿佛纸做的风轮转在风中，织包机来回穿梭的样子，仿佛一只小鸟啄着稻草衍来

衍去，真正是一排热闹景象。

《春冬之交》中，文明是有节奏的生活和雪白的工作服：

> 没有尘土没有山林，没有田垄上操作的汗透衣衫的乡亲。时间被分成块块……况且还有雪白一样晃眼的工作服。

《来来去去》中，文明是大城市的电车汽车高楼……

> 大城市，大大城市……她觉得用不了多久，她就会变成另外一个人，她会自觉不自觉地把对象叫作朋友，她不再穿那双一出汗就"臭脚"的解放鞋，鞋里永远是洁白的，不再会有泥粪草末什么的。

这些承载着"好日子"的梦想，全都来自外部因素的介入。

对乡村而言，外部就是城市："他说城市好得让她没法想象。"（《来来去去》）小胜子唤出姑娘的"城市想象"，给乡下人一个具体的城市梦。对新中国而言，外部是世界更是主导世界潮流的美国："她说美国好得让你没法想象。"改革初期去到美国的人也讲这样的话，唤出国内无数青年学子的美国梦……这些最早走出的人无形中成为开路的人，哪里有他们，哪里的门窗就被打开了。孙惠芬在她的乡村故事里刻意安排这样的人物出场，有意让他们"向乡下掀开城市的一角"，"打开狭小乡村世界与外部世界的秘密通道"。外部因素的介入，对封闭的中国社会和静水一潭的乡村生活是刺激，是流水，由大到小，由整体到细部，不同的是前者是被动的，是被大炮炸开的，它的工具是战争；后者则是主动的，在"好日子"的诱惑下，将进城看作走向文明的捷径。

"城市"和"西方"成为承载着文明和进步的象征性符号，落实在现实生活中，很具体，就是那些"走出去"的亲友以及他们带来的礼物或新鲜气息：一条围巾或时髦的服饰，甚至就是洗面奶的气味或一个礼貌的问候……瞬间便将遥不可及的现代文明一下子拉近到身边，悄无声息间改变了人心的走向：进城。进城变成不可抗拒的趋势，直接影响着乡村社会的价值取向：

"个体行为受到群体内部的制约，也许先受到外界的制约。"环境的变化影响到每一个村庄、每一个人：

> 我毕业回乡的第一个夜晚就是和二姐三姐四姐在月树下用想象来描绘城市人的生活。我们亲眼看见的可供家族女人生活的狭小天地和母亲同二婶为几斤棉花长此于心耿然的事例，培养了我们同大姐一样急于往外奔的心理。（《四季》）

曾经，新中国的二元结构社会，城市和乡村分属两个完全不同的世界。户籍制度将这种结构固化，即使路是开通的，乡下人也难以进城，强化了"乡土"的封闭性和社会底层意识。今天不同了，进城已成趋势，守土反倒成为问题。当"村村通公路"已经落实到乡村，需要打通的路就不在脚下，而在人心。

人心通畅的前提是理解。

"所有的理解都已经是解释。"

孙惠芬试图用小说解释乡下人的生存困境和他们力争出走的欲望。当这种欲望跨越了个体生命的局限，转化为村民共同的愿望，仿佛火山下沸腾的岩浆，爆发是迟早的事。表面上，乡土还是那个乡土，乡村社会的深层结构却开始变化：文明到来之前，人心已经被笼络去了。可以说，中国乡村的现代化是从农民在心理上走向城市化开始的。自此，乡村"不是独立存在的"（马克思语）自然村落。当外界信息从不同渠道进入乡村生活，当第一批出走谋生的弄潮儿捎带信件或携带礼物省亲回家，乡村社会生态体系就发生了质的变化。它不再是它自己，而是文明系统中的"部分"，世界史运行的整体潮流即文明的全球化趋势，"使它们按特定方向发展，为它们规定了意义"。这是说，一个地方的发展取向多半基于"异质"因素的介入，与第一个和第一批出走者的去向和命运直接相关（比如福建人去了美国去了西班牙，安徽人去了北京……）。孙惠芬笔下的乡下人全都向往"外面"，所有年轻人都想走出乡村，身在故土，心在外面，与昆德拉的"生活在别处"在性质上是一样的，方向却完全相反，无关精神升华，恰恰是以精神意志的降格为代价的。

为了出走，人们可以不择手段。比如《攀过青黄岭》中的敏小，与多年相爱的发小成山分手，决定嫁给大学生凌江，好成为"镇上人"。

"青黄岭以南以北，是两个天地"，一旦回来，就意味着承受山里人的宿命，"再攀过去有多不容易"。离乡出嫁的路上，她回忆过往岁月和成山的恋情，有爱也有理想："他们一道研究起滑子蘑种植技术，他们就成了山里第一代创业者……现在完全是另外一番景象。哎哟，这日子怎么变得这么快呢；人的思想怎么变得这么快呢。"

敏小朦胧地感到，她是应该有另一种生活，这种生活似乎只有和城市连在一起，和凌江在一起，才能得到。"她的心已不能安分地守在蘑菇房，她的心想飞。"

敏小想飞出大山："大山里的女子，世代在山里生儿育女，山里的男子再好，山里的钱再厚，它和大山外边差着多少年的步伐呀。"对绝情思变的敏小，作者给予充分的理解，她看敏小是追求文明的先行者："给山里女子引了路，争了气，有什么不好呢？"

的确，怪不得敏小。

门已经打开了，风从八方吹来，带来的是文明世界的新鲜气息。

没有人能够抵抗这种诱惑。人"既是自然界的一部分，又仿佛是自然界的一种怪物；他既不存在于自然界中，又不处于自然界之外"。这种介乎之间的性质决定了人心流向。于此，孙惠芬有切肤之痛的亲身体验。体验的升华有两条路，一是思想性的，走向哲学；一是创造性的，走向艺术创作。孙惠芬在"之间"寻找出路，将出走的体验化作无穷的创作资源，将之上升到认识论高度：

在艺术的体验中存在着一种意义丰满，这种意义丰满不只是属于这个特殊的内容或对象，而是更多地代表了生命的意义整体。一种审美体验总是包含着某个无限整体的经验。

因此，我们可以在她的离乡中看到形而上的精神力量，在"出走"这一命题下挖掘人性的深度。无论什么人，无论出于什么动机，出走的欲望与自由意志有关，在性质上是同样的，不同的是方法：

> 一切自由的行为都是由两种原因的结合而产生的：一种是精神的原因，亦即决定这种行动的意志；另一种是物理的原因，亦即执行这种行动的力量。当我朝着一个目标前进时，首先必须是我想要走到那里去；其次必须是我的脚步能带动我到那里去。

在惠芬世界里，出走是主旋律，与现代的方向是一致的。

不同的人对"城市/现代"有不同的想象，他们在不同的境遇中借助不同的工具力图出走。出走的意愿一旦变成集体意识，就会成为群体性的价值认同：

> 你们是乡下人心中升起的星星，他们把你们崇为至明圣人，他们把有才学有知识的人划在远离他们的彼岸……你们奔出来，亲人们也向往着你们。（《爱到三十》）

今天乡村，男人多半外出打工挣钱，根仍在乡下。只有拔根（《攀过青黄岭》）转出户口，才是成功的标志。拔根的最佳方式是求学读书，能否考上大学便成为人生成败的标志。九年义务学制下，如今的乡下孩子也都是读书人，对农田活计早已荒疏。落榜返乡还原成为农民，不仅是失败的标记，也是一种恶毒的咒语，比如歇马山庄的鞠广大，二十年前他的牛吃了村主任家的庄稼，遭村主任老婆一顿污骂：

> "躲，叫你躲他三辈四辈也躲不出地垄，想偷懒你没那个命，有本事供个儿子在外给老娘看看！"这咒语仿佛动力，让鞠广大拼尽家底供儿子上学，好让他日后在外生活。近二十年时光，他在一个女人用语言掘出的深井里攀爬，但最终也没能真正爬出——那不争气的儿子竟然和他一样当了民工。
>
> 枯井掘在心里边。心里的疼只有自己知道，外人看不见。

《一度春秋》中，那眼深井就在眼前，也在人心里，囚住了所有的人。一年之间，三个儿子都学败回乡，一家的希望破灭了。

去年过年，瞅着衣冠齐整、文质彬彬的三个儿子，以为成就他们哺育的功名就在不远。送儿子出外念书是他们多年的愿望，他们省吃俭用，过着啃苞米面饼子的日子，"只要看到书生气十足的三个儿子，就仿佛在冬季里看见桃花，心底充满香气"。仅一年工夫，儿子不但打破他们多年的理想，就连人也变得陌生，他们与父母之间好像生出了什么障碍。

"什么障碍呢？他们怎么突然之间就生出了脾气呢？"

原来，人想要强是一码事，命中注定又是一码事。

出生地是一种宿命。

出走是抗命的一种尝试。

在离乡的问题上，惠芬世界里不置道德判断。人间事物被置放在出走的方向上，人之本性被放大成时代的特征，或悲或喜，先验地被"现代"界定了：出去的，无论日后结局如何都是喜剧；留下来的便是苦，是罪，是悲剧之根。因此有了留守问题：走不出去的怎么办？

惠芬世界为留守开出了一片新天地。

《在外》的大姐返乡后向家人描述外边的生活，"一段时间以来在于家昏蒙的日子里蒙上的尘埃，便在语音的撞动中抖落一空"。《天窗》的小久子在对"外边人"的想象中嫁接自己的梦想。他羡慕孔家买了电视，因此他们之间"永远隔着一道深沟，一些人的风景，另一些人永远看不到，你要想看到，就必得抻着脖子张望"。孔光洋在电视上看中央的人外国的人，他就在窗外看孔兴洋。人在乡村，心在外边，出格或出轨之事在所难免。《春冬之交》中，小兰为了进城，用尽了一个女人的全部资源。相比男人，女人的社会机会不多，却在私密的性爱领域为出走开辟了更广阔的空间：出嫁，如敏小，借婚姻作为桥梁进城镇；或者将性和女性的身体用作出走的工具，如小兰。

山里姑娘小兰进城做了穿工装的车间女工，圆了她的梦想。

离乡路上，小兰"居高临下地领略了十里洼的房屋、树木和乡亲，这种领略是她生来从未有过的"。她想告诉每棵庄稼每棵树木：她要走了，"永远告别地里山上、鸡窝鸭圈的生活，一如电影里见到的城里女子，挎一个小如掌心的包包上班下班"。

为了在城市长久立足，她甘愿满足车间班长的欲望："她早在想象中被他吞掉了。吞掉吧，把她吞掉，不让她有半点不安，让她永远留在城市，留在他身边。"一个女孩的贞操瞬间失去了，她的防线让一个不知出身和姓名的城市人攻破了："占有，她被一个城市人占有，从此她就是一个不容怀疑的城市人了。即便户口上没有注册，她也在班长的身体里注了册。"

被工厂开除后，小兰回到山里家中。她用心血用贞操都没能换取城市的一边一角，却怀上了一个陌生人的孩子："蓦地，一个闪光的灵光撞击了小兰的心坎，她迅速地捕捉了这灵感的光辉——她怀上了城市人的孩子。十里洼的女子祖祖辈辈没有到过外边世界，她却怀了城市人的孩子。"

乡土原本是生命的根土。

家乡是寄托亲情的温暖之地。

如上悲情悲剧，让乡土和家乡变成孽土孽地。

这是怎么啦？

"自然界本身是无矛盾的；它之所以成为矛盾，只是由于某种特殊的人类活动介入的结果。"城市在想象中幻化为"进步"的意念，在现代文明到来之前先行一步，进入乡下人心，悄无声息间瓦解了乡村社会秩序，动摇了沿袭千年的传统伦理观念，悲剧像是整体性地降临在"乡土"和所有乡下人身上。尤其在新中国，长达半个多世纪的二元社会结构决定了当代中国乡土文学的基本格调，完全不同于弥漫在"五四"以后的浪漫情怀，写实的笔触锋利且凝重，现实主义的责任意识一时阻断了"革命浪漫主义"的抒情意象。

乡土文学在中国的现代进程中是有传统的，与现代化的进程同步，方向却完全相反。鲁迅早年界定："凡在北京用笔写出他的胸臆来的人们，无论他自称为用主观或客观，其实往往就是乡土文学。"这种文学凝聚着早年男性知识分子心中浓郁的怀乡情绪，笔下乡土就是家乡，其"落后"是自在的和温暖的，文字里的"同情"多半出自居高临下的俯瞰视角（如柔石的《二月》）。乡土文学在新中国有长足发展。"文革"结束后，它冲破了意识形态藩篱（如陈忠实的《白鹿原》），在"家族史"的基础上形成了新的主流态势：揭露社会现实，如阎连科的小说和莫言的《生死疲劳》，戏谑的文字承载沉重的社会话题，与作者"写历史"的创作意念密切相关。相形之下，孙惠芬的"乡土"是一个异类，仿佛当年英国女作家奥斯丁，人在大历史的变迁动荡中，文字却无涉宏大事件，在在都是琐碎的当下。

是作家的个性使然，还是性别身份作祟？

性别是一个潜在的线索，从细微处套牢了历史的阵脚。

孙惠芬从事文学创作三十多年，正值中国农村发生巨大的历史性变化。惠芬世界细腻地再现了这一过程的发生和发展：新大厦未见踪影，旧建筑的根基已经动摇，乡村社会秩序发生了前所未有的紊乱。没有宣言，没有动员，所有变迁都在悄无声息中进行着：年轻的、健壮的和有才干的男人先走了，女人留下来了，传统的家庭根基动摇了，传统的伦理道德扭曲了，结果怎样呢？

不妨就来看看歇马山庄。

《歇马山庄》是孙惠芬的第一部长篇小说。小说无遮拦，无顾忌，自我解放，恣意宣泄，从女性和性的角度深入而别致地展现了乡村的变化：

多少年来，山庄日子红火不红火，一直跟庄稼收成密不可分，只要风调雨顺粮食丰收，庄户人的心情就是欢畅的。"而如今，节气风调雨顺，庄稼丰收了，人们心底却并不快乐，人们要经历许多意想不到的事情。"

为什么不快活？

八月十五这个传统节日，从来没被庄户人轻视过忽略过。"然而近年来，自从山庄男人一年比一年多的外出做民工，不能团圆的庄户人对月亮的虔恭便大有消减，当然女人们不再供祭月宫并非出于自觉的报复心理，而是男人不在家让她们没有心情。"

男人走了，屋里空了，女人不快活：

"城乡人口的流动物资的流动，使乡下人掌握大量城市信息和卖粮渠道，于是他们要理直气壮地在街上喊："城市人是人我们农民就不是人?!"男人打工死在外面，女人放声大哭："政府知道我有多难吗？男人两年不在家回来变成了死鬼，谁能来管我？"

男人进城了，女人的心也飞走了。

村主任家的小青骨子里有强烈的现代意识。在乡下，她不能像父亲那样成功，只把希望寄托在男人身上："现代乡村女孩喜欢有城里户口，有工作，哪怕有点残疾也行。"

性别配比倾斜的村落，爱情也变了味道：

> 山庄青年男子都上了外边，留在村里的买子做了村主任，一边做事，一边做爱，应接不暇的是少女们大胆的目光和没有道理的痴情……一串情人的名字想过去，买子觉得自己在爱情这件事上很混乱很被动：怎么会有这么多人向他表示爱情，是不是什么地方出了差错？书本里说爱情属于人只有一次，他怎么可能会在这么短的时间里获得这么多次？

结果不堪，蝇营狗苟，回到了食色之性的原点。庄户人最终发现，他们当中无论是谁，祖宗留给他们的一切物产、土地、房屋，都一代一代变成烟灰粪土，只有骨血，只有骨子里的东西，才长生永驻……他们还发现，要紧的是眼下的日子，要紧的是眼下干什么能发大财，能奔小康，能每天都能喝上啤酒吃上新鲜猪肉。

今天中国农村，健康的成年男人几乎全部外出打工，留守空房的女人成为乡村生活中真正的主体，性则凸现成为一道特别的景观：女性不再是男人的附庸，她们有自己的欲望和选择。性公然跃上台面，成为左右公共事件的实际操手——与利益结盟，它是一种好使的工具；与权力结盟，它变成能力的符号；与欲望结盟，为爱情和幸福牵线搭桥，让"至高无上的人生滋味"降落在欲望的大地上：

> 不再黏腻的流风拂动了整个歇马山庄山野田地间的庄稼叶子，润泽的闪亮瑟缩着一派秋季的语言。此时此刻，在有庄稼密布的乡下，隐私仿佛裹进苞米叶里的米虫，正极端纵情地自语着爱、爱怜和欢愉。

书里，一次次越界的性交之后，残留的不仅是一次次堕胎和心碎的女人，还有田野里飘浮的污秽气息和行将就木的乡村文化。"乡村工业革命引起的骚动，袭击了月月嫂子那颗一直不曾安分的心时，也一夜之间煽动起庄户人家对固守多年的传统俗风的背叛。"在当代文学范畴里，《歇马山庄》是一种颠覆。它在颠覆乡村社会淳朴意念的同时，也颠覆了人们对乡村生活的美好向往。小说出版后，有批评和讨伐。作者答辩：她的乡村故事揭示了家乡的真相。

这是什么真相？

真相是内里的而非表象，它揭示了中国乡村在现代化进程中的原始动因以及它的难堪和不堪，在后现代意义上为"乡土"彻底祛魅：

> 在父亲时代，外面的东西再好，只搅动人的心情，从来伤害不了人们对土地的感情，土地作为乡下人的家园，是结实而牢固的。而现在，那外面的好不但搅动了乡下人的心情，还伤害了人们对于土地的感情，当在城里打工一年的工钱超过了好几年种地的收入，那由土地做成的家园便怎么都无法存在了。

祛魅之后，乡土现出了它的真面目：贫瘠，落后；像牢狱，囚禁着梦想，彻底摧毁了自在自由的心境——这种境遇中，乡下人被迫逃离，出走成为"解放"的符号，它的前方昭示着财富和自由。

然而，事与愿违。

孙惠芬进城了，她的笔下人物跟她一起进城。但是没有解放的快感，她抒发的是另一种苦闷：离开家乡来到陌生的城市，自由一时迷失了方向。城乡之间的巨大差距使她陷入深层的痛苦中："睁开眼就是一个没着没落的世界……我想发疯！几年来奔呀拼呀就是为了今天？"她在《变调》（1986）和《小窗絮雨》（1986）中写出"居间人"的两难：既有她与城市和所谓文化人的隔膜，也在对家乡的眷恋中表现出难以回头的距离感："回到乡下家里，和奶奶父母哥嫂一大家子人在一起，和院子里的鸡鸭猪狗在一起，待不上几天，又开始厌倦。"一边她说："我从来就不觉得我爱过土地，我很早就对由土地做成的乡村生活怀有不满。"另一边她也说："所谓乡土，其实是跟家族意识不可分割的一份精神的东西，它常常形成并支撑了乡下人奋斗的信念。我觉得这是整个乡村的底脉。"在《变调》里，她写了一个耐人寻味的寓言故事：

> 一个荒无人烟的地方，有一个被天上飘下来的绳子捆住的小孩。
>
> 这小孩每天想方设法挣脱绳子，饭不想吃水不想喝。终于有一天他用脚趾夹石片把绳子割断，自由了。可是从自由起他就饿得渴得难受，找遍整个荒野也没找见一口粮一滴水。无奈他回到原处寻找那根绳子想让它重新系住自己带他回头，可那根绳子不见了——这寓言进了她的梦，她变成了那个回头寻找绳子的小孩，绝望地望着空山没命地跑呀跑呀……

这个寓言讲出了自由自在的现实状态：在路上。

自由是出发，也是越位。一旦离开了本原那个位所，人在肉体乃至在精神上便是自由的；与此同时，他便开始了寻找新的位所的旅程，心灵总在路上，难得安息。现代的自由面相浓缩在出走这一动态性的姿态中，被孙惠芬捕捉到了："只要你心里有一颗自由的种子，你终究是一个漂泊者。"

惠芬世界里，自由精神贯穿始终，出走和寻找成为常态："人生就是这么一站一站地换下去。几乎同时我感到再不换车我便无法支撑自己，从精神到四肢。"（《变调》）这是说，人一在路上，乘车换站便是新的宿命。城市是一个具体的目标，但它并不是人生的目的地。一旦进城，城市成为生活现场，出逃又开始了，如同故事里那个寻找绳子的小孩，回头无路，继续寻找。因此，她的小说弥漫着浓郁的乡土气息，却与浪漫主义情怀毫无关系。不管是乡村还是城市，都是追梦的不同阶段。伴随着阅历和经历增加，她写出了出走的不同境界和不同层次：《攀过青黄岭》中，她写的是走出大山的渴望；《沙包甸的姑娘》里，她写的是走出旧俗的勇敢；《天高地远》的想象中，她写的是离家出走的决绝……然而，到了城市坐进了办公室，她写的却是新的囚禁和新的压抑：《孤独者之歌》里，她写出了办公室的沉闷，田野换了面孔，成为托梦的地方；《肥土地》中，她写出了文人生活的猥琐，与田野人生的酣畅形成鲜明对比；《变调》里，她写的是文化人的虚伪，面具一样的人际关系让她窒息；《主旋律》中，她以漫画式的笔调描摹主流社会核心价值，在戏写"正统"的同时揭示出了"主旋律"的真相……如此作为是揭弊也是解蔽，书写成为精神出走的别样方式。如果说走出乡村是脚下动作，那么可以说，挑战城市逃离文明是心的动作，朝向还乡。乡土因此脱离了它原本固有的根性，在人为的观念世界里飘浮起来，随人心走向而漂移——从此，它不再是亘永不变的家乡，而是招之即来挥之即去的梦中飞地。

晚近作品中，孙惠芬的笔下主题不再是出走，而是《还乡》（1998）——这个还乡与海德格尔的意念完全不同，直白地说，就是回家。比如《飞翔之姿》（1998）的叔叔，他是家族中最早走出去的文化人，住进京城，一生成就，却在年迈时悔不当初。当初母亲全心"放飞"了他，他的"飞翔"承载着母亲的希望。母亲最终因他也离开了黏土热炕，随他进城，孤独地客死他乡。

> 奶奶一次次放飞叔叔，叔叔又将奶奶拉进城市让她作为自己放飞的见证，如果不是奶奶放飞叔叔，如果不是叔叔让奶奶来体悟她的放飞，奶奶绝不会这么悲惨地走上生命的归途。
> 奶奶的遗物前，叔叔痛哭流涕。
> 奶奶的黑布夹裤的裤角沾有黏腻的黄泥，叔叔用苍老的面部蹭着裤子上的黄泥，粗重的喘息变成一腔跌宕的倾吐：老母啊亲爱的老母，你放飞我为什么要放飞我啊！我好想洼谷那个家啊……

这段描述让人联想到季羡林晚年"永久的悔"，悔不该早年离家求学从此离开了母亲。百岁老人，说起母亲依旧不尽的泪。

可见，出走并不意味着成就，成就也不意味着幸福。

离了"自在"的自由像一个流浪儿，从此不得安生。

有不走的吗？

惠芬世界里就有这样一个人，守住笃定的人生，守住了独属于自己的一份自在和自由。《三生万物》中，鞠振安的父亲是这样一个难见的人。

> 父亲腰身佝偻着，脸却向上仰着，活像一棵干枯的弯树。
> 父亲一年有大半时光就这么在院子站着，脚下是种着各种蔬菜的园子，头上是放满了家蚕的桑树，他的手里不是拿一把铲子，就是一只水

瓢，目光总是专注在某片树叶上。仿佛没有蚕，他的一切就没有意义。

父亲木讷、固执，对生活没有任何格外的要求。父亲所做的一切，无一样符合他的人生追求。可是不知为什么，此时此刻，他真切地感受到了他对父亲的羡慕。因为羡慕，才使他不错眼球地瞅着父亲，才使他像父亲一样一直盯着一个地方。

他从来没有细心看过蚕如何作茧，就像他从来不关心父亲在干什么想什么。如今，他看它们将自己裹在自己吐出来的丝网里；它们裹住了自己，却是那么得意，它们居然敢于裹住自己！这些生命实在太古怪了！看着父亲的桑蚕，他平生第一次知道父亲世界的热闹，父亲世界的生机盎然！

这时他才明白，父亲的"世界生机盎然，不但信心百倍地等来过无数个春天，还将等来下一个春天"。所谓"三生万物"生生不息，只在父亲和他的蚕桑世界里自在自为，天然自立。这个父亲形象在惠芬世界里是个神来之笔。仅他一人，挡住了千军万马奔腾出走的时代洪流。黑格尔说："自由本质上是具体的，它永远自己决定自己。"具体到父亲身上，这也是自由吗？

这是元自由。

元自由以元自然生存为前提，恪守自然规矩，坚守自然赋予的位所。只有在元自然状态中，乡土才真正是自然的乡土，既是生命之根，也是精神的栖息地。只有那里，自由是自在的，自在就是自由——难得孙惠芬塑造了这样一个父亲：他的"不思进取"和"不见世面"，他的固守乡土"敢于裹住自己"，全都来自他对自然的透彻理解，与以赛亚·伯林在政治上倡导的消极自由不谋而合：

一个人的消极自由……是行动的机会，而不是行动本身。如果我虽然享有通过敞开的门的权利，我却并不走这些门，而是留在原地什么也不做，我的自由并不因此更少。

这是自主的自由，与元自由在精神上是相通的。

但是在本质上，元自由完全不同于伯林在政治学范畴中命名的两种自由，它是本体之在，与自我意识无关，与文明秩序相左，与文明的方向相反，如斯宾诺莎所说："凡是仅仅由自身本性的必然性而存在，其行为仅仅由它自身决定的东西叫作自由。"这个"它"不是人为的，是生命体对大自然赐予的生存空间和生存手段最大限度的占有和利用，不拘泥，不僭越。它不以"解放"为目的，因此它的命题中没有出走，只有恪守：恪尽自然之职守，默然续接着自然逻辑中没一个自然的环节，维系万物在元自然状态中的无限循环——只在这个意义上，"三生万物"才可能在多彩的生死循环中呈现出生生不息的自由形态。遗憾的是，随着人们出走离乡的背影日益远去，自在的元自由精神在现代社会几乎丧失殆尽。

这实在是一个无奈的悖论！

当人走出乡村不再单纯地隶属于自然，还乡的意念日见凸显出来；当精神上的自由在文明世界成为一个问题，元自由意识才开始苏醒。就如鞠振安对父亲的羡慕，来得太迟，人之将死，生死交接时刻，展现了"还乡"之难。

还乡是一个后现代命题，它对应的正是现代人的精神问题：

——出走之地一定是"现代"吗？

——如是，现代之后，出路何在？

想到惠芬寓言里那个拼命奔跑的小孩，再看这个笃定站在自家桑园里的父亲，你能告诉我们：谁更自由而快乐？

孙惠芬主要作品

短篇小说

《静坐喜床》	1982 年第 5 期《海燕》
《希望》	1982 年第 2 期《无名文学》
《笑》	1982 年第 8 期《芒种》
《读》	1982 年第 4 期《无名文学》
《水花村的少女》	1983 年第 9 期《海燕》
《沙包甸的姑娘们》	1983 年第 8 期《芒种》
《青映河偌大个河》	1984 年第 1 期《海燕》
《温馨的秋夜》	1984 年第 4 期《海燕》
《攀过青黄岭》	1985 年第 9 期《鸭绿江》
《岁岁正阳》	1985 年第 10 期《海燕》
《闪光的十字架》	1986 年第 1 期《鸭绿江》
《田野一片葱郁》	1986 年第 3 期《海燕》
《变调》	1986 年第 10 期《鸭绿江》
《小窗絮雨》	1986 年第 3 期《上海文学》
《孤独者之歌》	1987 年第 7 期《作家》
《静静夜》	1987 年第 3 期《满族文学》
《那扇门》	1987 年第 10 期《短篇小说》
《扶桑》	1987 年第 9—10 期《启明》
《接壤》	1987 年第 12 期《海燕》
《乡村纪事》	1988 年第 1 期《短篇小说》

《潮涨潮落》	1988 年第 1 期《文学新星》
《姥姥，姥姥》	1988 年第 6 期《小说林》
《石篷》	1988 年第 9 期《满族文学》
《号外之歌》	1988 年第 8 期《作家》
《暮旅》	1988 年第 9 期《上海文学》
《一篇关于"人对物质超越本能与文化心态"的论文》	
	1988 年第 7 期《北京文学》
《爱到三十》	1988 年第 12 期《海燕》
《我的大哥》	1989 年第 2 期《春风》
《十七岁的房子》	1989 年第 7 期《芒种》
《朋友》	1989 年第 7 期《青年作家》
《小城文化人》	1989 年第 9 期《现代作家》
《十五岁的五子》	1989 年第 11 期《上海文学》
《天高地远》	1991 年第 7 期《海燕》
《如歌往事》	1992 年第 3 期《北方文学》
《一日风景》	1992 年第 10 期《北方文学》
《距离》	1992 年第 7 期《芒种》
《亲戚》	1992 年第 10 期《人民文学》
《生命之梧》	1993 年第 1 期《芒种》
《升飞》	1993 年第 3 期《清明》
《台阶》	1996 年第 11 期《海燕》
《赢吻》	1997 年第 1 期《北京文学》
《一束绢花》	1998 年第 5 期《鸭绿江》
《金叶》	1999 年第 10 期《芒种》
《女人林芬与女人小米》	2000 年第 5 期《百花洲》
《最后的乡村》	2001 年第 1 期《芒种》
《我的稻草时代》	2003 年第 2 期《青年文学》
《蟹子的滋味》	2003 年第 8 期《小说选刊》
《狗皮袖筒》	2004 年第 7 期《山花》
《天河洗浴》	2005 年第 6 期《山花》

《十点十分》   2012 年第 10 期《作家》

中篇小说

《来来去去》   1986 年第 9 期《上海文学》

《盆浴》   1987 年第 8 期《海燕》

《春冬之交》   1989 年第 7 期《青年文学》

《中南海的女人》   1989 年第 3 期《作家》

《灰色空间》   1989 年第 4 期《海燕》

《四季》   1990 年第 4 期《鸭绿江》

《平常人家》   1990 年第 10 期《鸭绿江》

《无字牌坊》   1992 年第 3 期《海燕》

《现代乡村》   1993 年第 8 期《鸭绿江》

《肥土地》   1995 年第 5 期《小说家》

《异地风光》   1996 年第 1 期《青年文学》

《主旋律》   1996 年第 5 期《清明》

《伤痛城市》   1996 年第 8 期《鸭绿江》

《伤痛故土》   1996 年第 11 期《青年文学》

《欲望时代》   1997 年第 5 期《芒种》

《飞翔之姿》   1998 年第 6 期《珠海文学》

《还乡》   1998 年第 8 期《青年文学》

《播种》   1999 年第 3 期《湖南文学》

《在外》   1999 年第 3 期《长城》

《周末》   1999 年 12 月号《青年文学》

《舞者》   2000 年第 11 期《山花》

《南大沙》   2000 年第 4 期《长城》

《春天的叙述》   2000 年第 5 期《当代》

《歌哭》   2000 年第 6 期《钟山》

《歇马山庄的两个女人》   2002 年第 1 期《人民文学》

《民工》   2002 年第 1 期《当代》

《保姆》   2002 年春天卷《布老虎中篇文丛》

《五月八号的一条红腰带》   2002 年第 4 期《百花洲》

《歇马山庄的两个男人》	2003 年第 1 期《北京文学》
《给我漱口盅》	2003 年第 1 期《山花》
《歌者》	2003 年第 3 期《中国作家》
《岸边的蜻蜓》	2004 年第 1 期《人民文学》
《一树槐香》	2004 年第 5 期《十月》
《三生万物》	2005 年第 3 期《钟山》
《燕子东南飞》	2006 年第 1 期《小说月报》原创
《天窗》	2007 年第 6 期《十月》
《歇马七日》	2008 年第 1 期《山花》
《致无尽关系》	2008 年第 6 期《钟山》
《悄悄跟你说》	2010 年第 2 期《作家》

图书出版年表

中篇小说集《孙惠芬的世界》	1993 年大连出版社
中短篇小说集《伤痛城市》	1997 年春风出版社
长篇小说《歇马山庄》	2000 年人民文学出版社
	2007 年人民文学出版社再版
	2009 年人民文学出版社再版
	2013 年人民文学出版社再版
长篇散文《街与道的宗教》	2002 年陕西师范大学出版社
	2011 年春风文艺出版社再版
中篇小说集《歇马山庄的两个女人》	
	2003 年群众出版社
中短篇小说集《城乡之间》	2003 年昆仑出版社
	2012 年昆仑出版社再版
长篇小说《上塘书》	2004 年人民文学出版社
	2010 年作家出版社再版
	2015 年上海文艺出版社再版
中短篇小说集《岸边的蜻蜓》	2005 年中国工人出版社
中短篇小说精选集《民工》	2005 年作家出版社
长篇小说《吉宽的马车》	2007 年作家出版社

中篇小说集《歌者》　　　　　　2008 年湖南文艺出版社
中篇小说集《致无尽关系》　　　2010 年中国工人出版社
短篇小说选《赢吻》　　　　　　2010 年作家出版社
长篇小说《秉德女人》　　　　　2010 年湖南文艺出版社
中短篇小说集《歇马七日》　　　2012 年新疆美术摄影出版社
中短篇小说集《孙惠芬乡村小说》 2012 年大连海事大学出版社
长篇小说《生死十日谈》　　　　2013 年人民文学出版社
长篇小说《后上塘书》　　　　　2015 年上海文艺出版社
长篇小说《寻找张展》　　　　　2017 年春风文艺出版社